Sue Gee
Nachtstücke

SERIE PIPER

Zu diesem Buch

Ein verwunschenes Tal im Grenzland zwischen Wales und England ist die Heimat der gleichermaßen begabten wie exzentrischen jungen Dichterin Gillian. Nach dem frühen Tod des Vaters lebt Gillian mit ihrer Mutter Phoebe, die sich ganz der Schönheit ihres paradiesischen Gartens verschrieben hat, in schicksalhafter Zweisamkeit. Als eines Tages vier Neuankömmlinge aus London auftauchen, gerät das subtile Gefüge zwischen Mutter und Tochter aus dem Gleichgewicht. Denn in der emotionalen Tristesse der Provinz sorgen die Freunde Edward und Rowland, der Musiker Phil und die sensible Therapeutin Nesta für einen Reigen von Beziehungen mit dramatischen Konsequenzen, in deren Mittelpunkt die sehnsuchtsvolle und unerfahrene Gillian steht. Die poetisch genauen Naturbeschreibungen und Charakterstudien in diesem tragischen Liebesroman weisen Sue Gee als Meisterin britischer Erzählkunst aus.

Sue Gee, geboren 1947, wuchs auf dem Land auf und lebt heute mit ihrem Mann und ihrem Sohn in London. Nach einer Karriere bei diversen Buch- und Zeitschriftenverlagen arbeitet sie als Rezensentin, Universitätsdozentin und freie Schriftstellerin. Für ihren fünften Roman »Nachtstücke« erhielt sie 1997 die begehrte Auszeichnung »Romantic Novel of the Year«.

Sue Gee

Nachtstücke

Roman

Aus dem Englischen von
Erica Ruetz

Piper München Zürich

Ungekürzte Taschenbuchausgabe
Piper Verlag GmbH, München
Januar 2001

Titel der englischen Originalausgabe:
»The Hours of the Night«, Century Books,
Random House UK Ltd, London 1996

Umschlag: Büro Hamburg
Stefanie Oberbeck, Katrin Hoffmann
Umschlagabbildung: Kitty Kjelland (»Efter solnedgang«, Ausschnitt,
Rogaland Kunstmuseum i Stavanger, Norwegen)
Foto Umschlagrückseite: Jane Brown
Satz: KCS GmbH Buchholz/Hamburg
Druck und Bindung: Clausen & Bosse, Leck
Printed in Germany ISBN 3-492-23230-2

Für Marek, den Wandernden,
und
Michael Wall zum Gedächtnis

Wer ist die, die heraufsteigt von der Wüste
und lehnt sich auf ihren Freund?
Leg mich wie ein Siegel auf dein Herz
und wie ein Siegel an deinen Arm.
Denn Liebe ist stark wie der Tod,
und Leidenschaft ist hart wie die Hölle.

Das Hohelied Salomos

The peace of God,
which passeth all understanding.

The Book of Common Prayer

Teil 1

Der Herbst kommt

1

Phoebe war Realität, Gillian Fiktion. In gezwungener Zweisamkeit teilten Mutter und Tochter sich das feuchte, graue Steinhaus gleich hinter der Grenze zwischen Herefordshire und Wales. Es lag nahe daran, aber doch dahinter. Sie waren in Wales, nicht in England, bewohnten also einen Landstrich, der für Phoebe immer fremdes Terrain bleiben würde, selbst wenn Wegziehen nie in Betracht käme. Gillian war hier geboren: Die Frage nach einem Ortswechsel stellte sich für sie nicht.

Im Herbst 1957 waren Phoebe und ihr Mann mit einer Handvoll Möbel und einem ungeborenen Kind hier eingezogen. Das Haus hatte monatelang leergestanden. Knochig und groß, die schwellende Kurve ihres schwangeren Bauches in aberwitzigem Kontrast zu ihrer übrigen Gestalt, stand Phoebe auf den kalten, gemusterten Fliesen im Flur, betrachtete eine kahle Treppe mit braungestrichenem Geländer und feuchte, lappige, stockfleckige Nachkriegstapeten. Die Luft war frostig; ihre Schritte hallten wie Gewehrsalven, als sie ein leeres Zimmer nach dem anderen durchquerte. Sie stand im Wohnzimmer mit dem vermodernden Blumenmusterteppich und sah durch die ungeputzten Fensterscheiben in einen riesigen, von Brennesseln, Efeu und Waldreben überwucherten Garten. Im Geiste rodete sie alles. Sie riß das Unkraut mit den Wurzeln heraus und ließ den kümmernden Bergahorn bis auf einen Stumpf absägen, um den herum sie Schlüsselblumen pflanzte; sie legte Wege an, säte Rasen und hob Beete für Sträucher, Gemüse und für seltene, geheimnisvolle Blumen aus.

Das Tageslicht verblaßte: Die Novemberdämmerung ergriff Besitz vom Himmel hinter den kahlen Bäumen, die im Verein mit einer zerfransten Hecke den Garten vom Ackerland trennten. Die Karte hatte einen Fluß verzeichnet.

Das Kind regte sich, hinter ihr die Schritte ihres Mannes. Phoebe nahm beides nicht Kenntnis.

Ihr Mann drehte an einem Bakelitschalter an der Tür: Eine nackte Glühbirne ergoß gräßliches Licht auf den modrigen Teppich und den häßlichen, gekachelten Kamin, der irgendwann einmal jemandem gefallen haben mußte; die schmutzigen Fensterscheiben wurden schwarz.

»Bist du mir böse, weil ich dich hierhergebracht habe?«

»Natürlich nicht«, sagte Phoebe, der so abrupt die Aussicht auf den Garten genommen worden war; sie sagte nicht, daß sie ihn liebte.

Und in ihr wuchs die Vision des Gartens: ein Katalog singender lateinischer Namen, Bündel weißer Etiketten, Schönschrift in schwarzer Tinte, wunderbarer als jedes Kind.

Phoebes Baby kam während eines Schneesturms zur Welt. Die Sterne, die noch um acht den Himmel über dem Garten durchbohrt hatten, waren um zehn von wirbelnden weißen Wolken ausgelöscht. Es war Mitte Februar: Oben auf den Hügeln stöhnten und keuchten Schafe; nasse Lämmer erfroren innerhalb von Minuten. Um Mitternacht lag Phoebe oben in ihrem Schlafzimmer, stöhnte und keuchte in einem schwarzen, an den vier Pfosten mit Messingkugeln verzierten Eisenbett; unten am Telefon drehte ihr Mann unablässig die Wählscheibe. Er legte den schweren Hörer nieder und öffnete die Haustür. Brüllend fegte der Schnee hinein; der Mann knallte die Haustür wieder zu, rannte die nackte braune Treppe zum Schlafzimmer hinauf.

»Was sollen wir machen? Kann ich was für dich tun?«

Phoebe biß die Zähne auf einer fingerdicken Schicht Bettlaken zusammen und drehte sich weg. Sie war schweißnaß, das Zimmer bitter kalt. Er hantierte am Ölofen herum; der kleine, blaue Kreis wurde orange und gelb: zu hoch. Er rannte nach unten, setzte einen Kessel Wasser auf und wählte wieder. Wenn schon nicht der Doktor, dann der Pfarrer, die Pfarrersfrau. Phoebe war drei Wochen zu früh dran; er merkte, daß er weinte.

Die Pfarrersfrau kam nachts um eins; sie hatte unterwegs noch eine Nachricht hinterlassen. Um fünf hämmerte der Doktor an die Tür; um sechs zog er eine schleimige, weißverschmierte Kreatur zwischen Phoebes Beinen heraus: Es sei ein Mädchen.

Bleich und erschöpft vom vielen Hinundhergehen, kam Phoebes Mann vom Flur herauf; er küßte Phoebes Gesicht, strich klatschnasses schwarzes Haar zurück, sagte irgend etwas, er wußte selbst nicht, was.

Der Doktor reichte Phoebe das Kind, das er in Tücher gewickelt hatte.

»Legts in sein Gitterbett«, sagte Phoebe und drehte sich mit dem Gesicht zum Fenster.

Es hatte aufgehört zu schneien, der Himmel zeigte jetzt eine geisterhafte Farbe, das ganze Land lag still und stumm.

»Sie ist vollkommen«, sagte ihr Mann, über das Kind gebeugt.

Gillian folgte ihren Eltern durch den Garten. Es war Frühling, sie war drei Jahre alt, die Baumstämme überragten sie dunkel, seidige, zarte Blätter, grüner Dunst. Ein Spaten schnitt in die feuchte Erde, wendete sie; Kisten voller Pflanzen standen herum, warteten, daß sie drankämen. Unten, am anderen Ende, schwankten große Gruppen von Narzissen, wenn der Wind sie streifte: Die Luft war frisch, der Himmel hell, voller junger, segelnder Wolken. Die Bauernwiese drüben hinter der Weißdornhecke war gesprenkelt mit Lämmern, ihr Blöken kam herüber. Gillians Haar war ungekämmt, im Gesicht zeigten sich Spuren vom Frühstück. Sie trug ein bedrucktes Kleidchen und Gummistiefel, bei sich hatte sie eine Puppe, in ein Unterhemd und einen schleifenden Schal gewickelt.

Ihr Vater kam von hinten heran, er schob eine Schubkarre voll Kompost.

»Entschuldige«, sagte er sanft.

Sie machte ihm Platz.

Phoebe grub. Ungeduldig rückte sie ihr Kopftuch zurecht, als die Schubkarre herankam.

»Ich muß weitermachen«, sagte ihr Mann.

»Womit?«

»Phoebe ...«

»Na, dann mach.«

Er beugte sich vor, ihr einen Kuß zu geben, sie ließ ihn gewähren.

Gillian folgte ihm ins Haus.

»Kann ich bei dir sitzen?«

»Wenn du willst.«

Sie ließ sich in einem braunen, verschlissenen Sessel mit ausgeleierter Federung nieder, ihre Puppe schlief in ihrem Schoß. Ihr Vater ging an den Bücherregalen entlang, nahm Bücher heraus, roch am Papier der Seiten. Er stand da und las, markierte sich etwas, stellte sie wieder an den Platz. Er zeigte ihr ein schwarzgebundenes Buch mit goldenen Lettern.

Er las ihr vor.

»Östlicher, unsterblicher Weizen, der nie geschnitten werden sollte, noch je gesät ward. Ich dachte, er hätte von Ewigkeit zu Ewigkeit gestanden.« Er blätterte weiter.

»Die Welt ist nicht diese kleine Kate aus Himmel und Erde ... sie ist ein grenzenloses Feld von Vielfalt und Schönheit ...« Gillian glättete den Flatterschal. Die Puppe hatte einen schlechten Traum.

»Liebe ist das wahre Mittel, durch das man die Welt genießt. Unsere Liebe für andere, und die Liebe anderer für uns ...«

Ihr Vater stellte das Buch zurück. Er setzte sich an seinen Schreibtisch, nahm einen Stapel Papier und einen Füllhalter. Neben ihm stand ein Weidenkorb, er war schon voll zusammengeknülltem Weiß. Er hob den Füllhalter, wandte sich um und sah sie an.

»Dein Gesicht müßte mal gewaschen werden, mein Schatz.«

»Ist nicht wichtig«, sagte Gillian.

Im Kamin rauchte ein Feuer; er hätte ausgefegt werden sollen. Später würden die weißen Papierbälle aufgefressen werden, sie würde ihm helfen, sie hineinzuwerfen, einen nach dem anderen.

Draußen, vom Fenster aus gerade noch zu sehen, hob Phoebe Kompost unter. Sie sah aus wie eine Wäscheklammer, fand Gillian. Ihr Vater schrieb etwas, strich es durch. Er saß da und sah aus dem Fenster: Lämmer blökten, Weidenkätzchen schwankten. Er zündete sich eine Zigarette an, saß da, blickte hinaus, blickte nach innen.

Nach einer Weile verließ Gillian mit ihrer Puppe das Zimmer. Er hörte sie nicht.

Gillians Vater starb bei einer Überschwemmung.

Im Herbst 1961 regnete es unablässig, die Dämme des Flusses brachen. Die Wiese unterhalb des Hangs hinter dem Haus wurde zum See, ein großer Teil des Gartens zerstört; das Haus auf seiner flachen Anhöhe war nicht gefährdet, aber unten im Dorf, durch das der Fluß sich schlängelte, da, wo die Kinder im Sommer Schiffchen und Stöckchen schwimmen ließen und nach irgend etwas angelten, toste und wirbelte jetzt das Wasser die Hauptstraße entlang, überflutete Eingangstreppen, drang über Haustürschwellen in kleine Wohnzimmer, schwoll an und stieg immer weiter.

Gillians Vater, der nicht schwimmen konnte, klammerte sich hinten an den Traktor des Bauern. Sie taten, was möglich war, um eingeschlossene Familien in höher gelegenes Gelände zu verfrachten, hinauf zur Kirche. Durchnäßte, in Decken gewickelte Gemeindemitglieder saßen auf den Bänken und hörten zu, wie der Regen aufs Dach und gegen die Bleiglasfenster klatschte, die im Wind rappelten.

Während der dritten Fahrt zurück ins Dorf sah Gillians Vater einen erschöpften schwarzen Hund auf sie zuschwimmen, versuchte, durch peitschenden Wind und Regen dem Bauern im Führerhäuschen etwas zuzuschreien, aber der hörte ihn nicht. Gillians Vater beugte sich vor, griff nach dem Hund und rutschte aus; seine Hand verfehlte das Halsband, sein Fuß das Trittbrett. Der Traktor fuhr weiter, das Wasser schloß sich über ihm, er ging unter, zusammen mit dem Hund.

Dies geschah in dem Herbst, in dem Gillian vier Jahre alt war.

Die Gedichte, die ihr Vater im Sommer nach London geschickt hatte, wurden in einem postumen zweiten Band veröffentlicht und wohlwollend rezensiert. In den Universitäten wurden sie bewundert und dann vergessen. Die Jahre vergingen.

In letzter Zeit sprach Phoebe kaum noch von ihrem Mann, und Gillian konnte sich nicht mehr an ihn erinnern: keine Stimme, kein Gesicht. Es gab Photos, aber die waren etwas anderes als Erinnerungen.

Jene Tage waren durch das Heute versperrt worden, in dem Mutter und Tochter, beide aus unterschiedlichen Gründen männerlos, sich arrangiert hatten.

Gillian erinnerte sich an einen Sessel, einen Mann vor den Bücherregalen, an das Kratzen eines Füllhalters.

2

Die Dorfbewohner hatten sich an Gillian gewöhnt; Fremde fanden sie seltsam. Sie war seltsam. Seltsam heißt: unpassend, partnerlos, allein auf weiter Flur. Kurz vor sieben an einem Morgen Ende September war Gillian allein im Garten, Mantel über dem Nachthemd, Hausschuhe tappten auf feuchten Ziegelpfaden. Es war ein Sonntag, Kirchenglocken läuteten. Gillians Haar war eine Wolke aus feinem Elektrodraht: Tagsüber band sie es straff zusammen, aber nachts strömte es quer übers Kopfkissen, und jetzt, noch ungebändigt, floß es über den Kragen des grauen Tweedmantels. Gillian hatte Arbeiterhände: abgekaute Fingernägel, anfällig für Risse und Frostbeulen, mit der Neigung, bei Kälte blau anzulaufen. Jetzt, beim Gang durch den Garten, schlossen sie sich um einen Becher mit heißem Tee.

Taubeperlte Spinnweben hingen an den Weißdornsträuchern, die den Garten einfriedeten, und an den ordentlichen Buchshecken, die ihn an manchen Stellen unterteilten. Phoebe hatte Wunder gewirkt und sich damit Ruhm erworben. Gillian hatte andere Namen für die Pflanzen, die ihre Mutter so sorgfältig in ihren nachtblauen Notizbüchern katalogisierte; sie schlenderte durch den Garten und führte Gespräche mit den Gefährten ihrer Kindheit. Damals hatten sie sie hoch überragt; ja, auch jetzt, noch bevor sie die Bäume auf der Weide des Bauern erreichte, gab es Plätze, an denen sie zu mächtigen, ausladenden Blättern aufsah, die aus riesigen, fleischigen, haarigen Stengeln sprossen. Solche Pflanzen überschritten ihre Grenzen und mußten im Zaum gehalten werden; andere wurden gehätschelt, von denen wurden Teile abgeschnitten, in Töpfe gesteckt und ins Gewächshaus getragen.

Das Gewächshaus stand an einer Seite des Hauses, errichtet nach Phoebes Anweisungen von einer örtlichen Handwerksfirma, finanziert mit einer kleinen Erbschaft von einer Tante. Das war 1968 gewesen; Gillian war zehn gewesen. Sie war von der Schule heimgekommen und hatte sich mit ihrem Tee und ihrem Sandwich hingestellt und den Männern zugesehen: Ein hölzerner Rahmen wurde gezimmert, schimmernde Glasplatten wurden von einem Stapel an der Hauswand gehoben und schwangen durch die Luft, spiegelten das Gras wider, die Platten vom Gehweg, den Sommerhimmel, glitten in perfekt passende Fugen; Blut rann vom Daumen eines der Männer, er fluchte. Nicht einmal eine Woche dauerte es, dann kamen die Bretterborde hinein, und Phoebe stand drinnen, sah durch das Glas in den Garten hinaus und plante. Gillian betrachtete sie geistesabwesend.

»Geh und tu was Nützliches«, hatte Phoebe gesagt.

Jetzt warf die weiße Farbe an den Rahmen Blasen, schälte sich ab. Sie waren angepinselt und immer wieder überstrichen worden, von Phoebe, die kein Erbteil mehr übrig hatte, von dem sie etwas hätte bezahlen können, von Gillian, die ungeschickt an Frühlingsnachmittagen, gefährlich oben auf einer Leiter balancierend, die Gehwegplatten bekleckste.

»Und siehe, eine Leiter stand auf der Erde, die rührte mit der Spitze an den Himmel«, erinnerte sie sich laut an die Sonntagsschule, an die Heilige Schrift, an Jakobs Traum. »Und siehe, die Engel Gottes stiegen daran auf und nieder.«

»Ich machs schon selber«, sagte Phoebe.

Das Gewächshaus stand an der Seite des Hauses, ein Taubenschlag hing an der rückwärtigen Wand. Da war er schon immer gewesen, Phoebe hatte ihn schon damals beim Einzug hier vorgefunden, aber nichts damit angefangen. Nur Phoebe, dachte Gillian, war imstande, einen Taubenschlag zu übersehen. Tauben waren Geschenke eines Liebenden; Gillian, die niemals einen Liebhaber gehabt hatte, wußte das. Ihre Tauben stammten allerdings von einer Frau im Dorf, deren Bruder welche hielt und manchmal ein paar verkaufte. Als Gillian zwanzig und ziemlich durcheinander gewesen war, waren Phoebe und Gillian an einem Sonntag zu ihm rübergefahren. Sie kauften zwei – zur Zucht, erklärte Phoebe, die dem Mann sein Geld gab. Gillian griff die Schachtel mit den Luftlöchern, hob sie hoch und drehte sie zu sich um: Die beiden Tauben waren stumm, tappten mit den Schnäbeln an die Pappwände, rutschten aus, ihre Krallen kratzten auf dem Boden. Gillian spähte hinein, sie sah Weiß und glänzende Augen.

»Fürchtet euch nicht«, erklärte sie ihnen.

Zu Hause nahm sie sie nacheinander aus der Schachtel und hielt sie ganz fest, sie drückte das Gesicht in Federn aus Schnee und ließ ihre Finger die schöne, so vollkommene Kurve von Kopf und Hals entlanggleiten. Als sie sie losließ, wußten sie erst nicht, wohin, flatterten zum Dach hinauf und staksten mit unsicheren Schrittchen über zerbrochene Dachziegel.

»Kommt runter in euer Haus.« Gillian streute eine Handvoll Mais hin.

Die Tauben kamen herunter und fraßen, fanden den Taubenschlag; am nächsten Tag balzten und schnäbelten sie schon, der Boden war weiß gesprenkelt. Inzwischen waren es über ein Dutzend, und manchmal verkauften Gillian und Phoebe ein Pärchen an Besucher.

Besucher kamen zu ihnen, manche sogar von weiter her, um Pflanzen zu kaufen. Über Phoebe und ihren Garten waren Artikel erschienen; im ganzen Land wußte man von ihr. Auch Gillians Namen kannte man, allerdings in einem kleineren Kreis – zu ihr kamen selten Besucher. Ihre Gedichte erschienen in unregelmäßigen Abständen in kleinen Zeitschriften; manchmal rezitierte sie sie in Hinterzimmern der örtlichen Pubs.

Hoch oben auf den Bergen rupften Schafe zähes Herbstgras, an den flacheren, sanfteren Hängen waren die Wälder gelb und still, schützten gepflügte Äcker. Gewundene, graue Straßen und stille Feldwege verbanden einsame Cottages und Gehöfte.

Ihr Leben lang war Gillian auf diesen Wegen gewandert. Als kleines Mädchen war sie auch mit dem Fahrrad gefahren, auf einem alten, schwarzen Gefährt mit Korb, war an kalten Oktobertagen zwischen Bäumen und Hecken entlanggelaufen, hinter denen die stillen Äcker lagen. Trockenes Laub tanzte vor ihr, dann und wann schrie ein Brachvogel. Gillian, sie war zehn, elf, zwölf, schrieb auf diesen Fahrradtouren, noch ohne es sich bewußt zu machen, und was damals Eingang in ihr Tagebuch fand, waren nur Tagesberichte. Aber die Landschaft mit ihrer Kirchenstille setzte sich in ihr fest. Im Winter füllten Stürme und steigende Fluten ihre Träume, im Frühling und Sommer lehnte sie das Rad an einen Baum und warf sich aufs Gras, blickte nach oben und spürte, wie sie sich von sich selbst löste und auf ein hingestrecktes Mädchen, ein schwarzes Fahrrad, auf windbewegte Halme hinabsah.

Irgendwann wurde das Rad aufgegeben, als Phoebe die Geduld verlor; für ihren Geschmack hatte es einen platten Reifen zuviel; es wurde mit einer hinreichenden Anzahl von Spinnen zusammen im Schuppen geparkt und dann vergessen. Gillian ging wandern.

Sie ging immer noch wandern.

Ein früher Morgen Ende September. Sonntag: die Glocke für die Frühmesse. Der Nebel stieg aus dem Tal unterhalb des Gartens auf, die Sonne stieg und berührte Gillians Haar. Zu dieser Stunde gab es noch keine Besucher, die Tauben waren noch in ihrem Schlag, Phoebe war im Haus.

Gillian kam zum Ende des Gartens, zu einem großen Teich. Phoebe hatte ihn ausgehoben, ihn gefüllt und bepflanzt: Im Frühling wucherte dort der Hahnenfuß, Rohrkolben und hohe gelbe Iris erhoben sich an seinen Rändern. Jetzt, da der Herbst kam, wurden auch die glänzenden Blätter der Seerosen gelb und begannen sich einzurollen.

Gillian, mit ihrem Tweedmantel und ihrem Nachthemd, stand am Ufer. Der Nebel stieg vom Tal unterhalb der Weißdornhecke auf, Spinnen stürzten sich von den Glasperlennetzen herab; die Sonne ging auf, und die Oberfläche des Wasser erglänzte in heiligem Licht.

»Frühstück«, rief Phoebe. »Nun komm schon.«

Gillian ging. Sie hängte ihren Mantel in der dunklen Diele mit dem Fliesenboden auf. Sie warf einen Blick auf Phoebe, die sich, im Morgenmantel mit Paisleymuster, zwischen Herd und Tisch hin und her bewegte, hatte einen Gedanken und spann ihn weiter.

Der Mann im Küchenradio redete über das, was in den Zeitungen stand. Phoebe und Gillian kauften die Zeitungen in unregelmäßigen Abständen, je nach dem Stand der Haushaltskasse, und lasen sie je nach Stimmungslage. Der Mann im Radio beschrieb verschiedene Reaktionen auf Gipfeltreffen; Bürgerkrieg; die widerwärtigen Umstände von Amtsenthebungen. Gillian angelte nach der Kanne und ließ aus großer Höhe frischen Tee in ihren Becher sprudeln.

»Laß das«, sagte Phoebe. »Hast du gut geschlafen?«

»Ich glaube schon.« Sie senkte die Teekanne. »Und du?«

»Sehr gut, vielen Dank.« Phoebe reichte ihr einen blaßgrünen Teller: wäßrige Klumpen Rührei auf einem Stück Toast.

Gillian nahm den Teller. Alistair Cooke schrieb ihr aus Amerika; das tat er jeden Sonntag, es langweilte sie zu Tode. Auf der gegenüberliegenden Seite des Tisches saß Phoebe und aß rasch, überflog dabei die Schlagzeilen. Draußen begannen die Tauben zu gurren.

»Meine Engel«, sagte Gillian.

»Was hast du gesagt?«

»Nichts.« Kauend und schluckend betrachtete sie die Küche. Ein Fenster zum Landsträßchen hinaus, ein anderes zum Garten hinter dem Haus: beide so klein, daß sie selten ohne elektrisches Licht auskamen, es brannte auch jetzt; eine einsame Birne in einem fliegenpapierfarbigen Schirm über dem Tisch. Wenn es nach Gillian gegangen wäre, hätten sie mehr Lampen gehabt, die auch die Ecken erhellt hätten, aber ihr Budget sah keinen Extraposten für Beleuchtung vor.

Insgesamt hatte das Mobiliar – der Herd, der mit Samt bezogene Lehnstuhl daneben, der zerkratzte, abgenutzte Tisch und das Buffet an der Wand – das gleiche Flair von Zufälligkeit, das auch sonst im Haus herrschte: Dinge, die man bei der

Ankunft irgendwo abgestellt und seither weder eines Gedankens gewürdigt noch umarrangiert hatte. Gillian war selten in den Häusern anderer Menschen zu Besuch, und obschon ihr die Einrichtung anderer Leute nicht gefiel, spürte sie bei diesen Gelegenheiten durchaus, was es hier zu Hause nicht gab.

»Toast?« Sie stand auf.

»Danke, ja.« Phoebe blätterte die Seiten um und rückte ihre Brille zurecht. Gillian griff nach dem Brotmesser. Das Feuilleton mit den Literaturseiten lag unberührt neben ihrem Teller: Es erforderte viel Kraft, immer auf dem laufenden zu bleiben. Manchmal las sie die Rezensionen, selten die Bücher. Phoebe war es, die drei oder vier im Monat aus der Bücherei auslieh, Fragekarten ausfüllte und bis spät in der Nacht mit der Brille auf der Nase aufrecht im Bett saß.

Gillian lag unter den Decken und lauschte ihren Gedichten, einem drängenden, gebrochenen Flüstern, dem man Stille bieten mußte.

Das Brot, sie hatte es zu dick geschnitten, konnte nicht aus dem Toaster heraus und wurde schwarz vor Wut. Die Küche füllte sich mit Rauch.

»Ach, um Himmels willen.« Phoebe schob ihren Stuhl zurück.

Zur Wiedergutmachung stand Gillian später mit einem zerlumpten Schlabberpulli und braunen Hosen am Spülstein und wusch ab. Sie hatte ihr Bett gemacht, ihr Haar zurückgebürstet und zusammengebunden, sie hatte die Fliegenpapierlampe ausgeknipst. In der Küche war es jetzt heller. Sie sah in den Garten hinaus, wo ihre Mutter auf den Knien lag, neben sich, auf einem Sack ausgebreitet, die Blumenzwiebeln vom letzten Jahr. Mit der Pflanzschaufel brach Phoebe die Erde auf, wendete sie, warf Steine hinaus.

Ein versprengter Teufel, zerlumpt und schwarz, hoppelte die Landstraße vor dem Hause entlang. Gillian in ihrem zerlumpten Pullover, die die Teller spülte und sie ins neben ihr stehende Gestell schichtete, sah ihn, wie er humpelte, sich irgendwo kratzte, Zuflucht suchte. Brot wurde übers Wasser gestreut, Wasser versprengt. Einem Mann hatte man Sand ins Auge gestreut. Er stand an einer Straßenecke, stöhnte im Regen. Ah. Da. Der Teufel sprang in ihn hinein, drehte sich um und um, ließ sich nieder in seiner neuen Heimstatt.

Gillian hörte nicht auf zu schreiben, ging Kartoffeln holen. Sie standen, noch voller Erde, in einem schweren Papiersack hinter der Speisekammertür. In einer Schüssel trug sie sie zum Spülstein, ließ Wasser darüberlaufen. Sie schälte sie und legte sie, wie Phoebe ihr gesagt hatte, um den Braten in dem großen schwarzen Bräter und öffnete die Ofentür. Guten Morgen, sagte Gillian, da, bitte sehr. Sie schob den Bräter in den Ofen und ging nach oben, immer noch schreibend, und ließ die Ofentür offenstehen.

Oben war es kalt und feucht. Sie ging in ihr Zimmer, zum Schreibtisch.

An einem Frühlingsmorgen vor ein paar Jahren war sie ins Arbeitszimmer ihres Vaters gegangen, hatte sich vor seinen Schreibtisch gekniet und nacheinander alle Schubladen herausgezogen. Sie hatte sie aufgestapelt und die Treppe hinaufgetragen. Ein Mann, den sie vom Dorf hatten kommen lassen, hatte ihr geholfen, das arme, leere Ding auf die Seite zu drehen und es nach oben zu schaffen. Der Schreibtisch war stabil und hatte allem widerstanden. Die Schubladen wurden wieder hineingeschoben, der Tisch kam vor ihr Fenster, wo er hingehörte. Das war sofort klar gewesen. Er hatte ihrem Vater gehört, dann niemandem, jetzt gehörte er ihr.

Und jetzt stand sie davor und schraubte ihren marmorierten Füllhalter auf. Manche Dinge waren männlich, andere weiblich: Weiße Blätter lagen unter dem Füllhalter, warteten darauf, seine Berührung zu empfangen.

Gillian setzte sich. Ihr Zimmer lag an der Stirnseite, sie konnte den Garten nicht sehen. Unten, auf der anderen Seite der Landstraße unter ihr, eine Hecke: Dahinter, nur von hier oben zu sehen, hoben und senkten sich Berg und Tal unter schwebendem Himmel.

Glocken läuteten.

Gillian hob den Füllhalter.

3

Draußen am Haus pries eine Schiefertafel ihr Gemüse an. Es gab zwar Besucher, die von weit her anreisten, um Pflanzen zu kaufen, Einheimische und Zufallskunden aber kamen wegen des Gemüses: Gewächshaustomaten, Blumenkohl, Karotten, Bohnen und Wintersalat aus dem ummauerten Gartenteil dem Teich gegenüber.

In ihrer Vision aus längst vergangenen Tagen hatte Phoebe diesen Teil nicht geplant, aber der Gemüseanbau wurde zur wirtschaftlichen Notwendigkeit. Im Vorfrühling des Jahres 1962, sechs Monate nach dem Tod ihres Mannes, orderte sie Steine bei einem Großhändler, der in der Lokalzeitung geworben hatte, und bestellte sich Literatur beim Bus der Stadtbücherei.

Der Bibliothekar vom Bücherbus, eher ans Geschäft mit Kitschromanen gewöhnt, machte seinen Stempel »Städtische Bibliothek« in ein Fachbuch über Trockenmauerbau und reichte es Phoebe, die mit Gillian draußen in der Kälte wartete.

»Für Ihren Mann?« Er hatte noch keine anderen Kunden, noch eine lange Tour durchs Tal vor sich und keine andere Gesellschaft als den Hund im Führerhäuschen.

»Nein«, antwortete Phoebe knapp. Sie betrachtete den Schutzumschlag und wandte sich dann dem Inhaltsverzeichnis zu. Ein scharfer Frühlingswind blies über die Felder; Gillian zog bibbernd den Schal enger um ihre Puppe.

»Sieht nach Regen aus«, sagte der Bibliothekar.

Phoebe nickte.

»Ein Buch für die Kleine?«

Phoebe sah Gillian an. »Willst du ein Buch?«

»Ja, bitte.«

Sie stiegen die Trittstufen hinauf in die Wärme des Busses. Phoebe lehnte im Türrahmen und blätterte, Gillian und die

Puppe sahen sich um. Die Abteilung mit Kinderbüchern war klein. Gillian, die gerade lesen gelernt hatte, suchte sich ein Buch über Höhlenmenschen aus. Gemütlich aussehende Frauen mit Einkaufstaschen erklommen die Stufen. Sie diskutierten den drohenden Regen und Catherine Cookson, erkannten das Kind in der Ecke und waren besonders freundlich.

»Das ist eine hübsche Geschichte, die du dir da ausgesucht hast. Bald kommst du ja mit den anderen Kindern in die Schule, nicht wahr?«

Gillian, von Schüchternheit geplagt, schrak bei dem Gedanken zusammen.

»Komm mit«, sagte Phoebe. Sie nickte den Frauen zu und schloß mit einem Klappen die Buchdeckel. Sie gingen rasch nach Hause.

Am Nachmittag, als der Regen aufgehört hatte, hob Phoebe einen Graben aus. Sie zog Linien mit dem Senkblei. Gillian saß am Schreibtisch ihres Vaters und sah sich in gelb und schwarz gedruckte Bilder von Säbelzahntigern und Mammuts an. Ein paar Worte konnte sie entziffern, andere erraten. Die Puppe machte ihren Nachmittagsschlaf. »Ich kann lesen«, erzählte Gillian ihr, als sie aufwachte.

Zwei Tage später kam ein Sattelschlepper mit den Steinen, die er in einem Haufen an den Straßenrand kippte. Phoebe, die Unfälle verhüten wollte, versah ein paar lange Bretter mit Kalkanstrich und lehnte sie als Warnsignal für gelegentlich vorbeifahrende Autos und Traktoren an den Haufen. Dann karrte sie Schubkarre für Schubkarre die Steine den Pfad am Haus entlang und quer durch den Garten. Gillian sammelte herabfallende Steinchen auf und baute unten beim Teich kleine Höhlen. Der Teich sah noch ziemlich wild aus, Phoebe hatte ihm noch nicht ihre ganze Aufmerksamkeit gewidmet. Gillian formte Höhlenmänner und Höhlenfrauen aus Knetmasse, dazu ein Knetmassemammut. Die Mauer wuchs, Schicht um Schicht, und war kurz nach Ostern fertig. Nach Ostern kam Gillian in die Schule.

Phoebe baute ihr Gemüse schon biologisch an, als es noch lange nicht Mode war, bereitete Kompost und mied Spritzmittel. Ihre Salate hatten manchmal Löcher in den Blättern, ihre Karotten waren blaß und verschieden groß, aber sie schmeckten gut. Mit Kreide notierte sie Preise auf eine beim Schulbasar erstandene Tafel, die sie, flankiert von ein paar Töpfen Thymian, vor der Haustür aufstellte. Gillian hatte erst gedacht, die Tafel sei für sie. Wenn Kunden kamen, um etwas zu kaufen, begleitete sie sie den Weg entlang und deutete dann auf die pflanzende oder stutzende Phoebe. Gärtnerschnur und Schere beulten Phoebes Taschen aus, und sie hatte immer etwas in der Hand – Blumentöpfe, eine Pflanzschaufel, Kisten mit Stecklingen. Die Besucher störten jedesmal ein bißchen, aber sie gewöhnten sich an ihre brüske Art. Das Geld bewahrte Phoebe in Marmeladengläsern auf, und Gillian durfte es immer zählen, jedenfalls bis zu dem Tag, an dem sie ein Glas fallen ließ und Scherben und Münzen sich auf dem Boden mischten. Phoebe schnitt sich, als sie das Geld aufsammelte. Gillian versteckte sich.

Später Nachmittag. Nach dem Mittagessen mit dem halbrohen Braten hatte Phoebe das erste gefallene Laub zusammengerecht, es mit dem Unkraut und den verwelkten Sommerblüten aufgehäuft und unten am Teich ein Feuer angezündet. Jetzt hatte sie sich in den Gemüsegarten zurückgezogen, um die letzten Stangenbohnen zu ernten und Frühkohl auszusäen.

Gillian stand da und betrachtete das Feuer. Dünner Rauch stieg von der Mitte auf und wehte über den Garten, wo die Dahlien in Flammen standen. Jenseits der Trockenmauer konnte sie die letzten feuerroten Bohnenblüten und Phoebe mit ihrem gestrickten Hut sehen, die sich zwischen ihnen zu schaffen machte. Es wurde kalt, das Licht verging schon. Saatkrähen krächzten, Tauben flogen zum Taubenschlag auf. Schritte kamen ums Haus herum, hielten auf dem gepflasterten Weg. Erst nach einem Augenblick drangen sie in Gillians Bewußtsein, sie wandte sich um und sah einen Mann.

Er war groß und hager, trug eine Wetterjacke und Gummistiefel, die beide nicht neu aussahen, aber trotzdem wußte sie gleich, daß er nicht von hier stammte, nicht hier geboren und aufgewachsen war. Er sah sie und kam den Weg entlang.

»Guten Tag«.

Gillian nickte und wandte sich wieder dem Feuer zu, stocherte mit dem Fuß im Laub.

»Tut mir leid, wenn ich Ihre Sonntagsruhe störe. Ich bin zufällig vorbeigekommen und habe die Tafel gesehen. Ich habe schon von Ihrem Garten gehört.« Eine kultivierte englische Stimme: ein Zugezogener oder, jetzt am Ende der Saison, ein später Tourist.

»Der Garten gehört meiner Mutter.« Gillian drehte sich zu ihm um. »Da ist sie.« Mit dem Kinn deutete sie zu der schlanken Gestalt mit dem Strickhut hinüber, die sich zwischen den Bambusstangen und den flammendroten Blumen zu schaffen machte. »Es ist zwecklos, mit mir zu reden.«

Der Mann lächelte. Er war älter als sie, hatte ein offenes Gesicht, dem man ansah, daß er viel draußen sein mußte. Ein ganz angenehmes Gesicht, dachte sie sich, wenn man etwas für Männer übrig hatte. Gillian verstand nichts von Männern.

»Gut – dann geh ich und spreche mit Ihrer Mutter, wenn ich darf.«

Sie gab keine Antwort. Er sah auf den Teich, auf die glänzenden Blätter der Seerosen, die sich jetzt einrollten, auf die dichte Vielfalt von Schilf und Rohr am Uferrand. Ein Waldsänger schoß hin und her. Welkende Blätter von den Eschen, die die Wiese des Bauern säumten, fielen in der ruhigen, kühlen Luft herab, drehten sich langsam auf dem Wasser.

»Ein wunderbarer Teich.«

»Das ist der Altar des Gartens«, sagte Gillian, die das noch nie zu jemandem gesagt hatte.

Der Mann sah sie neugierig an.

»Hallo«, sagte Phoebe über die Mauer hinweg. »Kann ich etwas für Sie tun?«

»Ich geh meinen Mantel holen.« Gillian verließ das Feuer und den Besucher und ging zum Haus. Tauben flatterten um den Taubenschlag. Sie nahm ihren Mantel vom Haken im Flur. Die Speisekammertür stand offen, sie konnte das schwache Kratzen einer Maus hören. Wenn Phoebe sie bemerkte, würde sie eine Falle aufstellen. Gillian ging in den düsteren, kühlen Raum und knipste das Licht an. »Geh lieber«, sagte sie. »Hier gibt man dir keine Herberge.« Tödliche Stille. Sie stand da, sog den erdigen Duft der Kartoffeln in ihren Papiersäcken und den feuchten Holzgeruch der spinnenbehausten Balken ein. Zwiebelstränge hingen von Nägeln herab, auf dem Bord in der Ecke stand ein Fleischschrank aus perforiertem Zinkblech; momentan das Gefängnis für die Reste des halbrohen Bratens. »Du bist gewarnt«, sagte Gillian zu der stummen Maus, dann ging sie hinaus.

Phoebe und der Besucher waren hinter der Mauer des Gemüsegartens zu sehen, ins Gespräch vertieft. Gillian kehrte zum Feuer zurück, stellte sich hin, stocherte mit einem langen Eschenstock darin herum und störte es, was Phoebe ihr ausdrücklich untersagt hatte. Sie horchte auf das Fallen von Blättern und Zweigen darin, auf das An- und Abschwellen von Stimmen. Das Gras auf der Wiese hinter dem Teich wurde grau, als der Nachmittag sich neigte. Sie hockte sich nah neben die glühenden Überreste und mühte sich, die Anfangszeilen des heutigen Morgens wieder zu entfachen.

Phoebe und ihr Besucher hatten ihre Unterhaltung beendet: er sah sich allein im Garten um, während sie eine Pappkiste voll Stangenbohnen zum Haus trug. Gillian richtete sich vom Feuer auf, rieb sich die rheumatisch schmerzenden Knie und beobachtete den Besucher, der die Wege entlangging, Namensschilder betrachtete, bei den Rosen innehielt, die, jetzt verblüht, auf Phoebes Schere warteten. Lavendelbüsche wuchsen darunter, säumten den ziegelgepflasterten Weg; er zerdrückte einen dürren Zweig zwischen den Fingern, roch daran, ging weiter.

Gillian dachte an das Feuer und überlegte, ob sie es getötet hatte. Ihre Anfangszeilen entzogen sich ständig und wollten nicht richtig herauskommen, sie übergab sie dem Flammentod.

»Tee!« rief Phoebe vom Haus her. Sie hatte das Licht im Flur angeschaltet und stand im Türrahmen des Hintereingangs, aufrecht und groß wie ein Rohrkolben.

»Komme.« Gillian machte sich auf den Weg in ihre Richtung. Sie dachte an ihre Gedichtfragmente und ihr schreckliches Ende; Mitleid regte sich. Manchmal mußte man unbarmherzig sein.

Der Besucher holte sie ein. »Ich bin froh, daß ich hergekommen bin.«

»Alles stirbt jetzt«, sagte Gillian.

»Es ist immer noch schön.«

»Ja. Das ist alles meine Mutter.« Sie wandte sich um, und sie gingen zusammen weiter.

»Und was tun Sie?« fragte er.

»Im Weg sein.«

Sie erreichten das Haus. Von der Straße her kam Hundegebell. Köpfe lugten aus dem Taubenschlag, drinnen murmelndes Gurren, Federn wirbelten zu Boden.

»Wie hübsch.« Der Mann blickte zum weißen Geflatter hinauf, als erst einer, dann zwei Vögel auf den Sims hinauskamen, um dann wieder hintereinander ins Haus zu staksen.

»Pfautauben«, sagte Gillian. »Es sind meine – ich hab das erste Pärchen gekauft.«

Phoebe stand noch immer im Türrahmen: »Du hast das Licht in der Speisekammer angelassen.« Sie bot dem Besucher Tee an; er schüttelte den Kopf.

»Sehr freundlich von Ihnen, aber ich glaube, meinem Hund reicht es jetzt. Ich hab ihn im Auto eingesperrt.« Er nickte beiden zu. »Ich glaube, es ist besser, wenn ich jetzt gehe.«

Er sagte nicht, wohin er wollte, und die Frauen erkundigten sich nicht danach. In dieser Gegend fragte man Fremde nicht aus.

»Vergessen Sie Ihre Bohnen nicht.« Phoebe deutete auf die Pappkiste an der Tür; er bezahlte und hob sie hoch. »Kommen Sie wieder vorbei«, sagte Phoebe rasch. »Wir sind immer hier.«

»Danke. Das tue ich bestimmt.«

Seine Schritte verklangen auf dem Weg an der Längsseite des Hauses. Phoebe und Gillian gingen hinein.

»Das war mal jemand, der was von der Gärtnerei versteht.« Phoebe setzte Wasser auf.

Durchs Fenster erhaschte Gillian einen Blick auf einen davonfahrenden Landrover und einen temperamentvollen, schwarzweißen Schäferhund auf dem Beifahrersitz.

Phoebe stellte Becher und eine Flasche Milch auf den Tisch. Sie tranken ihren Tee und hörten sich die Naturkundesendung im Radio an.

Am Abend ging Gillian in die Kirche. Sie zog das Gartentor hinter sich zu und ging die dämmrige Landstraße entlang, bekleidet mit Tweedmantel und Kopftuch, das sie etwa auf die gleiche Art unter dem Kinn zusammengebunden trug wie Phoebe es immer hatte. Bei Phoebe sah es gut aus, bei Gillian, der dreißig Jahre jüngeren, ungebundenen Fünfunddreißigjährigen nicht. Sie scherte sich nicht darum. Sie ging zur Kirche, deren Glocken läuteten.

In diesem Tal gab es Orte, in denen auf fünfzig Häuser drei Kirchen kamen. Hier, in der Church of Wales, wurde einmal im Monat ein Abendgottesdienst begangen. Der Pfarrer hatte in seinem Sprengel noch andere Kirchen zu versorgen, und obwohl ihm Laien oder pensionierte Pfarrer dabei halfen, die wöchentlichen Morgenandachten und die Abendmahlsgottesdienste abzuhalten, erstreckte sich die Hilfe doch nicht immer auf den dritten Gottesdienst des Tages, dessen schwacher Zulauf jetzt, da die Tage kürzer und kälter wurden, noch spärlicher wurde.

Gemeinsam gingen Gillian und Phoebe manchmal zu den Frühgottesdiensten. Phoebe war eine Stütze des Blumenkreises und hatte außerdem über die Jahre eine ziemliche Anzahl von Gobelins für Kniepolster gestickt. Dabei leitete sie ein durchaus weltlicher Geist: Sie freute sich daran, beim Gottesdienst ihren Rittersporn und ihre Levkojen in hohen, grünen Vasen neben der Kanzel und ihre Lampionblumen auf den weißgetünchten Fensterbänken unter den Bleiglasfenstern zu sehen. Es machte ihr Freude, auf einem Kissen zu knien, an dem sie den ganzen letzten Winter lang gearbeitet hatte, während sie in der Küche saß, die Naturkundesendung oder die Serie über Klassiker der Literatur hörte. Manche Muster kopierte sie aus Büchern, andere entwarf sie selbst, verstichelte himmelblaue, cremeweiße, goldene und karmesinrote Wolle zu Lämmern, Kreuzen und Bourbonenlilien, während die Brontës, Dickens und Thackeray die Küche erfüllten und Gillian lauschend im grauroten Sessel beim Eisenherd saß.

Gillian hatte kein Talent für Gobelinstickerei oder Blumenarrangements. Sie ging in die Kirche, um zu beten.

Sie ging durch das überdachte Friedhofstor und den ebenen Weg zwischen Gräbern und Eiben entlang, vorbei am Grab ihres Vaters, das etwas weiter rechts im Mauerschatten unter einer anderen Eibe lag. Viele der neueren Grabsteine waren aus glänzendem schwarzem Granit geschnitten, manche hatten überaus kunstvolle Inschriften und eingravierte, goldene Blumen in den Ecken. Der Gedenkstein für ihren Vater war schlicht: eine Platte aus grauem Stein, sein Name, Geburts- und Todesdatum. Und ein einziges Wort: »Dichter«. Das war eins der ersten Worte, das Gillian zu lesen gelernt hatte, hier auf dem Friedhof, an einem kalten Frühlingsmorgen sechs Monate nach dem Unglück, im gleichen Frühling, in dem Phoebe die Trockenmauer gebaut hatte und sie selbst eingeschult worden war. Die Erde über dem Grab hatte sich gesetzt, der Stein war aufgerichtet worden, sie hatte mit Phoebe und dem Pfarrer davorgestanden, der Pfarrer hatte ein Gebet gesprochen.

»Unser Vater, der Du bist im Himmel«, sagte er.

»Dichter«, sagte Gillian, als er geendet hatte, und sie spürte, wie das Wort in sie einsank, so sicher und gewiß, als hätte es immer schon darauf gewartet.

Der Wind wehte über den Friedhof hin, kräuselte das zarte, neue Gras. Die meisten Narzissen, die vor der Mauer oder in Trupps zwischen den Gräbern wuchsen, waren noch nicht aufgeblüht, ein paar öffneten sich gerade, leuchtend und frisch.

»Das ewige Leben in Jesu Christo«, sagte sie laut, und Phoebe und der Pfarrer sahen sich über ihren Kopf hinweg an.

»Sie kann sich erinnern«, sagte der Pfarrer.

»Scheint so.«

»Ja«, sagte Gillian. Sie erinnerte sich an die Flut, an den peitschenden Regen, daran, daß sie das Telefon läuten gehört hatte, als sie unter dem Schreibtisch ihres Vaters mit den zerknüllten Bällen aus Weiß und Durchgestrichenem gespielt hatte. Sie erinnerte sich daran, wie sie Phoebe in der Küche hatte sitzen sehen, weiß wie Papier, tatenlos, was es noch nie gegeben hatte. Sie erinnerte sich daran, daß sie durch Wassermassen hindurch in ein anderes Haus gebracht wurde und dort bleiben mußte, sie erinnerte sich an den Sarg in der Kirche, an Blumen und Menschen überall, daran, daß sie am offenen Grab gestanden hatte, als der Sarg hinabgelassen wurde, tiefer und tiefer. Sie hatte nicht gewußt, daß ein Loch so weit hinuntergehen konnte.

»Denn du bist Erde, und zu Erde sollst du werden«, las der Pfarrer, »... denn der Tod ist der Sünde Sold; aber die Gabe Gottes ist das ewige Leben in Jesu Christo, unserem Herrn.«

Der Wind wehte, die Blütenköpfe der ersten Narzissen schüttelten sich. Phoebe und Gillian wurden vom Friedhof zum Pfarrhaus geleitet, wo man ihnen heiße Getränke und Gespräche über andere Dinge anbot.

»n' Abend, Gillian. Gehts dir gut?«

»Sehr gut, danke.« Sie ging an Gwen Jones vorbei, die unter dem Vordach stand, vorbei an den angehefteten Mitteilungsblättern, auf denen es um Missionen, Sitzungen des Gemeindeausschusses und den Blumenkreis ging, und nahm ihren Platz in der Kirche ein. Ihr Platz war ganz rechts am Ende einer Mittelbank, unter der Gedenktafel aus Messing, aufgehängt und gestiftet von den Gemeindemitgliedern. Der

Name ihres Vaters, die Daten. Worte aus dem 93. Psalm.

> *Herr, die Fluten erheben sich, die Fluten erheben ihr Brausen, die Fluten erheben ihr Tosen.*
> *Gewaltiger als das Tosen vieler Wasser, gewaltiger als die Brandung des Meeres aber ist der Herr in der Höhe.*

Gillian, dreizehn war sie damals gewesen, hatte den Pfarrer einmal gefragt, ob es nicht passender gewesen wäre, ein paar Zeilen aus einem Gedicht ihres Vaters zu nehmen.

Der Pfarrer, er war schon sechsundsiebzig und bereitete sich auf den Ruhestand bei seiner Schwester in Tenbury vor, dachte über die Frage nach. Gillian war gekommen, um sich von ihm zu verabschieden. Ein schöner Herbsttag, ein Samstag. Mit einem in Zeitungspapier eingewickelten Strauß bronzefarbener Chrysanthemen in der Hand stand sie im Flur auf den nackten Dielen, zwischen Kisten und Umzugskartons.

»Komm nur rein, bei mir herrscht eine heilige Unordnung«, sagte der Pfarrer. Er führte sie durch die offene Tür ins vordere Zimmer, ins »Wohnzimmer«, wie er und Phoebe es nannten. Am Montag sollte der Möbelwagen kommen; jetzt waren nur noch zwei Sessel da. Der Pfarrer nahm die Chrysanthemen mit in die Küche, kehrte mit einer Milchflasche zurück, in die er sie gesteckt hatte, und stellte sie auf den Kaminsims. Gillian saß in einem der beiden Sessel neben dem Kamin. Sie sahen einander an. Er hatte ihren Vater beerdigt. Seine Frau hatte in der Nacht des Schneesturms, in dem sie geboren wurde, den Doktor geholt. Sie war in dem Jahr gestorben, als Gillian elf geworden war und auf die Gesamtschule in der Kreisstadt gewechselt hatte, wohin sie nun täglich mit dem Bus fuhr. Der Pfarrer hatte keine Kinder. Morgen würde er seinen letzten Gottesdienst hier halten. Er saß Gillian gegenüber auf der anderen Seite des leeren Kamins und bewunderte die Blumen.

»Meine Schwester in Tenbury hat einen Garten«, erzählte er. »Sehr hübsch. Aber klein. Nicht zu vergleichen mit dem deiner Mutter. Eine solche Gärtnerin wie deine Mutter hat die Welt noch nicht gesehen. Wie geht es ihr denn so?«

Es gehe ihr gut, sagte Gillian. Der hohe Sessel mit den polierten hölzernen Armlehnen ähnelte dem in der Küche zu Hause. Sie rutschte ein bißchen hin und her, wußte jetzt, wo sie nun da war, nicht mehr so recht, was sie sagen sollte.

»Na«, sagte der Pfarrer, »und wie gehts in der Schule?« Gillian dachte an die Betongebäude mit den Fenstern, die im Winter vom Kondenswasser troffen und sich im Sommer unerträglich aufheizten. Sie dachte an den Lärm in den Fluren, Waschräumen und in den riesigen Klassen, an die lauten, selbstbewußten Mädchen, die Ringe an den Fingern hatten, sich vor dem Heimweg in den Waschräumen die Augen schminkten und um sie einen Bogen machten. Sie dachte an die Klugen mit den Einsen in Mathe und Physik, die mit ihr auskamen. Sie betrachtete sich selbst mit den Augen der anderen. Damit hatte sie gerade erst angefangen, würde es aber bald wieder aufgeben. Sie sah ein Mädchen mit unscheinbarem Körper und drahtigen Haaren, ein vaterloses Einzelkind, das im Bus las und mit sich selbst redete.

»Tu ich nicht.«

»Tust du doch. Ich hab dich gesehen. Wie du auf dem Schulhof auf und ab gegangen bist und irgendwas gemurmelt hast.«

»Geschrieben«, rutschte es Gillian heraus, und sie wurde rot bis an die Haarwurzeln.

»*Geschrieben*? Was meinst du denn damit?«

»Ihr Vater war Schriftsteller«, sagte Bethan, die in der Grundschule mit ihr zusammengewesen war und zu ihr hielt. »In unserer Kirche hängt eine Gedenktafel für ihn.«

»Oh.« Und die Mädchen schwebten wieder davon, untergehakt zu zweit und zu dritt.

»Mach dir nichts aus denen«, sagte Bethan. Arm in Arm wanderten sie über den Schulhof, bis es klingelte.

Aber Bethan hatte auch andere Freundinnen, und dann einen Freund. Gillian hatte von Jungen keine Ahnung.

Schließlich wurde Bethans Vater nach Birmingham versetzt, und sie zogen weg. Seit Weihnachten hatte Gillian keinen Brief mehr bekommen.

»Tja«, sagte sie gerade zum Pfarrer, »mir gefällt die Schule eigentlich nicht besonders.«

»Das geht auch anderen so«, sagte er freundlich. »Die weite Welt wartet.«

Gillian wollte keine weite Welt. Sie wollte in Ruhe gelassen werden.

»Ich möchte Sie etwas fragen – wegen der Gedenktafel für meinen Vater. Warum hat meine Mutter eigentlich den Psalm ausgesucht? Ich meine – ich wünschte, sie hätte eins von seinen Gedichten genommen.«

Der Pfarrer dachte nach. »Ich glaube eigentlich nicht, daß wir etwas Weltliches hätten nehmen können, verstehst du? Deine Mutter war in tiefer Trauer, und ich habe ihr geholfen, etwas auszusuchen. Ein Psalm schien mir passender.«

»Oh.« Sie versuchte, sich Phoebe in tiefer Trauer vorzustellen.

»Hättest du sie das nicht selbst fragen können?« Er sah sie an.

Sie schüttelte den Kopf. »Kaum.«

»Steht ihr euch nicht sehr nahe?«

»Nicht sehr.«

»Verstehe. Na gut. Es tut mir leid, daß du nicht einverstanden bist.«

»Mit Nicht-einverstanden-sein hat das nichts zu tun.« Gillian betrachtete die bronzefarbenen Chrysanthemen, die den leeren Kaminsims erleuchteten, die staubigen Quadrate an den Wänden, wo einmal Bilder gehangen hatten. Bei ihr zu Hause gab es fast gar keine Bilder. Alles, was farbenfroh und schön war, spielte sich im Garten und auf den Gobelinkissen ab. Sie stellte sich Phoebe und den Pfarrer vor, wie sie einen Psalm aussuchten, weil die Gedichte ihres Vaters zu weltlich waren, und dachte an den allmächtigen Herrscher über die Fluten, die ihn fortgenommen hatten.

»Meine Mutter glaubt nicht an Gott.«

»Tatsächlich?«

Der Pfarrer hatte die Fingerspitzen aufeinandergepreßt. Er hatte weißes Haar, trug eine Brille aus Schildpatt und eine alte, schilfgrüne Strickjacke, die hätte gestopft werden müssen. Sie hatte ihn ihr ganzes Leben lang gekannt, und jetzt ging er fort.

»Ich bin mir auch nicht so sicher, ob ich es tue«, sagte sie. »Glauben.«

»Tatsächlich?« fragte der Pfarrer wieder. »Bedrückt es dich?«

»Manchmal.«

»Möchtest du jetzt beten?«

»Nein, vielen Dank.«

Beten war wie Dichtung: einsam, privat, tief drinnen. In der Kirche, wo jeder die Antwortstrophen des Wechselgesangs rezitierte, war es anders. Aber mit einem anderen Menschen laut beten? Undenkbar. Nicht einmal mit ihm.

»Tasse Tee?«

»Nein, vielen Dank.«

Sie lächelten einander an, in tiefem Verständnis füreinander.

Er begleitete sie zur Tür.

»Meine besten Grüße an deine Mutter. Sag ihr vielen Dank für die Blumen.«

»Ich hab sie gepflückt«, sagte Gillian. »Die waren von mir.«

Sie stieg auf ihr Fahrrad, das am Zaun lehnte, und radelte davon.

Danach kamen und gingen die Pfarrer, und für lange Zeit ging Gillian nicht mehr zur Kirche.

Am zwanzigsten Todestag ihres Vaters stieg sie von der Wüste auf. Nur wenige erinnerten sich an ihn, niemand sprach von ihm. Phoebe und sie erwähnten ihn nie. Beim Abendgottesdienst saß sie unter der Gedenktafel, konnte Holz und Stein und Messingpolitur riechen. Sie lauschte der Orgel, so klagend und langsam. Sie stimmte ein in die Gebete und Wechselgesänge, die ihr so lange fremd geworden waren, ihr jetzt aber wieder zuflogen: Worte aus ihrer Kindheit, tiefer drinnen als das Grab.

Ich glaube an den Heiligen Geist; die heilige katholische Kirche, die Gemeinschaft der Heiligen …

Der Herr segne und behüte uns. Er lasse sein Antlitz über uns leuchten und sei uns gnädig …

Der Novemberhimmel draußen vor den Bleiglasfenstern war schwarz. Es fing an zu regnen.

»Die Gemeinschaft der Heiligen«, sagte Gillian tonlos. »Die Gnade unseres Herrn Jesus Christus.«

Sie war dreiundzwanzig Jahre alt und hatte keinen Platz auf dieser Welt.

Die Kirche blieb bis Oktober ungeheizt, dann wurden die Gasbrenner angezündet. Gillian, die mit Tweedmantel und Kopftuch auf einem von Phoebes gestickten Polstern an ihrem Platz kniete, spürte die Kälte in ihre Knie heraufsteigen. Sie senkte den Kopf, lauschte auf die Glocken. Einmal, da war sie noch ein Kind gewesen, hatte ihre Lehrerin sie mit in den Glockenturm genommen. Sie war hinter Bethan hergeklettert, hatte sich an dem dicken, mit Messingösen an der Wand verspannten Seil festgehalten und sich ganz flau gefühlt. Sechs Glocken waren da, und sechs Glockenzüge in Purpurrot und Gold, und ein Bild der Königin mit den Namen von allen, die am Krönungstag die Glocken geläutet hatten. Sie, Bethan und all die anderen hatten sich oben zusammengequetscht, den Glöcknern zugesehen und sich die Ohren zugehalten. Jetzt hörte sie, wie der Klang langsamer wurde und zu der einzigen, auffordernden Note verebbte: Kommt, kommt, kommt. Die Orgel hielt leise Zwiesprache. Sie schloß die Augen und versuchte zu beten, konnte es nicht. Die visionären Augenblicke des Vormittags hatten sie verlassen – die ersten Zeilen ihres Gedichtes waren in den Flammen gestorben, sie war verstört und unruhig.

Der Besucher hatte sie beunruhigt. Besucher waren im Weg. Sie hatte einem Fremden verraten, wo der Altar des

Gartens lag, und etwas war ihr entglitten, als hätte sie Zeilen aus einem Gedicht vorgetragen, bevor es fertig war. Das sollte man nie tun. Er hatte sie dazu gebracht, es zu tun – etwas in seinem Gesicht hatte sie dazu gebracht, ganz unwillkürlich. Sie hatten im schwindenden Nachmittagslicht dagestanden, als der Rauch vom Herbstfeuer zum Himmel aufstieg und gelbe Eschenblätter zum stillen, klaren Wasser hinunterwirbelten. Und sie – als sei ein flackerndes Flämmchen in ihr angezündet worden –, hatte verstanden: Diesem Mann kann ich alles sagen. Und hatte gesprochen.

»Hallo? Kann ich etwas für Sie tun?«

Phoebe, auf der anderen Seite der Trockenmauer, spitzig wie eine Bohnenstange.

Um sie herum, in der Kirche, hörte Gillian die Schritte der Nachzügler, die ihre Plätze auf den Bänken einnahmen. Gesangbücher wurden durchgereicht und aufgeschlagen, leise, freundschaftliche Begrüßungen ausgetauscht. Die Orgelklänge wurden langsamer, wechselten die Tonart, kündigten an. Die Sakristeitür öffnete sich und gab den Blick auf den Pfarrer im schwarzweißen Meßgewand frei. Gillian erhob sich und sah an ihm vorbei zu den brennenden Kerzen am Altar.

»Geleite mich mit einem reinen Herzen und demütiger Stimme zum Thron der himmlischen Gnade …«

Gemeinsam mit der Handvoll Menschen, die die Gemeinde bildeten, fiel Gillian wieder auf die Knie und suchte den Ort des Glanzes.

4

Wer ist die, die aufsteigt von der Wüste …

Als er nach Hause fuhr, den Hund neben sich, dachte Edward über die Frau im Garten nach, dann vergaß er sie. Die Straße stieg an, schlängelte sich um die Hügel, Blätter wehten über die Windschutzscheibe hin, Regen fiel in ein paar Tropfen, hörte wieder auf.

Zu Hause auf der Farm ging er daran, seine Hühner einsperren. Schon jetzt lag ein Hauch von Frost in der Luft, und das Gatter zum Hof fühlte sich kalt an, der Riegel wurde steif, brauchte Öl. Der Hund folgte ihm, scheuchte Hühner von ihren Plätzen unter dem Anhänger, hinter den Heuballen und unter der Hecke im hinteren Feld auf.

»Hier, Mädchen, hier.« Er pfiff, hoch und dünn.

Tarn arbeitete nahe am Boden, duckte sich, bewegte sich rasch, trieb die Hühner die Wiese hinauf. Krächzend rannten sie aufs Hühnerhaus zu, bleiche Beine und glänzende Flügel wirbelten, putputput, Köpfe schossen nickend vor und zurück, schnellschnellschnell über das holprige Gras, hierhin, dorthin.

»Immer noch besser als der Fuchs«, sagte Edward. Er schloß das Tor zum Auslauf hinter sich, ließ Tarn draußen. Die Hühner kletterten das kleine, kotbekleckste, gerippte Brett zur Tür hinauf, hinein in die geruchsgeschwängerte Wärme mit Stange, Stroh und Nistkasten. Er nahm eine Stallaterne vom Haken, knipste sie an, überprüfte die Nester. Ein, zwei Stück bloß, die Legeperiode war fast zu Ende. Diese Vögel waren unberechenbar, legten ihre Eier am liebsten so ab, daß man Suchaktionen, wie sie Kindern Spaß machen würden, unter Hecken und in den Lücken zwischen Heuballen veranstalten mußte. Vorsichtig steckte er sich die Eier in die Tasche, und die Hühner nahmen ihre Plätze oben auf der Stange ein und plusterten sich auf; blanke Augen blinzelten ins Licht, warteten darauf, daß er ging. Er schaltete die Lampe aus.

Vor dem Auslauf wartete Tarn. Sie folgte ihm zum Haus hinunter, immer mit einem kleinen Abstand, hielt an, um zu schnüffeln oder eine kleine Pfütze zu machen, inspizierte die Hecken. Im nächsten Frühling sollte hier die Weide für die neuen Lämmer sein, für seine ersten. Zur Zeit waren seine achtzig Mutterschafe hoch oben auf den Bergen verstreut, streiften zusammen mit den Tieren des Nachbarn durch vergilbenden Farn, blökten beim Anbruch der Nacht. Edward blieb kurz stehen, weil er den ersten leisen Ruf einer Eule in der Dämmerung hörte, der sich aber nicht wiederholte. Er ging weiter, Tarn bei Fuß, ein Schatten, der ihn nicht verließ.

»Braves Mädchen.« Auch der Hund war sein erster.

Drinnen machte er eine Dose für sie auf, mischte Fleisch mit Resten vom Mittagessen und Trockenfutter aus dem Papiersack hinten im Schrank. Er schenkte sich ein Bier ein und ließ sich am Küchentisch nieder, sah die Zeitungen durch, wartete aufs Läuten des Telefons. Tarn ging zu ihrem Korb neben dem großen Rayburn-Küchenherd, rollte sich schwanzwedelnd zusammen, ließ einen Seufzer hören. Die Uhr tickte, der Korb knarrte, Edward blätterte die Seiten um. Die Zeitungen waren voller Nachrichten aus London, das er gern hinter sich gelassen hatte. Geräuschvoll rückte er den Stuhl zurück, merkte, daß er Hunger hatte, und entsann sich der Pappschachtel mit den Stangenbohnen draußen im Jeep.

Er holte sie herein und dachte wieder an die Mutter und die Tochter in dem Garten, an ihren schwierigen Umgang miteinander. Er machte sich eine Handvoll Bohnen, etwas kalten Braten und zwei Scheiben Brot zum Abendessen zurecht, aß und hörte den Schluß eines Konzerts aus St. John's, Smith Square, eine Einspielung aus dem letzten Winter.

Im letzten Winter hatte er noch in London gelebt.

Tarn schlief in ihrem Korb, winselte manchmal im Traum. Der Anruf kam nicht. Eine halbe Stunde lang beschäftigte Edward sich damit, Bücher zu sortieren, die immer noch in dem Raum auf der anderen Seite des Gangs, wo er seinen alten Eßtisch aufgestellt hatte, in ihren Kisten warteten, und begann, Regale aufzustellen. Dann knipste er alle Lampen aus, stieg die Treppe hinauf, blieb in der Dunkelheit auf dem Treppenabsatz stehen und ließ den Blick über den Hof schweifen, wo er den Ruf der jagenden Eule jetzt ganz deutlich hörte. Sterne zeigten sich. Er ging zu Bett, lag da, las und sehnte sich nach seinem Geliebten.

Die Farm hatten sie im letzten November zum erstenmal gesehen, da waren sie zu nachtschlafender Zeit in London aufgestanden, hatten die Wohnung abgeschlossen und waren bei Tagesanbruch durch den orangefarben erleuchteten Tunnel beim Barbican gefahren, an St. Paul's vorbei und dann den Fluß entlang. Rowland fuhr, weil er das gern tat und weil das Auto neu war: ein schlanker, schneller, pflaumenblauer Peugeot. Am Embankment-Ufer fuhr er sehr schnell. Sein Bauch klemmte knapp hinter dem Lenkrad, sein Gesicht war schwer vom Schlaf. Edward saß an seiner Seite, betrachtete die Landkarte und die Wegbeschreibung. Meilenweit weg von so ziemlich allem. Die Annonce war an die Landkarte geheftet; er hatte sie am letzten Wochenende in der Zeitung gesehen und gleich montags vom Büro aus dort angerufen.

»Ist schon eine Weile auf dem Markt«, sagte der Makler. »Man muß schon ziemlich was daran tun – aber das schlägt sich schließlich auch im Preis nieder.«

»Verstehe.«

Edward drehte sich auf dem schwarzen Drehstuhl in seinem Amtszimmer so herum, daß er die Silhouette der Stadt sehen konnte. Wolken hingen tief über Kirchturm und Bürohochhaus. Er stellte sich Regen vor, der im Farnkraut versickerte, über Schiefer floß, und malte sich aus, wie Rowland und er vom Fenster ihrer Farmhausküche aus zusehen würden. Er hörte sich an, was der Makler zu sagen hatte, stellte Fragen, machte einen vorläufigen Termin aus, dann rief er bei der Probebühne an und hinterließ eine Nachricht für Rowland King, Mitglied des London Consort. Rowland rief zurück; er klang belustigt, aber geduldig.

»Ist das dein Ernst?«

»Ich glaube schon. Hast du Zeit?«

In Rowlands Terminkalender wurden Seiten umgeblättert; im Hintergrund hörte Edward Orchestergeräusche. Rowland war für Monate ausgebucht, aber am Sonntag würde es gehen, vorausgesetzt, Hin-und Rückfahrt wären an einem Tag zu schaffen.

»Wenn du in dem Tempo weiterfährst, sind wir in einer Stunde schon dagewesen und wieder zurück«, sagte Edward jetzt. Sie fuhren gerade hinter Oxford auf die Autobahn auf. »Kaffee?«

»Ja, bitte.«

Er schraubte die Thermosflasche auf. Rowland schaltete »Neues vom Schallplattenmarkt« aus und schob eine Kassette ins Gerät. Die Autobahn war immer noch fast leer. Sie rasten an Wiesen vorbei, über denen sich langsam der Nebel lichtete; Kühe standen auf nassem Gras, mit dampfendem Fell, atmeten in Wölkchen aus. Das Auto war erfüllt von Schubert.

»Wenn du nicht da bist, kann ich dich ja hören.«

»Das hältst du keinen Monat lang durch«, sagte Rowland.

»Eigenlob stinkt.«

»Ich meine gar nicht meinetwegen. Ich meine das Landleben. Es ist die Hölle. Die Schöpfung ist spätestens bis zum Tee erschöpft. Von wem stammt das?«

»Sidney Smith. Du vergißt, daß ich auf einem Bauernhof aufgewachsen bin. Für mich wird es eine Art Heimkehr sein.«

»Das hast du auch mal in bezug auf mich gesagt.«

»Ja.« Edward betrachtete den massigen Körper, das schwere Gesicht, den dunklen Bart. Er streckte eine Hand aus.

»Nicht, wenn ich fahre«, sagte Rowland.

Sie tranken ihren Kaffee aus und waren kurz nach elf schon hinter der Grenze zu Wales, fuhren ins Bergland hinein; Edward beugte sich stirnrunzelnd über die Landkarte, Rowland hupte an jeder Straßenbiegung.

»Wenn uns hier was entgegenkommt, sind wir geliefert.«

Ein Traktor kam ihnen entgegen; er mußte in die nächste Ausweichstelle zurücksetzen.

»Mist ...«

Der Traktorfahrer hob eine Hand.

Es ging bergab, sie sahen aus den Fenstern. Das Tal wurde breiter, der Himmel höher, erfüllt von kaltem Sonnenschein. Ein Bussard segelte hoch über die Berge hin.

»Wie weit noch?«

»Wir sind fast da.«

Der Makler, eingehüllt in Lammfellmantel und Stiefel, erwartete sie schon im Hof.

Sie folgten ihm durch Scheune und Wirtschaftsgebäude, in denen sich rostiger Schrott in eisiger Kälte türmte. Über Jahre hinweg erbaute Hausschwalbennester, die bei Berührung sofort zerfallen würden, klebten am Gebälk. Spinnweben hingen in den Ecken. Er ging wieder zurück über den Hof, sie beide hinterher, vorbei an der Wasserpumpe. Man hörte aus der Ferne Schafe und irgendwo das Geräusch von Wasser.

»Das ist die Quelle.« Er schloß die Eingangstür auf. Sie brauchte einen Schubs, Staub rieselte herab. Drinnen gingen sie über brüchiges Linoleum und rochen Feuchtigkeit. In der Küche gab es einen Elektroherd in fleckiggrauer Emaille und altertümliche Schränke. Ein Tisch, ein Stuhl mit Sprossenlehne.

»Der Sohn hat das meiste mitgenommen, als der alte Knabe unter der Erde war.« Der Makler rieb hinten im Raum an einer Fensterscheibe, die den Blick auf ein Brennesselbeet und eine sanft abfallende Wiese freigab. »Viel zum Mitnehmen war ja nicht da.«

»Wie lange hat er hier gelebt?«

»Achtzig Jahre, schätzungsweise. Und vor ihm schon sein Vater. Ich glaube, er hat das Haus nur das eine Mal verlassen, als er ins Krankenhaus mußte.«

»Gibt es hier ein Telefon?«

»Gab es mal.«

Sie sahen sich um und entdeckten auf dem Boden einen

schwarzen Bakelitapparat mit verknotetem, rosafarbenem, am Stecker ausgefranstem Kabel.

»Das behalt ich«, sagte Edward.

Sie gingen in eine Art Wohnzimmer auf der anderen Seite des Gangs. Vergilbte, von Mäusen angenagte Exemplare des landwirtschaftlichen Wochenblättchens lagen herum.

»Das hier könnte ein Arbeitszimmer werden.«

Rowland schüttelte milde belustigt den Kopf. Ein Badezimmer gab es auch hier unten, mit einer Badewanne auf Löwenfüßen und grünweißen Kacheln.

»Das würde ich auch drinlassen.« Edward drehte den Hahn auf; bräunliches Wasser tröpfelte heraus und versiegte wieder unter lautem Klopfen in der Leitung.

»Muß man bißchen was dran tun«, sagte der Makler.

»Worauf Sie sich verlassen können«, sagte Rowland.

Sie stiegen die dunkle Stiege zum Gang im ersten Stock hinauf, und als die Sonne herauskam, wäßrig und unsicher, erleuchtete sie durch die zwei staubigen Fenster an den Enden des Ganges und dem in der Wand einige nackte Bodendielen. Rowland zog die Augenbrauen hoch, ging auf und ab.

»Hier oben könntest du singen«, sagte Edward, und ihm fiel auf, daß es stimmte. Man könnte hier auf und ab gehen und voll aufdrehen. Er stellte sich vor, wie er von unten aus zuhören würde. Er könnte sich einen Hund anschaffen.

Rowland schwieg. Er sah sich die Schlafzimmer an. Es waren drei nebeneinander, wobei das zweite eine Verbindungstür zum dritten, einem winzigen Zimmerchen hatte. Abstellkammer? Gästezimmer? fragte Edward, der ihm folgte.

»Die würden erfrieren.«

»Musikzimmer.«

»Ich würde verschimmeln.«

»Sie sind aus London, sagten Sie?« schaltete der Makler sich ein. »Sie könnten unten einen Rayburn einbauen lassen, mit Ölbrenner. Teuer, aber wirkungsvoll.«

»Ich bin durchgefroren bis ins Mark.« Rowland verschränkte schaudernd die Arme vor der Brust.

Der Makler betrachtete ihn nachdenklich. »Verzeihen Sie,

wenn ich Sie etwas frage ... ihr Gesicht kommt mir irgendwie bekannt vor ...«

»Ich singe.« Rowland ging zum Fenster hinüber. Er blies gegen ein Spinnennetz und wischte es dann weg.

»Er ist manchmal im Fernsehen«, erläuterte Edward.

»Aha. Das ist es wohl. Ich hoffe, ich habe Sie nicht ...«

»Keineswegs.«

Noch einmal gingen sie durch alle Zimmer.

Der Makler wartete draußen im Gang; er sah auf die Uhr.

»Lassen Sie sich durch uns nicht aufhalten.«

»Es hat keine Eile. Lassen Sie sich soviel Zeit, wie Sie wollen.« Er rieb seine Hände.

»Ein Rayburn«, murmelte Edward beim Hinuntergehen.

Draußen im Hof traten sie ein paar Schritte zurück und betrachteten das Haus aus einem neuen Blickwinkel.

»Um das Dach wird man sich sofort kümmern müssen«, sagte der Makler. Sie stiegen die Wiese hinter dem Haus hinauf und sahen von oben auf fehlende Dachpfannen, Moos und geborstene Rohre hinunter. Wind wehte über die Wiese hin, kräuselte das Gras. Edward sah sich um: eine Weißdornhecke, Eichen, Eschen, Flechten, die graue Äste überzogen, und Gehölz, das weggeräumt werden mußte.

»Na?« wollte er von Rowland wissen. »Was denkst du?« Geistesabwesend legte er ihm einen Arm um die Schultern; Rowland wich zurück, der Makler hüstelte. Sie stiegen weiter bergan, nahmen das Weideland für Schafe und Rinder in Augenschein und diskutierten die Möglichkeit, vom Nachbarn noch Land dazuzupachten.

»Ich bin ziemlich sicher, daß der alte Evans das auch gemacht hat.«

Sie gingen wieder zum Farmhaus hinunter. Sie müßten sich noch besprechen, sagte Edward, er werde im Lauf der Woche anrufen.

»Hat keine Eile.« Der Makler vergewisserte sich, daß er den Schlüssel an sich genommen hatte, dann verabschiedete er sich per Handschlag von ihnen beiden. Sie sahen ihm nach, als er zum Hoftor hinausfuhr.

»Tut mir leid.« Als der Wagen außer Sichtweite war, legte Edward Rowland wieder den Arm um die Schultern. »Ich hab mich ein bißchen zu sehr hinreißen lassen.«

»Das tust du doch immer. Ich muß an meinen Ruf denken.« Aber er zog Edward an sich. »Willst du wirklich hier wohnen, so völlig auf dich gestellt?«

»Du bist so oft weg. In London bin ich auch völlig auf mich gestellt.« Edward rieb sich an Rowlands Bart. »Es könnte wunderbar sein, wenn du hier wärst. Frieden. Nur wir beide. Du brauchst es.«

»Hmmm.« Eng umschlungen gingen sie über den Hof, dachten nach.

»Und wenn ich nicht hier bin?«

»Ich könnte mir einen Hund anschaffen.«

»Oder einen anderen Mann.«

»Nie. Und wo sollte ich den außerdem herkriegen? Du, in London, hast doch wohl wesentlich eher die Chance ...«

»Stimmt.« Sie waren beim Hoftor angekommen, das der Makler offengelassen hatte. Sie überquerten die Landstraße bis zu einem Randstreifen, einem Graben und einer Hecke und sahen nach unten. Hinter Wolkentürmen, die über die hügeligen Äcker, Hecken, Einfriedungsmauern und Knüppelzäune hinwegsegelten, tauchte die Sonne auf, verschwand wieder. Weit unten in der Ferne ein Fluß, weit oben ein Bussard auf der Suche nach freiem Gelände.

»Die sehen Mäuse aus dreihundert Meter Entfernung.«

Sie betrachteten die verstreut liegenden Höfe und Häuser, das Bogenmuster der Telefondrähte über dem Tal. Ein Lieferwagen kurvte die Straße auf der gegenüberliegenden Seite hinunter. Sie sahen Kirchtürme, eine Straßenbrücke, ein mit Schlingpflanzen bewachsenes Haus mit Innenhof und weißem, achteckigem Dach.

»Einen Garten gibt es hier auch«, erinnerte sich Edward.

»Zweifellos gibt es viele.«

»Nein, ich meine einen Garten, von dem ich gehört oder über den ich etwas gelesen habe. Ich bin sicher, daß es hier war. Na, es wird mir schon wieder einfallen.« Er schmiegte sich an Rowlands dunklen Kopf. Der Wind wehte ihnen ins Gesicht. »Was glaubst du?«

»Du willst es haben, nicht?«

»Ich glaube schon. Ja.«

»Na, dann. Das wärs also.«

Ihre Münder fanden sich.

»Himmel, ist das kalt.«

Auf dem Heimweg nach London sagte Edward: »Es stimmt, was ich gesagt habe. Wenn wir soviel Zeit getrennt voneinander verbringen, hast du da unten in London doch jede Menge Gelegenheiten ...«

»Die hab ich unterwegs auf Tournee erst recht. Es gab eine ganz nette Gelegenheit in Rom, wenn du's wissen willst.«

»Will ich nicht. Bitte.«

»Nur ein kleiner Scherz. Was ist mit Mittagessen?«

In einem Pub in der Nähe von Hereford machten sie Rast. Edward saß auf einem Platz in der Ecke und beobachtete Rowland, der lächelnd, offenbar unerkannt, an der Bar stand und seine Bestellung aufgab. Vielleicht war da drüben ja eine Frau, die hinsah und einen Augenblick lang stirnrunzelnd überlegte, wo sie wohl ...

Rowland kam mit zwei Pintgläsern zurück. »Essen kommt gleich. Ich hab einen Bon gekriegt.« Er legte den Zettel auf den Tisch, neben den Bierfilz. »Cheers.«

»Cheers. Auf uns.«

Das Essen kam; es war aus der Mikrowelle. Beim Essen schmiedeten sie Pläne, sprachen von Hypotheken, Dachdeckern, Rayburn-Öfen und Sickergruben; es war ihre wohl sachlichste Unterhaltung seit einem Jahr, seit dem Zeitpunkt, als Edward seine Wohnung in Kentish Town verkauft, den Erlös angelegt und in Rowlands Wohnung im Barbican eingezogen war.

»Es gibt verdammt viel zu tun.«

»Keine Eile. Ich kann ja sehr viel selber tun. Es wird mir Spaß machen.«

»In London warst du eigentlich immer fehl am Platz.«

»Ich weiß. Fünfundzwanzig Jahre, und ich hab nie dazugehört. Ich habe überhaupt nirgends hingehört, bis ich dir begegnet bin.«

»Pssst.«

Später, auf der Autobahn, sagte Edward: »Und wenn du einen anderen kennenlernen solltest – ich meine, während ich da draußen wäre …«

»Kalte Füße?«

»Nein, aber …«

Rowland, der gerade im Rückspiegel nach Radarkontrollen gesehen hatte – er fuhr hundertdreißig –, wandte sich zu ihm: »Du solltest es lassen, wenn du dir nicht ganz sicher bist. Den Brotberuf aufgeben und als Schafhalter neu anfangen. Es ist Wahnsinn, wenn du nicht …«

»Seit ich dich kennengelernt habe, bin ich von nichts mehr so überzeugt gewesen«, sagte Edward. »Aber wenn es bedeutete, daß ich dich verlieren oder irgendwas mit uns passieren würde …«

Der Verkehr wurde dichter, Rowland konzentrierte sich wieder auf das Lenkrad.

Vorsicht, mahnte Edward sich selbst. Vorsicht. Er ist da, ihr teilt doch alles, ihr kauft den Hof zusammen. Laß gut sein.

Das Telefon. Edward erwachte aus dem Tiefschlaf, sah, daß der Himmel schon zu leuchten anfing. Er tappte nach unten.

»Ja bitte?«

»Ich bin in Heathrow«, sagte Rowland. »Hab gedacht, daß du's gern wissen willst.«

»Will ich auch.« Er fror, sogar hier in der Küche war es kalt. Tarn richtete sich in ihrem Korb auf, kam schwanzwedelnd zu ihm, steckte ihm die Nase in die Hand. Er streichelte sie, kniete sich neben ihre stetige Wärme. »Wann bist du angekommen? Wie wars?«

»Wir sind gerade gelandet, ich steh vor dem Zoll. Ich bin total im Eimer.«

»Natürlich.« Edward kraulte Tarn hinter den Ohren, kniete neben ihr und spürte eine Welle von Freude. Er hörte

Lautsprecherstimmen, die Abflugzeiten ansagten. Aber Rowland war zu Hause.

»Und du? Wie ist es da draußen?«

»Etwas frisch.«

Rowland lachte. »Und der Viehbestand?«

»Alles bestens. Heute vormittag seh ich nach den Schafen. Tarn ist wunderbar. Willst du hallo sagen?«

»Ich glaube, das treibt das häusliche Glück dann doch ein winziges bißchen zu weit, findest du nicht? Wie spät ist es denn?«

Edward sah auf die Uhr an der Wand. »Kurz nach fünf. Wo ist deine Armbanduhr?«

»Meine Güte, mein Zustand ist wohl schlimmer, als ich dachte. Denn siehe, sie befindet sich an meinem Handgelenk. Gut. Dann komm ich raus, ja?«

»Du willst nicht in deine Wohnung?«

»Nicht so sehr, wie dich sehen.«

Edward schloß die Augen. »Fahr vorsichtig.«

»Wird gemacht.«

Er legte auf. Tarn ging zur Tür, wollte raus. Er ging zu ihr, schloß die Tür zum Hof auf, sah zu, wie sie zur Pumpe rannte und aus der Pfütze trank, die sich darunter gebildet hatte. Das mußte auch noch erledigt werden: Das Ding quietschte und tröpfelte. Nebel hing über den Bäumen auf der Landstraße, der Himmel war blaß wie Milch. Ein, zwei Sterne hielten sich noch darin. Er schloß schnell die Tür, kehrte in die Küche zurück, stellte das Radio an, lehnte sich an die Herdstange und schob den Wasserkessel auf die Kochplatte.

Der Wetterbericht sprach von Regen und Wind in höheren Lagen. Während er glücklich seinen Tee trank und Tarn, wieder drinnen, unter dem Tisch lag, sann Edward über die Poesie von Wetternachrichten nach: schlichte, bildhafte Sätze, die auf Dramen hindeuteten. Das brachte ihn auf die noch in Umzugskisten verstaute Poesie, die auf weitere Bücherregale wartete. Noch eine Aufgabe für Regentage.

Tarn legte ihren Kopf auf seine Füße.

5

Es wurde kälter. Blätter wehten die Straßen entlang, auf den Kuppen der Berge rollte der Farn sich ein. Gillian, die oben an ihrem Schreibtisch saß, trug fingerlose Wollhandschuhe und spürte die Kälte im Rücken. Wenn Phoebe nicht da war, zog sie mit Stift und Papier in die Küche hinunter, machte sich Tee, hörte, wie die Briketts zerfielen.

An einem Tag ging sie spazieren und begegnete jemandem, den sie noch nie zuvor gesehen hatte.

Es war mitten unter der Woche, mitten am Vormittag. Vielleicht lief einem mal ein Bauer mit seinem Hund über den Weg, ansonsten aber sah man um diese Zeit niemanden draußen in den Bergen: Die Einheimischen waren bei der Arbeit oder unten im Dorf beim Einkaufen, die Wochenendausflügler wieder in der Stadt. Immerhin war Ende Oktober, da gingen nur noch hartgesottene Leute spazieren.

Gillian hatte ein Gedicht fertiggestellt. Es hatte die Nacht überlebt. Danach hatte es, zusammen mit einem anderen, eine Phase kritischer Bewertung überstanden. Gillian tippte sie auf der steilen Tastatur der schwarzen Remington ins reine und adressierte zwei Umschläge, einen an sich selbst und einen an eine Zeitschrift in London, wo sie selbst nie gewesen war. Sie beleckte zwei Briefmarken, die sich in der Feuchtigkeit auf dem Schreibtisch kringelten: rot, um die Reise der Gedichte schneller zu machen, kummervolles Blau für den Rückweg zu ihr. Sie glaubte nicht, daß diese beiden zurückkommen würden, sie wirkten beide stark, zu allem bereit. Sie erwartete, sie beide auf einer Quartformatseite wiederzusehen, auf feinem Papier.

Gut. Also, dann.

Von der Straße her kam das Jaulen des Milchmannautos. Phoebe war in die Kreisstadt gefahren und hatte Geld und Bestellung in einem kleinen braunen Umschlag zurückgelassen. Gillian ging nach unten, um danach zu suchen.

Der Milchmann klopfte an der Tür, wartete unter dem Vordach, stand da mit seiner kurzen Tuchjacke und Strickmütze, trat von einem Fuß auf den anderen. Samstags und in den Ferien hatte er einen Jungen zur Aushilfe. Aber jetzt waren alle in der Schule. Gillian fand den Umschlag an einem vernünftigen Platz auf der Flurgarderobe, unter dem stockfleckigen Spiegel und der Landkarte.

»Hat heute nacht gefroren.« Mit dem Bleistift strich der Milchmann eine Zahlenkolonne durch. »Also dann, vielen Dank.« Er klappte sein Buch zu und nahm die leeren Flaschen an sich.

Gillian sah ihm nach, wie er zu seinem Lieferwagen ging, die Straße überquerte, die noch feucht war vom Reif. Der Himmel war schiefergrau, die Luft bitter. Sie nahm ihren Tweedmantel vom Haken und machte sich auf zum Briefkasten.

Der Kasten war in eine Wand neben einem Telegrafenmasten eingelassen. Gillian steckte ihren Umschlag hinein und drückte mit ihrer behandschuhten Hand auf die kleine emaillierte Platte, die den Schlitz abdeckte, ließ sie nach oben, nach unten klappen. Seit ihrer Kindheit machte sie das schon so, sie fand es immer noch genauso befriedigend. Auf, ab, klapp, klapp. Zweite Leerung. So gut wie jede andere. Der Telegrafenmast neben ihr summte zufrieden. Vor ein paar Wochen hatten zwitschernde, aufgeplusterte Schwalben auf allen Drähten gesessen. Jetzt waren sie weg. Recht so. Sie war zufrieden, voller Energie. Sie würde den Bryncarnedd hinauflaufen und einen Stein ablegen. Auf dem Steinhügel lag für jedes ihrer Gedichte ein Stein. Niemand wußte davon. Auch gut. Es brauchte auch niemand zu wissen.

Der Himmel hellte sich auf. Sie ging die Landstraße entlang, begegnete niemandem. Die Blätter lagen in Haufen unter den Hecken am Straßenrand, unsichtbare Vögel raschelten darin herum.

Ein Blitz aus Rotbraun und Weiß schoß in einen Graben;

ein leuchtender Fasan krächzte in einem frischgepflügten Acker, pickte sich seinen Weg durch die Furchen. Beim Geräusch ihrer Schritte flog ein anderer aus der Hecke auf, schwang sich flügelschwirrend hoch über den Acker. Nackte Erde, kahle Bäume, ein heller werdender Himmel, ein plötzlicher Schwarm Zugvögel, die letzten, die fortzogen. Laut rezitierte Gillian ihre Gedichte, jubilierte innerlich. Sie erreichte das Gatter mit den fünf Querstreben, das zum Bergpfad führte, und machte sich, auf rauhem Untergrund, an den Anstieg.

Anhöhen, Grasbüschel und Maulwurfshügel. Sauerampfer in rostigen Büscheln. Das Gelände senkte sich, stieg wieder an, dann hatte sie den Weg erreicht. Das Berggras auf beiden Seiten war grob und elastisch. Der Ampfer ging in Farn über. Schafe, die hie und dort grasten, sahen auf, als sie näher kam, und ergriffen die Flucht, mistverklebte Schwänze schlugen gegen Spindelbeine. Für eine Weile blökten sie, senkten dann wieder die Köpfe, und sie konnte ihr stetiges Grasrupfen hören. Krähen staksten zwischen ihnen herum, hackten in den Boden; als sie sich näherte, hopsten und flatterten sie ein bißchen herum, waren aber, kühn und unerschrocken, gleich wieder da. Gillian wußte Bescheid über Krähen. Sie hackten den Toten die Augen aus und verschlangen ihre Eingeweide. Im Frühling hatte sie immer Angst um die zitternden Lämmer. Jetzt aber war Herbst, bald würde ihnen eine Stunde Tageslicht genommen, aber ein Gedicht war vollendet.

Krähen schrien, Schafe blökten, der Bussard kreiste über den Bergen. Gillian setzte ihren Weg fort, ging um eine Wegbiegung herum, sah jemanden vor sich.

Sie war groß, aufrecht und schmal, und sie ging zielstrebig, mit leichten, anmutigen Schritten. Sie trug einen langen grauen Regenmantel und eine Baskenmütze auf kurzgeschnittenem Haar.

Wanderer hatten schlichte Verhaltensregeln: Man grüßte, man ging vorbei. Ein Kodex, der Gillian sehr entgegenkam. Als die Frau sie herankommen hörte, ging sie langsamer und wandte sich um. Gillian sah Haut, blaß und schimmernd wie Klaviertasten, einen flüchtig fragenden Blick. Hennarote Haare, lange silberne Ohrgehänge.

»Hallo.«

»Guten Morgen«, sagte Gillian.

Vor ihnen hob sich dunkel der Carnedd vor dem Horizont ab. Sie überholte die Frau mit raschen Schritten und begann den Anstieg; ihr Mantel fühlte sich schwer an, als der Weg, ein alter Treiberpfad, steiler wurde. Ihre Schuhe knirschten auf Bröckchen von Schiefer und Kies. Es war Wochen her, daß sie einen Stein hinzugefügt hatte.

Wer wagte es, hier einzudringen?

Sie kam zum Gipfel; ein aufgeschrecktes Schaf sprang hinter dem Steinhügel hervor und trottete bergab von dannen. Die Bergkuppe war kahl und windig, aber ihr war von der Anstrengung warm geworden. Sie knöpfte den Mantel auf, ließ die Schöße wehen wie Flügel. Darunter war eine locker gestrickte, grüne Jacke mit großen flachen Knöpfen; sie stammte vom vorjährigen Flohmarkt und hatte schon gute Dienste geleistet. Unter dieser wiederum trug sie ein Hemd mit offenem Kragen. Die Luft kühlte ihr Gesicht und ihren Hals. Sie schälte ihre fingerlosen Handschuhe ab und sah sich nach einem Stein um.

Da gab es eine große Auswahl. Sie fand einen, der scharf war und klein und annehmbar in Seinen Augen. Sie drehte und wendete ihn immer wieder, ging zurück zum Steinhügel, blieb stehen und sah über das Tal hin. Ihr Tal, wo sie jeden Fleck kannte: das Viadukt, das Kloster, den Fluß mit seinen Windungen, jeden Berg am fernen Horizont, jede Kapelle, jede Kirche, jedes einsame Gehöft. Manche dieser Orte waren noch nicht betreten, aber alle bekannt, namentlich und nach ihrem Platz auf der gerahmten Landkarte, die zu Hause im Flur neben dem Spiegel hing. Die Karte war fadenscheinig und verblaßt, sie hatte Rostflecken von den Stecknadeln, aber es war alles drauf.

Die Luft auf ihrem Gesicht fühlte sich kalt an. Der wachsame Bussard stieg auf, ließ sich fallen. Sie nahm ihren kleinen scharfen Stein, widmete ihn und ließ ihn auf seinen Platz gleiten.

Da.

Schritte hinter ihr. Sie wandte sich um.

Die Frau lächelte sie an, ein zögerndes, empfindsames Lächeln.

»Es ist sehr steil.«

»Ja«, sagte Gillian. Mit dem Gefühl, daß ihr Morgen ihr genommen wurde, sah sie der Frau zu, die sich bückte, einen Stein aufhob und ihn sorgfältig oben auf den Steinhügel legte.

Sie trat zurück: »Wie ein Altar. Finden Sie nicht?«

»Nein«, sagte Gillian, von Wut erfüllt. »Kein bißchen.«

Ein Übergriff. Eine Invasion. Sie wollte losstürmen, geradewegs den Pfad wieder hinunter und nach Hause gehen, da ihre Begeisterung verebbt, ihr geraubt war von einer Fremden. Sie hatte unhöflich gesprochen; dieser Ton und eine solche Art von Erwiderung hätten ihr eine Rüge von Phoebe eingetragen. Aber Phoebe war ja jetzt nicht bei ihr.

Die Frau schien nicht verärgert zu sein. Sie erkundigte sich vorsichtig, ob Gillian hier in der Nähe wohne.

»Ja«, antwortete Gillian kurz.

»Es tut mir leid – ich habe das Gefühl, mich Ihnen aufgedrängt zu haben.«

Gillian zuckte die Achseln.

»Ich bin neu«, sagte die Frau. »Ich arbeite erst seit September hier. Ich bin noch dabei, mich zurechtzufinden.«

Noch so ein Neuankömmling. Wie dieser Mann, dieser Besucher. Na, den hatte sie nicht wiedergesehen. Gut.

»Wo arbeiten Sie denn?« fragte sie widerstrebend, denn so sollte man es machen: Fremde nicht mit Fragen belästigen, sondern nur auf das eingehen, was sie sagten.

»In Cadair Hall.« Die Frau machte eine Geste. »In der Schule.«

Mit den Augen folgte Gillian der ausgestreckten Hand. Sie sah in Scharlachrot und Gold gehüllte Bäume, einen See, ein von Kletterpflanzen bedecktes Haus mit Innenhof, ein weißgestrichenes, achteckiges Dach.

»Cadair? Das ist doch das Kloster.«

Weiße Gewänder flüsterten auf Kreuzgangpflaster, ein schwerer Schlüssel drehte sich in einem Schloß. Hohe Wände, hohe Fenster, schweigend umgeblätterte Seiten. Scherben von Eis in Waschschüssel und Krug, Atem, der auf die kalte Luft der Morgenfrühe dampfte; fieberndes Husten in der Nacht; eine Zelle, eine einzelne Glocke …

»Das war es früher«, sagte die Fremde. »Jetzt ist es eine Schule.«

Gillian runzelte die Stirn. »Davon weiß ich nichts.«

»Es ist eine besondere Schule – ich nehme an, daß man so etwas nicht kennt, wenn man kein Kind hat, das …«

Ein Bus, der die Landstraße entlangrumpelte. Gestalten, die auf ihren Sitzen festgeschnallt waren, schaukelten, schaukelten. Arme wie Dreschflegel, offene Münder, ein verzogenes Gesicht mit runder rosa Brille, das sich an die Fensterscheibe quetschte, grinste, schielte, übergroße Köpfe, verbogene kleine Hände …

»Nein«, sagte Gillian. Eine ihrer Taschen hatte ein Loch; ihre Finger bewegten sich hierhin und dorthin.

»Tja. Da arbeite ich jedenfalls. Heute ist mein freier Tag.« Die Frau zögerte etwas, streckte die Hand aus. »Nesta Frank. Falls wir uns wieder einmal begegnen sollten.«

Gillian nickte, übersah die Hand.

»Darf ich fragen …«

»Gillian Traherne.«

Es sagte ihr nichts. Das Gesicht der Frau deutete kein Erkennen an. Niemand wußte es. Ihre Familie, ihr Vater, sie selbst …

»Wir sind alle unsichtbar«, sagte sie laut und lachte abrupt.

Die Frau sah sie an.

»Nehmen Sie es nicht zur Kenntnis«, sagte Gillian.

»Aber es interessiert mich«, sagte Nesta. »Darf ich fragen – arbeiten Sie hier in der Gegend – sind Sie …«

»Arbeiten?« sagte Gillian. »Nein, ich bin eine Belastung für die Gesellschaft.«

Krähen schrien, Schafe bejammerten ihr Schicksal. Sie wandte sich um und schritt den Pfad hinab.

Edward lag in den Armen seines schlafenden Geliebten und betrachtete ihn. Das Farmhaus war still: der tiefe, ungestörte Frieden eines Sonntagnachmittags, während immer weniger Licht durch das Fenster zum Hof fiel, die Bettdecken schwer auf ihnen lagen, die Liebe vollbracht war. Unten in der unbeleuchteten Küche bewegte sich Tarn in ihrem Korb, winselte, ließ sich wieder nieder. Es war so still, daß er das Knarren des Korbgeflechts und das stetige Ticken der Uhr hören konnte, die Atem holte und die Stunde schlug.

Rowland, der Schlafende, hörte es, regte sich und schlug die Augen auf.

»Psst. Beweg dich nicht.«

Er schüttelte den Kopf, griff nach der Armbanduhr auf dem Tisch. Vier Uhr.

»Zeit zu gehen, fürchte ich.«

Er gab Edward einen Kuß auf den Kopf und schickte sich an, aufzustehen.

»Noch nicht«, sagte Edward. »Bitte, jetzt noch nicht.«

»Ich muß.«

»Noch mal.«

»Das ist doch nicht dein Ernst.«

»Doch, ist es. Die ganze Zeit ohne dich ...«

»Es ist doch bloß eine Woche ...«

»Bloß? Bloß?«

Sie neckten sich schläfrig, Mund an Mund. Dann bewegte sich Edward, kniete sich vor ihn hin, schob die Bettdecken weg.

»Es ist eiskalt.« Rowland reckte sich danach, um sie zurückzuziehen.

Edward drückte ihn zurück. »Schsch. Ich wärm dich. Leg dich auf den Rücken.«

Rowland legte sich zurück in die Kissen und hob die Arme. Er lag auf dem zerwühlten Laken, ein großer, nackter Riese, Brust und Oberkörper wie ein Faß, fleischiger Bauch und ausladende Hüften. Er hatte lange Beine, sein Geschlecht war dunkel, dick und kraftvoll, es schwoll und hob sich, als Edward über ihm kniete, ihn nicht berührte, nicht sprach, nur wartete, atmete, die Lippen geöffnet.

Dann eine ganz leichte Berührung.

Rowland schloß die Augen.

Noch eine. Noch eine.

»Mach weiter, mach weiter.«

»Warte.«

Er richtete sich auf den Knien auf. Rowland stöhnte.

»Tu es. Tu es.«

»Ich tus. Ich tue alles. Ich liebe dich, ich liebe dich.« Seine Finger bewegten sich sanft, ganz leicht, streichelten, fühlten die Härte. »Ja? Ja?«

»Ja«, sagte Rowland. Er bewegte sich auf dem Kissen, vor und zurück, vor und zurück.

Edward senkte den Kopf.

Manchmal war es so wie jetzt. Häufiger, besonders am Anfang, war es Rowland gewesen, der viele Liebhaber gehabt hatte, der die Kontrolle und die Führung übernahm. Wenn der Tag anbrach, wenn der Tag zu Ende ging, in den dunklen Stunden der Nacht ...

»Ich liebe dich ...«

»Ich liebe dich ...«

»Willst du es so? Oder so?«

»Ja. Ja, ja, ja, mach es, mach es, mach es ...«

»Ich mache alles, ich sterbe für dich ...«

»Stirb nicht, verlaß mich nie ...«

»Du bist mein einziger Geliebter ...«

»Und du meiner ...«

Jetzt, als sie geendet hatten, war das Nachmittagslicht geschwunden. Sie lagen einander in den Armen, trieben wieder dem Schlaf zu. Dann machte Rowland eine enorme Anstrengung und richtete sich auf. Er setzte sich auf die Bettkante, senkte den Kopf.

»Wie soll ich danach eigentlich Autofahren? Und wie soll ich eine anständige Probe hinkriegen?«

»Du wirst beides erst recht gut machen.« Edward zog die Bettdecken um die nackten Schultern und lehnte sich an ihn. »Alles in Ordnung?«

»Hmmm. Danke.« Er wandte sich, um Edward auf die Wange zu küssen. »Wie bist du eigentlich so gut geworden?«

»Hast du mir gezeigt, dem armem, jungfräulichen Ding, das ich war.«

»Hmmm.« Rowland streckte die Hand nach dem Lichtschalter aus. »Man sollte meinen, daß du dein ganzes Leben lang nichts anderes gemacht hast.«

»Ich hab es mein Leben lang mit dir gemacht. Das zählt.«

Das Licht brachte sie zum Blinzeln.

»Schleiereulen.«

»Hast du schon eine gesehen?«

»Neulich abends, bevor du gekommen bist.«

»Wie es sich gehört. Ich möchte eine in unserem Stall haben.«

»Ich werd mich bemühen, es einzurichten.« Edward stand auf, zog seinen Morgenmantel an, nahm Rowlands vom Türhaken und warf ihn hinüber. Das Zimmer roch nach Schweiß und Sex, nach modrigem Holz, altem Teppich, nach Putz. Von irgendwoher hinter einem Balken oder einer Fußleiste kam ein rascher, trippelnder Ton.

»Besorg mal eine Falle. Am besten gleich mehrere.« Rowland zog seinen Morgenmantel an. Der von Edward war lang, aus dunklem Frotteestoff; seiner aus schwerer, gemusterter Seide. Er zog sich den Gürtel um den Bauch. »Es ist immer noch verdammt kalt hier oben, Rayburn hin oder her. Was machen wir erst, wenn es schneit?«

»Uns in der Scheune verstecken und mit Stroh bedecken ... Wir können ja auch hier oben ein Feuer anmachen, nicht?« Edward stand schon in der Tür. »Wie wärs mit einem Bad?«

»Genau das, was ich jetzt brauche.«

»Und Tee?« Er ging den Flur entlang, über die knarrenden

Dielen, schaltete Lichter an, erweckte das Haus wieder zum Leben.

»Sehr brav.«

Rowland rieb sich das Gesicht. Er ging zum Spiegel, der auf dem Kaminsims lehnte, und betrachtete sich. Abgenutzt. Schwer. Brauchte dringend eine Rasur. Er ging zum Fenster hinüber und sah hinaus auf den dämmrigen Hof, auf die Stallgebäude und die Scheune, auf die Alleebäume, hinter deren letzten Blättern die blassen Sterne aufstiegen. Vom Erdgeschoß her hörte er, wie das Badewasser einlief, wie Edward den Deckel des Rayburn aufklappte, den Wasserkessel aufsetzte, den Hund hinausließ.

Rowland ging zum Spiegel zurück, sah noch einmal hinein. Dicke, dunkle Augenbrauen, schwere Lider: ein europäisches Operngesicht, leidenschaftlich und kraftvoll. So jedenfalls lautete Adams Beschreibung. Na ja – Agenten wurden dafür bezahlt, daß sie sich so ausließen.

»Rowland?« rief es die Treppe hinauf. Die Wasserhähne waren abgedreht, die Leitungen klopften laut, er konnte den heißen Dampf riechen.

»Schon unterwegs.« Ein letzter Blick in den Spiegel.

Dampf waberte von der offenen Badezimmertür her die Treppe hinauf.

Rowland dachte über das Gesicht nach, das seinen Blick erwiderte, überlegte, was dahinter lag. Er lauschte den häuslichen Geräuschen: Der Hund wurde wieder hereingelassen, ein Teller abgestellt, Edward bewegte sich in der Küche, sicher und zufrieden.

Wie Rowland es auch war, jedenfalls jetzt, wie er es zu bleiben hoffte.

Sie badeten, kleideten sich an, setzten sich an den Küchentisch, tranken ihren heißen Tee, warfen einen Blick in die Sonntagszeitungen, die sie nach dem Frühstück unten im Dorf gekauft, aber im Ansturm der Lust nach dem Mittagessen liegengelassen hatten. Rowland, das Feuilleton vor sich, fuhr mit dem Finger die Liste der Konzertveranstaltungen entlang. Er und der Chor waren in zwei Londoner Veranstaltungen aufgeführt – Tallis und Byrd im Barbican, Purcell in der Festival Hall. Dann York, dann Leeds. Dann ... er rieb sich das Gesicht, dachte nach. Das war alles, bis sie nach Sydney fliegen würden. Die australische Herbsttournee: das London Consort, gebucht für Sydney, Melbourne, Perth. Sechs Konzerte in zehn Tagen.

»Himmel.«

»Was?«

»Australien.«

»Wenn du wiederkommst«, sagte Edward mitleidslos, »solltest du hier etwas machen. Die Kathedrale von Hereford im Frühling. Das wäre schön. Was machst du im Frühling?«

»Im Augenblick«, Rowland leerte seine Teetasse, »im Augenblick könnte ich dir kaum sagen, was ich morgen mache. Oder letzte Woche gemacht habe.« Er schob seinen Stuhl zurück. »Ich muß weg, es wird Zeit.«

»Das hast du schon vor einer Stunde gesagt.«

»Ich weiß.« Er sah auf die Wanduhr. »Du hast mich schamlos verführt.«

»War aber schön.«

»War es auch. Und ich komm zu spät. Denkst du, ich schaffs bis neun? Ich ruf besser an.«

Tarn erhob sich aus ihrem Korb, ging quer durchs Zimmer, ihr Schwanz wedelte langsam.

»Sie weiß, daß du gehst.«

»Guter Hund, braver Hund.« Rowland kraulte ihr die Ohren und griff nach dem Telefon. »Könntest du vielleicht schon meine Tasche holen, wenns dir nichts ausmacht«, sagte er, während er wählte. »Ich glaube wirklich, daß ich das ein bißchen abkürzen ... Hallo? Damian? Ich bins. Hör mal ...«

Edward ging wieder die Treppe hinauf und holte die Tasche aus dem Extrazimmer. Kleider lagen auf dem Boden. Im Extrazimmer war nichts als ein Bett, von der Decke hing eine nackte Glühbirne. Eines Tages würden sie ... Er hörte, wie das Telefon aufgelegt wurde, dann rief Rowland.

Tarn wartete unten an der Treppe. Sie folgte den beiden zur

Haustür; ihre Krallen klickten auf den Holzdielen. Edward hatte das Linoleum herausgerissen, sich dabei an einem rostigen Nagel verletzt und sich – flüchtig – über Wundstarrkrampf Gedanken gemacht. Er hatte die Bretter noch nicht abgeschliffen. Vielleicht würde er sie mit Beize einlassen. Na ja. Also noch etwas, um das er sich kümmern wollte, bis zum nächsten Besuch könnte er es fertig haben.

Draußen im Hof hallten ihre Schritte auf frostigem Beton. Rowland schwang seine Tasche auf den Rücksitz des Peugeot und knallte die Tür zu. Von irgendwo kamen die beiden leisen Laute einer Eule.

»Da. Nur für dich.«

»Und nächtens singt mit starrem Blick die Eule …«

Edward legte den Arm um ihn. In ihren schweren Jacken umarmten sie sich.

»Es war himmlisch. Fahr vorsichtig, versprichst du das?«

»Keine Sorge. Ich ruf an.«

»Auch wenn es spät wird.«

»Auch dann.«

Von der anderen Seite des Hofes her hörte man Krächzen und Gescharre. »Sperr lieber mal diese Hühner ein.«

»Verflixt. Wie konnte ich die bloß …« Edward wandte sich um und sah Tarn, die sich mit hängender Zunge neben den Anhänger duckte. »Ein Glück, daß ich noch keins verloren habe.«

»Hast du ja vielleicht doch. Mach schon. Mach schnell und spiel den Bauern.« Rowland öffnete die Autotür.

»Ich spiele mit dem Gedanken, mir ein paar Enten anzuschaffen.«

»Der Fuchs wird sich über diese Mitteilung freuen.«

Der Motor lief, die Scheinwerfer leuchteten das Scheunentor an. Edward beugte sich zum letzten Kuß vor. Das Hofgatter war offen. Er ging hin und stellte sich daneben, sah zu, wie das lange, schlanke Auto zurücksetzte und in seine Richtung einschwenkte. Rowland hob eine Hand, fuhr langsam durchs Tor, bog in die kleine Landstraße ein, wandte sich um. Ein letzter Blick zurück. Dann war er unterwegs; glühende

Rücklichter bis zur Biegung, um die Kurve herum, ein Hupen, er war fort.

Edward hob das Gatter vom Randstreifen und schwang es zu. Mittlerweile geölt, bewegte es sich angenehm leicht und fiel problemlos ins Schloß. Hinter seinem Rücken raste Tarn wild zwischen panischen Hühnern im Hof herum.

»Hierher!« Es klang scharf, und sie wußte, daß sie im Unrecht war, sank keuchend auf die Hinterbeine. »So stell ich mir das schon eher vor. Komm jetzt.« Er holte die schwarze, gummibeschichtete Taschenlampe, die drinnen hinter der Tür lag, und leuchtete damit über den Hof. Das Federvieh war benommen und verängstigt – durch den Hund, durch den schwankenden Lichtstrahl. Es dauerte zwanzig Minuten, sie alle zum Hühnerhaus zu bugsieren, zu zählen und festzustellen, daß eins tatsächlich gestohlen worden war. Eine Leghornhenne, ein schönes Tier. Er fühlte sich beschämt.

Die Eule rief wieder, als er den Wiesenhang hinunter zum Haus ging. So leise, so klar. Er sah sich um: blickte über das Waldstück und die Bäume am Haus, von denen einer, der zu dicht daran stand und zu alt war, noch vor den Stürmen würde fallen müssen. Er hoffte auf die hohe, rundliche Silhouette der Eule auf einem Ast, sah aber nichts. Wie konnten sie es anstellen, sie in die Scheune zu locken?

Drinnen zog er sich die Stiefel aus, stand auf Socken in der Küche, trank kalte Teereste und lauschte der Stille.

»Rowland«, sagte er laut.

Er stieg wieder hinauf ins kalte Schlafzimmer, zog das zerwühlte Bett ab, bezog es mit frischen, ungebügelten, aber sauberen Laken und fühlte sich zunächst sicher bei der Trennung und dem Wunsch, die neue Woche als er selbst zu beginnen: Er würde sein Bett nicht mit dem süßen, schalen Geruch seines Geliebten teilen, sondern schlafen wie ein alleinstehender Mann, der sein Leben meisterte. Es gab viel zu tun.

Diese Stimmung hielt fast den ganzen Rest des Abends an, während er die Bettwäsche in die Maschine steckte, Abendessen zubereitete, die Zeitungen zu Ende las. Später ging er hinüber ins Arbeitszimmer, wie er es neuerdings nannte, stand wieder vor seinen Regalen, sortierte. Bücher, die er sein ganzes Leben lang besessen hatte, fanden hier eine neue Heimat, Kipling und Grahame und H. G. Wells aus Kindertagen, Bücher aus der Universität und aus einem nützlichen Arbeitsdasein im Staatsdienst und jetzt ein Haufen neuer für ein neues Leben. Ein Bord für das Thema Schafe und Landleben: »Ich kaufte einen Berg«, »Schafrassen Großbritanniens«, »Hecken, Mauern und Einfriedungen«, »Landschaft und moderne Landwirtschaft«, »Der Geflügelhalter«. All das, vieles davon vor dem Umzug in London erworben, manches seitdem bei Besuchen in Hay gekauft, wo man alles finden konnte. Und dazu die kleine Bibliothek zum Thema »Grenzland zwischen Shropshire und Hereford«, die er allmählich in Hay und aus hiesigen Quellen zusammentrug: Landkarten, Führer, Geschichtswerke. Dichter. Ein ganzes Regal für die Dichter. Er stellte sie in alphabetischer Reihenfolge in ihr Fach, so systematisch und sorgfältig, wie er auch schon in seinem Büro im Staatsdienst gewesen war.

Herbert, Ende des sechzehnten Jahrhunderts in Montgomery Castle geboren: Von seinen Eltern gab es ein Bildnis in der Kirche, ebenfalls ein Ort zum Besichtigen. Die Gedenktafel für Housman an der Kirchenwand von Ludlow hatte er schon angesehen – Edwards Großvater hatte »A Shropshire Lad« auswendig gekonnt.

»Zur Sommerszeit in Brendon, die Glocken klingen hell …«

Edward hatte sie noch immer im Ohr, die Stimme im gelassenen Tonfall Northumberlands, die eine einsame Kindheit erträglich gemacht hatte.

Edward blätterte Seiten um, roch daran, schob Bücher an ihre Plätze. Masefield, noch jemand aus Ludlow. Thomas Traherne aus Hereford. Ein anderer, eher zeitgenössischer Traherne, den er auf einem Flohmarkt in Hereford aufgetrieben hatte. Wilfried Owen, geboren in Oswestry, gestorben in Frankreich; Henry Vaughan, begraben an der Straße nach Abergavenny, Wordsworth, der in den Ruinen von Tintern Abbey herumgewandelt war.

Sie alle wanderten aus ihren Kisten ins Regal, Staub wurde heruntergepustet, Buchseiten wurden repariert. Manche benötigten mehr als ein Stück Klebestreifen: Die guten Ausgaben, die neue Rücken brauchten oder lose Seiten hatten, die neu geleimt oder genäht werden mußten, hatte er beiseite gelegt. Es wäre vielleicht schön, eines Tages einmal einen Buchbindekurs mitzumachen; er sollte sich mal darum kümmern. In Hay gab es sicher so etwas.

Die Uhr schlug zehn, dann elf. Kein Anruf. Edwards Zufriedenheit löste sich auf, verwandelte sich in Angst. Er verließ das Arbeitszimmer, knipste das Licht aus. Er rief in der Wohnung an. Niemand hob ab. Er ließ Tarn zum letztenmal hinaus, blieb einen Augenblick lang in der Tür zum Hof stehen und sah auf zum bestirnten Himmel. Die Milchstraße schlug ihr Himmelszelt auf, er konnte Orion und den Großen Bären ausmachen. Hinter der Farm lagen die Hügel und Äcker in tiefem Schweigen.

Keine Eule.

Kein Rowland.

Er ging zurück ins Haus, schickte Tarn in ihren Korb. Rief noch einmal in der Wohnung an, schaltete dann, in einer Welle von Sehnsucht, die Hi-Fi-Anlage an und legte eine CD ein.

Rowland. Das Haus füllte sich mit seiner Stimme: zärtlich, kraftvoll, schwingend.

Edward lehnte sich auf seinem Stuhl in der Küche zurück, schloß die Augen, ließ sich von diesem Mann nehmen: jetzt, immer, mit Leib und Seele.

Phoebe hatte die Nähmaschine herausgeholt. Gillian stand neben ihr und sah zu. Lange, weiße Laken mit Rissen darin hingen vom Küchentisch auf den Boden herab. Phoebe raffte sie zusammen, richtete sie aus, glättete sie unter dem Stich der Nadel; ihr Fuß bewegte sich rasch auf dem Pedal. Die Laken unterwarfen sich: Sie wurden genäht und repariert und neu gemacht, fielen ihr voll Dankbarkeit zu Füßen.

»Du stehst mir im Licht.«

Gillian bewegte sich, nahm ihren Platz am glatten Geländer des Ofens wieder ein, wärmte sich den Rücken. Heute war ihr nicht nach Abendgottesdienst gewesen. Die Nacht draußen vor dem Fenster war schwarz bestirnt.

»Warum ziehst du nicht die Vorhänge zu?« fragte Phoebe.

Sie zog sie zu, mit einem scharfen Klappern der Ringe. Phoebe beugte sich tief über die Maschine. Die glänzende Nadel hob und senkte sich im Stoffhalter, der das Tuch unten hielt. Sie arbeitete schneller – Gillian stand da und sah zu, so schnell, so schnell, die Baumwollspule oben auf ihrem Spieß ratterte und drehte sich zu schnell, zu schnell, Hilfe, Hilfe, das Leben wird aus mir herausgezogen …

»Verdammt.«

Das Bersten eines zarten, weißen Fadens. Phoebe hielt inne. Das Baumwollgarn war aus dem Nadelöhr gerutscht; sie beugte sich darüber, die Brille hoch auf die Nase geschoben, leckte am gerissenen Ende, steckte es durch. Im Galopp begann sie wieder, aber die Maschine machte nicht mit, zerknittert und zerrissen lag das Laken da.

»*Verdammt.*«

»Es ist die Spule.«

»Das weiß ich.« Phoebe zog die schlanke Silberplatte zurück, die sie bedeckte. Gillian durchquerte das Zimmer.

»Du stehst mir im *Licht.*«

»Ich will nur zusehen …«

»Na gut, dann geh ein Stück zur Seite.«

Sie ging zur Seite, wartete ab. Unter der silbernen Platte war Dunkelheit und ein silbernes Schiffchen, in dem die Spule lag, paßgenau gefangen, klick, klick an jedem Ende. Das Schiffchen, das Phoebe jetzt heraushob, hatte an der Seite eine dünne, komplizierte Platte, in die der Faden von der Spule sich hineinwinden mußte, und von da aus weiter hinauf durch die Dunkelheit in die Maschine hinein. Gillian verstand seinen Weg nicht. Sie konnte ihn weder einfädeln noch sonst irgend etwas Nützliches tun. Sie sah zu, wie Phoebe die leere Spule befreite, weißes Baumwollgarn darumwand, sie auf die Halterung an der Seite der Maschine aufsteckte und wieder mit pumpenden Bewegungen zu treten anfing. Die Maschine summte, die Garnrolle wirbelte wild, die leere Spule füllte sich: brrrr, rundherum und rundherum, so schnell, der Faden raste vor und zurück, vor und zurück, die Spule wurde dicker und dicker, bis sie gefüllt war, voll und ganz ...

»So.« Phoebe nahm die Spule von der Halterung und klemmte sie wieder in das glänzende Schiffchen. Sie beugte sich über den Ort der Dunkelheit und ließ das Schiffchen an seinen Platz gleiten. Eine versuchsweise Fußbewegung. »Das wars.« Sie griff nach der silbernen Platte.

»Tu sie nicht wieder drauf.«

»Was?«

»Tu die Platte nicht wieder drauf. Ich will sehen ...«

»Wovon redest du?«

»Bitte. Ich möchte einfach gern zusehen, wie das ...«

Phoebe seufzte. Sie nahm die schweren Lakenfalten auf und begann von neuem.

»Langsam. Mach langsam. Ich will sehen ...«

»Wie früher, als du noch klein warst.«

Das Fußpedal verlangsamte sich. Gillian beugte sich tief über die Maschine und blickte hinein.

Tief in der Dunkelheit der Unterwelt wurde die kleine Fähre über den Styx gelenkt, beladen mit den Seelen der Toten. Sie wurden auf dem dunklen, jenseitigen Ufer abgeladen, und Charon ruderte zurück, um mehr zu holen. Blasse Schafe drängelten sich am Ufer, der Himmel war sternenlos, und der Fluß so tief, so tief, knochige Finger fuhren an aufgerissene Münder, die jammerten, jammerten ...

»Bist du krank? Was ist denn los, um Himmels willen?«

»Tut mir leid.« Sie kehrte an ihren Platz an der Herdstange zurück.

Ein Seufzer. Die Maschine sirrte und klackte, und Gillian stand da, betrachtete die Adleraugen hinter den Gläsern, das Zusammenraffen und Loslassen der zerrissenen weißen Laken, den Seufzer, mit dem sie zu Boden fielen wie die Seelen der Toten, verlassen in der leckenden Schwärze des Wassers unter der Welt.

6

Der Boden war hart, die Luft beißend kalt. Vögel hüpften in der Weißdornhecke und im Efeu an der Rückseite des Hauses herum, zupften an scharlachroten und schwarzen Beeren. Morgens blieben die Tauben jetzt lange im Schlag. Die rundlichen Blätter des Winterkohls waren weiß vom Frost, Reif bildete Ränder auf dem Gras und den Ziegelpfaden, die hindurchführten, die letzten Blätter in den Strauchrabatten fielen schweigend. Die schmalen Landstraßen waren schwer von grau- und schwarznebligen Ranken der Waldrebe; Misteln hingen von kahlen Ästen herab, mit Beeren so bleich wie der Mond; der Mond des nahenden Winters war eine flache, helle Münze, die über den gepflügten Äckern aufstieg.

Phoebe trug ein Hemd, zwei Pullover und ein Unterhemd unter ihrer gefütterten Weste.

Jetzt, da die Uhren zurückgestellt und die Morgenstunden genauso dunkel waren wie die frühen Abende, las sie vor dem Aufstehen noch eine Stunde lang, nahm ein Blechtablett mit Becher, Milchkännchen und der grünen Emailleteekanne mit hinauf ins Schlafzimmer, wo sie sich, im Morgenrock, mit einer guten Biographie beschäftigte und es sich wohl sein ließ. Ihr einziges Zugeständnis an ihr Alter. Gillians Tür am anderen Ende des dunklen Flurs war geschlossen, wie so oft, wenn Phoebe, inzwischen angekleidet und angefüllt mit Wissenswertem, mit dem Teetablett wieder daran vorbeikam, kurz und kräftig klopfte und die Treppe hinunterging, um zu Acht-Uhr-Nachrichten und Wetterbericht eine einzige Scheibe Toast zu essen.

»Gillian?« rief sie nach oben, »es ist nach acht.« Stille. Im Frühjahr und Sommer mußte Phoebe sich nicht darum kümmern und hätte es auch nicht getan. Im Frühling, Sommer und auch noch bis in den Herbst hinein stand Gillian so früh auf, wie man es sich nur wünschen konnte, war bei Sonnenaufgang im Garten und im Weg. Wenn der Winter kam, verkroch sie sich wie ein Tier in die Erde, und Phoebe ließ sie gewähren, hatte es vielmehr aufgegeben, etwas daran ändern zu wollen.

Sie wusch ab, hängte die Bürste mit dem hölzernen Griff an ihren Platz beim Spülstein und stellte das Radio ab. Sie nahm ihre Weste vom Haken im Flur, holte die gute Grabgabel und die Schere aus der Abstellkammer, schlüpfte an der Hintertür in ihre Stiefel. Ging hinaus in den Garten, zog fest die Tür hinter sich zu.

Die Zwiebeln waren schon lange in der Erde, der Goldlack, aufgerollt und gelb vom Frost, gut angewurzelt. Die Staudenbeete waren umgegraben, bepflanzt und mit Knochenmehl gedüngt worden. Unten im Gemüsegarten lehnte Phoebe ihre Gabel an die Trockenmauer. Sie zog die langen, grauen Eschenstangen heraus, streifte die restlichen Pflanzenteile der Bohnen herunter und stellte die Stangen gebündelt fürs Winterquartier auf. Sie nahm die Gabel und grub stetig, brach die gefrorenen Schollen, bereitete sie für die Frühjahrspflanzung. Stare und Amseln verfolgten ihre Arbeit, stießen herab auf Insekten und sich ringelnde Würmer und pickten schlummernde Schädlinge auf.

»Weiter so«, sagte Phoebe.

Sie schob ihre Karre voll schlaffen, nassen Unkrauts und Bohnen zum Komposthaufen. Auf einem der Ziegelpfade knackte eine Drossel ein Schneckenhaus – tick, tick, tick. Als sie fertig war, flog sie hinauf in einen der Bäume am Saum des Feldes nebenan, sang hoch, während der Morgen voranschritt und die frostige Luft sich erwärmte, ein wenig dünner wurde, vielleicht zum letztenmal in diesem Jahr, und eine schwache Sonne die Wolken des Novembers auflöste.

»Das ist die weise Drossel, die jedes Lied zweimal singt.« Phoebe dachte an Brownings Verse aus ihren Kindertagen, während sie Mulch und Dung in die Erde einarbeitete.

Gillian, die davon wach geworden war, daß die Hintertür geschlossen wurde, saß in drei Pullover gehüllt drinnen am Schreibtisch und schabte an den spitzigen Blättern der Eisblumen an der Fensterscheibe, löste sie auf mit dem Hauch des lebendigen Gottes in der gesegneten Stille.

Den Pferdemist bekam Phoebe in einem Reitstall drei Meilen weiter unten an der Straße. Sie tätschelte schwarze und kastanienbraune Köpfe, die aus den Boxentüren sahen, und begrüßte das Mädchen.

»Eisig, was?«

»Aber schön und klar«, erwiderte Phoebe. Sie schaufelte Dung vom Haufen im Hof herunter, füllte ihn in Säcke aus schwerem, grünem Gartenplastik, die sie auf die Ladefläche ihres Lieferwagens hievte.

»Soll ich helfen?«

»Geht schon, danke.« Sie schlug die Türen zu.

Das Mädchen führte ein Jagdpferd aus der Box, seine Hufe schallten auf dem Hof, es schüttelte den Kopf.

»Bist du aber ein hübscher Kerl«, lobte ihn Phoebe. Früher mal, als sich so gar nichts Passendes bieten wollte, hatte sie gehofft, daß Gillian hier oben eine Anstellung bekommen könnte. Die Mädchen kamen und gingen, und warum sollte sie nicht ... Aber Gillian hatte sich gefürchtet, und die Tiere spürten das.

»Für so was muß man ein Gefühl haben«, sagte die Besitzerin nicht unfreundlich, beruhigte eine nervöse Stute und schob Gillian aus dem Weg. »Dazu kannst du dich nicht einfach so zwingen. Wenn du dich nicht wohl fühlst ...« Sie sah Gillian an, die ungelenk mit Bürste und Striegel im Hof herumstand und nicht wußte, was sie tun sollte. »Bist nicht gerade eine Pferdenärrin, was?«

Gillian schüttelte den Kopf. Phoebe seufzte. Schweigend fuhren sie nach Hause.

»Ich kanns nicht ändern«, sagte Gillian, als sie dort ankamen.

»Es ist ein Job« sagte Phoebe, »eine Beschäftigung.«

Gillian gab keine Antwort.

»Unabhängigkeit.« Phoebe seufzte wieder. »Na, beeil dich, mach das Tor auf.«

Das war jetzt einige Jahre her.

»Ruhig jetzt«, sagte das Mädchen und schlang den Zügel durch einen Ring an der Wand. »Hübsch still.« Sie zog ihre Bürste aus der Schürzentasche und machte sich daran, das Pferd mit langen, gleichmäßigen, sicheren Strichen zu striegeln. »Und gleich nehmen wir dich ein bißchen mit raus, was?«

»Ich muß weiter«, sagte Phoebe. Sie stieg in ihren Lieferwagen und fuhr langsam vom Hof.

Der Wagen mußte dringend in die Werkstatt: Die Kupplung war verschlissen, die Gangschaltung ausgeleiert. Und jetzt noch das ganze Gewicht hintendrin – der Auspuff hatte sich gelockert, klapperte und brauchte ebenfalls eine Reparatur. Phoebe hielt nichts davon, andere für etwas zu bezahlen, was sie auch selbst tun konnte; und sie konnte, wie sie bewiesen hatte, das meiste selbst. Aber der Wagen, den sie Jahre zuvor für fünfhundert Pfund erworben hatte und auf den sie angewiesen war, mußte korrekt gewartet werden, um keine Gefahr darzustellen. Sie würde für Montag einen Termin bei Gareth ausmachen.

Gareth hatte auf der anderen Seite der Brücke zwei Zapfsäulen und eine Werkstatt; er war noch von niemandem geschluckt worden. Er verkaufte Kartoffelchips und Schokolade, aber keine Getränkedosen, und wenn er nichts zu tun hatte, lehnte er sich ans verschossene Blau der Werkstattüren, las Zeitung und betrachtete die Vögel auf den Telegrafendrähten. Er war von hier, und er war nützlich, verlangte faire Preise für anständige Arbeit. Es gab nicht viele Menschen, von denen man das sagen konnte.

Nebel stieg von den Äckern auf. Es war viel heller jetzt. Phoebe begrüßte Passanten mit der Hupe: Huw Williams (fast zwei Zentner hockten bucklig auf einem schwankenden Fahrrad), der es nicht wagte, die Hand zum Gegengruß zu erheben, und dann, näher bei ihr zu Hause, zwei Frauen aus dem Dorf, die in rotgewürfelten Nylontaschen Einkäufe nach Hause trugen. Sie fuhr vor dem Haus vor.

Das Seitentor, das bei ihrer Abfahrt geschlossen gewesen

war, stand offen. Sie parkte am Straßenrand und ging hinein, um die Schubkarre zu holen.

»Gillian?«

Der Schuppen beim Holzstoß war geöffnet worden. Die Tür stand weit offen, das Fahrrad war weg. Phoebe verriegelte die Tür wieder und ging ins Haus.

»Gillian?«

Gefährlich nah am Rand des Abtropfbretts trockneten nasse Tassen vor sich hin. Ein Küchenhandtuch hing auf einer Stuhllehne, der Tisch war von Krümeln übersät.

»Gillian!«

Wo war sie nur hin?

Als sie das Rad aus dem Schuppen holte, hatte Gillian bemerkt, daß die Reifen ziemlich weich waren. Sie nahm die Pumpe aus der Halterung und erweckte sie zu neuem Leben. Spinnenweben überzogen den Sattel; sie wischte sie mit dem Ärmel weg, öffnete die Schnallen der Satteltasche, steckte ihr in Butterbrotpapier gewickeltes Sandwich hinein. Sie probierte die Klingel. Sie war rostig und klang schwach, die Bremsklötze waren abgenutzt und quietschten, aber als Fortbewegungsmittel war es, wie Phoebe sich ausdrücken würde, völlig brauchbar. Sie schob es den glitzernden Pfad hinauf und fuhr davon.

Phoebe zerrte die Säcke aus dem Wagen, wuchtete sie auf die Schubkarre, karrte sie hinunter zum Gemüsegarten, hob sie wieder heraus und stapelte sie entlang der Trockenmauer auf. Morgen würde sie den Dung einarbeiten. Um diese Jahreszeit sollte man den Boden nie bedecken, aber untergraben war nützlich. Nach dem letzten Sack richtete sie sich auf und spürte, wie ihr Rücken, der mager, aber stark und verläßlich war, ihr einen kurzen Moment lang heftig zu schaffen machte. Sie stand da, stemmte die Hände in die Taille, beugte sich vor und zurück, um ihn zu lockern, hörte die Vögel, roch die frisch gegrabene Erde, den Dung an ihren Stiefeln, die winterliche Luft. Da. Schon besser. Vielleicht war es ja jetzt auch genug für heute. Das dachte sie nicht oft.

Sie aß zu Mittag, hörte »Die Welt um eins« und rief nach dem Ende der »Archers« bei Gareth an, mit dem sie eine vernünftige Unterredung über die verschlissene Kupplung und den lockeren Auspuff führte. Sie ließ den Wagen für Montag früh als erstes eintragen und ging hinaus ins Gewächshaus.

Das Gewächshaus war warm und beruhigend. Sie hatte einen angenehmen Nachmittag vor sich. Sie wollte die Sommerblumen pikieren, die sie im September ausgesät hatte: Löwenmaul, Ringelblume, Rittersporn und Elfenspiegel, Ziertabak und Jungfer im Grünen: Pflanzen, die sich im späten Frühling und Frühsommer draußen am Tor sehr gut verkaufen ließen.

Auf allen Regalen reihten sich die Saatkistchen aus schwarzem Kunststoff. Mit einem Finger und einem Teelöffel hob sie die zarten Sämlinge heraus, sie blies Spinnweben von Sieben-Zentimeter-Töpfchen und füllte sie mit Erde. Sie arbeitete rasch. Ihre Daumen drückten jeden Sämling mit geübter Sicherheit an. Sie stellte die Töpfchen in leere Topfplatten, nebelte sie leicht mit Wasser ein. Gut, erledigt. Sie fegte die heruntergefallenen Erdkrümel auf, schüttete sie in den Erdsack zurück, verschloß ihn, stapelte die Samenkistchen auf und betrachtete einen kurzen, zufriedenen Augenblick lang die Reihen kleiner Töpfchen, die säuberlich gruppiert auf ihre Beschriftung warteten.

Das Licht schwand schon. Sie tastete nach dem Markierstift in ihrer Westentasche, fand ihn nicht. Sie sah im Topf mit den weißen Plastiketiketten nach, aber da war er auch nicht. Phoebe suchte weiter, erst geduldig, dann gereizt. Bestimmt hatte Gillian ... Sie fand ihn schließlich, herabgefallen zwischen den Latten direkt hinter den Geranien. Sie richtete sich auf und spürte abermals das tiefe, deutliche Unbehagen in ihrem Rücken. Verdammt.

Wo war Gillian bloß hin?

Dunst stieg von den Wiesen auf. Gillian radelte am Friedhof vorbei, vorbei an der Schule, hinunter zum Dorf. Rauch stieg aus Kaminen auf, vor dem Laden standen tratschende Frauen mit Einkaufstaschen und Kinderwagen. Gillian hatte keine Ahnung von Tratsch. Am Schaufenster klebten alle möglichen Zettel: Kriegsveteranentreffen, Schäferhundprüfungen, Dinge, die verkauft werden sollten. Phoebe schwor auf dieses Fenster, mit dessen Hilfe sie über die Jahre hinweg mehr oder weniger ihr ganzes Haus eingerichtet hatte. Gillian fuhr an dem kleinen Knäuel aus Frauen vorüber und verlangsamte ihre Fahrt, um Bron Morgan, die dünn wie eine Bohnenstange war, die Straße überqueren zu lassen.

»Danke dir, Gillian. Wie gehts denn so?«

»Sehr gut, danke.«

Baumwollene Spitzengardinen mit eingewirkten Vögeln hingen an den Fenstern; die letzten Geranien teilten sich die Fensterbretter mit Katzen und Hunden aus Porzellan. Vor dem Eisenwarengeschäft sah Gillian einen Landrover, hart an den Bordstein geparkt. Hintendrin saß ein hechelnder Border-Collie. Ein alltäglicher Anblick, und doch zögerte Gillian einen Moment lang.

Der Besucher.

Im Sommer hielt ein massiver, schwarzer Türstopper die Tür der Eisenwarenhandlung offen. Die Eimer, Rechen und Gießkannen standen zwar auch jetzt noch draußen auf dem Gehsteig, aber die Tür war geschlossen. Gillian kannte den Geruch des Ölofens und des nackten Holzbodens dahinter, sie kannte die Vertäfelung aus hölzernen Schubladen mit den Messingtäfelchen, den Schildchen und der lateinischen Schrift, aber jetzt verdunkelte der Landrover das Glas, und sie wußte nicht, wer dahinter stand und sich mit Nägeln, Haken, Seilen und Samentüten eindeckte.

Ihre Füße auf den Pedalen wurden schwer wie die Sünde.

Sie radelte weiter, die Fahrradkette war dunkel von der Schmiere, die beim Waschen nicht herausging. Phoebe hatte immer an ihren Socken herumgeschrubbt, wenn sie heimgekommen war und lange, dicke Streifen darauf gehabt hatte, auf dem hölzernen Waschbrett hatte sie sie geschrubbt, die Borsten der Bürste waren so hart gewesen, daß es Löcher gab, die gestopft werden mußten. Gillian wurde darangesetzt, sie zu stopfen, sie tat es schlecht. Die Kette brauchte einen Kettenschutz; Gareth hatte einen auftreiben wollen, es dann aber vergessen.

»Du mußt einfach aufpassen«, sagte Phoebe, »und eigentlich sollte ich dich daran nicht erinnern müssen.«

Gillian fuhr weiter, und die Rauchfahnen aus den Dorfkaminen stiegen in den kalten Morgenhimmel empor und verschwanden wie Geister. Hinter ihr schlug die Türglocke des Eisenwarenladens an. Sie sah sich nicht um.

Zwei alte Knaben mit flachen Schiebermützen schoben die Tür zum »Fox« auf, in dessen oberem Gastzimmer sie manchmal ihre Lesungen veranstaltete.

Geschwärzte Eiche und rauchfleckige Vorhänge, Zischen der Hähne, dumpfes Einschlagen der Dartpfeile, mit dem feuchten Lappen über die Theke gefahren und die Gäste begrüßt …

Er nahm sein Bier mit an einen Ecktisch, hatte den Hund, eine Zeitung zum Lesen und eine abgehakte Erledigungsliste dabei …

Gillian fuhr bis zum Ende der Straße, überquerte die Steinbrücke über den Fluß und kam draußen bei Gareth vorbei, wo Reifen aufgestapelt waren und hämmernde Geräusche aus der Werkstatt drangen. Das Gelände stieg sanft an, die Dorfstraße wurde zu einem Landsträßchen, das sich zwischen hohen Hecken entlangwand. Sie trat fest in die Pedale, aber sie gaben nicht nach. Sie stieg ab und schob, zog das Rad ganz an den Rand, als ein Auto herankam.

Der Landrover fuhr an ihr vorbei; der Fahrer hob eine Hand.

War er es? War die Geste eine schlichte Bestätigung, ein allgemeiner Autofahrergruß? Oder bedeutete sie Erkennen?

Wie auch immer. Er war weg.

Gut.

Sie schob das klickende Rad unter einem Gewölbe aus

kahlen Ästen entlang. Kühe starrten hinter Weidegattern, schwarz, rot und champignongrau. Sie hatten feuchte Nasen, schlammbekleckstes Fell. Die Sonne stieg höher, ein Traktor kam herunter. Der Bauer hob die Hand, Gillian nickte: schlichte, befriedigende Gesten.

Was brauchte man mehr?

Sie hatte den höchsten Punkt erreicht. Sie stieg wieder auf und fuhr talwärts, im Leerlauf, alles war still und offen und frei, nur das zarte Klick, Klick des Rades und hie und da treibende Blätter.

Freiheit und die Erlösung von der Angst.

Vor ihr das breite, nasse Tal, es glänzte in der Sonne. Reif geschmolzen, Nebel aufgestiegen, langsames Voranschreiten der Rinder auf den Herbstwiesen, Atem, der vor ihnen herausströmte. Im Hintergrund die mit Schafen gesprenkelten Hügel, Flickwerk aus Mauern und Hecken auf den Hängen, die unten dick mit Farn bedeckt, dann nackt bis auf den Stein zum Horizont anstiegen. Bryncarnedd, Bryncarreg, Penmynydd, Maen und Moel. Sie kannte jeden einzelnen, die Sonne beschien sie alle, blaß, aber doch glanzvoll.

Jubilate deo.

Sie flog bergab.

Gillian radelte an Friedhöfen vorbei, wo Schafe zwischen den Grabsteinen grasten, vorbei an Kriegerdenkmälern, die mit scharlachroten Kränzen geschmückt waren, sie radelte durch stille Dörfer, passierte laute Schulhöfe, auf denen Kinder herumrannten. Sie kannte all diese Plätze aus ihrer eigenen Kindheit, aber sie fuhr nicht mehr oft mit dem Rad hier entlang, und sie hatte nicht gewußt, daß das Kloster Cadair Hall inzwischen eine Schule war.

Immer die Nase in einem Buch – den Kopf in den Wolken – träumst – meilenweit weg – ich habe dir *gerade* gesagt …

Der Hagelsturm von Phoebes Vorwürfen rasselte über die Jahre auf sie herunter.

Sie saßen am Küchentisch, sie machte ihre Hausaufgaben

für Geschichte, sie war fünfzehn. Es war Winter, es gab eine Stromsperre, Phoebe hatte die Petroleumlampen angezündet und las ihr aus dem »Country Book« von Shell vor.

»Die Zisterzienser, oder auch die ›weißen Mönche‹, kamen nach der Eroberung im Jahr 1128 nach England. Ihr Orden hatte sich einem Leben der reformierten Reinheit und Einsamkeit verschrieben …«

Gillian saß da und betrachtete den Schimmer von Hitze über dem weißen Mond der Lampe, und ihre Augen glühten. Ja, flüsterte sie, ja, ja …

»Bitte, was?«

»Nichts.«

»Sie mieden menschliche Gesellschaft und siedelten sich in abgelegenen, noch nicht urbar gemachten Tälern – vor allem in Yorkshire, im Norden und in Wales – an, wo sie die Talsohle in fettes Acker- und Grasland verwandelten, während sie ihre Schafe auf den Hochmooren und den Bergen der Umgebung weiden ließen … Sie verwandelten das Gesicht der walisischen und englischen Landschaft nicht immer vorteilhaft, da ihre vieltausendköpfigen Schafherden langsam den urzeitlichen Waldbestand der Berge zerstörten …«

»Urzeitlich?« Gillian runzelte die Stirn, sah Speere und schlammverkrustete Leiber vor sich.

»Einheimisch«, sagte Phoebe. »Konzentrier dich.«

Sie las weiter, und ihre knappe, entschiedene Stimme führte Gillian auf die andere Seite des Tals nach Cadair Hall und durch die dachlosen Ruinen von Tintern Abbey, wo Schafe grasten und der Wind durch leeres Maßwerk wehte.

And I have felt
A presence that disturbs me with the joy
Of elevated thoughts; a sense sublime
Of something far more deeply interfused,
Whose dwelling is the light of setting suns …

»Na?« fragte Phoebe. »Von wem ist das?«

And the round ocean and the living air
And the blue sky, and in the mind of man …

ergänzte Gillian. »Wordsworth.«

»Gut. Ich hab dir offenbar etwas beigebracht.« Phoebe räusperte sich. »Im mittelalterlichen England waren Nonnen ebenso häufig wie Mönche; die Laiensprache unterschied sie auch nach der Farbe ihres Habits …«

Weiße Roben wisperten auf Kreuzgangpflaster, ein schwerer Schlüssel drehte sich im Schloß. Hohe Wände, hohe Fenster, schweigend umgeblätterte Seiten. Eine Zelle, eine einzelne Glocke …

»Für die Nonne gab es auch die Bezeichnung ›minchen‹ als weibliche Form von ›monk‹, ›Mönch‹, ein Wort, das sich noch in manchen Ortsnamen findet.«

Phoebe sah Gillian an. »Was habe ich gerade gelesen?«

»Bitte?«

»*Konzentrier dich.*« Sie schlug das Buch zu, stand vom Tisch auf. »Wenn du dich bloß konzentrieren könntest«, sie fachte das Feuer im Rayburn an, »könntest du es ganz gut schaffen.«

Aber in der Geschichtsprüfung für die mittlere Reife ließ Gillian sämtliche Jahreszahlen weg und fiel durch.

»Was um Himmels willen …« Phoebe starrte auf die selbst adressierte Rückantwortkarte mit der jämmerlichen Liste von Fünfen und Sechsen. Es war Hochsommer, der Garten voller Schattenflecken.

»Es tut mir leid«, sagte Gillian. Sie zeigte auf die strahlende Eins, die angenehmen Zweien und Dreien.

»Aber nichts in Mathematik«, sagte Phoebe. »Nichts in Biologie. Durchgefallen in Physik und Chemie. Und Geschichte – was um alles in der Welt hast du denn da gemacht?«

»Ich habe was über Nonnen geschrieben«, sagte Gillian.

Phoebe war verzweifelt. »Was soll aus dir werden?«

Gillian wußte es nicht.

Sie kam an eine Kreuzung, fuhr langsamer, warf einen Blick auf den Wegweiser. Ein Milchtankwagen überholte sie, das Gras am Straßenrand zitterte. Cadair lag rechter Hand, eine Meile hinter Minchen Crib. Sie fuhr darauf zu.

Scharlachroter Wein rahmte die Fenster. Das zweiflügelige Portal war aus schwerer, polierter Eiche mit schwarzlackierten Eisenbeschlägen; Gehwegplatten führten nach links zu Nebengebäuden rings um einen offenen Hof; ein Rasenstreifen erstreckte sich bis hin zum weißen Kopfputz des Dachs auf der Kapelle aus neuen Ziegeln und schmalen Fenstern. Hinter dem Rasengelände blinkte der See; auf dem Gras lagen Verwehungen aus Blättern, scharlachrot und rostbraun, gold und gelbgold. Die Bäume waren jetzt kahl, und Schatten fielen aufs Gras.

Irgend jemand fegte, irgend jemand schlug eine Trommel.

Gillian stand mit ihrem Fahrrad oben am hohen Eisentor, beobachtete und lauschte.

Nach ihrem Versagen war sie schon einmal hergekommen, hatte Schutz gesucht. Sie hatte gestanden, wo sie jetzt stand, in einem geerbten Sommerkleid, mit straff zurückgekämmtem Haar; ihre Hände auf dem Lenkrad naß vor Anspannung. Sie hatte auf den Porzellanknopf gedrückt, der mit seinem Goldreif in die hohe Ziegelmauer eingelassen war, hatte auf hohe Eisentore geblickt und auf die Eiben, die dahinter aufragten, dunkel wie der Tod.

Die Glocke hatte geläutet, und nach einer kleinen Weile hörte man eine Tür aufgehen. Leise Schritte ertönten auf einem Pfad, ein kleines Gitter öffnete sich im glatten Schwarz des Tors. Eine Nonne in weißem Habit sah hinaus zu Gillian, ihr Blick war fest und klar.

»Ja?«

Gillian konnte nicht sprechen. Die Nonne wartete.

»Du hast Kummer.«

Sie nickte.

»Du suchst geistliche Führung.«

Ihr Gesicht brannte.

Die Nonne schloß das Tor auf. »Du darfst eintreten.«

Gillian schüttelte den Kopf. Ihr Kattunkleid zog Falten, ihre nackten Beine waren voll Fahrradschmiere.

Die Nonne deutete mit der Hand, öffnete das Tor. »Bitte.«

Gillian fiel das Atmen schwer.

»Wenn ich hereinkomme, komme ich nie mehr heraus.«

»Vielleicht ist das Gottes Wille.«

Schweiß rann an ihr herunter. »Nein, nein.« Sie schwang ihr Rad herum und stieg auf, stieß sich das Schienbein, zuckte zusammen, als sie das Vorderrad umdrehte.

»Wir werden für dich beten«, sagte die Nonne.

Lerchen sangen, und die Felder waren golden.

Gillian radelte davon, gehörte nirgends hin.

Und jetzt waren die massiven Türblätter mit der viereckigen Gitteröffnung verschwunden, ersetzt worden durch gerade, einfache Eisenstreben.

Gillian beobachtete und lauschte.

Das Fegen kam von der Längsseite des Hauses, ein geduldiger, süßer Rhythmus.

Das Trommeln kam aus der Kapelle …

Sein Takt war wild und unstet …

Dazu andere Geräusche: Rasseln und Glocken, und ein bohrendes, häßliches Pfeifen …

Stille. Verstreutes Klatschen. Gelächter.

Gillian wartete.

Nach einer Weile ging die Tür der Kapelle auf.

Heraus kamen die Krummen und die Lahmen.

Rollstühle in der Herbstsonne …

Grimassen, Zuckungen, klaffende Münder …

Stolpernde Schritte, schleifende Hände …

Riesige, schwere Köpfe, Beine wie Stöckchen, wie Baumstämme …

Töne ohne Konsonanten, Töne ohne Worte …

Rufen, Gelächter.

Gillian war in sich zusammengesunken, sah zu, hielt Ausschau nach Nesta Frank und sah sie, groß, gerade und schmal, hennarotes Haar, das in der Sonne leuchtete, silberne, schaukelnde Ohrringe.

Sie sog den Atem Gottes ein und drückte auf die Klingel.

Köpfe wandten sich um, Nesta sah sie. Andere Erwachsene begleiteten die Kinder; Nesta kam den Weg herunter.

»Guten Tag«, sagte sie zwischen den hohen Stäben hindurch. »Ich erinnere mich an Sie.«

»Ich kam zufällig vorbei«, sagte Gillian. »Ich ...«

»Ich freue mich, daß Sie da sind. Wollen Sie mit uns zu Mittag essen?«

»Nein. Nein, nein, ich muß ...«

Nesta lächelte sie an. Oben beim Haus fuhren oder stolperten die letzten Kinder durch die Türen. Blätter tanzten übers Gras und quer über den Hof. Das geduldige Wischen des Besens hatte aufgehört.

»Wir haben oft Gäste. Platz gibt es immer.«

Ihre Hände auf dem Lenker waren klamm; sie umklammerte die Gummigriffe und spürte jedem Finger nach, wie er seinen Platz fand: da, einer nach dem anderen, so.

»Bleiben Sie doch, bitte.«

Um unter Fremden zu essen, zwischen diesen Kindern zu sitzen ...

Wenn ich reinkomme, komme ich niemals wieder raus ...

»Ich würde Sie gern besser kennenlernen.«

»Ja, ja, aber ich ...«

Nesta ließ das Tor aufschwingen. Der Weg zum Haus lag vor ihr. Sie legte eine Hand auf Gillians Hand: eine warme, flüchtige Berührung. Gillian zuckte zurück.

»Hören Sie doch. Warum kommen Sie nicht und essen mit uns zu Mittag, wo Sie schon mal da sind? Danach arbeite ich noch mit einer Musikgruppe, und dann habe ich frei. Sie könnten mit in mein Cottage kommen und Tee trinken. Das fände ich sehr schön. Oder müssen Sie wirklich ganz dringend zurück?«

Sie hatte das Seitentor offengelassen.

Phoebe wußte nicht, wo sie war.

»Nein«, sagte sie. »Ich muß nicht …«

»Na also.« Nestas Hand lag auf dem Fahrrad, führte Gillian fort aus der Schutzzone der Landstraße, den ebenen Pfad hinauf. Zu beiden Seiten erstreckten sich Rasenflächen. Das Tor fiel hinter ihnen ins Schloß. Gillian umklammerte die Lenkradgriffe so fest, daß ihre Nägel sich in ihre Handflächen bohrten.

»Ich komme mir direkt brutal vor«, sagte Nesta lächelnd. »Sie müssen entschuldigen. Ich habe nur den Eindruck, daß Sie aus einem bestimmten Grund hier sind. Bei den meisten ist das so.«

Was für ein Unsinn, sagte Phoebe. Ich kann so ein Gerede nicht ertragen.

Gillian ging neben Nesta her und blickte starr geradeaus.

Sonnenlicht leuchtete durch Bleiglasfenster; die Kinder waren versammelt, jemand sprach eine Art Tischsegen. Gillian, sie hatte Nesta neben sich, saß an dem dunklen Eichentisch.

»Lasset uns dankbar sein für unsere Familie aus Freunden und für das Mahl, das wir nun teilen wollen …«

Hausgemachte Brotlaibe auf glatten, runden Holzbrettern, eine Käseplatte, Obst in einer Keramikschale. Vom Servierwagen heiße Suppe, die in Schalen ausgeteilt wurde. Und außerdem …

Becher mit geschlossenen Deckeln und flexiblen Trinkhalmen. Schläuche, die aus Flaschen in Nasenlöcher führten. Zu Grimassen verzerrte Münder, die saugten und sabbernd offenstanden. Augen, dunkel wie die eines schon lange eingesperrten Tieres, rollende Augen, die das Weiße sehen ließen. Plastiklöffel mit gebogenen Griffen, die zustießen und verfehlten und Dinge fallen ließen, wurden zu staunenden Gesichtern geführt …

Gillian saß stocksteif auf einem hochlehnigen Stuhl. Das Brot wurde auf dem glatten, runden Holzbrett weitergereicht, die Butter auf einem dunkelgrünen Teller; die Suppe vom Servierwagen wurde aus dem Topf geschöpft und in einer schlichten, weißen Suppenschüssel vor sie hingestellt. Man schenkte ihr Wasser ein, sie wurde aufgefordert, nur zuzugreifen, sie möge doch bitte anfangen. Menschen mit glatter, blasser Haut, schönen, klaren Stimmen und ruhigem Gesichtsausdruck sagten ihr, wie froh sie seien, daß sie sich ihnen anschließen konnte. Nach dem Mittagessen würde es wieder Musik geben, in der Kapelle. Sie sollte unbedingt dableiben und sie sich anhören.

Gillian hörte zu und zerbrach ihre Scheibe Graubrot, zerrieb Bröckchen zu Krümeln, zu Staub, der nicht mehr zu retten war.

Sie hob einen Löffel Suppe an die Lippen.

Iß auf, sagte Phoebe, den langen, dunklen Tunnel ihrer Kindheit hinab. Komm jetzt, mach.

Gillian ließ den Löffel sinken, nippte an ihrem Wasser. Nesta, an ihrer Seite, erkundigte sich freundlich:

»Geht es Ihnen gut?«

»Ja. Ja, natürlich.«

Jeder Muskel war starr vor Anstrengung und Unbehagen. Links von ihr saß Nesta: Silberne Ohrringe glitzerten im Winterlicht. Alles an ihr strahlte Lebenskraft, Großzügigkeit, Zufriedenheit aus; mit den Kindern an ihrem Ende des Tisches, dem kleinen Jungen, der direkt bei ihr saß, sprach sie mit sanfter Sachlichkeit; sie schnitt Brot und Käse und half mit geschickten, flinken Bewegungen beim Füttern der Kinder, sie machte alles leicht und selbstverständlich.

»Möchtest du etwas zu trinken? Hier bitte, du nimmst es, ja, fein, gut gemacht.«

Auf Gillians rechter Seite saß ein Mädchen mit einem ungeschlachten, kantigen Körper und kurz und stumpf geschnittenem Haar, das mit einer pinkfarbenen Klammer nach hinten gedrückt wurde. Auch der Rahmen ihrer Brille mit den dicken runden Gläsern war pink, und ihre Hände hatten eine gewisse Ähnlichkeit mit Gillians eigenen: breit, rot wegen schlechter Durchblutung, mit abgekauten Fingernägeln. Sie aß stetig, wurde mit allem fertig, drehte sich dann und wann zur Seite, um ein leeres, breites Lächeln zu zeigen und sich an Gillian zu schmiegen oder ihren Ärmel zu streicheln. Gillian saß da wie erstarrt. Man hatte ihr gesagt, wie dieses Kind hieß, aber sie hatte sich den Namen nicht gemerkt. Unbehaglich rückte sie zur Seite, als das große Mädchen sich wieder schwerfällig zu ihr wandte und langsam, aber mit gespannter Aufmerksamkeit, die kleinen, losen Wollfusseln von ihrem Ärmel zu zupfen begann.

»Maureen. Unser Besuch hat das vielleicht nicht gern.«

Sanfter Vorwurf, nicht von Nesta, sondern von einer anderen Frau auf der gegenüberliegenden Seite des Tisches, die Gillian vorgestellt worden war: Sadie, in den Vierzigern, mit glänzender Haut und um den Kopf gewundenen Zöpfen. Noch eine Fremde.

»Schon gut«, sagte Gillian steif. »Es macht mir nichts aus.«

Sadie lächelte sie an. Irgendwie hatte Gillian den Wunsch, sie zu schlagen. Hinter Maureen saßen ein entsetzlich mißgestaltetes Kind, das sie nicht ansehen konnte, und ein Junge, der schief in einem Rollstuhl hing. Dunkle Haarbüschel stachen aus einem knochigen Schädel, seine unteren Augenlider hingen nach unten, seine Hände waren steif und unbeweglich. Er wackelte mit einem Finger und gab scheußliche Töne von sich.

»Möchtest du noch Suppe, Steven?«

Ein bärtiger Mann saß neben ihm und bot ihm einen Becher mit Strohhalm an. Steven senkte den Kopf und sog daran. Seine Hand schoß in einer krampfhaften Zuckung nach vorn, der Becher flog durch die Luft.

»Woooah!« brüllte ein Junge auf der anderen Seite des Tisches. Gillian zuckte zusammen. »Woooah!«

»Ist schon gut, Dominic«, sagte der Bärtige. »Du ißt dein eigenes Essen. Steven geht es gut, nicht, Steven?« Er beugte sich vor, hob den Becher wieder auf. »Wollen wir es noch mal versuchen?«

Steven gurgelte, bewegte zuckend den Kopf. Gillian sah weg. Sie betrachtete Dominic. Wut und Gefahr gingen von ihm aus.

»Käse?« fragte Nesta neben ihr.

»Oder noch etwas Suppe?« schlug Sadie vor.

»Nein. Nein, nein, ich …« Ihr Gesicht brannte. Gräßliche Geräusche ertönten überall um sie her, fremde, wilde Töne wie von Gänsegeschrei oder einem Akkordeon. Besänftigende Stimmen hoben und senkten sich dazwischen. Spucke wurde weggewischt.

»Wooah!« grölte Dominic und stand auf. Er nahm einen Löffel und schlug sich damit an den Kopf. »Wooah! Verdammte Kacke!«

Gillian schob ihren Stuhl zurück.

»Schon gut, Dominic«, sagte Nesta. »Wir wissen alle, daß du hier bist. Entweder du setzt dich bitte wieder hin, oder du mußt aus dem Zimmer gehen.« Sie wartete. Dominic stierte sie an und setzte sich. Sie wandte sich an Gillian: »Es tut mir leid, er kann nicht …«

Gillian erhob sich unsicher. Maureen zupfte an ihrem Ärmel.

»Laß das!« Sie wußte, daß sie knallrot angelaufen war. Sie wandte sich zu Nesta um. »Wo ist die Toilette?«

»Draußen in der Halle, gleich gegenüber.« Nesta sah sie mitleidig an. Gillian reagierte nicht auf ihren Blick. Steifbeinig marschierte sie über den kilometerlangen Fußboden zur Tür, hinaus, vorbei an dem seltsamen, wilden Gewirr von Tönen und murmelnden Stimmen, hinaus in die riesige, stille Vorhalle. Segensreiche Leere. Ein großer, offener Kamin mit Schieferumrandung. Ein glänzendes Klavier. Ein Schild an der Toilettentür. Sie stieß sie auf, ließ sie hinter sich zuknallen, sank gegen die kühlen, weißen Fliesen. Ihr Haar sprang aus dem engen Gummiband heraus, Schweiß rann an ihr herunter. Sie schloß die Augen und verließ dieses Haus der grotesken Gestalten und der Verstoßenen, nahm ihr Fahrrad und rannte zum Tor.

Gillian! sagte Phoebe. Komm sofort raus! Mach die Tür auf!

Nie, sagte Gillian im langen, dunklen Tunnel ihrer Kindheit. Nie. Nie. Nie.

Gillian!

… Fällt er in den Graben, fressen ihn die Raben …

»Gillian?« Es klopfte. »Ist alles in Ordnung?«

Nesta, glitzernd und ruhig und großzügig.

»Ja«, sagte Gillian, die Dunkelheit und Stille genoß.

»Die Musikstunde ist um zwei«, sagte Nesta ruhig. »Sie müssen ja nicht bleiben.« Sie ging wieder.

Gillian öffnete die Augen. Sie merkte, daß sie am falschen Ort war: ein Lift, ein hoch angebrachter Sitz, ein Handlauf. Das hier war für Kinder, denen man bei allem helfen mußte. Es roch nach Desinfektionsmittel. Bald würde der Ort benötigt.

Sie benutzte die merkwürdig hohe Schüssel und ließ sich am Waschbecken Wasser über die Hände laufen. Einen Spiegel gab es nicht. Es spielte keine Rolle. Sie nahm noch mehr Wasser, strich damit ihr Haar zurück und ging wieder hinaus. Das Mittagessen war fast vorbei, Jugendliche mit unkontrollierten Bewegungen kamen in ihren Rollstühlen in die Halle. Gillian ging ihnen aus dem Weg. Sie begab sich hinaus in die Kapelle, dort würde sie warten und schon sehen.

Heilige Bündel von Sonnenlicht durchbohrten die Wände des Achtecks, das keine Kapelle mehr war. Frevel und Säkularisation hatten Kreuz und Altar gestohlen, die Bänke herausgerissen. Ein paar Stühle und ein paar Kissen waren jetzt im Kreis auf einem leeren Holzfußboden angeordnet, dessen Dielen glatt, hell und glänzend waren. Sie sogen die Nachmittagssonne auf; eine Fußbodenheizung wärmte sie an, und was einst ein Ort für Gebet und Besinnung gewesen war, diente jetzt als …

Tanzboden.

Eine Schande, sagte Phoebe.

Gillian konnte keine Einwände vorbringen. Sie kauerte auf einem Kissen zwischen zwei Fensterschlitzen, die Arme um die Knie geschlungen. In dieser Haltung hatte sie auch auf der Toilette gesessen, aber hier konnte sie ihren Kopf nicht verstecken. Sie sah starr geradeaus, als die Kinder mit ihren Helfern durch die Tür kamen, gaffend und zuckend, auf Gehhilfen gestützt. Wer keine Hilfe brauchte, schob andere in Rollstühlen; diejenigen, die allein vorwärts kamen, sausten bis zur Mitte des Bodens vor, fühlten sich befreit durch die offene, glänzende Fläche.

»Gut«, sagte Nesta. »Laßt uns einen Kreis machen. Jeder sucht sich seinen Platz.« Sie breitete die Arme weit aus, machte einzelnen Kindern kleine Handzeichen. Gillian, die von ihrem Kissen aus zusah, begriff, daß sie eine andere Sprache benutzte. Gesten umarmten die Welt. Manche Kinder antworteten ihr, linkisch, aber mit Emphase.

»Willkommen«, signalisierte Nesta. »Die Sonne scheint. Wir machen jetzt Musik.«

Phoebe schüttelte sich.

Gillian wußte nicht, was sie davon halten sollte.

Ein Mädchen mit schulterlangen Haaren und knöchellangem, rostfarbenen Rock verteilte Rasseln und Glocken in der Runde. Die Kinder, die welche nehmen konnten, nahmen sie. Es folgten Trommeln und Tamburine. Klänge schimmerten auf.

Das Mädchen mit dem rostfarbenen Rock kam mit der Kiste zu Gillian.

»Möchten Sie mitmachen?« Sie bot ihr eine kleine, leichte Trommel an.

Gillian zuckte zurück. »Nein, vielen Dank.«

»Ich heiße Claire«, sagte das Mädchen. »Ich mach hier mein freiwilliges soziales Jahr, vor der Uni.« Sie lächelte aufmunternd.

Gillian nickte, wollte, daß sie weiterging. Das Mädchen setzte sich an ein Klavier. Sie fing zu spielen an. Die Kapelle füllte sich mit rhythmischen Geräuschen.

»Seid ihr bereit?« fragte Nesta, mit Worten und mit Gesten.

Trommeln schlugen unstet, Tamburine schüttelten sich. Gillian fiel auf, daß etliche Kinder nur sehr wenig tun konnten. Sie sah, wie der Mann mit dem Bart und ein anderer, wesentlich jüngerer, diese Kinder fest in den Armen hielten und ihnen halfen, die Instrumente zu halten und darauf zu klopfen oder zu schlagen. Sie sah zu, wie Dominic mit einem Trommelschlegel herumfuchtelte und versuchte, ihn auf einem hölzernen Hohlkörper zu zertrümmern.

»Vorsicht«, mahnte Nesta.

Maureen genoß alles. Sie legte ihr Tamburin ab und ging in die Mitte des Kreises, blieb dort leicht hin und her schwankend stehen, klatschte hin und wieder oder gab Geräusche von sich.

»Wunderbar«, sagte Nesta. »Wer möchte tanzen?«

Ein Hauch von einem Kind, das während des Mittagessens Löcher in die Luft gezupft hatte, saß steif da und starrte vor sich hin.

»Wie wärs mit uns?« fragte Nesta. »Nadine? Darf ich mit dir tanzen?«

Nadine erschauerte. Nesta ließ sich neben ihr auf die Knie nieder, nahm ihre zerbrechlichen Hände und hielt sie fest, bewegte sie hin und her. Nadine zeigte ein zaghaftes Lächeln. Nesta half ihr auf, nahm sie Zentimeter für Zentimeter mit sich in die Mitte, schwang ihre Arme, sie lächelten einander an. Dort, in der Mitte des Tanzbodens, ließ Nadine sich auf Armeslänge herumbewegen, in einem langsamen, zeitlupenhaften Rhythmus zur Musik. Ihr Gesicht zeigte jetzt ein strahlendes Lächeln, und Nesta umarmte sie, als der Tanz endete.

Gillian saß zusammengekauert auf ihrem Kissen und zog ihre Arme fester um die Knie. Sie wandte sich zum Fenster und sah hinaus. Blätter tanzten über den Rasen, Wolken zogen sich zusammen. Bald würde sie gehen können.

Die Zusammenkunft war zu Ende, die Instrumente wurden verstaut.

»Es ist zu Ende«, sagten Nestas Gesten, sie breitete die Hände ins Leere. Die Musik fiel in ein Vakuum. Wo war sie jetzt?

Claire spielte zum Auszug der Kinder, die mit ihren Helfern den Raum verließen. Durch die offenen Türen der Kapelle wehte die Kälte des Herbstes. Gillian war froh. Nesta kam zu ihr.

»Danke, daß Sie geblieben sind.«

Gillian zuckte die Achseln.

»Ich weiß, daß es schwierig sein kann.«

Sie antwortete nicht, rappelte sich ungeschickt auf die Füße.

»Gut.« Nesta sah sie an. »Ich muß einen Bericht schreiben, dann hab ich frei.« Gillians Schweigen ließ sie zögern. »Möchten Sie nach wie vor mit zu mir kommen? Haben Sie noch Zeit?«

Gillian dachte an Phoebe und überlegte. Sie war bestimmt schon ärgerlich, jetzt nicht weniger als später.

»Ja«, sagte sie schlicht. »Wo wohnen Sie?«

Sie gingen zur Doppeltür. Claire hatte mit dem Spielen aufgehört und stapelte jetzt Stühle auf.

»Ich könnte Sie mitnehmen«, schlug Nesta vor. »Ihr Rad würde hinten ins Auto passen.«

Gillian schüttelte den Kopf. Sie brauchte Luft.

»Sagen Sie mir den Weg. Ich radele ein bißchen herum.«

Nesta beschrieb ihn ihr. Gillian hörte zu und versuchte, sich zu konzentrieren.

Sie fuhr über die Landstraßen, während überall um sie her Wind aufkam. Das Schild einer Dorfkneipe schwang quietschend hin und her. »The Feathers«. Das Schild brauchte einen neuen Anstrich. Genauso wie die blaue, fest verschlossene Tür. Auf der anderen Seite der Straße waren eine Hecke und ein Teich in einer Wiese. Sie sah Enten im Schilf, dann weiter vorn ein paar, die gleich hinter dem Pub die Straße überquerten: zwei schlammigweiße Aylesbury-Enten und ein Moschuserpel mit wabbligen, scharlachroten Hautlappen. Ängstlich blickten sie ihr entgegen; sie fuhr langsamer, schnatternd verzogen sie sich durch die Hecke ins Schilf.

Die Sonne war verschwunden, der Himmel hoch und blaß. Gillian nahm die Abzweigung und sah das Cottage.

Eine kleine Hausfront, zwei Fenster oben, zwei unten, ein rauchender Schornstein, ein geparktes Auto am Rand eines Feldweges, der vor einem Tor endete. Das Cottage lag etwas ab von der Straße, unterhalb eines von Hecken begrenzten, abschüssigen Gartens mit stoppligem Gras und Apfelbäumen. Fallobst und Laub lagen im Gras, an einer Hecke am Ende stand ein Bienenkorb, eine Amsel hopste in den Blättern herum. Mit einem scharfen Warnruf flog sie auf, als Gillian vom Rad stieg, um es den Weg entlangzuschieben. In der Hecke war ein kleines Tor, es stand offen. Sie ging hindurch, lehnte das Rad an ein Regenfaß. Die Haustür wurde geöffnet.

»Sie haben es gefunden. Wie schön.«

Nesta hielt die Tür weit auf, während Gillian den Gartenweg unter dem Fenster heraufkam. Sie sah ihr Spiegelbild darin: eine nervöse Person mit wirrem Haar, verschlissenem Mantel und verkniffenem, verfrorenem Gesicht.

»Ich bin nicht so richtig daran gewöhnt, Besuche zu machen …«

»Dann ist es mir eine Ehre. Besonders nach diesem Nachmittag. Kommen Sie doch rein.«

An der Türschwelle stand ein Stiefelkratzer, daneben ein Paar Stiefel. Nesta war groß, aufrecht, sie lächelte; hinter ihr sah Gillian ein dunkles Hausinneres, flackernde Flammen.

Sie ging hinein.

Eine enge Treppe mit kurzen Stufen unmittelbar beim Eingang; ein alter, geblümter Teppich, rechter Hand eine halboffene Tür: ein Stuhl, ein Blick auf Pappkartons. Links eine weitgeöffnete Tür. Ein Kamin mit brennenden Scheiten, bunt gemusterte Stoffe, ein Kaminsims, vollgestopft mit Fotos, Karten, Kerzen und Schnickschnack, an dem auf der ganzen Länge eine lange, sienarote, mit schimmernden Spiegelstückchen besetzte Stoffbahn mit Muschelkante befestigt war. Ein kleiner Messingbrenner, in dem Stäbchen steckten. Fäden aus blaugrauer Asche fielen auf den Kamin, Fahnen aus duftendem Rauch stiegen zur Decke auf.

Stimmen im Singsang, Altarkerzen, das Kreuz, hoch erhoben …

Das Faß schwang an seiner Kette, Weihrauchwolken waberten …

Prozession, Beichte, gesenkte Köpfe …

Agnus Dei, qui tollis peccata mundi, miserere nobis ...
Der Weihrauch war heilig und hoch ...
So etwas gab es sonst nicht in Wales.

»Ich bin irgendwo tief drinnen ein alter Hippie«, sagte Nesta. »Tee? Soll ich Ihnen den Mantel abnehmen?«

Gillian, an Artigkeiten ebensowenig gewöhnt wie an den Aufenthalt an fremden Orten, stand in dem vollgestopften Wohnzimmer mit den indischen Bettüberwürfen über Sessel und Sofa, mit der verschossenen Tapete, die voller Bilder hing, einem in eine Ecke geklemmten Klavier und einem niedrigen Tischchen voller Bücher und Briefe und kam sich so deplaziert vor wie ein Stier, wie ein wildes, stampfendes, ungeschicktes Geschöpf, das schwer atmete, hungrig war und fror.

»Ich laß meinen Mantel an«, sagte sie, setzte sich ohne Aufforderung auf eine Sofaecke, stieß dabei einen Stapel Bücher um und blickte hilflos um sich.

Sie saß in ihrer Ecke und trank brühheißen Tee aus einem angeschlagenen Becher. Die fehlende Ecke des Bechers war ein Trost: Zu Hause hatten sie nichts, das nicht eine angestoßene Ecke, einen Riß oder eine Flickstelle gehabt hätte. Nesta streckte ihre langen Beine aus einem alten Sessel auf der anderen Seite des Kamins und sah sie an. Die heruntergefallenen Bücher lagen wieder auf dem Tisch, die Scheite brannten behaglich, das Zimmer war voller Weihrauch.

Ekelhaft, sagte Phoebe.

Gillian hörte nicht hin.

»Also.« Nesta beugte sich vor und nahm eine Tabaksdose. »Haben Sie etwas dagegen, wenn ich ...«

»Sie sind hier zu Hause«, sagte Gillian. »Sie müssen tun, was Sie für richtig halten.«

Phoebe runzelte die Stirn.

»Danke.« Nesta öffnete die Dose und nahm ein Päckchen Papier heraus. »Ich versuche, es aufzugeben, aber so nach dem Dienst ...« Sie drehte geschickt, leckte am Papier, griff nach einem Streichholz. Gillian, immer noch im Mantel, saß da und sah ihr zu. Nesta zündete die Zigarette an. »Schon besser.« Sie warf das Streichholz ins Feuer. »So«, sagte sie wieder. »Wo sollen wir anfangen?«

Gillian wußte es nicht.

»Als ich Sie zum erstenmal gesehen hab«, sagte Nesta, »da oben auf dem Hügel ...«

»Dem Bryncarnedd.«

»Heißt er so? Für mich sind all diese Namen unaussprechlich ... Sagen Sies noch mal.«

»Brincarneth. ›Bryn‹ heißt ›kleiner Berg‹, ›carnedd‹ ist ein Steinhügel.«

»Ich muß mir das aufschreiben.« Nesta inhalierte. »Sind Sie denn Waliserin? Ich hab mich das gefragt, als wir uns getroffen haben – wie man das eben so macht. Ich hab mich gefragt, wo Sie wohl wohnen, und ob sie allein leben ...«

»Ich lebe mit meiner Mutter zusammen«, sagte Gillian schlicht. »Sie ist Engländerin, aber ich bin hier in Penglydr geboren.«

»Pengleider. So spricht man das also aus.«

»Ja.«

Nesta wartete. Gillian trank ihren Tee.

»Erzählen Sie mir von sich und von Ihrer Mutter.«

»Warum? Was wollen Sie wissen?«

Gillian, mahnte Phoebe mit warnendem Unterton.

»Tut mir leid.« Nesta zupfte ein Tabakfädchen von der Zunge und schnippte es ins Feuer. Widerliche Angewohnheit, sagte Phoebe. Dummes Ding. Sie sollte es aufgeben.

»Zu viele Fragen?«

»Ist schon gut. So verhalten sich die Leute eben. Denken Sie sich nicht zuviel bei meinen Manieren.« Gillian betrachtete den verschossenen, verschlissenen Teppich. Auch der war tröstlich. »Das kommt sicher von der vielen Einsamkeit«, sagte sie tapfer. »Fragen Sie nur.«

»Sie haben gesagt, daß Sie nicht arbeiten.«

»Habe ich das?«

»Oben auf dem Berg. Erinnern Sie sich nicht? Sie haben gesagt, Sie seien eine Last für die Gesellschaft – unter anderem deshalb mochte ich Sie gleich.«

Gillian wurde rot. »Ich kann mich nicht erinnern.«

»Suchen Sie denn Arbeit?« Nesta unterbrach sich. »Entschuldigung – ich hör mich ja an wie das Arbeitsamt.«

»Stimmt. Seh ich vermittlbar aus?«

Sie sahen einander an. Nesta lachte.

»Womit beschäftigen Sie sich denn so?«

»Ich schreibe«, sagte Gillian. »Das ist das einzige, was ich kann.« Sie kaute auf einem Fingernagel. »Und bitte sagen Sie jetzt nicht, daß Sie schon immer schreiben wollten.«

»Wollte ich nicht«, sagte Nesta. »Ich tue das, was ich tue, gern. Also.« Sie zog an ihrer Selbstgedrehten. »Und was schreiben Sie?«

»Ich bin Dichterin.«

»Werden ihre Gedichte abgedruckt?«

»Immer wieder mal.«

Nesta überlegte. »Gillian Traherne. Ich glaube nicht, daß ich irgendwo schon mal ...«

Gillian rief sich den windzerzausten Gipfel des Berges ins Gedächtnis, den dunklen Stein des Steinhaufens, den bitteren Himmel, die Fragen. Niemand hatte von ihr gehört, weder von ihr noch von ihrem Vater noch vom Namen ihrer Familie. Der war allenfalls an Universitäten bekannt, aber auch dort vergessen worden.

»Es gibt keinen Grund, weswegen Sie ihn hätten hören sollen.«

»Aber darf ich mal etwas von Ihnen lesen?«

»Vielleicht. Manchmal lese ich öffentlich. Zu so einer Veranstaltung könnten Sie ja mal kommen. Wenn Sie mögen.«

»Ja. Ja, würde ich gern.« Nesta hatte ihre Zigarette zu Ende geraucht; sie warf sie ins Feuer. »Möchten Sie noch Tee?«

»Ja.«

Ja bitte, sagte Phoebe.

»Bitte«, sagte Gillian.

Nesta griff nach der schweren braunen Teekanne. Gillian betrachtete die Photos auf dem Kaminsims, der damit vollgestellt war. Schade, sagte Phoebe, die sich im Zimmer umsah.

Sie sollte mal gründlich klar Schiff machen. Hast du dein Zimmer aufgeräumt?

Gillian ließ sich von Nesta Tee nachschenken. Auf dem Kaminsims waren Kinder, grinsende, gaffende Kinder wie die, die sie am Morgen gesehen hatte. Da waren Personen, die aussahen, als wären sie Nestas Eltern. Da war ein Mann.

Vielleicht war es an der Zeit, daß sie Interesse zeigte.

»Wer ist das?« fragte sie abrupt.

Nesta folgte ihrem Blick. »Das ist mein Mann.« Sie legte noch ein Scheit ins Feuer.

»Oh.« Gillian spürte, wie sie rot wurde. »Ich habe nicht gewußt ...« Sie unterbrach sich.

Nesta griff nach der Tabaksdose. »Er ist vor drei Jahren gestorben«, sagte sie ruhig. »Ziemlich genau vor drei Jahren.«

Da hast dus, sagte Phoebe. Guck dir an, was du angerichtet hast.

»Entschuldigung.« Gillian war knallrot und wußte nicht, wo sie hinsehen sollte.

Nesta entfaltete ein Zigarettenpapier und ließ dünne Tabakstreifen darauf fallen. Sie rollte das Papier, leckte es an, schnippte das Streichholz aus. Sie stand auf und holte das Photo. »Hier.«

Gillian nahm es und betrachtete es. Eine Straße, parkende Autos, eine Häuserzeile in einer Stadt, ein Mann, der aus einem Tor kam. Er war groß, trug Jeans und Pulli; er hatte dunkle, lockige Haare, er lachte. Ein Kleinlaster war auch zu sehen, die Türen standen offen, Kisten waren darin.

»Das ist unser Haus«, sagte Nesta. »Das war an dem Tag, als wir die Wohnung gekauft hatten. Drinnen war es sehr schön. Hier.«

Sie reichte ihr einen anderen Bilderrahmen. Ein Mann und eine Frau lagen hingestreckt auf einer Couch, hatten die Arme umeinander gelegt, die nackten Füße auf Kissen gestützt. Pflanzen, Bilder, Unordnung, eine Tür zu einem Garten. Die Frau hatte lange rote Haare und trug einen langen, bedruckten Rock, die Kleider des Mannes saßen zu locker, er hatte ein mageres Gesicht. Eine jüngere Nesta und ...

»Er hieß Hal. Es gibt noch viel mehr Photos, aber ich kann mir nicht vorstellen, daß Sie die jetzt alle sehen wollen.« Sie stellte das Bild zurück; ihre Finger berührten leicht das Glas. »Das war vor vier Jahren, bevor er krank wurde. Na ja, da war er auch schon krank, aber wir wußten es noch nicht. Ich zeige Ihnen nur noch eins. Von da, wo wir gearbeitet haben. Darf ich?«

Gillian machte eine Handbewegung. Ob sie passend war, wußte sie nicht. Sie nahm ein Photo von diesem Mann – von Hal – entgegen, wie er aufrecht und mit ausgestreckten Armen vor einem zehn- oder elfjährigen Jungen kniete. Mit einem merkwürdigen, verschlossenen Ausdruck blickte der Junge unter seinen dunklen Brauen hervor, seine Erscheinung schien unordentlich und unkoordiniert. Er war groß für sein Alter – Gillian war nicht klar, wieso sie das wußte, aber sie wußte es: ein großes, unkontrolliertes, vielleicht unkontrollierbares Kind auf einem unsicheren Weg quer durch einen Raum. Auf diesen Mann zu. Zu Hal.

Der Junge ließ sie an die Kinder von Cadair denken: ein mißgestaltetes, ausgestoßenes Ding, ein Zerrbild, das man weggesperrt hatte …

»Er war autistisch«, sagte Nesta. »Dieser Junge. Wie manche von den Kindern, mit denen ich jetzt arbeite. Wie Dominic. Es tut mir leid, er war heute sehr verstört. Ich weiß, daß es einem einen Schreck einjagen kann. Manchmal ist er zugänglicher …«

Gillian antwortete nicht. Sie gab das Photo zurück. Es dämmerte schon. Nesta schaltete die Lampe an. Gillian dachte an ihr Fahrrad mit dem einen einzigen Rückstrahler und an die dämmrigen Landstraßen. Phoebe würde sich sicher schon …

»Meine Mutter wird sich sicher schon …«

Nesta setzte sich wieder. »Ich fahr Sie nach Hause, wenn Sie möchten. Ich bin sicher, daß wir das Rad hinten reinkriegen.«

»Nein, nein, nicht nötig.« Sie nahm ihren Teebecher, stürzte den Inhalt herunter, stellte ihn wieder hin, dann wußte sie nicht weiter. Sie spürte, wie Nesta sie beobachtete, auf einen Kommentar oder eine Frage wartete. Auf ein Gespräch. »Entschuldigung«, sagte sie wieder. »Ich hab Ihnen ja gesagt … ich bin nicht daran gewöhnt …«

»Sie müssen überhaupt nichts sagen. Wir kennen uns ja kaum«, sagte Nesta ruhig.

»Danke. Tja …« Sie stand auf und stieß gegen den Tisch. Nesta zog ihn weg. »Kann ich mal Ihr Bad benutzen?«

»Natürlich. Die Treppe rauf und dann gleich geradeaus.« Nesta kniete sich hin, um das Feuer zu schüren, angelte nach der Kohlenschütte.

Gillian erklomm mit ihrem schweren Mantel die enge Stiege, fand das kleine, kalte Badezimmer, tastete nach dem Schalter. Auch hier waren die Wände voller Photos. Nesta im Bad: Sie hatte die Haare hochgesteckt und lag lesend zurückgelehnt im Wasser. Hal in der Badewanne, aufrecht, Seife auf den Schultern, er griff nach einem Schwamm. Nesta, die ihre Haare wusch, Wasser aus einer Porzellankanne goß, sich die Zähne putzte, sich umwandte, in die Kamera lachte. Hal, der in einem halboffenen Morgenrock mit der Zeitung in der Hand auf dem Wannenrand saß, während das Wasser einlief. Wasser, Nacktheit und lässige, alltägliche Vertrautheit. Gillian stand in ihrem schweren Mantel da, sah von einem zum anderen und schrumpfte auf ein Nichts zusammen.

Als sie wieder herunterkam, hatte Nesta neue Scheite auf das Feuer geschichtet.

»Sind Sie sicher, daß ich Sie nicht bringen soll?«

»Nein, nein, sehr freundlich von Ihnen, aber ich muß …«

Sie war schon an der Tür, sie mußte weg, weg …

Nesta nahm eine Jacke vom Haken und begleitete sie den Gartenweg entlang.

»Ich hoffe, Sie kommen wieder. Jetzt wissen Sie ja, wo ich wohne.«

»Ja. Vielen Dank.«

Sie schob das Rad den Feldweg entlang. Die Luft roch rauh, der Boden war hart, der Mond stieg auf. Die ersten vereinzelten Sterne hingen über den Apfelbäumen.

»Na dann, Wiedersehen.«

»Auf Wiedersehen.« Nesta streckte die Hand aus, um ihren Arm zu berühren. »Danke, daß Sie gekommen sind.«

Danke für Ihre Gastfreundschaft, sagte Phoebe.

»Danke für Ihre Gastfreundschaft«, sagte Gillian. Sie stieg aufs Rad, fuhr schnell von dannen, der Sattel ächzte.

Nesta blickte dem schwachen roten Glühen des Reflektors nach, als das Rad die Lichter der Dorfschänke passierte. Sie zog sich die Jacke fester um die Schultern und ging auf dem Feldweg zum Cottage zurück. Stille und Sternenglanz. Ihr erster Winter in Wales. Der dritte Winter als Witwe.

Reif glitzerte auf dem Gartenweg. Sie nahm ihre Stiefel und stellte sie hinein. Das Feuer flackerte auf, um sie zu begrüßen, Aschefäden von den Räucherstäbchen fielen auf den Kamin. Das Zimmer roch nach Rauch, Weihrauch und Kräutertee und sah, wenn sie es, wie jetzt, mit Gillians Augen betrachtete, entsetzlich vollgestopft und eng aus, voller Kram und Schnickschnack. Gillian war hier herumgestampft wie ein Nutztier, das während der Wintermonate in der Box eingesperrt, aber ans freie Weideland gewöhnt war. Aber ich mag dich, dachte Nesta, während sie sich eine neue Zigarette drehte. Du interessierst mich.

Das Feuer knisterte und spuckte. Nesta saß da, rauchte und dachte nach. Sie streckte sich auf dem Sofa aus und schloß die Augen.

Als sie erwachte, war das Feuer heruntergebrannt. Sie lag für eine Weile da, wandte das Gesicht zum Fenster und sah zu, wie der Mond aufstieg. Sie mußte die Vorhänge zuziehen, sich etwas zu essen machen, Briefe nach London schreiben. London kam ihr weiter entfernt vor als Afrika. Sie mußte dieses tun und jenes, und sie mußte früh zu Bett, weil sie morgen abend Nachtdienst hatte, und der konnte die Hölle sein. Sie blieb liegen, zog den indischen Bettüberwurf über sich und sah dem Mond zu.

By the light
Of the silvery moon ...

Hal hatte das oft gesungen, er hatte oft irgendwelche Bruchstücke hiervon und davon gesungen, das hatte er von seiner Mutter. Sie war liebenswürdig, eine wunderbare Frau, und jetzt hatte es ihr das Herz gebrochen.

You are my sunshine, my only sunshine ...

Nesta stand auf. Der Mond stieg über den Rand des Fensterrahmens hinaus. Sie ging zur Haustür und öffnete sie. Der Mond segelte weit weg durch die Winterwolken, aber die Stille fühlte sich tief und sicher an.

Sie zog die Jacke an. Sie zog die Stiefel an. Sie ging zwischen den Apfelbäumen hindurch, den unebenen Hang hinauf, wandte sich um und schaute ins Tal. Irgendwo in der Dunkelheit atmeten Rinder. Da war ein Hund, Scheinwerferlicht von einem Auto in der Ferne, das gleich wieder weg war. Nesta begann zu frieren; sie streckte im Mondlicht die Arme aus.

»Wo bist du?« fragte sie laut. »Hal? Weißt du nicht, daß ich hier bin?«

Das Licht an der Hintertür brannte. In der Küche brannte Licht, die Vorhänge waren nicht zugezogen. Gillian stieg steifbeinig vom Rad, dann schob sie es den Weg hinunter. Der Mond stand hoch am Himmel, der Mond hatte sie gerettet. Die Landstraßen, die Hecken und die Berge waren winterschwarz, aber der Mond hatte sich darüber erhoben, und sie hatte keine Furcht gespürt, nur die Kälte, die tief in ihre Knochen, in die leeren Wiesen eindrang.

Die Tür des Schuppens war geschlossen. Sie hantierte an dem eisigen Metallriegel herum und konnte ihn kaum bewegen. Jetzt. Ihre Finger schmerzten und fühlten sich roh an; sie schob das Fahrrad hinein und lehnte es an die Wand. Das Mondlicht schien auf die Feuchtigkeit der Ziegel. Sie schloß die Tür, kam aber mit dem Riegel nicht zurecht.

Mach sie richtig zu, sagte Phoebe.

Sie fand einen Stein.

Sich jetzt ihren Vorwürfen stellen.

Gillian ging den Gartenweg entlang. Der Mond stand hoch oben, und der Garten glitzerte: silberweiß, graugrün, jedes stille Blatt, jeder einzelne Grashalm dick vom Reif, alles lag hingebreitet bis hin zum Teich, wo Schilf und Wasser gefroren dalagen.

Der Zugriff des Winters.

Im Winter traf das heilige Licht, das die Wasseroberfläche beschien, nicht auf seinen eigenen Widerschein, sondern auf Eis, und die Pflanzen und Geschöpfe darunter waren dem Tode nah.

Eine Eule schrie. Gillian wandte sich ab. Sie betrachtete die Rückfront des Hauses. Wo das Mondlicht ihn berührte, glänzte der Efeu. Auch hier waren die Küchenvorhänge zurückgezogen, und das Licht von drinnen ergoß sich auf die Lavendelbüsche unter dem Fenster. Sie sah Phoebe, die, über eine Gobelinstickerei gebeugt, den Faden anzog; sie konnte das Radio hören.

Ihre Fußtritte hallten auf dem Gartenweg. Sie sah zum Taubenschlag hinauf, der still und ruhig dalag. Fröstelnd lauschte sie: ein zartes, schläfriges Murmeln, eine Bewegung von Füßchen auf den eisigen Brettern tief da drinnen. So kalt, so kalt …

»Wie könnt Ihr das ertragen?« fragte sie laut.

Winter

7

Höhere Lagen waren mit Schnee bestäubt, auf Wiese, Hecke und Garten schimmerte Reif. Als die blasse Sonne sich hinter den Bergen erhob, tauchte sie das Tal in unsagbar schönes Winterlicht.

Gillian zitterte unter ihren Bettdecken. Auf dem langen Heimweg von Nestas Cottage hatte sie sich verkühlt und danach Fieber bekommen. In der Nacht wälzte sie sich schweißüberströmt herum, hustete und hatte wirre Träume. Bei Tagesanbruch schlief sie tief und fest und erwachte erst, als eine süße Sonne durch eine Lücke zwischen den Vorhängen schien. Sie war zu schwach, die Stoffbahnen auseinanderzuziehen, sonst hätte sie das dicke Farnkrautmuster der Eisblumen gesehen, das die Fensterscheiben überzog. Wenn sie hustete, stand ihr Atem als Wolke vor ihr, wie bei den Rindern, die langsam über die weißbereiften Wiesen trotteten.

Das Rasseln von Koks, als der Ofen gefüttert wurde. Schritte auf den Fliesen unten im Flur, die knarrende Treppe hinauf und über den Gang. Das Klappern einer Teetasse, ein kurzes, energisches Klopfen.

»Guten Morgen. Wie hast du geschlafen?«

Phoebe stellte die Teetasse ab und zog die Vorhänge auf. Das Zimmer füllte sich mit Sonnenlicht. Gillian schloß die geblendeten, schmerzenden Augen und sank in ihr Kissen zurück. Ihr Haar war feucht und verfilzt. Phoebe fühlte ihr die Stirn.

»Keine achtunddreißig Grad, denke ich. Setz dich auf.«

Sie richtete sich auf; Phoebe klopfte die Kissen. »So.«

Gillian lehnte sich an, nahm die Teetasse.

»Trink.« Sie hob die Tasse an die Lippen und verschüttete Tee in die Untertasse.

»*Vorsicht.*«

»'tschuldigung.«

»Macht nichts, versuchs noch mal.«

Gillian versuchte es und trank.

»Besser?«

Phoebe durchquerte das Zimmer und bückte sich, um den Paraffinofen anzuzünden. Hier oben nahm der Rayburn den Räumen die Kälte, mehr aber auch nicht. Sie nahm den Deckel ab, zündete ein Streichholz an; von ihren Kissen aus sah Gillian zu, wie die orangefarbene Flamme um den Docht sauste und sich dann blau verfärbte, als Phoebe am Rädchen drehte.

»So.«

Das brennende Paraffin leuchtete durch das ausgeschnittene Blättermuster an der Oberseite; das Zimmer war erfüllt von einem Geruch, der Gillian seit Säuglingstagen vertraut war. Nachts lag sie immer noch gern da und betrachtete das Schablonenmuster aus sanftgelben Blättern, das der Ofen auf die Zimmerdecke druckte; Phoebe vergewisserte sich abends immer noch als letztes, daß die Flamme gelöscht war.

»So«, sagte sie wieder, als sie sich aufrichtete. Dauernd sagte sie das. Abgehakt, abgehakt, abgehakt: Tagesordnungspunkt erledigt, weiter im Text. So.

»So.« Sie kam zum Bett zurück. »Noch Tee?«

Gillian nickte, in ihrem Kopf verschwamm alles.

»Ich bring dir Toast.«

»Ich weiß nicht, ob ich ...«

»Und dann stehst du besser mal auf und setzt dich in den Sessel. Dein Bett sieht furchtbar aus.« Phoebe nahm die Teetasse. »Dein ganzes Zimmer sieht furchtbar aus«, sagte sie und ging zur Tür. »Ich weiß nicht, wie du das aushalten kannst.«

Gillian lehnte sich in die klumpigen Kissen zurück. Sie sah zu ihrem Schreibtisch hinüber, zu den zerknüllten weißen Kugeln, die dort überall herumlagen. Sie mußte sie zerreißen und ihre Seelen retten. Die Paraffindämpfe schimmerten und verschwammen, ihre Augenlider fühlten sich dick und schwer an. Sie betrachtete die anderen Bereiche des Zimmers, den Staub, die halbtoten Kleider auf dem Stuhl.

»Ein Armeleutezimmer«, krächzte sie und schloß die Augen.

Als Phoebe zurückkam, trank sie ein paar Schlückchen Tee, konnte aber nichts essen.

»Glaubst du, ich brauche irgendeine Medizin?«

»Ich seh mal nach, ob ein Aspirin da ist.« Es war keins da. »Der Körper heilt sich selbst«, sagte Phoebe, schlug die Bettdecke zurück und strich über das Laken. »Du hast dich bei diesem albernen Ausflug verkühlt, nichts weiter. Ich weiß nicht, was du dir dabei gedacht hast.«

»Es war interessant«, sagte Gillian, genau wie schon zwei Tage zuvor, als sie zitternd unten in der Küche gestanden und am Rayburn Zuflucht gesucht hatte. Die Flammen von Nestas Kaminfeuer sprangen vor ihr auf, der Geruch von Holz und Weihrauch hing an ihr, Stimmen gingen hin und her. »Sie hat sich für mich interessiert.«

»Deine Haare müssen zusammengebunden werden.« Phoebe griff nach der Bürste. »Komm schon, setz dich ordentlich hin.«

Gillian unterwarf sich den scharfen Zinken des Kamms und den harten schwarzen Borsten der Bürste. Phoebe bändigte alles mit einem dieser stoffbezogenen Haargummis, die auf Pappkärtchen an der Kasse des Dorfladens hingen. »Geh du mal ins Bad, während ich dein Bett mache.«

»Rühr ja meinen Schreibtisch nicht an.«

»Ich habe nicht vor, ihn anzurühren.«

Gillian schwang ihre fleckigen, blaugeäderten Füße auf den staubigen Boden und ging langsam zur Tür. Ein uralter Morgenmantel hing an einem Haken. Sie legte ihn sich um und schlurfte hinaus.

»Du meine Güte«, sagte Phoebe, während sie die Daunendecke ausschüttelte und die Laken glattstrich. »So schlimm kann es doch nicht sein.«

Das Badezimmer war ein Eisschrank. Ein schmaler Streifen Wärme stieg von dem kleinen Paraffinöfchen auf, das an der Wand neben dem Handtuchhalter angebracht war. Gillian wischte den beschlagenen Spiegel frei und erblickte ein dünnes, fiebriges, rotäugiges Geschöpf, ein Wesen, das wohl keiner freiwillig zur Kenntnis nehmen oder gar kennenlernen wollen würde. Sie putzte ihm die Zähne, wusch sein Gesicht in warmem Wasser und setzte es aufs Klo. Sie rieb an der Fensterscheibe und ließ es in den kalten, stillen Garten sehen. Eine Krähe flatterte tief über die Weide nebenan und in die kahlen Bäume hinauf, sie krächzte heiser; Blaumeisen hingen an der schwankenden Kokosnuß, die Phoebe am Futterhäuschen aufgehängt hatte.

»Ich muß meine Tauben füttern«, sagte Gillian, aber das schwache Geschöpf bebte und zitterte, und sie tastete sich mit ihm zusammen über den Flur ins Schlafzimmer zurück.

Phoebe brachte das Zimmer in Ordnung. Das Bett war frisch gemacht, die Laken waren zurückgeschlagen, der schlaffe Kleiderhaufen auf dem Stuhl war aufgehoben und zusammengefaltet worden. Sie hatte den Staubsauger mit raufgebracht, den sie gerade an die Steckdose anschloß. Gillian kroch über das lange Kabel hinweg ins Bett. Sie lag in den verschlissenen Kissen, während der Staubsauger brüllend zu seiner fürchterlichen Strafaktion gegen zitternden Staub und bebende Flusen ansetzte.

»So.« Phoebe schaltete ihn ab und bückte sich, um den Stecker herauszuziehen. Sie richtete sich langsam auf und gab einen Laut von sich.

»Was ist los?«

»Nichts. Irgendwas zwickt. So.« Sie wickelte das Kabel auf und kam zum Bett herüber. »Besser?«

»Mein Kopf ist ein bißchen ... Haben wir wirklich kein Aspirin?«

»Die Natur wird ihren Lauf nehmen«, sagte Phoebe. »Dein Körper hat seine eigenen Abwehrkräfte. Ruhe und viel Flüssigkeit; dann wirds schon werden. Möchtest du ein Glas Wasser?«

»Nein.«

»Nein, danke. Etwas zu lesen?«

Sie schüttelte den Kopf, in dem Flüssigkeit zu schwappen schien. Unten klappte der Briefkasten.

Meine Gedichte sind zu mir zurückgekommen, dachte Gillian, die tagtäglich mit schwindender Hoffnung die Post durchgesehen hatte. Ich werde sie trösten, ihnen beistehen und sie in Sicherheit bringen.

»Wahrscheinlich der Katalog von Notcutts«, sagte Phoebe.

Der Milchwagen kam jaulend die Landstraße entlang und hielt vor dem Haus; sie hörten den Abtausch von Begrüßungen in der frostigen Luft, dann die zufallende Tür des Lieferwagens von der Post. Milchflaschen rappelten und klirrten.

»Ich muß weitermachen.«

»Danke fürs Aufräumen.«

»Ich weiß nicht, wie du es so lange so lassen konntest.«

Phoebe zog den Staubsauger hinaus, quietsch, quietsch, quietsch.

Das Paraffin schimmerte in der Morgensonne, der Milchwagen ratterte von dannen, der Staubsauger blieb allein oben im Flur zurück. Schritte auf den Treppenstufen, den Fliesen, dann ein plötzliches, scharfes Geräusch, als Phoebe sich bückte, um ihren Katalog aufzuheben und die Haustür zu öffnen. Hinein mit Zugluft aus Milchgeruch und Kälte. Das Haus und Gillian erbebten, wurden wieder ruhig.

»Mittagessen.«

Sie schwamm an die Oberfläche.

»Hast du ein bißchen geschlafen?«

»Ich …«

»Na komm schon, setz dich auf, wenn du was ißt, geht es dir sicher besser.«

Gillian kämpfte. Sie sah das grüne Blechtablett, einen Teller mit Tomatensuppe aus der Dose, Brot und Butter. Sie sah ein weißes Viereck.

»Für mich?«

»Ja.«

»War das in der Post?«

»Wo sonst? Gehts jetzt?«

Gillian nahm das Tablett. »Warum hast du mir nichts gesagt?«

»Ich kann nicht den ganzen Tag ständig rauf- und runterlaufen.«

»Aber das ist …« Es war nicht der von ihr selbst adressierte Rückumschlag mit der blauen, bedauernden Marke. Der Name der Zeitschrift war außen aufgedruckt, in ansprechenden, auffallenden Lettern.

»Vorsicht jetzt, du schmeißt gleich …«

Mit zitternden Fingern öffnete sie den Umschlag.

»Paß auf, die Suppe.«

Ihre Augen rasten die Seite entlang.

»Paß doch auf die *Suppe* auf …«

»Sie haben zwei von meinen Gedichten angenommen«, sagte Gillian. »Er möchte mehr sehen.«

»Wer will das?«

»Der Herausgeber.« Der Suppenteller schlitterte fröhlich über das Tablett. »Der Herausgeber!«

»Gillian!« Phoebe beugte sich vor.

»Entschuldigung.« Sie ließ den Brief fallen, aß ihre Suppe.

»Ist das eine gute Zeitschrift?« Phoebe beäugte den Umschlag.

»Eine sehr gute. Radikal und angesehen. Sie haben Vater gedruckt …« Gillian legte den Löffel ab. »Weißt du das nicht mehr?«

»Nein«, sagte Phoebe.

Edward war oben in den Bergen. Weit drüben auf der anderen Seite des Tals sah er zwei Gestalten, einen Bauern und seinen Hund, ein Spiegelbild von ihm selbst und Tarn, die die Mutterschafe, widerstandsfähige, walisische Kreuzungen, von den kalten Berghängen hinunter zur Winterweide trieben.

»Fiii-o! Fiii-o!«

Das hohe, durchdringende Pfeifen, scharf und dünn wie ein Grashalm, klar wie Schritte auf vereister Straße, ertönte von Hügel zu Hügel.

»Fiii-o!«

Tarn rannte, duckte sich, sprang wieder auf; sie hatte die

Augen überall, ihre Zunge hing heraus; er spürte die Verbindung zwischen ihnen beiden wie ein Gummiband, das, elastisch und straff zugleich, vom innersten Mark des einen zu dem der anderen führte.

»Komm her, komm her, zur Seite, los!« Aber sie wußte viel mehr, als er sich aus der Kindheit in Erinnerung bringen konnte, sie hatte schon zwei Jahre lang mit Schafen gearbeitet, als er sie kaufte, Schafe lagen ihr im Blut: das Zusammenlaufen, die panischen Augen, das Blöken, das wirre Gerenne hierhin und dorthin, wenn sie sie einkreiste und ihnen angst machte, bis sie aus dem Farn sprangen und mit schlammverkrustetem Fell schwankend die steinigen Hänge hinuntertrabten.

»Fiii-o!«

Edward war wieder ein Junge, oben in den Bergen von Northumberland, er folgte seinem Großvater und dem Hund Ben.

»Guter Junge.«

Sein Großvater wandte sich um, wartete auf ihn, auf den Stock gestützt; vor ihnen ein Strom aus Schafen, weißgesichtige Cheviots und die langhaarigen Rough Fell mit den Hörnern und den fleckigen Gesichtern, er wirbelte und drehte sich und ergoß sich talwärts über das stopplige Gras, während Ben keuchend und hechelnd nebenhersauste.

»Hast dich gut gehalten.«

»Danke.« Edward stand neben ihm, spürte den Winterwind im Gesicht, ahnte den Schnee. Die Rufe der Schafe waren überall.

»Gefällts dir?«

»Hier gefällts mir immer.«

Weit unten die Gebäudegruppe der Farm; er konnte den Traktor und den Anhänger sehen, und ganz klein seine Großmutter, die über den Hof ging, am Kuhstall vorbei, wo die Kühe, die für die Wintermonate hereingebracht worden waren, dicht an dicht still auf dem holprigen Boden standen, vorbei am Melkstand und dem überdachten Pferch auf der gegenüberliegenden Seite, wo die Bullen waren. Er konnte sehen, wie der Rauch sich kräuselte. Über Weihnachten würde er wieder hiersein. Fast den ganzen Sommer über war er hiergewesen, bloß Ostern hatte er zu Hause verbringen müssen.

Zu Hause?

Er gehörte hierher.

Sie folgten dem Hund und den Schafen, die Wiesen hinunter, auf denen nun keine Kühe mehr standen; jetzt würden die Schafe hier weiden, bis sie in die Unterstände zum Lammen kämen. Er dachte an das zarte, magere Kleine, das sie letztes Jahr mit der Flasche aufgezogen hatten; man mußte es festhalten, während es sog und sog, bis blitzschnell die Flasche leer war, hinten in der Scheune in seiner Box aus Heuballen, flauschig und warm unter der Lampe. Letztes Ostern hatte er auf all das verzichten und in London sein müssen, und seine Großmutter hatte ihm geschrieben, daß sie zwei mutterlose Lämmer hätten, die Katie und Will hießen, und daß sie seine Hilfe hätte gebrauchen können.

»Ich wünschte, ich würde immer hier leben«, sagte er beim Abstieg vom Hügel.

Sein Großvater brummte: »Da würdest du Mum und Dad aber fehlen, meinst du nicht?«

»Nein, würde ich nicht. Wenn ich ihnen so fehlen würde, dann würden sie mich ja wohl nicht ins Internat schicken.«

»Das tun sie, weil du ein Einzelkind bist, das weißt du doch. Und sie arbeiten beide. Ist doch besser für dich, wenn du mit anderen Jungs zusammen bist, meinst du nicht?«

»Mir würde es besser gefallen, wenn ich hier bei dir und Oma sein könnte. Ich könnte doch mit dem Bus in die Schule fahren …«

Jahrelang träumte er davon: Wenn er meilenweit weg war, beim Gottesdienst, in der Mathestunde, beim Lateinunterricht, mitten im Kricketplatz, obwohl er Kricket mochte. Er gehörte nicht dazu, das spürte er schon mit neun oder zehn, ohne sagen zu können, warum. Er kam zurecht mit dem Vorbereitungsinternat, mit den Briefen nach Hause, mit der gelegentlichen Drangsaliererei durch die Großen, dem ständigen Lärm. Meistens fand er alles ganz in Ordnung, und wenn nicht, dann malte er sich seine Zukunft oben auf der Farm aus.

»Bißchen Heimweh?«

»Nein, Sir.«

»Na, dann komm, Sullivan, auf, auf, in fünf Minuten ist Appell mit Ausrüstung.«

»Ja, Sir.«

Er stopfte sein Rugby- und Turnzeug in den Beutel und ging raus, um sich im Hof aufzustellen. Er antwortete, als er aufgerufen wurde, zeigte Socken, Shorts und Hemd in den Schulfarben vor, aber er war nicht da; er war unten in den Heuballen, draußen in den Bergen, er kam nachmittags mit dem Bus nach Hause und umarmte Ben auf dem Hof, trank vor dem Melken Tee und trieb, den Hund auf den Fersen, mit dem Stock die Kühe die Landstraße entlang.

Eines Tages, sagte er sich auf den lauten Fluren. Wenn ich erwachsen bin, sagte er beim Chor, obwohl er den Chor mochte. Abends im Schlafsaal hänselten und verprügelten sie die neuen Jungen und flößten ihnen Zahnpastacocktails ein. Alle redeten von Geld und Autos und von der Aufnahmeprüfung auf die höhere Schule. Er bestand die Prüfung, machte weiter, nur um noch mehr in der Art zu erleben.

Drei Dinge ereigneten sich vor der mittleren Reife.

Der Hund Ben starb, und es war, als hätte er einen Bruder verloren. Das konnte er niemandem sagen.

Sein Großvater starb, und er erfuhr, daß die Farm, auf der er immer zu leben gehofft hatte, nur gepachtet war. Nach einer Weile mußte auch seine Großmutter von dort weg; sie zog zu ihrer Tochter nach Alnwick. Die Farm bekam einen neuen Pächter.

Kurz darauf, an einem frischen Herbsttag zu Anfang der neunten Klasse betrachtete Edward das hübsche, verträumte Gesicht des Elftklässlers, der vor ihm in der Schlange an der Frühstücksausgabe wartete, und machte sich endlich klar, was er schon immer, an einem tiefen, geheimen, furchterregenden Ort, als wahr erkannt hatte. Es war nicht die Schule, sein Zuhause, die Eltern. Er war es.

Ich liebe dich, sagte er in einem geheimen, verschwiegenen, großartigen und furchterregenden Teil seiner selbst, als der Junge sich zu ihm umwandte und ihm ein Lächeln schenkte, das sich anfühlte, als hätte es niemand anderem gelten können.

Ich bin schwul, gestand er seinem Spiegelbild während der Mittagessenszeit oben im leeren Schlafsaal. Das ist es also. O Jesus. Das Gesicht, das seinen Blick erwiderte, war so weiß wie die säuberlich zurückgeschlagenen Laken auf den Betten in den langen Reihen bis zum offenen Fenster hin. Von draußen kam der rauhe Mittagslärm aus dem Hof. Er sollte eigentlich da unten sein, war es aber nicht. Er sollte dazugehören, aber das tat er nicht. Das Gesicht im Spiegel war sein Gesicht und das seines Vaters, vor dem er sich immer gefürchtet hatte – auch das war ein neues Eingeständnis, eine bisher verdrängte Halbwahrheit, die er jetzt ans Licht holte.

Es war nicht so etwas, das viele Jungen einmal durchmachten. Das hier war etwas für immer; er wußte es.

»Sullivan?«

»Ja, Sir?«

»Was machst du hier oben?«

»Nichts, Sir.«

»Bitte, das gibt einen Eintrag für Betragen. Du weißt, daß du hier nicht sein darfst.«

»Ja, Sir.«

»Alles in Ordnung? Du bist nicht etwa krank, oder?«

»Nein, Sir.«

»Dann ab mit dir.«

Hinaus, den Gang hinunter.

Herbstlicht schien auf feuerrote Weinblätter, auf gelben Stein. Die Dielen und Wandpaneele aus polierter Eiche glänzten, durch die offenen Bleiglasfenster leuchtete blendendblauer Himmel. Ein wunderbarer Septembernachmittag.

Edward stieg die gewachste Eichentreppe hinunter. Gähnend offen lag die Zukunft vor ihm, dunkel, unausdenkbar.

Das war jetzt lange her.

»Aber das war schließlich nicht im Mittelalter«, kommentierte Rowland Jahre später. »Da hat man sich doch schon offen dazu bekannt, es müssen doch andere Jungen dagewesen sein, die sich dabei ganz wohl gefühlt haben …«

»Wenn es da welche gab, hab ich sie jedenfalls nicht gefunden.«

»Und der hübsche Junge aus der Elften hat nicht …«

»Hat er nicht.« Edward lächelte, drehte sich in Rowlands Armen um und küßte seine stopplige Wange. Es war vier Uhr früh, ihre zweite gemeinsame Nacht.

»Mach das noch mal.«

Er tat es noch mal.

»Hier.«

Da, und da.

Die Zeit verging. Der Morgen brach an. In den langen, schmalen Gärten am Ende der Apartments am Barbican gingen die Lampen aus, die die ganze Nacht gebrannt hatten. Licht hinter den Vorhängen; singende Vögel, das Zuschlagen einer Taxitür. Sonntag. Sie schliefen.

Beim Frühstück, das ein Mittagessen war, sagte Rowland: »Wenn ich also nicht …«

»Wäre ich von dem Fest nach deinem Konzert allein nach Hause gegangen, wie von so vielen anderen Festen auch, und Schluß.«

»Aber hättest du über mich nachgedacht?«

»Hätte ich.«

»Voll Sehnsucht und Begierde?«

»Voll Sehnsucht und Begierde.« Edward legte sein Toastbrot ab und sah über den Tisch. Die Küche war winzig. Er war sich noch nie so überdimensioniert vorgekommen wie in diesem Raum. Er war noch nie so glücklich gewesen. »Voll von noch viel mehr«, sagte er langsam. »Das wußte ich vom ersten Moment an, als ich dich gesehen habe.«

Rowland erwiderte seinen Blick. »Ja. Ich auch.«

»Nach all deinen vielen Liebhabern?«

»Nach all meinen vielen Liebhabern.«

Sie waren jetzt auf der unteren Wiese hinter dem Haus angekommen, auf der er die Hühner hielt. Der Wind hatte ein bißchen aufgefrischt. Tarn flog hin und her, als die Schafe sich vor dem Tor drängten und zwei von ihnen in einem hilf- und hoffnungslosen Ausbruchsversuch an der Hecke zur Nachbarwiese entlang von dannen trabten, nur, um sich zum Grasen hinzustellen. Als der Hund hinter ihnen herkam, sprangen sie zur Hecke, blieben darin stecken, befreiten sich wild taumelnd wieder daraus. Tarn trieb sie zur Herde zurück; wieder andere verteilten sich.

»Komm, komm, her zu mir.« Die Rufe seines Großvaters. Mit ausgestrecktem Stab bewegte sich Edward rasch zu den Streunern hin, bahnte sich seinen Weg durch die wogenden Felle, hob den Riegel des Gatters und schwang es weit auf. Der Wind wehte, die Schafe strömten hindurch, Tarn rannte japsend hinter den letzten zwei oder drei Tieren her und trieb sie hinein.

»Gutes Mädchen, das wärs.«

Er schloß das Gatter, befahl ihr, Platz zu machen, braver Hund, sie sank ins Gras, blieb aber wachsam. Augenblicke später trotteten die Schafe einzeln hierhin und dorthin, senkten die Köpfe und fingen an, das Wintergras abzufressen. Nach einer Weile sah es so aus, als seien sie schon immer hiergewesen.

Edward stand am Tor und sah zu. Tarn ruhte sich aus; sie atmete jetzt ruhiger, die Schafe wanderten langsam über die Wiese, und die Hühner pickten zwischen ihnen herum, gackerten fragend, hoben kalte, gelbe Füße, scharrten zwischen den struppigen Grasbüscheln nach ausgestreuten Körnern und Essensresten. Die leeren Weiden des Nachbarhofs, dessen Gebäude etwa zwei Meilen entfernt lagen, erstreckten sich zu beiden Seiten bis zum Waldgebiet; Saatkrähen und Tauben flogen über die kahlen Bäume hinweg, ließen ihre Rufe hören. Edward roch Schafe, Erde und Hund. Nächstes Jahr, wenn die Herde größer wäre, würde er mit dem Bauern über das Pachten von ein oder zwei zusätzlichen Wiesen verhandeln.

Jetzt mußte er sich aber erst mal ums Lammen kümmern und die Außengebäude instand setzen. Das Dach des Hauses war in Ordnung. Gut so; es war schließlich teuer genug gewesen. Die Dächer der Scheune und der Schuppen würde er selbst flicken müssen, bevor das Holz im Winterregen noch weiter faulte. Sein Großvater hatte eigene Lämmerställe gehabt. Er könnte die Schuppen ja an den Generator anschließen. Er stellte sich neugeborene Lämmer vor, die sicher, warm und trocken in einer Box aus Heuballen unter einer Wärmelampe lagen. Er mußte eine Liste schreiben. Plastikplanen, Nägel, mußte ausrechnen, wieviel neues Holz er brauchte, wie viele Meter Kabel.

Erst mal einen Kaffee. Dann runter ins Dorf, mit dem Hund hinten im Auto.

»Tarn?«

Sie schoß hoch, die Ohren aufgestellt, die Nase vorgereckt, zum Gehen bereit.

»Bei Fuß. Laß die armen Viecher in Ruhe.«

Sie folgte ihm über den holprigen Boden.

»Ich muß die Weihnachtsdekoration machen«, sagte Phoebe. »Komm mit.«

Pflanzenmaterial türmte sich an der Hintertür: Ilex, Misteln, Zweige von Winterjasmin und lange Efeuranken, rotbeeriger Cotoneaster und die letzten, mit Glyzerin besprühten Lampionblumen.

»Du wirst dich ordentlich einpacken müssen. Hast du deine Handschuhe? Es tut dir ganz gut, wenn du ein bißchen rauskommst.«

Sie schleppten die Zweige zum Auto. Die Ilexzweige durchbohrten ihre Zeitungshülle, kratzten, stachen durch Gillians Wollhandschuhe und verhakten sich im Stoff des abgetragenen Tweedmantels.

»So.« Phoebe klappte die Hecktüren zu. »Spring rein.«

Gillian kam zur Beifahrerseite. Sie fuhren ab. Phoebe trällerte Bruchstücke von Weihnachtsliedern: »The holly and the i-vy, when they are both full grown …«

Bei der Einfahrt ins Dorf schaltete Phoebe den Wagen herunter.

»Gareth hat mit der Kupplung ganze Arbeit geleistet, das muß ich sagen. Merkst du's?«

»Ja«, sagte Gillian. »Viel besser.«

»Was ists für Wurzelwerk, das krallt, was für Geäst, das schlägt. Aus dieser Schutthalde?«

T. S. Eliot mit der Hornbrille und der brüchigen, trockenen Stimme las auf einer alten, verkratzten Platte. Als sie damals mit ihrem in nur einem Fach bestandenen Abschluß von der Schule abging, hatte sie die Platte einfach aus der Schulbibliothek mitgenommen und nie zurückgebracht. Sie bekam mahnende Karten, Phoebe suchte vergeblich danach ...

»Du *mußt* doch wissen, wo sie ist.«

Es wollte Gillian nicht einfallen.

Wenn Phoebe nicht da war, spielte sie die Platte auf dem weißblauen »Dansette« unter den Regalen im Arbeitszimmer ihres Vaters ab. Das war, noch bevor sie den Tisch zerlegte und nach oben schaffte. Das Zimmer roch nach Feuchtigkeit, nach Staub und alten Büchern: Sie nahm sie von den Regalen, schnüffelte daran, las ein wenig darin und stellte sie zurück.

»Östlicher und unsterblicher Weizen, der nie zum Schnitt bestimmt, noch je gesäet ward. Ich dacht', er hätt' gestanden von Ewigkeit zu Ewigkeit.«

Der Band war wieder und wieder gelesen worden; mit Bleistift hatte ihr Vater manche Stellen angestrichen.

»Geistige Dinge sind das Höchste, und die Stärke des Geistes ist das Edelste, Nützlichste und Ergötzlichste.«

Sie konnte sich gerade noch an ihn erinnern, wie er vor den Regalen stand, während sie in einer Ecke spielte oder an seinem Tisch malte.

»... östlicher und unsterblicher Weizen ...«

Scharlachrote Mähdrescher bewegten sich durchs Tal. Gillian ließ den schwarzen Band wieder an seinen Platz gleiten und griff nach dem Eliot in seinem ockerfarbenen Einband.

»Dame, drei weiße Leoparden, unterm Wacholderbaum gesessen …«

Bei einer Lesung hatte ein Zuhörer wissen wollen, was die Gedichtzeile bedeutete. Eliot hatte den Fragenden über die Ränder seiner Hornbrille hinweg angesehen: »Sie bedeutet: ›Dame, drei weiße Leoparden, unterm Wacholderbaum gesessen.‹«

Die verkratzte Platte drehte und drehte sich, die Stimme war so trocken wie der Staub auf den Regalböden. Die anderen in der Schule hatten sie gräßlich gefunden.

»So was von langweilig …«

Sie hörte sie wieder und wieder an.

In my beginning is my end …
In my end is my beginning.

Eliots Frau war verrückt gewesen. Sie war mit einem Stück Papier am Hut in Knightsbridge herumgelaufen. Auf dem Zettel stand: »Murder in the Cathedral«.

Na ja. Schön für sie.

Gillian stellte Eliot wieder an seinen Platz. Sie nahm die Gedichte ihres Vaters, in abgenutztem, grünem Leineneinband, herunter.

»So.« Phoebe fuhr bei der Kirche vor. Das überdachte Tor zum Kirchhof war offen, das Gras am Straßenrand naß. Ein, zwei Menschen waren mit den Gräbern auf dem Friedhof beschäftigt, aus der Sakristei kam Licht.

»Gwen ist wohl schon da«, sagte Phoebe. »Raus mit dir.«

Sie öffneten die Türen, zerrten das Gewirr von Zweigen und Ästen heraus. Beeren fielen auf den Boden. Gillian stach sich in den Finger und fluchte.

»Gillian!«

»'tschuldigung.«

Du fluchst auch, sagte sie zu Phoebes Rücken. Ich habs schon gehört.

»Morgen, Phoebe. Morgen, Gillian. Braucht ihr Hilfe?«

Gwen Jones kam den Weg vom Westportal herunter. Ihr weinroter Wintermantel beulte sich über Twinset und Trevira-Rock.

»Hab euer Auto gehört. Wird richtig kalt jetzt, was? Oh, das ist aber schön!«

Sie reichten ihr ein paar in Papier gehüllte Bündel, noch mehr Beeren fielen ab.

»Vorsicht«, mahnte Phoebe.

»Genau das brauchen wir jetzt, damit hier alles ein bißchen hübsch wird. Ich hab alle Vasen rausgestellt.« Gwens Atem bildete Wölkchen in der Luft. »Und wie gehts dir, Gillian? Alles in Butter?«

»Ich war ein bißchen ...«

»Siehst ein bißchen spitz um die Nase aus ...«

»Es geht ihr schon viel besser«, erklärte Phoebe.

Sie transportierten alles zum Vestibül und legten es dort auf der Eichenbank ab. Die innere Tür stand offen, festgeklemmt mit einem eisernen Türstopper.

»Eigentlich könnten wir doch alles reintragen und drinnen arbeiten«, keuchte Gwen.

»Wir lassen es besser hier draußen«, sagte Phoebe. »Manches ist noch furchtbar naß.«

Sie ging zurück, um die Hecktüren des Kombis zu schließen.

»Warst ziemlich schlecht dran, was?«

»Mir gehts wieder besser, danke.« Gillian schob sich eine verirrte Haarsträhne unters Kopftuch. Sie betrachtete die Bekanntmachungen an der Anschlagtafel: Missionsarbeit in Afrika und bevorstehende Veranstaltungen des Jugendclubs.

»Tja, unserer Sally gings bis jetzt in diesem Winter auch mies, ihr und den Kleinen. Waren fast vierzehn Tage nicht in der Schule, sie war völlig fertig mit den Nerven. Dieses Jahr geht eine Menge um, findest du nicht?«

»Furchtbar viel.«

Sie warteten noch immer.

»Immer noch bei der Schreiberei?«

»Ja.« Gillian zupfte an einem Wollfädchen an ihren Handschuhen herum und ergänzte: »Zwei von meinen Gedichten sind gerade von einer guten Londoner Zeitschrift angenommen worden.«

»Ach, was du nicht sagst! Na, das ist ja wunderschön für dich! Machst du bald mal wieder eine von deinen Lesungen?«

»Vielleicht.«

»Wunderbar.«

Phoebe war wieder da, sie streifte sich an der Fußmatte die Schuhe ab.

»So. Dann fangen wir mal an.«

Gillian tat den ganzen Vormittag lang, was man ihr sagte. Sie schleppte die Berge von Grünzeug herein und legte sie auf den Steinplatten ab. Sie füllte Vasen und trug sie herum; dann und wann hielt sie ein Bündel Misteln oder einen Zweig Winterjasmin hoch.

»Wie wärs damit?«

»Da sehe ichs nicht so *ganz* «, sagte Phoebe.

Die Kirche war kalt, ihre Stimmen hallten. Es gab Campinggasbrenner, aber die wurden nur sonntags und zu besonderen Gelegenheiten benutzt.

»Bei Dai Griffiths Beerdigung hatten sie sie an«, sagte Gwen. »Mittwoch vor einer Woche. Schöner Gottesdienst, und es war nicht kalt. Jetzt ist es hier drin ja schrecklich.«

»Gib mir mal die Lampionblumen da, Gillian«, sagte Phoebe von der Kanzel herunter. »Vorsichtig damit. Und noch ein bißchen Efeu, denke ich.«

»Ich hätt meine Thermoskanne mitbringen sollen«, sagte Gwen, während sie Ilexzweige zurechtstutzte. »Au.«

Gillians Glieder waren schwer und müde. Sie ging zum Ende des Kirchenschiffs. Eine wäßrige Sonne schien durch die Bleiglasfenster auf den Steinfußboden, die Kirchenbänke und die für Weihnachten frisch polierten Messingtafeln. Auf der Gedenktafel für ihren Vater hatte irgend jemand einen Politurfleck hinterlassen, unten in der Ecke. Sie schob sich durch die Bankreihen hindurch und rieb mit ihrem Ärmel daran herum. Das Westportal ging auf, ein Mann kam herein.

Der Besucher.

Kalte Luft folgte ihm. Er schloß die Tür.

Seine Schritte hallten auf dem Steinboden; er sah sich um und entdeckte sie. Gillians Wangen brannten. Er erkannte sie zuerst nicht. Dann doch.

»Oh. Hallo.«

Sie nickte knapp. Er ging vorbei. Die Kirche war erfüllt vom Geruch nach Fichte, geschnittenem Grün, Politur, Wachs und der darunter liegenden, dumpfen Kühle. Gwen war in die Sakristei gegangen: Man hörte Wasser in einen Eimer laufen. Phoebe war oben in der Kanzel und flocht Efeu ins Gitterwerk; sie sah den Mittelgang hinunter und blickte auf den Neuankömmling.

»Oh, hallo«, sagte sie. »Ich erinnere mich noch an Sie.«

»Guten Morgen.« Edward ging durch das Querschiff auf sie zu. »Ich bin zufällig vorbeigekommen; ich hab schon immer mal hier reinschauen wollen – ich hoffe, ich störe nicht ...«

»Überhaupt nicht. Und wo Sie schon mal da sind, können Sie mir mal das Efeu da anreichen – da, da unten auf der Stufe – danke.«

Edward lächelte. Er bückte sich zu den Altarstufen hinunter, um ihr die Zweige aufzunehmen.

»Gillian sollte eigentlich ... Gillian?«

Die Tür zur Sakristei stand offen; Gwen kam mit einem Eimer heraus.

»Was noch warten muß, tun wir am besten hier rein, was meinst du? Hält dann länger frisch ...« Sie sah den Besucher. »Morgen.«

»Guten Morgen«, sagte Edward. »Darf ich Ihnen helfen?«

»Nein, nein, machen Sie sich keine Umstände.« Gwen setzte ihre Last neben einer Kirchenbank ab und dehnte ihren Arm. »Schwer. Wasser ist immer schwerer, als man denkt, finden Sie nicht?«

»Sie könnten Gillian zur Hand gehen«, sagte Phoebe.

Edward wandte sich um. Er sah Gillian, die sich, ganz rot im Gesicht, langsam mit Armen voll Material abplagte.

»Natürlich. Hier …« Er ging zu ihr hinüber. »Lassen Sie mich nur …«

»Danke.« Sie sah ihn nicht direkt an. Schweigend gingen sie nebeneinander den Mittelgang entlang.

»Danke vielmals«, sagte Phoebe vom Himmel her. »Tun Sie's einfach da hin …«

»Wo soll das hier denn hin, Phoebe?« erkundigte sich Gwen.

»Die Lampionblumen müssen in ein Fenster.« Phoebe stieg von der Kanzel.

»Wie letztes Jahr, ich weiß noch. Wunderhübsch.«

Edward betrachtete die tiefen, steinernen Fensternischen, die bereits üppig mit glänzenddunklem Efeu und mondhellen Misteln gefüllt waren, die langen Winterjasminzweige und die Ilexbündel in den hohen, grünen Metallvasen auf den Altarstufen, die Efeuranken, die sich um Chorgestühl und Kanzel wanden. Feuerrote Beeren glühten vor glänzendem Grün …

»Großartig«, sagte er. »Sie haben es wirklich schön gemacht.«

»Das macht sie immer«, sagte Gwen. »Sie sollten erst mal sehen, wenn sie hier für eine Hochzeit dekoriert.«

»Es ist eine sehr schöne Kirche.« Phoebe trocknete sich die Hände ab. »Also dann. Gillian, könntest du vielleicht alles, was jetzt noch übrig ist, in Gwens Eimer tun …«

Er überließ sie sich selbst und ging mit langsamen Schritten in der Kirche herum. Die Kirche war schlicht und gut erhalten: strenge, normannische Säulen, gekalkte Partien zwischen dem offenen Dachgebälk im Kirchenschiff, intaktes viktorianisches Fensterglas. Ein kleines, angeschlagenes Standbild einer Frau namens Agnes mit einem Lamm zu ihren Füßen. Er hätte seinen Pevsner mitbringen sollen; beim nächsten Mal würde er daran denken, jetzt war er nur der Eingebung gefolgt, endlich zu tun, was er schon seit Monaten hatte tun wollen. Er betrachtete einen Stein im Fußboden, die Grabplatte einer Ann Ellis, die 1765 im Kindbett gestorben, einen Stein in der Wand zum Gedenken an Thomas Bowen, der in Ypern umgekommen war. Auf dem Weg nach vorn entdeckte er ein paar Messingtafeln. Vor einer stand die Frau aus der Wüste und rubbelte mit ihrem wollenen Handschuh daran herum.

Er war sich nicht oder kaum bewußt, daß er sie bei sich so nannte. Erst später, viel später, als er zurückblickte – auf einen Garten im Herbst, auf einen Wintermorgen, auf Augenblicke in einer eisigen Kirche – erkannte er, daß er von Anfang an in dieser Weise an sie gedacht hatte.

In memoriam
Edward Traherne, 1921–1961
Herr, die Fluten erheben sich, die Fluten erheben ihr Brausen, die Fluten erheben ihr Tosen.
Gewaltiger als das Tosen vieler Wasser, gewaltiger als die Brandung des Meeres aber ist der Herr in der Höhe.

Stirnrunzelnd stand er davor und überlegte. Im Geiste ließ er seinen Blick an den Regalen mit den Gedichtbänden oben in der Farm entlangwandern. Ein vergilbtes, längst vergriffenes Bändchen in grünem Leinen …

»Entschuldigen Sie …«

Die Frau aus der Wüste wandte sich um. Ihr Kopftuch war heruntergerutscht und hing ihr um den Hals; in der kühlen Luft der Kirche war ihr Haar kraus und feucht geworden. Sie wirkte fiebrig und nervös.

»Ja?«

»Entschuldigen Sie, wenn ich Sie störe«, sagte er wieder. »Ich frage mich nur … Edward Traherne. Der Name kommt mir bekannt vor. Er war Dichter?«

»Ja«, sagte Gillian. »Er war mein Vater.«

»Ihr Vater.« Er schüttelte den Kopf. »Wie ungewöhnlich …«

Ein paar Fußnoten, Zeilen in einem Nachschlagewerk. Begraben auf dem Friedhof von Penglydr. Nachfahr des …

»… östlicher und unsterblicher Weizen …«

»Thomas Traherne«, sagte er langsam. »Hat er etwas zu tun mit …«

»Ja«, sagte Gillian, und etwas tief in ihrem Inneren bewegte sich, rutschte an seinen Platz und ließ sich dort nieder. Er hatte von ihnen gehört. Er wußte Bescheid. »Wir stammen von seinem Bruder ab.«

»Na, so was.« Wieso hatte er nicht schon längst geschaltet? Er war auf Antiquariatsauktionen gewesen und hatte Abende lang gelesen, er war ins Dorf gefahren, um Lebensmittel, Eisenwaren und Zeitungen zu kaufen. Und hatte bis jetzt weder die Kirche aufgesucht noch seine Schlüsse gezogen …

Na ja. Er hatte viel nachzudenken und zu erledigen gehabt. Mehr konnte man dazu nicht sagen, und es entsprach der Wahrheit.

»Mein Vater liegt auf dem Friedhof begraben«, sagte die Frau aus der Wüste.

»Ja. Den muß ich mir ansehen.«

»Ich zeig Ihnen alles, wenn Sie wollen.«

»Das wäre sehr freundlich.«

Sie zwängte sich aus einer Kirchenbank heraus auf ihn zu; er wich aus, um sie durchzulassen.

»Gillian?« rief Phoebe von den Altarstufen her.

»Ich will bloß Herrn …« mit feuerrotem Gesicht wandte sie sich zu ihm um: »… ich weiß nicht, wie Sie heißen.«

»Edward. Merkwürdig, nicht? Edward Sullivan.«

Natürlich. Natürlich, so mußte es wohl sein. Sie wandte sich zu Phoebe um, und ihre Hände zitterten. »Ich will bloß Herrn Edward Sullivan das Grab zeigen«, sagte sie, und auch ihre Stimme bebte.

»Ach ja?« Der Anflug eines Stirnrunzelns.

»Er weiß Bescheid.«

»Ach ja.«

Edward ging einen Schritt auf den Altar zu. »Sie haben nichts dagegen? Ich habe über Ihren Mann gelesen, jedenfalls ein bißchen; ich hoffe, ich bin nicht …«

»Natürlich, nur zu. Ich muß leider hier drin fertig werden.«

»So ein Jammer.« Gwen hob tropfende Stengel aus dem Eimer. »Ein wunderbarer Mensch.«

»Er wird nie erwähnt.« Gillian fiel wieder auf, was sie seit dem Augenblick ihrer ersten Begegnung mit dem Besucher, an einem Herbstnachmittag draußen im Garten, als der Rauch des Laubfeuers in einer dünnen, blauen Säule zum Himmel aufgestiegen war, gewußt hatte: Diesem Mann konnte sie alles sagen.

»Na, ist ja auch lange her«, sagte Gwen.

»Gut«, sagte Edward. »Sollen wir …«

»Vergessen Sie nicht, sich ins Besucherbuch einzutragen«, rief Phoebe.

»Was? Ach so, nein, natürlich nicht.«

Es lag aufgeschlagen neben den Gesangbüchern auf dem Tisch am Ausgang: groß, schwarz. Unterschriften von überall her; er setzte seine und den Namen seiner Farm dazu. Gillian warf einen Blick darauf, ging zur Tür, hielt sie für ihn auf. Ihr war kalt.

Der Morgennebel hatte sich gelichtet, aber das Gras war noch naß, und Feuchtigkeit hing in den Eiben. Sie gingen den Weg zur rechten, mit Moos und Efeu bewachsenen Wand. Irgend jemand fuhr auf dem Fahrrad vorbei, aber der Friedhof war um diese Zeit leer: Die Leute saßen beim Mittagessen.

»Da«, sagte Gillian.

Er sah einen hohen, schmucklosen Stein, schlichte Buchstaben. Er betrachtete die einzelnen Worte. Flechten zogen sich darüber. Er sah auf die Daten. Er sah Gillian an, die neben ihm stand, das Kopftuch zum Schutz gegen die rauhe Luft wieder hochgezogen, ihr Gesicht hier draußen bläulich und verfroren.

»Sie waren …«

»Drei. Dreieinhalb.«

»Es tut mir leid für Sie.«

»Eine Überschwemmung. Er ist ertrunken.« Sie bückte sich, um ein paar Blätter vom Gras zu fegen. Es gab einen eigenen Platz für Blumen, einen runden Metalldeckel mit Löchern, aber es waren keine Blumen da.

»Können Sie sich an ihn erinnern?«

»Ja. Ein paar Dinge.« Sie richtete sich auf. »Ich kann mich an den Tag erinnern, an dem er gestorben ist. Ich schreibe an seinem Tisch.«

»Sie schreiben?«

»O ja. Ich hülle mich in sein Gewand.« Sie lächelte ironisch.

Sie waren an der Stelle angekommen, wo die Wege sich trafen: vor ihnen das überdachte Tor, dahinter stand der Landrover. Sie konnte den wartenden Hund sehen.

»Tja.« Edward warf einen letzten Blick auf die Kirche. Die wäßrige Sonne kam dann und wann hinter dem Kirchturm hervor, eine Elster flog zur Wetterfahne auf. »Wir müssen uns wieder einmal treffen. Sie müssen zur Farm raufkommen.« Er merkte, daß er ihr nichts über sich selbst gesagt, daß sie aber auch nicht danach gefragt hatte. In dieser Gegend war das nicht üblich; einer der Gründe, warum es ihm hier gefiel. »Ich bin seit ungefähr einem Jahr hier«, sagte er. »Ich hab noch viel mit Renovierung zu tun, bis der Laden richtig läuft. Ich hab ein paar Schafe – es gibt viel zu tun ...« Rowland erwähnte er nicht. Auf dem Land mußte man immer noch vorsichtig sein. Die Leute redeten und waren argwöhnisch. »Ich gehe manchmal zu Antiquariatsauktionen, so bin ich auf Ihren Vater gestoßen. Ich hab bloß eben die Verbindung nicht hergestellt, dumm von mir.«

»Und Thomas Traherne? Woher kennen Sie den?«

»Über ihn habe ich immer etwas gewußt, jedenfalls seit meiner Studienzeit. Der Landpfarrer aus Hereford, der visionäre Poet.« Er lächelte und streckte ihr die Hand hin. »Heute abend werde ich die Bekanntschaft mit allen beiden auffrischen. Und eines Tages hoffentlich die mit Ihnen.«

»Danke.« Sie gaben sich die Hand. Durch die verschlissene grüne Wolle hindurch spürte er, wie kalt ihr war.

»Schlechter Kreislauf«, sagte sie trocken. »Ich hab ein Gedicht drüber geschrieben.«

»Ich freue mich schon darauf, es zu lesen. Also dann: auf Wiedersehen.«

»Auf Wiedersehen.«

Er wandte sich ab, ging zum Tor. Irgend jemand kam die Straße herauf, den Hügel vom Dorf her; ein Auto fuhr vorbei. Plötzlich sagte Gillian:

»Edward?«

Er drehte sich zu ihr um. »Ja?«

»Vielleicht mache ich bald eine Lesung. Würden Sie kommen?«

»Ja«, sagte er. »Das würde mir gefallen.«

Und dann hatte er das Tor geöffnet und war fort.

Gillian sah ihm nach, wie er den Hund begrüßte und zur Fahrerseite nach vorn ging. Sie sah zu, wie er einstieg und abfuhr. Eine Hand winkte aus dem Fenster

Sie war durchgefroren. Ihre Füße waren eiskalt. Sie ging den glatten, grauen Weg entlang zum Grab. Der Friedhof war ruhig und still. Sie konnte den Fluß hören, fern, aber beharrlich, wie er sich seinen Weg hinter dem Dorf bahnte. Das Wasser war kalt, das Wasser war eisig, das Wasser war gestiegen und gestiegen ...

»Gillian!« rief Phoebe vom Westportal her. »Was treibst du? Wir müssen aufräumen, komm jetzt.«

8

Flecken von Reif glitzerten auf dem Weg zur Versammlungshalle, auf den ausgedehnten Grasflächen des Parks und den glatten Stämmen der Buchen. Drinnen schickten ölbefeuerte Heizkörper flimmernde Hitze gegen die Sprossenfenster und die schmalen Glasscheiben der Kapelle. Keine Eisblumen, die die Kinder beim Erwachen bestaunen oder mit unbeholfenen Fingernägeln bearbeiten konnten, aber sie mußten es warm haben.

Nesta, die noch im Dienst war und zuvor Nachtwache gehabt hatte, half dem Blauen Zimmer, den Tag zu beginnen.

So putzen wir unsere Zähne,
an einem kalten und frostigen Morgen.

Nacheinander hingen Köpfe über dem Waschbecken, Spucke, Zahnpasta und Wasser liefen strudelnd davon.

»Braves Mädchen«, sagte Nesta, als Nadine, die noch neu und verängstigt war, unsicher ihre feuerrote Zahnbürste zum Mund führte. »Prima. Soll ich dir ein bißchen helfen? Braves Mädchen. Und ausspucken, und spülen. Gut gemacht.«

Steven fuchtelte vom Rollstuhl aus mit einer Hand und grunzte. Dominic ließ Nesta nicht an sich heran. Er drehte und wand sich und stieß zusammenhanglose Töne aus.

»Ich weiß.« Nesta versuchte es noch einmal. »Schlecht geschlafen? Komm schon, Dominic, bringen wirs hinter uns, hm?«

Dominic ließ grölende Geräusche hören, nahm seinen Pullover und pfefferte ihn quer durch den Raum.

»Alles in Ordnung?« Martin, der die Schicht mit ihr teilte, sah zur Tür herein. »Guten Morgen, Dominic. Alles klar?«

»Hilf uns mal.« Nesta warf ihm den Pulli zu.

Er fing ihn auf. »Ich hab süßen Gesang gehört. Okay, Dominic, dann wollen wir mal.«

Dominic akzeptierte Martin und ließ ihn gewähren. Nesta bürstete Stevens Haarbüschel.

»So kämmen wir unser Haar, unser Haar …«

»Süß«, sagte Martin wieder.

»Halt die Klappe.«

Aus sämtlichen Türen, die zum Flur hin offenstanden, drangen die Geräusche von laufendem Wasser, auf- und zuklappenden Schranktüren, dem Rufen und Stöhnen von Kindern. Die geschäftigste Stunde des Tages, an der das ganze Haus teilnahm, eine Stunde voller Aufgaben, die erledigt werden mußten, bevor man sich entweder mit dem Treppenlift, der im weiträumigen Treppenhaus rauf- und runtersummte, mit dem Hauptaufzug, in den jeweils nur ein Rollstuhl paßte, oder über die Treppe selbst, die manche Kinder, wenn sie sich am Geländer festhielten, allein bewältigten, hinunter in den Speisesaal begab.

Wir sind eine besondere Gemeinschaft, die Kindern mit besonderen Bedürfnissen und einer Vielfalt von Fertigkeiten und Handicaps gerecht wird …

»Also dann.« Nesta richtete sich vom letzten Paar Füßen auf den Rollstuhl-Fußstützen auf. »Wer will frühstücken?«

Manche Kinder konnten sich selbst bewegen, Rachel allerdings überhaupt nicht. Dominic hätte ihr beistehen können, wollte es aber meistens ebensowenig wie etliche andere, die sich ganz gut selbst anziehen und anderen helfen konnten, statt dessen aber ihre Kleider im Zimmer herumschleuderten, Zahnpasta auf dem Boden verteilten, andere an den Haaren zogen oder neben das Klo pinkelten.

Manche unserer Kinder haben psychologische oder emotionale Probleme. Cadair bemüht sich um die Integration dieser Kinder und hat es sich zum Ziel gemacht, eine Atmosphäre von Wärme, Vertrauen und Zielstrebigkeit zu schaffen, in der jedes Individuum zu größtmöglicher Entfaltung kommen kann …

Nesta schob Rachel den Flur entlang zum ersten Lift, vor

dem schon andere Kinder warteten. Manche – besonders diejenigen, die nachts oft aufwachten – hatten ihre Einzelzimmer in den schlichten, kahlen, ehemaligen Klosterzellen. Ein paar Veränderungen gab es schon: Die Nonnen hatten jede einen Tisch und einen Stuhl gehabt, die man aus den Räumen entfernt hatte, die Platz für einen Rollstuhl brauchten. Die Nonnen hatten weiße, schmucklose Wände gehabt. Bei den Kindern sah man leuchtende Farben, Poster und Farbdrucke an den Wänden, da gab es Bären und andere Stofftiere: angebissen, abgelutscht, herumgeworfen und unbeholfen geliebt. Jedes Zimmer war an die Alarmanlage angeschlossen, die den kleinsten Schrei registrierte und weitergab. Die Nonnen hatten allein geschlafen, viele von den Kindern aber, wie die im Blauen Zimmer, schliefen in Gruppen. Man hatte die Wände von drei, vier Zellen durchgebrochen und kleine Schlafsäle geschaffen, die sich mit dem Licht von den auf den Park oder den Hof gehenden Fenstern füllten.

Wir bemühen uns um eine Atmosphäre, in der jedes einzelne uns anvertraute Kind die Wärme und Geborgenheit eines Familienlebens in einer Weise genießt, die die eigene Familie vielleicht trotz allen guten Willens nicht zu geben vermag …

Der Treppenlift summte leer nach oben und blieb stehen. Maureen aus dem Gelben Zimmer kletterte mühsam hinein und drückte auf den Knopf. Sie hätte auch die Treppe hinuntergehen können, aber sie fuhr so schrecklich gern, und als sie angeschnallt war, hielt sie sich fest und glitt mit einem Lächeln am großen Christbaum im Treppenhaus vorbei nach unten. Der Baum, fünf Meter hoch, war gestern aufgestellt worden. Die Halle roch schwer und süß nach Tanne, und heute würden sie die Lichter anbringen.

»Und heute«, sagte Nesta, die Rachel zum Lift schob, »schmücken wir ihn.«

Im Zeichensaal saßen Kinder an Tischen oder arbeiteten an den Plastiktabletts, die man an ihren Rollstühlen befestigt hatte, schnipselten, kleckisten und klebten; sie benutzten

Papier, Pappe, Filz-und Stoffstückchen, Röhrchen mit Gold- und Silberflitter, Leimtöpfe mit Überlaufschutz. Sie bastelten Engel, Tiere, Sterne, Glocken und Kerzen, klebten rote Bändchen als Aufhänger daran. Sie ließen bunte Nudeln und Hülsenfrüchte auf leimbestrichene Pappscheiben fallen, schüttelten Flitter darüber. Abgerundete Bastelscheren sägten sich eifrig in gummiertes Papier, Zungen wurden in die Mundwinkel geklemmt, Linsen, Perlen und Knöpfe fielen zu Boden, knirschten unter rollenden Rädern. So waren manche Kinder tätig. Andere waren in der Küche, stachen Kekse aus, stäubten Puderzucker, spritzten Sterne. Diejenigen, die nichts von all dem tun konnten, saßen neben denen, die es konnten, und lärmten herum. Sie trommelten auf die Tabletts an ihren Rollstühlen, grabschten nach Streuern und klappernden Gegenständen und ließen sie fallen; Hände schlugen in Gesichter oder auf die Armlehnen von Rollstühlen, Füße zuckten von den Fußstützen hoch. Nesta und ihre Kollegen bewegten sich von einem Kind zum anderen. Draußen schmolz der Rauhreif, der Himmel war hell. Spatzen, Stare und Amseln flogen zum Futterhaus unten auf dem Rasen, Meisen hingen kopfüber an aufgehängten Kokosnußhälften und pickten am Fettfutter. »Sieh mal.« Nesta ging zum Fenster. Sie schob Rachel heran, um sie ihr zu zeigen; Maureen kam angestiefelt, blieb an der Gartentür stehen und trat von einem Plattfuß auf den anderen.

»Rotkehlchen. Rotkehlchen kommt.« Ihre Schlitzaugen hinter den dicken Gläsern leuchteten vor Freude auf. Sie war fast sechzehn, sah aber aus wie zwölf, ein kurzer, quadratischer Körper in Rock und Pulli, das kurze, glatte Haar von einer Spange gehalten. Sie reagierte auf alles: Musik, Malerei und Vögel im Garten. »Rotkehlchen kommt, Rotkehlchen kommt.«

»Möchtest du ein Rotkehlchen basteln?« fragte Nesta. »Sollen wir es dann an den Baum hängen?«

Sie hatten es gerade fertig, als der Gong zum Mittagessen ertönte: ein Vogel von der Größe einer Ente, mit der er auch eine ziemliche Ähnlichkeit hatte.

»Sehr schön«, sagte Nesta. »Jetzt schreiben wir noch deinen Namen drauf.«

Maureen beugte sich tief über das Papier und griff schwer atmend nach einem dicken, schwarzen Stift. Ungleiche Lettern gruben sich ins Papier, tief in die Brust des Rotkehlchens.

Nach dem Mittagessen ruhten die Kinder, und Nesta, die seit zehn Uhr abends im Dienst war, wurde abgelöst. Nachmittags sollte der Baum geschmückt werden, und in der anbrechenden Dunkelheit würden sie die Kerzen anschalten und Weihnachtslieder singen.

»Weck mich«, sagte sie zu Martin, als sie vom Tisch aufstand. »Ich möchte es nicht verpassen.«

Sie ging die Treppe hinauf und in ihr Zimmer, den Nachtwachenraum mit dem klösterlich keuschen Mobiliar: Bett, Stuhl, Tisch. Vom Flur her war Gemurmel zu hören, das aus offenen Türen drang, dann war es still. Nesta schlief.

Sie wurde durch ein Klopfen an der Tür geweckt und saß sofort sprungbereit da.

»Ja?«

»Alles in Ordnung.« Martin stand in der Tür. »Ich bins bloß.« Er stellte einen Becher Tee auf den Tisch. »Vier Uhr.«

»Danke.« Nesta sank in die Kissen zurück und angelte nach der Lampe.

»Hast du dich ein bißchen ausgeruht? Du hast dich ja nach Alarmstufe drei angehört.«

»Mmmm. Du weißt ja, wie das ist.« Sie nahm den Tee. »Wie weit seid ihr?«

»Wir haben den Baum fertig und versammeln uns, aber es hat keine Eile. Sehen wir uns in zehn Minuten unten?«

»Okay. Danke.«

Er schloß die Tür hinter sich. Nesta trank ihren Tee und kam langsam zu sich. Von unten her hörte sie unsichere Schritte, quietschende Rollstühle, Stimmen, die sich erhoben. Sie wandte sich zum Fenster: Der Himmel war schwarz. Sie schaltete für einen Augenblick das Licht aus, blinzelte und sah die ersten Sterne. Sie blieb am Fenster stehen, trank ihren Tee aus, sammelte sich, sah auf den von Außenlaternen erhellten Hof hinunter. Wieder hatte sich Reif gebildet, er glitzerte auf den dunklen Schieferdächern. Es fühlte sich jetzt schon an wie Nacht, und eine ganze, unterbrochene Nacht lag noch vor ihr.

Wir suchen eine/n erfahrene/n TherapeutIn, der/die bereit ist, sich in jeder Hinsicht in unsere Gemeinschaft einzubringen.

Nesta hatte in ihrer leeren Wohnung in Camden Town gesessen und sich die Stellenbeschreibung durchgelesen.

Ich habe 1986 Examen gemacht ... verfüge über große Erfahrungen ... Zwei dienstfreie Abende lang hatte sie das Bewerbungsformular ausgefüllt.

Ich bin von einem Verlust betroffen und daran zerbrochen. Ich erhole mich langsam ... Ich muß mein Leben ändern.

Regen war auf das Gartenstück gefallen, in dem die Blumenzwiebeln aus der Erde sprossen. Sie und Hal hatten sie im ersten Herbst gepflanzt. Nun war das erste Jahr, in dem er sie nicht sehen würde.

Ich war es gewohnt, mein Leben mit meinem Mann zu teilen. Wir beide wiederum teilten unsere Arbeit im Team mit unseren Kollegen. Jetzt, da er von mir gegangen ist, muß ich etwas Unabhängigkeit erlernen und bin vielleicht nicht ganz gewillt, sie vollständig wieder aufzugeben. Könnten wir es in Betracht ziehen, daß ich außerhalb der Gemeinschaft wohne? Ich würde meine Wohnung verkaufen müssen ...

Gähnend zog sie die Vorhänge zu und sperrte die frostige Dunkelheit aus. Wenn sie nach den Nachtwachen in ihr Cottage kam, würde sie nur schlafen und noch mal schlafen. Sie dachte an den blattlosen Garten, an den Weg zur Eingangstür, die sich jetzt in der winterlichen Witterung verzog. Das Cottage würde erst mal wie ein Eiskeller sein. Ganz verlockend, hierzubleiben, mit Zentralheizung und Gesellschaft ...

Die Stimmen von unten wurden lauter. Auf dem Klavier versuchte sich jemand an »Hark the Herald«, irgend jemand sang laut und falsch, man hörte Lachen. Nesta ging hinaus ins Bad, dann die breite Treppe hinunter.

»Gerade rechtzeitig.« Martin sah zu ihr auf.

Kinder und Mitarbeiter versammelten sich gerade um den Baum, an dem jetzt der Schmuck vom Vormittag hing. Sterne, Kerzen, Tiere, Vögel und Laternen aus Papier bewegten sich bei jedem Luftzug. Maureens Vogel sah großartig aus. Hohe, weiße Kerzen brannten, aber die Saalbeleuchtung war noch eingeschaltet.

»Sind alle da?«

»Glaub schon.«

»Entschuldigung, daß ich so spät komme.« Nesta fand einen Platz neben einem Rollstuhl. Rachel schaukelte darin vor und zurück.

»Macht nichts. Also dann. Psst. Claire?«

Claire, sie stand an der Tür zum Küchenflur, nickte und schaltete die Lampen aus. Dunkelheit. Geräusche, Gemurmel.

»Schaut mal, die Kerzen.«

Hoch oben auf dem schlichten, schiefernen Kaminsims und drüben auf dem Klavier standen die Kerzen, aufrecht, weiß und schön, in der Dunkelheit schimmerte ein Lichtschein um jede Flamme. Ein spürbares Schweigen entstand.

»Jonathan?«

Jonathan, der am Baum kniete, nickte und griff nach dem Schalter auf der Fußleiste. Klick. Die Lichter am Baum leuchteten auf. Sternenblaß flimmerten sie bis zur Spitze hinauf: Sie wanden sich aus der Tiefe der buschigen unteren Zweige bis zu den äußersten, breitesten Spitzen, die oberen Zweige hinauf, den rauhen, kahlen Stamm entlang, und endeten in einem einzigen, glänzenden Licht.

Freudengemurmel. Die Kinder reckten die Hälse, beugten sich vor, streckten die Hände aus. Der Papierschmuck schaukelte und drehte sich.

»Claire?«

Claire am Klavier nickte und begann zu spielen. Die ersten Töne von »O little Town of Bethlehem« drangen in die Stille. Die Mitarbeiter und einige der Kinder sangen.

O little town of Bethlehem
How still we see thee lie.
Above thy deep and dreamless sleep
The silent stars go by ...

Die Erwachsenenstimmen waren fest und sicher; begeistert und unmelodisch stimmten die Kinder ein. Mit Tamburinen und Rasseln wurde hantiert, Hände schlugen auf Tabletts; als das Lied zu Ende war, sprang Maureen zum Klavier und hackte fröhlich in die Tasten.

Nachtwache. Nesta, die vollständig angezogen unter der Daunendecke eingenickt war, schreckte hoch.

Ein lauter, verrückter Schrei ...

»Bin schon da.«

Beine schwangen aus dem schmalen Bett, Füße glitten in Schuhe, raus, den dämmrigen Flur entlang. Der Schrei wurde zum Rhythmus ...

»Bä-bä, bä-bä ...«

»Komme.«

Die Türen zu den Schlafräumen standen nachts immer offen; die ganze Nacht lang brannten schwache Lichter. Nesta brauchte nicht nachzusehen, von wem die Töne stammten.

»Bä-bä, bä-bä, bä-bä, bä ...«

»Hier bin ich.«

Schaukeln, schaukeln, auf die Bettdecken schlagen, ein schwerer Kopf mit Puddingschüsselfrisur ging vor und zurück, vor und zurück ...

»Ist ja gut, Rachel, ist ja gut.«

Rachel: ein gewichtiger, vernünftiger Name, der an Fähigkeit und Anmut denken ließ. Nesta setzte sich auf die Bettkante und nahm die unkoordinierte, übergewichtige, hirngeschädigte Rachel in die Arme.

»Schon gut, schon gut ...«

»Bä-bä, bä-bä, bä-bä ...«

»Bä-bä, bä-bä, bä-bä.« Nesta hielt sie fest.

Im Schein der Nachtlampe schaukelten sie vor und zurück. Vorsichtig prüfend griff Nesta unter die Bettdecke. Rachels Windel war trocken; das war es also nicht gewesen, was sie aufgeweckt hatte. Ein Geräusch? Ein Traum? Wovon träumte eine von allem ausgeschlossene, zehn Jahre alte Rachel?

Vor und zurück, vor und zurück.

»Langsam«, bot Nesta ihr nach einer Weile ein bißchen Widerstand. »Langsam, langsam, psst ...«

»Bä-bä, bä-bä ...«

»Psst, psst, psst ...«

Langsamer und langsamer. Der schwere Kopf rollte gegen Nestas Schulter.

»Besser?«

Eingeschlafen.

Gähnend machte Nesta sich los und legte Rachel sanft wieder hin. Rachels Mund stand offen, die vollen Lippen waren entspannt; sie atmete belegt, die Glieder zuckten. Nesta strich ihr Bettzeug glatt, strich über das stumpfe, dunkle Haar. Sie sah auf die Uhr. Viertel nach zwei vorbei. Sie schlich sich aus dem Zimmer.

Aus dem Spiegel auf der Personaltoilette starrte ihr eine hagere Frau mit wirren hennaroten Haaren entgegen.

Mein Anblick würde dir nicht besonders gefallen, sagte sie zu Hal, während sie sich ein Glas Wasser eingoß.

Als du mich zum letztenmal gesehen hast, sah ich auch nicht allzu toll aus.

Stimmt. Sie leerte ihr Glas. Weihnachten ist immer eine verdammt blöde Zeit. Warum konntest du nicht an einem ganz normalen Arbeitstag im August sterben? Dann würde ichs nicht gar so sehr spüren.

Würdest du schon.

Stimmt.

Draußen blieb sie für eine Weile im Flur stehen und lauschte.

Schnarchen und unregelmäßiges Atmen; das ganze Haus in Schlaf versunken. Der Duft des Weihnachtsbaumes hing in der Luft; sie stützte sich auf die Balustrade und sah in die schattige Halle hinunter. Stumm rieselten ein paar Tannennadeln zu Boden; durch das Oberlicht über dem Eichenportal sah sie Sterne in einem tintenschwarzen Himmel. Ich bin der einzige Mensch in diesem Haus, ja vielleicht in diesem ganzen Tal, der wach ist, dachte sie. Sie bewegte sich, und die Bodendielen unter dem Teppich knarrten. Die Standuhr unten in der Halle schlug zur halben Stunde, ein einziger, weicher Ton. Nesta dachte: noch eine Stunde, und dann wären hier die Nonnen zur Morgenliturgie geweckt worden. Auf allen zugigen, feuchten Korridoren wären Türen aufgegangen. Sie dachte an die Kälte, an die von der raschelndweißen Prozession zur Kapelle unterbrochene Stille, an die schimmernden Kerzen und fröstelnden Frauen, an die schönen, hohen Stimmen, die singend die Stunden der Nacht nannten.

Jetzt hatte das Haus Zentralheizung, es gab Teppiche und Vorhänge und heißes Wasser, aber es konnte noch immer kalt und an manchen Stellen zugig sein, und als sie jetzt aus dem Stockwerk über ihr, wo die Schlafzimmer der Mitarbeiter lagen, ein Knarren hörte, konnte sie sich leicht einen geisterhaften Schritt, eine verlorene, wandernde Seele vorstellen.

Die lauschende Nesta wußte, daß manche Menschen sich in einem schlafenden Haus voller Geräusche fürchten würden, aber sie hatte keine Angst, als sie zum Nachtwachenzimmer zurückging, Rachels Aufwachen in das aufgeschlagene Buch auf dem Tisch eintrug und sich wieder auf das schmale Bett legte. Das Schlimmste, was ihr hatte passieren können, war geschehen.

Sie schlief ein, kämpfte gegen den Schlaf an und wurde wenige Augenblicke später durch einen Schrei aufgeweckt.

Zwei Tage später fuhr sie durch das gefrorene Tal nach Hause. Felder und Berge lagen weiß in der Morgensonne da, der Himmel zeigte sich in hartem, glitzerndem Blau. Nesta fuhr vorsichtig, weil an einigen Stellen immer noch Eis auf den Straßen lag, wäre aber gern schnell gefahren, weil das Licht so schön und stark war. Sie ließ eine Kassette laufen. Ihre Finger trommelten den Takt aufs Lenkrad, die silbernen Ohrringe schaukelten.

Sie sah ins Tal, als die Straße anstieg, ließ den Blick schweifen über glitzernde Scheunendächer und Kirchen mit massigen, viereckigen Türmen, über die feine Gerade und die anmutigen Bögen des alten Viadukts, über Trockenmauern und Baumgruppen. Der Fluß schlängelte sich durch den Talgrund, an diesem Morgen glänzte er wie die Sonne, und irgendwo auf der anderen Seite wohnte Gillian.

Cadair Hall war im Rückspiegel nicht mehr zu sehen. Nesta kam hinunter in flacheres Gelände und fuhr durchs Dorf, das jetzt ihr Dorf war, wo sie das Nötigste einkaufte. Dann hinaus, weiter zum Cottage, vorbei an »The Feathers«. Sie kam zur Abzweigung und rumpelte den harten, ausgefahrenen Feldweg zum Gatter, das auf Äcker führte, und dann zum Tor in der Hecke, das jetzt ihres war. Sie fuhr vor, schaltete die Zündung und die Kassette aus.

»Da wärn wir.« Frostige Stille umgab sie beim Aussteigen.

Schafe drängten sich laut blökend ans Weidegatter. »Ich hab nichts für euch.« Sie ließ ihr eigenes Tor aufschnappen und betrachte den leicht abschüssigen Garten. Ganz hinten in der Ecke stand der Bienenstock mit den Bienen, die sie noch nicht gesehen hatte und mit denen sie auch nicht umzugehen wußte. Na. Dazu war ja immer noch Zeit. Der Bienenstock war jetzt ruhig und still, die Zweige der Apfelbäume ragten kahl und schwarz, aber im Frühling …

Sie ging den Weg zur Haustür hinunter, drehte den Schlüssel im Schloß herum und hörte beim Aufschieben der Tür das Geräusch von Holz, das über Karten und Briefe auf der Fußmatte streifte.

Sie konnte die Kälte des Hauses schon spüren, bevor sie über die Schwelle trat. Es hätte entmutigend sein können, war es aber nicht. Niemand erwartete sie, und sie wollte niemanden. Die Kinder und die Kollegen waren in Cadair; hier war ihre stille Zuflucht.

Sie schob die Tür ins Schloß, bückte sich nach der Post und trug sie ins Wohnzimmer, das noch schwach nach Räucherstäbchen und kalter Asche roch. Karten aus London: Sie erkannte fast alle Handschriften. Außerdem eine Karte mit hiesigem Poststempel; der Umschlag war mit schwarzer Tinte in einer ihr unbekannten, verkrampften, spitzigen Schrift beschrieben. Immer noch mit der Jacke bekleidet, ging sie nach hinten in die Küche, stellte den Boiler an und füllte den Wasserkessel. Der Fußboden war mit Naturstein gefliest, der Raum selbst so kalt, daß sie ihren eigenen Atem sehen konnte. Durchs Fenster, das wie das im Bad einen Metallrahmen hatte, sah sie die hungrigen Schafe vom Gatter zur leeren Heuraufe zurückkehren und sich zum Wintergras herunterbeugen. Der Bauer kam jeden Nachmittag gegen drei, kurz vor Anbruch der Dunkelheit. An den Tagen, an denen sie zu Hause war, freute Nesta sich fast genausosehr auf seinen Besuch wie die Schafe; ihr Bauer, dem sie das Cottage abgekauft hatte, ihr Bienenstock, ihr Platz im Lauf der örtlichen Ereignisse.

Du machst das prima, sagte Hal, als sie ihren Apfel-Hagebuttentee aufgoß. Sie nahm ihn mit ins Wohnzimmer und griff nach seinem Brieföffner. Der Duft des dampfenden Tees munterte sie auf; sie trank in kleinen Schlucken, schlitzte Umschläge auf, öffnete Karten. Wer war denn diese verkrampfte, unleserliche Person? Es war Gillian; das wußte sie auf einmal, noch bevor sie die Karte herausgezogen hatte. Sie las die Einladung:

Nesta Frank. Sie sind höflich gebeten zu einer Lesung neuerer Gedichte, oberer Gastraum des »Fox«, Penglydr, am 4. Januar um 20 Uhr.
Zu meinem Bedauern kann ich keine Erfrischungen anbieten.
Gillian Traherne

Nesta lächelte. Sie öffnete alle anderen Briefe und las die Neuigkeiten aus London. Sie stellte die bunten Weihnachtskarten auf den Kaminsims und lehnte Gillians Karte, ein Rechteck von nonnenhaft schlichtem, kompromißlosem Weiß, an einen Kerzenhalter in der Mitte.

»Ich mag dich«, sagte sie laut. »Du interessierst mich.«
Das hast du schon mal gesagt, sagte Hal.

Dann muß es etwas bedeuten, sagte Nesta. Und findest du nicht, daß ich recht habe?

Ich finde ganz oft, daß du recht hast. Und, ja, ich bin deiner Meinung.

Nesta lächelte wieder. Sie kehrte die Asche aus dem Kamin und richtete ein neues Feuer auf, sie machte noch einen Becher Tee und nahm ihn mit ins Bad, wo sie im heißen Wasser lag und die Photos aus einem anderen Leben betrachte.

Es war kurz vor Weihnachten, das Wetter frostig und klar. Dann kamen zwei Tage mit unerklärlich milder Witterung; der Himmel war blaß, der Boden feucht vom schmelzenden Eis, die Luft roch wieder nach Erde und war erfüllt vom Gesang der Vögel.

Gillian stand im Mantel im Flur und studierte die Landkarte. Tremynydd. Der Name war früher irgendeiner gewesen, kleine, graue Druckbuchstaben, verblaßte Markierungslinien von Feldern und Fußwegen wie die von einem Dutzend anderer Farmen auch, zwischen schleißigen Falten und rostfleckigen alten Stecknadellöchern. Aber jetzt, als ihre Augen sich direkt darauf zubewegten, sagte das Wort ganz ruhig: Ich bin hier. Ich war hier schon immer. Sie fuhr die Strecke mit dem Finger ab. Runter zum Dorf, dann wieder hinaus und auf die Landstraße nach Llanfonen, die sich hoch übers Tal hinaufschwang. Dann links, vorbei an nichts als Wiesen, alle menschlichen Behausungen hinter sich lassend, bis, nach ein, zwei Kurven …

»Gillian?«

Sie überquerte die Fliesen zur Haustür. Platsch. Eine Weihnachtskarte fiel auf die Matte. Sie schob sie mit dem Fuß weg.

»Wo willst du hin?«

»Spazierengehen.«

Phoebe kam mit einem Teebecher in der Hand aus der Küche. »Du bist aber früh auf.«

»Konnte nicht schlafen.«

»Und warum das nicht?«

Gillian gab keine Antwort. Sie öffnete die Tür.

»Da ist eine Weihnachtskarte.«

»Was?«

»Eine Karte. Da unten, direkt neben deinem Fuß.«

Gillian sah nach unten.

»Heb sie auf.«

Sie hob sie auf und gab sie weiter.

»Und mach bitte die Tür zu.« Phoebe schlitzte den Umschlag auf. »Von wem ist die wohl?«

Gillian ging in den Windfang und zog ihre Gummistiefel an. Spatzen flatterten in der Hecke auf der anderen Straßenseite herum, voller Hoffnung und Energie. Hinter ihr ging die Tür auf.

»Du hast nicht gefrühstückt.«

»Ich habe keinen Hunger.«

»Gehst du ins Dorf runter?«

»Nein.«

»Wenn du nämlich gehen würdest, hätten wir eine Liste.«

»Ich geh aber nicht.« Sie ging zum hölzernen Gartentor. »Tut mir leid.«

Die Tür schlug hinter ihr zu.

Inzwischen war es später Vormittag, und sie war fast da. Der Marsch hatte ihr gutgetan: nicht die große Anstrengung, die Radfahren nach der Krankheit bedeutet hätte, statt dessen ein zügiges, stetiges Tempo; ihre Schritte als ruhiger Rhythmus auf den leeren Landsträßchen. Zur Rechten sah sie all die vertrauten Orte ihrer Kindheit – das Dorf, die Kirche, den sich dahinwindenden Fluß, die Nachbarfarmen, das Viadukt und das weiße, achteckige Kapellendach des fernen Klosters, das jetzt keins mehr war, sondern Nestas Schule –, und wenn sie aufsah, konnte sie den Bussard sehen, wie sie ihn schon immer gesehen hatte. Er kreiste hoch droben, wachsam wie das Auge Gottes.

Hinter einer Straßenkurve hörte sie es hämmern. Sie ging langsamer, blieb stehen.

Sie kannte jedes Fleckchen auf der Landkarte, jedes Haus im Dorf, aber nicht diese Farm: Ihre Spaziergänge und Radfahrten hatten sie kreuz und quer geführt und übers Tal hinaus, aber selten weit nach Westen hinauf. Hinter der nächsten Kurve lag unbekanntes Terrain, und vielleicht sollte sie auch gar nicht hiersein, war hier vielleicht nicht willkommen.

Das Hämmern hörte auf und begann dann wieder. Auf dem Telegrafendraht rechts über ihr hob eine Dohle den Schwanz und ließ einen graugrünen Klecks aufs Gras fallen. Sie sah sie mit ihren scharfen, metallischen Augen an. Der Bussard hinter ihr schwang sich höher hinauf, schrumpfte zu einem Fleck zusammen, war fort.

Die Dohle breitete die Flügel aus und verließ sie.

Sie brauchte keine Mitwisser.

Sie bog um die Kurve und sah durch kahle Baumzweige hindurch nach rechts auf die Schieferdächer der Farm hinunter und entdeckte Edward, der oben auf einem Schuppendach blaue Plastikbahnen ausrollte und Nägel einschlug. Sie ging weiter, kam zum Gatter.

Tremynydd. Der Name stand auf einem Metallschild. Der Landrover war im Hof geparkt. Ein Hund, der ihr mit wildem Gebell entgegenrannte.

»Tarn!« Das Hämmern hörte auf. Eine Leiter lehnte an einer Wand. Gillian hatte vor langer Zeit einmal eine Leiter zum Kippen gebracht und eine Glasscheibe des Gewächshauses zertrümmert; auf dem Boden waren lange, geborstene Glassplitter und Blut gewesen, Phoebe war angerannt gekommen.

Jakob hatte von einer Leiter geträumt, als er sein Haupt auf einen Stein im Feld gebettet hatte …

Der Hund raste mit hängender Zunge am Gatter hin und her. Gillian blieb stehen und wartete.

»Tarn!«

Edward stieg vom Dach herab. Er kam ihr über den Hof entgegen.

»Hallo. Was für eine nette Überraschung.« Er bückte sich zum Hund hinunter, griff mit einer Hand nach dem Halsband und hob mit der anderen den Riegel hoch. »Kommen Sie herein.«

»Sie haben zu tun ...« Sie zeigte auf die Leiter, auf das Dach, auf die Plastikfolie.

»Ach was, ich könnte gut eine Pause vertragen.« Er richtete sich auf, das Tor schwang auf. »Bitte.« Sie stieg über Schlamm hinweg. »Stören Sie sich nicht an diesem Hund. Sie ist bloß aufgeregt.«

»Das sagen alle Hundebesitzer«, bemerkte Gillian und ging durch das offene Tor auf den Hofplatz. Schwanzwedelnd zerrte der Hund in ihre Richtung.

»Haben Sie Angst? Sie will Sie bloß kennenlernen.« Edward schubste das Tor mit dem Fuß an, es klappte zu. Gillian streckte eine wollbehandschuhte Faust aus. Der Hund schnüffelte daran, beruhigte sich und wurde losgelassen.

»Na, dann ab mit dir.« Edward sah Gillian an. »Kann ich Ihnen einen Kaffee anbieten?«

»Danke.« Sie ging neben ihm über den Platz, die Hände in den Taschen vergraben, und sah sich um.

»Viel wärmer heute«, sagte Edward.

»Ja.«

»Sind Sie den ganzen Weg hierher gelaufen?«

»Ja.« Ihre Hände in den Wollhandschuhen wurden unangenehm warm; sie wußte nicht, was sie mit ihnen anfangen sollte. Der Hund kam hinterher, schnüffelte sich an ihrer Fußspur entlang; Schafe blökten hinter dem Haus.

»Ich finde es sehr schön, daß Sie gekommen sind – ich habe mir die Gedichte Ihres Vaters angesehen.«

»Oh. Gut.« Sie spürte eine Welle von Freude in sich aufsteigen.

Sie standen vor der Haustür.

Edward öffnete sie und trat zur Seite. »Bitte. Gehen Sie ruhig hinein.«

Gillian wußte nicht, wie man vor einem Mann ein Haus betritt. Hinter der Kokosmatte und den Kleiderhaken öffnete sich ein Flur mit abgezogenen Holzdielen, auf denen Teppiche lagen. Offene Türen, viele Bilder an den Wänden. Fast hatte sie den Eindruck, ein Stadthaus zu betreten – allerdings wußte sie nicht viel über Stadthäuser. Sie putzte sich ausdauernd die Füße an der Matte ab und wußte dann nicht weiter.

»Geradeaus«, sagte Edward, der hinter ihr seine Stiefel auszog.

»Soll ich ...« Sie deutete auf ihre eigenen Stiefel. Der Hund schob sich mit langsamem Schwanzwedeln an ihr vorbei zu einer Tür auf der linken Seite.

»Äh. Ja. Und darf ich Ihnen den Mantel abnehmen?«

Gillian bückte sich und zog die Stiefel aus. Sie legte die Handschuhe ab und den Mantel, der doch ein Teil von ihr war, und stand schließlich in Socken auf den Bodendielen, während Edward ihren Mantel neben seinem aufhängte. Durch die offenen Zimmertüren fiel Sonnenlicht auf die gewachsten Dielen und die Teppiche; während sie nackt und bloß den Gang entlangging, streifte ihr Blick Bücherregale und einen polierten Tisch.

»Nach links, bitte«, sagte Edward. »Immer diesem Hund nach.«

Sie betrat die Küche, die Uhr an der Wand schlug zehn.

»Die Uhr hab ich von meinem Großvater. Ab in den Korb, Tarn.« Edward zog einen Stuhl für sie unter dem Tisch hervor, und da saß Gillian ohne Stiefel, Mantel oder Handschuhe. Sie zog an einem langen Wollfaden an ihrem Jackenärmel, spürte, wie er sich aufribbelte und ein Loch entstehen ließ.

Die Uhr schlug die letzten Töne an. Edward setzte den Wasserkessel auf. Der Hang hinter dem Küchenfenster machte den Raum ziemlich dunkel. Schafe und Hühner bevölkerten die Wiese; es gab ein Hühnerhaus, eine Heuraufe.

»Wie möchten Sie ihren Kaffee?« Edward schüttete Bohnen in die Mühle.

»Wir trinken immer Nescafe. Na ja – wir trinken selten Kaffee.«

»Entschuldigung – hätten Sie lieber Tee?«

»Ich glaub schon.« Gillian sah ihn an. »Ist das unhöflich?«

»Absolut nicht. Ich hätte Sie fragen sollen.« Er holte eine Dose vom Bord neben dem Rayburn, eine schicke, modern aussehende Dose in Schwarz und Gold. Zu Hause gab es nichts dergleichen. Zu Hause hatten sie eine Schachtel mit Tetleys Teebeuteln. Sie sah sich um, sah den Tisch, wo eine Brille auf einem Stapel von Zeitungen lag, den Kaminsims voller Weihnachtskarten, die Anrichte, voll mit Porzellan und weiteren Karten. In einer Ecke waren Zeitungen säuberlich aufgestapelt, es gab ein Regal mit Kochbüchern, der Boden war gewischt.

»Einverstanden?«

Gillian wurde rot. »Was meinen Sie?«

»Genau das. Gefällt es Ihnen?«

»Dieser Raum?«

»Dieser Raum.« Er lächelte, goß kochendes Wasser in eine Kanne.

»Ich habe zu Räumen keine Meinung«, sagte Gillian. »So jemand bin ich nicht.«

»Verstehe.« Er stellte die Kanne auf den Tisch, brachte Becher, Milch und Zucker. »Aber Sie beobachten.«

»Tue ich das?« Sie zog an dem Faden an ihrem Ärmel; das Loch wurde größer.

»Etwa nicht?« Er setzte sich und betrachtete sie gelassen. Hinter ihm bewegte sich der Hund, der Korb knarrte. »Sie sind Dichterin. Müssen Sie da nicht beobachten?«

»Das ist etwas anderes. Ich gehe nicht in die Häuser anderer Menschen und urteile.« Sie wickelte sich einen langen Wollfaden um den Finger. »Ich gehe sowieso nicht oft in fremde Häuser.« Nur in Nestas Haus, das vollgestopfte, nach Rosenöl duftende.

»Dann fühle ich mich geehrt.« Edward nickte zu ihrem Finger hinüber, zu dem größer werdenden Loch. »Ah, jetzt sind Sie befreit.«

Sie sah auf ihren Ärmel. »Oje.«

Mach einen Knoten rein, sagte Phoebe. Mach schnell einen Knoten, bevor es noch weiter geht.

Gillian wickelte den Wollfaden ab, betrachtete ihn und wußte nicht, was sie damit anfangen sollte. Sie stopfte das Ende in das Loch und ließ die Sache auf sich beruhen.

»Es freut mich, daß Sie sich mit dem Werk meines Vaters beschäftigt haben. Ich bin gekommen, um Sie zu einer Lesung einzuladen.« Sie griff in die Tasche ihrer Strickjacke und legte einen weißen Umschlag auf den Tisch. »Ich habe eine Karte geschrieben.«

»Aha. Wie wunderbar.« Edward nahm seine Brille, die auf einer Zeitung gelegen hatte, und öffnete den Umschlag. Gillian sah ihm dabei zu, und es gefiel ihr. Als er die Karte laut vorlas, heftete sie den Blick auf ihre Teetasse und rührte um und um.

»Edward Sullivan. Sie sind höflich gebeten zu einer Lesung neuerer Gedichte, oberer Gastraum des »Fox«, Penglydr, am 4. Januar um 20 Uhr.

Zu meinem Bedauern kann ich keine Erfrischungen anbieten.

Gillian Traherne.«

Er sah sie über seine Brille hinweg an. »Wie nett. Vielen Dank. Ich nehme die Einladung mit dem größten Vergnügen an.«

»Gut.« Der Löffel setzte seinen Weg fort, rundherum am Rand der Welt.

»Darf ich fragen, da ich hier immer noch ziemlich neu bin und nicht viele Menschen kenne, wer sonst noch anwesend sein wird?«

»Hiesige. Jeder, der an dem Abend im Fox ist und sich dafür interessiert. Ich hätte den Pfarrer eingeladen, aber der ist tot. Ich meine den alten Pfarrer, der meinen Vater noch gekannt hat. Der jetzige ist anders. Er trägt den schwarzen Rock, aber nicht den Geist in seiner Seele.«

Edward runzelte leicht die Stirn. Gillian trank ihren Tee.

»Ich hab meinen neuen Verleger eingeladen, aber man kann wohl kaum erwarten, daß er mitten im Winter den ganzen Weg von London auf sich nimmt.«

»Das könnte er aber tun. Genau das sollte er eigentlich tun.«

»Wir werden sehen. Außerdem habe ich eine neue Bekannte eingeladen, eine Frau namens Nesta Frank. Sie arbeitet in einer Schule auf der anderen Seite des Tals, bei Minchen Crib. Ich weiß nicht, ob Sie ihr schon einmal begegnet sind.«

Er schüttelte den Kopf.

»Ihr habe ich jedenfalls eine Karte geschickt. Sie ist eine intelligente Person mit sympathischen Eigenschaften.« Gillian unterbrach sich. »Ich bin an den Umgang mit Menschen nicht gewöhnt.« Noch eine Pause. »Die Schule, in der sie arbeitet, Cadair Hall, war einmal ein wichtiger Ort für mich ...«

»Weil?«

»Es früher einmal ein Kloster war.«

Edward wartete. »Vielleicht erzählen Sie mir bei anderer Gelegenheit mehr davon.«

»Vielleicht werde ich das. So.« Sie trank ihren Tee aus und stellte ihre Tasse ab. »Keine große Versammlung. Wenn es jemanden gibt, den Sie gern mitbringen würden ...«

»Ja. Ich hab mich schon gefragt, ob das ... ich komme vielleicht mit einem Freund. Mit dem ich das Haus hier teile.«

Gillians Gesicht verdüsterte sich. »Ich hatte nicht gewußt ...«

»Er ist nicht immer hier, sondern die meiste Zeit in London. Ich bin nicht einmal sicher, ob er überhaupt kommen kann ...« Edward schob seinen Stuhl zurück, stand auf und sah auf einen Kalender, der beim Telefon an einem Nagel hing. Der fürs nächste Jahr hing schon dahinter und war, wie Gillian sah, auch schon mit Terminen vollgeschrieben. Edward nahm ihn vom Haken. »Vierter Januar – das, das müßte gehen. Gut. Hätten Sie nichts dagegen?«

»Natürlich nicht. Ist er – interessiert er sich für Gedichte?«

»Er interessiert sich für viele Dinge, aber eigentlich ist er Sänger. Rowland King.« Edward wartete auf ein Zeichen, daß der Name ihr etwas sagte. »Beim London Consort. Manchmal sind sie im Fernsehen; ich weiß nicht, ob Sie ...«

Gillians Gesichtsausdruck blieb ungerührt. »Wir haben keinen Fernsehapparat. Meine Mutter hört ziemlich viel Radio, schon möglich, daß sie ...«

»Spielt ja auch keine Rolle. Sie werden ihn sicher bald kennenlernen.« Er hängte den Kalender wieder auf. »Möchten Sie noch Tee?«

»Nein, vielen Dank.« Auf der Weide draußen zupften die Schafe an der Heuraufe herum: schlammverkrustete Winterwolle, schwere, volle Leiber. »Wollen Sie Lämmer züchten?«

»Ja. Deshalb war ich oben auf dem Dach: Ich muß es flicken, bevor die Schafe reinkommen.«

»Das ist viel Arbeit. Lassen Sie sich durch mich nicht länger aufhalten ...« Sie stand auf.

»Sie dürfen noch nicht gehen. Ich möchte mich mit Ihnen über Ihren Vater, über Ihre Familie unterhalten ... würden Sie mitkommen und sich meine Bibliothek ansehen? Oder was man so nennen kann. Ich baue gerade eine Sammlung hiesiger Autoren auf – wenn ich mein Hirn eingeschaltet hätte, dann hätte ich Ihren Vater schon lange mit Penglydr in Beziehung gesetzt. Bitte.«

Er machte eine Geste.

Sie folgte ihm aus dem Zimmer.

Der schmale Bauernhausgang war jetzt dunkler, weil die Haustür geschlossen war, aber einzelne Sonnenstrahlen trafen vom oberen Stockwerk her und aus der Bibliothek auf die abgewetzten Teppiche mit den blassen Gobelinfarben in Beige, Blau und Orange.

Recht hübsch, sagte Phoebe.

Geh weg, sagte Gillian. Du hast hier nichts verloren.

Edward, der immer noch vorausging, hatte die Tür weit aufgeschoben: Sie blieb stehen, um sich einen Kunstdruck anzusehen, eine düstere walisische Landschaft, wie die Engländer sie gern kauften. Als sie hineinging, stand er schon vor den Regalen; Morgensonne erfüllte den Raum. Sie sah sich um, betrachtete den Tisch, die glänzenden Fenster. Draußen auf dem Hof hob sich in einer plötzlichen Bö flatternd die Plastikplane, aber hier drinnen herrschten Stille, Ordnung und Frieden.

Er zog einen verschossenen grünen Leinenband heraus,

den sie seit Kindertagen kannte. Mit einem Lächeln sah er ihr entgegen.

»So, Gillian. Hier.«

Er sagte ihren Namen, er legte ihr die Hand auf die Schulter, er zog sie in die Sonne.

Nebeneinander saßen sie an dem glänzenden Tisch, vor sich die Bücher. Edward nahm den grünen Leinenband in die Hand.

»The Eye of Understanding. Das ist Ihr Vater.«

»Ja.«

Sein Arbeitszimmer roch nach Staub und Feuchtigkeit; im Kamin brannte ein Feuer und verzehrte verschmähte Zeilen. Er ging vor den Regalen auf und ab, sog den Geruch der Seiten ein, strich Textpassagen an; er saß rauchend an seinem Schreibtisch und sah aus dem Fenster. Lämmer blökten, Weidenkätzchen schwankten …

Edward schlug das Buch auf und blätterte um. »Er hat den Titel aus … hier ist es:

»Der Ausblick auf die Felder oder stillen Himmelssphären … Das Firmament geschmückt mit Sternen, und die Äcker bedeckt mit Korn und Herden von Schafen und Vieh …«

»Wenn das Auge Deines Verstehens auf sie herniederscheint, sind sie Dein in Ihm und all Deinen Freuden«, fuhr Gillian fort.

Er sah sie an.

»Sie können es auswendig.«

»Natürlich.«

»Es ist sehr schön.« Er wandte sich wieder der Seite zu. »Centuries of meditations. Thomas Traherne, 1637–74. Und da ist er.« Er nahm ein anderes Buch vom Tisch. Der Umschlag war blau, alt, eingerissen und mit inzwischen vergilbtem Klebestreifen repariert worden. Papierstreifen lagen als Einmerker zwischen den Seiten. Vorn im Buch ein mit feiner schwarzer Schrift bedecktes Blatt. »Ich hab mir neulich abends ein paar Notizen gemacht. Erinnerungen auffrischen. Nach unserer Begegnung in der Kirche.«

Gillian sah Namen und Daten. Ihren Namen.

»Thomas Traherne: Sohn eines Schuhmachers aus Hereford«, las Edward. »Früh verwaist, schreibt er doch von glücklichen Kindertagen. Studium in Oxford ab 1653, Priesterweihe 1660. Pfarrer von Credenhill bei Hereford bis 1669. Metaphysische Gedichte, visionäre Betrachtungen: ›The Centuries‹: Östlicher und unsterblicher Weizen, der nie zum Schnitt bestimmt noch je gesäet ward. Ich dacht', er hätt' gestanden von Ewigkeit zu Ewigkeit.« Er wandte sich ihr zu. »Sind das die Zeilen, für die er bekannt ist?«

»Ja. Aber eigentlich ist er vergessen.«

Edward rückte seine Brille zurecht und wandte sich wieder seinen Notizen zu. »Von 1669 bis 74 Kaplan bei Sir Orlando Bridgeman, dem Lordsiegelbewahrer. Lebte in Teddington, starb dort im Alter von 37 Jahren.«

»An den Pocken«, sagte Gillian.

Ein Morgen Ende September. Herbstsonne vor Bleiglasfenstern, der Gärtner kehrt Blätter zusammen. Ein Haus am Fluß. Ein Feuer im Kamin, ein Glas auf dem Tisch, schlierig von halb aufgelösten Pulvern. Ein magerer Kranker im leinenen Nachtgewand lehnt in den Kissen. Der ehrenwerte John Berdo sitzt am Bett und verfaßt die Niederschrift des letzten Willens: »›Ich vermache Mylady Bridgeman und ihrer Tochter, Lady Charlott, jeweils einen Ring … Mary, der Wäscherin, fünf Schilling und allen anderen Dienern eine halbe Krone pro Kopf …‹«

»Ich wußte nicht, daß es Pocken waren«, sagte Edward.

»Über Traherne gibt es vieles, was nicht allgemein bekannt ist. Sein Geburtsdatum ist ungewiß. Genauso wie seine Abstammung. Der Schuhmacher war möglicherweise sein Halbbruder John, der ihn nach dem Tod des Vaters gemeinsam mit dem jüngeren Bruder Philipp aufzog.«

Siehst du? sagte Phoebe. Wenn du wolltest, konntest du schon immer etwas behalten.

»Philipp.« Edward wandte sich wieder dem Buch zu. »Der Bruder, dem Thomas all seine Bücher hinterlassen hat. Sein Testament gefällt mir.«

Andere sind im Krankenzimmer anwesend, Diener des Hauses, die Zeugen sein werden. Ein einzelner Sonnenstrahl berührt das Medizinglas, Röcke rascheln …

»Meinen besten Hut gebe ich meinem Bruder Philipp, und Schwester (er spricht mit der anwesenden Mrs. Susan Traherne, der Frau seines Bruders Philipp); ich wünsche, daß du ihn für ihn aufbewahrst. Und alle übrigen Kleider, die Eurer würdig scheinen, gebe ich Euch … Alle meine Bücher gebe ich meinem Bruder Philipp …«

Edward fuhr mit dem Finger die Zeilen entlang. »Rührend, finden Sie nicht?«

»Ja«, sagte Gillian, »aber Philipp war kein würdiger Erbe. Bei den Gedichten ist er zu weit gegangen. Er hat daran herumgeschrieben und manches verfälscht.«

»Ja, das steht hier auch in der Einleitung.« Edward klopfte auf das Buch. »Er hat ja wohl ein hohes Alter erreicht. Er reiste herum, wurde Pfarrer von Wimborne Minster, hatte Familie – stammen Sie und Ihr Vater von ihm ab?«

»Ich vermute, ja. Thomas hat nie geheiratet. Mir wärs allerdings recht, wenn ich eine direktere poetische Linie für mich beanspruchen könnte.«

»Daß Philipp sich an dem Werk zu schaffen gemacht hat – Sie würden so etwas unverzeihlich finden.«

»Das würden andere wohl auch.« Gillian betrachtete den Band, den Edward in den Händen hielt. »Die ›Centuries‹ sind so besonders schön. Woher haben Sie das Exemplar?«

»Von einem Bücherstand beim Barbican, glaube ich. Kennen Sie die Gegend in London?«

»Ich kenne nichts von London. Ich bin nie dort gewesen.«

»Ist das Ihr Ernst?«

»Ja.«

Lächelnd schüttelte Edward den Kopf.

»Wie erfrischend. Ich konnte nicht früh genug von dort wegkommen, muß ich sagen. Aber Rowland hat seine Wohnung noch da. Manchmal fahre ich zum Wochenende runter, wenn er nicht hierherkommen kann.«

»Sie müssen sehr gute Freunde sein.«

Er sah sie an. »Ja.«

Wolken waren aufgezogen, die Sonne war jetzt launenhaft. Eine Fensterscheibe klapperte in einem plötzlichen Windstoß; draußen im Hof hob sich wieder flatternd die Plane. Edward blickte kurz hinaus.

»Ich halte Sie auf«, sagte Gillian.

»Sie sprechen so schön. Nein. Überhaupt nicht. Es macht mir Freude. Jedenfalls, solange es noch nicht regnet. Gut. Wo waren wir stehengeblieben?«

»Bei einem Bücherstand in London. Beim Wegzug aus der Stadt.«

»Ja. Und ich hab hier vor ein paar Tagen so eine schöne Textstelle gefunden.« Er blätterte Seiten um, sah auf seine Notizen, fand einen Papierstreifen. »Hier: Es hat mich unmittelbar angesprochen. Ich bin gespannt, ob es Ihnen gefällt – aber vielleicht kennen Sie es ohnehin schon:

Als ich ins freie Land kam, zwischen stillen Bäumen saß und all meine Zeit in meinen eignen Händen hatte, da entschloß ich mich, sie ganz, was auch immer es mich kosten mochte, der Suche nach der Glückseligkeit zu widmen und diesen brennenden Durst zu löschen, den Frau Natura mir seit Jugendtagen mitgegeben. Des war ich so gewiß, daß ich eher von zehn Pfund im Jahre lebte und in ledernem Wams ging und mich von Brot und Wasser nährte, so daß ich all meine Zeit klar für mich selbst hätte, als viele Tausend per Annum in einem Stande zu erhalten, wo Sorge und Mühsal meine Zeit verschlängen ...« Über den Rand seiner Brille hinweg sah er sie an: »Nicht etwa, daß es gänzlich der Sorge und Mühsal entbehrte, eine Farm zu betreiben, versteht sich.«

»Lesen Sie weiter.«

»Und es war Gott gefällig, diesem Wunsche zu entsprechen, daß ich von jener Zeit bis zum heutigen Tage alle Dinge in Fülle für mich bereit fand ... mit Seinem Segen lebe ich ein freies und königliches Leben, als wär die Welt wieder in ein Paradies oder noch viel mehr verwandelt ...«

Edward hatte eine schöne, gleichmäßige Stimme. Als er zu

lesen aufhörte, entstand ein Schweigen, das den Raum erfüllte.

»Na«, sagte er schließlich. »Gefällt es Ihnen?«

»Ja. Sehr.« Gillian griff nach dem Buch. »Darf ich?« Suchend blätterte sie in den Seiten. »Das hier mag ich auch. Es ist nicht unähnlich.«

»Lesen Sie es mir vor.«

Sie las es für ihn.

»Die Welt ist nicht dies kleine Haus aus Himmel und Erde. Wiewohl dies schön ist, ist die Gabe doch zu gering ... sie ist ein unendlich Feld aus Vielgestalt und Schönheit, wo du dich verlieren magst in der Vielzahl der Wunder und Wonnen ...«

»Ein unendlich Feld«, sagte Edward. Er machte eine Handbewegung: Ja, so ist es. Und dann schwang die Tür, die zugefallen war, ganz langsam auf, und Tarn kam herein. Ihre Krallen klickten auf dem Holzfußboden. Er streckte ihr die Hand entgegen. »Seit ich aufs Land gezogen bin, habe ich sogar einen Hund«, er lächelte. »Das Maß meines Glückes läuft über.« Er beugte sich hinunter und kraulte den schwarzweißen Kopf. »Gutes Mädchen, guter Hund.«

Gillian sah zu und beobachtete, welche Freude seine Liebkosungen hervorriefen. »Mein Vater ist ertrunken, als er versucht hat, einen Hund zu retten.«

Edward sah auf. »Tatsächlich?« Er hörte mit dem Streicheln auf, Tarn sank auf den Boden vor seinen Füßen. »Es tut mir leid ... ich habe nicht gewußt ... es muß schrecklich für Sie sein, wenn Sie ...«

Er machte eine Geste, als wollte er Tarn wieder aus dem Zimmer schicken, aber sie sagte: »Ist schon gut, ich wollte es Ihnen bloß erzählen. Ich bin an Hunde gewöhnt; jeder hat welche.«

»Sie aber nicht.«

»Nein. Wir haben die Tauben.« Mit einem Lächeln schlug sie den Traherne wieder auf: »Die Gabe des Heiligen Geistes, die herabfliegende Taube.« Und dann: »Geistige Dinge sind das Höchste, und die Stärke des Geistes ist das Edelste, Nützlichste und Ergötzlichste.«

Nachdenklich sah er sie an und nahm noch einmal »*The Eye of Understanding*« zur Hand, den verschossenen grünen Leinenband. »Zwischen Traherne und Ihrem Vater existiert wohl so eine Art Nabelschnur.«

»Ja«, sagte sie schlicht.

»Da gibt es diesen visionären Augenblick, diesen Mann, der von der Landschaft und dem Leben des Geistes durchdrungen war. Danach generationenlanges Schweigen, und dann kommt Ihr Vater. Ein exzellenter Dichter. Lyrisch, behutsam, erfüllt vom Geist ...«

»Und aus der Mode.«

Edward zog das Buch dicht vor sein Gesicht, wandte die stockfleckigen Seiten um und sog ihren Geruch ein.

»Mein Vater hat das immer gemacht«, sagte Gillian. »Ich weiß noch, wie er das tat. Ich mach es auch, aber ich habe noch nie gesehen, wie irgend jemand anderer ...«

Er lächelte, schnupperte noch einmal am Papier. »Der wahre Bibliophile.« Er ließ seine Finger am Inhaltsverzeichnis entlanggleiten. »Die Steine von Stiper ... Stoppelfelder abbrennen ... Auf dem Bryncarnedd ... Kanonische Stunden ... Für Gillian.«

Er hielt inne, suchte die entsprechende Seite. »Ich habe es neulich gelesen. Sie sind in einem Schneesturm zur Welt gekommen.«

»Stimmt. Mitten in der Zeit des Lammens. Ich bin in einem Schneesturm geboren, mein Vater ist bei einer Überschwemmung gestorben. Wer weiß, welches Schicksal meine Mutter mal ereilt?«

Gillian, sagte Phoebe.

Nur ein kleiner Scherz.

Edward fragte zögernd: »Entschuldigen Sie, wenn ich Sie ausfrage – Sie und ihre Mutter ...«

»Wir sind unzertrennlich.«

Er sah sie fragend an, wandte sich dann wieder der Seite zu. »Darf ich?«

»Bitte.«

»Für Gillian. Und für Phoebe.« Wieder las er laut vor: von

weiß angelaufenen Knöcheln und einem verdrehten Bettlaken, von Schaffell, Schnee und Sternen, von wirbelnden Flocken und einer flackernden Flamme, von einem geliebten Gesicht, das sich abwandte, und von einem glitschigen, weißbedeckten Geschöpf, das aus ihr gezogen wurde, Atem holte. Von einem neuen, geliebten Gesicht auf einem wachsweißen Kissen, von der überirdischen Farbe des Himmels und einem grenzenlosen Frieden, der sich von der Wiege bis zum stillen Feld dehnte, vom letzten Schnee, der fiel, und vom Versinken in tiefen Schlaf.

Es ist kalt, es ist kalt,
Halt uns, halt.

Gillian lauschte. Edward hörte auf zu lesen. Sie sahen einander an, die Stille des Hauses lag um sie.

»Also«, sagte er sanft. »Da war Thomas. Da war Edward. Und jetzt ist da Gillian.«

»Ja.«

»Und wo ist ihr Buch?«

»Tief drinnen.«

Er begleitete sie über den Hof, der Hund folgte ihnen mit der Nase auf dem Beton, der vom Frost Risse bekommen hatte, Rinnen, in denen das Wasser stand. Wolken türmten sich auf, die Luft war wieder kalt geworden, ein Wind erhob sich. Die Plane auf dem Dach klatschte heftiger hin und her; Gillian beobachtete ihren Freiheitskampf.

Sie kamen zum Tor.

»Sind Sie sicher, daß ich Sie nicht nach Hause fahren soll?«

»Ganz sicher.« Sie zog ihren Schal aus der Manteltasche und wickelte ihn um den Hals. »Ich bin ans Laufen gewöhnt, ich kann dabei sehr gut nachdenken.«

»Und worüber werden Sie nachdenken?« Ernst betrachtete er ein schmales, kaltes Gesicht. Rote Äderchen, grüngelbe Augen wie Steine unter Wasser, die feinen Kräuselwellen der Haare fest zusammengebunden.

»Über unsere Unterhaltung«, antwortete sie. »Über die Freude daran.«

Er lächelte. »Ich werde auch darüber nachdenken. Vielen Dank, daß Sie gekommen sind.« Seine Hand lag wieder auf ihrer Schulter; er beugte sich vor, um sie auf die Wange zu küssen, einmal, zweimal, wie man es in London machte. »Frohe Weihnachten. Ich freue mich schon auf die Lesung.«

Dann öffnete er das Gatter, ließ es weit aufschwingen, befahl dem Hund in barschem Ton, sich bei Fuß zu halten. In schwerem Tweedmantel und Gummistiefeln ging Gillian auf die Landstraße hinaus, auf der herabgefallene Ästchen verstreut lagen. Saatkrähen krächzten, das Gatter hinter ihr fiel scheppernd ins Schloß. Edward hob die Hand.

Sie ging geradeaus. Zweige knackten unter ihren Füßen, Glück und Freude stiegen in ihr auf und nahmen ihr den Atem. Sie lief schneller, fing an zu rennen, keuchte, ihr Haar löste sich aus dem Gummi und sprang drahtig und wild um ihren Kopf.

Sie erreichte die Kurve, ging langsamer, hielt an. Sie lauschte auf die Rufe der Schafe und Vögel auf den unendlichen Feldern ihrer Kindheit und auf ihren eigenen Atem, tief und heftig. Sie schob das Haar nach hinten, wandte sich um und ging langsam die ansteigende Kurve zur Farm zurück, leise, wie um ihn nicht zu stören. Verdeckt durch die Hecke blieb sie kurz vor dem Eisentor stehen und schaute.

Er war wieder auf dem Dach, die Leiter lehnte an der Hauswand unter ihm.

Gillian entsann sich wieder der Lektüre aus Kindertagen und dachte an Jakob, der mit dem Kopf auf einem Stein dalag und träumte …

Und ihm träumte; und siehe, eine Leiter stand auf der Erde, die rührte mit der Spitze an den Himmel, und siehe, die Engel Gottes stiegen daran auf und nieder …

Edward richtete sich auf und ging langsam über das Dach, von Balken zu Balken. Gillian, die ihn dabei sah, schaute die Engel, den stillen Himmel, das geschmückte Firmament.

9

Weihnachten stand vor der Tür. Die kurzen milden Tage waren gekommen und gegangen, der Wind hatte sich erhoben, und jetzt war der Himmel dick von drohendem Schnee, die Luft wieder frostig. Alles atmete Schnee; auf den höheren Hängen zeigte er sich in Flecken unter einem zinnfarbigen Himmel; unten im Dorf sprach jeder davon; Lastwagen von der Kreisverwaltung, die in den engen Sträßchen die Hecken streiften, hielten an Kreuzungen und auf befestigten Seitenstreifen, um die behördlich aufgestellten Behälter mit Streusand und Salz zu füllen.

Hinter den Melkständen rutschten die Kühe auf eisigem Matsch aus, während sie darauf warteten, an die Maschine angeschlossen zu werden und das Geräusch von Nüssen zu hören, die rasselnd in Metallschüsseln fallen. Ochsen fraßen ihr Silagefutter in Ställen, von deren eisernen Dachträgern Eiszapfen hingen; sie bewegten sich auf feuchter Streu, wichen mit rollenden Augen in die hinteren Ecken zurück, wenn frische Strohballen aufgeschnitten und zu ihnen hineingegabelt wurden oder das Tor des Freßgitters schepperte. Enden von orangefarbener Ballenschnur lagen herum; Spatzen flogen in die Dunkelheit hinein und wieder heraus. Auf den Weiden nah an den Häusern drängten sich die Schafe, die schwer an ihren Lämmern trugen, an den Hecken zusammen, trotteten über das steife, kalte Gras zum Futterplatz mit dem täglich gelieferten Heu, das bald zertrampelt und verstreut dalag.

Unten im Dorf waren die Läden hell erleuchtet und geschmückt, im »Fox« herrschte ständig Hochbetrieb. Nach einem Dartturnier gab es wie schon im letzten Jahr, wo sie so etwas mit großem Erfolg zum erstenmal veranstaltet hatten, einen Quizabend, bei dem bestimmt auch diesmal wieder die Mannschaft von Phoebe siegen würde. An ihrem Tisch hatte sie Bron Morgan, die auch viel las, Gareth aus der Autowerkstatt, der den Sport machte, und Huw Williams, weil den ja auch irgend jemand nehmen mußte.

»So, da bist du ja, Huw«, sagte Phoebe forsch, als er seinen gewaltigen Körper auf die Sitzfläche verfrachtete. »Hast du dein Bier? Na, dann los.«

»Bin mir ja nicht so sicher, ob ich dir viel nützen kann.« Er schwitzte jetzt schon und lockerte seinen Kragen. »Ich probiers trotzdem einfach.«

»Das nenn ich Sportsgeist.«

Auf der anderen Seite der Gaststube saß Gillian im Team mit Gwen, die ihr Strickzeug mitgebracht hatte, und mit Gwens Ehemann, der Fragen aus fünfzig Jahren Rugbyspiel beantworten konnte.

»Auf Ted müssen wir aufpassen«, sagte Gareth. »Ein schlauer Kopf.«

»Unsinn«, sagte Phoebe. »Der kann dir nicht das Wasser reichen, Gareth.«

»Mir leider schon ein bißchen«, sagte Huw und leerte sein Glas.

»Was, schon ausgetrunken?« Gareth staunte ernsthaft.

Die Gaststube war gut besucht und hell erleuchtet, die Stimmung fröhlich.

»Tut ihm gut.« Bron Morgan, sie war dünn wie eine Bohnenstange und trug eine Brille mit Horngestell, bereitete Papier und Bleistift für ihre eigenen Punkte vor.

»Wir freuen uns schon auf deine Lesung«, sagte Gwen zu Gillian. »Wir haben die Einladung gesehen, nicht, Ted? Hing im Laden. Sehr schön.«

»Danke.«

Ted sog an seiner Pfeife. »Wir kommen bestimmt.« Er sah auf die Wanduhr über der Bar. »Zeit, daß wir anfangen. Jetzt warten wir bloß noch auf Evan.«

Gläser und Spiegel warfen blitzende Spiegelbilder der Weihnachtsbeleuchtung auf die Theke. Die Spenden für die Multiple-Sklerose-Gesellschaft häuften sich schon ordentlich in einem riesigen Einmachglas; in vierzehn Tagen sollten die

Lose gezogen werden, Hauptgewinn eine Puppe im pinkfarbenen Nylonkleid mit glänzendbraunem Haar und weißen Schuhen und Socken. »Unsere Sally würd alles drum geben«, sagte Gwen. »Sie hat dutzendweise Lose gekauft.«

»Da kommt Evan«, sagte Gillian, als die Tür aufging.

»Tut mir leid, daß ich so spät komm.« Er nahm seine Mütze ab. »Um fünf ist ein Kalb gekommen, war 'n bißchen überraschend.« Er blies sich in die Hände. »Kalt wie schon lange nicht mehr, bald ham wir Schnee, das steht fest.«

»Gerade recht zu Weihnachten«, sagte Gwen. »Ich meine dein Kalb. Ist doch schön.«

»Hol dir schnell was zu trinken.« Ted stopfte seinen Tabak fest. »Wir wollten jetzt dann loslegen.«

»Wird gemacht.« Evan zog seinen Schal vom Hals und nickte zu Gillian hinüber. »Alles klar?«

»Alles bestens, danke.« Sie betrachtete Evans Hund, der hinter ihm durch die Tür gekommen war. Ein großer Hund, viel schwerer und älter als der von Edward.

»Hast auch schon bessere Tage gesehen, was, Flash?« Ted kraulte den Kopf des Hundes. Flash ließ sich steif auf den Boden sinken.

»Laß mal gut sein«, sagte Evan, der gerade zur Bar ging. »Der machts noch'n Weilchen.«

Eine laute Glocke ertönte, als er dort ankam.

»Sind wir alle fertig?« Pat stand hinter dem Tresen, vor sich die Schachtel mit den Karten. »Jenny schreibt die Punkte auf – alles klar, Schatz?«

Jenny winkte munter von ihrem Posten an der Tafel neben der Dartscheibe. »Alles bestens.«

»Gehen alle Glocken? Probier sie mal aus. Prima, sehr gut. Also dann.«

Und los ging es.

Was ist die Hauptstadt von – welches Meer liegt zwischen – welcher Fluß fließt durch – welche Meerenge trennt – was ist der höchste, der kleinste, der älteste und seltenste, der tiefste, und wer hat den Pokal gewonnen?

Wofür stehen diese Initialen – wer war der Kapitän der

englischen Mannschaft – welches Pferd gewann den – wie heißt der Präsident von – wer schrieb, wer erfand, wer malte, wer sagte – und was ist ein, wo ist ein, warum ist ein …

Ping. Ping. Ping. Hier drüben, da drüben. Macht zehn Punkte für Tisch eins, dreizehn für Tisch drei, und da ist unser Außenseiter, Tisch fünf, er holt schnell auf, und es wird eng, Kopf an Kopf, und wer spielte, und wann war, und warum tat, und wer war der Außenseiter …

Woher wußten die Leute das alles?

Gillian, sie war vor Anstrengung ganz rot im Gesicht, sah zu Phoebe hinüber, die erhitzt und siegesfroh dasaß. Phoebe wußte alles, ping, ping, ping.

»Deine Mutter hat sich aber toll geschlagen, was?« fragte Gwen, als sie alle in die Nacht hinaustraten. Sie rief nach Phoebe, die mit raschen Schritten vor ihnen herging: »Ich sags gerade zu Gillian, Phoebe, wie gut du warst! Du solltest bei ›Mastermind‹ auftreten, das hab ich letztes Jahr auch schon gedacht.«

Phoebe antwortete mit einem kleinen Lachen. »Oh, das weiß ich aber nicht. Wir haben alle unser Scherflein beigetragen. Also, Huw, wie kommst du jetzt nach Hause? Doch wohl nicht auf dem Fahrrad da, hoffe ich.«

»Tja, ich …«

»Unsinn. Wir packen es hinten in den Bus, und Gillian kann … Gillian?«

»Was?«

»Du kannst dich doch hinten zu Huws Fahrrad reinquetschen?«

»Nicht nötig«, sagte Ted. »Sie kann mit uns fahren.«

»Nein, nein, ist schon gut, ich kann …«

»Ist überhaupt kein Problem.« Gwen zog sich die Handschuhe an.

»Nein, wirklich, ich …«

»Oder du fährst mit mir und Flash in meinem Bus«, sagte Evan. »Liegt für mich am Weg.«

Sie waren alle draußen auf der Straße, ihr Atem bildete

kalte Wölkchen unter der Lampe, Füße stampften, Autotüren schlugen zu, Schritte ertönten auf dem Pflaster, man rief gute Nacht, gute Nacht.

»Wenn ihr nichts dagegen habt«, sagte Gillian fest, »würde ich am liebsten laufen.«

»Es ist *eisig* ...«

»Du warst doch gerade erst krank ...«

»Aber jetzt geht es mir besser.«

»Ach, in Gottes Namen.«

Dann wollen wir mal, alles Gute, gute Nacht, gute Nacht, noch einen schönen Abend und frohe Weihnachten.

Gillian entfernte sich von ihnen allen, langsam, bis das letzte Auto vom Parkplatz gefahren und Phoebe mit Huw an ihr vorbeigerattert war, das Rad hinten, er vorne, groß und breit. Sie ging die Straße entlang, die zur Kirche und dann bergauf zu ihrem Haus führte, aber an der Ecke hielt sie an, wandte sich nach einem kurzen Augenblick wieder um und ging, gegen die Kälte bis übers Kinn in den Schal gewickelt, durchs Dorf zurück.

Hinter zugezogenen Vorhängen glommen Lampen, sie konnte Stimmen hören, Fernsehapparate. Unterwegs war jetzt niemand, nur ein paar Leute saßen noch bei einer allerletzten Runde im »Fox«. Sie wanderte durch die lampenerhellte Stille unter nächtlicher Schwärze und sternenbeglänzten Hügeln hinaus aus dem Dorf, dahin, wo der Fluß strömte. Der Fluß floß kalt und schnell und tief: unter der Steinbrücke, wo die Kinder im Sommer spielten, und weiter zwischen flachen Ufern, wo das Schilf stand, still und glitzernd. Tintige Wolken zogen über den Mond und nahmen ihm sein Gesicht. Himmel und Fluß rasten dahin, aber die Luft war still wie Eis, wartete, wartete ...

»Im öden Mittwinter/
Der frostige Wind den Jammer bringt ...«

Heiligabend. Rowland war gerade angekommen, fuhr im Hof vor, stieg singend aus und streckte Edward, der ihm mit dem Hund entgegenkam, die Arme entgegen. Die beiden Männer umarmten sich. Drei Uhr nachmittags, dicke Wolken, die ersten feinen, frostigen Flocken stachen ihnen in die Gesichter.

»Du hast es geschafft, gut gemacht. Laß dir helfen.«

Rowland öffnete den Kofferraum des Peugeot, reichte Koffer und Taschen heraus.

»Was hast du denn da drin? Ziegelsteine?«

»Flaschen. Geschenke. Hundekuchen. Hallo, Hund.«

»Sag bloß nicht, daß sie dir gefehlt hat.«

»Mir hat überhaupt niemand gefehlt, und du am allerwenigsten.«

»Danke. Guck mal, da ist sie schon.«

Tarn wurde begrüßt und gestreichelt, die Koffer wurden ins Haus getragen.

»Jesus Maria, ist das kalt.«

»Ich hab Feuer gemacht.«

»Wo?«

»Was denkst du denn, wo?« Edward schob die Haustür mit dem Fuß auf. Licht und Wärme begrüßten sie; das Haus roch nach Möbelpolitur, Holz und Bratenduft. Sie ließen die Koffer fallen und umarmten einander.

»Laß uns mal die Verschönerung des Heims ansehen.« Rowland inspizierte jedes untere Zimmer, stieg die Treppe zum ersten Stock hinauf. Mehr Teppiche. Bücher auf dem Sims beim Fenstersitz, Kaminfeuer im Schlafzimmer, alles blitzblank und einladend. »Du warst fleißig. Sehr brav.«

»Draußen auch«, sagte Edward. »Das Dach ist jetzt viel besser – die Lämmer müßten da drin ganz gut aufgehoben sein. Möchtest du einen Blick drauf werfen, bevor es dunkel wird?«

»Morgen. Zu kalt. Laß uns was trinken.«

Sie gingen wieder hinunter in die Küche.

»Ein Bier? Heute abend könnten wir Glühwein machen.«

»Eigentlich müßten wir Gäste haben. In der Gemeinde Fuß fassen. Meinst du nicht? Oder Leute aus London einladen – Adam und Damian. Armer alter Gerry.«

»Dafür haben wir noch viel Zeit.« Edward nahm Dosen aus dem Kühlschrank.

»Meinst du wirklich, daß wir beide hier draußen in trauter Zweisamkeit ein ganzes Weihnachten durchstehen?«

»Es ist doch unser erstes.« Edward schloß die Kühlschranktür. »Letztes Jahr waren wir noch in London, weil hier nichts fertig war. Aber jetzt ist es ein Zuhause geworden. Bitte jag mir keine Schuldgefühle ein. Wir brauchen niemand anderen. Dieses Jahr nicht. Hier ...« Er reichte ihm eine Dose und ein Glas. »Willkommen zurück.«

»Schön, wieder hierzusein. Auf dein Wohl.« Rowland hatte seinen schweren Wintermantel noch nicht abgelegt; es war ein Londoner Mantel, gefüttert, teuer und deplaziert. »Ich bin sicher, daß du recht hast.« Er trank und sah aus dem Fenster, betrachtete die Schafe, den sinkenden Himmel. »Du hast alles sehr gut gemacht«, sagte er wieder. »Und du hattest recht – du kommst hier wirklich allein klar.«

»Solange ich weiß, daß du kommst.« Edward stellte sich hinter ihn und lehnte sich an die teuren Schultern. »Und übrigens ...« Er küßte Rowland auf den Nacken, »bekomme ich ein bißchen Kontakt zur Gemeinde. Wir haben sogar eine Einladung. Hier.« Er löste sich von ihm und nahm die rechteckige weiße Karte vom Bord über dem Rayburn. »Könnte dir das Spaß machen?«

Rowlands Brille war noch im Koffer. Er hielt sich die Karte weit von den Augen weg. »Neuere Gedichte. Bedaure, keine Erfrischungen.« Er zog eine Augenbraue hoch. »Erzähl.«

»Sie ist ...« fing Edward an, unterbrach sich dann aber, weil ihm klar wurde, daß er nicht wußte, womit er beginnen sollte, diese Frau zu schildern: Gillians Vorgeschichte, ihr merkwürdig hausbackenes Aussehen, ihre Intensität und Exzentrizität. »Sie ist außerordentlich«, sagte er schließlich.

Heiligabend. Phoebe fühlte sich unerklärlicherweise nicht wohl. Zittrig. Schmerzen in der Brust. Vielleicht hatte sie es sich von Gillian geholt.

»Du hast aber gesagt, daß es eine Verkühlung war.«

»Vielleicht war es ein Virus.«

»Kann ich dir irgend etwas holen?«

»Gegen eine Viruserkrankung ist kein Kraut gewachsen. Sie muß einfach ihren Lauf nehmen.« Sie saß im plüschbezogenen Lehnstuhl am Küchenherd. »Ich werde die Mitternachtsmesse auslassen müssen. Wie ärgerlich.«

»Hast du etwas dagegen, wenn ich allein hingehe?«

»Natürlich nicht.«

Gillian ging früh aus dem Haus, schon um zwanzig nach zehn. Sie ging bergab zur Kirche, wo hinter den Bleiglasfenstern Lichter brannten; Matthäus, Markus, Lukas und der heilige Johannes leuchteten im Dunkel. Sie ging den Weg hinauf auf sie zu.

Die Kirche war nicht verschlossen, ihre Schritte hallten auf dem Steinfußboden des Vorraums, sie schob die Tür zum Innenraum auf. Kerzenflammen bewegten sich im Zug, blieben dann wieder still.

Sie war der einzige Mensch hier.

Die Kirche roch nach Tannenzweigen und winterlichem Grün, nach Phoebes Stechpalmen, ihrem Winterjasmin und den Lampionblumen, üppig gebündelt, lang herabhängend, schön. Die hohen, alabasterweißen Kerzen waren überall aufgestellt worden: in Nischen, auf Mauervorsprüngen, hoch oben auf dem Altar.

Die Stille war absolut und rein.

Gillian wanderte langsam herum, sah sich um, wie Edward es getan hatte. Sie kam zu der polierten Gedenktafel für ihren Vater und blieb davor stehen; sie wandte sich um, ging weiter und stand vor dem mit Schnee und Gold bedeckten Altar; sie kniete vor dem glänzenden Kreuz nieder.

In Ihm ist die Quelle, in Ihm ist das Ende, in Ihm das Licht, das Leben, der Weg.

Aus dem »Fifth Century«. Edward und ihr Vater hatten die Seite markiert.

Sie kniete nieder, beugte ihr Haupt und war vom Glanz ergriffen.

Der Weihnachtsmorgen. Nesta führte ihre Kinder zum Fenster und dann, gemeinsam mit einer ganzen Horde anderer, zur offenen Eingangstür, um das Wunder zu betrachten: die Grazie und Stille der Bäume, die langgestrecken Rasenflächen, den gedämpften Umriß des Kapellendachs – weiß, dick und weich und still, es bedeckte den Park, die Landstraße hinter dem Tor, die fernen Berge.

Kreischen, stolpernde Schritte.

»Psst. Hört mal. Psst. Was hört ihr?«

Sie hingen aneinander.

Psst.

Kein einziger Ton.

Der Himmel war schwer und voll und versprach mehr. Dann flog eine einzelne Taube, grau vor grau, in die Stille hinein und auf die Kapelle zu. Ein Atemzug, ein Augenblick, Gesichter, dem Flügelschlag zugewandt, die Stille gebrochen. Dann war sie fort.

Nesta hatte kein Gespür für die Rituale der Religion, sie hatte keinen Glauben. Und dennoch, als sie am Heiligen Abend mit den anderen zusammen noch lange am Kamin gesessen hatte, ertappte sie sich dabei, daß sie in diesem Moment am göttlichen Segen teilzuhaben glaubte.

Edward und Rowland lagen einander in den Armen und sahen durchs Fenster unter den Schlafzimmerdeckenbalken auf den neuen frischen Schnee: Zuerst fiel er zögernd, dann dicker. Das Zimmer, das sich mit reflektiertem Licht gefüllt hatte, als sie die Vorhänge aufzogen – und bei Tagesanbruch die tiefe Stille spürten und die Veränderung in der Luft, die nur der Schnee mit sich bringt –, verdunkelte sich jetzt wieder, der Himmel war ausgelöscht, die Flocken fielen in hypnotisierender Endlosigkeit.

»Weiße Weihnachten«, sagte Rowland. »Sogar das hast du hingekriegt.«

»Natürlich. Als nächstes kommt die Schleiereule.«

»Welch tüchtiger Mann.« Rowland zog sich das Bettzeug höher um den Hals: eine Steppdecke, zwei Daunendecken, ein Wollplaid. Sie brauchten das alles.

»Stell dir vor, die Rohre platzen.«

»Das tun sie nicht. Ich hab sie isoliert.«

»Natürlich hast du das.«

Sie wandten sich wieder dem Fenster zu. Schnee, der an die Scheiben geweht war, bildete kleine, bogige Hügel in den Ecken des Fensterbretts.

»Wie kann etwas so Dramatisches so still sein?«

»Psst«, sagte Edward. »Sprich nicht mehr. Laß uns einfach nur sein.«

Sie rückten näher zusammen, Finger ineinander verschränkt, nackte Glieder lagen aneinander. Sie lagen ganz still.

Weniges von all dem, das in all der gemeinsamen Zeit zwischen ihnen gewesen war, konnte sich mit der Vertrautheit messen, die jetzt zwischen ihnen entstand: Sie war tief, erotisch, wortlos.

Die Schneeflocken fielen und fielen.

Sie wandten sich einander zu, sie nahmen einander in tiefem Schweigen.

Phoebe hatte es am Weihnachtsmorgen überstanden.

»Weiß auch nicht, was das war. Viel jedenfalls nicht.« Aus dem Küchenradio ertönten Weihnachtslieder, blendendes Weiß lag hinter dem Fenster. »Frohe Weihnachten.«

»Frohe Weihnachten«, sagte Gillian, leuchtend vor Freude.

Sie tauschten flüchtige Küsse, schenkten sich Tee ein.

Der Schnee setzte sich und blieb tagelang dick liegen. Am späten Nachmittag des siebenundzwanzigsten Dezember kam ein Schneepflug, räumte eine einzige Straße zwischen dem Dorf und dem Marktstädtchen und schob dicke Schneehaufen an den Hecken entlang zusammen. Die meisten Landstraßen blieben unpassierbar, und über Meilen wurde das

Weiß nur von den Linien einer Hecke, einer Mauer oder eines schneegeschmückten Gatters unterbrochen. Hie und da ging ein Bauer darüber, um seinen Mutterschafen Heu vorzulegen, und hinterließ eine Reihe von Fußabdrücken; hie und da flatterten frierende Saatkrähen in tiefem Flug über die Felder und riefen sich etwas zu; über Stunden versank die Landschaft in Schweigen.

Edward und Rowland oben in Tremynydd liebten sich, lasen und hörten Musik. Rowland übte. Er ging im oberen Flur auf und ab, ging Tonleitern, Lieder und Tenorarien durch. Ostern würde das London Consort mit der »Johannespassion« auf landesweite Tournee gehen und zum Schluß in London auftreten, in St. Bartolomew the Great. Edward würde zu dieser Aufführung in die Stadt fahren. Sie würden nach Hereford raufkommen und dann weiter in Cardiff und schließlich St. David's gastieren. Vieles, auf das man sich freuen konnte. Jetzt aber machte Edward jeden Morgen einen Kontrollgang zu den Schafen, kam stampfend wieder herein, schickte Tarn in ihren Korb, machte Kaffee, lauschte auf das Geräusch der knarrenden Bodendielen über seinem Kopf und der Stimme seines Geliebten – nicht in einer Kirche, nicht in einem Konzertsaal, nicht im Radio oder auf einer Platte, sondern hier, im Herzen des steinernen Hauses mitten im Schnee, mit brennenden Kaminfeuern und einer tiefen, ungestörten Zufriedenheit, die die Tage zusammenzog. Er war noch nie so glücklich gewesen.

»Und siehe da, der Vorhang im Tempel zerriß in zwei Stück von oben an bis unten aus ...«

Rowland hielt inne, legte ein Band ein und füllte das Haus mit Klang: Chor, Kammerorchester, das Solo – es war seine eigene Stimme, die stieg und stieg –, er sang dagegen, ein Doppelkonzert ...

Edward, der gerade mit Kaffee ins Arbeitszimmer wollte, spürte, wie seine Nackenhaare und die Haare auf seinen Armen sich prickelnd aufstellten. Er stellte den Becher ab, stand da und lauschte; und als Rowland das Band abstellte, wandte er sich den Bücherregalen zu. Er nahm noch einmal die beiden Trahernes, Thomas und Edward, zur Hand. Dazu auch George Herbert, der 1633 gestorben war. Hatte Traherne, der dreißig Jahre später in Oxford war, ihn gelesen und bewundert?

Die Tür wurde von einer Nase aufgeschoben. Sie ließ ihn nie lange allein.

»Na, dann komm und leg dich hin.«

Sie fand einen vom Schnee reflektierten Lichtfleck, auf dem sie sich niederließ, die Nase auf die langen, schwarzen Vorderpfoten gebettet, ein Ohr zur Musik hin aufgestellt.

»Schön? Dann hör dir das mal an.«

Er blätterte in Herbert's gesammelten Gedichten.

Und nun im Alter blüh ich wieder,
Nach so viel Toden leb ich und schreib;
Ich rieche wieder Tau und Regen,
Und schmiede gerne Verse ...

Er las die wunderbaren Zeilen laut vor; er dachte an Gillian, die gern Verse schmiedete, an den einzigen Menschen außer Rowland, dem er je laut vorgelesen hatte; er dachte an das verzückte, unscheinbare Gesicht und ihre Nervosität, die sich in Konzentration und Begeisterung verwandelte, während sie miteinander sprachen.

»Zerfließe, mein Herz, in Fluten der Zähren ...«

Das war der Sopran; Rowland hatte die CD wieder eingelegt, und der schier unerträglich reine Klang schickte, wie Rowlands Stimme es immer tat, ein Gefühl von Ehrfurcht und Entzücken bis in jede Haarwurzel auf Edwards Kopf.

Ob Gillian musikalisch war? Er lehnte sich in seinem Stuhl am Tisch zurück, die Bücher offen vor sich, schloß die Augen und ließ sich von der Stimme aus dem oberen Stockwerk in Besitz nehmen.

Ein paar Tage später hatten die Bäume vormittags zu tropfen und die oberste Schicht des Schnees einzusinken und sich in gläserne Kristalle zu verwandeln begonnen. Der Himmel, der seine Last verloren hatte, war wieder blaß und hoch, erleuchtet von einer kalten, fernen Sonne, die heute spürbar stärker war. Unten im Dorf hatte man die Bürgersteige geräumt; es wurde allmählich naß unter den Füßen, als die Schneeberge in den Rinnsteinen aufweichten. Und in den Geschäften, in denen es kaum noch Waren gab, stapften die Menschen über ausgelegte Pappkartons. Seit einer Woche war weder frisches Brot noch frische Milch geliefert worden. Phoebe machte einen Fischzug und kam mit H-Milch, abgepackten Weißbrotscheiben von Mother's Pride und Tomatensuppe in Dosen zurück.

Sie verbrachte lange Tage mit ihrem Gobelin, einem Altartuch für Ostern, es war gelb, weiß und blau; sie gab Gillian eine Kiste mit einem Durcheinander von Garnen, Woll- und Seidenfäden, die sie sortieren und sich so nützlich machen sollte.

Gillian saß am Küchentisch, wickelte auf, wickelte ab. Heilige Farben lagen vor ihr; sie zog sie durch die Finger wie einen Rosenkranz – das Blut Christi, die Oblate des Sakraments, das Blau und Gold des Himmels –, während das Radio von diesem und jenem redete und Phoebe ihren Kommentar dazu abgab. Das Haus selbst hätte, abgesehen von der Wärme in der Küche, nicht trister und unwirtlicher sein können. An mehreren Wänden waren feuchte Flecke aufgetaucht, im Badezimmer standen Schüsseln unter beunruhigenden Tropfstellen.

»Wir brauchen eine Generalrenovierung.« Phoebe kappte einen Faden.

Durch Tauwetter, Streusand, Salz und langsamen Verkehr in Richtung Kreisstadt waren auch die kleinen Landstraßen mehr oder minder passierbar geworden. Wenn Nesta über Weihnachten in ihrem Cottage geblieben wäre, wäre sie eingeschneit worden. So aber waren die Tage in Cadair warm und erfüllt gewesen; als sie nun zu Silvester nach Hause fuhr, tat sie es mit einem Gefühl der Zufriedenheit.

Um dich einzugraben, sagte Hal, während dicker Schneematsch an die Reifen spritzte. Du hast den richtigen Schritt getan.

Ich glaube schon, sagte Nesta und fuhr vorsichtig in die Kreuzung ein. Jedenfalls, solange die Rohre nicht geplatzt sind. Das wäre nicht so lustig.

Nein, aber damit würdest du fertig.

Danke, Hal.

Im Schneckentempo arbeitete sich sich über die Kreuzung, vorbei an der weißen Klöppelspitze der Hecken. Die Autofenster beschlugen, sie rieb daran herum und malte sich trotz Hals beruhigender Worte eine unerfreuliche Heimkehr zu patschnassen Teppichen und umfangreicheren Schäden aus. Wer würde ihr im Ernstfall eigentlich helfen?

Oben im Kloster ist keiner, der dir besonderen Eindruck macht, oder? Da gibt es keinen, nicht wahr? Kameraden, aber keine Seelenverwandten.

Er hatte recht, wie immer.

Mach dir nichts draus, sagte er sanft, wie er es zu den Kindern gesagt hatte, ganz gleich, was sie heruntergeworfen, kaputtgemacht oder zu tun vergessen hatten. Ist ja noch Zeit.

Sie erreichte ihr Dorf und hielt an, um einzukaufen. Wenn der Schnee endgültig weg wäre, würde sie in die Kreisstadt rüberfahren und sich im Supermarkt eindecken. Jetzt ging sie erst mal in den Dorfladen, der zugleich Poststelle war, putzte sich draußen die Füße ab und begrüßte den jungen Mann im Nylonkittel, der gerade die Regale belud. Radio One dudelte hinter der Theke; vor dem Postschalter stand man an, hustete, zückte Renten- und Sparbücher. Nesta, die mit ihrem Korb an den Regalen entlangging, nickte einigen zu, die sie vom Sehen kannte: junge Mütter mit Buggys, die ihr Kindergeld in Plastikportemonnaies verstauten, junge Männer, die Sozialhilfeausweise aus ihren Innentaschen nestelten.

Ländliche Armut. In London war die Armut vielerorts auf den Straßen offenkundig: die Bettler in den Hauseingängen, die heruntergekommenen Sozialwohnungsblocks, die Schulen aus den sechziger Jahren mit den fleckigen Betongebäuden und den schmuddeligen Schulhöfen. Weil einen die

Schönheit der Landschaft hier so gefangennahm, konnte man anfangs leicht vergessen oder gar nicht erst entdecken, daß viele Familien von der Hand in den Mund lebten, daß Jobs nur schwer zu finden waren und viele Bauern, durch Abgaben und Schulden geknechtet, nur auf Pump existierten. Während sie mit ihrem Korb zur Schlange an der Kasse hinüberging, um sich dort anzustellen, fiel ihr Gillian ein, an die sie seit Tagen nicht gedacht hatte, Gillian mit dem uralten Mantel, den Gummistiefeln und dem Flair von nicht vermittelbarer Arbeitslosigkeit. Morgen abend sollte die Lesung sein und ihr vielleicht eine neue Perspektive auf das Leben hier draußen bringen, auf ein Publikum, bestehend aus wer weiß wem.

Vielleicht ist ja eine verwandte Seele da, sagte Hal, als sie wieder draußen stand und den Kofferraum ihres Autos öffnete. Man weiß ja nie.

Du weißt doch wohl, sagte Nesta, die aus dem Dorf hinaus und auf das »Feathers« zufuhr, daß niemand dich je ersetzen kann. Sie legte eine Kassette von Elton John ein, den Hal so sehr gemocht hatte.

Wir haben darüber gesprochen, sagte Hal. Du sollst nicht ewig trauern, du weißt, daß ich das nicht möchte.

Ja. Aber damals hab ich nicht gewußt – nichts kann einen jemals darauf vorbereiten – mir gehts gut, jedenfalls meistens, nur ab und zu …

Sie fuhr an den zur Lunchzeit hellerleuchteten Pubfenstern des »Feathers« vorbei, kam zu ihrer Abzweigung und fuhr langsam den Weg entlang.

He, sagte Hal. Du weinst ja. Bitte weine nicht.

Ich wollte nicht – ich weiß auch nicht, warum ich gerade jetzt – aber du fehlst mir, du fehlst mir …

Sie parkte das Auto am Gatter zum Feld, mitten in »Your Song«, legte den Kopf aufs Lenkrad und weinte.

Es taute, dann fror es wieder.

Die Schichten von Kristallen auf dem pappigen Schnee wurden zu Eis, und sämtliche Wege, selbst ein Gartenpfad zur Haustür, konnten gefährlich sein. Nachts waren die Sterne wie Glas.

Blow, blow, thou bitter wind,
Freeze, freeze thou bitter sky ...

Rowland ging über den Hof zum Landrover und ließ seine Stimme durch die kalte Luft schallen. »Schau dir diese Sterne an.«

Though thou the waters warp.
Thy sting is not so sharp
As friend re-mem-ber'd not,
As friend re-mem-ber'd not ...

Die Fenster der Wirtschaftsgebäude waren schwarz, die Dächer und Planen weiß verhüllt. Hie und da, wo der Schnee geschmolzen war, leuchtete ein dunkler Schieferfleck hervor.

»Friendship is feigning, most loving mere folly ...«

»Hör auf.« Edward ließ Tarn auf die Ladefläche springen und warf die Heckklappe zu.

»Warum nicht? Ist doch ein schönes Lied, findest du nicht? Shakespeare.«

»Ich weiß ganz genau, was es ist. Fast unerträglich traurig. Kümmerst du dich ums Tor?«

»Okay.« Rowland ging mit knirschenden Schritten darauf zu, ließ es weit aufschwingen. Edward fuhr langsam hindurch, hinten tänzelte Tarn aufgeregt herum.

»Platz!« Rowland klappte das Gatter zu, kam um den Wagen herum und kletterte mit einiger Mühe auf den Beifahrersitz. »Ziemlich blöd, einen Schäferhund zu einer Dichterlesung mitzuschleppen!« Er zog sich den Gurt über den Bauch. »Überhaupt einen Hund mitzunehmen.«

Edward löste die Handbremse und ließ den Wagen langsam bergab rollen. »Hunde gehen hier draußen überall mit hin. Das weißt du doch. Außerdem hat sie eins mit uns gemein – sie muß ein bißchen raus.« Er sah in den Rückspiegel. »Ist schon gut, sie legt sich jetzt hin.«

Das Scheinwerferlicht strich über Schneewehen; vorsichtig nahm er die Kurve. Die Bäume waren bleich und geisterhaft, aber die Lichter der Bauernhöfe und Cottages beleuchteten das Tal, in das sie hineinfuhren.

»Und du meinst, daß sie was taugt?« Rowland sah aus dem Fenster.

»Wer, die Hündin oder die Dichterin?«

»Beide. Aber eigentlich meinte ich die Dichterin.«

»Das hoffe ich. Es würde mich wundern, wenn nicht.«

»Du wärst enttäuscht?«

Edward zögerte. »Ja.«

Sie erreichten ebeneres Gelände, bogen an der Abzweigung nach links ab und näherten sich schließlich Penglydr mit seinem verschneiten Friedhof weit oben auf dem Hügel.

»Und da liegt ihr Vater?« fragte Rowland.

»Ja. Wir hätten Weihnachten in die Kirche gehen sollen. Ich hätte dir zeigen können, wo. Und die Gedenktafel.«

»Hat ja keine Eile.«

»Ich dachte, du wolltest im Gemeindeleben Fuß fassen.«

»Will ich auch. Aber in die Kirche gehen …«

Sie hatten die Hauptstraße erreicht. Gefrorener Schnee in den Rinnsteinen; Lichtsplitter kamen zwischen zugezogenen Vorhängen hindurch. Keine Menschenseele war hier unterwegs. Vor ihnen die Lichter des »Fox«. Sie bogen in einen leeren Parkplatz ein.

»Oje.«

»Wir sind früh dran.« Edward stellte den Wagen ab.

»Glaubst du eigentlich ernsthaft, daß an einem Abend wie diesem …«

»Wer weiß. Eine Erfahrung ist es allemal.«

Gillian nahm ihren Stapel Verse auf, und ein Blatt fiel in Ungnade. Sie bückte sich, um es aufzuheben, und richtete sich dann, weiß wie Papier, vor ihrem Publikum auf.

Im Raum befanden sich vielleicht zwanzig Menschen, die

in Reihen auf hölzernen Stühlen saßen. Neben ihr eine Stehlampe mit einem altersschwachen Papierschirm; ein Tisch, eine Bibel, ein Glas Wasser. Vor ihr herrschte Halbdunkel: Stühlerücken, Gläser, die auf dem Boden abgestellt wurden, allgemeines Niederlassen. Gillian nippte an ihrem Wasser. Sie trug Nylonhosen, Schnürschuhe, einen langen, schwarzen Pulli und ein Baumwollhalstuch mit Paisleymuster.

Diese Aufmachung steht dir nicht, sagte Phoebe. Das habe ich dir schon einmal gesagt.

Das ist meine Lesung, sagte Gillian. Scher dich zum Teufel.

Ihr Haar war straff in der Mitte gescheitelt und fest zusammengeschnürt, in der Schläfengegend waren kleine, wilde, widerspenstige Strähnchen entkommen.

Sie räusperte sich. »Gut. Ich möchte anfangen.«

Ich möchte mich bei Ihnen allen bedanken, daß Sie gekommen sind, sagte Phoebe.

Gillian und ihre Papierbögen zitterten.

Sie sagte: »Ich werde mit einer kurzen Sequenz von Gedichten anfangen, die einen häuslichen Hintergrund haben.«

Diese Lesung brauchte Form und Gestalt; sie mußte sie vorsichtig führen, diese Zuhörer, so wie man Schafe über eine Landstraße geleitet – sicher zwischen hohen Hecken, auf vertrauten Pfaden erst zum Gatter, dann auf die windzerzauste Weide, den Himmel zu schauen.

So.

»Das erste heißt ›Milchmann und Konsorten‹ ...«

Sie spürte, wie jemand im Dunklen lächelte.

Und sie begann. Mit hoher, angespannter Stimme las sie vom Milchlaster, von Mäusefallen und schlechter Durchblutung. Sie las von den Vorahnungen von Gewalt, vom brüllenden Staubsauger und zitterndem Staub; sie ging über zu »Meine Mutter beim Nähen« – die gnadenlose Maschine, das entzweigerissene Linnen, die Spule mit dem Lebensfaden, der sich abwickelte, schneller und schneller ...

Sie las vom Gartenbesen, der Sünden aufkehrte, von einem Garten, der einen Altar und die langsam brennenden Feuer der Hölle enthielt, von den Unmengen von Grün, die man abgeschlagen hatte, um kalten Stein zu schmücken, all das wilde Leben war aus ihnen gewichen, sie hatten Durst, brauchten Wasser …

Sie hielt inne, trank aus ihrem Glas. Mit einer Stimme, die an Kraft gewonnen hatte, sagte sie: »Ich werde Ihnen jetzt ein paar Zeilen aus der Offenbarung des Johannes vorlesen.«

Im Dunkel kleine Wellen der Verwunderung.

Sie nahm die Bibel auf; ein weißer Streifen markierte die Seite.

So. Sie sollten es haben.

»Und danach sah ich vier Engel stehen auf den vier Ecken der Erde, die hielten die vier Winde der Erde.«

Sie las, sie brach ab, suchte im Dunkel einen Punkt, auf den sie den Blick heften konnte, und fand einen, direkt über der Tür. Diesem Punkt erläuterte sie, daß sie nichts von Erklärungen hielte, weil die Dichtung für sich selbst stehen müsse.

»Ich habe diese Zeilen aus der Offenbarung gelesen, um meine Arbeit in ihren geistigen Kontext zu stellen. Ich bin eine Dienerin Gottes. Das Schreiben ist mir unausweichlich bestimmt.« Sie hustete in die Stille. »Gut. Ich werde nun noch ein paar Gedichte vortragen. Das erste heißt: ›Friedhof von Penglydr‹.«

Frostharte Erde aufgetürmt an einem Grab, der Friedhof leer bis auf die Schritte der Toten. Die Eiben troffen, ein Faden wurde gekappt, eine Seele stieg hinab in die Dunkelheit …

Das Wasser unter der Welt schwoll an, es leckte an den Türschwellen, quoll durch die Ritzen, riß ein Kind mit sich …

Die Hügel und Felder wurden überschwemmt und geschluckt, es regnete und regnete, und als es aufhörte, lag die Erde flach und still und glänzend da, wartete auf ein Zeichen, auf die Taube, die herabflog.

Doch es kam ein Adler, mächtig, grausam und großartig …

Gillian hob kurz die Augen vom Blatt und sah, wie im Dunkel Blicke getauscht wurden, sah ein Nicken.

Sie beendete ihr Gedicht. Sie bebte. Sie sagte:

»Als ich jung war, litt ich. Die dunkle Nacht der Seele. Ich glaubte, daß ich in einem Orden Schutz suchen sollte, daß Ordnung und Gebet mich retten könnten. Eine Tages fuhr ich auf die andere Seite des Tals. Das Gedicht heißt: ›In Cadair Hall‹.«

Ein Sommernachmittag, die Lerche stieg auf, das heilige Blau des Himmels, unsterblicher Weizen ...

Ein Gitter in der Tür, eine Öffnung, ein Pfad hinauf zu Gott ... flüsterndes Weiß auf Kreuzgangfliesen, eine Zelle, ein Glockenton ...

Wenn ich hineinkomme, komm ich nie wieder heraus ...

Gillian hatte den Raum in Besitz genommen.

Sie las von Erlösung und Gnade und Gebet. Sie las vom Opfern der Gedichte oben in den Bergen, von Gängen über die winterlichen Landstraßen, vom Mähdrescher, der im Herbst die Felder abschälte, von den Rufen der Schafe und Krähen im Wind, vom unerbittlichen Auge des Bussards, der gefangen war zwischen Himmel und Erde. Sie las vom Sichtbaren und vom Unsichtbaren, wob ein Muster aus Zeilen aus den Psalmen, aus der Litanei und der Offenbarung in ihre Verse, mit einem Faden so fein wie ein seidenes Haar und so stark wie Stahl.

»Dieses Gedicht heißt ›Der bestimmte Psalm‹.«

»Dieses trägt den Titel ›Heilige Kommunion‹.«

Sie las von der Suche nach Erlösung; sie war in Trance: Sie las nicht mehr, sie deklamierte, der Stapel weißer Bögen wurde nicht mehr angesehen, sondern hoch getragen, während sie auf und ab schritt.

»›Ich schlafe, doch mein Herz wacht: Es ist die Stimme meines Geliebten, die anklopfet und sagt: Mache mir auf, meine Schwester, meine Liebe, meine Taube, meine unbefleckte ...‹«

Dann hielt sie inne, blickte auf, sah um sich und betrachtete die Gestalten in der Dunkelheit vor ihr, und die weißen Bögen des Papiers fielen vor ihren Füßen zu Boden wie Schnee, und sie sagte: »Ja. Ich glaube, ich bin jetzt fertig ...«

Der Raum war eine Kathedrale aus Stille geworden. Dann setzte der Applaus ein. Sie bückte sich, sammelte ihre Poesie ein, stand benommen und flammend vor ihren Zuhörern.

»Gillian.«

Der Raum leerte sich, aber er stand vor ihr, er sagte ihren Namen. Sie war wie durchbohrt von Gefühlen, hob ihr Gesicht dem seinen entgegen.

»Sie sind absolut wunderbar.« Seine Hand lag auf ihrer Schulter, er beugte sich herab, um sie zu küssen, einmal, zweimal auf die brennenden Wangen. »Ich wußte, daß Sie gut sein würden, aber das war ...«

Sie konnte nichts sagen.

»Darf ich Sie bekannt machen ...« Er wandte sich zu einem Mann an seiner Seite um, zu jemandem, den sie noch nie zuvor gesehen und bisher nicht wahrgenommen hatte. »Rowland King. Gillian Traherne.«

Der Mann streckte ihr die Hand hin; sie war fleischig und warm.

»Ich gratuliere. Das war sehr, sehr schön.«

»Danke, ich ...« Wie in einem Traum sah sie sich im Raum um. Ein, zwei Menschen warteten darauf, mit ihr sprechen zu können, die meisten gingen zur Bar hinunter.

»Dürfen wir Ihnen etwas zu trinken besorgen?« fragte Rowland.

»Ja. Danke, ich ...«

Jemand kam, leichtfüßig. Silberohrringe glitzerten und schaukelten, kurzgeschorenes Hennahaar leuchtete im Schein der Stehlampe.

»Nesta ...«

Nesta lächelte und küßte sie. Einmal, zweimal auf die Wange.

»Hallo, Gillian, ich bin so froh, daß Sie mich eingeladen haben.«

»Ja, ich ...« Sie wandte sich den beiden Männern zu: »Ich ...«

Stell sie vor, sagte Phoebe. Das wirst du doch wohl können.

Sie machte sie miteinander bekannt, blieb aber bei Rowlands Namen stecken.

»Tut mir leid, ich bin nicht sehr …«

»Ich bitte Sie, Sie müssen völlig erschöpft sein.«

Es gab Begrüßungen, interessiertes Lächeln zwischen Menschen, die wußten, wie man sich benahm.

»Ich brauche sicheres Geleit«, sagte sie und brach in tiefer Verwirrung ab.

»Natürlich brauchen Sie das. »Edward legte ihr den Arm um die Schultern. »Kommen Sie.«

Gemeinsam gingen sie aus dem Zimmer; ein junger Mann wartete an der Tür: Nicken, Blicke. Er hatte eine leichte, sanfte Stimme: »Das war toll. Hat mir sehr gefallen.« Er war groß, schlank und blaß; feines Haar von unbestimmter Farbe fiel ihm bis auf die Schultern.

»Danke.« Gillian sammelte sich. »Danke, daß Sie gekommen sind.«

»Ich hab Sie schon mal gehört. Im letzten Sommer. Ich find Dichterlesungen gut, geh oft zu welchen.«

»Ja, also …«

»Kommen Sie«, sagte Edward. »Laßt uns unten weiterplaudern.« Er sah den jungen Mann forschend an. »Kann ich Ihnen etwas zu trinken mitbringen?«

»Das wäre sehr nett von Ihnen.«

Sie stampften die enge Stiege hinunter. Gillian konnte kaum gehen. Die Bar war voll: Sie sah Gwen, Ted und Bron Morgan – alle waren da, und ein Haufen von Fremder dazu. Phoebe trank Cidre. Sie hob ihr Glas und kam herüber.

»Gut gemacht. Willst du was zu trinken?«

»Ich glaube, ich …« Sie sah zu Edward hinüber; er und Phoebe begrüßten einander herzlich. »Und darf ich Sie bekannt machen mit …«

Rowland King, und Nesta Frank, und Phoebe Traherne, und …

»Es tut mir furchtbar leid, aber ich weiß nicht, wie Sie …«

»Phil«, sagte der blasse junge Mann und strich sein Haar zurück. »Phil Dryhurst. Hi.«

»Sehr erfreut«, sagte Phoebe.

Sie saßen in einer Ecke zusammengedrängt auf verschlissenen, geflickten, mit Jagdszenen bedruckten Polsterbezügen. Es war, abgesehen von dem Abend mit dem Weihnachtsquiz und ihren Kirchenbesuchen, Monate her, daß Gillian unter so vielen Menschen gewesen war; und das waren Leute gewesen, die sie kannten und Zugeständnisse machten. Aber diese Gruppe, die wegen ihrer Dichtkunst zusammengekommen war und jetzt dasaß, trank und interessante Konversation machte, enthielt bedeutsame Fremde, mit denen sie sich beschäftigen und ihre Arbeit diskutieren, denen gegenüber sie einen intelligenten Eindruck machen mußte.

Es war eine Sache zu predigen, im Dunklen zu deklamieren, allein und ohne Unterbrechung.

Es war eine andere dazusitzen, sitzenzubleiben, zu antworten und Interesse zu erwidern.

Vielleicht mußte sie ja auch nichts von alledem tun.

»Sie hat ihren Teil getan.« Edward trat für sie ein. »Sie möchte jetzt keine Quizfragen dazu beantworten, nicht, Gillian?«

»Ja ...« Sie lehnte sich unbehaglich und erhitzt an die gepolsterte Lehne der Bank. »Ich bin einfach nicht sehr ... Ich bin nicht so daran gewöhnt ...«

»Aber Sie waren gut«, sagte Nesta, die sich am anderen Ende des Tisches eine Zigarette drehte. »Inspiriert. Echt verblüffend bei jemandem, der sonst so schüchtern ist.« Sie leckte an ihrem Zigarettenpapier und klaubte sich Tabakkrümel von den Lippen. »Entschuldigung, ich hätte fragen sollen – möchte noch jemand so?«

»Ich dachte, Sie würden fragen, ob es jemanden stört«, meinte Rowland nur halb scherzhaft. »Passivrauchen und so weiter.«

»Oh, Verzeihung.« Sie hielt inne und sah ihn an. »Stört es Sie wirklich?«

»Es ist bloß nicht so gut für die Stimme, das ist alles. Aber macht nichts, tun Sie, was Sie nicht lassen können, ich werde mich von Ihnen wegdrehen.«

»Ich nehm eine, wenn ich darf«, sagte Phil von der anderen Seite des Tisches her. »Ab und zu mag ich gern mal eine schöne Selbstgedrehte.«

Nesta lächelte – so ein süßes, sanftes Lächeln, dachte Edward, der sie beobachtete. »Hier.« Sie reichte die Zigarette hinüber. »Nehmen Sie die hier.« Sie wandte sich wieder an Rowland. »Warum müssen Sie sich wegen Ihrer Stimme Sorgen machen?«

Rowland sah Phil an. »Ich singe, weiter nichts«, sagte er, an beide gewandt.

»Beruflich?« Nesta leckte das nächste Zigarettenpapier an.

»Ja.«

»Bei wem?« erkundigte sich Phil.

»Bei etwas, das sich das London Consort nennt.«

»Ach, wirklich?« Phoebe lehnte sich über den Tisch. »Das finde ich aber sehr aufregend. Diesen Chor höre ich oft im Radio.«

Rowland nickte ihr lächelnd zu. »Ja, wir haben das Glück, das man uns hin und wieder ins Programm nimmt.«

»So bescheiden.« Edward trank sein Bier aus. Er blickte in die Tischrunde. »Sie sollten ihn mal hören.«

»Hab ich schon.« Phil zündete seine Zigarette an und erwiderte Rowlands Blick. »Ich wußte doch, daß ich Ihren Namen schon irgendwo gehört hatte. Sie sind Tenor, stimmts? Ich hab Sie auf CD.«

»Na, so was«, sagte Phoebe. »Ist das nicht aufregend?«

Rowland lächelte Phil an. »Ich bin entzückt, das zu hören. Und Sie? Sind Sie auch in der Musikwelt zu Hause?«

»Bin ich«, sagte Phil, »aber ist wohl nicht Ihre Richtung. Jedenfalls sicher nicht so ganz. Ich komponiere, aber mehr so New-Age-Nummern. Aber klassische Sachen arbeite ich ganz gern mit ein.« Er wandte sich an Gillian, die ihrerseits Edward ansah. »Das ist ja Ihr Ding, wenn Sie wissen, was ich mein. Alt und neu zusammen.« Er zog an der Selbstgedrehten, die Nesta ihm gegeben hatte. »Wie Sie die Bibel in Ihre eigenen Texte bringen – das ist sehr stark.«

Gillian sah etwas vage in seine Richtung. »Verzeihen Sie, haben Sie mit mir gesprochen?«

»Also um Himmels willen«, mahnte Phoebe, aber es wurde allgemein gelacht.

»Zeit für die nächste Runde«, sagte Edward.

»Ich wär eigentlich dran.« Gillian errötete wieder. »Entschuldigung, ich ...«

»Keineswegs.« Rowland griff in seine Tasche, zog seine Brieftasche heraus und gab sie Edward. »Ich bin dran, aber du sitzt am nächsten. Macht es dir was aus?«

»Natürlich nicht.« Er stand auf.

»Wo ist Tarn?« erkundigte sich Gillian.

»Wer?« fragte Phoebe.

»Meine Schäferhündin.« Edward sammelte Gläser ein. »Ich hab sie draußen im Landrover gelassen.«

»Bestimmt ist sie schon ganz durchgefroren«, sagte Gillian.

»Armes Ding.« Nesta zündete sich ihre Zigarette an.

»Ja, holen Sie sie doch«, sagte Phoebe.

»Sind Sie sicher?«

»Natürlich. Alle bringen ihre Hunde mit herein. Sie ist doch stubenrein?«

»Sie ist geradezu menschlich.«

Leises Gelächter, und alle amüsierten sich.

»Also gut.« Edward nahm Bestellungen entgegen. »Alle noch mal dasselbe? Können Sie mir mal das Tablett da geben, Nesta? Danke. Dann geh ich was holen.«

»Danke.« Rowland wandte sich wieder der Tischrunde zu.

Edward transportierte das Blechtablett mit den leeren Gläsern zur Bar und nickte einer Dame zu, die er vom Sehen kannte; es war Gwen, wie sich herausstellte. Sie unterhielten sich übers Wetter, die Lesung, den Hund, den er draußen gelassen hatte. Gwen stellte ihm ihren Mann vor und machte ihn mit ihrer alten Freundin Bron bekannt, die so ein heller

Kopf war. Edward bestellte die Getränke und fand Nesta neben sich, die ihm ihre Hilfe beim Tragen anbot.

»Danke.« Er lächelte zu ihr hinunter, nahm die Ohrringe und das schöne Gesicht in sich auf. »Und Sie?« fragte er. »Sind Sie auch in der Musikszene?«

»Überhaupt nicht. Ich bin Heilpädagogin. Lernschwächen, besondere Bedürfnisse.« Sie erzählte ihm kurz von ihrem Berufsleben, und er hörte ihr aufmerksam zu. »Ich versuche allerdings, mit den Kindern zu musizieren«, sagte sie. »Sie reagieren sehr gut darauf.«

Das Getränketablett war wieder gefüllt; Edward zückte Rowlands Brieftasche.

»Ich mach das schon«, bot sie an. »Gehen Sie nur ihren Hund holen.«

»Sind Sie sicher?«

»Sicher bin ich sicher.« Sie lächelte, anmutig und gelöst. »Bis gleich.«

»Danke.« Er ging zur Tür.

Draußen auf der menschenleeren Straße herrschte grimmige Kälte. Arme Tarn. Er ging zum Parkplatz; seine Schritte hallten. Er sah zu den Sternen auf, die so hell leuchteten, wie er es noch nie gesehen hatte. Er hatte das Auto noch lange nicht erreicht, als sie ihn schon hörte, aufstand und mit wildem Gebell herumzuspringen begann.

»Hier, mein Mädchen, schon gut, da bin ich wieder.«

Er klappte die Hecktür auf, und sie war draußen wie der Blitz und raste schwanzwedelnd und schnell wie eine Katze immer um ihn herum, steckte ihm die Nase in die Hand, tänzelte weg und wieder zurück.

»Albernes Mädchen, komm jetzt.« Er beugte sich herunter, um sie zu umarmen. »Ob mich jemals jemand anderer so lieben wird?«

Zusammen machten sie sich auf den Weg über den Parkplatz, zurück zu den einladenden Lichtern.

»Jetzt mußt du dich aber benehmen«, sagte er, und als sie vor dem Eingang standen, klang es strenger: »Im Ernst. Fuß. Und bei Fuß bleiben.«

Sie war sofort ruhig und blieb still an seiner Seite. »Brav.« Er schob die Tür auf.

Nach der Dunkelheit der Nacht mit ihrem fernen Sternenglanz mußte er erst einmal die Augen zukneifen, um den Tisch zu erkennen, an dem sie alle saßen, lachten und plauderten. Er bahnte sich seinen Weg zu ihnen hinüber, wobei Tarn sich so gut benahm, daß sich niemand umwandte oder überhaupt ihr Kommen bemerkte. So konnte er genau sehen, wie alle saßen: Gillian, aus der jede Kraft gewichen war, lehnte mit geschlossenen Augen an der Wand. Phoebe unterhielt sich mit der reizenden Nesta Frank; ihr gegenüber saß Phil, der Nesta mit unverhohlener Bewunderung ansah, und auf der anderen Seite Rowland, der, ja, das Wort war keineswegs zu stark, mit eindeutigem Interesse und deutlicher Begehrlichkeit den langhaarigen, lässigen Phil anstarrte.

Teil II

Frühling

10

Mitte Januar anhaltendes Tauwetter. Schneematsch auf den Hauptstraßen und unten im Dorf; auf den Bergen schrumpften die Landkarten aus Weiß. Die Schneeberge an den Straßenrändern wurden hohl, sanken in sich zusammen und sickerten in laubverstopfte Gräben. Am dritten Tag war nicht mehr viel davon übrig: hier und da ein Fleckchen auf Feldern und in Gärten, ein kleiner Bogen an einem Torpfosten, letzte nasse Fahrspuren auf den einsameren Landstraßen.

Kalt war es immer noch, aber nicht mehr so sehr. Die Sonne kam und ging: diffus und dunstig, bohrend und hell.

Gillian war rastlos.

»Diese Lesung ist dir zu Kopf gestiegen«, sagte Phoebe, die im oberen Flur einen Schrank ausleerte. »Zeit, daß du mal was Nützliches tust. Hier. Nimm die mal.«

Mit ausgestreckten Armen nahm Gillian einen Stapel verschlissener Hand- und Tischtücher in Empfang. Unten klapperte der Briefkasten.

»Was soll ich damit machen?«

»Durchsehen, was geflickt werden muß.« Phoebe steckte schon wieder im Schrank und fuhrwerkte mit einem klappernden Handfeger darin herum. Staubwolken und Zeitungsfetzen wirbelten auf. »Motten«, sagte sie, als sie wieder auftauchte. »Schimmel, Feuchtigkeit.«

Gillian transportierte den rutschenden Leinenstapel nach unten. Ein dicker Umschlag im Quartformat lag auf der Fußmatte. Sie stürzte sich darauf und verlor ein paar altersschwache Servietten.

Die »Mandrake-Press«. Da stand es, links unten in der Ecke.

Sie legte den vergilbten Damast auf die Ablage im Flur und trug den Umschlag in die Küche. In der Zeitschrift waren, auf gutem Papier, ihre Gedichte zum erstenmal abgedruckt. Sie sahen aus wie interessante Fremde. Beigelegt war ein Kärtchen mit einem handgeschriebenen freundlichen Kommentar. Im Leitartikel war von ihrem Vater die Rede.

Gillian schnüffelte an den Seiten, zog sich einen Stuhl heran.

Schmelzender Schnee troff aus den Dachrinnen auf den Hof. Edward stand in seinem leeren Stall, lauschte auf das Geräusch und sah zum Dach hinauf. Hie und da drangen Lichtsplitter hindurch, und er hatte oben in der Wand zwei, drei Halbziegel für die zurückkehrenden Schwalben ausgelassen, ansonsten waren die Dachbalken repariert, war das verrostete, zerborstene Wellblech ersetzt, das Gebäude jetzt sicher und wetterfest. Es war eine ziemliche Aufgabe gewesen, aber er hatte es geschafft; außerdem hatte er noch alles an den Außengenerator angeschlossen, dessen brummendes Hintergrundgeräusch er gar nicht mehr wahrnahm. Hatte auch beim Schnee den Geist nicht aufgegeben, Gott sei Dank.

Tropf, tropf. Gute, solide Dachrinne. Er schritt auf und ab. Die kaputten Möbel und die rostigen Maschinenteile waren auf dem Schrottplatz gelandet, den Traktor hatte er für fünfzig Pfund an einen Händler verkauft. Jetzt war der frisch verspachtelte Betonboden saubergefegt, Stroh- und Heuballen waren in einer Ecke aufgestapelt. Es war kalt hier, aber es roch gut nach frischem Holz und Heu: ein guter Platz für die Lämmer.

»Du hast ganze Arbeit geleistet.« Rowland war an der Tür.

»Danke.« Edward sah ihn an. Er blieb mit dem Rücken im Licht stehen, das durch den Rahmen fiel; er kam nicht herein. »Du fährst?«

»Sollte ich besser.«

»Hast du alles?«

»Glaub schon.« Er wich Tarn aus, die sich, Nase voran, an seinen Beinen vorbeischob. »Was willst du?« fragte er sie.

»Die schnüffelt hier schon seit dem Frühstück herum«, sagte Edward. »Für die anderen Gebäude interessiert sie sich auch so.« Sie kam zu ihm, und er legte ihr die Hand auf den Kopf. »Stimmts, mein Mädchen?«

»Wirst allmählich aufgeregt, was?« Rowland, immer noch im Türrahmen, sprach mit ihr. »Stehst wohl schon in den Startlöchern für die Lämmer?«

Wir kommunizieren über einen Hund, dachte Edward. Führen Hundegespräche wie Spaziergänger, die sich in irgendeinem Londoner Park begegnen.

Mist.

Tarn schnüffelte herum und ging wieder hinaus. Rowland ließ sie durch.

»Also dann.«

Edward blieb für einen Moment in der Leere und plötzlichen Helligkeit stehen, als Rowland sich abwandte, um über den Hof zu gehen. Ein Spatz kam zwitschernd durch eine Mauerlücke geflogen, ließ sich nieder, war wieder fort.

Was jetzt passiert, hat nichts zu bedeuten. Nichts sagen, nichts tun. Es geht vorbei.

Er ging in den Hof hinaus.

Nässe überall: in der Luft, in den Flecken von geschmolzenem Schnee auf dem Beton, auf Tarns feuchtem Fell, auf Rowlands schnittigem, pflaumenblauen Wagen. Er hatte schon die Hand am Türgriff.

»Rowland, wirst du …«

»Es war wunderbar. Ich rufe an.«

Edward ging auf ihn zu. »Krieg ich einen Abschiedskuß?«

O gräßliches, würdeloses Fragezeichen in der Morgenluft. Er konnte es geradezu sehen, wie es dahing und bettelte.

Rowland lachte auf. »Komm her.«

Eine kurze, warme Umarmung, ein schneller, warmer Druck von Mund auf Mund.

Rowland, seit dem Abend von Gillians Lesung sind wir nicht mehr richtig …

Rowland löste sich leicht und öffnete die Wagentür.

Geh nicht, geh nicht …

Er sagte nichts von alledem. Es gelang ihm, nichts zu sagen.

»Fahr vorsichtig.«

»Mach ich.« Rowland beugte sich hinunter, um Tarn zu liebkosen. »Paß auf dein Herrchen auf.«

»Macht sie.«

Hör sich das einer an.

»Okay, also. Wir sprechen uns heute abend.«

»Oder morgen.«

»Oh, gut, ja, sicher.«

Und dann war Rowland im Auto, setzte zurück, wendete, fuhr davon, eine Hand, die durchs offene Fenster winkte, ein Ton auf der Hupe, und hinaus auf die Landstraße, und weg war er. Tarn raste bellend hinterher, rannte gegen das Tor an.

»Hierher!« rief Edward. »Komm hierher!«

Schafe blökten hinter dem Haus. Eine Dohle saß oben auf dem Schornstein und ließ ihren abgehackten, blechernen Ruf hören. Und dann legte sich die Leere eines Hauses ohne Geliebten über alles, bedeckte den schlammigen Hof und alle Felder und Wiesen.

Nesta war am Sonntag morgen noch im Morgenrock, als das Telefon klingelte.

»Hi«, meldete sich Phil. »Wissen Sie noch, wer ich bin?«

Sie wußte es noch. Sie saß vor dem kalten Kamin auf dem Sofa und sah auf die triefenden Apfelbäume hinaus. Das Zimmer roch ein bißchen nach Feuchtigkeit, stärker nach angekohltem Holz. Sie sollte für den eben anbrechenden Tag ein neues Feuer vorbereiten und jemanden auftreiben, der nach dem Dach sehen konnte.

»Haben Sie schon gefrühstückt?« fragte Phil.

»Noch nicht. Ich mache gerade Kaffee. Und Sie?«

»Schon intus. Cornflakes im Bett mit der Katze.«

Nesta lächelte. »Katze oder Kater?«

»Kater. Ehemaliger Kater. Gefleckt. Sehr freundlich. Mehr ist über ihn nicht zu sagen. Was haben Sie heute vor?«

»Ich will meine fünf Sinne für die kommende Woche sammeln.«

»Möchten Sie rüberkommen und sich ein bißchen Musik anhören?«

Nesta überlegte.

Nur zu, sagte Hal.

»Okay. Danke. Wann?«

»Wann auch immer. Wenn Sie soweit sind. Ich kann was zum Mittagessen machen, wenn Sie wollen.«

Hört sich gut an.

»Ja. Das wär schön. Sagen Sie mir noch mal, wo Sie wohnen.«

Er erklärte es ihr, sie angelte sich einen Stift.

Als sie aufgelegt hatte, holte sie sich ihren Kaffee aus der Küche ins Wohnzimmer. Sie saß da, rührte um und dachte nach. Angekokelte Scheite lagen auf einem Aschehaufen im Kamin; oben auf dem Sims lehnte immer noch das strenge, weiße Viereck mit Gillians Einladung an einem Kerzenhalter.

Und danach sah ich vier Engel stehen auf den vier Ecken der Erde, die hielten die vier Winde der Erde …

Eine Offenbarung. Alles Unbeholfene und Linkische war von ihr abgefallen wie ein dunkler Mantel; die unsichere, hohe Stimme hatte Kraft gewonnen, war stark geworden. Gillian hatte den Raum in Besitz genommen, bis sie selbst besessen war: deklamierend, losgelöst, frei.

Erfüllt vom Heiligen Geist.

Nesta trank ihren Kaffee. Sie dachte ans Ende der Lesung, an Gillians fiebrige Erregung, an die angehenden Lichter und die Glückwünsche, an den Raum, der sich geleert hatte, die allgemeine Vorstellung bei den Übriggebliebenen. An jemanden, der an der Tür gewartet hatte.

Unten hatten sie sich alle an einen Tisch gequetscht. Nesta hatte sich eine Zigarette gedreht und sich eine Rüge eingehandelt.

Stört es Sie – Ich muß auf meine Stimme achten.

Der große junge Mann hatte von der Stimme gehört, und die Stimme hatte sich interessiert gezeigt. Es war Nesta aufgefallen. Sie war dafür ausgebildet, daß ihr Dinge auffielen. Der Mann mit dem Hund hatte ihr gefallen; die energische, emsige Mutter hatte sie neugierig gemacht. Niemand hatte sie so sehr interessiert wie Gillian, aber wärend der Unterhaltung hatten sich verschiedene Möglichkeiten für Freundschaften eröffnet.

»Glauben Sie … kann ich Sie mal anrufen?«

Der musikalische Phil war ihr zum Ausgang gefolgt. Es war etwas überraschend gekommen. Sie hatte eine Seite aus ihrem Notizbuch gerissen, ihre Nummer aufgeschrieben, ihn noch einmal angesehen. Viel zu jung. Langsam war sie durch das gefrorene Tal nach Hause gefahren, die Schneewehen an den Straßenrändern hatten im Scheinwerferlicht geglitzert.

Nesta leckte an ihrem Zigarettenpapier und sah in den Garten hinaus. Ein Haufen nasser Blätter, die sie im Herbst zusammengerecht hatte, lag ganz hinten links an der Hecke, am Ende der Wiese stand das Bienenhaus mit der abblätternden weißen Farbe. Der Schnee hatte dick auf dem schrägen Dach gelegen, am Tag der Lesung war sie hinausgegangen und hatte ihn weggewischt; sie hatte im stummen Garten gestanden und über die winterliche Starre von tausend Bienen nachgedacht. Und jetzt, da die Kirchenglocken im Tal zu läuten begannen, dachte sie wieder an sie, stellte sich vor, wie sie Schicht auf Schicht schlafend und kalt dalagen.

Verdammt kalt hier unten, sagte Hal jetzt. Du solltest wieder ins Bett gehen.

Ich wollte gerade den Kamin anmachen. Nesta steckte sich ihre Zigarette an und warf das abgebrannte Streichholz auf den Rost. Ich wollte Feuer im Kamin machen und den Tag damit verbringen, ein paar Dinge nachzuholen …

Was für Dinge?

Dies und das. Briefe, Bügelwäsche, Haushalt …

Und jetzt willst du in das Haus eines Fremden gehen, um dir Musik anzuhören.

Ja.

Sie trug ihren Kaffee und ihre Zigarette zum Klavier hinüber, wo ein Aschenbecher hoch oben auf einem Bücherstapel thronte. Sie hob den Deckel und tastete sich mit einem Finger eine Melodie zusammen.

You are my sunshine, my only sunshine …

Die Tasten waren feucht und schwer gängig. Mal war es hier drin eisig kalt, und mal, wenn das Feuer brannte, viel zu heiß. Armes altes Klavier: Nie war es richtig.

You make me happy, when clouds are grey …

Du spielst fast nie, sagte Hal. Du kannst nicht spielen, machen wir uns nichts vor. Ich hätte nichts dagegen gehabt, wenn du es verkauft hättest.

Nein, nein, das würde ich nicht über mich bringen.

You'll never know, dear, how much I love you …

Sie zog an ihrer Zigarette.

Am späten Vormittag verdunkelte sich der Himmel und drohte mit Regen. Nesta saß im Auto und studierte stirnrunzelnd ihre Landkarte, sah auf, blickte von links nach rechts. Hatte sie sich verfahren? Sie hatte sich an die Strecke zwischen Cadair und ihrem Haus gewöhnt, kannte mittlerweile den Weg in die Marktstadt und die Straße durchs Tal nach Penglydr, wo Gillian wohnte. Aber hier befand sie sich auf unbekanntem Terrain, obwohl sie kaum weiter als vier oder fünf Meilen von einem dieser Orte entfernt sein konnte.

Mit Landkarten hattest du es noch nie so, sagte Hal. Es gibt vieles, was du ganz großartig kannst, aber Geographie war nie so ganz …

Dann mach du es doch, sagte Nesta. Hinter ihr näherte sich ein Traktor; sie wartete auf dem Seitenstreifen, bis er vorbeigerumpelt war, und fuhr dann weiter, zwischen hohen, gewellten Hecken hindurch, an Weidegattern vorbei. Sie konnte weder den Fluß sehen noch das Schild, nach dem sie Ausschau halten sollte, zwischen Nant-y-Coed und Mynydd, hatte Phil gesagt. Was tat sie eigentlich hier draußen?

»Oh, ich wünschte …«, sagte sie laut, und dann kam sie zu einer Kurve, hinter der sie ein Schild sah: Long Betton. Das wars. Sie fuhr weiter, nahm die Abzweigung, sie sah, wie Phil es gesagt hatte, ein kleines, schlichtes Cottage, das allein auf einer Wiese stand, als sei es dort für einen Augenblick abgestellt und dann vergessen worden. Zur Linken säumten

Bäume einen Graben und eine Hecke; Jeans und ein paar Hemden hingen auf einer Wäscheleine beim Haus. Es gab eine Veranda, ein Wasserfaß, einen Holzstoß neben einem provisorischen Schuppen, einen altersschwachen Lieferwagen.

Nesta parkte ihr Auto und zog die Handbremse. Sie stieg aus und öffnete das Tor. Regenwolken zogen über die Berge. Die meisten Äcker rings um diese Wiese waren gepflügt worden; sie konnte sich vorstellen, daß das Cottage im Sommer inmitten von Kornfeldern lag, daß die Bäume tiefen, sanften Schatten spenden und die Straßenränder voller wilder Blumen sein würden. Aber jetzt ...

Sie stieg wieder ins Auto, fuhr durch Einfahrtstor, stieg wieder aus, schloß es hinter sich, dann spürte sie die ersten Regentropfen; sie fror, war angespannt. Während sie noch langsam über die Wiese rumpelte, wurde die Haustür geöffnet, und Phil erschien unter dem Vordach, jung, groß, graziös, ja, es sah graziös aus, wie er ihr über die Wiese entgegenkam – und sie verwandelte sich für einen Augenblick in Gillian, die in ihrem Cottage ankam, unsicher und angespannt.

Der Himmel wurde zu Zinn. Regen schlug gegen die Windschutzscheibe.

»Was zum Teufel mach ich hier eigentlich?« fragte sie laut, bedachte Phil mit einem süßen, sanften Lächeln und kurbelte das Fenster herunter, als er sie begrüßte.

»Sie haben es gefunden.«

»Zu guter Letzt.« Sie stellte den Motor ab.

»Wußte ichs doch.« Er hielt ihr die Tür auf. Es regnete heftiger. »Kommen Sie – schnell.«

Sie rannten zum Eingang. Aus der offenen Haustür drang Musik durch den Regen: eine klare, hohe Flöte, die Melodie eines Wanderers oben auf den Bergen. Klingt gut, dachte sie, und rannte ins Trockene.

Durch eine offene Zimmertür auf der linken Seite sah Nesta Lautsprecher, ein Klavier, Kabelgewirr. In den Klang der klaren, hohen Flöte stimmte eine Geige ein; sie war melodiös und einladend.

»Das ist schön.«

»Ja. Ändert sich noch ... das hören Sie dann schon. Kommen Sie, trinken Sie erst mal einen Kaffee.« Er deutete auf die Küche, auf der anderen Seite des dunklen Flurs. Nesta ging hinüber und setzte sich an den Tisch. Sie zog ihre Tabaksdose heraus. Phil ließ Wasser aus einem Hahn über einem Spülstein laufen, von dem aus man die Wiese vor dem Haus überblicken konnte. »Das Mittagessen steht im Ofen. Nichts Großartiges.«

»Es ist nett von Ihnen, daß Sie überhaupt etwas vorbereitet haben.«

Sie roch Baked Potatoes, auf dem Herd stand ein Topf.

Phil setzte Wasser auf. Er setzte sich ihr gegenüber und strich sein helles, feines Haar zurück; er sah zu, wie sie das Papier anleckte und glättete: »Was kommt da rein?«

»Tabak«, sagte Nesta knapp und holte welchen aus der Dose.

Er griff in die Tischschublade und zog einen Beutel heraus. »Sollen wir hiervon ein bißchen nehmen? Eigenanbau.«

»Nein, danke.«

»Ach, seien Sie doch nicht so.«

»Nein, danke.« Sie streute Tabak aufs Papier. »Aber lassen Sie sich nicht abhalten.«

»Allein macht es nicht soviel Spaß.«

»Tja, tut mir leid.« Sie schnippte die letzten Krümel von den Fingern. »Die hier wollen Sie also nicht?«

Er zögerte, wendete den Beutel herum, sah zu, wie sie geschickt rollte und leckte. »Bin ich nicht gewöhnt«, sagte er, als sie sie ihm anbot. »Na gut.« Er beugte sich vor, ließ sie die Zigarette anzünden, inhalierte. Das Wasser fing an zu kochen.

»Wie kommts, daß Sies nicht mögen?«

»Ich mochts mal.« Sie drehte die nächste Zigarette. »Ab und zu, in den alten Londoner Zeiten. Hier nicht – wie Sie schon sagen: Allein macht es keinen Spaß. Und ich habs mir irgendwie abgewöhnt.«

Er stand auf, um das Wasser abzustellen. Sie zündete ihre Zigarette an, sah zu, wie er Kaffee machte, in der Küche herumhantierte, den Kühlschrank öffnete. Es hatte sich eingeregnet, es schüttete auf die Felder und prasselte gegen die zweiflügeligen Fenster. Drüben im anderen Zimmer änderte sich, wie er angekündigt hatte, die Musik; in das Volkslied flocht sich nun etwas Tiefes und Elektronisches. »Haben Sie das geschrieben?« fragte sie.

»Ja. Eine Demokassette. Gefällts Ihnen?«

»Ich glaub schon.«

Sie saßen da, lauschten, rauchten, tranken Kaffee.

»Erzählen Sie mir davon«, sagte Nesta, als das Band zu Ende war. Sie drückte ihre Zigarette aus und sah ihn an, während er sich in seinem Stuhl zurücklehnte. »Hat es einen Titel?«

»Hmm. Ich habs ›Carreg‹ getauft. Walisisch für ›Fels‹.«

»Sind Sie Waliser?«

»Waschechter«, sagte er mit übertriebenem Singsang, und sie lächelte. »Stimmt wirklich.« Er stand vom Tisch auf. »Meine Großeltern haben ihr Leben lang hier gelebt. Meine Eltern sind weggezogen; sie hatten dann unten in Abergavenny einen Laden, aber ich bin gleich nach dem College wieder zurückgekommen.« Er stand jetzt am Herd, drehte das Gas höher, rührte um. »Ich konnte es woanders nicht aushalten. Das Haus hab ich jetzt schon seit Jahren gemietet. Die meisten Cottages hier in der Gegend haben sie ja als Ferienhäuschen aufgemotzt, aber ich hab bis jetzt Glück gehabt. Es gehört einem alten Knaben, dem so was wurscht ist.«

Im Topf begann es zu blubbern; ein Duft von Wein und Tomaten erfüllte den Raum. »Kann ich was helfen?« fragte Nesta.

»Da gibt es nicht viel zu tun. Ich hab Ihnen ja gesagt, daß es nichts Dolles ist. Da drüben in der Schublade sind Messer und Gabeln, die Teller sind im Ofen zum Anwärmen.«

»Wie überaus häuslich.« Sie stand auf, legte das Besteck auf, schob den Tabaksbeutel beiseite, trug die Kaffeebecher zum Spülstein. »Dies ist ja seit einer Ewigkeit der erste

Regen.« Sie sah hinaus auf das klatschnasse Gras. »Bevor ich hergekommen bin, hab ich gedacht, daß es ununterbrochen regnen würde.«

»Tut es auch oft.« Aus dem Kühlschrank holte er Käse, den er in eine Schüssel rieb. »Okay, ich glaube, wir sind soweit.«

Sie aßen, und weil sie ihn darum bat, erzählte er: von einer musikalischen Mutter, von seiner Schwester und ihm selbst, wie sie früh Klavier und Blockflöte übten, von einer Gitarre zum fünfzehnten Geburtstag, vom Spielen bei einer Folkgruppe in Abergavenny, wo er sich ein Keyboard zusammensparte, von den einschneidenden Änderungen durch neue Technologien.

»Befreiung.« Er stand auf, beugte sich über den Tisch und schöpfte ihr mehr Tomatensauce auf den Teller. »Ich war in Swansea im College, habe angefangen zu komponieren, hatte einen guten Mentor – und seitdem mach ich so was. Wie ich neulich schon im Pub sagte, mein Ding ist eine Mischung aus Alt und Neu.« Er setzte sich wieder. »Wie Gillian Traherne – Sie wissen, was ich meine, das ganze Bibelzeug in ihren eigenen Zeilen.«

»Ja.« Nesta zuckte ein wenig zusammen, weil er so von ihr redete. Bibelzeug. »Und Sie haben sie schon vorher gehört, sagten Sie. Gehen Sie denn oft zu Dichterlesungen? Ist es also das, was die Leute hier im tiefen Winter so machen?«

Phil lächelte. »Sie haben es gemacht. Im Sommer ist mehr los, wenn die Festivals kommen, aber ja – man geht hin.« Und wieder mit dem übertriebenen Singsang: »Es liegt uns im Blut, wissen Sie: Wales ist voller Dichter. Gillian Traherne ist so etwas wie eine lokale Berühmtheit. Ihre Mutter übrigens auch: Sie hat diesen Garten, den sie im Sommer der Öffentlichkeit zugänglich macht. Meine Großmutter hat immer davon gesprochen.« Er hatte aufgegessen und deutete auf den Tisch. »Mehr? Noch eine Kartoffel?«

Sie schüttelte den Kopf. »Ich kann nicht mehr, danke.« Sie dachte an Gillian, ans Wandern, und wie unhöflich und grob sie bei ihrer Begegnung oben in den Bergen gewesen war.

Arbeit? Nein, ich bin eine Belastung für die Gesellschaft.

»Womit verdienen Sie Ihr Geld?« fragte sie ihn. »Was tun Sie denn noch, außer Komponieren? Oder ist das eine ungezogene Frage?«

»Keineswegs.« Er griff nach ihrer Tabaksdose, als würden sie einander schon seit Jahren kennen. »Darf ich? Ich gebe Unterricht. Die Nachfrage ist allerdings nicht gerade überwältigend.« Er grinste ironisch und drehte sich die nächste Zigarette. »Und Sie? Sie lernen allmählich ein paar Leute kennen, was? Sie arbeiten da in dieser Schule, haben Sie im Pub erzählt ...«

»In Cadair Hall. Ja. Das Heim ist gut; ich bin froh, daß ich hergekommen bin.«

»Weiter.«

»Tja ... was soll ich sagen? Ich setze das fort, was ich schon immer gemacht habe. In London hab ich eine Ausbildung zur Heilpädagogin absolviert und dann im Team in einer Schule gearbeitet ...« Sie brach ab, nahm die Selbstgedrehte, die er ihr anbot, ließ sie ihn anzünden.

Er drehte eine neue. »Es ist so eine abgedroschene Frage, aber wie kommt es, daß jemand wie Sie allein ist? Ich wollte Sie im Pub schon fragen, aber ...«

»Ich bin Witwe«, sagte Nesta ruhig und zog an ihrer Zigarette.

»Oh, Mist.« Er legte das Päckchen mit den Blättchen hin und sah sie an. »Tut mir leid.«

»Danke. Ist schon in Ordnung.«

»Wirklich?«

»Ja ...« Sie machte eine Handbewegung.

»Wie lange waren Sie verheiratet?«

»Sechs Jahre. Wir haben uns in der Schule in London kennengelernt. Er war sehr begabt, die Kinder haben sehr gut auf ihn reagiert, er hat mir eine Menge beigebracht. Und dann ...« Sie inhalierte wieder, sah in den Regen hinaus. »Dann wurde er krank.«

Phil zögerte. »Wie alt war ...«

»Zweiunddreißig.«

Der Regen kam und ging, wehte über die gepflügten Äcker zu den Bergen hin, kehrte um. Phil machte noch einmal Kaffee, den sie mit ins Wohnzimmer nahmen. Nesta stieg über herumliegende Kabel und ein paar benutzte Kaffeebecher und sah sich um. Das Klavier stand hinter dem Kamin an einer Wand, ein Keyboard unter dem Fenster, das zu den Wiesen hinter dem Haus hinausging. Außerdem gab es zwei ausgeleierte Sessel, eine Stereoanlage, Ständer mit CDs und Kassetten und viele verstreute Papiere. Im Kamin brannte ein Feuer, um das man sich kümmern mußte.

Phil warf ein Scheit darauf und stocherte in der Glut, legte noch eins nach und deutete auf einen der Sessel. »Darf ich vorstellen: Kater.«

Der Kater nahm den größten Teil der Sitzfläche ein.

»Wie heißt er?«

»Abraham.«

Lächelnd quetschte sie sich neben das Tier. Abraham öffnete ein klares, gelbes Augenpaar und streckte sich. Dann stand er auf und machte es sich auf ihr bequem. »Du bist sehr nett«, sagte Nesta.

Der Regen fiel, das Feuer knisterte leise. Durch den Holzrauch roch der Raum wie ihr eigenes Wohnzimmer und fühlte sich angenehm vertraut an. Phil stand am Klavier, summte und improvisierte um das Thema herum, das er vorher gespielt hatte – hie und da ein paar Akkorde, eine Pause zum Nachdenken, ein Lauf, lange, elegante Finger wirkten sicher und leicht. Nesta saß da und lauschte, Abraham schlief.

Phil sah zu ihnen hinüber. »Alles klar?« Er verließ das Klavier, stellte sich vor das Keyboard und knipste an Schaltern. Wieder spielte er mit dem Thema herum, fügte Saiteninstrumente, Glocken, einen Trommelwirbel hinzu. »Ich hab das im Kopf und komm ständig wieder drauf zurück.«

»Obwohl es doch schon auf Band ist?«

»Yeah.« Er schaltete die Streicher aus und ließ südamerikanische Flöten hinein, hingehaucht, weich. Alles änderte sich.

»Sie könnten ewig weitermachen«, sagte Nesta.

»Yeah, könnte ich.« Sein Haar war ihm übers Gesicht gefallen; er schob es zurück und lächelte sie an.

»Und Sie … ich meine, es geht mich ja nichts an, aber verdienen Sie denn Geld mit so was?«

»Nicht viel. Ich hab dieses Demoband gemacht. Das Aufnahmestudio hat ein Vermögen gekostet, und ich habs überall hingeschickt, aber bis jetzt ist noch nichts passiert. Ein paar private Radiosender von hier, aber …« Seine Hände glitten über das Keyboard. »Ich wart noch immer auf den entscheidenden Anruf.«

»Der kommt bestimmt.« Nesta merkte, daß sie es auch so meinte. »Ich meine, ich glaube, Sie sind gut. Mir gefällt es sehr.«

»Danke. Ich spiel Ihnen jetzt was anderes vor.«

»Etwas von Ihnen?«

»Ja, da spielen ein paar Freunde von mir. Ist auf 'nem anderen Band. Moment.« Er wandte sich um, suchte in einem Regal.

Nesta bewegte sich in ihrem Sessel, weil sie in ihrer Tasche nach der Tabaksdose tastete, und Abraham machte ein Geräusch. »Schon gut.« Sie streichelte ihn wieder. »Ich geh nicht weg.«

»Sind Sie musikalisch?« Phil suchte noch immer das Regal ab. »Ich mein, Sie haben ja anscheinend Geschmack …«

»Anscheinend.« Sie leckte am Zigarettenpapier und hob eine Augenbraue in seine Richtung. »Ob ichs bin, weiß ich nicht. Ich kann kaum einen Ton spielen, aber mit den Kindern arbeite ich sehr häufig mit Musik. Meistens mit Schlaginstrumenten, mit ganz schlichten Sachen, aber es macht uns allen Spaß. Kommen Sie doch mal und hören Sie sich's an.« Sie legte das Papier auf der Armlehne ab und streute Tabak darauf. »Hal war der wirklich Musikalische«, sagte sie, als Phil seine Kassette fand und einlegte. »Er hat Klavier gespielt, er sang ständig …«

Phil drückte auf einen Knopf; Harfenklänge erfüllten den Raum. Schnellfließendes Wasser, Wind in den Bäumen. Er wandte sich zu ihr um. »Er ist immer bei Ihnen, nicht wahr? Hal ist immer anwesend.«

Sie sah auf, erwiderte seinen Blick und spürte, wie die Musik sie durchrieselte.

Der Regen ließ nach. Nesta hörte Harfe, Geige und Klavier und schlief ein. Sie wachte auf und sah durch das Fenster, daß der Himmel über den fernen Bergen heller geworden war. Die Sonne kämpfte sich durch formlose Wolken. Sie sah auf die Uhr. Bald würde es wieder dunkel sein.

Ihr gegenüber lag Phil ausgestreckt in dem anderen Sessel, die langen Beine ragten in den Raum, die Füße in den schweren Doc-Martens-Schuhen übereinander. Auch er hatte die Augen geschlossen. Die sanfte, komplexe Musik endete. Abraham rührte sich. Ruhig sagte sie: »Phil?«

Er schlug die Augen auf, lächelte träge und liebevoll.

Einen plötzlichen, überraschenden Augenblick lang dachte sie: So könnten wir aufwachen, wenn wir uns geliebt hätten.

Er sah sie an, und sie wußte instinktiv, daß er dasselbe dachte.

»Hmm?«

»Ich muß bald gehen.«

»Noch nicht sofort.«

Das Feuer war heruntergebrannt; er beugte sich vor, um die letzten beiden Scheite aufzulegen. Ein paar kleine Flämmchen wuchsen um sie herum. Er sah an ihr vorbei zum Fenster.

»Es hat aufgehört.«

»Hat es.« Nesta spürte, wie Abraham sich wieder bewegte.

»Tea-Time.« Phil stand auf. »Ja? Wollen Sie eine Tasse?«

»Gern.« Sie betrachtete ihn. Er war groß, graziös und unverkrampft.

»Es war sehr schön.«

»Ja. Es ist immer noch sehr schön. Ich spiel Ihnen noch etwas vor, bevor Sie gehen.«

»Gut. Danke. Ich mag die Harfe. Sehr sogar.«

»Yeah. Die mag jeder. Bin gleich wieder da.«

Er ging aus dem Zimmer. Abraham sprang von ihrem Schoß und heftete sich an seine Fersen.

Nesta blieb in ihrem ausgeleierten Sessel sitzen. Sie sah dem Feuer zu, das wieder knisternd in die Höhe wuchs. Sie hörte, wie Phil in der Küche rumorte, Wasser aufsetzte, Katzenfutter hinstellte. Sie hörte ihn durch den Flur nach hinten gehen, eine Spülung betätigen.

Wir sind zusammen eingeschlafen.

Er kam zurück, stellte Becher auf den Tisch neben ihr.

»Dieser Sänger«, sagte sie, »dieser Rowland irgendwas. Im Pub haben Sie gesagt, Sie hätten eine CD …«

»Hab ich. Rowland King. Das war es, was ich Ihnen vorspielen wollte. Hier.« Er reichte ihr einen Becher, richtete sich wieder auf und sah die CDs durch. »Gut. Hören Sie sich das hier an.«

Eine einzelne Tenorstimme, rein und klar.

»*… Domini nostri, Jesu Christi …*«

Der Raum war voll von ihm. Ein antwortender Baß, dann mehrere Stimmen, zärtlich und klar. Wieder Rowland.

Nesta lauschte voller Ehrfurcht. »Er ist …«

»Er ist der Beste«, sagte Phil.

»Was ist das?«

»Matthäuspassion. Lassus.«

Es sagte ihr nichts: weder der Komponist noch die Passion Christi. Aber Rowlands Stimme …

»Und dann hab ich noch das hier.« Phil legte etwas anderes auf. »Weihnachtsoratorium – ein bißchen spät, aber ich glaube, Sie werden es mögen. Schütz. Deutschland, siebzehntes Jahrhundert.«

»Darf ich mal …« Nesta stand auf und nahm die Hülle der CD in die Hand. Sie stand beim Feuer und sah sich das Photo an.

Das London Consort. Sie standen im Innenraum irgendeiner Kirche, Abendkleidung vor Steinsäulen, die Frauen in Taft und Seide. Diejenigen, die wohl die Solisten waren, standen vorn, und mitten unter ihnen war Rowland; schwer, dunkel, er lächelte in die Kamera. Ich kenne nicht deinesgleichen, dachte sie.

»Hier«, sagte Phil. Streicher und Orgel ertönten. Nesta lauschte. »Rowland King singt den Evangelisten.« Er reichte ihr die Noten.

Die Streicher verklangen, das Cello setzte ein. Und Rowlands außergewöhnliche Stimme.

»*Es begab sich aber zu derselbigen Zeit …*«

Stirnrunzelnd suchte Nesta nach der englischen Übersetzung.

»… daß ein Gebot vom Kaiser Augustus ausging, daß alle Welt geschätzet würde …«

Weihnachten und der Schnee waren gekommen und vergangen. Sie dachte an die weiche, graue Taube, an den Moment des Schweigens mit den Kindern, an das Weiß überall.

Sie setzte sich wieder und lauschte.

»*Aber das Kind wuchs und war stark im Geist, voller Weisheit, und Gottes Gnade war bei ihm.*« Nesta saß da, rauchte und dachte nach.

Die Gnade Gottes …

Eine Zeile, die Gillian vielleicht benutzen könnte. Wieder dachte sie an die Lesung, an Gillian, die vor ihrem Publikum in Flammen stand, an sie alle, wie sie hinterher unten gesessen hatten, an Rowland, der seine Augen so deutlich auf Phil geheftet hatte.

Triumphierende Bässe. Die Musik endete, das Feuer spie. Nesta betrachtete Phil, der sich nach vorn beugte, um es zu schüren, wobei sein Haar wieder ins Gesicht fiel. Er war musikalisch, jung und sorglos, vielleicht war er schön. Langsam sagte sie: »Haben Sie gemerkt, daß …«

»Was?« Er sah sie an.

»Daß Sie auf Rowland King einen ziemlichen Eindruck gemacht haben.«

»Echt?« Sein mattes Lächeln kehrte zurück. »Na, so was. Mein Idol.«

»Ist er das?«

»Unter anderen.« Er machte eine Gebärde, die das ganze

Zimmer einschloß. »Ich mag alle möglichen Sachen. Ich interessiere mich für Musik. Punkt. King ist ein Idol, Bach ist eins, Eric Clapton ist eins, Orff ist eins.«

»Ist das nicht etwas ungewöhnlich?«

Er hob die Schultern. »Weiß ich nicht. Ich weiß bloß, daß nur Musik zählt. King mag vielleicht auch alles mögliche, er wäre kein echter Musiker, wenn es nicht so wäre. Jedenfalls ...« Er senkte den Kopf, um die Hülle zu betrachten, betrachtete wie sie das Photo. »Ich denke, daß ich mich ziemlich geschmeichelt fühle.«

»Stört es Sie nicht?«

»Nein, warum? Wir leben doch nicht mehr in der Steinzeit, nicht einmal hier draußen. Und außerdem ...«, er sah das Photo noch einmal an, »sehe ich ihn wahrscheinlich nie wieder.«

»Möglicherweise doch. Sehr wahrscheinlich sogar.« Sie warf den Rest ihrer Zigarette ins Feuer und hatte plötzlich einen Gedanken. »Ich denke gerade, daß er Ihnen doch helfen könnte, nicht wahr?«

Phil sah sie an und überlegte. »Ja«, sagte er bedächtig. »Ja, das könnte er wohl.«

Es wurde dunkler. Sie gingen zur Eingangstür. Mit einem kleinen Geräusch glitt Abraham an ihnen vorbei unters Vordach und dann hinaus auf die Wiese.

»Jagen«, sagte Phil. »Morgens schleppt er dann irgendwelche toten Sachen an.«

»Auch wenn er gefüttert worden ist?«

»Manche Katzen sind gierig. Meine Güte, ist das kalt.«

Der Boden war naß wie ein Schwamm, die Bäume troffen. Nesta blickte auf die klatschnassen Hemden und Jeans auf der Leine.

»Sie haben Ihre Wäsche vergessen.«

»Hab ich.«

Ihre Füße quatschten im stoppligen Gras. Sie kamen zu ihrem Auto.

»Also ...« Nesta suchte nach ihrem Schlüsselbund. »Danke für einen wunderbaren Nachmittag.«

»Danke, daß Sie hergekommen sind.« Er beugte sich herunter und küßte sie sanft auf die Wange. Helles, weiches Haar strich über ihr Gesicht; einen Augenblick lang konnte sie an gar nichts denken.

»Darf ich Sie wieder anrufen?«

»Ja. Natürlich.« Wolken brauten sich zusammen; sie öffnete die Fahrertür.

Seine Hand berührte einen Ohrring. »Tschüs, Nesta.«

»Auf Wiedersehen.« Sie warf ihm ein schnelles Lächeln zu und stieg ein. Phil ging neben dem Auto her, während sie über die Wiese rumpelte, und öffnete das Tor für sie. Sie schaltete die Scheinwerfer ein, sah vor sich die nasse, glänzende Landstraße und etwas Dunkles, das eilig in die Hecke huschte. Im Rückspiegel erschien Phil, der winkte und das Tor hinter ihr schloß.

Gut.

Sie fuhr sehr langsam, hielt sich an die Straßenschilder und ließ den Nachmittag Revue passieren. Auf einem Torpfosten saß eine Eule und starrte ins Scheinwerferlicht, die Felder dehnten sich in tiefer, winterlicher Stille. Sie erreichte den Abzweig nach Hause.

Und? fragte Hal, der auf sie gewartet hatte. Wie seid ihr miteinander zurechtgekommen?

Quomodo sedet sola ...
How doth the city sit solitary
that was full of people.

How is she become as a widow ...

Jerusalem, Jerusalem, return to the Lord thy God ...

Edward saß im dämmrigen Haus und hörte zu. Der Regen, der am späten Nachmittag nachgelassen hatte, hatte wieder eingesetzt. In den Pausen zwischen den einzelnen Strophen konnte er hören, wie er das Feld hinter dem Haus tränkte. Ungerührt standen die Mutterschafe grasend an der Hecke.

Die Musik endete. Laut sagte er: »Ich werde gar nichts tun.«

Der Regen fiel tagelang, der Fluß wurde schnell und schwoll an. Er riß winterlichen Unrat von den Bergen mit sich: abgebrochene Zweige und Äste, abgestürzte Vögel. Das Wasser stieg. Es brachte einen von Krähen saubergepickten Schafsschädel mit sich, ein verstümmeltes Kaninchen, augenlos und mit blutigem Fell, Überrest der Beute eines Bussards. Dann gab es die Dinge, die Wanderer hinterlassen hatten: einen Wollhandschuh, eine Bierdose, Silberpapier. Müll und Treibgut trudelten an den Büscheln von abgestorbenem Schilf vorbei, Enten schossen darauf zu.

Der Regen fiel, das Wasser stieg, und Aufsichtsbeamte vom Landkreis parkten auf der Straße bei der Brücke und stapften mit Stiefeln und Anoraks über das stachlige, sumpfige Gras. Sie inspizierten die Hochwassermarken und machten sich Notizen. Regen rann ihnen über die Brillengläser; im »Fox« wärmten sie sich mit Getränken auf. Das Wasser stieg, die Spitzen des sumpfigen Grases verschwanden. Tiefer liegende Wiesen wurden zu Seen, in den Gräben gurgelte es. Die rote Pegelmarke auf dem Wasserstandsanzeiger war erreicht, dann überschritten, das Hochwasser wurde zum Tagesgespräch; einige erinnerten sich an die Überschwemmung von 1961, in der Edward Traherne ertrunken war.

Gillian konnte nicht schlafen. In den langen, ertränkenden Stunden der Nacht lag sie auf ihrer klumpigen Matratze, lauschte dem unablässigen Rauschen des Wassers und sehnte sich nach der Stille des Schnees. Der Regen überflutete die verstopften, geborstenen Abwässerkanäle und schoß aus rissigen, losen Regenrinnen. Er platschte und prasselte auf die glänzenden dunklen Efeublätter und leckte durch die Badezimmerdecke in eine Schüssel. Gillian richtete sich auf ihrer durchgelegenen Matratze auf und kletterte aus dem Bett. Sie ging zum Fenster und sah zu, wie der Regen gegen die

Scheibe drückte, sich über die Landstraße und den Hügel hinab ergoß und die Knochen der Toten durchweichte.

Sie ging an ihren Schreibtisch, wo die Frühjahrsnummer der Zeitschrift von der Mandrake Press auf einem Stoß Notizbücher lag. Wenn es nicht mehr regnete, würde sie hingehen und es ihm zeigen; er sollte der erste sein. Sie würde über die leeren Straßen zum Hof seines Hauses gehen und das Tor öffnen ...

»Gillian.«

»Edward.«

Sie gab ihm die Zeitschrift, empfing seinen Kuß. Einmal, zweimal auf die Wange, und dann ...

Hinein in die Stille des Hauses, die Wärme der Küche, zum Ticken der Uhr. In die Bibliothek, Seite an Seite an dem polierten Tisch. Er setzte seine Brille auf, blätterte um, begann zu lesen. Der Hund schlief. Um sie herum war alles still.

Gillian nahm das Heft und hielt seine Kühle an ihre brennenden Wangen. Auf der anderen Gangseite hustete Phoebe im Schlaf. Regen klatschte an die Fenster.

Das Dorf war von Überflutung bedroht. Edward dachte an Gillian und Phoebe, als er die Gespräche im Dorf hörte und mit dem Landrover hinaus zur Brücke fuhr, um den anschwellenden Fluß und die vom Regen ausgewaschenen, sumpfigen Ufer in Augenschein zu nehmen. Wilde Schwäne und andere Wasservögel suchten Schutz im Schilf. Er fuhr durchs Dorf zurück, Wasserfontänen spritzten empor; er stellte sich vor, wie es vor über dreißig Jahren über die Türschwellen geflossen, bis an die Simse, über die Fenster gestiegen war, er dachte an den Traktor mit Edward Traherne, der Familien ins Trockene, zur Kirche brachte.

Und dann der ertrinkende Hund, die ausgestreckte Hand, das Ausrutschen auf dem Trittbrett, der plötzliche Atemzug ...

Als er nach Hause kam, rief Rowland an; er hatte den Wetterbericht gehört und klang besorgt.

»Irgendwen getroffen?« fragte er leichthin. »Im Pub gewesen?«

Edward erklärte ihm, es sei zu naß, um irgend jemanden zu treffen. Abgesehen von den notwendigsten Besorgungsfahrten blieben alle zu Hause. Er hatte in die Kreisstadt fahren müssen, um sich beim Tierarzt Impfstoff zu holen. Abgesehen davon und von den Inspektionsbesuchen bei den Hühnern waren er und Tarn ans Haus gefesselt. Er las viel.

Er hörte sich das Neueste aus London an: Proben und Konzerte, eine gute Platteneinspielung, eine Party bei irgend jemandem.

»Komm doch runter«, sagte Rowland.

Sein Herz machte einen Sprung.

Aber er konnte nicht weg, so kurz vor seinen ersten Lämmern; das wäre verantwortungslos und töricht gewesen.

»Könntest du denn nicht raufkommen?« Er hielt sich den Hörer fest ans Ohr und sah in den endlosen Regen hinaus.

Blättern im Terminkalender. Jetzt noch nicht gleich.

Sie verabschiedeten sich mit salopper Zärtlichkeit. Es fühlte sich nicht richtig an. Eine halbe Stunde später rief Edward zurück. Der Anrufbeantworter lief. Er wollte eine Nachricht hinterlassen und tat es dann doch nicht.

Er ging hinaus, um nach den Hühnern zu sehen, die still auf ihren Stangen saßen. Keine Eier. Regen prasselte hart aufs Dach. Er kehrte ins Haus zurück, den Hund bei Fuß; drinnen rubbelte er ihr das klatschnasse Fell ab. Er versuchte zu lesen.

In den langen, schmerzenden Stunden der Nacht lag er da und dachte nach, erinnerte sich an sie beide zu Weihnachten: Nah und innig hatten sie den stillen Schnee fallen sehen.

Es regnete, und ein gefährlicher Moment war erreicht. In den Nachrichten war von Orkanstürmen an den Küsten die Rede, die ins Landesinnere zögen. Aber der Augenblick ging vorüber. Der Orkan drehte nach Norden ab und kam nicht über die Cambrian Mountains, die Black Mountains oder die näher gelegenen Brecon Beacons hinweg. Gegen Mitternacht in der vierten Nacht ließ der Regen nach und hörte schließlich auf. Am Morgen war der Himmel klar.

Während der nächsten paar Tage floß das Wasser ab. Die Gespräche im Dorf wandten sich anderen Dingen zu. Es wurde kälter. Man redete von den Lämmern.

Phoebe, die tagelang nicht in den Garten gekonnt hatte, war sofort draußen, als der Dauerregen aufhörte. In Gummistiefeln ging sie die Wege ab und sammelte ertrunkene Schnecken in einen Eimer. Das Fischgrätmuster war dunkel, weil die Ziegel noch vollgesogen waren; die Beete waren voller herausgewaschener Steine. Der Regen war zwar unbarmherzig, aber stetig gewesen; die Stürme hatten die Berge nicht überquert, und ihre Pflanzenstützen standen noch fest da. Nichts war entwurzelt oder verloren. Die Zwiebeln, die gerade eben aus dem Boden kamen, saßen locker in ihrer Verankerung aus Erde, würden sich aber bald wieder setzen. Das Einweichen dürfte ihnen nicht schaden.

Sie platschte zwischen den Obstbäumen hindurch zum Teich hinunter.

Der Wasserspiegel war höher, die Oberfläche voller Entengrütze. Das Schilf, das im Sommer so dick und hoch dastand, war jetzt nur noch nasses, blasses Pergament. Unter der Esche erschienen zwischen Büscheln von ungekämmtem Gras schon die ersten, süßen Schößlinge der Schneeglöckchen. Ein schönes, wildes Plätzchen. Das Schilf mußte geschnitten werden, sonst gab es aber nicht viel zu tun. Noch ein paar Wochen, dann wäre der Boden voller Hahnenfuß und Winterlinge, und die ersten Pfeilspitzen der gelben Bartiris würden sich nach oben recken.

Phoebe blieb für eine Weile stehen und betrachtete alles. Die Bauernwiese auf der anderen Seite der Hecke wimmelte von Staren, die dort herumlärmten und im Boden stocherten. Schillernde Federn hoben sich glänzend vom nassen Gras ab, sie waren hinter Larven her, die der Regen hochgewaschen hatte, machten sich nützlich.

Noch ein paar Wochen, dann würden die Kühe zurückkommen, würden zur Weide getrieben und über das fette neue Gras wandern.

Phoebe stand da und hörte den Vögeln zu. Die Berge jenseits der Weide waren noch dunstig, obwohl es aufklarte; tiefhängende Wolken streiften die höheren Kuppen.

Und wie es geregnet hatte.

Für einen Augenblick sah sie sich selbst vor dreißig Jahren, wie sie nach der großen Flut draußen im Garten gestanden und zu den Bergen hinübergesehen hatte, neben sich die die stille, weiße Gillian. Sie hatte das fremde, neue Land der Witwenschaft betreten.

Wieder allein. Ein stechendes Gefühl der Erleichterung.

Aber da war noch das weiße, stille Kind.

»Mama?«

»Ja?«

»Was wird mit uns?«

»Nichts«, sagte sie fest. »Es wird alles so bleiben wie immer.«

Phoebe trug ihren Eimer zum Komposthaufen und leerte ihn aus. Die Schnecken landeten mit einem kleinen, nassen Geräusch. Als sie mit schlenkerndem Eimer zur Trockenmauer hinüberging, bemerkte sie wieder dieses merkwürdige Gefühl von Enge in der Brust, das immer wieder kam und verging.

Na gut. Es kam, und es war nur gut, daß es wieder ging. Nichts, worüber man sich aufregen müßte. Zu Weihnachten hatte sie dieses kurze, nie dagewesene Fieber gehabt, seitdem war sie keinen Tag mehr krank gewesen. Sie stellte den Eimer ab und ging durchs Tor in den Gemüsegarten, schritt dort die Wege ab. Überall Nacktschnecken. Zurück, den Eimer holen. Es gab viel zu tun.

Oben im Haus stand Gillian am undichten Badezimmerfenster und sah zu, wie sie da herumstapfte.

Wie immer stoben die Mutterschafe auseinander, sobald er herankam. Tarn, unsichtbar an seiner Seite angeleint, wartete auf sein Kommando. Die Morgenluft war kalt: rauhes Februarwetter, eine Reihe dunkler Tage war auf die letzten, dramatischen Wochen mit Schnee und Regen gefolgt. Jetzt war der Regen weggewischt worden. Hin und wieder kam er mit kurzen Güssen zurück, meistens herrschte aber nur diese Kälte: dunkle Nächte, dunkle Morgenstunden, sonnenlose Tage. Er las Bücher über Schafzucht und beriet sich mit dem Tierarzt.

»Schafe kriegen mit tödlicher Sicherheit jede Todesart raus.« Der Tierarzt, ein kleiner, drahtiger Mensch, nahm Schachteln mit Auffrischimpfstoff vom Regal, Schutz vor Lämmerdurchfall und anderen Krankheiten. Er sprach von virusbedingten Aborten, Infektionen, Brustdrüseninfekten, Hypersalivation.

»Sie machen das doch wohl nicht alles im Alleingang, hoffe ich.« Er schrieb die Rechnung aus.

»Bis jetzt schon.«

»Na, Sie wissen ja, wo wir sind.«

Edward fuhr nach Hause; auf dem Beifahrersitz stapelten sich die Schachteln. Die Mutterschafe bekamen jetzt eiweißreiches Futter zu ihrer Heuration: Schwere Säcke mit Preßfutter vom Landhandel wurden mit dem Anhänger auf die Weide gefahren und in einen Trog geschüttet.

Bei seiner Rückkehr sah er zu, wie sie sich darum scharten, eine große, wollige, trächtige Masse. Er versuchte, sich alles ins Gedächtnis zu rufen, was sein Großvater ihm erzählt hatte, erinnerte sich aber nur an den ungeheuren Augenblick, als er bei seiner ersten Lämmergeburt zugesehen hatte: wie es mit dem Strick gezogen wurde und dann verschmiert, schwach und häßlich im Heu lag, wie die Mutter sich verwandelte, wie sie unglaublich aktiv wurde, leckte, wimmernde Laute ausstieß, die langen, zittrigen Beinchen und das spitzige Gesicht anschubste, bis das Lamm nach ein paar Minuten mit wild wackelndem Schwänzchen dastand, hungrig die Nase in das schwere Fell bohrte und suchte.

Der Hund Ben fraß etwas Schweres, Blutiges.

Der Großvater legte ihm die Hand auf die Schulter. »Alles klar? Das ist schon was, oder?«

»Ja.« Er beobachtete die heftigen Bemühungen des Lamms um die Zitze, den Augenblick der Befriedigung. Jetzt weiß ich also um diese Dinge, dachte er.

»Ist gut, Tarn, nicht zu hastig.«

Sie hatte sich neben ihn geduckt, jetzt sprang sie davon, rannte in einem großen Bogen um die Weide, umkreiste die blökenden Schafe und zog sie nach innen, hielt die Ohren aufgerichtet für Pfiff und Ruf.

»Ruhig, ruhig, weiter, so ists gut, und jetzt komm her.«

Er war mit seinem Krummstab zur Stelle, ging um die Tiere herum, trieb sie auf das Gatter zu. Die kalte Luft war erfüllt von ihren Rufen.

Er ging noch einmal die Weide entlang und entriegelte das erste Gatter. Die Schachteln mit den Impfampullen hingen in einer Einkaufstüte an einem Pfosten. Er tastete nach der Spritze in seiner Tasche, da war sie, mit einem Deckel verschlossen, aber bereit. Er hatte das hier schon einmal gemacht; der Tierarzt hatte es ihm bei einem Besuch im November gezeigt, jetzt machte er die Auffrischung. Er öffnete die erste Schachtel, entfernte die Folie von der Reihe Ampullen, brach die Spitze der ersten ab, füllte die Spritze, hielt sie gegen das Licht. Er blickte all die Jahre zurück und beobachtete seinen Großvater: den geübten Blick, die ruhige Hand, die gleichmäßige Stimme.

»Gut so. Braver Hund.«

»Gut, Tarn.« Er hörte sich den entspannten Ton nachahmen, den er als Kind so geliebt hatte. »Dann wollen wir mal.«

Das erste Mutterschaf kam herein und blickte nervös um sich; er packte sie, klemmte sie sich fest zwischen die Knie, teilte das dicke, ölige Vlies.

»Braves Mädchen, ganz brav.« Schnell und sicher mußte man sein: seine Finger bebten. Er stach in unsichtbare Haut. Das Tier machte eine verzweifelte Bewegung. »Ruhig!« Er ließ sie los, öffnete das Gatter aber noch nicht. Er kniete sich neben sie hin und tastete sie ab, überprüfte sie auf eine Steißlage oder Zwillinge, ließ seine Hände über das Fell gleiten, fuhr den geschwollenen Bauch entlang, kontrollierte mit einem Griff zwischen die Hinterbeine den Halt der Gebärmutter. Es kam vor, daß sie fast zur Hälfte heraushing, dann mußte das Muttertier angeschnallt werden und die letzten Wochen im Geschirr zubringen. Dieses hier fühlte sich gut an: nur ein Lamm, und alles am Platz.

»Okay. Ab mit dir.«

Er ließ sie frei, hob den Riegel des zweiten Gatters und blickte ihr nach, als sie die Wiese hinaufrannte.

»Tarn?«

Das nächste Tier. Diesmal war seine Hand ruhiger.

Es wurde Vormittag, der Himmel heller. Er schaffte sie alle, eins nach dem anderen, ohne einen einzigen Zwischenfall: nichts verschüttet, keine Nadeln abgebrochen. Ein, zwei Stunden lang dachte er an nichts als die Aufgabe, die es zu erfüllen galt: fangen, festhalten, spritzen, untersuchen, freilassen. Das Gatter war stabil, gute Arbeit. Phoebe ging ihm durch den Kopf, ihre sachliche, zupackende Art.

»Okay, Tarn, die letzte.«

Dieses letzte Tier geriet in Panik, als es von der Herde getrennt wurde.

»Ruhig, ruhig, Mädchen, ganz locker.«

Die letzte Ampulle war leer; er ließ seine Hände über ihren riesigen Leib gleiten. Die hier würde Probleme machen: mit Sicherheit Zwillinge, und vielleicht sogar noch ein verstecktes, winziges Drittes. Er zog die Farbdose aus der Tasche und sprühte ihr schnell einen roten Fleck auf den Schwanz. Die mußte man im Auge behalten.

»Na gut.« Der Gestank der Sprühfarbe blieb noch einen Augenblick lang in der Luft hängen. Davon konnte man einen Rausch kriegen, wenn man nicht aufpaßte, vor allem im Stall. »Ab mit dir.« Den Riegel hoch, sie trabte von dannen.

»Platz«, sagte er zu Tarn. »Laß sie jetzt.«

Er ging im Pferch herum, las die leeren Ampullen auf, warf sie in die Einkaufstüte, schloß den Riegel hinter sich. Auf dem Weg zum Weidentor dachte er an die Hilfe, die er wohl benötigen würde. Fünfundachtzig Mutterschafe würde er unten im Stall haben. Auch wenn es da einfacher wäre, weil er sie in

Boxen hätte, würde er es doch nicht in einer Nachtwache nach der anderen allein schaffen. Er überlegte, ob er zu lange damit gewartet hatte, herumzufragen – wahrscheinlich hatte er das. Es wäre wohl das beste, Pritchard anzurufen und sich zu erkundigen, ob er jemanden wüßte. Und wieder fiel ihm Phoebe ein, diese hagere, energische Person. Wenn es Probleme gab, wäre sie bestimmt nützlich; sie hatte sicher ein Händchen für alles. Vielleicht sollte er mal hinfahren und mit ihr reden.

Die Luft war scharf und frisch. Die Wolken segelten schnell dahin, Krähen lärmten in den Bäumen. Vom Weidentor aus, wo er Tarn in der Hecke herumstöbern ließ, sah er vor sich auf dem Dach des Wohnhauses die einsame Dohle und hörte ihren schnellen, harten Ruf. Er dachte an den Morgen, als Rowland abgereist war, und an seine Verzweiflung; er fragte sich, warum er jetzt, wo er gerade eine wichtige Arbeit hinter sich gebracht und noch soviel zu tun hatte, schon wieder diese schmerzhafte Abwesenheit spürte. Der Gedanke an Phoebe hatte ihn darauf gebracht, weil er Gillian und die Lesung mit ihr assoziierte: ihr glanzvoller Auftritt und sein Entzücken darüber, und dann der Augenblick von Furcht und Schrecken, als er mit Tarn aus der Kälte wieder hereingekommen war.

»Rowland«, sagte er laut.

Die Krähen riefen, die Dohle flatterte vom Dach auf. Er kam in den Hof und sah Gillian, die hinter sich das Tor zur Straße schloß und gerade den Hof überqueren wollte. Sie sah auf und bemerkte ihn. Ihr Gesicht glühte feuerrot.

Wer ist die, die heraufsteigt von der Wüste …

»Hallo«, sagte er sanft, weil er wußte, wie schrecklich schüchtern sie war. »Ich habe gerade an Sie gedacht.«

Sie saßen nebeneinander an dem polierten Tisch. Er schlug die Zeitschrift auf, schnüffelte an den Seiten.

Sie beobachtete ihn. Wie schön er alles tat: Er hatte das Heft mit einem Kuß in Empfang genommen und es dann erst einmal abgelegt, bis er sich, weil er draußen bei den Schafen gewesen war, die Hände gewaschen, Tee für sie gemacht und sie hier hineingeführt hatte. Alles in einem gemessenen Tempo, alles richtig. Jetzt konnte er den Gedichten seine volle Aufmerksamkeit widmen. Er hatte seine Brille aufgesetzt; sie sah ihm so gern zu, wenn er das tat.

»Also.« Er fuhr mit dem Finger über das Inhaltsverzeichnis, las den Leitartikel: »›Edward Traherne, Nachfahr des Thomas ... ein brillanter, viel zu lange kaum beachteter Lyriker ... tragischer Tod ... Gillian, die Tochter, eine beeindruckende, ganz eigene Stimme ... sollte einem größerem Publikum zugänglich werden ...‹«

Er sah sie über den Rand seiner Brille hinweg an. »Sehr schön. Freuen Sie sich?«

»Natürlich.«

Er wandte sich den Gedichten zu. »›Friedhof von Penglydr‹ – schön, daß sie das genommen haben. Und ›Cadair Hall‹ ... ja, ich erinnere mich. Sie haben beide gelesen, nicht?« Er überflog die Zeilen, nickte dabei, lehnte sich in seinem Stuhl zurück. »Warum lesen Sie sie mir jetzt nicht noch einmal vor?« Er reichte ihr die aufgeschlagene Zeitschrift.

»Oh, nein ...« Der Gedanke erschreckte sie. Hier oben auf der Farm, so weit von allem ...

»Ach bitte«, bat er sanft.

So eine schöne Stimme ...

Wie nah sie sich wären. Wie vertraut ...

»Ich glaube nicht, daß ich ...«

»Bitte.«

Ein winterlicher Sonnenstrahl hatte sich durch die Wolken gekämpft und leuchtete zum Hoffenster herein.

»Da.« Edward deutete auf den Lichtfleck am Boden: »Ihr Scheinwerfer.«

Na gut. Es gab ja keine Mitwisser.

Sie erhob sich, am ganzen Körper zitternd. Sie ging zum Fenster und stellte sich mit dem Rücken davor. Eine zögernde Sonne beleuchtete die Seiten.

Sie begann zu lesen.

Tauben stiegen auf, Osterglocken wehten, ein Sarg senkte sich, tief, tiefer ...

Die Seiten zitterten, aber ihre Stimme wurde kräftiger.

Das Wasser unter der Erde war gestiegen, gestiegen, ein Kind war weggerissen worden …

Und da kam über die stillen, glänzenden Fluten ein Adler, mächtig und grausam, seine Schwingen teilten den Himmel über Wales …

In der Kirche, eine offene Bibel, aufgeschlagen bei einem Psalm:

»Herr, die Fluten erheben sich, die Fluten erheben ihr Brausen, die Fluten erheben ihr Tosen.

Gewaltiger als das Tosen vieler Wasser, gewaltiger als die Brandung des Meeres aber ist der Herr.«

Gillian war erleuchtet. Sie las bis zum Ende von »Friedhof von Penglydr«, holte Atem und ließ einen Moment des Schweigens entstehen. Sie spürte, daß Edward sie ansah.

»In Cadair Hall«, sagte sie zu dem heiligen Sonnenstrahl. Sie las von Gelübden und einer für ewig sich schließenden Tür. Stimmen sangen in den kanonischen Stunden der Nacht; bei Tagesanbruch stieg der Nebel aus den Feldern auf; in der schweren Stille der Mittagsstunde sangen Lerchen, und die Felder waren golden.

Das Korn war: »Östlicher und unsterblicher Weizen, der nie zum Schnitt bestimmt noch je gesäet ward. Ich dacht', er hätt' gestanden von Ewigkeit zu Ewigkeit …«

Sie hörte auf zu lesen.

Edward sagte leise: »Gillian …«

»Ja?« Sie zitterte am ganzen Leib.

»Sie sind erleuchtet«, sagte er schlicht. »Ich habe kein anderes Wort für das, was Sie sind.«

Ich bin verliebt, sagte sie zu dem gesegneten Winterlicht und spürte die Seligkeit dieser kühnen Worte in sich aufsteigen, sie erfüllen und mit Haut und Haar in Besitz nehmen. Ich bin verliebt.

Sie konnte ihn nicht ansehen, sie konnte nicht sprechen.

Die Hündin kam von der hinteren Weide her durch den Hof. Sie bellte einmal. Edward stand auf, um sie hereinzulassen, sie folgte ihm durch den Gang. Gillian hörte ihre Krallen auf den Dielen klicken. Sie verließ ihren Platz am Fenster, setzte sich auf den hochlehnigen Stuhl am Tisch und wartete, daß Edward zurückkam.

»Küche«, sagte er im Flur. »Korb. Nun mach schon. Du hast schlammige Pfoten und sollst nicht mit nach vorne kommen.«

Die Hündin gehorchte: Gillian hörte sie in die Küche gehen. Sie hörte, wie Wasser aus einem Steingutnapf geschlabbert wurde und dann der Korb knarrte. Sie saß ganz still da, die Zeitschrift vor sich auf dem Tisch, ihr Herz raste.

»So. Da bin ich wieder.«

Er setzte sich wieder und schob den Stuhl so zurück, daß er sie direkt ansehen konnte. Er schob seine Brille höher. »Gut. Und was machen wir jetzt mit Ihnen?«

Gillian heftete ihren Blick auf einen Platz in der Mitte des Tisches. Irgendwann einmal hatte jemand darauf herumgekratzt, sogar ziemlich tief hineingeschnitten; ein gelangweilter kleiner Junge hatte sich darüber gebeugt, tief gegraben, alles um sich herum vergessen ...

Thomas!

Er sprang auf, ließ das Schnitzmesser fallen, wurde scharf zurechtgewiesen. Er floh, knallrot im Gesicht und tränenüberströmt, in die Verbannung aus der zivilisierten Menschheit.

»Was meinen Sie damit?« fragte sie die zerkratzte Stelle im Tisch.

Edward klopfte auf die Zeitschrift. »Es stimmt. Was die da sagen. Sie verdienen ein größeres Publikum. Wir sollten uns etwas überlegen.«

Sie schüttelte den Kopf. Ihre Wangen waren immer noch feuerrot.

»Nein. Nein. Es reicht völlig, wie es ist.«

Edward sah sie an; sie spürte es. »Wo haben Sie denn schon gelesen? Ich meine, außerhalb von Penglydr.«

Sie dachte nach.

»Einmal in Welshpool. In Montgomery. In ein, zwei Dörfern.« Sie nestelte an einer Ecke der Zeitschrift herum. »Eigentlich nirgends.«

»Aber hier in der Region sind Sie bekannt ... Sie haben doch Anhänger.«

»Ich weiß nicht so recht, ob ich das so nennen würde.« Sie lächelte kurz und sah wieder weg.

»Also.« Er trommelte mit den Fingern auf den Tisch. »Wir brauchen einen Plan. Draußen wartet die weite Welt.«

Wer hatte das vor vielen Jahren zu ihr gesagt? Der Pfarrer in der schilfgrünen Strickjacke, der in seinem Haus voller Kisten auf seinen Umzug gewartet hatte. Sie war hingegangen, um sich zu verabschieden, hatte ihm in Zeitungspapier eingewickelte Chrysanthemen mitgebracht; hatte ihr Fahrrad draußen an die Mauer gelehnt, das Gartentor aufklicken lassen. Wie still alles gewesen war.

... die Wasserströme erheben sich, die Wasserströme erheben ihr Brausen, die Wasserströme heben empor die Wellen ...

Ich wollte Sie etwas fragen. Wegen der Gedenktafel für meinen Vater. Warum hat meine Mutter den Psalm ausgesucht? Ich wünschte, sie hätte eins von seinen Gedichten genommen.

Gillian bog die Ecke der Zeitschrift vor und zurück und mied Edwards Blick. Viele Momente in einer verlorenen, schwierigen Mädchenzeit hatten auf diese Momente gewartet, das spürte sie: Ein Bogen war geschlagen vom dahintreibenden Kind zu der Frau, die heimgekehrt war.

Sie sah Edward immer noch nicht an. »Die Welt in einem Sandkorn. Mein Platz ist hier.«

Er begleitete sie zum Hoftor. Es war Mittagszeit, aber sie wollte nicht bleiben, und er überredete sie nicht dazu; er deutete ihren plötzlichen Rückzug so, daß er sie wohl zu sehr bedrängt hatte. Außerdem mußte er weg, er wollte zu Pritchard und herausfinden, wer ihm eventuell helfen konnte.

»Ach, sagen Sie ...« Er hob den Riegel des Tors. »Versteht Ihre Mutter eigentlich was von Schafen?«

»Meine Mutter?« Sie runzelte die Stirn und trat einen

Schritt zurück, als das Tor aufschwang. »Ich nehme es an. Die versteht von so vielen Sachen was.«

»Das dachte ich mir. Es wäre nur für den Notfall …« Er spielte mit dem Tor herum, ließ es hin- und herschwingen und erklärte ihr mehr, erzählte ein bißchen von seinem Hintergrund, seinem Kindheitstraum und seiner mangelnden Erfahrung. Sie hörte aufmerksam zu, hielt aber den Blick auf den Boden geheftet.

»Ich rede zuviel«, sagte er schließlich. Sie fror sicher schon.

»Keineswegs.« Farbe überzog ihr Gesicht; sie sah zu ihm auf. »Ich rede immer von mir selbst – über Ihr Leben weiß ich fast nichts.«

»Tja.« Es fiel ihm auf, wie recht sie hatte. »Dafür ist noch viel Zeit.«

»Ja.« Die kalte, feuchte Luft hatte ihren wilden Haarschopf gelöst, sie sah auf einmal glücklich aus. »Danke, daß Sie sich das angesehen haben.« Sie klopfte auf die Zeitschrift in der Tasche ihres Tweedmantels.

Er beugte sich vor, um sie zu küssen. »Danke, daß Sie sie mir gezeigt haben. Danke, daß Sie gekommen sind.« Für einen Augenblick blieb seine Hand auf ihrer Schulter liegen; ihre Augen leuchteten. »Wir sehen uns bald.« Er spürte, wie sie sich immer inniger miteinander verbanden, wie seine Zuneigung zu ihr wuchs.

»Ja«, sagte Gillian.

Und dann ging sie durch das weit geöffnete Tor zur Straßenbiegung hinunter und wandte sich nur einmal rasch um, um ihm zum Abschied zuzunicken, während er das Tor wieder ins Schloß zurückschwingen ließ. Er hob die Hand, das Tor klappte laut zu, sie war fort.

Edward ging über den Hof zurück. Hinter dem Haus riefen Krähen; er sah eine Bachstelze bei der Brunnenpumpe herumstaksen, wegfliegen und schließlich in einer Ecke landen. Rauf, runter, rauf, runter. Noch ein paar Wochen, und es würde hier von Vögeln wimmeln, die heruntergefallene Heuhalme und Ästchen aufsammelten und in den Dachtraufen und sämtlichen Alleebäumen ihre Nester bauten. Na, das war etwas, auf das man sich freuen konnte, das und die Lämmer.

Wegen der Lämmer mußte er etwas unternehmen. Pritchard, seinen Nachbarn, anrufen.

Vor der Haustür spürte er wieder, wie kalt es war, der kälteste Tag seit dem Schnee. Und Gillian mußte so weit gehen. Er zog seine Stiefel aus und dachte daran, wie sie mit ihren Gummistiefeln über die menschenleeren Landstraßen zu ihm gelaufen war, um ihm ihre Gedichte zu bringen.

»Draußen wartet die weite Welt.«

»Die Welt in einem Sandkorn. Mein Platz ist hier.«

Er ließ die Zeit Revue passieren, die sie miteinander verbracht hatten; die Begegnung im Garten, wo dünner Rauch vom Laubfeuer in den Himmel gestiegen war, Augenblicke in einer eisigen Kirche, auf einem winterlichen Friedhof; die stillen Stunden hier, mit Büchern und Gesprächen. Er dachte daran, welches Feuer sie eben beim Lesen gezeigt hatte.

Schafe blökten, Wolken zogen über das Hausdach. Er ging hinein. Rowlands Regenjacke hing an der Garderobe im Flur; er hängte seine eigene daneben, berührte beide. Er hörte sich zu Gillian sagen:

»Da gibt es etwas, über das ich mit Ihnen reden will …«

Dann sah er ihr seltsames, jungfräuliches Gesicht vor sich, das Gesicht einer inspirierten, einsiedlerischen Frau, die nirgends hinging, nur hiesige Menschen kannte, vor der weiten Welt zurückschreckte.

Nein, dachte er. Nein. Noch nicht.

»Wo warst du denn?« fragte Phoebe.

»Spazieren.« Sie hängte ihren Mantel auf und stellte die Stiefel unter dem Vordach ab.

»Ich würde mir wünschen, daß du …«

»'tschuldigung.«

Gillian stieg die Treppe hinauf. Sie ging über den knarrenden Flur ins Bad. Als sie fertig war, ließ sie heißes Wasser laufen und hielt die kalten Hände darunter; sie hörte es in den Leitungsrohren klopfen.

Tu den *Stöpsel* rein, sagte Phoebe. Du verschwendest alles.

Sie drehte den Hahn zu und sah in den Garten hinunter. Schneeglöckchen, die Nonnen des Winters, in Hülle und Fülle an den Ziegelpfaden, unten am Teich, in großen Büscheln unter den Bäumen. Ihre Blütenblätter waren zum Gebet geschlossen; bald würden sie sich öffnen, von der scharfen Frühlingssonne durchbohrt werden und ihren Dank darbringen.

Sie legte sich die Hände vors Gesicht, atmete kaum noch.

»Gillian!«

Sie schob das Fenster auf. Vom Taubenschlag her kam eine Bewegung, das Flattern von Schwingen, Kratzen von langen Füßen auf der bemoosten Rampe. Und dann flog eine Taube hinaus, und noch eine, im Sinkflug in den Garten hinein, der noch kurz davor stand, grün zu werden. Sie flogen hoch über die leeren Blumenbeete, den Kräuter- und Küchengarten, über das lange Fischgrätmuster der Wege, über den Obstgarten hinweg zu dem wintertoten Schilf und den ersten Sprossen des Frühlings, hinunter zum Altar des Gartens. Sie schwangen sich zur Esche hinauf, ließen sich im Königreich des Himmels nieder.

»Gillian!«

»Komme schon.«

Sie ging zurück über den verschlissenen Läufer, vorbei an Phoebes ungeheiztem Schlafzimmer und den Schränken mit dem unbenutzten Leinen.

»Zeit zum Mittagessen«, sagte Phoebe unten am Fuß der Treppe. »Höchste Zeit.«

»Komme schon.«

Sie ging in ihr Schlafzimmer und schloß die Tür. Sie stand vor ihrem Schreibtisch mit den Papierstapeln, Blätter über Blätter. Manche Dinge waren männlich, andere weiblich. Die weißen Blätter lagen unter dem Füllhalter und warteten auf seine Berührung. Sie hob ihn auf, stand reglos da.

»Sie sind erleuchtet ...«

»Ich bin verliebt«, flüsterte Gillian in die staubige Leere ihres Zimmers hinein.

Sie hörte seine Stimme in ihr selbst, tief, so tief.

»Ich bin verliebt.«

Der verkratzte, unpolierte Tisch, das durchgelegene Bett und der altersschwache, niedrige Korbstuhl hörten ihr zu; sie breitete die Arme aus, um sie alle zu umfangen.

11

Nesta und Phil waren spazieren. Ein Sonntagnachmittag: Heute nacht hatte sie wieder eine Nachtwache vor sich und würde bis zum nächsten Wochenende oben in Cadair Hall bleiben, um für Kollegen einzuspringen: Martin lag mit Grippe zu Hause, und Claire besuchte ihre Familie. Nesta hatte den ganzen Vormittag über aufgeräumt, gebügelt, ihren Koffer für die kommende Woche gepackt, den Rest ihrer Brot- und Käsevorräte aufgegessen und sich eine Liste mit all dem gemacht, was sie auf dem Rückweg würde besorgen müssen. Dann hatte sie das Cottage abgeschlossen und war zum Auto gegangen.

Die Schafe hinter dem Weidegatter sahen langsam auf, als sie den Wagen anließ; sie fuhr die noch immer von den letzten Regenfällen tiefverschlammte Schotterstraße entlang, bog nach links ab, passierte wie üblich das »Feathers« und hielt sich an der Kreuzung wieder links in Richtung Long Betton; eine Strecke, die sie inzwischen, nach ein paar Besuchen, so gut kannte, daß sie keine Landkarte mehr brauchte.

Sie fuhr an Phils Tor vor, sah ihn schon an der Tür des Cottages stehen und ihr dann über die Wiese entgegenkommen, bereit, ihr zu helfen.

»Hi.«

Durchs offene Autofenster ein Kuß auf die Wange; dann holperte sie übers Gras und sah ihn im Rückspiegel, wie er das Tor schloß und hinter ihr herging.

»Kaffee? Oder wollen wir gleich los?«

Sie standen nebeneinander und betrachteten den Himmel. Bei den letzten beiden Besuchen hatte es viel Musik und noch viel mehr Regen gegeben. Dies würde ihr erster Spaziergang werden. Der Himmel war hell und hoch. Der Wind trieb die Wolken nach Westen.

»Laß uns einfach gehen«, sagte Nesta. »Wo ist Abraham?«

»Treibt sich irgendwo rum. Ich hole meine Jacke.«

Sie wartete auf ihn; die Katze kam vom Holzstoß her und trug etwas.

»Oh, Abraham ...« Sie ging auf ihn zu; er ergriff die Flucht.

»Abraham hat eine Maus«, sagte sie zu Phil, als er hinter sich die Tür schloß. »Oder sonst etwas.«

»Wahrscheinlich eine Wühlmaus. Ich hab dir ja gesagt, daß er keine Gnade kennt.« Er sah die Wiese hinunter. »Überlassen wir sie ihm. Komm.« Sie gingen über das Gras zurück auf die Straße hinaus. »Fühlst du dich stark genug für eine kleine Klettertour?«

»Natürlich.«

Sie gingen die Straße entlang. »Erzähl mir, was du getrieben hast.«

Sie erzählte ihm von der vergangenen Woche, vom gleichförmigen, nur ab und zu von Elternbesuchen unterbrochenen Tagesrhythmus der Kinder. »Ist das nicht hart?« fragte er. »Für alle Beteiligten?«

»Manchmal.« Sie hatte die Hände in den Taschen vergraben und sah ihn an. »Und du? An was arbeitest du gerade?«

»Ein Stück, das sich ›Vogelfuß‹ nennt. Ich weiß auch nicht, warum ichs so genannt habe – der Titel war zuerst da, und das ist normalerweise nicht so. Es sind sehr viele Schlaginstrumente drin.«

»So was machen wir mit den Kindern.«

»Ich weiß; ich glaub, es hat damit angefangen, daß du mir das erzählt hast.«

»Das muß sehr befriedigend sein.« Sie kamen um eine Biegung, hinter der sie einem Auto ausweichen mußten.

»Was denn?«

»Musik auf diese Weise im Mittelpunkt des Lebens zu haben – so daß man sich damit allem annähern kann ... ich weiß auch nicht ...«

»Alles ist Musik«, erklärte er, als sie wieder auf die Fahrbahn herunterstieg. »Du mußt bloß zuhören, das ist alles. Wie jetzt, bei so einem Spaziergang – sie ist überall um uns herum.«

Trotz ihrer Arbeit und der langen Zeit, in der sie sich mit diesen Dingen befaßt und sie genossen hatte, gab es einen Teil in Nesta, der sich instinktiv gegen solche Feststellungen sträubte. Sie schwieg.

»Nein? Zu sentimental? Zu sehr New Age?«

»Vielleicht ein bißchen. Vielleicht denkt ein Musiker so, aber …«

»Es stimmt aber«, sagte er sachlich. »Es ist eine Begabung, es ist Handwerk, aber jetzt hör einfach mal zu.« Er hatte seinen walisischen Singsang wieder angestellt; sie lächelte.

Sie lauschte – auf ihre Schritte auf der Straße und im struppigen Gras, als sie nach rechts auf eine Weide abbogen, auf ihren Atem, als sie einen Berg erklommen, auf die Rufe von Schafen und Vögeln und das Plätschern von Wasser, als sie den Gipfel erreicht hatten und über das Tal blickten. Der Wind blies Phils Haare über sein Gesicht; er strich sie nach hinten und lächelte sie an.

»Verstehst dus jetzt?«

»Ja.«

Er streckte eine Hand aus; sie nahm sie nicht.

»Noch nicht?«

»Noch nicht.«

Sie war sich nicht sicher, ob sie dem Ganzen nicht zuviel Bedeutung beimaß, seine Hand zu nehmen hätte schließlich auch das einfache Akzeptieren einer wachsenden Freundschaft bedeuten können, aus der mehr werden konnte oder auch nicht. Sie nicht zu nehmen und »noch nicht« zu sagen implizierte etwas, das schon ernst war, schon dabei war, sich zu etwas Bedeutsamem zu entwickeln und nur noch auf einen Anstoß wartete, um zu sagen: Ja, jetzt will ich mich dir hingeben.

Und das konnte sie nicht.

Laß dir Zeit, sagte Hal, wie er es immer zu den Kindern gesagt hatte. Keine Eile. Du wirst wissen, wenn es richtig ist.

Phil hatte die Hand wieder in die Tasche gesteckt. Der Wind blies ihm wieder die Haare übers Gesicht und trug ihnen die Rufe der Schafe und Vögel zu. Nesta blickte ins Tal, auf die Gruppen aus kahlen Bäumen, auf Kirchen und Kapellen, auf die Höfe, wo man die Schafe zum Lammen auf tiefer gelegene Weiden getrieben hatte. Sie folgte den Windungen des Flusses, der während des Dauerregens im Januar angeschwollen und gestiegen war und mit Überschwemmung gedroht hatte: ihre erste Kostprobe eines nassen, walisischen Winters, wo die Fenster des Cottages während einer Nacht im peitschenden Regen gewackelt hatten, der Fahrweg ein fast unpassierbarer See geworden war, in dem die Autoreifen im Schlamm mahlten, als sie am Morgen dankbar nach Cadair abgefahren war. Danach hatte sie das Auto immer oben geparkt.

»Ich kanns kaum glauben, daß ich jetzt hier wohne.«

»Du mußt London doch vermissen. Ich meine nicht bloß …«

»Nein. Ich weiß.« Nesta dachte nach; sie gingen weiter. »Mir fehlen meine Freunde«, sagte sie, »aber ich bin nie hingefahren, um mich mit ihnen zu treffen. Sie haben mich auch nicht besucht. Wir schreiben uns, wir telefonieren. Mit meinen Eltern und mit … mit Hals Mutter ist es das gleiche. Ich habe niemanden gesehen.«

»Nicht mal zu Weihnachten?«

»Nein. Da war ich oben in der Hall.« Sie gingen wieder bergab. »Manchmal denke ich, daß ich an einem freien Tag mal runterfahre, einfach ins Auto steige, hinfahre und … alle treffe, aber bis jetzt habe ich das nicht gemacht. Ich bin sicher, daß ich es noch nachhole. Ich weiß, daß ich es noch tue, aber …«

»Noch nicht.«

»Nein.«

Der Pfad ging steil abwärts und war holprig. Man merkte es in den Kniegelenken, besonders, wenn man ungeübt war. Sie hielten an und setzten sich, um zu Atem zu kommen. Phil drehte zwei Zigaretten. »Weißt du denn, warum? Warum der Widerstand?«

Nesta rauchte. »Es ist kein Geheimnis. Ich habe eine Tür hinter mir zugemacht, das geschah ganz freiwillig. Die

Krankheit, der Verfall, die Trauer, all das ...« Sie schüttelte den Kopf. »Es war zuviel, einfach zuviel. Ich habe den Entschluß gefaßt, mein Leben zu ändern. Ich habe es geändert, ich bin hergekommen. Und jetzt ...« Sie zupfte am langen Wintergras. »Jetzt könnte ich es wohl nicht ertragen, wieder zurückzugehen. Ich denke, daß es so ist.« Ein paar lange Halme blieben in ihrer Hand hängen. Sie sah ins Tal hinaus: »Ich habe nicht damit gerechnet, daß das passiert, aber es ist passiert.«

Phil hörte ihr zu. »Es tut mir leid, Nesta. Ich sollte dich nicht so ausfragen. Das läßt ja wohl alles wieder aufbrechen ...«

»Nicht schlimm. Es wird besser.«

»Wird es das?«

»In mancher Hinsicht.« Das Gras war feucht, sie stand auf. »So«, sagte sie, weil sie seine schüchterne Besorgnis spürte und ihr wieder klar wurde, wie jung er war und wie schwierig solche Umstände für ihn sein mußten. »Tja. Und da bin ich nun, in Wales. Gehen wir.«

Sie setzten ihren Abstieg fort; Phils Cottage dort unten war ein gesichtsloses Viereck, sein Lieferwagen und ihr Auto bildeten zwei kleine Flecke daneben.

»Nesta ...«

»Ja.«

»Ich ...« Er stockte wieder. »Nein, ach, na, egal.«

Hoch oben drehte ein Bussard seine Kreise. Sie sah ihm zu, wie sie es jetzt oft tat ... noch etwas, das jetzt zu ihrem Leben gehörte wie die Besuche des Bauern. Die Dinge nahmen Gestalt an.

»Nur zu«, sagte sie zu Phil. »Raus damit, es macht mir nichts.«

»Nur ... ich will dich nicht drängen.« Er sah sie an, wandte sich dann wieder ab. »Es gibt noch viel Zeit.«

»Ja, ja, ich weiß. Danke.« Sie fühlte sich erleichtert.

Sie gingen weiter; über ihnen stieg der Bussard auf, ließ sich fallen.

Nachts hatte Nesta einen verstörenden Traum. Sie träumte, daß Hal von ihr fortging, ihre alte Straße in Camden hinunter. Er ging an geparkten Autos vorbei, die unter Laternen standen. Es war dunkel, und jedesmal, wenn er an einer der Lampen vorbeikam, verschwand er.

»Hal?«

Sie lief hinter ihm her, versuchte, sich zu beeilen, aber ihre Füße waren wie Blei, und ihre Beine wollten nicht gehorchen.

»Hal?«

Er erschien im Licht einer Lampe, die weit vor ihr lag, er hörte sie nicht, blickte nicht zurück.

»Hal!« Sie sank zu Boden und begann, die lange Straße auf allen vieren zu kriechen, als würde das helfen, als könnte sie ihn so erreichen. Eine Katze überquerte den Fußweg, sie trug etwas: Sie sah ein Baby aus ihrem Maul hängen, es war klein, weiß und blutig. Nein, sagte sie laut, nein, nein.

Sie spürte, wie sie sich an die Oberfläche kämpfte, wobei ein Teil von ihr wußte, daß sie träumte, sie hörte ihre eigene Stimme sagen: Es ist Phil mit einer Maus, das ist alles …

Dann sank sie wieder in den Traum hinein, herabgezogen, als würde sie ertrinken, sie sah das Baby, dessen kleine Ärmchen um sich schlugen, dessen Beinchen wild traten; sie hörte seinen winzigen Schrei: Hilf mir, hilf mir …

»Ha-al!«

Sie stand im Wohnzimmer des Cottages. Es war Nacht, Kerzen brannten. Hal lehnte am Kamin. Er sagte kalt: »Du mußt tun, was du willst.«

»Aber ich will nichts. Ich will nur dich …«

Er wandte sich ab.

»Wo ist unser Baby?« fragte sie. »Wir hätten ein Kind bekommen sollen …« Sie hörte sich weinen. »Hal, Hal …«

Sie erwachte, das Kopfkissen war klatschnaß.

Sie setzte sich auf, hörte einen Schrei.

»Was …« Sie kämpfte sich aus dem Bett und stand bibbernd in der Zimmermitte auf dem Teppich.

Draußen vor dem Fenster des Bereitschaftszimmers lag das stille, dunkle Tal. Eine schwache Lampe glomm auf dem

Tisch, Nachtlichter auch auf dem Flur. Vom Ende des Gangs her hörte sie jemanden rufen und weinen …

»Ja …«

Sie hatte Nachtwache. Eins von den Kindern. Dominic. Ein Alptraum. Ja. Sie atmete tief ein und ging hin, um ihn zu beruhigen.

Er biß und kratzte sie und wollte sich nicht beruhigen lassen.

»Schsch …«

Sie kämpfte, um ihn festzuhalten, so wie Hal die Kinder immer gehalten hatte, stark und ruhig, aber Dominic war stärker und kreischte. Andere Kinder wachten auf. Ich schaff das hier nicht, dachte Nesta.

Sie hielt ihn, so fest sie konnte, murmelte und flüsterte in sein drahtiges, dunkles Haar. Schließlich hörte er auf. Sie wiegte ihn unablässig. Schließlich schlief er.

Nesta schlich sich aus dem Zimmer, den Flur entlang. Unten in der Halle tickte die große Standuhr, ließ langsame, tiefe Töne hören. Drei Uhr früh. Sie ging zurück ins Bett. Sie lag da im dämmrigen Schein der Lampe, atmete tief ein und konnte nicht schlafen. Sie lauschte auf die Geräusche der Kinder, auf Murmeln und Stöhnen, auf Schnarchen und unregelmäßige Atemzüge. Sie dachte über ihren Traum nach, diesen Alpdruck. Ich hatte alles so lange so gut im Griff, dachte sie, und jetzt … Sie fing wieder an zu weinen, weinte leise, weil sie noch einen Ruf der Kinder fürchtete. Schließlich fiel sie in einen unruhigen Schlaf, aus dem sie bei Tagesanbruch mit den Vögeln erwachte.

Ein paar Minuten lang blieb sie liegen und sah zu, wie das Licht ins Zimmer sickerte, dann stand sie auf und ging die breite Treppe hinunter und über die Steinfliesen der Halle. Die Uhr schlug sechs. Sie drückte die Tür zum Büro auf, in dem das Telefon stand. An den Wänden waren Bücher, Photos von den Kindern. Nesta nahm den Hörer. Sie wählte Phils Nummer. Es klingelte und klingelte.

»Hallo?«

Die Stimme war schwer vom Schlaf.

»Ich bins«, sagte Nesta, und in ihrem Magen schwappte es wie Wasser. »Entschuldige, wenn ich dich wecke.«

»Nesta. Ist alles in Ordnung?«

»Nein.« Sie hörte die Vögel vor dem Fenster. »Nein, eigentlich nicht.«

»Schlechte Nacht gehabt?«

»Ja.« Sie holte Luft. »Es ist nicht meine Art, um diese Zeit herumzutelefonieren, es tut mir leid, ich wollte nur …«

Seine Stimme war nicht mehr verschlafen. »Nesta, du mußt dich nicht entschuldigen. Du kannst mich immer anrufen. Sag mir, was los ist.«

»Ich hab immer alles im Griff gehabt …«

»Ich weiß, ich weiß es doch.« Seine Stimme war voller Zärtlichkeit.

»Und jetzt …« Sie wollte ihm von dem Traum erzählen, fing damit an und dachte dann: nein, noch nicht. Um sie herum rührte sich schon alles im Haus, sie hörte, wie die Kinder erwachten; jemand, wahrscheinlich Jonathan, kam die Treppe herunter, um Tee zu machen. Der Tag begann. Sie fühlte sich allmählich besser.

»Wenn ich frei hab … nächstes Wochenende … kommst du mich dann mal in meinem Cottage besuchen?«

»Ja«, sagte Phil. »Ich bring dir Musik mit. Würde dir das Spaß machen?«

»Ja«, sagte Nesta.

Pritchard kam herüber, um einen Blick auf die Mutterschafe zu werfen. Edward hörte seinen Schlepper im Hof und ging hinaus, um ihn zu begrüßen. Pritchard sprang herunter, warf den Stummel einer Selbstgedrehten weg und befahl seinem Hund, im Führerhäuschen sitzen zu bleiben. Der Hund, er war viel größer und älter als Tarn, saß hechelnd da und beäugte alles mit türkisfarbenen Augen.

»Morgen.«

»Guten Morgen.« Edward streckte ihm die Hand entgegen. »Nett, daß Sie gekommen sind.«

Pritchard schüttelte ihm knapp die Hand. Tarn kam auf sie

zugetänzelt. Er nahm keine Notiz von ihr. Edward streichelte ihren Kopf: »Ruhig jetzt.«

»Noch jung, was? Die muß man noch bremsen.«

»Sie arbeitet gut.«

Pritchard sah sich um. Ein kleiner, dünner Mann mit einer Landkarte aus geplatzten Äderchen auf der Nase; auf dem Kopf trug er eine Kappe.

»Ham ganz schön gearbeitet.« Er betrachtete die neuen Schindeln auf dem Dach des Bauernhauses, die Wellplatten auf dem Stalldach, die geflickten Türen der Wirtschaftsgebäude. »Ham ganz schön was ausgegeben.«

»Für Material.« Edward kam sich vor wie ein reicher Londoner. »Das meiste hab ich selbst gemacht.«

Pritchard grummelte etwas. Er ging zum Stall hinüber.

Edward merkte, daß er hinter ihm hertrottete, anstatt ihn herumzuführen. »Hier drin hab ich ein bißchen aufgeräumt«, sagte er, als sie vor der Stalltür standen. Er hob den Riegel hoch, hörte plötzlich etwas davonhuschen. Sie betraten die luftige Stille. Tarn sauste sofort mit wild wedelndem Schwanz in eine Ecke.

»Ratten sind nix für Ihre Lämmer. Am besten lassen Sie den Hund für ein paar Nächte hier drin.« Pritchard schritt den Betonboden ab, sah sich um. »Ham einen schönen Platz geschaffen«, gab er zu. »Bißchen anders als das letzte Mal, wo ich das hier gesehen hab. Ich glaub, Evans hat hier zehn Jahre lang nichts verändert. Was ham Sie denn für den Trecker gekriegt?«

»Fünfzig Pfund, vom Händler in Ledbury.«

Pritchard grummelte wieder. Mit den Blicken taxierte er die Heuballen, die in einer Ecke aufgestapelt waren. Drüben war Tarn ganz außer sich vor Aufregung. Dann ein jähes Quieken.

»Das wars.«

»Geh.« Edward schubste sie mit dem Fuß zur Tür. »Geh, bring sie raus.«

Sie wollte nicht, da warf er ihr das Tier hinterher.

Pritchard sah sich noch einmal um. »Was ist mit Boxen?«

»Ich hab gedacht, ich könnte die Heuballen nehmen«, sagte Edward, als er wieder hereinkam. »Wenn die nicht zuviel Platz wegnehmen.«

»Könnte reichen. Wie viele Mutterschafe, haben Sie gesagt?«

»Achtzig, fünfundachtzig.«

Pritchard schritt noch einmal den Boden ab und deutete mit ausgebreiteten Armen die Breite eines Heuballens an. »Das haut nie hin.« Er zückte sein Taschentuch und schneuzte sich kräftig. »Nie«, sagte er noch einmal. »Sagen wir mal, Sie ham zehn in einer Box, das reicht ja wohl. Dann noch 'n paar leere für den Notfall.« Er stopfte das Taschentuch wieder in die Tasche, hob den Schirm seiner Kappe an und kratzte sich am Kopf. »Sie können Metallboxen mieten, wenns knapp wird.« Er zog den Schirm wieder nach unten. »Die gibts hinter dem Marktplatz, wissen Sie, wo ich meine?«

Edward wußte, wo. Er würde diese Woche hinfahren.

»Aber wissen Sie«, sagte Pritchard beim Hinausgehen, »ich glaub eigentlich nicht mal, daß Evans überhaupt alle seine Mutterschafe zum Lammen reingeholt hat. Ein paar, natürlich, die, wo sonst was schiefgegangen wär, aber die meisten waren doch draußen, die hat er sich selber überlassen. Ist ja natürlicher, stecken sich auch nicht so leicht an. Ist das Ihr erstes Mal?«

»Ja«, sagte Edward. »Jedenfalls seit meiner Kindheit.« Tarn raste auf sie zu. »Was hast du denn mit der Ratte gemacht?« fragte er sie.

»Da drüben, bei der Pumpe.« Pritchard deutete mit einem Kopfnicken hinüber. Edward folgte seinem Blick, sah steifes, graues Fell, ein klaffendes Maul. Sie gingen über den Hof zum hinteren Gatter. Er versuchte, Pritchard etwas von seiner Kindheit und Northumberland zu erzählen.

»Mein Großvater, der kannte sich mit Schafen sehr gut aus. Er hat mir viel beigebracht.«

Pritchard schwieg. Sie gingen durchs Tor auf die rückwärtige Weide. Der Morgen war kalt und grau, nur hie und da zeigte sich ein schmales Sonnenband in den Wolken. Die

Hühner, die er schon früh herausgelassen hatte, pickten sich ihre Bahnen durchs Gras; die Mutterschafe hoben wie immer die Köpfe und flohen mit ängstlichem Blöken den Hang hinauf. Tarn schlich auf sie zu. »Warte«, sagte Edward. Pritchard stand neben ihm und betrachtete die Tiere mit geübtem Blick.

»Sehen nicht übel aus. Gute Tiere, die Hybriden, guter Grundstock für die Nachzucht. Haben aber oft Zwillinge, das wissen Sie sicher.«

»Ja.« Edward betrachtete sie alle mit plötzlich aufwallendem Stolz. »Ich will sie reinbringen, weils mein erstes Mal ist«, sagte er. »Sie zusammenhalten, das Ganze so einfach wie möglich machen. Und nachts … da bin ich alleine.«

»Sie ham sich ganz schön was vorgenommen.« Pritchard sah zum Pferch oben in der rechten Ecke hoch, in dem Edward seine Impfungen gemacht hatte. »Könnten ja mal ein paar reinbringen«, schlug er vor. »Wenn ich schon da bin. Kann ich gleich mal 'n Blick drauf werfen.«

»Gut, Tarn«, sagte Edward. »Bring sie rein.« Eifrig hechelnd schoß sie übers Gras davon. Er und Pritchard gingen zum Gatter, Pritchard hielt das Tor auf. Edward signalisierte Tarn, ihm sechs Tiere hineinzutreiben.

»Komm her zu mir, locker jetzt, das wars …« Er pfiff hohe Töne, Tarns Ohren waren aufmerksam aufgestellt.

Pritchard blieb neben dem Gatter stehen und sah zu. »Un, dan, tri, pedway, pum, chive«, zählte er, während Edward und der Hund ihm die Tiere zutrieben. Er hielt Edward das Tor auf, folgte ihm hinein, ließ es zuklappen.

»Sie haben auf walisisch gezählt?« fragte Edward.

»Nur für Sie.« Pritchard zwinkerte ihm zu; Edward lächelte.

Draußen saß Tarn mit hängender Zunge und beäugte die Hühner. »Laß die in Ruhe«, befahl er. Er sah zu, wie Pritchard mit einer Hand ein Mutterschaf am Halsfell gepackt hielt und es mit der anderen sorgfältig abtastete.

»Nicht schlecht. Nehmen wir noch eine.«

Beim nächsten runzelte er die Stirn. Es war das Tier, das Edward markiert hatte. »Zwillinge.«

»Und vielleicht sogar noch eins?«

»Vielleicht. Ich sehe, Sie ham sie markiert.« Er ließ sie los. »Un, dan, wo ist die nächste?« Auch dieses Tier entlockte ihm ein Stirnrunzeln. »Mit Sicherheit eine Steißlage, so was kann dauern.« Er kniete sich hin und teilte ihr Vlies. Das Schaf blieb geduldig stehen. »Braves Mädchen.« Er zwängte zwei Finger hinein, sie zuckte. »Ruhig.« Er zog die Hand weg. »Die markieren Sie auch am besten, und behalten Sie sie im Auge. Schon Gebärmuttervorfälle gehabt?«

»Bis jetzt nicht.« Edward zog die Sprühdose aus der Tasche, markierte sie mit einem Spritzer Scharlachrot und trat einen Schritt zurück.

»Kriegen Sie aber noch. Das muß man jetzt jeden Tag kontrollieren.«

Pritchard nahm sich die letzten drei vor und sah ihnen in die Mäuler. »Die zwei hier sind erst vom letzten Jahr, auf die muß man aufpassen. Die hier ist ein alter Hase, die ist in Ordnung, hat jahrelange Erfahrung – die kommen raus wie die Erbsen aus der Schote. Aber man kann nie sicher sein. Am besten macht man sich auf das Schlimmste gefaßt.« Er ließ das Tier los. »Also dann.«

»Wollen Sie noch 'n paar sehen?« fragte Edward, die Hand schon auf dem Tor.

»Nein, das reicht fürs erste. Ich muß weiter.«

»Haben Sie Zeit für einen Kaffee?«

»Zeit für 'n Tee«, sagte Pritchard. Die Schafe trabten durch das Gatter hinaus; die beiden Männer gingen über die Weide nach unten.

»Ich weiß ja, daß Sie sicher mit Ihren eigenen Lämmern genug zu tun haben«, sagte Edward. »Ich komme hier bestimmt zurecht. Es ist bloß ...«

»Geht schon klar«, sagte Pritchard. »Wenn ich nicht kann, kommt jemand anderer. Billiger als der Tierarzt. Sie merkens ja, wenn sie wen brauchen.«

»Danke.«

Am Hintereingang des Wohnhauses streiften sie sich die Stiefel ab. Edward ging voran.

Er spürte das Schweigen des Mannes, der vor ihm zur Küche durchging und den vorderen Hausteil sah: Teppiche, Bilder, durch die offene Tür zur Bibliothek ein Blick auf Bücherregale. Er geleitete ihn in die Küche, schob ihm einen Stuhl hin.

Pritchard setzte sich. Er nahm seine Tabaksdose heraus und drehte sich eine Zigarette. Edward stellte ihm einen Aschenbecher hin und setzte Wasser auf. Pritchard saß da und rauchte. Er nahm die geordnete Atmosphäre des Raums in sich auf, die reinliche Häuslichkeit, die Kochbücher, die Drucke an den Wänden. Die Wanduhr tickte gleichmäßig, das Gehäuse war poliert, das Glas glänzte. Er rauchte und hatte noch immer seine Kappe auf dem Kopf.

»Evans würde sich hier wohl selber nicht mehr kennen.«

Edward goß Tee auf und stellte die Kanne auf den Tisch. »Londoner. Wahrscheinlich würde er es schrecklich finden.«

Pritchard zuckte mit den Schultern. »Allmählich gewöhnen wir uns an Londoner. Sie wohnen ja wenigstes hier und bewirtschaften den Hof. Es sind die mit den Wochenendhäusern, für die ich nicht so viel übrig hab.« Er zog an seiner Selbstgedrehten. Edward erhaschte einen Blick auf ein gelbliches, lückenhaftes Gebiß. Er schenkte zwei Becher Tee ein. Pritchard rührte drei Löffel Zucker in seinen. »Sind Sie immer allein hier?«

»Ich hab den Hof mit einem Freund zusammen gekauft«, sagte Edward beiläufig. »Vielleicht erinnern Sie sich, Sie haben ihn ganz am Anfang mal gesehen, als wir hier eingezogen sind. Er war mit mir auf dem Markt …« Im letzten Frühling war das gewesen. Sie waren an einem Markttag in die Kreisstadt gefahren, um sich umzusehen. Edward hatte sich dort zwischen all den Männern, den Schleppern, den Käfigen und den lauten Tieren, deren Preise man mit Kreide auf Schiefertafeln notiert hatte, vollkommen heimisch gefühlt. Rowland hatte ihn amüsiert beobachtet. Über zwei Marktstände hinweg hatte Pritchard, ihr neuer Nachbar, ihnen aus seiner Gruppe von Bauern, mit denen er zusammenstand, zugenickt und dann weitergeredet.

Jetzt schüttelte er den Kopf. »Ich wüßt nicht mehr.«

»Na ja.« Edward nahm einen Schluck Tee. »Er ist meistens in London, hier ist er nicht so oft«, sagte er vorsichtig, wobei er spürte, wie Rowland, der Fremde in den Augen der einheimischen Bauern, einen Augenblick lang auch für ihn ein Fremder wurde. Wer war dieser Freund aus London, den keiner kannte? »Er ist Sänger. Rowland King. Ich erinnere mich, daß Ihr Makler wußte, wer er ist – man hört ihn manchmal im Radio.«

»Ach ja? Und Sie leben hier nur zu zweit?«

»Wenn er nicht auf Konzertreise ist.« Edward hob die Teekanne hoch. »Meistens kommt er bloß übers Wochenende …«

Pritchard leerte seinen Becher. Edward spürte seinen Blick auf sich. »Gibt viele Sänger in Wales.« Er stellte seinen Becher ab. »Nicht, daß ich einer wär.« Er schob seinen Stuhl zurück. »Na, ich muß weiter.«

»Natürlich.« Edward stand ebenfalls auf und deutete, als er in der Küchentür stand, auf den Hausflur, der zum Vordereingang führte.

»Ich kann mich noch ganz gut dran erinnern«, sagte Pritchard und trug seine Stiefel über die Teppiche. Die Treppe zum ersten Stock, in dem die Schlafzimmer waren, würdigte er keines Blickes, ging am Arbeitszimmer mit den Bücherregalen vorbei und gab keinen Kommentar mehr ab.

Er weiß Bescheid, dachte Edward, als sie auf den Hof hinaustraten. Er weiß Bescheid, und es gefällt ihm nicht. Wieso auch? Um das Thema zu wechseln und ihm einen guten Abgang zu verschaffen, sagte er: »Ich dachte, wenn Sie zuviel zu tun haben … ob ich Phoebe Traherne fragen sollte. Kennen Sie sie?«

Stirnrunzelnd zog Pritchard seine Stiefel an. Im Auto bellte sein Hund.

»Die Gärtnerin?« fragte er, schon unterwegs zum Traktor. »Drüben in …«

»Penglydr.«

»Genau. Wie kommen Sie denn auf die?«

Edward lachte. »Sie macht einfach den Eindruck, als könnte sie so ziemlich alles.«

Pritchard grunzte. »Ich nehm schon an, daß sie was nützen könnte. Die Tochter würd ich allerdings nicht fragen. Die is'n bißchen ...«

»Ich lerne sie gerade besser kennen«, sagte Edward. »Sie ist eine recht gute Lyrikerin.«

»Was Sie nicht sagen? Schlägt also nach ihrem Vater. Dichter ham wir in Wales auch 'ne Menge. Nicht, daß ich einer wär. Gut, ich muß weg. Danke für den Tee.«

»Danke, daß Sie gekommen sind. Ich werd versuchen, Sie nicht zu bemühen.«

Der Hund hopste im Führerhaus auf und ab. »Der riecht die Ratte.« Pritchard stieg ein. »Also dann.« Er schlug die Tür zu, ließ den Motor an, setzte zur Pumpe zurück. Edward sah ihm zu, wie er wendete und durchs offene Tor auf die Landstraße einbog.

Als er fort war, ging er zu der Ratte hinüber. Die Nase war blutig, die zu einer Grimasse verzerrten Lefzen entblößten lange, gelbe Zähne. Edward packte sie am schon steifen Schwanz und ging mit ihr über den Hof zur Straße hinüber. Er warf den Kadaver in eine Hecke. So machten es auch die Bauern, das wußte er, und so hätte es auch sein Großvater gemacht, ohne auch nur einen zweiten Gedanken auf die Sache zu verschwenden, aber in dem Bewußtsein, daß man etwas Lästiges losgeworden war. Ihm gefiel so etwas trotzdem nicht.

Er pfiff nach Tarn, sie kam; er umarmte sie.

»Ich glaub, ich bin ein bißchen zu weich«, sagte er. Er sah auf die Uhr. Halb zwölf. Rowland dürfte jetzt ... wo dürfte Rowland jetzt sein?

Von drinnen rief er in der Wohnung an und hinterließ eine Nachricht auf dem Anrufbeantworter.

»Du fehlst mir«, sagte er. »Ich versuchs heute abend noch mal.« Er hängte ein, wählte dann aber die Nummer noch einmal, nur, um Rowlands Stimme zu hören.

Nesta stand barfuß auf dem gebohnerten Fußboden der Kapelle. Die Kinder hatten Mittagsruhe, sie würden bald herübergebracht. Für eine kleine Weile hatte sie diesen glatten, leeren Raum noch ganz für sich: Sie streckte die Arme aus, breitete sie aus, hielt sie hoch über den Kopf. Lichtbündel fielen durch die schmalen Fenster; in den Bäumen auf der Rasenfläche flatterten Krähen herum, Wolken segelten über die fernen Hügel hin.

Nesta wirbelte in der Stille herum, hörte ihre eigenen Füße auf dem Holz, die schwachen, harten, vom Fensterglas gedämpften Schreie der Vögel. Im Raum war ein Tonbandgerät, aber sie benutzte es nicht; es gab Schachteln mit Rasseln, Glocken und Tamburinen, aber sie ging nicht hin. Sie beugte, bog, streckte sich und klatschte in die Hände, sie bewegte sich, wohin sie wollte, in einem Tanz ohne Musik, nur zum Geräusch ihrer Füße, ihrer Hände, ihres raschen, leichten Atems und des unablässigen Krächzens der Krähen.

Gut. All das war eine Art Musik.

»Alles ist Musik. Du mußt bloß zuhören, das ist alles ...«

Nesta unterbrach ihren Tanz. Sie lag auf dem Boden. Sie spürte, wie ihr Herz raste, langsamer wurde, dann stetiger schlug. Sie streckte Arme und Beine aus, zog sie zusammen, verschränkte die Hände unter dem Kopf, kreuzte die Füße und blieb so liegen. Sie sah zum hohen, achteckigen Deckengewölbe auf, es war elegant, weiß wie Gebein, von Glas durchbrochen. Bei hohem Sonnenstand strahlten acht Lichtbündel herab und kreuzten sich auf dem leeren Fußboden. Als sie das im letzten September zum erstenmal sah, hatte sie gedacht: Wenn ich gläubig wäre, würde das wie ein Zeichen für die Gnade Gottes auf mich wirken.

Sie schloß die Augen. Die Woche war zur Hälfte um. Die unruhige Nachtwache und ihr schrecklicher Traum hatten sie erschöpft, aber sie hatte sich erholt, hatte drei Nächte lang gut geschlafen und tagsüber so viel mit den Kindern zu tun gehabt, daß sie nicht viel zum Nachdenken gekommen war. Jetzt, beim kurzen Atemholen vor der nächsten Nachtwache, als sie allein auf dem Boden der Kapelle lag, hatte sie Zeit zum

Nachdenken, und der Traum kam zurück. Es ging um Verrat, dachte sie. Ich habe den Eindruck, Hal zu betrügen, oder bin drauf und dran, es zu tun. Deswegen hat er mich verlassen. Und das hat er wirklich: Wir reden nicht mehr miteinander. Ich spüre ihn nicht mehr neben mir.

Sie hörte Stimmen hinter der Tür zur Kapelle. Die Kinder kamen herüber, fuhren, stolperten, riefen. Sie hörte eins von den kleinen, mit hohem, babyhaftem Ton. Sie dachte an das winzige Baby im Maul der Katze, wie es geschrien und um sich geschlagen hatte, und dachte: Wir wollten so dringend ein Kind. Krankheit und Tod haben uns beide verraten.

Sie blieb noch einen Moment liegen und überlegte, was die Zukunft wohl bringen könnte. Aber die Stimmen der Kinder kamen näher, sie sprang auf, um sie zu begrüßen, zog die Türen der Kapelle weit auf und ließ das Licht hereinfluten.

Freitagabend. Edward war zur Kreisstadt gefahren, um seine Vorkehrungen zu treffen. Auf dem Rückweg rappelten Stapel von gemieteten Abtrenngittern auf der Ladefläche seines Wagens; in der nächsten Woche würden noch mehr kommen. Er schleppte sie in den Stall. Tarn kam hinterher und schnüffelte hoffnungsvoll in den Ecken bei den Heuballen herum.

»Du bleibst heute nacht am besten hier draußen«, erklärte er ihr. Es wurde schon dunkel. Er ging die Hühner einsperren; sie folgte ihm und scheuchte sie ein bißchen. »Laß sie in Ruhe!« Wann würde sie es endlich begreifen? Drinnen im Haus gab er ihr zu fressen, führte sie dann wieder hinaus zum Stall, gab ihr einen freundlichen Klaps und schloß die schweren Türen von außen. Für einen Moment war es still, dann hörte er sie herankommen. Sie winselte, drückte ihre Nase in den Spalt; er konnte es förmlich sehen und spürte ihre Verwirrung. »Bleib da«, sagte er. »Mach dich nützlich.« Er ging über den Hof zurück, zog seine Stiefel aus und sah sich noch einmal um. Die Sterne leuchteten schon. Er ging hinein, schloß mit der Tür das plötzliche Bellen aus.

Das Haus fühlte sich scheußlich leer an. Er legte eine Platte auf, nahm sich ein Bier, setzte sich und hörte sich die London-

Consort-Einspielung des »Requiem« für Victoria an, das sie Ostern in vier von Christopher Wren erbauten Kirchen gesungen und dann in Dublin aufgeführt hatten. Dieses Ostern würden sie mit der »Johannespassion« in die Kathedrale von Hereford kommen und dann auf landesweite Tournee gehen, um eine neue Platteneinspielung zu feiern. Noch mehr Zeit, in der sie getrennt sein würden.

»*Libera me, Domine, de morte aeterna …*

Erlöse mich Herr vom ewigen Tod …«

Edward erhob sich vom Tisch. Er öffnete die Tür zum Gang, stieg die Treppe hinauf. Hier oben, hier in Rowlands Musikzimmer, legte er die gleiche Aufnahme auf, so daß das Haus sich ganz mit ihm erfüllte. Er ging oben im Flur auf und ab, sah, wie die Sterne funkelnd den Abendhimmel durchstießen und der Himmel dunkel und tief wurde.

Als die Musik zu Ende war, schaltete er die Lampen ein. Er ging nach unten zum Telefon, rief in der Wohnung an. Rowland nahm ab. Edward zitterte.

»Ich bins.«

»Hallo, du.«

»Rowland – bitte …« Der leichte Ton gelang ihm nicht. »Hast du meine Nachricht bekommen?«

»Daß ich dir fehle? Ja. Warst du das, der nachher noch mal angerufen und nichts gesagt hat?«

Edward spürte, wie er errötete. »Ja.«

»Was hast du denn? Es ist alles in Ordnung.«

»Ist es das?« Edward zog das Telefon zum Tisch hinüber. Er setzte sich, versuchte, sich zu beruhigen. »Es kommt mir nicht so vor, als sei alles in Ordnung. Es kommt mir furchtbar lange vor.«

»Ich weiß«, sagte Rowland. »Mir auch.«

»Wirklich?«

»Ja. Das habe ich gerade gesagt.«

Edward lächelte. »Was machst du gerade?«

»Also …«, sagte Rowland. »Ich bin gerade reingekommen. Es regnet. Ich habe geduscht. Ich habe mir einen Drink geholt. Ich wollte dich gerade anrufen.«

Edward hörte zu. Er stellte sich die Barbican-Apartments vor, den Regen, der auf die gepflegten Gartenanlagen fiel, vorbei an den weißen Monden der Lampen. Er stellte sich vor, wie er auf den See tropfte, auf die Springbrunnen, auf die vielen Quadratmeter Glas, die die Konzertbesucher von der Terrasse trennten. Er sah die geschäftigen, hell erleuchteten Restaurants vor sich, hörte das Klirren und Klappern, die Probengeräusche im Konzertsaal. Er sah Rowland, der dorthin nach Hause kam, den Lift nahm, den überdachten Gang entlangging, seine Schlüssel hervorholte, das kleine, gepflegte Apartment mit den guten Bildern und schweren Vorhängen betrat; es war voller Licht und Wärme. Er sah ihn, wie er sich auszog, duschte, seine Kleider auf das Doppelbett warf, in dem sie ihre erste gemeinsame Nacht verbracht hatten, sah ihn nackt und stämmig dastehen.

»Rowland, ich liebe dich.«

»Ich weiß«, sagte Rowland. »Ich liebe dich auch.«

Edward schloß die Augen. Er sagte, was er seit Wochen nicht hatte sagen können.

»Ich möchte wieder mit dir ins Bett, ich will dich, ich will dich.«

»Ja«, sagte Rowland, und Edward spürte die Wärme in seiner Stimme, sein Lächeln. »Und wann soll das deiner Meinung nach stattfinden?«

»Jetzt. Jetzt.« Er bedeckte sein Gesicht.

»Jetzt ist Berufsverkehr.«

»Was soll das heißen?«

»Das heißt, daß ich nicht vor zehn dasein kann. Es kann auch elf werden.«

»Ist das dein Ernst?«

»Na, sagen wir halb elf.« Rowland lachte.

»Wie – kommst du wirklich? Heute noch?«

»Ich hoffe es«, sagte Rowland. »Ja, wärs dir recht?«

»Ja, ja! Aber was ist mit morgen – wie lange kannst du denn bleiben?«

»Übers Wochenende. Deswegen wollte ich dich anrufen. Also – soll ich jetzt rauskommen oder erst morgen?«

»Komm jetzt«, sagte Edward, durchströmt von Glück. »Komm jetzt.«

»Stell was in den Ofen. Ach, wenn ichs recht überleg, laß es. Bis später, ja?«

»Ja. Wunderbar. Ja.«

Er hängte ein, stand auf und hörte seinen eigenen Seufzer der Erleichterung. Er sah sich um. Die Küche, das Haus und alles, was darin war, fühlte sich wieder näher an, angeschlossen, aufgeladen. Das tiefe, stetige Ticken der Uhr, das Blöken der Schafe, die sich zur Nacht niederließen, das unablässige Hintergrundgeräusch des Generators: In allem war Leben und Sinn.

Da war nur noch der Hund, der unten im Stall bellte. Das war nicht richtig.

Er ging wieder hinaus, entriegelte die Türen. »Scheiß auf die Ratten«, sagte er zu seinem Hund. »Du gehörst zu uns.«

Sie tänzelte neben ihm her, sprang hoch, um ihm die Hände abzulecken. Zusammen gingen sie ins Haus; sie lief zu ihrem Korb, er ließ sich ein Bad einlaufen. Er lag da und dachte an die Nacht, die vor ihm lag. Wie hatte er zweifeln können? Und was hatte er befürchtet?

Er ließ heißes Wasser nachlaufen; das Badezimmer füllte sich mit Dampf. Das war unsere erste Klippe. Es war richtig, daß ich nichts gesagt habe. Es ist vorbeigegangen. Ich wußte, daß es vorbeigehen würde. Er griff nach dem Duschkopf, um sich die Haare zu waschen.

Während er sich abtrocknete, dachte er an all die Dinge, die er Rowland erzählen wollte, nachher, wenn sie eng und innig beisammenliegen würden. Vom Regen wollte er erzählen und vom Dorfgespräch über Edward Traherne. Von den Besuchen beim Tierarzt und davon, daß er alle Schafe hatte impfen können, von Gillians Besuch, von ihrem verzückten Vortrag im Winterlicht.

Als er im Morgenrock das Badezimmer verließ und in einer Wolke von Dampf über den Flur ging, dachte er: Sie ist etwas Rares, etwas, das man schätzen muß. Während Rowlands Abwesenheit hatte ich viel Freude an ihrer Gesellschaft.

»Genau«, sagte er laut, als ihm auf dem Weg ins Arbeitszimmer die korrekte Formulierung einfiel, »wie sie zu meiner Verfeinerung beiträgt.« Er schaltete das Licht an, betrachtete den Tisch und die Bücher in den Regalen. Er zog den Band mit den Gedichten von Herbert heraus und setzte sich damit hin. Einen Augenblick dachte er an ihr Zusammensein, an ihre dünne Stimme in dem stillen Zimmer, ihre Augen, die aussahen wie Steine unter Wasser, wenn sie aufsah, sich in ihrer schrecklichen Schüchternheit wieder abwandte.

»Es ist eine Heimsuchung«, sagte er zu sich. In letzter Zeit, da er allein auf diesem abgelegenen walisischen Hof lebte, mit niemandem zur Gesellschaft als einem Hund, redete er oft mit sich selbst. Und dann vergaß er sie, ließ sich am Fenster nieder und wartete auf das Motorengeräusch auf der Straße, auf die Scheinwerfer und Rowlands Rückkehr.

Nesta wartete auf Phil. Sie hatte sich von den Kindern in Cadair verabschiedet; sie würde in der nächsten Woche wiederkommen. Maureen hatte an der Tür gewinkt, Tränen waren ihr über die Wangen gelaufen. Nesta war noch einmal zurückgerannt, um sie zu küssen. »Nicht lange«, hatte sie gesagt, »nicht lange.« Gähnend fuhr sie nach Hause, sah, wie die Wolken dünner wurden, die schwache Februarsonne an Kraft zunahm und die Ackerfurchen mit fahlem Licht säumte. Sie sah einen Fasan. Sie sah einen Fuchs über eine Wiese davontraben; seine buschige Lunte sah dunkel aus. Das war doch etwas: ihr erster Fuchs.

Sie hielt im Dorf, um im Gemischtwarenladen einzukaufen, grüßte Menschen, deren Gesichter ihr vertraut geworden waren, und andere, die sie noch nie zuvor gesehen hatte. Sie fuhr zum Cottage, nahm ihre Taschen heraus, schloß die Autotüren, nahm die Stille in sich auf, die Schafe. Schön, wieder zurück zu sein.

Sie ging den Gartenpfad entlang und suchte nach Anzeichen für den Frühling. Schneeglöckchen unter den Apfelbäumen, Winterlinge leuchteten hell am Fuß der Hecke. Sie schloß die Tür auf, hinter der sich Post türmte.

Nesta brühte Tee auf und stapelte Feuerholz im Kamin auf. Sie packte ihre Einkäufe aus, belud eine Waschmaschine, ging hinauf in ihr Schlafzimmer und strich den indischen Bettüberwurf glatt. Sie ließ sich ein Bad einlaufen, lag darin, trank Tee, entspannte sich, wirbelte mit den Füßen das Wasser auf, wusch sich das hennarote Haar. Sie lehnte sich wieder zurück und betrachtete all die Bilder aus ihrem Leben mit Hal; so einfach, so vertraut, so nah und frei war es gewesen.

Das Badezimmer war voll waberndem Dampf.

»Hal?« fragte sie leise. »Hal?«

Der Dampf stieg zur Decke hoch und löste sich auf.

Nesta richtete sich in der Wanne auf, glänzende Wassertropfen fielen von ihr ab. Sie zog sich saubere Kleidung an, rubbelte ihr Haar trocken, kämmte sich und steckte ihre Silberohrringe an. Sie zündete das Feuer an und dann ein Räucherstäbchen, drehte sich eine Zigarette und saß rauchend auf dem Sofa, las ihre Briefe aus London und wartete auf den Mann, den sie sich zum Geliebten nehmen würde.

Ja?

Ja. Weil er jung war, stark und sorglos; weil sie seine Musik bewunderte, weil er am Telefon so zärtlich zu ihr gewesen war. Weil er auf seine Weise schön war, wenn auch nicht so sehr ihr Typ wie Hal, wegen all dieser Dinge, und weil sie nach Krankheit, Kummer und Witwenzeit wieder einen Mann brauchte; auch wenn ihr eine innere Stimme zu sagen schien: Er ist nicht der Mann für mich, eigentlich nicht.

Sie hörte sein Auto oben am Weg; sie sah ihn zum Weidetor hereinrumpeln und hinter ihrem Auto parken. Sie verließ ihren Platz am Fenster und ging ihm entgegen.

»Hi.« Vom Türrahmen aus sah sie zu, wie er das Gartentor öffnete und mit seinen langen, lockeren Schritten den Weg entlang auf sie zuging; seine Tasche hatte er über die Schulter gehängt.

»Hi.« Er lächelte, er sah sich um, betrachtete den sanft abschüssigen Garten, das stopplige Gras, die Apfelbäume, die Bienenstöcke, die struppige Hecke. »Hübsch hier.« Er stand vor ihr, küßte sie auf die Wange, berührte einen Ohrring. »Hab gar nicht gewußt, daß du Bienen hältst.«

»Tu ich auch nicht. Ich weiß gar nicht, was ich damit anfangen soll. Ich habe sie auch noch nie gesehen.«

»Meine Großmutter hatte Bienen. Große Töpfe mit Honig aus Wales … Laß uns reinschauen.«

»Ist das nicht gefährlich?«

»Nur ein kleiner Blick. Sie schlafen ja.«

»Nicht mehr lange, wir haben schon fast Frühling. Vielleicht stören wir sie. Außerdem …« Sie machte eine Geste zum Haus. »… hast du das Haus noch nicht von innen gesehen.« Sie sah zu ihm auf. »Vorsicht, Kopf einziehen.«

Er folgte ihr und bückte sich unter dem Türbalken. Der Flur vor der steilen Treppe war mit ihnen beiden nahezu vollständig ausgefüllt; er duckte sich wieder, als er ihr ins Wohnzimmer folgte. Er richtete sich auf, sah sich um. »Auch hübsch.« Er betrachtete das knisternde Feuer, den vollgestellten, mit glitzernden Spiegelstückchen auf rostrot geschmückten Kaminsims, die altersschwachen, mit Bettüberwürfen drapierten Sofas, den niedrigen Tisch mit all den Büchern, das an die Wand geschobene Klavier. Er warf einen Blick auf die Photos, sah wieder weg.

Vielleicht ist es zuviel für ihn, jetzt, wo er hier ist, dachte Nesta. Das Schlafzimmer … all die Photos da oben …

Ich hätte sie runternehmen sollen.

Aber das konnte ich nicht.

»Gut. Gib mir deine Jacke. Tee? Mittagessen? Ein Sandwich?«

»Ein Joint?« Er sah sie an, füllte den Raum. Er ließ seine Tasche aufs Sofa fallen. »Oder ist das immer noch …«

»Darf ich mirs überlegen?« Nesta nahm seine Jacke und hängte sie neben ihre eigene an die Rückseite der Haustür, ging in die Küche hinüber, ließ Wasser in den Kocher laufen. Hinter dem Fenster, über die ganze Weide verstreut, grasten stetig die Schafe. Vielleicht braucht er das ja, dachte sie, im fremden, mit Photos vollgehängten Haus einer Witwe. Vielleicht ist es das, was ich brauche. Allein macht es keinen Spaß, aber ich bin nicht allein. Er ist hier. Sie schaltete den Wasserkocher ein, hörte zu, wie es da drinnen lebendig wurde. Aber sich bekiffen heißt, sich noch einmal zu ergeben, besonders nach so langer Zeit. Ich glaube nicht, daß ich …

Sie ging ins Wohnzimmer zurück. Er betrachtete die Photos. Schnell trat er einen Schritt zurück und errötete.

»Ach Phil.« Sie ging auf ihn zu. »Das kannst du doch. Ich erklär sie dir gleich richtig.« Sie sah zu ihm auf. Er war so viel größer als sie, der helle, blonde Schopf nicht weit von der Zimmerdecke entfernt. »Wie groß bist du?«

»Eins sechsundachtzig und ein paar zerquetschte.« Er berührte einen Ohrring. »Und du?«

»Eins fünfundsechzig und keine zerquetschten.« Sie standen sehr nah beieinander. »Und wie alt bist du?«

»Siebenundzwanzig. Und du?«

»Älter.« Sie schüttelte den Kopf. »Dreiunddreißig. Im September vierunddreißig.«

»Also Jungfrau«, sagte er nach einer Weile. »Ich bin Löwe. Paßt das zusammen?«

»Keine Ahnung.«

»Ist auch bloß ein Haufen Unsinn.«

»Ja.« Sie hörte, daß der Wasserkocher sich ausschaltete, und löste sich von ihm. »Ich hab verschiedene Kräutertees und ich hab Bauarbeitertee. Was hättest du lieber?«

»Bauarbeitertee«, sagte er bestimmt. »Kräutertees sind ein Haufen Mist.«

Sie mußte lachen.

»Okay. Eins zu null für dich.«

Sie ging in die Küche zurück, machte sich einen Aufguß aus Hagebutte und für ihn eine Kanne Bauarbeitertee. Sie hörte ihn drüben im Zimmer herumwandern, zum Klavier gehen. Als sie das Teetablett ins Zimmer trug, sah sie ihn, für den es etwas Natürliches war, weil es ihm alles bedeutete, den Deckel heben und seine Finger auf die Tasten legen.

Someday I'll find you, moonlight behind you,
All of our dreams will come true …

Er sah ihr Gesicht und versteinerte. Sie versteinerte. Sie stellte das Tablett auf den Tisch.

»Sein Klavier.«

»Ja.«

»Scheiße, Scheiße. Oh, Nesta …«

»Es ist egal.«

»Ich weiß nicht, was ich …«

»Es ist egal. Ich verstehe es. Vollkommen. Ich möchte, daß du spielst.«

»Es war aber nicht sein Lied. Bitte, sag mir, daß es nicht sein Lied war.«

Sie schüttelte den Kopf und ließ sich auf das Sofa beim Fenster sinken. »Nein. Aber es ist so etwas, das er …«

By the light of the silvery moon …

Sie legte die Hände vors Gesicht.

Von der anderen Seite des vollgestellten kleinen Zimmers her sagte er: »Seine Photos. Sein Klavier. Ich dürfte nicht hier sein, Nesta, wir haben keine Chance. Er ist überall.«

»Nein«, sagte sie traurig und mied seinen Blick. »Nein, nein, das ist er nicht. Er ist weg.«

Er setzte sich neben sie. Sein Arm legte sich um sie, sie schmiegte sich an ihn, roch frischgewaschenes Haar und ein sauberes Baumwollhemd unter dem Pulli. Sie atmete tief ein, blies die Luft wieder heraus.

»Es tut mir leid und macht mich traurig.«

»Es macht uns beide traurig.« Er streichelte ihr Haar. »Warum warst du neulich morgens eigentlich so traurig? Am Telefon. Du hättest etwas geträumt, hast du gesagt …«

»Ja.« Sie schüttelte den Kopf, spürte seine Brust an ihrer Wange, das helle, weiche Haar, als sie sich bewegte. »Später. Ich erzähl es dir später.«

Er hörte nicht auf, ihr Haar zu streicheln, er berührte einen Ohrring. »Alles kann später kommen«, sagte er. »Ich hab dir gesagt – wir haben noch viel Zeit.«

»Ja. Danke.« Er ist netter, als ich ihn mir je vorgestellt hätte, dachte sie. Sie richtete sich auf, griff nach ihrem Tee.

»Also ... möchtest du diese Photos sehen?« Mit einem Kopfnicken deutete sie zum Kaminsims hinüber. »Dann brings hinter dich.«

»Sag das nicht so. Ich möchte sie sehen, wenn du sie mir zeigen willst. Aber zuerst ...« Er stand auf, ging zu seiner Tasche hinüber. »Auch wenn wir keinen Joint wollen, eine Zigarette brauch ich schon. Ja? Und du?«

»Ja.« Sie stand am Kamin und nahm die Photos vom Sims. »Der letzte Mensch, der diese Bilder gesehen hat, war Gillian Traherne. Sie fand es auch schwierig.«

»Ich könnte mir denken, daß die vieles schwierig findet.« Philip zog seine Tabaksdose heraus. Sie setzte sich neben ihn, nahm die Photos auf den Schoß. Sie saßen mit dem Rücken zum Fenster, so daß Licht auf die Bilder fiel.

»Das Feuer braucht noch ein Scheit.« Geschickt drehte er seine Zigarette.

»Sieht so aus.« Sie legte ein paar Scheite nach, setzte sich wieder. Er gab ihr eine Zigarette, sie reichte ihm das Bild von Hal und dem Jungen namens Gerald, der auf seine ausgebreiteten Arme zustolperte. Phil betrachtete es schweigend, rauchte. Er reichte es ihr zurück. Sie gab ihm das Bild von sich und Hal, wie sie in der alten Wohnung Arm in Arm auf dem Sofa saßen, barfuß, alles ein bißchen schlampig, jung und sorglos. Hal sah schon dünn aus. Keiner von beiden hatte es bemerkt. Phil gab ihr das Bild zurück, trank seinen Tee. Sie zeigte ihm ein Photo von ihren Eltern, die nebeneinander im Garten standen, der Vater hemdsärmelig, die Mutter mit Brille, sie lächelten ihr im Sonnenlicht zu.

Er sah es sich ebenso genau an wie die anderen. »Steht ihr euch nahe?«

Sie antwortete mit einer Wahrheit, die ihr nicht vollkommen bewußt gewesen war: »Ich habe niemandem nahegestanden, seit Hal tot ist.«

Sie stellte die Bilder zurück und tippte an ein weißes Rechteck, das an einem Kerzenständer lehnte. Gillians Einladung.

»Sieh mal«, sagte sie. »Steht immer noch da.«

»Was?« Er drückte seine Zigarette aus und stand auf. Er nahm die Karte in seine langen Finger, genauso behutsam wie die Photos. »Es war schön. Hast du sie inzwischen wiedergesehen?«

»Nein. Ich denke oft an sie, aber ich hatte keine Zeit. Nächste Woche, wenn ich frei hab ... dann gehe ich sie sicher besuchen.«

Er nickte. Er ließ seine Blicke über den überfüllten Kaminsims gleiten. Ein Aschefaden von einem Räucherstäbchen fiel auf den Rost. Sie schwiegen.

»Alles in Ordnung?« fragte sie. »War das in Ordnung, daß du die Photos angesehen hast?«

»Ja.« Er rieb sich die Augen, strich sein Haar zurück. »Ich glaube, ich bin ein bißchen ...« Er sah sich wieder im Zimmer um, blickte aus dem Fenster zu den Bäumen und den Bienenstöcken hinüber. Das Feuer knisterte; sonst war alles still.

»Hast du Hunger? Soll ich uns was zu essen machen?«

»Nein. Nein, danke. Außer, wenn du ... Ich könnte jetzt noch nichts essen.«

»Nein, ich auch nicht. Ja.«

»Ja.« Er hob die Arme und breitete sie weit aus, er berührte die niedrigen Deckenbalken; er streckte die Arme nach ihr aus. »Ja, Nesta.«

Sie sahen einander an. Sie bewegte sich auf ihn zu. Ihre Arme umfingen sich, sie hob ihm das Gesicht zum Kuß entgegen. Leichtes, flaumiges Haar streifte ihr Gesicht, sein Mund war warm und weich. An diesen Moment werde ich mich immer erinnern, dachte sie, und dann öffnete seine Zunge ihre Lippen, und sie konnte an nichts mehr denken.

Sie lösten sich voneinander. Er hielt ihr Gesicht zwischen den langen Fingern, küßte sie noch einmal, sanft, dann noch einmal. Er nahm ihre Hände, er führte sie zum Sofa beim Klavier. Sie setzten sich, mit dem Rücken zum Klavier, dem Fenster gegenüber. Draußen im Garten begann eine Amsel zu singen.

»Genau der richtige Ton«, sagte Phil. »Sozusagen.«

»Sozusagen.« Sie schmiegte sich an ihn. Er nahm ihre linke Hand und streichelte sie. Seine Finger glitten leicht über ihren Ehering. Er berührte ihr Gesicht.

»Gehts dir gut?«

»Ja.«

»Möchtest du reden?«

»Nein.« Sie wandte sich ihm zu. »Küß mich noch mal.«

Er zog sie an sich, sein Mund bedeckte den ihren, seine Zunge teilte noch einmal ihre Lippen, ging tief hinein, überallhin. Sie spürte, daß sie sich für ihn öffnete wie für die Sonne. Sie hielt ihn fest, ergab sich seinen Nachforschungen, die zärtlich waren und neu. Schließlich lösten sie sich.

Er lehnte sich zurück, hatte die Augen geschlossen, den Arm auf die Sofalehne gelegt, seine Hand lag ruhig und warm auf ihrer Schulter. Sie rückte ein bißchen ab, setzte sich aufrecht hin und sah ihn an, diesen langen Menschen, der hingegossen dalag und die Füße unter den Tisch streckte.

»Phil?«

»Hmm?« Er schlug die Augen auf und lächelte sie weich und träge an. Sie dachte an den Tag in seinem Cottage, als sie zum erstenmal dort gewesen war; wie sie dort gemeinsam eingeschlafen und wieder aufgewacht waren, als hätten sie sich geliebt. »Hmm?« fragte er wieder.

»Was denkst du?«

»Nichts. Ich existiere nur.« Er streckte sich, lang und schön, eine sinnliche Katze. Wie sein Abraham …

Sie legte sich die Hand vor den Mund.

»He, he …« Besorgt setzte er sich auf. »Was ist? Woran denkst du?«

»An nichts.«

»Das stimmt nicht.« Er griff nach ihren Händen, suchte forschend ihr Gesicht ab. »Irgendwas kam doch hier rein …« Er runzelte die Stirn. »Dein Traum. Ja? Erzähl mir von diesem Traum.«

Sie schloß die Augen und legte die Hände vors Gesicht. »Es war schrecklich …«

Ganz allein in der leeren Kapelle zu liegen und zu spüren,

wie das Licht hereinströmte, war etwas anderes gewesen. Da war nichts von ihr verlangt worden, das sie nicht schon viele Male getan hatte: sich um die Kinder zu kümmern und das zu geben, was sie am besten konnte.

Aber jetzt ...

Phil legte seine Hand auf ihren Schoß: »Ich glaube, du solltest es mir erzählen.«

Sie erzählte es ihm und begann zu weinen.

Er hörte zu, hielt sie fest.

Als sie fertig war, stand sie auf; Tränen liefen ihr übers Gesicht.

»Es tut mir leid ...«

»Muß es nicht.« Er fischte ein Taschentuch aus seinen Jeans. »Bitte.«

»Bitte ...« Mit einem wäßrigen Lächeln putzte sie sich die Nase, gab ihm das Taschentuch zurück. »Ich glaube, ich ...«

Sie ging in die Küche hinaus, ließ das kalte Wasser laufen und spritzte es sich ins Gesicht.

Früher Nachmittag; die Sonne war herausgekommen. Die Schafe genossen es sichtlich. Sie betrachtete die hochträchtigen Tiere, die schwerfällig über die Weide zogen. Sie drehte den Wasserhahn ab, trocknete sich das Gesicht mit einem Küchenhandtuch. Sie hatten noch nicht einmal etwas zu Mittag gegessen. Sie verließ die Küche und sah ihn in der offenen Eingangstür stehen, wobei er ihr den Rücken zuwandte.

»Phil?«

Er drehte sich halb um und streckte ihr eine Hand hin.

»Ich glaube, wir brauchen ein bißchen frische Luft. Schauen wir uns die Bienenstöcke an.«

Sie stiegen durchs stoppelige Gras unter den Bäumen. Die Amsel flog davon.

»Die kommt wieder«, sagte Nesta.

Schon nach dieser einen Woche spürte sie die Veränderung im Garten; die Schneeglöckchen und Winterlinge, die Hecke, grüne Spitzen, die aus Zwiebeln im Gras nach oben drängten. Sie hatte nicht gewußt, was hier wachsen würde.

»Massenhaft Narzissen«, sagte Phil. »Super.«

»Ja. Das dachte ich auch gerade.«

Sie kamen zu den Bienenstöcken, die jetzt von der Nachmittagssonne berührt wurden. Sie lauschten. Kein Ton. Phil ließ ihre Hand los und ging noch näher heran.

»Vorsicht.«

»Ist schon gut.« Er bückte sich, horchte noch einmal, hob den Deckel. Nesta wich zurück. »Komm, siehs dir an«, sagte er. »Nur für eine Minute.« Vorsichtig ging sie einen Schritt vorwärts, er nahm sie wieder bei der Hand. »Siehst du?«

Sie sah es. Unzählige, winzige, gestreifte Körperchen lagen da dicht an dicht, mit zusammengefalteten Flügeln, still und reglos. Sie sah die Wabe mit ihrem pergamentfarbenen Wachs, gefaltete Beinchen und Fühler. Ein Windhauch fächelte über den offenen Stock, durch den plötzlich eine kaum merkliche Bewegung ging.

»Mach den Deckel wieder drauf!«

»Schon gut, schon gut.« Er ließ den Deckel wieder zugleiten und vergewisserte sich, daß er fest saß. »So. Interessant?«

»Sehr.«

»Ich komm und helf dir, wenn du Honig machst, ja?«

»Ja. Danke. Wann?«

»Ist noch Monate hin.« Er zog sie wieder an sich und streichelte ihren Rücken. Der Wind berührte das lange, rauhe Gras, das sich im Wind kräuselte. »Ich kann dir auch mähen helfen, wenn du willst.« Er küßte sie aufs Haar. »Besser?«

»Viel besser.«

Sie gingen durch den Garten und sahen sich alles an. Es war kalt, aber nicht zu kalt. Ein paar Buchfinken flogen in der Hecke herum. Sie setzten sich ins Gras und sahen ihnen zu.

»Was machen wir jetzt?« fragte Phil nach einer Weile.

Sie lächelten sich an, in vollkommenem Einverständnis.

»Du hast gesagt, du würdest Musik mitbringen.«

»Hab ich auch.«

»Willst du sie mir vorspielen?«

»Eigentlich nicht. Noch nicht.«

Er hatte den Arm um sie gelegt, sie lehnte sich an ihn und sah auf das Cottage hinunter, in dem sie sich lieben würden.

Sie dachte daran, wie sie an diesem Morgen vor erst ein paar Stunden dagesessen, auf ihn gewartet, geraucht und sich überlegt hatte, daß sie ihre Entscheidung bewußt getroffen hatte, auch auf die Gefahr hin, daß sie sich als falsch erweisen würde. Na. Vielleicht war sie gar nicht so falsch.

Heute morgen hatte sie mit einem unerwarteten Gefühl von Offenheit und Verletzlichkeit gedacht: Wenn das nicht das richtige ist, kann ich es vielleicht nicht ertragen ...

Er ist jung, dachte sie jetzt, er sollte weiter jung und sorgenfrei und tief in seine Musik verstrickt bleiben, sonst nichts. Noch nicht.

»Phil?«

»Ja?«

»Ich muß dir etwas sagen. Bevor – bevor wir wieder ins Haus gehen.«

Er sah sie an, wobei er wegen der Sonne die Augen zukniff. »Sags.«

Sie betrachtete das wellige Gras. »Ich bin ein ernsthafter Mensch, glaube ich. Ich nehme solche Dinge nicht auf die leichte Schulter.«

»Nein. Das habe ich auch nicht von dir gedacht.«

»Und – eigentlich sollte man solche Dinge nicht sagen, denke ich. Jedenfalls nicht – nicht in diesem Stadium.«

»Sags.«

»Ich will ein Kind. Das muß ich sagen.«

Beide schwiegen. Sie blickte zu Boden. Dann sagte Phil langsam: »Ich weiß, Nesta. Natürlich weiß ich das. Du brauchst es mir nicht zu sagen. Nein, stimmt nicht. Du mußt es mir natürlich sagen.«

»Und?« Sie zupfte am Gras und rupfte ganze Büschel heraus wie ein weidendes Tier.

»Und wir werden darüber nachdenken müssen. Hmm?«

»Hmm.« Noch mehr Gras, inzwischen waren es ganze Soden.

»Siehst du mich mal an?«

Sie sah ihn an. Sein Gesicht war offen, hell und ernst.

»Nesta, ich weiß nicht, wieviel ich dir geben kann. Ich

weiß, daß ich mich sehr zu dir hingezogen fühle. Ich glaube, daß wir ein Liebespaar werden sollten.« Er sah weg. »Ich glaube, es wäre falsch, jetzt mehr als das zu sagen.«

Ein Traktor kam die Straße herauf. Er hielt oben am Schotterweg und bog dann ein.

»Der Bauer«, sagte Nesta. »Er kommt seine Schafe füttern. Horch.«

Sie hörten die Schafe laut und anhaltend blöken, sie sahen oben über der Hecke das Führerhaus des Traktors, der zum Weidegatter rumpelte.

»Er ist nicht daran gewöhnt, daß hier Besuch ist.«

Phil stand auf. »Soll ich mein Auto wegfahren? Kann er vorbei?«

»Ich denke, es geht schon.«

Sie gingen trotzdem durch den Obstgarten zum Gartentor hinunter. Der Bauer sprang bei laufendem Motor vom Traktor. Er hatte sich hinter die beiden Autos gestellt, sein Hund hopste hinter ihm her und hob das Bein an der Hecke. Der Bauer nickte den beiden zu, ging zum Anhänger und holte einen Heuballen herunter.

Sie sahen zu, wie er ihn auf die Weide trug, wo die Schafe ihn gleich umringten.

»Er kommt jeden Tag«, sagte Nesta.

»Das muß schön sein.«

Als der Bauer fertig war, kam er wieder auf sie zu und pfiff nach seinem Hund.

»Das ist mein Freund Phil Dryhurst«, sagte Nesta über den Zaun.

Er nickte. »Angenehm.«

Sie sahen zu, wie er Traktor und Hänger langsam rückwärts den ausgefahrenen Schotterweg hinaufmanövrierte; blauer Qualm quoll aus dem kaminartigen Auspuff. Oben hupte er und hob die Hand, dann ratterte er davon.

Nesta und Phil standen noch immer am Tor. Es war kälter geworden, sie fröstelten. Sein Arm legte sich wieder um sie; sie gingen zur Haustür zurück.

»Wir waren gerade bei …«, sagte er.

»Waren wir.«

Er duckte sich, um ihr ins Haus zu folgen. Im Wohnzimmer war das Feuer heruntergebrannt. Der letzte Faden des Räucherstäbchens fiel im Luftzug herab. Es roch nach Asche und Sandelholz.

»Na?« fragte er sanft. Seine Hand lag auf ihrer Schulter. »Was meinst du? Wenn du möchtest, daß ich jetzt gehe, dann gehe ich. Hab ich lauter falsche Sachen gesagt?«

Sie stand vor ihm und umfaßte seine Taille. »Nein«, sagte sie. »Du hast nur das Richtige gesagt. Was auch sonst? Alles hat sich sehr schnell entwickelt ... ich habe das nicht erwartet ... ich ...«

Er beugte sich vor, um sie zu küssen. »Und du willst nicht, daß ich gehe?«

»Nein«, sagte sie zum Geräusch der letzten Scheite, die in Stücke zerbröselten und in die Asche fielen. »Ich will, daß du bleibst.«

Mitten auf der dunklen, engen Treppe wandte sie sich erschrocken zu ihm um: »Phil ...?«

»Was ist denn?« Er stand ein paar Stufen tiefer als sie, bereit zu lachen. »Was ist denn?« Jetzt erst sah er ihr Gesicht. »Was ist, Nesta? Sag es mir, nur zu.«

»Im Badezimmer.« Sie war erfüllt von Verzweiflung und Verlangen. »Im Bad sind viele Photos ... ich bringe es nicht fertig, sie abzunehmen ... Ich weiß nicht, was ich tun soll ...«

»Ach, meine Liebste.« Er stieg die engen Stufen zu ihr hoch. »Du mußt sie nicht wegnehmen, du mußt überhaupt nichts tun, und jetzt hast du dir genug Sorgen gemacht ...« Er küßte sie, drückte sie sanft an die hölzerne Wandvertäfelung. »So. Alles in Ordnung.«

Dann trug er sie die Treppe hinauf zum winzigen oberen Flur. Ihre Schlafzimmertür stand offen. Drinnen setzte er sie ab und sah sich um.

Nesta schaltete den Elektroofen ein und schloß die Tür. Sie zog die Vorhänge zu; das Klappern der Metallringe auf der Vorhangstange, dann war das Zimmer voller Schatten.

Sie standen mitten auf dem alten, geblümten Teppich. Sie nahm ihre Silberohrringe ab und gab sie ihm; Phil nahm sie, ging zu der billigen Lackkommode hinüber und legte sie behutsam zu dem Gewirr von anderen, die dort schon lagen. Er setzte sich auf den blaugestrichenen Stuhl daneben und zog seine Stiefel aus. Er sah das niedrige, breite Bett mit dem glatten, weichen indischen Bettüberwurf. Er sah das Photo von Hal, das auf dem Nachttisch stand.

Wie hatte sie das nur vergessen können …

Weil es immer bei ihr gewesen war, ein Teil von ihr, etwas, über das sie nie hatte nachdenken müssen.

Sie ging langsam darauf zu, hob es auf und trug es zur Kommode. Sie öffnete die oberste Schublade. So. Das Holz hatte sich verzogen, und sie konnte die Schublade nur mit einem kräftigen Schubs schließen.

»Das brauchst du nicht zu tun«, sagte er leise ins stille Zimmer hinein.

»Doch.« Sie schloß wieder die Augen.

»Ja, natürlich. Nesta? Gehts dir gut?«

»Ich glaube schon.«

»Wir müssen trotzdem nicht … wir können auch so bleiben …«

Sie durchquerte das Zimmer und stellte sich vor ihn. Schweigend sahen sie sich an. Dann ergriff er ihre Hände.

»Ob zwei Liebende wohl jemals einen solchen Anfang hatten?«

»Ich denke schon.«

»Bist du sicher, daß du bereit bist?« Seine Gesichtszüge waren von Lust und Zuneigung verwischt.

»Phil. Du bist ein lieber, wunderbarer Mann. Ich bin so bereit, wie ich es noch nie gewesen bin. Ich glaube, du hast recht: Wir sind füreinander bestimmt. Sollen wir jetzt mit dem Reden aufhören?«

Er lächelte sein langgezogenes, weiches, träges Lächeln. Er zog sie an sich, küßte sie. Schweigend zogen sie einander aus; ihre Kleider fielen wie Gespenster zu Boden.

Am späten Nachmittag wachte sie neben ihm auf. Er schlief immer noch fest, die Wange tief ins Kissen gedrückt, die Haare über dem Gesicht. Sie lag eine lange Zeit da, bewegte sich kaum und betrachtete ihn. Das Zimmer war fast dunkel, das dämmrige Licht des Winternachmittags reichte gerade aus, daß sie ihn sehen konnte; bald würde es verschwunden sein.

Schließlich schlüpfte sie doch aus dem Bett. Ihr Morgenrock hing an der Tür; sie zog ihn über und schlich sich ins Bad. Sie ging aufs Klo, wusch sich. Dann erst machte sie Licht. Hal war überall.

»Hal?«

Ich habe dir doch gesagt, daß du nicht ewig trauern sollst.

»Hal!«

Sie trat vor das Photo, das ihn auf dem Wannenrand zeigte, wo er auf sein Bad wartete. Das Wasser strömte, sein Lockenkopf war über das Papier gebeugt, sein Morgenrock klaffte ein wenig auf, er wippte mit dem Fuß.

Sie nahm das Bild von der Wand herunter und küßte es. Dann hängte sie es wieder an seinen Platz.

Es wurde dunkel, der Wintermond stieg hoch zum Himmel auf. Als sie wieder erwachten, hatten sie Hunger. Nesta streifte einen Pullover über Nachthemd und Morgenrock, Phil zog sich an. Sie gingen ins unbeheizte Wohnzimmer; er sorgte für ein neues Feuer, sie kochte. Beim Essen hörten sie seine Musik. Sie war erfüllt von Glockengeläut und Vogelstimmen.

»Sie ist wunderschön.« Sie lag zusammengekuschelt in einer Sofaecke beim Kamin und drehte Zigaretten. »Du mußt nach Cadair kommen, du solltest die Kinder kennenlernen. Ich bin sicher, daß du da Gutes tun könntest.«

»Ich könnts versuchen.«

Er spielte es noch einmal und sah von seiner Seite des Zimmers zu ihr hinüber. »Wie fühlst du dich, Nesta?«

»Ich fühle mich zufrieden«, sagte sie. »Und vom Glück begünstigt. Und du?«

»Ziemlich genauso.«

Sie gingen die enge Treppe hinauf und ins Bett. Sie liebten sich lange, mondhelle Nachtstunden lang. Kurz vor dem Einschlafen sagte sie: »Weißt du, was du tun solltest?«

»Was?« Er gähnte, nickte ein, war schon fast weg.

»Dich mit Rowland King in Verbindung setzen. Du bist so gut; ich bin sicher, daß er dir helfen würde.«

»Hmm ... ich könnt ihm ja mal 'ne Demokassette schicken.«

»Du könntest ihn anrufen«, sagte Nesta schläfrig.

»Steht bestimmt nicht im Telefonbuch.«

»Aber Edward.«

»Wer? Ach so, ja, ich kann mich nicht an seinen Nachnamen erinnern.«

»Ich aber«, sagte Nesta, die darauf trainiert war, sich Namen zu merken. »Edward Sullivan. Der steht bestimmt drin.«

Es war Abend. Phoebe saß beim Küchenherd und arbeitete an ihrer Gobelinstickerei. Sie zog farngrüne Wollsträhnen ein, schob sich die Brille hoch, zählte Quadrate. Fast fertig. Die Winterabende zweier Jahre hatte es gebraucht; zu Ostern würde es in der Kirche hängen. Sie schnitt das Grün ab und fädelte neu ein.

Das Stickbild zeigte ein Kreuz: einfaches Gold auf schlichtem Blau, ein Rahmen aus rankenden Heckenblumen; Jelängerjelieber, Hundsrosen, Mohn, Kornblumen aus dem Garten. Auf dem unteren Rand wuchsen Farnkräuter im Überfluß um die hohen, klaren Versalien: PENGLYDR CHURCH 1995. Phoebe suchte in ihrer Schachtel nach dem letzten Strang Gold. Im Herd neben ihr bewegte sich der Koks, rutschte nach unten. Es brannte wieder runter, Zeit für die nächste Schütte.

»Gillian?«

Im Zimmer über ihr knarrten die Bodendielen. Phoebe wartete. Schweigen.

»Gillian!« Mit zusammengekniffenen Augen fädelte sie

ein, schnitt vom Strang ab. Der Koks machte noch eine Bewegung. Verflixt. Sie legte ihre Arbeit weg, nahm die leere Schütte und trug sie hinaus. Das Licht aus dem Haus fiel auf den Kohlenschuppen; sie bückte sich, um die rappelnden Briketts aufzuschaufeln, da durchfuhr sie ein plötzlicher krampfartiger Schmerz. Sie atmete heftig ein, wartete, versuchte es wieder. Verhoben. Verdammt. Gillian würde …

Der Schmerz schnitt ihr wie ein Messer ins Kreuz; Phoebe ließ die Schütte fallen. Sie stand vornübergebeugt da, hörte sich selbst stöhnen.

»Gillian!«

Gillian, deren Fenster auf diese Seite des Hauses hinausging, antwortete nicht.

Mit ungeheurer Anstrengung richtete Phoebe sich auf. Sie kroch an der Hauswand entlang, krallte sich an Efeu, Ziegeln und Fensterbänken fest. Ganz langsam, Schrittchen für Schrittchen. Das wars. Sie stand am Hintereingang und rief mit zittriger Stimme noch einmal.

Das schwache Scharren einer Maus. Der Geruch von Holz und den erdigen Kartoffeln in ihren Papiersäcken. Zentimeterweise schob Phoebe sich ins Haus und durch den Gang, der an der Küche vorbeiführte. Sie erreichte den Fuß der Treppe.

»Gillian …« Nur ein Ächzen. Lächerlich.

Oben ging die Tür auf. Gillian kam heraus. Sie stand am Treppenabsatz, vom Licht aus der offenen Zimmertür hinter ihr beleuchtet: eine formlose Silhouette aus altem Pullover, Schnürschuhen und langem, zipfligem Rock.

»Was ist los?«

Phoebe konnte nicht weiter. Sie lehnte sich ans Treppengeländer.

Unter großen Schwierigkeiten und mit einem kleinen Lacher sagte sie: »Ich hab mir irgendwie den Rücken ausgerenkt.«

Gillan sah auf sie herab. Dämmriges Licht aus schwachen Glühbirnen illuminierte das wilde Haar.

»Möchtest du ein Aspirin?«

Sonntag nachmittag, es dämmerte schon. Edward ging die Weide hinauf, um seine Hühner einzusperren; Tarn war an seiner Seite.

»Na, dann mach, geh und hol sie.«

Sie raste um die Hecke herum.

»Langsam, langsam ...«

Flatternd und krächzend kamen sie herunter; er zählte sie: »Un, dan, tri ...« Wie ging es noch mal weiter? Ein paar Vögel waren schon im Gehege oder hockten im Hühnerhaus auf der Stange. Er inspizierte sie alle; er mochte alles an ihnen: den Geruch, das Rascheln im Stroh, die kehligen Geräusche, die sie machten, wenn sie zu den Nestern hinaufhopsten, sich mit schiefgelegten Köpfen auf den Stangen zurechtrückten, ihr dickes, weiches Federgepluster, wenn sie ihr süßes crrk, crrrk hören ließen. Er griff in die Kästen. Drei Eier, zwei braune und ein weißes, verschmiert waren sie, eine Feder klebte daran. Er ließ sie in die Tasche gleiten: Rowland konnte sie mit nach Hause nehmen. Wie schön.

»Gute Nacht«, sagte er, wie er es immer tat. Ein Gemurmel, ein Zusammenrücken. Er hatte immer gewußt, daß er Schafe mochte; daß er nun solche Freude an den Hühnern hatte, war eine Dreingabe, die mit einem Kind zu teilen sicher schön gewesen wäre. Schwierig, sich so etwas nicht doch ab und an auszumalen. Na. Pech gehabt. Er schloß das Hühnerhaus und das Gehege. Er blieb stehen, sah auf das Wohnhaus hinunter und betrachtete die dunklen Wolkenfinger, die sich über dem Dach zusammenzogen, hörte um sich herum die Schafe, sah die Lichter, sicher und hell. Eins brannte im Schlafzimmer, wo Rowland gerade packte, wo alles zwischen ihnen wieder in Ordnung gekommen war. Ein Licht im Flur des ersten Stocks, eins unten in der Küche, wo er das Telefon hörte. Konnten sie Rowland eigentlich nie für einen Augenblick in Frieden lassen? Immer war es jemand aus London, gab es etwas zu fragen.

Er ging den Wiesenhang wieder nach unten und pfiff nach Tarn; durchs erleuchtete Fenster sah er Rowland in die Küche kommen, den Hörer abnehmen und in eine Unterhaltung eintauchen. Rowland plauderte gern, das war immer schon so gewesen. In London hatte das Telefon nie stillgestanden. Zuerst hatte Edward es genossen, an allem Wirbel und allen Arrangements teilzuhaben, er hatte sich privilegiert gefühlt, mit eingeschlossen, hatte voller Stolz Nachrichten empfangen oder übermittelt. Nach einer gewissen Zeit war es ihm lästig und zu viel geworden. Den Hof hatten sie unter anderem gekauft, um all dem zu entgehen. Und was wollten sie jetzt?

Er hatte den Hintereingang erreicht und zog seine Stiefel aus. Er hörte Rowland lachen: Nein, sagte er, nein, nein, sehr recht sei ihm das. Er ging ins Haus. Rowlands Koffer standen im Korridor. »Auf Wiedersehen«, sagte er gerade. »Ich freu mich.« Das Telefon klickte; Edward betrat die Küche.

»Wer war das?«

»Das war Phil Dryhurst«, sagte Rowland obenhin. Er steckte seinen ledernen Terminplaner in die Tasche. »Kannst du dich an ihn erinnern?«

Phoebe saß aufrecht in ihrem hohen Eisenbett und strich die grüne Überdecke glatt. Sie sah sich im Zimmer um, in diesem schlichten Geviert mit der verschossenen, abblätternden Tapete. Die Frühlingssonne strömte durchs offene Fenster herein; die Vorhänge blähten sich in der Morgenluft. Ein wunderbarer Tag zum Pflanzen.

»Verdammter Mist«, sagte sie laut.

Schritte auf dem Gang: Gillian mit einem Tablett. Dünner Tee, schwarzer Toast, keine Butter.

»Du hast die Butter vergessen.«

Gillian betrachtete das Tablett. »Tut mir leid.«

»Wenn du sie holst«, sagte Phoebe, »wärst du dann auch so lieb, mir das Radio zu bringen? Und meine Stickarbeit?«

Gillian ging zur Tür.

»Und die Schachtel, die zur Stickarbeit gehört«, sagte Phoebe. »Die Schere und die Fäden.«

»Wo sind die?«

»Wo ich sie gelassen habe. Mit dem Gobelin zusammen. Beim Herd. Du weißt, wo sie sind. Hast du neu eingeheizt?«

»Ja«, sagte Gillian.

»Danke.«

Sie lehnte sich zurück und wartete. Unten schepperte der Briefkasten.

Gillian kam zurück und hatte nichts vergessen. »Brav«, sagte Phoebe. »Morgen bin ich ganz sicher wieder munter. Vielleicht schon heute nachmittag.« Sie bewegte sich in ihren Kissen und zuckte zusammen. »Nichts für dich?«

»Nein«, sagte Gillian. »Brauchst du noch irgendwas?«

Phoebe sah sie an. »Was hast du heute vor?«

»Ich arbeite an etwas Neuem.« Gillian sah in den frischen, wilden Himmel hinaus.

Phoebe hob den Becher mit dem schwachen Tee hoch und biß sich auf die Lippen. Was hatte sie sich da bloß gefangen? »Du verdirbst dir die Augen«, sagte sie. »Bestimmt.«

Gillian ging zur Tür. »Ruf mich, wenn du etwas brauchst.«

»Dein Geburtstag ... morgen hast du Geburtstag.«

»Ich weiß.«

»Ich wollte dir heute etwas besorgen. Es tut mir leid ...«

»Es macht wirklich nichts«, sagte Gillian. »Wirklich. Ich hoffe, daß es dir bald bessergeht.«

»Danke.« Phoebe stellte das Radio an. »Frisch in den Wochenanfang.« Wie die immer loslegten.

Auf der anderen Seite des Flurs schloß Gillian ihre Tür.

12

Phoebe und Gillian bekamen Besuch. Es war später Vormittag, mitten unter der Woche. Phoebe war wieder auf, aber nicht mehr sie selbst: Im Garten konnte sie nichts tun, sich nur umsehen; sie fühlte sich ausgelaugt und reizbar. Sie war unten in der Küche, die nach drei, vier Tagen unter Gillians Ägide schlampig und wenig ansprechend aussah. Sie bewegte sich langsam darin, hob Dinge auf und räumte sie dahin, wohin sie gehörten: Tassen, Besteck, Zeitungen, Geschirrtücher. Der Wasserkessel stand auf dem Herd; es kostete Mühe, ihn hochzuheben und zu füllen. Auf der Straße fuhr ein Auto vor. Schritte. Der Türklopfer fiel: einmal, zweimal.

Und jetzt? »Gillian?« Allein lautes Rufen war eine Anstrengung. Seit Tagen hatte sie gerufen. Langsam ging sie in den Hausflur hinaus und zur Haustür. Ganz langsam. Der Klopfer fiel noch einmal. »Komm ja schon!« schnappte Phoebe. Der Riegel war schwer zu bewegen; sie zuckte unwillkürlich zusammen, als sie daran zog.

»Ja?«

Nesta stand silbrig und hell im Eingang. Einen Augenblick lang wußte Phoebe nicht recht, wo sie sie hintun sollte. Dann erinnerte sie sich.

»Oh, guten Tag.«

Nesta beeilte sich, sich zu entschuldigen: »Es tut mir ja so leid – es geht Ihnen nicht gut ...« Sie sah ein zerfurchtes Gesicht, Anstrengung, ungekämmtes Haar.

»Mir geht es ausgezeichnet«, sagte Phoebe. »Ich habe mir nur das Kreuz verrenkt, das ist alles. Kommen Sie rein.«

Nesta folgte ihr in den Korridor mit seiner Dunkelheit und seinen gemusterten Fliesen. Gillians alter Tweedmantel hing an einem Garderobengestell mit einem stockfleckigen Spiegel neben einer stockfleckigen Landkarte. »Tut mir sehr leid«, sagte sie wieder, »ich hätte anrufen sollen. Ich hatte gerade

Zeit, da bin ich einfach hergefahren ...« Ihre Ohrringe schimmerten, ihre Stimme war hell. Auf dem oberen Flur ging eine Tür auf.

»Sie brauchen sich wirklich nicht zu entschuldigen«, sagte Phoebe. »Sie sind eine willkommene Abwechslung. Kommen Sie herein und trinken Sie eine Tasse Tee.« Sie ging in Richtung Küche und sagte in die Dunkelheit hinein: »Deine Freundin Nesta Frank ist hier.«

Nesta sah zum Ende der knarrenden Treppe hinauf. Feuchte Flecken verzierten die Tapete mit komplizierten Mustern. Gillian, angetan mit einem zipfligen Schlabberrock, kam langsam herunter. Nesta sah sie zum erstenmal in einem Rock, sie sah sie überhaupt seit Wochen zum erstenmal.

»Oh, Tag. Ich hab schon gedacht, es wäre ...« Gillian brach ab und errötete tief.

»Jemand anderer.« Nesta lächelte zu ihr hinauf.

Gillian lächelte zurück. »Für Besucher ist es früh im Jahr.«

Nesta kam sich vor, als sei sie zur falschen Saison in einem Museum gelandet. Sie hatte eine Vision von staubigen Kästen mit ausgestopften Vögeln, die an der Luft zerfallen würden.

»Sie waren beim Schreiben«, sagte sie. »Ich störe sicher.«

»Ich habe nachgedacht«, sagte Gillian. »Ich nehme an, daß ich etwas anderes hätte tun sollen. Meine Mutter ...«

»Kommen Sie«, rief Phoebe.

Sie gingen den gefliesten Korridor entlang. Rechter Hand sah Nesta eine geschlossene Tür. »Eine Art Wohnzimmer«, erklärte Gillian. »Oder besser ein Arbeitszimmer. Es war das Zimmer meines Vaters. Wir benutzen es nie. Na ja, ich gehe manchmal hinein.«

Am hinteren Ende des Gangs lag ein dunkles Eck mit einer verzapften, getischlerten Tür, die nach hinten führte. »Das ist der Vorrats- und Lagerraum. Wir wohnen hier.« Sie deutete mit dem Kopf nach links. Nesta kam in eine geräumige Küche. Über dem Herd hingen Kleider auf einem Trockengestell. Auf einem Stuhl stapelten sich vergilbte Zeitungen. In einer Ecke war eine Nähmaschine, ein plüschbezogener Lehnstuhl stand zwischen Spülstein und Herd, auf dem inzwischen Wasser in einem Kessel kochte: Der Deckel klappte mit dem Dampf auf und zu. »Ich kann das blöde Ding nicht heben«, sagte Phoebe.

»Ich machs schon.« Gillian durchquerte den Raum.

»Vorsicht.«

»Ich bin vorsichtig.« Wasser blubberte in eine grüne Emailkanne. Nesta sah Emailtöpfe auf einem Bord, sie waren gelb oder grün und pockennarbig angeschlagen. Alles sah aus, als sei es in den Fünfzigern gekauft worden. Sie sah zu den Fenstern: Eins ging zur Straße hinaus, an deren Rand sie ihr Auto geparkt hatte, das andere nach hinten zum Garten.

»Gut so.« Phoebe beobachtete Gillian. »Reicht schon.«

Gillian stellte den Kessel wieder hin. »So brennt er durch«, sagte Phoebe. »Stell ihn nach hinten.« Gillian stellte ihn nach hinten. Mit einem Teelöffel rührte sie den Tee in der Kanne um, tat den Deckel darauf und trug sie zum Tisch. »Danke.« Phoebe wandte sich an Nesta. »Setzen Sie sich doch.«

Nesta setzte sich mit Blick auf das Fenster zum Garten. Licht strömte herein, fiel auf einen Stapel Bücher, auf aufgespießte Rechnungen. Draußen sah sie den hellen Frühlingshimmel und die Bäume, die eben Knospen ansetzten. Sie sah eine Taube.

»Wie wunderbar. Ich wußte nicht, daß Sie Tauben halten.«

»Es sind meine«, sagte Gillian. »Ich zeig sie Ihnen.«

»Wir zeigen Ihnen den Garten«, sagte Phoebe und stellte sehr langsam die Teebecher auf den Tisch. »Ich muß ein bißchen raus. Dieses Eingesperrtsein ist nichts für mich.«

»Meine Mutter ist nie krank«, sagte Gillian.

»Ich bin nicht krank, ich hab mir bloß das Kreuz ausgerenkt.« Phoebe versuchte, die Teekanne hochzuheben. »Verdammt. Mach du das lieber.«

»Ein schlimmer Rücken kann was Scheußliches sein«, sagte Nesta und beobachtete, wie Gillian aus großer Höhe Tee in die Tassen laufen ließ.

»Ich würde es sehr begrüßen, wenn du das nicht tätest«, sagte Phoebe. »Nehmen Sie Zucker, Nesta?«

»Nein. Nein danke.« Nesta griff in ihre Handtasche. Sie

dachte an Phil, der Zucker nahm, den sie seit vierundzwanzig Stunden nicht gesehen hatte, aber am Abend sehen würde. Sie würde ihm von ihrem Besuch hier erzählen. Sie spürte das Fächeln seiner Haare in ihrem Gesicht, seinen langen, glatten Körper an ihrem eigenen. Als lebte er in ihren Adern. Sie zog ihre Tabaksdose heraus. »Hätten Sie etwas dagegen, wenn ich …«

»Rauchen würde?« ergänzte Phoebe, die ihr zugesehen hatte. »Mir wäre es wirklich lieber, wenn Sie es nicht täten.«

Nesta steckte die Dose zurück. Sie trank ihren Tee.

»Was sind Sie noch mal von Beruf?« fragte Phoebe.

Sie gingen auf den Ziegelpfaden mit dem Fischgrätenmuster. Nesta hörte zarte Töne hinter sich und wandte sich zum Taubenschlag um. Die Vögel gingen ein und aus, hinein und hinaus, über die Simse und Vorsprünge, hinein in die dunklen Bögen der Anfluglöcher, schiefgelegte Köpfchen, klare Augen. Sie hoben weiße Flügel in einer flatternden Wolke, hinaus, über den Garten hinweg, stießen hinab auf ausgestreute Körner. Gurr-gurr.

»Bald legen sie Eier«, sagte Gillian.

»Wie schön.« Sie dachte an den sanftgrauen Fleck im weihnachtlichen Schnee. Wie lange das schon her zu sein schien. Jetzt änderte sich alles. Vielleicht sollte auch oben in Cadair ein Taubenschlag sein. Das wäre was: Die Kinder würden es wunderbar finden.

»Ursprünglich«, sagte Phoebe gerade, »wurden sie natürlich, wie Sie vielleicht wissen, zum Schlachten gehalten. Für den Topf gezüchtet.«

»Tauben?«

»Natürlich. Für seine Lordschaft im Herrenhaus. Sie haben die Jungvögel aus den Nestern gehoben. Die großen Taubenschläge hatten Nistkästen für fünf- bis sechshundert Vögel. In Stein gehauen.«

»Tja«, sagte Nesta. »Das wußte ich noch nicht.« Sie folgte Phoebe durch den Garten und sah sich um. Überall sproß es. Gillian hatte sich von ihnen entfernt und ging, die Hände in den Taschen, auf der Obstwiese herum. Der frische Märzwind wehte über alles hin. Blaßgrüne Kätzchen tanzten.

»Ah, schon besser.« Phoebe schwenkte die Arme. Sie machte auf alles aufmerksam, an dem sie vorbeikamen, benannte Sträucher, die noch holzig, kahl und kräftig zurückgeschnitten dastanden. Überall blühten Osterglocken und andere Narzissenarten. Nesta erzählte ein wenig von ihrem eigenen Garten, von den Apfelbäumen und Winterlingen, von den Bienenstöcken. »Das klingt ja sehr hübsch«, sagte Phoebe. »Das hier ist übrigens ein *Corylopsis.«*

»Ein was?«

»Ein *Corylopsis.* Jetzt nichts Besonderes, aber in ein, zwei Wochen sieht er gut aus. Braucht diesen schönen, geschützten Platz. Unmengen kleine, gelbe Blüten.«

»Und was ist das hier?« Nesta blieb vor Büscheln von graugrünen Blüten stehen, die wie Glocken nickten.

»Christrosen. *Helleborus corsicus.* Immergrüne Staude. Sehr gut zu verwenden. Sie sind keine Gärtnerin.«

»Nein. Nein, das kann man wohl nicht sagen. In London hatten wir einen kleinen Garten, aber wir waren so beschäftigt ... wir haben nur ganz einfache Sachen gepflanzt, Blumenzwiebeln und so.«

»Ja. Sehr hübsch für ein paar Wochen, aber dann sehen sie eben ein bißchen tot und welk aus.« Phoebe blieb stehen und versuchte, mit den Handflächen ihr Kreuz abzustützen. »Ich habs vergessen ... Sind Sie geschieden?«

»Nein«, sagte Nesta. »Witwe.«

»Oje, das tut mir leid. Gillian hat nichts davon gesagt. Na ja, sie ist natürlich ...« Phoebe sah zu Gillian hinüber, die unten am Teich Büschel von abgestorbenem Schilf herauszog und zum Feuerplatz hinübertrug. »Keine Kinder?«

»Nein«, sagte Nesta.

Aber jetzt habe ich einen Geliebten, dachte sie und war erfüllt von seinen Berührungen und ihrer neuen Seligkeit miteinander.

»Na ja«, sagte Phoebe. »Sie sind ja noch jung.«

»Danke. Ja, ich ...« Sie stand da und sah zu, wie Gillian

Schilf schleppte. »Sie waren doch auch noch jung, als Sie Witwe wurden, nicht?« Sie griff Phoebes forsche Direktheit auf. »Wie alt war Gillian, als Sie …«

»Sie war drei«, sagte Phoebe. »Dreieinhalb. Zu jung, um sich daran zu erinnern.« Der Wind fuhr in die Bäume, die Wolken rasten schnell dahin. »Tja. Ich zeig Ihnen den Küchengarten.«

Sie gingen zur Trockenmauer hinüber und durch den Durchlaß. In einer Ecke ein Stapel Glasglocken, Miniaturgewächshäuser für empfindliche Pflanzen, ein Haufen Dung; die Luft roch erdig und schwer. Phoebe geleitete Nesta an Saatbeeten, Frühbeetkästen und Spalierobstbäumen vorbei. Kleine, scharfe Spitzen lugten überall hervor.

»Da ist das Zwiebelbeet, da sind die Kartoffeln und die Karotten und die Rüben – all die Wurzelgemüse. Die Kohlpflanzen sind da drüben.« Sie sah Nesta an. »Kohlarten. Ich arbeite in diesem Garten biologisch, das habe ich schon immer getan, schon lange, bevor es Mode wurde. Geht nichts über den Geschmack. Wo kaufen Sie Ihr Gemüse?«

Nesta dachte an samstägliche Einkäufe bei Safeways in London und an die kleinen, teuren, folienverpackten Gebinde, die im Dorfladen angeboten wurden. »Ich gehe wohl nur zu den falschen Läden, fürchte ich.«

»Macht ja nichts. Jetzt können Sie zu uns kommen. Viel besser und viel preiswerter.«

»Vielen Dank.«

»Nichts zu danken, damit verdienen wir unseren Lebensunterhalt. Bald haben wir wieder alle Hände voll zu tun; die Saison fängt jetzt an.«

Nesta folgte Phoebe über die Gartenwege. Auf der anderen Seite der Mauer sah sie Gillian, die zu träumen schien, der Wind fuhr in ihr wildes, dickes Haar und löste es. Ich habe noch nie jemanden wie dich gesehen, dachte sie.

»Hier ist der Kräutergarten.«

Nesta betrachtete ein Beet, das durch Ziegeleinfassungen in acht Segmente unterteilt war. Petersilie, Fenchel, Rosmarin, Salbei und Minze vom letzten Jahr waren zurückgeschnitten und bekamen gerade die ersten neuen Blätter. Es war vollkommen.

»Wissen Sie, was ich schön fände«, sagte sie, einer plötzlichen Eingebung folgend, »wenn Sie nach Cadair kommen und die Kinder unterweisen könnten. Sie machen schon ein bißchen was im Garten, aber wenn Sie kommen könnten – ich glaube, Sie könnten uns allen eine Menge beibringen.«

Phoebe dachte nach. »Ich bin mir nicht sicher, ob ich besonders gut mit Kindern umgehen kann. Besonders mit Kindern, die ...«

»Na ja. Würden Sie mal darüber nachdenken? Ich komme mir da oben so ein bißchen wie ein neuer Besen vor – ich habe schon einen Freund gebeten, bei uns Musikunterricht zu geben.« Nesta unterbrach sich, erinnerte sich: »Ja, natürlich, Sie haben ihn schon gesehen, am Abend, als die Lesung war. Phil Dryhurst – erinnern Sie sich an ihn?« Er ist mein Geliebter, dachte sie, und spürte ein zartes Flattern im Magen.

»Nicht der Sänger? Ach nein, natürlich nicht, das war Rowland King. Das war sehr aufregend, das muß ich schon sagen. Ich habe gehört, er ist Ostern auf Gastspielreise, sie haben so was im Radio gesagt; ich glaube, sie singen auch in der Kathedrale von Hereford und drüben in St. David's. Eine der Passionen, wenn ich mich recht erinnere ... Haben Sie auch davon gehört?«

»Ja«, sagte Nesta, die sich daran erinnerte, was Phil ihr von dem Anruf erzählt hatte. »Also jedenfalls – ich würde mich so freuen, wenn Sie es sich überlegten, eines Tages einmal nach Cadair zu kommen.«

Phoebe schnitt abgebrochene Triebe von einem blühenden Johannisbeerstrauch ab. »Ich werd mal sehen. Wie auch immer ... jetzt ...«

»Wie geht es Ihnen jetzt?«

»Oh, viel besser. Wahrscheinlich, weil ich hier draußen bin und mich bewege. Es ist überhaupt nicht gut, diesen Dingen nachzugeben; die Hälfte passiert sowieso nur im Hirn. Wer nachgibt, liefert sich aus.«

Sie hatten den Durchlaß in der Mauer erreicht. Nesta sah

über die Wiesen hinter der Hecke hinweg und auf die Hügel jenseits den Wiesen. Rasende Wolken, Sonne und Wind waren überall. Sie spürte eine Welle von Glück.

»Mein Gott, ist das schön hier.«

»Ja, nicht wahr?«

Gillian stand unten am Teich. In dem Bereich, den sie vom alten Schilf befreit hatte, waren die neuen, hellen, zarten Triebe zu sehen. In ihrem Haar fing sich das Licht; ihre Hände bewegten sich, formten Gebärden. Nesta betrachtete sie.

»Ich glaube, ich hol mal eine Gabel«, sagte Phoebe und ging den Weg zum Haus hinauf. Die Tauben waren überall. Sie flogen über den Garten hinweg, zum Teich hinunter. Sie hockten in den Zweigen der Esche, balzten, schnäbelten und putzten sich. Nesta ging über das Gras.

»Gillian?«

Gillian schreckte zusammen und wandte sich zu ihr um.

»Ich wollte Sie besuchen, und jetzt habe ich die ganze Zeit mit Ihrer Mutter gesprochen.«

Gillian lächelte. »Das kommt öfter vor.«

»Tut mir leid.«

»Macht nichts.« Sie sah zu den Tauben in den Bäumen auf. »Sind sie nicht wunderbar?«

»Ja.« Nesta fiel auf, daß sie hier an diesem himmlisch stillen Ort, der so weit weg war von der Welt, heiter war und strahlte.

»Ich gehe jetzt«, sagte sie. »Würden Sie kommen und mich besuchen? Oben in der Schule?«

»Ja«, sagte Gillian, erleuchtet vom nahenden Frühling.

Nesta ging einen Schritt auf sie zu und küßte sie. »Wir sehen uns bald.« Sie ging den Weg zum Haus entlang und zum Gewächshaus hinüber, wo sie Phoebe zwischen den Bretterregalen hantieren sah.

Unten am Teich war Gillian reglos stehengeblieben. Der Frühlingswind kräuselte die Glätte des Wassers, die Tauben gurrten, die Wolken waren erleuchtet von Freude. Gillian streckte die Arme aus ihrer alten, ausgebeulten Strickjacke und hob sie zu Gott.

Liebe ist das wahre Mittel, durch das die Welt genossen werden kann. Unsere Liebe zu anderen und die Liebe anderer für uns. Gott schuf die Welt, um seiner Liebe Ausdruck zu geben.

»Thomas Traherne«, sagte sie laut. »Edward Traherne. Gillian Traherne. Edward Sullivan.«

Über ihr waren die Tauben so zart und weiß, sie murmelten sich etwas zu.

Nesta klopfte ans Glas und sagte zu Phoebe: »Ich muß weg.« Phoebe antwortete nicht. Nesta sah sie an. Sie ging hinein. Die Luft war warm und schwer. Phoebe hielt sich an den Regalen fest, neben ihr auf dem Boden lag eine Grabgabel. Sie war grau im Gesicht.

»Was ist? Was haben Sie? Lassen Sie sich helfen.«

Schweißperlen standen auf Phoebes Stirn. »Ich hab nichts ... ich weiß nur nicht ...«

Plötzlich sah Nesta, wie dünn sie war, wie hager. Ihr Pulli und ihre Bluse hingen an ihr herunter, die Hose schlotterte. Sie spürte eine merkwürdige Kälte in sich aufsteigen.

Sie wußte, daß sie auf Widerstand stoßen würde, und sagte es dennoch: »Phoebe, Sie sind krank, Sie müssen zum Arzt. Ich bring Sie hin, sofort, wenn Sie wollen ...«

»Mir gehts gut«, sagte Phoebe. »Vielleicht werd ich bloß ...«

Nesta half ihr ins Haus. Phoebe stützte sich auf sie.

Ein Strom von Schafen ergoß sich in den Hof, wirbelte hierhin und dorthin; die Morgenluft war erfüllt von ihrem Blöken und Schreien, von Tarns Gebell und Edwards Rufen.

»Komm, komm, her zu mir – Tarn! Bring sie rüber! Ruhig, ruhig ...« Er klappte das Weidegatter hinter sich zu, kam mit seinem Krummstab durch die zusammengedrängten Körper und sah, daß sich ganz hinten Schafe ans Tor zur Straße quetschten, während Tarn um sie herumsprang und sie zum Stall hinüberbugsierte.

»Braves Mädchen, brav, das wars, gut so.«

Schafe vor der Haustür, Schafe dicht gedrängt um die Wasserpumpe, Schafe auf dem Weg zur Hecke, die das untere Feld begrenzte. Für einen Augenblick hielt Edward inne und begutachtete seine Herde: Es war das letzte Mal für die nächsten paar Wochen, daß er sie unter freiem Himmel sehen würde; die scharfe Frühlingssonne und die schnellen Wolken schickten Licht und Schatten über Fellmassen, fleckige Gesichter, gelbe Augen. Es war Hardy, es waren die alten Treiberpfade von Wales, es war sein Großvater oben in den Hügeln von Northumberland, wo die Wiesen mit Trockenmauern markiert waren, sein Großvater, der die Schafe mit seinem Hund Ben führte …

Edward sah auf zum schnell bewegten Himmel und hinab auf die strudelnde Masse von Schafleibern und fragte sich, was er sich schon gleich am Morgen gefragt hatte: Ob es dumm gewesen war, sie alle reinzubringen, obwohl es draußen schön war und die Wettervorhersage für die nächsten Tage sich gut anhörte. Sollte er sie nicht einfach auf der Weide sich selbst überlassen, wie es bei Schäfern seit Generationen üblich war? Das schlimmste Winterwetter war seit Wochen vorbei, es würde keine Schneeverwehungen mehr geben, keine verlorenen Muttertiere und erfrorenen Lämmer, vielleicht nicht einmal mehr regennasse Nächte. Er wäre auch draußen zurechtgekommen … tat er all das nur, um eine Kindheitserinnerung wiederzubeleben? Er hatte die Stimme seines Großvaters im Ohr, der oben in den windzerzausten Hügeln gesagt hatte, als er die ersten stechenden Regentropfen spürte: »Ist besser drin, da hast du sie alle zusammen, kannst ein Auge drauf haben. Es kann so schnell etwas schiefgehen.« Er hörte noch den Tierarzt in der Kreisstadt: »Schafe finden mit tödlicher Sicherheit jede Todesart raus …« Er spürte Pritchards Blick, der seine Unerfahrenheit, seine Tollkühnheit abschätzte; er sah sich selbst auf den nachtdunklen Weiden, mit nichts als einem Hund und einer Taschenlampe, wie er sich bei einer schwierigen Geburt abquälte, alles vermasselte, Lämmer verlor, kläglich scheiterte …

»Tarn! Hierher, Mädchen!«

Er schob sich durch das dicke, schwere Gewühl hinunter zum Stall, wo die Boxen offen- und bereitstanden und wo Tarn in zwei Nächten, die sie dort allein zugebracht hatte, sicherlich mit der letzten Ratte aufgeräumt hatte. Vielleicht hätte er die Muttertiere in kleinen Trupps reinbringen sollen; vielleicht war es Blödsinn, die halbe Herde auf einmal hier unten zu haben ...

Du verlierst die Nerven, sagte er sich, und dabei hast du noch nicht einmal angefangen.

Er zog an einem der Stalltore, befahl Tarn: paß auf und bleib, bleib da vorn. Dann trieb er vier, sechs, acht, neun, zehn hinein, zog mit dem Krummstab das Tor zu und ging hinter ihnen her, um sie in die nächste Box zu treiben.

»Weiter, weiter, rein mit euch ...«

Das Rascheln von Stroh, Blöken, ihr Geruch. Das Klappen des Gittertors. Eine Ladung drin. Die Mutterschafe standen herum und starrten ihn an. Eins wanderte in eine Ecke hinüber.

»So fangen sie an«, sagte sein Großvater und deutete auf ein Tier. »Sie sucht sich ihren eigenen Fleck, dann ist sie ziemlich unruhig, weiß nicht, ob sie stehen oder sitzen soll, du behältst sie dann im Auge, aber sie braucht noch ihre Zeit ...«

Edward stand da und beobachtete. Das Mutterschaf ging im Stroh auf und ab und sah sich um.

Er machte sich daran, die nächste Gruppe zu holen.

Das Mittagessen bestand aus einem Sandwich, irgendwann nach zwei Uhr. Er aß es auf dem Rückweg zum Stall: Er wollte nicht länger als nötig in dem leeren Haus bleiben. Tarn lag hingestreckt neben der Pumpe und ließ sich die milde Frühlingssonne aufs Fell scheinen. Wie der Wetterbericht gesagt hatte, war es heute nachmittag viel wärmer, aber die Wolken auf den fernen Hügeln waren dunkler geworden. Wettervorhersage hin oder her, man konnte nie sicher sein: Um diese Jahreszeit konnte in einer Stunde alles anders werden. Es war richtig gewesen, die Schafe reinzubringen, das spürte er jetzt, als er über den Hof zum Stalltor ging und das

Rascheln, das Trappeln der Hufe hörte und die Ruhe spürte; alles war sicher unter Dach und Fach, es war bereit. Er warf ein paar Stückchen Brotrinde auf den Boden und sah zu, wie die Spatzen vom Dach flogen und sich darum stritten.

Drinnen ging er an den Boxen entlang und fühlte sich wesentlich besser als in den letzten Tagen. Die Muttertiere hatten sich beruhigt, ihre Plätze gefunden und standen ruhig wiederkäuend da oder wanderten langsam auf der Einstreu herum. Die Luft war erfüllt vom Geruch nach Stroh, fettigem Fell, frischem Dung, alten Ziegeln, staubigen Balken. Spatzengezwitscher ertönte vom Hof her, er hörte Tarn lautstark gähnen. Durch die offenen Türen strömte die Sonne herein.

Edward beugte sich über eine Box. Er packte ein junges Mutterschaf am Hals und fuhr ihm zwischen den Ohren über den knochigen Schädel. Sie legte die Ohren an, zappelte, er gab sie frei.

»Schon gut, Mädchen, ich tu dir nicht weh.«

Er ging noch einmal auf und ab und ließ seinen Blick über sie schweifen. Heute abend würde er Rowland anrufen und ihm sagen, daß sie drinnen waren.

Wenn er an Rowland dachte, versetzte es ihm jedesmal einen kleinen, unbehaglichen Stich. Er merkte, daß er versuchte, nicht an ihn zu denken, und daß das unangenehme, unruhige Gefühl, das er damit loswerden wollte, doch nie verschwand. Er hoffte, daß der Gedanke an die langen, kraftvollen, gemeinsamen Nachtstunden, in denen sie sich erobert und ihre Namen in die Dunkelheit gerufen hatten, ihn trösten, ihm Sicherheit bringen und die Erinnerung an das besiegen würde, was darauf, in ihren letzten gemeinsamen Minuten, gefolgt war, aber er tat es nicht.

»Wer war das?«

»Phil Dryhurst – kannst du dich an ihn erinnern?« Rowland ließ seinen Terminplaner in die offene Reisetasche gleiten. Er sah – ja, wie denn? – er sah erleuchtet aus. Innerlich entzückt. Verschlossen und verstohlen.

»Ja«, sagte Edward vorsichtig. »Ich erinnere mich.«

»Er will, daß ich mir ein Band anhöre. Ich habe ihm gesagt, er soll es mir schicken. Wenn es was taugt, treffen wir uns vielleicht das nächste Mal, wenn ich hier bin.« Rowland ging in der Küche auf und ab, suchte dies und das, sah Edward nicht an. Er nahm einen Krimi an sich, seine Brille, Tonbänder. »Wo sind meine Schlüssel?«

Edward verfolgte die Vorstellung. »Unter der Zeitung. Da. Sie gucken raus.«

»Ah, ja. Danke. Gut. Also, dann ...«

»Du mußt jetzt weg.« Es hatte nicht so provozierend klingen sollen, aber das tat es; er hörte es selbst.

»Ich muß.« Rowland ließ stirnrunzelnd die Schlüssel am Mittelfinger baumeln. »Du klingst so ...«

»Tu ich nicht. Tut mir leid. Ich wollte nicht ...«

»Gut. Laß uns keine Affäre draus machen.« Er ging zu seiner Tasche, warf seine Sachen hinein, ließ das Schloß zuschnappen. Edward stand da, betrachtete ihn und merkte, daß allmählich alles schiefzugehen begann.

»Gut.« Rowland griff nach seiner Tasche und warf ihm ein Lächeln zu. »Guck nicht so schicksalsschwer. Irgendwann muß ich ja mal gehen.«

»Rowland, um Gottes willen ...«

»Was? Was ist denn? Was ist denn in dich gefahren?«

»Nichts.«

»Klingt nicht wie nichts. Komm, wir hatten ein schönes Wochenende, oder etwa nicht?«

»Ja.« Er nahm sich zusammen. »Ja, es war wunderbar, danke.«

»Ich war es, der kommen wollte.« Rowland tätschelte seinen Arm. »Vergiß das nicht. Wo ist Tarn?«

»Irgendwo.« Er folgte Rowland aus der Küche. »Ich hab sie draußen auf der Weide gelassen.«

»Tarn? Tarn? Hier, Mädchen.« Rowland öffnete die Haustür. Es war dunkel geworden. Die Sterne leuchteten schon. Er pfiff über den Hof. »Tarn? Komm und verabschiede dich.«

Edward dachte: Diese Szene gehört jetzt schon zu einem bestimmten Muster, zu unserem Lebensrhythmus ... der

Abendhimmel, das wartende Auto, der Kuß. Runter zum Tor, die Straße entlang, fort zur wartenden Stadt. Und ich, der ich ins leere Haus zurückgehe. Ich kann das nur, wenn er … wenn wir …

Ein Winseln, ein Ton am rückwärtigen Tor. Tarn quetschte sich darunter durch und raste quer über den Hof auf sie zu. Rowland beugte sich hinunter und umarmte sie.

»Tschüs, tschüs, du alberner Hund. Ja, ja, ich weiß schon. Du paßt jetzt gut auf dein Herrchen auf.«

Schon wieder.

Edward wartete. Rowland richtete sich auf.

Da war es, etwas lag spürbar zwischen ihnen.

Edward sagte nicht, was ihm auf der Zunge lag: Rowland, du bist mein einziger Geliebter. Du bist mein Mark: Ohne dich kann ich nicht leben. Ich kann nicht mit Betrug oder mit der Angst vor Betrug existieren.

»Danke noch mal«, sagte er. Er ging näher zu ihm.

»Wirklich.«

»Hör auf, dich bei mir zu bedanken. Ich danke *dir*. Es war wunderbar.« Rowland streckte die Arme aus. Edward schmiegte sich hinein.

Er sagte es nicht laut: Ich will dich wieder, ich will dich jetzt, ich werde dich immer wollen …

Sie küßten sich, warme, trockene Münder. Edward rückte näher. Rowland zog sich zurück.

»Ich liebe dich«, sagte Edward.

Tarn sah zu ihnen auf und fing an zu bellen. »Sie will auch nicht, daß du gehst«, sagte er obenhin.

»Also dann.« Rowland warf seine Taschen in den Kofferraum. Er stieg ins Auto und ließ den Motor an. Edward spürte, wie das Wochenende und alles, was es enthalten hatte, aus ihm gesogen wurde wie bei einem Aderlaß, als das Auto vom Haus weg und auf das offene Tor zugesteuert wurde.

»Auf Wiedersehen!« Er hob die Hand, und die alte Szene spulte sich wieder ab: die blinkenden Rücklichter, der Klang der Hupe, das Einbiegen in die dunkle Landstraße. Und fort, fort.

Edward ging zum Tor hinunter, um es zu schließen. Er stützte sich darauf. Er dachte an den Schauer von Hoffnung und Glück, den er erst achtundvierzig Stunden zuvor gespürt hatte, als Rowland in den Hof eingebogen und nach Hause gekommen war, nach Hause. Er dachte an die leidenschaftliche Nacht, die darauf gefolgt war, an die Dunkelheit, an sie beide, Stunde um Stunde.

»Ich liebe dich, ich liebe dich. Ja, ja …«

»So wie jetzt?«

Und wie das, und so auch. Einschlafen, als die Stunden der Nacht verebbten und der zarte Frühlingshimmel erblaßte.

Er dachte, daß diese Stunden in einem einzigen Augenblick gestohlen worden waren. Ein Telefonanruf, ein Blick. Es hatte keinen Sinn, so zu tun, als sei es nicht geschehen.

»Tarn?« Sie war draußen auf der Straße, steckte die Nase tief in die Hecke und scharrte mit den Pfoten.

»Was hast du denn da?«

Sie winselte und jaulte.

»Komm jetzt.«

Was es auch war, es konnte fliehen. Sie folgte ihm: hinauf zum Tor, zum Haus, zu den Lichtern. Er dachte darüber nach, wie hell und sicher die Lampen von der hinteren Weide aus ausgesehen hatten. Er kämpfte gegen ein Gefühl von Verlust und Vorahnung an.

Edward kam aus dem stillen Stall, trat in die Abendsonne. Spatzen flogen auf und davon. Er ging zu Tarn rüber, die dalag und träumte, beugte sich hinunter und tätschelte ihr warmes Fell.

»Das war ja ein ganz schön hektischer Vormittag. Hast gut gearbeitet.«

Und jetzt? Vielleicht die letzten paar Tage, bevor das erste Lamm kam. Ab jetzt würde es kein »Was nun?« mehr geben, nicht für einen Augenblick. Er richtete sich wieder auf, sah über den Hof hinweg zur Straße hin, über die Hänge und das Tal darunter. Ein Hauch von neuem Grün, die erste Andeutung von Blüten auf Obstbäumen und in den Gärten. Ich fahr mal nach Penglydr hinüber, dachte er, und schau mir den Garten an. Und rede mit Phoebe über die Lämmer.

Seine Stimmung, die durch das, was er an diesem tätigen Morgen geschafft hatte, ohnehin besänftigt war, hob sich bei dieser Aussicht. Er suchte nach seinem Schlüsselbund, pfiff nach Tarn.

Phoebe saß im Sessel beim Küchenherd und nippte an einem Wasserglas. Nesta telefonierte mit dem Doktor in der Kreisstadt. Ein Assistenzarzt würde kommen, sobald er könnte. Noch vor der abendlichen Sprechstunde. Ob Phoebe denn sicher nicht ...

»Ganz sicher nicht.« Nesta betrachtete Phoebes schweißnasses Gesicht und hörte ein unwillkürliches Stöhnen. Das Telefon stand auf einem Stapel aus Büchern aus der Leihbücherei und Katalogen in einer Ecke der Anrichte. Ein gebastelter Kalender hing an einem Haken an der Wand. Grüße von der Kirche von Penglydr: eine Zeichnung der Kirche und ein Spruch für jeden Monat. Der Text für März lautete: »Das Königreich Gottes ist wie ein Senfkorn, das ein Mensch nahm und in seinen Garten säte, und es wuchs und erstarkte zu einem großen Baum.« Nesta bedankte sich bei der Sprechstundenhilfe und legte auf.

»Seit Gott weiß wie vielen Jahren ist in diesem Haus kein Doktor mehr gewesen«, sagte Phoebe. Sie stellte das Glas auf der abgewetzten, hölzernen Armlehne ihres Sessels ab. »Was für ein Theater.«

Nesta ging zu ihr hinüber. »Wie geht es Ihnen jetzt?«

Phoebe schüttete den Kopf. Etwas von ihrer Gesichtsfarbe war zurückgekehrt. Sie griff in ihre Tasche, zuckte zusammen und zog ein großes Männertaschentuch heraus, mit dem sie sich übers Gesicht fuhr. »Etwas besser. Ich weiß wirklich nicht, was ...« Sie sah zu Nesta auf. »Sie haben doch sicher noch etwas anderes zu tun.«

Nesta schüttelte den Kopf. »Heute nicht. Letzte Woche war viel los, und morgen habe ich wieder Dienst, aber jetzt habe ich bis heute abend nichts vor ...« Heute abend würde sie wohl in ihrem Cottage vor dem Feuer liegen, Phil vielleicht über ihr, während seine Musik spielte …

Die frühe Nachmittagssonne drang zum Fenster hinein. Sie hörte die Tauben und Gillians Schritte auf dem Weg. »Aber vielleicht hätten Sie es lieber, wenn ich gehe. Gillian kann ja …«

»Gillian kann gar nichts«, sagte Phoebe und steckte das Taschentuch zurück. »Es ist ein Glücksfall, daß Sie hier waren. Mir gehts sowieso besser. Ich vermute, es war nur was verrenkt, ich glaube wirklich nicht, daß es etwas zu bedeuten hat.« Ihre Stimme zitterte nicht mehr, sie schien sich zu erholen. »Ich glaube überhaupt nicht, daß ich einen Arzt brauche.« Sie reichte Nesta das Glas. »Wenn Sie bloß das hier mal nehmen, dann glaube ich, daß ich …« Sie versuchte aufzustehen, setzte sich stöhnend wieder hin.

Gillian kam herein. »Oh, hallo. Ich dachte, Sie wären schon weg.« Sie sah zu Phoebe hinüber. »Gehts dir gut?«

Phoebe lag vornüber zusammengekrümmt in ihrem Sessel. Nesta kniete sich schnell neben sie und murmelte tröstende Worte. Phoebe erbrach sich auf den Fußboden.

Edward fuhr vor dem Haus vor. Ein anderes Auto stand am Straßenrand gegenüber: Er zögerte, überlegte, ob er vielleicht hätte anrufen sollen, ob er wohl störte. Tja. Jetzt war er schon einmal da, er mußte ja nicht lange bleiben. Er parkte dicht an der Hecke, um auf der Straße möglichst viel Platz für vorbeifahrende Autos zu lassen, stieg aus und ließ Tarn drinnen sitzen.

»Bleib da. Sie wollen vielleicht nicht, daß du überall herumhopst.« Er überquerte die Straße, hörte Vögel, spürte den Wind, der von den Bergen herunter wehte, in seinem Gesicht. Er sah zum Himmel auf, zur Sonne, die jetzt unstet in den Wolken verschwinden wollte. Er rief sich seinen ersten und bisher einzigen Besuch hier an jenem späten Herbstnachmittag in Erinnerung, seine erste Begegnung mit Gillian, die mit einem Stock im Laubfeuer herumgestochert und zugesehen hatte, wie der dünne Rauch aufgestiegen war und die gelben Blätter auf das stille Wasser des Teichs getrudelt waren.

»Das ist der Altar des Gartens.«

Er hatte die meiste Zeit über mit Phoebe gesprochen, aber es waren Gillians Worte, an die er sich erinnerte.

Er öffnete das Tor, trat auf den dämmrigen Vorplatz, klopfte.

Von drinnen kamen geschäftige Geräusche. Er hörte eine Stimme: »Ist da schon der Doktor? Das ging aber schnell …«, dann eilten Schritte durch den Flur. Es war ganz offensichtlich nicht der richtige Zeitpunkt.

Er trat einen Schritt zurück, bereit, sich zu entschuldigen.

Eine junge Frau, weder Phoebe noch Gillian, öffnete ihm. Ein verständnisloser Blickabtausch.

»Nesta.«

»Edward.«

»Ich komme ungelegen. Es tut mir leid … Ich wollte nur …«

»Ja«, sagte Nesta. »Ich auch. Phoebe ist krank. Ich habe den Arzt angerufen, aber …« Ihre silbernen Ohrringe glitzerten in der Sonne; vor dem dunklen Hausflur war sie wie ein Pfeil aus Licht. »Ich geh am besten wieder zu ihr.«

»Ja. Ja, natürlich. Ich gehe dann mal. Sagen Sie den beiden herzliche Grüße …«

Eine Bewegung im schattigen Gang, Schritte auf dem Fliesenmuster.

»Nesta? Ist alles …« Sie sah ihn, hielt inne; im tanzenden Sonnenlicht an der Haustür konnte er sehen, wie tief sie errötete.

»Gillian. Hallo. Ich wollte Sie besuchen kommen. Es tut mir sehr leid, was ich da über Ihre Mutter erfahre.«

»Also«, Nesta trat zur Seite, »wir können hier nicht alle stehenbleiben. Ich geh mal aus dem Weg.«

Aus der Küche kam ein Ton. Sie rannte hin.

Gillian stand im Flur, Edward vor der offenen Haustür. Die Nachmittagssonne kam und ging über das Muster der Fliesen zwischen ihnen.

»Ich gehe lieber«, sagte er sanft. »Ich bin offensichtlich im Weg – falls ich nicht doch irgendwie behilflich sein kann …«

»Ich weiß nicht«, sagte Gillian. »Ich weiß nicht, was ich tun soll, ich bin nicht sehr gut im …«

Er sah ihre Verwirrung, ihren Kummer, ihre verblassende Röte, die schlabbrige Kleidung.

»Es war so ein wunderschöner Morgen«, sagte sie.

»Ich weiß. Ich habe die Schafe in den Stall getrieben. Wie lange ist Ihre Mutter schon krank?«

Sie schüttelte den Kopf. »Sie hat sich das Kreuz verrenkt, vor ein paar Tagen schon. Und jetzt ist ihr schlecht geworden.« Sie machte eine leere Geste. Sie sah sehr verloren aus. »Ich weiß nicht, was …«

»Oje. Arme Phoebe. Arme Gillian.« Er ging auf sie zu und legte ihr tröstend die Hand auf die Schulter. »Es tut mir so leid. Was kann ich tun?«

Sie sah zu ihm auf; er spürte, wie sie zitterte.

»Es ist so schön, Sie zu sehen.«

»Mir gehts genauso.« Am anderen Ende des Flurs, hinter dem Platz, an dem sie Werkzeug und Kartoffelsäcke aufbewahrten, stand, wie er jetzt sah, die Hintertür offen. Er erhaschte einen Blick in den Garten: Osterglocken, die sich im Wind bogen; eine Taube. Er ließ seine Hand sinken und bewegte sich ein wenig auf das lockende Licht zu. »Ich habe den Garten nur im Herbst gesehen, wissen Sie noch?«

»Ja«, sagte Gillian. »Und heute war es …«

Aus der Küche drangen Geräusche. Nesta kam heraus. »Ich glaube, wir sollten versuchen, Phoebe rauf ins Bett zu bringen. Da hat sie es sicher viel bequemer. Gillian, glauben Sie, Sie könnten …«

Edward trat einen Schritt vor. »Kann ich helfen? Oder wäre das …«

»Ich weiß nicht«, sagte Nesta. »Ich denke, wir schaffen es schon, sie sieht schon wieder ein bißchen kräftiger aus. Gillian …«

Gillian folgte ihr, Edward ging unwillkürlich hinter ihnen her.

Die Küche roch nach Desinfektionsmittel; altersschwache Vorhänge wehten im Luftzug, der durch die offenen Fenster hereinkam. Phoebe lag zusammengekauert in einem Sessel am Küchenherd. Als sie alle hereinkamen, sah sie auf und erkannte ihn.

»Hallo. Das ist ja eine ganze Gesellschaft. Ist ja wohl ein Witz!«

Edward lächelte sie an. »Ich wollte Sie eigentlich fragen, ob Sie mir bei meinen Lämmern helfen könnten. Was haben Sie denn angestellt?«

»Das wissen die Götter. Verdammt lästig. Was für Lämmer denn?«

»Meine«, wiederholte er, während er zu ihr hinüberging und sich neben sie kniete. »Ich habe fünfundachtzig Muttertiere im Stall und keine Ahnung, wie ich mit denen allen fertig werden soll.«

»Die habe ich auch nicht«, sagte Phoebe. »Ich komm mal vorbei und seh sie mir an.«

»Sie kriegen wieder ein bißchen Farbe«, sagte Nesta.

»Wirklich? Ich komm mir vor wie Exponat A in einem medizinischen Schaukasten. Wo ist das Wasserglas?«

Nesta reiche es ihr; Phoebe trank.

»Schon besser. Keine Ahnung, was das alles sollte.«

»Würden Sie lieber nach oben gehen und sich ein bißchen hinlegen, bis der Doktor kommt?« erkundigte sich Nesta.

»Doktor? Ich brauche ganz bestimmt keinen Doktor. Ich habe irgendeinen blöden Virus erwischt, sonst nichts. Wenn Sie mir nur mal helfen würden ...«

Nesta nahm einen Arm, Edward den anderen; gemeinsam hoben sie sie hoch. Phoebe ächzte.

»Nein, nein ...« Sie stützte sich auf sie, wurde wieder grau. Gillian stand am Tisch, sah zu und hielt sich die Hand vor den Mund. »Was glotzt du denn so?« schnappte Phoebe.

Langsam arbeiteten sie sich durch den Flur. Sonne und Wind tanzten durch die offenen Türen. Am Fuß der Treppen blieben sie stehen und sahen nach oben.

»Was meinen Sie, Phoebe?« fragte Nesta. »Wenn Sie erst mal oben sind, können Sie sich schön ausruhen.«

»Ich hoffe, wir tun hier das Richtige«, sagte Edward, der spürte, wie knochig Phoebes Arm auf seinem lag und wie wacklig sie war. »Man soll Patienten doch nicht bewegen, oder?«

Phoebe ächzte. »Redet doch nicht, als wär ich gar nicht da. Das gilt bloß für Unfallopfer.« Sie sah die Treppe an, sie war so hoch und so steil. »Probieren wirs eben,wenn wir schon so weit gekommen sind.«

Sehr langsam überwanden sie die ersten beiden Stufen. Phoebe stöhnte. Sie hielten an.

»Ich kann leider doch nicht ...«

»Ich trage Sie«, sagte Edward. »Darf ich?«

»Ach, verdammter Mist.«

»Vorsicht«, mahnte Nesta. Sie war bleich.

»Ist schon gut.« Edward berührte die dünne, fleckige Hand. Er hatte Phoebe seit der Lesung nicht mehr gesehen. Sie hatte sich vollkommen verändert: Was vor zwei Monaten noch schlank, drahtig und energiegeladen ausgesehen hatte, war jetzt zerbrechlich, dünn und schwach geworden. Wie hatte das geschehen können? »Ich habe den ganzen Vormittag lang Schafe herumgeschleppt«, sagte er heiter. »Da werde ich doch wohl mit so einer halben Portion, wie Sie eine sind, fertig werden.«

»Was für ein Blödsinn«, grummelte Phoebe.

Er legte den Arm um sie. Nesta ließ sie los; er hob den schwachen, zarten Körper hoch und trug ihn mühelos die knarrenden Stufen hinauf in den sonnenhellen ersten Stock.

»Wie eine Feder.«

Nesta folgte ihnen. Ihre Hand lag auf einem Geländer, das einmal schön, glatt und blank gewesen war.

Vom Fuß der Treppe aus beobachtete Gillian die Auffahrt zum Himmel, die sie in Flammen zurückließ.

Phoebe lag auf ihrem Eisenbett, mit der Tagesdecke zugedeckt. Ihre Schuhe standen unter der Kommode; es wäre ihr zuviel gewesen, sich weiter auszuziehen.

»So, das wärs.« Nesta holte Wasser aus dem Bad. Der Spiegel hatte Stockflecken, das Linoleum Risse. Verschlissene weiße Handtücher hingen über einem Holzgestell. Während sie das Wasser einlaufen ließ, sah sie aus dem Fenster. Sie sah wieder die Schönheit des windzerzausten Gartens, das Spiel der Sonne, hörte Flügelschläge. Sie brachte das gefüllte Wasserglas ins Zimmer und betrachtete Phoebes Magerkeit, die sich unter der Decke abzeichnete. Ich bin der einzige Mensch hier, der Bescheid weiß, dachte sie.

Edward stand am Fenster und sah in den Garten hinunter. Alles wehte im Wind: Tauben, Narzissen, Bäume. Sonne und Schatten zogen über die Berge hin. Er sah, wie alles, was Phoebe angelegt und gepflanzt hatte, in ein paar Wochen grün und in voller Blüte sein würde, er sah, daß der Garten im Sommer ein reicher, himmlischer Ort sein müßte, voller Leben, Licht und Schatten, der am Abend süß duftete. Ich sollte öfter herkommen, dachte er. Er sah Gillian, die aus der Hintertür trat und langsam die Wege entlangging. Tauben flogen hinter ihr her. Er wandte sich um, als er Nestas Schritte hörte.

»Gut gemacht.«

Nesta reichte Phoebe das Wasser. Phoebe nahm einen Schluck und lehnte sich zurück. »Schon besser. Schön, sich hinzulegen.«

»Ist Ihnen auch nicht wieder übel? Haben Sie irgendwo eine Schüssel ...«

»Mir ist nicht übel. Wo ist Gillian?«

»Draußen im Garten«, antwortete Edward. Er ging zum Bett hinüber und nahm Phoebes Hand. Es war, als hätte er sie immer schon gekannt, als hätten sie schon immer gewußt, wie sie miteinander reden sollten – ohne viel Tiefgang, aber auch kein reines Geplänkel. »Ich muß weiter.«

»Schon? Wären Sie so nett, mir Gillian zu schicken?«

»Natürlich.« Er beugte sich hinunter, um sie zu küssen. »Werden Sie sofort gesund, verstanden?«

»Morgen bin ich wieder munter. Ich brauch bloß noch einen Tag. Danke fürs Rauftragen.«

»Es war mir eine Freude.« Er richtete sich auf und lächelte Nesta an. »Bis demnächst. Es war schön, Sie wiederzusehen.«

»Ich hab mich auch gefreut. Wie geht es Rowland?«

»Gut, er ist in London.«

»Rowland?« sagte Phoebe, »Rowland King?« Dann erinnerte sie sich. »Natürlich, das hatte ich ja vergessen. Sie haben ja ein Haus zusammen, bei Gillians Lesung haben Sie davon gesprochen. Es muß wunderbar sein, mit einem Sänger unter einem Dach zu wohnen.«

»Ja, das ist es wirklich. Wie auch immer; ich muß jetzt gehen.«

Nesta betrachtete ihn. Sie sagten sich noch einmal auf Wiedersehen; dann ging er, den knarrenden Flur entlang, die Treppe hinunter. Sie wandte sich wieder zu Phoebe um und sah auf die Uhr. »Der Arzt kommt sicher gleich.«

»Ich brauche keinen Arzt«, sagte Phoebe verdrossen.

»Doch, den brauchen Sie schon.«

Phoebe sah sie an: »Sie haben doch sicher bei sich zu Hause noch Etliches zu erledigen.«

Gillian ging zum Teich hinunter. Sie brach einen Zweig von einem Fliederbaum ab und bog ihn, um ihn zu zerbrechen. Alles war zerbrochen und zertrümmert. Der Zweig war biegsam; unter dünner Rinde zeigte sich blasses, junges Grün, voller Leben und Saft.

Sie riß ihn entzwei, dann bat sie um Vergebung. Sie kam zum Teich, den die Winterregen mit frischem Wasser angefüllt hatten; der Wind kräuselte seine Fläche. Helle, frische Triebe wuchsen an seinem Rand, sanfte Weidenkätzchen und zitterndes Espenlaub wehten im Wind. Sie blieb stehen und bedeckte das Gesicht mit den Händen. Über ihr führten die Tauben zärtliche Gespräche, aber sie …

»Gillian?«

Beim Klang seiner Stimme ließ sie die Hände sinken und wandte sich um.

»Entschuldigung«, sagte er so sanft. »Ich störe Sie, Sie haben Kummer.«

»Ich ...« Sie blickte suchend um sich.

»Ich gehe jetzt.« Er sah ihre nervösen Handbewegungen, ihre fahrige Art. »Phoebe möchte, daß Sie heraufkommen.«

Er hatte sie in die Arme genommen, er hatte sie die dunkle Treppe hinaufgetragen ...

»Wie gehts ihr?« fragte Gillian die Bäume.

»Ich glaube, es geht ihr jetzt wesentlich besser, weil sie im Bett ist. Und der Arzt wird sicher auch gleich hiersein.«

»Meine Mutter glaubt nicht an Ärzte.«

»Nein, ich weiß. Sie verläßt sich am liebsten auf sich selbst. Trotzdem, ich bin sicher, daß er ihr auf die Beine hilft. Und wenn ich irgendwie nützlich sein kann, lassen Sie es mich wissen. Ich komme jederzeit – jedenfalls in den Pausen zwischen den Lämmern.«

»Danke.« Gillian betrachtete das Wasser.

Edward sah zu den schnäbelnden Tauben hinauf, die sich auf den glatten Gliedern des Baums verfolgten, anhielten, um sich zu küssen, die Schnäbel verschränkten, die Köpfchen hierhin und dorthin drehten, sich umwandten, um wieder zurückzustolzieren, aufzuflattern und wieder herunterzukommen, zu murmeln, zu gurren und wieder von vorn anzufangen. Der Wind wehte, die Luft war frisch, Gillian sah so verwaist und verlassen aus.

»Was ist?« fragte er.

Sie konnte nicht antworten.

»Ihre Mutter ist krank ... sie war zu heftig zu Ihnen ... Ihr schöner Morgen ist ruiniert ...«

Gillian spürte seine Hand auf ihrem Arm; nur ein Augenblick, eine Geste ... Überall wurde es Frühling; im Wind, im Gras, auf dem gekräuselten Wasser ...

»Sie haben geschrieben?«

»Gedacht«, sagte sie schließlich. »Ich habe etwas ausgearbeitet.«

»Etwas Neues?«

»Ja.« Sie konnte ihm nicht ins Gesicht sehen.

»Und jetzt ist es weg?«

Schweigen legte sich zwischen sie, aber um sie herum hörte man die Rufe der Saatkrähen, die Gespräche der Tauben, das Blöken ferner Schafe.

»Die Dinge kommen und gehen«, sagte er, ebenso zu sich selbst wie zu diesem einzigartigen Geist an seiner Seite. Direkt an sie gewandt fügte er hinzu: »Ich bin sicher, daß es wieder zu Ihnen zurückkehrt. Und wenn es das tut – zeigen Sie es mir dann?«

»Ja.« Sie drehte sich um, sah ihn an und spürte, wie alles, was in Stücke gegangen war, durch seine Stimme und seinen Ernst wieder an seinen Platz gerückt, wieder zu einem Ganzen wurde. »Ja, ja, das tue ich.«

»Gut. Sie sehen schon besser aus. Ich muß jetzt gehen.«

Sie gingen durch den Obstgarten, die fischgrätgemusterten Ziegelpfade entlang.

Gillian dachte an ihr Zimmer, ihren Schreibtisch, einen geweihten Ort.

Edward war fort, Nesta auf Phoebes Drängen hin gegangen. Phoebe hatte sich ausgeruht und war wieder Herrin der Lage. Gillian stand, in einiger Entfernung vom Bett, im Schlafzimmer ihrer Mutter. Es dämmerte, der Nachmittag ging dem Ende zu. Es begann wieder kalt zu werden.

»Du machst besser das Fenster zu. Nur unten.«

Gillian ging durchs Zimmer. Sie zog das Fenster herunter; es rappelte und klapperte.

»Das Zugband muß repariert werden«, sagte Phoebe. »Ersetzt werden. Sieh mal, wie ausgefranst es ist. Und schmutzig. Schmutzig. Das ganze Haus gehört mal gründlich von oben bis unten geputzt. Wenn ich erst mal alles ausgesät und gepflanzt habe …« Ihre Hände strichen über die Tagesdecke; sie waren weiß und dünn. »Komm her«, sagte sie zu Gillians Rücken.

Gillian wandte sich vom Fenster ab. »Was?«

»Ich will, daß du diesen Doktor abbestellst. Er ist sowieso bloß ein Assistent, hat Nesta gesagt. Was wissen die denn schon? Mir geht es außerdem schon viel besser. Blödsinn, ihn den ganzen Weg hier rauskommen zu lassen.«

Gillian blieb stehen, den Rücken dem verblassenden Licht zugewandt.

»Ich war heute morgen etwas grob zu dir«, sagte Phoebe.

»Macht nichts.«

»Mir gings nicht gut. Und es war so merkwürdig, mit diesen Fremden im Haus.«

»Völlig Fremde waren es nicht gerade.«

»Na gut. Menschen, die wir nicht sehr gut kennen.«

»Sie haben versucht, uns zu helfen.«

»Sie haben uns geholfen. Ich weiß gar nicht, wie wir sonst zurechtgekommen wären. Aber trotzdem; es ist nicht das gleiche wie Verwandte.«

Gillian sah sie an. Durch das halbgeschlossene Fenster hörte man von den Bäumen auf dem Nachbaracker her, wie die Krähen sich zur Nacht niederließen. Ein Geräusch, das sie ihr Leben lang gehört hatte, das bis weit in ihre Kindheit zurückreichte. Phoebes Vorwürfe flatterten durch ihre Kindertage, dunkel und böse.

»Sag dem Doktor ab. Und dann mach mir eine Tasse Tee. Morgen kann alles wieder seinen gewohnten Gang gehen.«

Draußen fuhr ein Auto vor. In dieser ländlichen Stille trugen Geräusche sehr weit: Selbst hier hinten im Haus konnten sie die Tür klappen und die Schritte auf dem Weg zum Vorplatz hören. Dann kam das Klopfen.

»Verdammt. Zu spät. Verflixt noch mal.«

»Was soll ich ihm sagen?«

»Er wird raufkommen müssen. Jetzt, wo er schon den ganzen Weg gemacht hat. Egal. Ich werd schon mit ihm fertig.«

Das Klopfen erklang wieder. Gillian ging an die Tür.

»Meine Mutter ist oben. Es geht ihr schon viel besser.«

»Ich geh nur auf einen Sprung zu ihr rein.« Er kam herein mit seiner Tasche, jung war er, geschäftig. Gillian schloß die Tür zur dämmrigen Straße. So viele Besucher an einem einzigen Tag. Sie geleitete den Arzt nach oben, knipste unterwegs schwache Lampen an; sie überließ es Phoebe und ihm, sich miteinander bekannt zu machen; sie hätte sowieso nicht gewußt, was sie als nächstes hätte sagen sollen.

»Geh und setz Wasser auf«, sagte Phoebe, als sie die Tür zumachte.

Gillian ging wieder hinunter in die Küche, füllte Wasser in den Kessel, setzte ihn auf, schloß die Fenster, zog die Vorhänge zu. Sie stand am Küchentisch und spürte, wie das Haus sich ihr wieder ringsum näherte: verschlissen, löchrig, vertraut. Wenn der Arzt weg wäre, würde sie Phoebe Tee bringen und dann in ihr Zimmer gehen, das Gedicht, das in ihr war, auf das Blatt entlassen, es bereitmachen, damit sie es ihm schicken konnte, zu geben bereit.

Der Arzt untersuchte Phoebe einmal, dann noch einmal. Er war jung, ehrgeizig und gründlich. Er strich mit den Händen über ihren eingesunkenen Leib, die kleinen Brüste, die runzlig geworden waren wie Äpfel nach langer, dunkler Lagerzeit. Er stellte eine Menge Fragen, bat sie, sich auf die Bettkante zu setzen, und beobachtete, wie schwer ihr dieser Bewegungsablauf fiel: aufsetzen, umdrehen, Beine bewegen. Ihr Kopf hing, die Haare standen vom Kopf ab. Er ließ seine Hände über ihren Rücken gleiten, bat sie, sich hinzustellen, sich umzudrehen, und seine kühlen, jungen Finger glitten ihre Wirbelsäule entlang: rauf und runter, rauf und runter, machten eine Pause, kehrten zurück, glitten noch einmal über die Steißregion. Phoebe ächzte. Krähen krächzten vom Acker her.

Die Nachttischlampe tauchte das übrige Zimmer ins Dunkle und färbte die Fenster schwarz. Er ließ sie sich wieder hinlegen und maß ihren Blutdruck, die Pumpe keuchte, die Quecksilbersäule stieg an, blieb stehen. Er schrieb die Zahlen auf, ging zu seiner Tasche, die offen auf dem Binsensitz des Stuhls in der Ecke lag. Er entnahm ihr eine Spritze im sterilen Einwegbeutel.

»Wo ich nun schon mal da bin, werde ich Ihnen gleich ein bißchen Blut abnehmen, wenn Sie gestatten ...« Er öffnete die Verpackung.

»Blut?« sagte Phoebe. »Ich hab mir das Kreuz verrenkt, ich brauch keine Bluttests.«

»Wenn es Ihnen nicht allzuviel ausmacht ...« Er drehte ihren Arm um, betupfte eine Stelle in ihrer tiefen, sehnigen Armbeuge, zupfte am zarten Fleisch um die Vene, sprach von einem Termin im Krankenhaus, sobald die Werte da seien. Die Nadel stach tief, tief: Blut stieg im Kolben auf. Phoebe wandte ihr Gesicht zum Fenster, hörte den Krähen des Bauern zu und dem zarten Flügelschlag der Tauben, die in den Schlag zurückkehrten. Sie spürte, wie sie sich entfernte: von der Berührung eines Fremden, einer bösen Nadel, vom Schmerz in ihrem Rücken, der durch all die Herumbohrerei zurückgekommen war, um sie zu ärgern.

»Gut gemacht.« Der Doktor zog die Nadel zurück, ließ das Blut in ein Teströhrchen laufen, beschriftete den Aufkleber. »Also dann.« Er legte alles in die Tasche zurück, trug den Stuhl über die knarrenden Dielen und stellte ihn auf den Bettvorleger. Er setzte sich neben sie, räusperte sich. Das Licht der Nachttischlampe fiel auf die Stickerei, den Stapel Bibliotheksbücher, auf Staub und geflickte Bettlaken.

»Und?« fragte Phoebe.

Das letzte Licht war aus dem Himmel gewichen. Gillian begleitete den jungen Arzt zur Tür. Der Wind, der den ganzen Tag lang über das Tal hinweggeweht war, wurde stärker; er fegte durch die Alleebäume an der Landstraße und ließ ihre Äste knarren.

»Ich laß von mir hören«, sagte der Doktor.

Gillian wußte nicht, was das bedeuten sollte. Sie schaltete die Außenbeleuchtung an, blieb draußen stehen und sah zu, wie er zu seinem Auto hinüberging und seine Tasche hineinwarf. Er schaltete die Scheinwerfer ein und fuhr davon.

Sie blieb stehen und betrachtete die leere Straße, die Dunkelheit, die windgepeitschten Bäume. Sie schloß die Tür vor der herannahenden Nacht und brachte Phoebe, die sich auf ihre Kissen stützte, den Tee hinauf.

»Was hat er gesagt?«

»Nichts. Irgendwas von Untersuchungen. Ein Haufen Blödsinn.« Phoebe griff nach der Teetasse. Ihre Hand zitterte. »Zieh die Vorhänge zu«, sagte sie. »Laß uns Radio hören.«

Sie tranken ihren Tee und hörten das »Kaleidoskop«. Irgend jemand in London führte sie durch eine Ausstellung im Barbican.

»Ich bin in einer Minute wieder da«, sagte Gillian, die in ihr Zimmer wollte, zu ihrem Füllhalter.

»Nimm bitte die Tasse mit«, sagte Phoebe. »Ich möchte nichts mehr.« Sie lehnte sich zurück in die dünnen, klumpigen Federkissen. Jemand berichtete über ein Konzert in Sarajewo. Sie versuchte, sich zu konzentrieren.

Die Worte des Arztes flatterten wie Vögel im Zimmer herum, wie dunkle, gefangene, kreischende Vögel.

13

In einer Ecke der Box bewegte das Mutterschaf sich ruhelos von einer Seite zur anderen. Die Einstreu raschelte, das Tier drehte sich um sich selbst, senkte den Kopf, hob ihn wieder, ging auf und ab. Edward beobachtete, Tarn lag zu seinen Füßen.

»Wir sind soweit«, sagte er zu ihr. »Das ist die erste.«

Draußen vor dem Stall war der Himmel schon dunkel, von den ersten Sternen durchbohrt. Der Wind fuhr durch die Bäume am Straßenrand, die offene Tür schlug gegen den Stein, mit dem sie festgestellt war. Er sah auf die Uhr. Halb sieben. Trotz der Glühbirnen, die an ihren Drähten von den Deckenbalken hingen und stetiges Licht gaben, blieben noch schattige Stellen, zum Beispiel der Platz, an dem sie jetzt standen, oben am hinteren Ende. Die anderen Schafe traten unruhig in ihren Boxen herum, das Muttertier, das er beobachtet hatte, legte sich hin, nur um schwerfällig wieder aufzustehen. Sie lammte schon im zweiten Jahr. Sie sah zu ihm herüber, wandte sich dann wieder ab.

»Was meinst du?« erkundigte er sich bei Tarn. »Sollen wir sie erst mal ein bißchen in Ruhe lassen?« Er ging noch einmal prüfend an den einzelnen Abteilungen entlang. Die Tiere kauten gemächlich, es roch nach Dung, Heu und dem frischen Frühlingswind, der über die Felder wehte. Eine Andeutung von Regen in der Luft; als er mit Tarn herauskam, fielen die ersten Tropfen auf den Hof. Er schloß die Stalltore, ging zum Haus, machte Tee, briet Würstchen und hörte zu, wie der Regen heftiger fiel und an die Hintertür prasselte. Er zog die Vorhänge zu, aß schnell, trank heißen Tee. Tarn wartete geduldig auf Reste. Er warf ihr einen Wurstzipfel zu, wischte mit einem letzten Stückchen Brot seinen Teller ab, stand auf und und leerte seinen Teebecher.

»Okay, schauen wir sie uns noch mal an.« Er kam sich

schon selbst vor wie das Mutterschaf – auf, nieder, ständig auf dem Sprung, als wartete er auf etwas Schicksalsschweres. Der Regen klatschte schnell an die Tür; so viel also zum Wetterbericht. Er zog seine Jacke über, rannte wieder zum Stall und griff nach der Tasche mit Schnur, Messer, Desinfektionsspray und armlangen Gummihandschuhen.

Das Schaf lag in seiner Ecke; als er herankam, stand es schwerfällig wieder auf und gab ein brüchiges Blöken von sich. »Alles in Ordnung, Mädchen? Passiert was?« Sie hatte etwas an sich, etwas, das er nicht hätte beschreiben können und das ihm doch sofort eine Veränderung anzeigte. Er zog das Boxengitter auf, ließ Tarn davor sitzen, hängte die Tasche auf und ging langsam auf das Tier zu, auf das er ständig leise einsprach. Es wich ihm mit angelegten Ohren aus. Im Stroh lag eine schlaffe, zerrissene Membran: Die Fruchtblase war herausgekommen, während er sie allein gelassen hatte. »Ist ja gut, ist ja gut ...« Er streckte die Hand aus und bekam eine Handvoll Fell zu fassen; wieder das drängende, gebrochene Blöken. »Ruhig, ruhig ...« Er sah nach unten, teilte das Fell unter dem Schwanz. Das Tier warf den Kopf herum, gab einen plötzlichen, kurzen Ton von sich, und dann sah er den ersten dunklen, nassen Huf, und noch einen zweiten, der wieder verschwand.

»Komm schon, komm.«

Die Mutter keuchte, bewegte sich im Stroh und preßte. Edward kniete neben ihr, klopfte ihr den Leib, sah noch einmal nach, suchte nach der runden, stumpfen Nase, die zwischen den Vorderbeinen auftauchen sollte, wobei das Lamm gestreckt wie ein Schwimmer wartete, bereit, den Sprung zu wagen und dann Luft zu holen. Sollte er warten oder drinnen abtasten ...

»Laß sie erst mal ein bißchen allein machen.« Sein Großvater, geduldig und erfahren. »Schau, wie sie es macht, schau, wie sie sich abrackert.«

Edward kniete im Stroh, beobachtete und wartete. Um ihn herum das Rascheln von Stroh und der Ton des Regens, der auf das Dach trommelte und auf den Hof klatschte. Er ließ sich von diesen stetigen Tönen beruhigen und besänftigen, sah zu Tarn hinüber, die wach und gehorsam dalag, und spürte, wie sie beide in diesem meilenweit abgelegenen walisischen Stall auf den Augenblick der Geburt warteten.

Das Muttertier gab einen Laut von sich, dann noch einen. Sie streckte sich und preßte, japste vor Anstrengung, und dann sah Edward die drei schwarzen Umrisse: die Vorderhufe und wie im Lehrbuch die schleimige Nase dazwischen; er hörte die schnellen, heftigen Atemzüge des pressenden Schafs, dann kamen mit einem schlürfenden Geräusch der Kopf mit den klatschnassen Ohren und die dünnen Beinchen, und schließlich fiel das ganze, nasse Lamm ins Stroh und blieb liegen, ganz dichte, durchweichte Locken, dunkler, nasser Kopf, Striemen von Blut und gelbem Glibber und ein feines, hauchdünnes Blöken, als die Mutter sich Augenblicke später ihrem Neugeborenen zuwandte, leckte und leckte.

Edward stand auf und machte ihr Platz. Ich ruf Rowland an, dachte er, und dann: nein, noch nicht. Keine Spur von Unruhe und Aufregung sollte ihm diesen Moment trüben, in dem er dastand und die ungeheure Verwandlung betrachtete, an die er sich noch aus seiner Kindheit erinnerte: Ein passives, ängstliches Tier, sonst immer begierig danach, in der Herde aufzugehen, die seine Identität war, wurde durch die Mutterschaft auf geradezu herrische Weise zum leckenden, fiependen Einzelwesen, das die schleimigen, dichten Locken, die halbgeschlossenen Augenlider, die verstopften Nasenlöcher säuberte, das zitternde Lamm auf die endlosen schlaksigen Beine boxte und schubste, mit ihm redete, ihm Mut machte, es ins Leben schob.

»Gutes Mädchen, kluges Mädchen.« Mit der Sprühflasche in der Hand ging er einen Schritt auf sie zu. Das Mutterschaf stampfte mit dem Fuß auf, senkte den Kopf und beäugte ihn böse. Er griff nach dem Lamm, hob es an den Vorderbeinen hoch und besprühte ihm Nabel und Nabelschnur; unverzichtbare Vorsichtsmaßnahme gegen Infektionen. Dann legte er den schlanken Körper wieder in die Streu und zog sich leise zurück, sah zu, wie das Lamm sich wieder aufrappelte und schubsend nach der Zitze suchte, sie fand und mit wild wackelndem Schwänzchen zu saugen begann, saugte und saugte.

Draußen vor der Box winselte Tarn. Edward streichelte ihren schmalen, dunklen Kopf. Jetzt hörte man Unruhe von der anderen Stallseite her. Edward sah sich um und entdeckte zwei Tiere, die rastlos und unsicher herumstampften und sich um sich selbst drehten. Er ging nachsehen: Das eine war die Zwillingssteißlage, die er mit Pritchard zusammen markiert hatte. Nicht so einfach. Er holte seine Tasche aus der Box mit dem Neugeborenen. Das Lamm lag mit prallem Bauch zusammengerollt da wie ein Katze, trocknete und schlief. Hinter ihm lag wie ein voller, blutiger Sack die Nachgeburt, für die die ausgesperrte Tarn sich interessierte.

»Eine oder zwei können Sie ihr geben«, hörte er noch den Tierarzt in der Kreisstadt sagen, den er mitten in einem Regenguß besucht hatte. »Lieber nicht mehr. Aber räumen Sie sie weg, verbrennen oder vergraben Sie sie, sonst steckt sich Ihre ganze Herde im Stall in einem Affentempo mit allen möglichen Keimen an.«

Als Edward die Tür aufschob, bedachte ihn die Mutter mit einem wütenden Blick. Er zog einen langen Gummihandschuh über, um den Klumpen mit der Schaufel aufzunehmen und in eine Plastiktüte zu schieben, die er dann vor Tarns Pfoten ausleerte. Sie verschlang das Ding in ein paar Sekunden. Die Mutter ließ sich neben ihr neugeborenes Lamm sinken und leckte es wieder.

Regen klatschte aufs Dach. Tarn folgte Edward, der von Box zu Box ging und seine Schafe in Augenschein nahm.

Das Schaf mit den Zwillingen hatte lange, heftige Wehen. Bis zehn Uhr war ohne jede Hilfe ein weiteres Lamm geboren worden, ein weißer, schwarzköpfiger Bock, der nach ein paar Sekunden auf strammen, schwarzen, Beinchen stand und bestimmt zwei Pfund schwerer war als das erste Neugeborene, das immer noch neben seiner Mutter lag und schlief. Gegen Mitternacht preßte und schob die Zwillingsmutter, schied eine einzige Fruchtblase aus und ein kleines Rinnsal Blut, das Edward Sorgen machte.

Er beobachtete sie und rang mit sich, ob er Pritchard anrufen sollte oder nicht, entschied sich dagegen und fand sofort, daß er etwas falsch machte. Er führte sie in eine einzelne Box und hatte Mitleid mit ihr wegen ihrer schrecklichen Angst vor Tarn, die sie mit der Nase die strohgesäumte Stallgasse entlang in eine Ecke schob. »Armes altes Mädchen.« Er zog das Trenngitter zu und kniete sich neben sie, tastete sie sorgfältig ab, streifte sich einen Handschuh über und steckte seine Finger in das Tier. Sanft, sanft. Er ertastete die glitschigen Knochen der angewinkelten Hinterbeinchen des ersten Lamms und glitt über den nassen Schwanz. Die Seiten über Steißlagen in seinen Schafzuchtbüchern hatte er so oft gelesen und die Worte des Tierarztes so oft memoriert, daß er wußte, was zu tun war. Er mußte die beiden Beine gerade nach hinten biegen und dann mit Geschick und äußerster Vorsicht an beiden zugleich ziehen, um sie herauszubefördern. Schweißperlen standen auf seiner Stirn; er hörte sich selbst schwer atmen.

»Keine Ahnung, ob ich so was kann.« Er zog die Finger wieder heraus, das Schaf japste. Er schnitt sich ein Stück Ballenschnur ab und holte ihr eine Schüssel frisches Wasser vom Wasserhahn im Hof. Es regnete nicht mehr, aber der Wind ging noch heftig. Es war sehr kalt. Es war vollkommen richtig, sie reinzubringen, dachte er wieder, während er die Stalltür wieder hinter sich schloß. Das Schaf trat die Blechschüssel ins Stroh und wich ihm aus. Er ging einen Schritt zurück und betrachtete sie. Zu spät, um jetzt noch Pritchard anzurufen, egal, was er gesagt hatte – nicht nach Mitternacht, und nicht gleich beim erstenmal. Er bückte sich und tastete sie noch einmal inwendig ab. Wenn er das schaffen würde, könnte er alles. Er schaffte es nicht. Er versuchte, an einem einzelnen Bein zu ziehen, aber es kam nicht nach vorn. Das Schaf japste und zuckte unter Schmerzen. Er stand auf, streifte den Handschuh ab und ging wieder hinaus, diesmal zum Haus.

In der Küche herrschte tröstliche Wärme. Er wählte die

Nummer des Tierarztes, auf dessen Anrufbeantworter ihm eine nette Mädchenstimme mit walisischem Zungenschlag die Nummer des Notdienstes nannte. Er wählte die Nummer des Notdienstes, ließ es ewig lange läuten. Während er wartete, fiel sein Blick auf den Wandkalender, den er vom Tierfutterhandel in Ruthin zu Weihnachten bekommen hatte. Ein Border-Leicester-Bock erwiderte seinen Blick. Niemand nahm ab. Er legte auf und ging wieder hinaus zum Stall, in dem das Muttertier um Atem rang.

Es ging also nicht anders. Er kniete sich hinter sie und versuchte es noch einmal. Tarn schien sich inzwischen zu langweilen, sie lag mit geschlossenen Augen und dem Kopf auf den Pfoten da. Edward ertastete einen kleinen Huf. Er klemmte ihn zwischen Mittel- und Ringfinger, suchte mit Zeigefinger und Daumen nach dem anderen Fuß und hielt auch den fest, zog, schwitzte und verlor beide wieder. Fluchend versuchte er es noch einmal. Er erinnerte sich, daß auch sein sanftmütiger, sonst so leiser Großvater nach einer schlaflosen Woche und einem verlorenen Lamm einmal einen Eimer in den Hof hinausgekickt und mit Ausdrücken geflucht hatte, die er bis dahin noch nie gehört hatte. »Hüte deine Zunge, wenn der Junge da ist«, hatte die Großmutter gesagt, die gerade die Wäsche von der Leine nahm. Sein höflicher Großvater hatte sie angeknurrt, und auch Edward knurrte jetzt, als er fühlte, wie die scharfen, spitzen Füße wieder aus seinen gummiumhüllten Fingern rutschten und nach innen verschwanden.

Noch mal. Noch einmal. Er zog die Hand heraus und streckte seine verkrampften Finger; er wischte sich mit dem Ärmel den Schweiß vom Gesicht, versuchte es wieder, erwischte beide glitschigen Füße zusammen, hielt sie fest und zog, griff nach dem Fellrücken und hebelte ihn frei. Er zog und zog, und die Gebärende schreckte mit einem Satz nach vorn und riß ihn so heftig mit sich, daß sein Kinn auf ihren Rücken knallte und seine Zähne auf seiner Zunge zuschnappten; er schrie laut auf und ließ die Füße los. Er spuckte Blut aus und merkte, daß ihm die Tränen kamen.

»Oh, was für eine verdammte Scheiße!«

Er stand auf, verließ die Box, wischte sich den Mund ab, ging auf und ab und wartete, daß der Schmerz nachließ, ging dann in den windgepeitschten Hof hinaus, trank Wasser aus dem Hahn, kam wieder herein, band das Muttertier am Gitter fest und fing noch einmal von vorn an. Und schaffte es. Er schaffte es. Die zwei kleinen Füße wurden zum Ausgang geschoben, er hielt sie mit einer Hand fest, griff mit der anderen nach der Schnur, band sie zusammen und zog sie, Zentimeter um schwitzenden, zitternden Zentimeter, langsam, langsam vorwärts. Der Schwanz baumelte, das Muttertier stöhnte, bis der glitschige, fleckige, blutige Körper herauskam, und dann der Kopf und die Vorderbeine, und das Lamm lag so schwach atmend im Stroh, im winzigen Auf und Ab des kleinen Bauchs war nur ein Fünkchen Leben. Das Schaf drehte sich um, schnupperte kurz und wandte sich wieder ab.

»Komm, Mädchen, komm jetzt ...« Edward band sie los, drehte sie um und ließ sie ihren armen Kopf auf- und abbewegen. Er schob das Neugeborene zu ihr hin, sie schnupperte noch einmal, stieß einen leisen, wiehernden Ton aus und machte sich daran, es abzulecken.

Gott sei Dank. Er sank auf einen Strohballen, ließ den Kopf zwischen die Knie sinken und seinen Tränen freien Lauf. Der Schweiß lief ihm herunter, wurde kalt dabei. Tarn kam zu ihm und stubste ihm an die Wange. Er wischte sich das Gesicht ab und legte den Arm um sie, sie schmiegte sich an ihn. »Wie war das, hm? Jetzt muß ich bloß das Ganze noch mal machen, sonst nichts.«

Er gönnte sich und dem Schaf eine kurze Erholungspause. Dann machte er sich an den zweiten Zwilling.

Morgens um halb vier schloß er die Tür zum Stall mit den neugeborenen Lämmern und Muttertieren hinter sich und überquerte steifbeinig den Hof. Der Himmel war vom Wind saubergefegt und vom Regen gewaschen, überall standen Sterne. Tarn trottete neben ihm her. Er hörte eine Eule. Er dachte: Ich habs geschafft. Sie sind sicher. Drinnen zog er die

Stiefel von den Füßen und schickte Tarn in den Korb. Er ging die Treppe hinauf, zog sich die Kleider vom Leib und ließ sie, als habe er es eilig mit der Liebe gehabt, in einem Haufen auf dem Boden liegen.

Zitternd streifte er sich den Schlafanzug über und legte sich zu Bett, aber in seinem Kopf raste es noch. Er lag da im Dunklen, und der ganze Kampf spielte sich noch einmal vor ihm ab, er selbst, die Tiere, all die langen, schmerzlichen Stunden der Nacht.

Vier Lämmer.

Er drehte sich in den Kissen um. Morgen würde er Rowland anrufen und es ihm sagen. Bei Phoebe und Gillian wollte er sich auch melden und mal hören, wie es ihnen ging. Er schloß die Augen, und das Bild des Stalls mit dem kämpfenden Tier verschwamm vor ihm, dann sah er Phoebe, zerbrechlich wie ein Vögelchen, wie er sie in die Arme genommen und in ihr Schlafzimmer getragen hatte, während Gillian hilflos und ausgeschlossen unten wartete.

Wieder ein klarer, windiger Morgen. Phoebe war wieder auf den Beinen. Sie trank ihren Tee in der Küche und aß ein Spiegelei zum Frühstück, steckte die Karte mit dem Arzttermin ein und nahm ihren Schlüsselbund vom Haken. Gillian hing abwartend herum.

Mit langsamen Schritten ging Phoebe hinaus und kletterte in ihren Lieferwagen.

Gillian heftete sich an ihre Fersen. »Soll ich mitkommen?« fragte sie durchs offene Autofenster.

»Nein«, sagte Phoebe. »Was sollte das für einen Sinn haben? Du kannst ja nicht mal fahren.«

»Aber ich gehör zur Familie«, sagte Gillian. »Du hast gesagt, ich bin deine Familie.«

Phoebe hatte Schmerzen und war nicht in der Verfassung, sich herumzustreiten. Sie ließ den Motor an, fuhr rückwärts in die Straße. »Zum Mittagessen bin wieder da«, sagte sie zu Gillian, die immer noch neben dem Auto herging. »Wenn du etwas Nützliches tun willst, kannst du mal die Betten abziehen und die Wäsche machen. Heute weht es gerade so schön.« Vögel waren überall, die erste Weißdornblüte stand wie ein Stern in der Hecke. Unten im Dorf schlug die Kirchenglocke den ersten Ton. »Mir gehts schon besser«, sagte Phoebe. »Tut mir gut, wenn ich ein bißchen rauskomme. Ich bin das Schlafzimmer so leid. Also, ich bin dann weg.«

Gillian blieb auf der Straße stehen, der Wind zerzauste sie. »Viel Glück.«

»Die wollen mich ja nur mal durchchecken.« Phoebe fuhr davon.

Die Kirchenglocke tat den letzten von neun Schlägen. Gillian sah Phoebe noch bis zur Ecke nach, wo sie zweimal scharf hupte. Sie ging auf und ab. Sie war bis jetzt nur als Besucherin im Krankenhaus gewesen, hatte Phoebe mit ihren Obst- und Blumengeschenken begleitet: Einmal hatten sie Huw Williams nach seiner Operation besucht und einmal Gwen, als sie ihre hinter sich hatte. Bei keinem von den beiden hatte sie gewußt, was ihm fehlte, und gefragt hatte sie auch nicht. Es war ihr nie in den Sinn gekommen, daß sie oder Phoebe jemals Patienten sein und hier in einer Bettreihe liegen könnten. Sie ging herum, sah auf den Boden und fühlte, wie ein paar bittere kleine Zeilen Form anzunehmen und zu wachsen begannen. Sie nannte sie »Nächste Angehörige«.

Die Straßen waren feucht, grün und hell: Frühlingsgras auf den Seitenstreifen, neue Blätter in den Hecken und Bäumen, die ersten Spitzen des Getreides auf den feuchten, gepflügten Äckern hinter den Toren. Blüten schäumten über das Tal, die Krähen waren überall. Phoebe kam zur Hauptstraße, bremste und bog nach links ab. Beim Runterschalten zuckte sie zusammen. Sie setzte ihren Weg fort; der Verkehr um sie herum wurde dichter.

Es war Markttag, die Stadt voller Menschen beim Einkaufsbummel. Große Frauen mit dicken Anoraks zerrten Kleinkinder zu Spar und Marks & Spencer, kleine Männer mit Schiebermützen kamen aus dem Büro von Ladbroke und warfen Zigarettenkippen und Wettscheine auf den Boden.

Die Autos krochen dahin. Durch die heruntergekurbelten Fenster konnte Phoebe von fern die Rufe vom Viehmarkt hören, das Klappern der Gitterboxen, das Brüllen und Blöken. Sie dachte einen Moment an Edward Sullivan, der einen recht netten Eindruck machte. Wenn sie wieder zu Hause war, würde sie ihn anrufen und sich erkundigen, wie er mit den Lämmern zurechtkam. Vielleicht würde sie auch mal rausfahren und sich ansehen, was er aus dem Hof gemacht hatte.

Ihre Laune besserte sich; sie passierte den Straßenmarkt, unten auf der anderen Seite von Drovers Alley. Leuchtende Nylonoveralls hingen von den Stangen, Teenager wühlten an Ständen mit billigen Röcken und schwarzen Leggings. Phoebe kam an Reg's Veg vorbei, dem Gemüseladen, den sie seit Jahren belieferte. Auf dem Rückweg würde sie reinschauen und einen kleinen Schwatz halten. Noch ein, zwei Tage, dann war sie sicher wieder auf dem Damm, dann würde sie ihr Frühlingsgemüse abholfertig verpackt und die Tabletts mit den Beetpflanzen draußen stehen haben, die Tafel würde vollgeschrieben sein, und die ersten Besucher würden kommen. Bis Ostern wollte sie den Gobelin fertig und die Planung für den Blumenschmuck abgeschlossen haben. Lilien für Karfreitag, wie sie sie immer hatte, wächsern und streng; dann Schalen mit Schlüsselblumen, kleine Vasen mit Veilchen, Forsythienzweige zwischen den Narzissen. Schön, wenn Ostern mal so spät fiel, daß man aus dem vollen schöpfen konnte.

Phoebe hielt an der Ampel, und der Schmerz durchfuhr sie vom Fuß bis zum Nacken. O Mist. Sie fuhr langsam weiter, raus zur Brecon Road. Dämlicher Ort, um ein Krankenhaus hinzustellen.

Der Parkplatz war windig. Die Strecke bis zu der Doppeltür aus Spiegelglas kam ihr vor wie ein Kilometer. Phoebe blieb stehen, um einer Mutter mit Kind Platz zu machen, das in seinem raumschiffartigen Kinderwagen saß und an seiner Flasche nuckelte. Sie erreichte den Empfang, bekam eine Wegbeschreibung; sie sollte sich setzen und warten. Sie setzte sich und wartete, und obwohl sie überpünktlich gewesen war, wurde sie erst nach einer geschlagenen Stunde aufgerufen. Sie stand mühsam auf, wurde in eine kleine Zelle geführt und mit dem nächsten freundlichen Lächeln dort sitzen gelassen.

Stöhnend zog Phoebe sich einen blauen Baumwollkittel an, dann saß sie auf einem schmalen Holzbänkchen an der Zellenwand und hörte draußen Menschen kommen, gehen, schwatzen. Sie wartete und wartete. Ihr wurde allmählich kalt. Als endlich eine blutjunge Lernschwester auftauchte, riß sie ihr fast den Kopf ab.

Gillian stand am Spülstein unter dem offenen Fenster und hatte die Hände tief in Waschlauge und nassen Laken. Die Morgensonne spielte auf den Seifenblasen; sie nahm eine Handvoll auf und pustete sie sanft aus dem offenen Fenster, sie schillerten, glitzerten und segelten über den Garten dahin, verschwanden schließlich. Und noch ein blanker Klumpen: da und da. Die Tauben schwangen sich auf und ließen sich fallen; Gillian tauchte die Hände ins Wasser und zog die nassen, weißen Laken und Kissenbezüge heraus.

Der Klammerbeutel hing an einem Haken an der Hintertür. Sie nahm ihn ab und trug dann ihre schwere Bürde über die Ziegelpfade in den Obstgarten, wo es nach den weiß und unschuldig aufgehenden Blüten roch. Sie hängte die riesigen, tropfenden Laken auf die Leine und befestigte sie mit den hölzernen Klammern; in schlecht berechneten Abständen reihte sie auch die Kopfkissenbezüge auf. Als sie fertig war, blieb sie noch eine Weile unter den windzerzausten Ästen stehen und betrachtete das stetig ins Gras tröpfelnde Wasser und die dahinwehenden Blütenblätter. Der Wind griff nach der sauberen weißen Baumwolle und beutelte sie, erst schlugen die Laken nur naß und schwer vor sich hin, aber der Wind duldete keinen Widerstand, und allmählich bewegten sie sich freier, schüttelten ihre Wasserlast ab, machten kräftige, klatschende Geräusche, sprenkelten das Gras, und Gillian, die ihnen zusah, hob die Arme in einer neuen Welle von Verlassenheit, das Krankenzimmer verflog mit seinen harten Worten auf dem dahinsegelnden Morgen, die Bosheit von »Nächste Angehörige« wurde in beschämte Fetzen gerissen und im Ofen verbrannt.

»Sie haben geschrieben? Ich bin sicher, daß es wieder zu Ihnen zurückkehrt. Und wenn es das tut – zeigen Sie es mir dann?«

Ja, ja.

Sie würde den wilden Frühlingswind trinken und dann an ihren geweihten Ort zurückkehren. Zum Schreibtisch, zum offenen Fenster, wo die weißen Blätter vom Luftzug des Frühlings hochgehoben und sicher gehalten wurden von den alten, weisen Steinen des Bryncarnedd.

Gillian verließ die geblähte Baumwolle, ging weiter in den Garten hinaus und betrachtete die Tauben.

Die Flügel einer Taube, die von silbernen Federn bedeckt ist, und ihre Federn sind wie Gold ...

Da. Es wurde ihr gegeben, aus dem »Book of Common Prayer« in den fedrigen Wind. Sie betrat die Dunkelheit des Hauses, ging die Treppe hinauf in ihr Zimmer. Der Staub wehte sanft über den Fußboden, die Vorhänge wehten am offenen Fenster. Weißes Papier wartete, Liebe wurde genossen.

Der diensthabende Arzt bat Phoebe, an seinem Tisch Platz zu nehmen. Er las das Deckblatt ihrer Karteikarte ab, Name, Adresse, Geburtsdatum.

»Sie werden also in diesem Jahr sechsundsechzig.«

»Werd ich. Aber meistens fühle ich mich wie dreißig. Heute komme ich mir aber vor wie hundert. Ich bin es nicht gewohnt, daß man mich so lange warten läßt. Wenn es einem gutgeht, ist das schon schlimm genug, aber wenn man sich das Kreuz ausgerenkt hat ...«

Der Arzt hörte zu, entschuldigte sich, blätterte um.

»Hat Sie heute jemand herbegleitet, Mrs. Traherne?«

»Nein.«

Er sah auf ein Formular. »Ihre nächsten Angehörigen sind ...«

»Meine Tochter. Wir wohnen zusammen.«

»Dann ist sie also da, wenn Sie heute nach Hause kommen? Oder arbeitet sie?«

»Sie hat nie gearbeitet.«

Der Arzt schrieb etwas auf. Er fragte, ob Phoebe auf die Untersuchungsliege klettern könne. Sie tat es stöhnend; die Lernschwester half ihr: »Sehr schön, genau so ...«

Phoebe bedachte sie mit einem wütenden Blick. Der Arzt erkundigte sich, ob sie etwas dagegen hätte, wenn er ein paar Studenten hereinließe, die die Untersuchung sehen wollten. Sie hätte sehr viel dagegen, sagte sie. Die Krankenschwester stand neben ihr und griff nach ihrer Hand. Phoebe entzog sie ihr. Der Arzt tastete ihren Unterleib ab. Er forderte sie zu bestimmten Bewegungen auf – sie sollte die Beine anheben, tief einatmen. Sie tat es und stöhnte.

»Das ist doch lächerlich!«

»Wir haben es gleich.« Er drückte und klopfte. Er half ihr, sich umzudrehen, und tastete dann ihre Wirbelsäule ab.

»Gut, das wärs, vielen Dank. Nehmen Sie bitte Platz.«

Er half ihr von der Liege, sie setzte sich an seinen Schreibtisch. Hinter dem Arzt strömte die Sonne durch die Lammellenrollos vor den verspiegelten Fenstern. Die Sonnenstrahlen machten den nüchternen Raum erträglich. Ein paar Pflanzen standen herum, an der Wand hing ein Poster mit einem Monet-Bild.

Phoebe betrachtete das Weizenfeld, die Mohnblumen und die Mädchen mit den Strohhüten, während der Arzt in wohlgesetzten Worten mit ihr sprach. Man sollte die Impressionisten für eine Weile verbannen. Mal für zehn Jahre wegpacken. Waren zu viel bei Woolworth ausgestellt gewesen. Sentimental und süßlich. Vielleicht würde sie eine Zeile dazu ans »Kaleidoskop« schicken.

»Mrs. Traherne?«

Phoebe sah ihn an. Der Arzt nahm seine Brille ab und legte sie auf ihr Krankenblatt. »Haben Sie verstanden, was ich Ihnen gesagt habe?«

»Entschuldigung, ich war ganz woanders.«

Auf dem Heimweg fuhr sie langsam und hielt, wie man es ihr geraten hatte, noch in der Hauptstraße bei der Apotheke, um ihr Rezept einzulösen. Sie stellte ihr Auto auf der doppelten gelben Halteverbotslinie ab. Zum Teufel damit. Drinnen setzte sie sich auf einen harten Plastikstuhl und wartete, während dumme junge Dinger sich mit Kondomen, Tampons und Nachtkerzenöl eindeckten. Sie hätte ihnen erzählen können, wieviel *das* wert war, dieses chemisch veränderte Fabrikzeug in der teuren Mogelpackung. Ein Haufen Quatsch. Und die Kondome – hatten diese Mädchen eigentlich keine Mütter? Eine Schande. Mit dem Apotheker debattierte sie über den Preis ihrer Medizin und kaufte ein Pappkärtchen mit Haarklammern für Gillian. Sie nahm ihre Tablettenschachteln an sich.

Der Apotheker sah sie an.

»Wollen Sie jetzt gleich ein paar nehmen, Mrs. Traherne? Ich kann Ihnen ein Glas Wasser bringen.«

»Reden Sie keinen Unsinn.«

Phoebe ging zu ihrem Lieferwagen. Unter dem Scheibenwischer klemmte ein Strafzettel, die Politesse ging gerade weg. Phoebe rief ihr etwas hinterher, aber es war zwecklos. Mit dem Strafzettel kehrte sie in die Apotheke zurück.

»Da«, sagte sie zu dem Apotheker. »Den können Sie zahlen. Wenn man mich nicht hätte warten lassen, hätte ich den nie gekriegt.« Eine Welle von Wut trug sie wieder aus der Ladentür. Sie fädelte sich in den Verkehr ein, bog auf die Hauptstraße ab. Die Pillenschachteln rappelten in der Papiertüte auf dem Beifahrersitz. Nach einer Weile ließ ihre Wut nach. Sie fuhr langsamer, bog an der Kreuzung vorsichtig ab, erreichte wieder die offenen Landstraßen, roch wieder den Frühling, sah überall die Blüten, die dicken, weißen Nachmittagswolken, die über das Tal hin segelten, die glitzernde Sonne auf dem sich windenden Fluß.

Tja.

Und jetzt?

Oh, verdammter Mist.

Phoebe fuhr auf den Randstreifen vor einem Feldgatter

und stellte den Motor ab. Sie saß da, hörte auf die Vögel, die Stille, einen fernen Traktor. Sie betrachtete den Acker, der bald ein Getreidefeld sein würde, gesäumt von Klatschmohn, der nicht kitschig wäre, sondern unerträglich schön. Ihre Hände auf dem abgewetzten Lenkrad zitterten, sie konnte sie nicht stillhalten. Sie legte den Kopf auf den Rand und spürte eine tiefe, unbekannte Erschöpfung. Schreckliche Worte hallten in ihr wider, brutale, unversöhnliche Worte. Karzinom. Chemotherapie. Morphium. St. Mary's Hospiz, das von Nonnen geführt wurde. Nicht für lange.

Der Wind wehte über die Felder hin, frisch, frei .... Phoebe lag über dem Lenkrad und weinte.

»Alles in Ordnung?« fragte Gillian. »Was hat er gesagt?«

»Nichts. Er hat mir irgendwelche Tabletten gegeben.«

»Wogegen?«

»Schmerzmittel. Frag nicht dauernd. Ich hab dir ein paar Haarklemmen mitgebracht.«

Gillian betrachtete sie. »Danke.«

Der Wasserkessel stand auf dem Herd, der Küchenfußboden war gerade trocken geworden. Sie hatte sich große Mühe gegeben und aufgeräumt.

»Hast du die Wäsche geschafft?«

»Ja. Das Wetter war ideal.«

»Freut mich zu hören. Nach dem Mittagessen könntest du mir vielleicht helfen, die Betten frisch zu beziehen. Ich werde mich vielleicht ein bißchen ausruhen.«

Das hatte es noch nie gegeben. Gillian holte Brot, Käse und das Chutney vom vergangenen Herbst.

»Wundert mich, daß davon noch was übrig ist.«

»Es ist das letzte Glas.«

»Dieses Jahr mach ich mehr davon«, sagte Phoebe. »Würdest du mir ein Glas Wasser holen?«

Gillian drehte den Hahn auf. Phoebe zog in Silberfolie eingeschweißte Tabletten aus einer Schachtel.

»Riesige Dinger. Pferdepillen.« Mit zitternden Fingern drückte Phoebe zwei aus der Hülle. »Wenn sie denn helfen.

Blöde, verdammte Folie, wie soll man das denn machen?« Sie schaffte es, brach die beiden Tabletten durch und schluckte. »Bäh. Na gut, dann laß uns zu Mittag essen.«

Nach dem Lunch ging es ihr so weit besser, daß sie ohne Hilfe langsam die Treppe hinaufsteigen und die Aufsicht über das Geschehen in ihrem Schlafzimmer übernehmen konnte. Gillian mühte sich mit den flatternden Laken ab und zog sie über das verschlissene Unterbett. Sie klopfte die klumpigen Kissen und schüttelte die Decken auf. Staub und Flusen wirbelten im Zimmer herum.

»So, das reicht.« Phoebe streifte ihre Schuhe ab. »Jetzt nur noch die Daunendecke.«

Langsam kletterte sie ins Bett, legte sich unter die Decke, griff nach ihrer Stickerei und stellte das Radio an. Ein Sprecher plauderte fröhlich drauflos. »Warum sie ›Die Stunde für die Frau‹ auf den Morgen verlegt haben, werd ich wohl nie erfahren.« Sie stellte den Apparat wieder ab.

»Das sagst du schon seit Jahren«, sagte Gillian, schon in der Tür.

»Und niemand hat mir bis jetzt eine befriedigende Antwort gegeben.« Phoebe legte sich in die Kissen zurück. Die Pferdepillen wirkten.

»Mrs. Traherne? Haben Sie verstanden, was ich gerade gesagt habe?«

Blödmann.

Na ja. Wenn wenigstens die Schmerzen aufhörten. Es gab so viel zu tun. Sie schloß die Augen. Sie schlief ein.

Am späten Nachmittag, als es schon zu dämmern begann, nahm Phoebe eine Tasse Tee mit in den Garten. Sie schritt die Pfade zwischen den Blumenbeeten ab und machte sich im Geiste ihre Notizen. Die Pillen hatten zweifellos geholfen: Steifheit und Schmerzen hatten nachgelassen, und sie fühlte sich ruhiger, ausgeruhter. Zu viele von den verdammten Dingern würde sie nicht nehmen, aber jetzt erst mal, während sie sich orientieren und ihre Vorkehrungen treffen mußte …

Sie zog Notizblock und Stift aus der Westentasche, stellte

ihren Teebecher ab und schrieb ihre Anmerkungen über die Staudenrabatten auf: bei den Geranien nahm das Rosa überhand, erinnerte sie sich; es wurde Zeit für ein paar blaue Jungpflanzen. Die Lupinen, Stockrosen und Fingerhüte breiteten sich alle zu sehr aus und mußten geteilt werden. Man bräuchte noch ein paar von den Fritillarien, den Schachbrettblumen – die nickten so anmutig und machten sich gut am Tor. Weiße und blaue Glockenblumen. Weinraute und Heiligenkraut, Lavendel und Thymian am Rabattenrand – da mußte man nicht viel tun, höchstens vielleicht die vermaledeite Weinraute an den Stellen zurückschneiden, wo sie unten drunter gelb und rostig aussah.

Sie kam zu den Rosen, die perfekt zurückgeschnitten waren, auch wenn es ein Eigenlob war. Die Teehybriden sahen prächtig aus; es wäre vielleicht ganz schön, die eine oder andere neue dazuzusetzen. Vielleicht mal bei David Gittings in Norfolk anrufen. Es ihm vielleicht sogar sagen.

Nein.

Sie würde es niemandem sagen. Wozu denn? Es konnte ja doch niemand etwas machen. Gillian würde es wissen müssen, aber jetzt noch nicht. Und die Chemotherapie …

Ein kleiner Angstschauer lief ihr kalt den Rücken hinunter.

Phoebe ging weiter durch den Garten. Wolken brauten sich über der Nachbarweide und drüben über den Bergen zusammen. Die Krähen ließen sich zur Nacht nieder. Alles war, wie es immer gewesen war. Sie ging durch den Obstgarten, roch die Blüten und spürte die Luft kälter werden. Die Laken blähten sich inzwischen trocken an der Leine. Sie nahm die Klammern ab und faltete sie hier in der Dämmerung zusammen; der feine Geruch nach frischer Luft war sauber und erfrischend. Sie dachte an die Lavendelbeutel in den Schränken, in denen das Leinen feuchte Stockflecken bekommen hatte. Zeit, daß alles hinaus in die Luft kam, raus auf die Leine unter die Apfel- und Quittenbäume.

Sie trug die aufgestapelten Laken durch den Garten, sah den Teich dunkler werden und hörte den Flügelschlag der

Tauben, die auf die Stangen zurückkehrten. Der Gemüsegarten konnte bis morgen warten. Sie wandte sich um, ging zum Haus zurück, blieb an der Hintertür stehen und sah noch einmal alles an.

Sechsunddreißig Jahre.

Es dämmerte jetzt schon stark. Sie dachte an den kühlen Novemberabend, als sie hergekommen waren, sie sah sich selbst hinten am Fenster auf dem modrigen Teppich mit dem Blumenmuster stehen und in die Wildnis sehen.

Ihre Wildnis, die auf ihre Hand wartete.

Edward rief ein, zwei Tage später bei Phoebe an. Es gehe ihr gut, sagte sie: »Viel besser. Im Krankenhaus haben sie mir was für Pferde gegeben. Haben mich wohl kommen sehen.«

Edward lachte: »Sie hören sich auf jeden Fall so an, als seien Sie wieder auf dem Posten.«

»Und Sie? Wie gehts den Lämmern?«

»Sechs hab ich jetzt«, erzählte er. »Am ersten Abend hab ich eine Zwillings-Steißlage auf die Welt geholt.«

»Na, so was! Ich weiß nicht, wozu Sie eigentlich meine Hilfe wollten. Trotzdem könnte ich rüberkommen und einen Blick drauf werfen, wenn ich den Laden hier wieder in Ordnung hab.«

»Tun Sie das doch bitte. Wie geht es Gillian?«

»Die geht gerade irgendwo spazieren.«

»Bitte grüßen Sie sie herzlich.«

»Mach ich. Danke für den Anruf.«

»Ach, übrigens«, sagte er, weil er sich etwas zu schnell abgefertigt vorkam, »das London Consort singt zu Ostern die »Johannespassion« in der Kathedrale von Hereford. Und in St. David's. Vielleicht möchten Sie ja ...«

»Ich weiß Bescheid«, antwortete Phoebe. »Sie haben es im Radio gesagt. Andrew McGregor hat die Ansage gemacht. Felix Pettit dirigiert.«

Edward lächelte. Phoebe war auf Draht. Ob sie Karten wolle – er könne ihr und Gillian gern zwei besorgen.

»Und für meine Freundin Bron Morgan«, sagte Phoebe.

»Sie ist musikalisch. Wir könnten alle zusammen hinfahren. Sagen Sie mir doch bitte noch einmal die Daten.«

Edward nannte sie.

»Ich glaube, Hereford reicht, wissen Sie.« Phoebe notierte. »Ich bin nicht sicher, ob mir gerade jetzt schon danach ist, den ganzen Weg nach St. David's zu fahren. Ach, und ich glaube, es wäre gut, wenn Sie auch zwei Karten für Ted und Gwen besorgen könnten; sie sind gern auf dem laufenden. Tja. Das ist mal etwas, auf das man sich freuen kann.«

Nesta rief Phoebe an, die ihr sagte, es ginge ihr schon viel besser. Sie habe diese Pferdepillen bekommen und trinke außerdem Kräutertees. Sie erwähnte die beiden Kirchenkonzerte. Nesta, die an ihrem letzten freien Abend zusammengerollt neben Phil auf dem Sofa saß, hörte zu und fragte, ob es Edward wohl möglich sei, ihr eine Karte zu besorgen, und ob sie wohl auch einen Freund mitbringen könne.

»Phil Dryhurst.« Sie streichelte seine Hand. »Ich glaube, ich habe ihn schon erwähnt, und Sie haben ihn einmal getroffen – er war bei Gillians Lesung.«

»Ah ja«, sagte Phoebe desinteressiert. »Ich glaube, Sie können mitbringen, wen Sie wollen, es geht wohl nur darum, Edward Sullivan Bescheid zu sagen, wie viele es sind.«

»Okay, das tu ich. Und geht es Ihnen wirklich besser?«

»Viel besser, danke. Tja, dann – auf Wiedersehen.« Phoebe legte auf, es klickte in der Leitung.

»Gillian? Edward Sullivan hat angerufen. Er läßt dich herzlich grüßen.«

»Oh. Danke. Danke. Wie fühlst du dich?«

»Topfit. Hättest du Lust, in ein Konzert zu gehen?«

Nesta rief Edward an, fragte wegen der Konzertkarten, erkundigte sich nach den Lämmern und wollte von ihm wissen, was er von Phoebe hielt. Er fand, sie erhole sich recht gut.

»Ich fahr bald wieder vorbei, wenn ich eine freie Minute habe. Ich stecke bis zum Hals im Lammen ...«

»Ja, natürlich. Und ich muß morgen wieder nach Cadair. Wie auch immer – wenn Sie mir zwei Karten besorgen könnten ... Ginge das? Ich würde gern Phil Dryhurst mitbringen – erinnern Sie sich noch an ihn?«

»Ja«, sagte Edward, blickte hinaus in die Abenddämmerung und spürte, wie seine Vorfreude auf das Konzert versickerte. »Ja, ich weiß noch.«

Nesta legte auf und schmiegte sich an ihren Liebhaber. »Das wäre also geregelt.« Ganz wohl war ihr nicht dabei.

Phil strich ihr übers Haar und zog sie an sich. Das Feuer flackerte hoch auf; draußen im Garten bogen sich die Narzissen im Abendwind. »Toll«, sagte er. »Du bist großartig.«

»Es war nur ein Telefonanruf.« Nesta stand auf und spürte, wie es durch die Ritzen in der Haustür zog. Sie zog die Decke enger. »Ich mach uns was zum Abendessen.«

»Nein, das machst du nicht. Du mußt morgen wieder zur Arbeit. Ich koche – ja?«

Er küßte sie und ging in die Küche. Es war, als sei er schon immer dagewesen. Nesta setzte sich und drehte eine Zigarette. Sie dachte über Edward nach, über Rowland und Phil. Sie dachte darüber nach, wie Edwards Stimme sich verändert hatte, bevor er auflegte.

Sie dachte an Phoebe, die auch abwehrend gewesen war: »*Viel besser, danke.*«

Sie zog an ihrer Zigarette und dachte: Ich glaube kein Wort davon.

»Du bist ja sehr still geworden.« Phil kam mit einer Flasche Wein und zwei Gläsern aus der Küche. »Na los – an was denkst du?«

»An nichts.« Es war ihre erste Lüge.

Sie blieb am Feuer sitzen, trank ihren Wein, hörte zu, wie Phil in der Küche rumorte, und fragte sich, warum sie gelogen hatte.

Weil ich wieder glücklich bin und ganz am Anfang stehe. Weil ich nicht mehr über den Tod sprechen will, nicht über

Krankheit oder Kummer. Wenn Phoebe mich braucht, gehe ich zu ihr. Aber noch nicht. Bitte noch nicht.

Und Edward? Und Rowland und Phil? Wir werden sehen, wohin es läuft, machen wir keine Affäre draus. Es ist nichts passiert. Und es gibt keinen Grund, daß etwas passieren sollte.

Das Feuer knisterte. Nesta blieb sitzen, rauchte und trank, betrachtete die Flammen und dachte an die langen, süßen Stunden der Nacht, die vor ihr lagen.

Der Abend war angebrochen; die Kathedrale von Hereford war voll besetzt. Gillian folgte ihrer Gruppe durch den Mittelgang. Menschen in Anzügen und bedruckten Kleidern drängelten sich schwatzend hinter ihr. Instrumente wurden gestimmt, Kabel herumgezogen, Mikrophone getestet. Auf allen Fenstersimsen standen Kerzen, Blumenarrangements schmückten den Raum.

»Viel zu aufgedonnert«, kritisierte Phoebe. »Sehen aus wie ein Vorschlag aus ›Good Housekeeping‹.«

»Du machst es viel besser«, sagte Gwen neben ihr. »Immerhin – auf seine Art ist es ganz schön. Bombastisch, wenn du verstehst, was ich meine.«

»Das tue ich.«

Sie hatten ein paar hundert Meter weiter weg geparkt und waren zu Fuß durch die belebten Straßen zur Kathedrale gegangen, hatten den Wagen von der BBC draußen stehen und die Menschen hineinströmen sehen. Edward hatte sich der Gesellschaft angenommen, jeden begrüßt und mit Ted über Lämmer gefachsimpelt.

»Fünfunddreißig bis jetzt. Läuft ganz gut.«

»Und heute abend?« wollte Ted wissen. »Wundert mich, daß Sie sie allein gelassen haben.«

»Ich weiß.« Edward sah erschöpft aus. »Na; ist ja nur für ein paar Stunden. Ich konnte das hier nicht versäumen. Pritchard, mein Nachbar, hat mir netterweise versprochen, mal reinzuschauen.«

»Trotzdem. In ein paar Stunden kann alles mögliche passieren.«

»Laß ihn doch in Ruhe.« Gwen hatte sich Auslagen angesehen. »Er hat es bis jetzt sehr gut hingekriegt.«

»Danke. Ich muß bloß die Daumen drücken.« Edward hatte Phoebe seinen Arm angeboten, als sie sich ihren Weg durch die Ostertouristen bahnen mußten.

»Sie sehen noch ein bißchen spitz um die Nase aus, wenn ich das so sagen darf.«

»Unsinn. Wenn Rowland beim Chor ist, dann hoffe ich, daß ich hinterher mit ihm reden kann.«

»Ich bin sicher, daß Sie das können.« Er hatte sich zu Gillian umgewandt, die das Schlußlicht bildete. »Alles klar?«

Sie hatte genickt, er hatte sie angesehen: ein losgebundenes Kalb in der Menge; bereit, durchzugehen und alles in Aufruhr zu versetzen.

Nesta und Phil waren unabhängig von ihnen hergekommen und würden ihre Eintrittskarten am Portal abholen. Gillian hatte zugesehen, wie Edward die Karten bei einer Helferin deponierte, einem Mädchen mit glänzendem Blondhaar, Samtband und kleinen Perlenohrsteckern. Sie schenkte ihm ein strahlendes Lächeln mit makellosen Zähnen. Beim Weitergehen fiel Gillian auf, wie unendlich höflich Edward war, wie freundlich und charmant, zu ihrer Mutter und den Freunden aus dem Dorf wie zu diesem strahlenden, leeren Mädchen, das da am Tisch unter den Plakaten saß, und schließlich auch zu ihr, die hinter ihm ging.

»Alles klar?«

Sie nickte und sah sich um: buntes Fensterglas, mächtige Bögen.

Eine Jungfer aus Penglydr, mit der Ponykutsche zu der Stadt gebracht, in der Thomas Traherne als Sohn eines armen Schusters das Licht der Welt erblickte. Hier konnte sie, wie er es einst getan, Gestalt und Klang der großen Kathedrale bewundern, wo zu Ostern ein Konzert gegeben werden sollte, zur Erinnerung an das Leiden unseres Herrn …

»Gillian«, mahnte Phoebe. »Wach auf.«

Sie folgte den anderen, die ihre Plätze einnahmen.

»Die sind für Nesta und ihren Freund.« Edward deutete auf zwei Plätze beim Gang.

»Dieser schlappe junge Mann«, sagte Phoebe.

Er lachte. »Ich höre, er soll ein begabter Musiker sein.«

Phoebe gab ein schnaubendes Geräusch von sich. Sie saß zwischen Bron und Gwen; Ted, in der Reihe hinter ihnen, half Gwen aus der Strickjacke. Gillian fand sich selbst zwischen Phoebe und Edward, die Programmhefte weiterreichten. Überall wurde mit Papier geraschelt, wurden Brillen aus Etuis genommen, es roch nach glänzendem Papier, nach Blumen und Kerzenwachs.

»Finstermetten.« Phoebe setzte befriedigt ihre Brille auf. »Wie es sich in der Karwoche gehört.«

Gillian las in ihrem Programm. Beim Umblättern streifte sie versehentlich Edwards Arm; er lächelte sie an, sie spürte, wie sie brannte.

»Was halten Sie davon?« fragte er.

»Ich weiß es noch nicht.«

»Nein, natürlich nicht. Ich meine nur ...«, er deutete auf den gesamten Raum der Kathedrale, »... all das hier.«

»Mir ist das Einfache lieber«, sagte Gillian, die sich nach kühlem Stein und Demut sehnte.

Er nickte und sah sie an. »Natürlich. Genau. Aber ich hoffe, daß es Ihnen Freude macht ... das Consort ist nämlich sehr gut. Und – ich freue mich, daß Sie Rowland hören werden.«

»War so Ihr Leben in London?« wollte sie wissen.

»Ja. Ja, das könnte man wohl sagen.« Er zögerte. »Das ist nicht der richtige Augenblick, aber eines Tages möchte ich Ihnen ein bißchen mehr von London erzählen und ... von Rowland.« Er schloß und wandte sich ab.

Angeführt vom Dirigenten kamen die Sänger herein: eine Prozession aus Abendkleidern und rauschendem Satin, Notenmappen und huldvollem Lächeln bewegte sich durch das südliche Querschiff. Applaus erfüllte die Kathedrale, man verbeugte sich, nahm die Plätze ein. Alles wartete.

Edward sah noch einmal auf die Uhr. »Nesta kommt zu spät ...«

»Da ist sie.« Mit einem Nicken deutete Phoebe auf den Mittelgang. »Mit dem schlappen jungen Mann.«

Edward stand auf, um sie zu begrüßen. Durch die ganze Bank ging ein Kopfnicken und Lächeln.

Gillian sah zu, wie die glitzernde Nesta mit einem Kuß begrüßt wurde. Einmal, zweimal auf die Wange. Namenlose, schreckliche Gefühle durchfuhren sie. Sie sah, wie Edward Nestas neuem Freund die Hand gab und stellte eine bei Edward ganz untypische Verlegenheit fest, als sich alle wieder setzten, Phil den Platz neben ihm einnahm und sein langes Blondhaar zurückstrich. Edward sah auf die Uhr. Er wandte sich zu Gillian um.

Sie wußte nicht, wie sie seinen Ausdruck lesen sollte, aber etwas darin erinnerte sie plötzlich an Bethan, ihre Schulfreundin, die in der tückischen Wüstenei des Schulhofs treu und freundlich gewesen war. Ihre eigenen, brennenden Gefühle waren auf einmal bedeutungslos: Sie sah ihm direkt ins Gesicht, begriff seinen Kummer und sagte schlicht:

»Ich bin froh, daß ich gekommen bin.«

»Ja«, sagte Edward. »Und ich bin froh, daß Sie hier sind.«

Sie lächelten einander an, und alles löste sich in ihr auf.

Eine Kerze nach der anderen verlöschte; Schweigen breitete sich aus.

O große Lieb, o Lieb ohn alle Masse,
die dich gebracht auf diese Marterstraße!

Phoebe saß da und lauschte, betrachtete gebannt die Gestalten vor dem Altar, die Bewegung von Kerzenlicht und umgeblätterten Seiten, den erhobenen Taktstock.

Dein Will' gescheh', Herr Gott,
zugleich auf Erden wie im Himmelreich ...

Ein schönes Zusammenspiel von Stimmen. Sie hörte zu, wie sie es zu Hause am Radio gewöhnt war, und wartete auch jetzt darauf, in der Pause vom Ansager ihre Hintergrundinformationen zu erhalten: etwas über die Entstehungszeit, die Begleitumstände der Komposition, über die Sänger. In all den Jahren hatte sie eine Menge gelernt. Natürlich war ihr die wesentlich häufiger aufgeführte und gespielte Matthäuspassion vertrauter und lieber. Die Johannespassion war so düster.

Ach, mein Sinn,
wo willst du endlich hin?

Phoebe versuchte, so zuzuhören wie sonst auch, aber sie merkte, daß sie es nicht konnte: Ihre Aufmerksamkeit kam und ging wie das Flackern der Kerzen, Kings außergewöhnliche Stimme riß sie mit sich, weit über die bloße Wertschätzung hinaus in das Reich von Gefühl und Furcht.

Wo soll ich mich erquicken?
Bleib' ich hier,
oder wünsch' ich mir
Berg und Hügel auf den Rücken?

Phoebe schloß die Augen und senkte den Kopf; die Hände lagen gefaltet auf dem Programmheft in ihrem Schoß.

Ich, der ich nie geglaubt habe.

Woher kam diese Zeile bloß? Von irgendeinem zerquälten Viktorianer wahrscheinlich. Wieso mußte sie ausgerechnet jetzt daran denken?

Zerfließe, mein Herz,
in Fluten der Zähren.

Katherine Pettit, die Frau des Dirigenten. Phoebe versuchte, sich auf die Schönheit der Sopranstimme zu konzentrieren, die den Raum erfüllte, aber der Text gewann Macht über sie: Sie fühlte sich in einen Ort ohne Mitleid versinken, in dem es keinen Garten gab, keine Musik und keine Vögel. Sie versuchte, so an den Tod zu denken, wie sie es immer versucht hatte: als Teil eines Kreislaufs. Der Körper starb, wurde begraben und gab der Erde etwas zurück. Das war eine Art der Erneuerung. Das war das Ende.

Alsdann vom Tod erwecke mich,
daß meine Augen sehen dich
in aller Freud, o Gottes Sohn,
mein Heiland und Genadenthron.

Phoebe versuchte, in Bachs Reichtum, Zärtlichkeit und Gewißheit ihren Trost zu finden, doch sie konnte es nicht. Sie versuchte, irgendwo in ihrem Inneren ein Fünkchen Licht und Glauben zu finden. Da war nichts.

Sie öffnete die Augen. Oben am Altar brannten die Kerzen, hell und klar. Alles war hier, jetzt, auf dieser Erde, so viel, das man schätzen, so viel, das es zu tun gab.

Ich will nicht sterben, dachte sie wild und umklammerte eine Hand mit der anderen. Ich will nicht sterben.

»Wir schalten zurück ins Studio in London ...«

Applaus brandete auf.

Alle drängten sich um ihn, er begrüßte jeden.

»Gillian, wie schön, Sie wiederzusehen. Ihre Lesung hat großen Eindruck auf mich gemacht. Phoebe – es tut mir leid, ich habe gehört, daß Sie krank waren – Nesta, ich hoffe, es hat Ihnen gefallen – Phil, wir müssen uns unterhalten – Bron, Gwen, Ted, wir kennen uns von Gillians Lesung her, glaube ich, wie schön, Sie wiederzusehen ...«

Um sie herum in der Sakristei das Auf und Ab aufgeregter Stimmen, das Rascheln von Abendroben, Gelächter. Die Musiker verstauten ihre Bratschen und Geigen, wischten sich mit Taschentüchern über die Gesichter; man redete über einen Drink, ein Abendessen, den letzten Zug zurück in die Stadt.

Gillian stand zusammengesunken an einer Wand, beobachtete alles und vor allem Rowland King, der von einer

Gruppe zur anderen ging, Leute begrüßte, miteinander bekannt machte, Einladungen aussprach.

»Felix und Katherine, ihr übernachtet bei uns, wir haben alles vorbereitet, nein, ich bestehe darauf – so hatten wir es doch ausgemacht, nicht, Edward?«

»Ja, natürlich, natürlich.«

Eingeklemmt zwischen einem Haufen Mäntel und einem Kontrabaß sah Gillian von einem zum anderen: von Rowland, der Wärme und Offenheit verströmte und mit jedermann gut Freund zu sein schien, zu Edward. Er war größer, stiller, hielt sich abseits vom Rampenlicht. Sie sah, wie Rowland eine Sekunde lang seinen Arm um Phil Dryhursts Schulter legte und ihn dem Dirigenten und jemandem von der BBC vorstellte. Sie sah, wie Edward sich zu Phoebe umdrehte und sie fragte, ob sie sich hinsetzen wolle, sah Phoebes schroffe Ablehnung und die Bewegung in Rowlands Richtung, wo sich das meiste abspielte. Sie sah Nesta lachen, Ted einen der Geiger ins Gespräch ziehen und Gwen Brons Aufmerksamkeit auf rückenfreie, schwarze Seide lenken.

Es war sehr heiß. Es war voll und stickig. Gillian sah Edward zu Nesta hinunterlächeln, sah ihre interessierte, angeregte Reaktion, ihre graziöse Leichtigkeit, ihre Schönheit, als sie zu ihm aufsah. Unaussprechliche Gefühle nahmen von ihr Besitz, der Augenblick der Vertrautheit vorhin in der Kathedrale verschwand, wurde weggerissen …

Gillian quetschte sich durch die Menge, hinaus in den hellerleuchteten Flur. Sie eilte vorbei an Musikern, die nach Hause gingen, an Kirchenvertretern und Verehrern, die alle tief in Gespräche verwickelt schienen, hinein in die Luft des mächtigen Kirchengewölbes, wo sie sich an einen kühlen Steinpfeiler lehnte und tief Luft holte.

Um sie herum strömte alles zu den Ausgängen; Techniker rollten Kabel auf, packten Mikrophone ein. Am Altar wurden die Stühle aufeinandergestapelt; das Mädchen mit dem Samthaarband ging durch die Reihen, sammelte liegengebliebene Programmhefte ein, lachte über einen Witz, den jemand machte. Sie warf Gillian einen neugierigen Blick zu und sah dann wieder weg. Irgend jemand lud sie zu einem Drink ein.

»Das wird sicher lustig.«

Und Jesus ging zum Tempel Gottes hinein und trieb heraus alle Verkäufer und Käufer im Tempel und stieß um der Wechsler Tische und die Stühle der Taubenkrämer und sprach zu ihnen: Es steht geschrieben: Mein Haus soll ein Bethaus heißen.

Gillian verließ ihre Säule und ließ sich auf einen dunklen Platz sinken. Die Sünden der Welt waren ins Haus Gottes gekommen, und sie hielt sich nicht für unschuldig daran. Schreckliche Gefühle machten sich in ihr breit, und sie fürchtete sich. Wo war ihre Poesie? Wohin gehörte sie?

Eine Jungfer aus der Gemeinde Penglydr, in die Stadt gebracht, wo ihr der Kopf schwamm und sie auf ein Nichts zusammenschrumpfte.

Die große Welt.

Sie sehnte sich nach der Zuflucht der Stille.

»Gillian?«

Sie sah auf: Ernst und besorgt stand er neben ihr.

»Dies hier ist zuviel für Sie.«

»Ich kann nicht ... es tut mir leid ...«

»Es gibt nichts, das Ihnen leid tun müßte.« Er setzte sich neben sie und rieb sich das Gesicht. »In ein paar Minuten brechen wir sowieso auf. Ich muß zu meinen Lämmern zurück.«

»Ja, ja, natürlich.«

Er betrachtete die Techniker, die scheppernd herumhantierten.

»Sie haben gesagt, Sie würden mir etwas erzählen ... von Ihrem Leben in London ...«

»Ja. Ja, das will ich auch. Aber nicht jetzt ...« Er sah bedrückt aus. Dann sagte er langsam: »Jedenfalls bin ich froh, daß ich weg bin. Wenn ich nicht aus London weggegangen wäre, hätte ich nie mit der Landwirtschaft angefangen, und das wollte ich schließlich immer.« Er wandte sich zu ihr um und legte ihr die Hand auf den Arm. »Und ich hätte Sie nicht getroffen, Gillian. Wissen Sie, was ich neulich abends dachte? Vor der Lammzeit?«

Sie konnte ihn kaum ansehen. »Nein.«

»Daß Sie und Ihre Poesie etwas so Kostbares sind. Etwas, das man hüten muß.«

Das Geklapper um sie herum, die Stimmen, die Schritte, das Kratzen der Stühle – alles wurde unhörbar. Es gab nur diesen glänzenden, zeitlosen Moment. Atemlos sagte sie: »Edward, ich ...«

Und dann waren alle anderen um sie herum, machten Lärm, waren hell und sorglos.

»Komm jetzt«, sagte Phoebe. »Es wird Zeit.«

Autos im Hof, Übernachtungsgäste. Vor seinem Aufbruch hatte Edward die Betten im Gästezimmer gemacht, einen Braten bei kleiner Flamme in den Ofen geschoben, den Tisch gedeckt, ein paar Flaschen geöffnet, um den Wein atmen zu lassen, die Außenbeleuchtung angeschaltet. Jetzt, als sie alle, Rowland und Felix und Katherine Pettit, und dazu noch Nesta und Phil, die sich ihnen auf Rowlands inständige Bitten hin zum Abendessen anschlossen, in der besternten Dunkelheit ausstiegen und in der Stille die Autotüren zuknallten, sagte er:

»Ich komme in einer Sekunde nach. Geht nur rein.«

»Oh, aber wir wollen doch die Lämmer sehen«, sagte Katherine und zog sich den Mantel um die Schultern.

»Vielleicht erschrecken wir sie«, wandte Nesta, die Edwards Gesicht sah, schnell ein. »Wir wollen sie doch nicht stören ...«

»Es gibt ja wohl nicht so arg viel, womit man ein Schaf erschrecken kann«, sagte Rowland, und Phil lachte.

Edward spürte eine Welle purer Irritation in sich aufsteigen. »Hört mal, ich will kein Theater machen ...«

»Aber das tust du doch«, sagte Rowland. »Kommt, Herrschaften, lassen wir ihn machen. Kommt und sagt Tarn guten Tag.«

»Wer ist Tarn?« fragte Felix, der ihm über den Hof folgte.

Rowland schloß die Haustür auf und wurde freudetaumelnd begrüßt. »Die hier«, lachte er und umarmte den Hund. »Ja, ja, alberner Hund, ich freu mich ja auch, dich zu sehen.«

»Ach, die ist ja *süß*«, sagte Katherine beim Hineingehen. »Was für ein entzückendes Haus ...«

»Ihr hättet es mal sehen sollen – Edward hat wahre Wunder vollbracht ...«

Ihre Stimmen wurden leiser, die Tür schloß sich. Edward ging zurück über den Hof und in den Stall.

Oh, der gesegnete, süße Geruch des Heus, das Geräusch der Tiere, wenn sie sich bewegten. Im dämmrigen Licht ging er an den Boxen entlang, prüfte und begrüßte. Er roch Milch, Wolle, Dung im Stroh; er betrachtete seine liebe, geliebte Herde, die Mutterschafe, die sich in der Streu aufrappelten, während ihre Lämmer schliefen. Ein Rascheln, ein Blöken. Alles sicher und in Ordnung, nichts Neues. Er zählte sie alle: vierunddreißig, fünfunddreißig, sechsunddreißig ... gähnend ging er bis zum hinteren Ende. Er hielt an, weil er dort etwas anderes sah.

Ein Mutterschaf stand mit gesenktem Kopf da und sah ihn an. Eine bestimmte Aura umgab sie, etwas zunächst Undefinierbares.

»Hallo, Mädchen. Was hast du denn, das du mir zeigen willst?«

Er ging zur Box, redete ihr unablässig leise zu. Dann sah er das Lamm neben ihr im Heu; ganz klein, ganz still ...

»O nein.«

Er beugte sich über das Gitter und betrachtete es, ein weißgesichtiges, schwarzbeiniges, blutverschmiertes kleines Geschöpf. Kein Atemzug, keine Regung. Er sah die Mutter an und begegnete ihrem gelben Blick. Sie senkte den Kopf wieder und stieß einen langen, leisen Ton aus.

Bis zu diesem Zeitpunkt hätte Edward, bei all seiner engen Vertrautheit mit seiner Herde, nicht geglaubt, daß ein Schaf so ausdrucksstark sein konnte. Aber da war es, in jeder Faser ihres Wesens: Kummer, Ärger, Verlust. Eine Kreatur, die außer sich war.

Er wollte die Box öffnen und das tote Lamm herausnehmen, aber sie stampfte mit dem Fuß auf, und er ließ sie über ihrem Kind stehen, ein schwacher Trost, während von überallher um sie herum leise Koselaute, Nuckeln und friedlich schlafende Atemzüge zu hören waren.

»Man verliert immer ein paar«, sagte sein Großvater sanft. »Ich hab noch keine Lammzeit ohne ein paar Tote erlebt, manche sterben schon in der Mutter.«

Aber er war nicht dagewesen. Er hätte sie nicht allein lassen sollen …

Ein Geräusch an der Tür.

»Tarn …«

Sie war gleich bei ihm, er kniete sich hin, um sie festzuhalten, er weinte.

»Du gehörst mir«, sagte er in das dicke, warme Fell hinein. »Du gehörst mir, bleib bei mir, bleib.«

Fernes Gelächter kam vom Haus her.

Gründonnerstag.

Phoebe hatte ihren Gobelin fertig. Gemeinsam mit Gwen und dem Pfarrer, der oben auf einer Leiter stand, hängten sie ihn an der Wand des nördlichen Querschiffs auf.

»Ich bin vom Glück begünstigt«, sagte er beim Herunterklettern.

»Und sieht es nicht *wunderhübsch* aus?« fragte Gwen, als er die Leiter wegstellte.

»Nicht übel.« Phoebe ging einen Schritt zurück. Kornblumen, Rittersporn und junger, grüner Farn wuchsen im unteren Bereich; Hundsrosen und Geißblatt rankten an den Seiten empor. Gerade, schlicht und golden stand das Kreuz vor dem einfachen Blau des Himmels, darunter in schönen Lettern: PENGLYDR CHURCH, 1995.

»Es macht uns richtig bedeutend«, sagte der Pfarrer. »Ich werde es in die Predigt einarbeiten.«

»Das denke ich doch«, sagte Phoebe.

Am frühen Morgen des Karfreitags kam sie mit einem Armvoll Lilien; Bron begleitete sie diesmal. Sie arrangierten die angeschnittenen Blumen in hohen, grünen Behältern; ihre Finger waren voller Blütenstaub.

»Du siehst nicht gut aus«, sagte Bron unverblümt. »Überhaupt nicht. Was haben sie im Krankenhaus gesagt?«

»Woher weißt du denn das mit dem Krankenhaus?«

»Es wird so dies und das geredet.«

»Scheint so.« Phoebe, sie war unter der Kanzel, richtete sich auf und legte die Hände ins Kreuz. »Sie haben mir ein paar Tabletten gegeben, und mir gehts gut. Na, wo hab ich denn jetzt die Schere gelassen?«

Am Karsamstag war sie wieder da, mit Bergen von Osterglocken und Narzissen, mit Schlüsselblumen in nassem Zeitungspapier und einer Pappschachtel voller sauberer Marmeladengläser.

»Du siehst nicht gerade großartig aus«, sagte Gwen. »Entschuldige, wenn ich das sage, Phoebe, aber du solltest es nicht übertreiben. Wir werden alle nicht jünger.«

»Red nicht solchen Blödsinn«, sagte Phoebe.

Am Samstag morgen ging Gillian zum Briefkasten. Sie stand neben dem summenden Telegrafendraht und sah zu, wie der Wind das Gras am Wegrand kräuselte; sie hob die weiße Emailplatte in ihrem scharlachroten Rahmen. Rauf, runter, rauf, runter, klick, klick, klick. Sie griff in die Tasche, zog den Umschlag heraus.

Sie ließ ihn hineingleiten.

Da.

Er fiel bis auf den Boden, das Gedicht innen drin.

Für Edward …

Am Dienstag würde er es haben.

Sie stieg auf den Berg Bryncarnedd; sie legte einen Stein aus. Sie blieb auf dem Gipfel stehen, ließ sich vom Wind durchwehen und rezitierte ihre Zeilen. Der Bussard über ihr breitete die Schwingen aus.

Ostersonntag. Überall im Tal läuteten die Glocken. Frühmorgens hatte es noch geregnet, aber jetzt leuchtete die Frühlingssonne über allem, sie schien auf blühende Obstgärten, feuchtes Gras und zarte Getreidespitzen und sandte ihren Schein durch segelnde Wolken auf die Biegungen des Flusses.

Gillian stand an Phoebes Seite in der Kirche. Sie betrachtete den Gobelin, der die weißverputzte Wand des Querschiffs schmückte und mit dem heiligen Blau des Himmels, dem Gold göttlicher Sphären erleuchtete. Sie sog den sanften, frischen Duft der Blumen aus dem Garten ein, die vertrauten Gerüche von Möbelpolitur, Wachs, Holz und Gesangbüchern. Sie hörte die süßen, leisen Töne der Orgel, das Flüstern der Menschen um sie herum, die mahnende Glocke. Sie hörte die Schritte der Zuspätkommenden, Hüsteln.

Sie wandte sich um und sah ihn hinten am Ausgang stehen. Er sah sie und lächelte. Die Kirche war voll von seiner Gegenwart, erfüllt von der Anwesenheit Gottes.

Während die Gemeinde schweigend darauf wartete, daß die Sakristeitür aufgehen und der Auferstehungsgottesdienst beginnen würde, ging Gillian noch einmal ihr Gedicht durch; still und tief in ihrem Innersten.

Für Edward ...

Sie schrieb von einer Zelle, einer einzelnen Glocke, von der aufgehenden Klostertür, einem Chor aus Licht. Die Stunden der Nacht endeten: Der Morgen brach an, Tau lag auf dem Gras. Vogelstimmen ließen ihren Gesang aufsteigen zum heiligen Himmel, und eine barfüßige Nonne im weißen Habit rannte unverschleiert über das taunasse Gras zum reißenden Fluß. Die weiße Robe flatterte; sie kam zu den grasbewachsenen, schilfbestandenen Ufern und legte ihre Gewänder ab. Rasierter Schädel, aufrechter, weißer Leib. Eine Taufe im Gold und Silber des Morgens: Die Lerche stieg auf, die Taube flog herab, Sonne lag auf den Ähren. Sie trank das Wasser, trank die Sonne, sie breitete die Arme aus, um die Welt zu umarmen. Die Welt war geheiligt, die Frau zum Ganzen gefügt, da war Wind in den Zweigen, geflüsterte Gelübde, ein kurzes Keuchen, als sie im eisigen Wasser niederkniete und erhoben wurde: eine Frau, durch Liebe verwandelt und endlich befreit.

Sommer

14

Der späte Frühling brachte Regen ins ganze Tal, der den Fluß anschwellen ließ. Auf den Regen folgten schöne, sonnige Tage. Im klaren, raschen Wasser schimmerten die flachen, glattgeschliffenen Kiesel des Flußbetts: Anker für die biegsamen, smaragdgrünen Binsen, zwischen denen Fischchen herumflitzten, wenn sie nicht im Seichten gründelten oder Sprünge wagten für die geduldigen nachmittäglichen Angler.

»Sehr schön«, sagte Gwen, als Ted Flußbarsche und Brachsen auf ihrem Küchentisch ausbreitete. »Einen davon könnten wir zu Phoebe raufbringen. Sie sieht viel besser aus als zu Ostern, findest du nicht auch?«

Überall am Ufer nisteten Enten; Bläß- und Moorhühner schossen durchs Röhricht. Die eleganten Silhouetten der Schwäne trieben flußabwärts. Auf der anderen Seite der Brücke watschelten sie in die sumpfigen Wiesen, um im hohen Gras Nester zu bauen; langjährige Paare, unterwegs zu ihren alten Jagdgründen. Sie fauchten Spaziergänger an und spreizten gewaltige Flügel in die Sonne.

Während der ganzen Osterferien spielten Kinder auf der Brücke, warfen Steinchen ins Wasser und ließen Stöckchen schwimmen. Sie knieten an den Ufern und sahen hinauf zum glatten, hallenden Bogen, zu den tanzenden Sonnenreflexen, die den kalten, grauen Stein tüpfelten.

»Haaloo!«

»Haa-loo!«

»Hör mal.«

»Toll hier. Wir könnten uns doch eine Höhle bauen.«

»Kommt bloß weg da«, sagten die Eltern, als sie sie so nah am reißenden Fluß entdeckten. »Ihr bleibt weg vom Ufer, verstanden!«

»Wir spielen doch bloß.«

»Dann spielt woanders.«

Sie schleppten sie mit zum Einkaufen.

Die Kühe wurden aus ihren überdachten Stallungen hinter den Melkständen, wo sie den ganzen Winter zugebracht hatten, herausgelassen. Hof für Hof kamen sie heraus und trotteten in langer Prozession durch das ganze Tal zu den fetten Frühlingswiesen: Holsteiner, Charolais, Limousins, Herefords. Schon seit Wochen, seit der rasche Wind die Gerüche der neuen Jahreszeit über die Höfe hinwegtrug, waren sie beim Melken unruhig und reizbar gewesen; die eine oder andere fing sogar an zu stoßen und wurde gefährlich. Sie waren noch so lange drinnen geblieben, bis das Silofutter aufgefressen war. Aber jetzt waren sie frei.

Phoebe, die langsam in ihrem Gemüsegarten arbeitete, hörte sie auf die Weide nebenan kommen; steif und schwerfällig waren sie nach all den Monaten auf dem festen Stallboden. Sie stützte sich auf ihren Rechen und sah über die Trockenmauer. Die Kühe wurden schneller, probierten es mit Rennen, trabten muhend auf und ab, blieben stehen, knabberten an den Hecken, senkten die Köpfe, um an dem langen, feuchten Gras zu zupfen. Am Ende der Reihe lahmten ein paar; sie sah eine Friesin, die auf drei Beinen herumhumpelte. Eine üble Klauenentzündung, die der Winter auf dem Beton ihr eingetragen hatte.

»Armes altes Mädchen.«

Sie beobachtete, wie sie sich alle einrichteten, den jahreszeitlichen Rhythmus der langen Weidestunden zwischen den Melkzeiten wiederaufnahmen, tägliches Ritual an diesen Tagen, die immer länger wurden. Der Bauer kam hinter ihnen her, betrachtete sie prüfend. Er zog die Mütze.

»Schöner Morgen.«

»Wunderbar«, sagte Phoebe. Sie deutete auf die lahmende Friesin. »Die da sieht nicht besonders gut aus.«

»Die wird schon wieder. Dauert ein bißchen, aber es wird wieder.« Er kratzte sich die Stirn. »Tja, dann will ich mal.« Mit einem schnellen Satz wich er einer herumtollenden Färse aus. »Hau ab, du!«

Phoebe sah zu, wie er zum Gatter zurückging, und lachte

ein bißchen. Schließlich nahm sie wieder ihren Rechen und arbeitete sich langsam an den Wegen entlang. Die Pferdepillen, die man ihr neuerdings verschrieb, waren stärker. Sie bekamen ihr offenbar ganz gut; sie fühlte sich auf jeden Fall kräftiger. Und die Kräuter taten das Ihre, daran war auch nicht zu rütteln.

Sie erneuerte ihre Bekanntschaft mit Culpeper, nahm den abgenutzten Band vom Küchenbüffet herunter und mit ins Bett, wo sie nun immer ein Kapitel las, bevor sie das Licht ausmachte oder wenn sie nachts aufwachte. Sie schlief in letzter Zeit nicht mehr oft durch: Culpeper besänftigte sie in den frühen Morgenstunden wie ein Schlummertrunk.

Dies sind meine wichtigsten Geheimnisse, die ich für viele Jahre in meiner eigenen Brust verschlossen hatte. Ich habe sie durch ständige Übung gewonnen, und durch sie habe ich mir in der Welt auf Dauer einen Ruf erworben – Nicholas Culpeper, 1654.

Phoebe rückte ihre Brille zurecht und blätterte um. Im Register suchte sie das Stichwort »Krebs« und fand dort einen Hinweis auf die gelbe Schwertlilie. Na, davon war jede Menge da, die wuchsen im Sommer am Teichrand.

Die Schwertlilie oder Fleur-de-Lys.

Die erstere wächst wie die Fleur de Lys, aber sie hat viel längere, schmalere, trauriggrüne Blätter ... Die Wurzel ist lang und schlank ... Sie kommt in nassen Gräben, Teichen, Seen und Sümpfen mit stehendem Wasser vor. Sie blüht im Juli, und der Samen reift im August. Unter der Herrschaft des Mondes ...

Der destillierte Sud aus dem ganzen Kraut, aus Blüten und Wurzeln, ist ein ausgezeichnete Medizin für tränende Augen ... Flecken und Blessuren um die Augen herum ... Das besagte Wasser eignet sich für Schwellungen, heiße Entzündungen der Brüste der Frauen, auch auf Krebsgeschwüre ...

Muß ich bis zum Sommer warten. Bis dahin jede Menge andere Sachen.

Jeden Abend zupfte Phoebe ein paar Blättchen von den getrockneten Bündeln, die in der Speisekammer hingen, und brühte sie sich auf: Dill für die Verdauung und um ihren Appetit wiederherzustellen, dazu verschiedene Sorten von Minze. Kamille für den Schlaf, und wenn erst mal die Nesseln so weit aufgegangen wären, würde sie die wegen ihres Eisengehalts nehmen. Brennesseln waren etwas Hervorragendes, sie gehörten zu den neun Pflanzen, die den frühen Angelsachsen heilig waren. So ein törichter Doktor, der da etwas von niedrigen Blutwerten und Transfusionen gefaselt hatte. Eine anständige Kanne Brennesseltee, das wars.

Phoebe bewegte sich langsam durch ihren Garten. Auf der anderen Seite der Mauer befand sich Gillian, die zum Jäten abgestellt war, und jätete, indem sie auf hoffnungslos ungeschickte Art mit einer Hacke herumfuhrwerkte.

»Du mußt auf die *Knie*«, rief Phoebe. »Wie oft hab ich dir schon gesagt …«

Gillian nickte und ließ die Hacke fallen.

»Lehn sie an, laß sie nicht einfach da herumliegen!«

Gillian lehnte sie an.

Phoebe ging zum Kräutergarten zurück, wo sie neue Samen ansäte. Kräuter waren eine gute Sache; man konnte sie zum Beruf machen, vielleicht sogar ein Vermögen damit verdienen, wo sie doch jetzt so in Mode gekommen waren. Es kam nicht oft vor, daß Phoebe das Gefühl hatte, sie schwämme im Strom mit, und es kümmerte sie nie, ob sie es tat oder nicht, aber jetzt gingen ihr eine ganze Menge Möglichkeiten durch den Kopf: mehr davon am Gartentor, mehr auf dem Markt verkaufen, wo Gillian vielleicht einen Stand betreiben könnte. Anzeigen im Lokalblättchen, warum eigentlich nicht? Sie bückte sich, um ein Päckchen Fenchel aufzuheben, hielt vor Schmerz die Luft an, richtete sich langsam wieder auf und versuchte, keine Notiz davon zu nehmen. Nie nachgeben: Gib nach, und du bist geliefert. Sie betrachtete die Samentüte. Fenchel. Hatte sie immer gern gemocht. Die Blätter im Salat, die Knollen in Eintöpfen. Sie öffnete die Packung und ließ die Samen in die sauber vorbereitete Rille fallen. Zeilen aus Longfellow und einem fernen Klassenzimmer, in dem sie wirklich etwas gelernt hatten, kamen ihr in den Sinn, als sie sich langsam vorbeugte, um die Erde festzuklopfen.

»Der Becher des Lebens« – sie hörte sich selbst vor der ganzen Klasse rezitieren. Lange vor dem Krieg war das gewesen. Guter Gott, wo waren die Jahre geblieben?

Über die niedrigen Pflanzen erhebt sich
der Fenchel mit den gelben Blüten
Und in Zeiten lang vor uns
hatt er die wundersame Kraft,
erloschnes Augenlicht zurückzubringen.

Phoebe säte noch eine Reihe und biß vor Schmerz die Zähne zusammen.

Gillian bekam einen Brief, aber es war nicht der, auf den sie gewartet hatte. Sie nahm ihn mit in ihr Zimmer.

»Frühstück!« rief Phoebe von der Küche her.

Gillian schloß ihre Zimmertür und lehnte sich dagegen. Jeden Morgen paßte sie die Post ab. Für Phoebe kamen Kataloge, und Nesta schickte eine Karte, auf der sie sie beide nach Cadair einlud. Ein spätvormittägliches Klopfen kündigte Gwen mit einem Fisch an, den sie zu Abend aßen. Beide hatten wenig Appetit und zupften an den Gräten herum.

Allmählich schauten wieder Gartenbesucher vorbei. Phoebe beschriftete die Tafel, Geld kam herein.

Nichts von Edward. Kein Klopfen an der Tür, keine Karte, kein Telefonanruf.

Gillian wußte nicht, was sie denken sollte. Schreckliche Ahnungen bemächtigten sich ihrer. Sie arbeitete im Garten und tat, was ihr gesagt wurde. Während der Abende, die immer länger wurden, ging sie auf den Landstraßen und Wiesen spazieren.

An einem tiefen, traurigen Abend, allein in einem Feld, wo alle Dinge tot und still waren, befielen mich eine gewisse Not und ein Erschrecken, die jenseits aller Vorstellung waren. Die Unwirtlichkeit und Stille des Ortes machten mich unzufrieden, seine Weite erschreckte mich …

Das war Traherne, dem es durch Gebet und Meditation gelungen war, auch einer Hoffnung und Erwartung teilhaftig zu werden, die ihn von jeder Seite trösteten.

Auf den leeren Wiesen hob Gillian die Arme empor, versuchte zu beten und Trost zu finden. Sie ging an ihren Schreibtisch zurück und konnte nicht schreiben.

Und jetzt war ein Brief da. Von der Mandrake Press, in einem guten weißen Umschlag. Sie nahm ihn mit zum Tisch. Zuerst konnte sie sich keinen Reim darauf machen.

Im Rahmen eines Kunstfestivals sollte eine Lesung von Dichtern der Mandrake Press stattfinden. Im Herbst, in Montgomery. Der Herausgeber dürfe ihr voll Stolz mitteilen, daß er auch sie dort gemeldet habe … Er würde sich sehr geehrt fühlen, wenn sie sich anschließen könnte … Ein größeres Publikum … Rundfunk und Presse … Er freue sich, in dieser Sache bald von ihr zu hören …

Gillian las den Brief noch einmal.

»Frühstück!« Phoebes Ruf drang schwach aus der Küche nach oben.

Gillian legte den Brief in ihre Schreibtischschublade und schloß sie.

Unten trank Phoebe Kräutertee aus einem Becher.

»Solltest du mal probieren, das baut auf.«

Die Lämmer waren draußen. Rufend und pfeifend trieb Edward Box für Box seine Herde über den Hof. Durch irgendein Wunder und große Wachsamkeit hatte er insgesamt nur zwei Tiere verloren: das Kleine nach dem Konzert und eins, das schon als Fötus abgestorben war. Wegen dieser Totgeburt hatte er zum Tierarzt gehen müssen.

»Die braucht einen Kaiserschnitt, sonst geht sie drauf, da gibt es nix dran zu rütteln«, sagte Pritchard, den Edward ratsuchend angerufen hatte. »Schaffen Sie es denn, sie hinten in Ihren Landrover reinzukriegen?«

»Weiß ich nicht.«

»Versuchen Sies. Ich bin zu Hause, wenn sie nicht reinwill.«

Er versuchte es, indem er ein Reststück vom Wellblechdach an die offene Ladeklappe schob und das Muttertier diese improvisierte Rampe hinaufbugsierte. Tarn bellte; ihr machte das alles Spaß. Das Schaf hatte so entsetzliche Angst, daß er sich wie ein gemeiner Schlächter vorkam.

»Geh, geh vorwärts, *mach schon ...*«

Sie stampfte mit den Füßen auf und glitt aus, rutschte rückwärts herunter und rührte sich nicht mehr vom Fleck.

»Oh, verdammter Bockmist.«

Aber wenn ihm die Schafe während der Lammzeit etwas beigebracht hatten, dann war es Geduld. Er griff in ihr Leinenhalfter und hob und zog, wobei seine Rampe so herumrutschte, daß sie beide fast zu Boden fielen. »Komm, Tarn, schaff sie hier rauf!« Tarn raste um das untere Ende der Rampe herum, das Muttertier stolperte, er streckte einen Arm aus, um sie an der Seite festzuhalten, und schaffte es. Er hockte sich hin und zog an dem wild hin und her schlagenden, weißen Kopf; mit einem letzten kräftigen Zug war sie oben, stand riesig keuchend auf der Ladefläche. Er band das Halfter fest und befahl Tarn, hochzukommen und sich neben sie zu legen, aber als er die entsetzten, gelben Augen sah, pfiff er den Hund schnell wieder zu sich und auf den Beifahrersitz.

Schweißgebadet fuhr er den ganzen Weg zur Kreisstadt und sah dabei alle paar Meter in den Rückspiegel. Das Schaf schwankte hinten blökend hin und her. Unterwegs kam er an einem ganzen Lastwagen voller Schafe vorbei: In die Ritzen zwischen den Latten quetschten sich Ohren, Nasen, leere gelbe Augen. Er dachte an die Demonstration in Shoreham, an die augenrollenden Kälber und brüllenden Fahrer, an die Frau, die überfahren worden und gestorben war. Er hörte die trampelnden Hufe hinten in seinem Auto und fragte sich: Warum tue ich das?

Er erreichte die Stadt mit ihrem Verkehrsgewühl und den vertrauten Rufen der Marktschreier und fuhr zur Praxis des drahtigen, sachlichen Tierarztes weiter. Das Alltagsgeschäft der Landwirtschaft, wo Tiere Geld und Überleben bedeuteten, hatte ihn schnell wieder. Das Schaf kam nur sehr langsam die Rampe herunter, beim Runtergehen hatte es noch mehr Angst als beim Raufgehen. Er führte es zur Hintertür, von wo eine Sprechstundenhilfe es in einen nach Desinfektionsmittel stinkenden Raum brachte.

»Wir kriegen sie hin, machen Sie sich keine Sorgen.«

Er füllte ein Formular aus, gab dem Tier einen kleinen Klaps, ließ Tarn im Auto und ging in den Ort, um dort zwei Stunden totzuschlagen.

Er kaufte sich eine Zeitung und ließ sich bei einer Tasse Kaffee im Café am Markt nieder, der heute bis auf einige Arbeiter leer war, die die Boxen säuberten und sich ab und zu für eine Zigarette an die Gitter lehnten. In ein paar Wochen, dachte er, bring ich meine eigenen Lämmer hierher; und wieder spürte er einen Anfall von Traurigkeit und Selbstzweifel: Willst du das wirklich? Lämmer für den Schlachthof und die Fleischtheke im Supermarkt großziehen? Hättest du dir das nicht vorher überlegen müssen? Er schlug die Zeitung auf, um die Konzertkritiken zu lesen. Ein Bericht über Rowlands Auftritt in York.

»Ein Sänger, der mit jeder Saison Statur gewinnt – eine Aufführung der ›Johannespassion‹ mit einem Chor, der unter Felix Pettits einfühlsamer und zuweilen inspirierter Führung am gestrigen Abend im Münster der Vollkommenheit sehr nahe kam. Ich kann nur dringend raten …«

Edward legte die Zeitung hin. Er bezahlte für seinen Kaffee und schlenderte zwischen den leeren Gitterboxen herum. Strohstückchen lagen noch da, Spatzen pickten nach Resten und Körnern. Ein Mann im Overall trug Abtrenngitter in eine Ecke und stapelte sie an einer Wand auf. Er nickte Edward zu, sagte etwas über das Wetter und die gestern erzielten Preise, die besser hätten sein können. »Ich mach das erst seit einem Jahr«, sagte Edward und merkte, wie englisch er sich anhörte.

Er erzählte vom Mutterschaf, das er beim Tierarzt gelassen hatte; dann plauderten sie ein paar Minuten lang über landwirtschaftliche Themen. »Also dann, ich muß weiter.«

Sie nickten einander zu. Edward ging auf und ab, die Zeitung ruhte zusammengefaltet in seiner Jackentasche. Die Kritik hatte ihn durcheinandergebracht, wie so vieles ihn jetzt durcheinanderbrachte, das mit Rowland zu tun hatte. Da er immer noch eine Stunde vertrödeln mußte, dachte er über alles nach, was er bisher während der hektischen Lammzeit erfolgreich verdrängt hatte. Warum Rowland ihn weder gestern abend aus York angerufen hatte, obwohl er behauptet hatte, daß er es tun würde, noch heute morgen, wo er es hätte tun können. Warum ihre Telefonate, die während seiner Gastspielreisen immer liebevoll und regelmäßig gewesen waren, sich auf einen wöchentlichen Nachrichtenaustausch reduziert hatten. Und ganz besonders dachte er über den Abend nach dem Konzert in Hereford nach, über die vollbesetzte Küche, über das Geplauder und Gelächter; Entspannung nach der Aufführung, natürlich, aber da war noch mehr gewesen: eine Veränderung in der Atmosphäre, in Rowlands Haltung, während er Wein einschenkte, scherzte, Anekdoten erzählte, zuhörte, als Nesta die Schule beschrieb, zuvorkommend zu seinen Gästen war, die redeten, aßen, das Haus bewunderten … und es bei all dem schaffte, Edward nie direkt anzusehen und ihn gleichzeitig mit nadelfeinen Spitzen herunterzumachen.

»Edward ist furchtbar still geworden, nicht, Edward? Stören wir deinen ländlichen Frieden?«

»Ich hab ein Lamm verloren«, sagte er brüsk. »Tut mir leid …«

»Oh, wie entsetzlich …«

»Oh, wie traurig …«

Nesta und Katherine waren sehr teilnahmsvoll.

»Ist schon vorbei. Bloß, weil es das erste Mal …«

»Das eine oder andere verliert man wohl immer, denke ich.« Rowland öffnete noch eine Flasche. »Bis jetzt hast du es doch gut hingekriegt.«

»Ich weiß, aber …«

»Gefühlsduselei bringt nichts. Trink noch was. Nicht? Nesta? Phil, was ist mit Ihnen? Das Glas da sieht mir ja geradezu gefährlich leer aus. So ists recht, braver Junge. Was halten Sie von unserem Freund von der BBC? Schwer schwul, natürlich, aber genial. Ich will ihm Ihr Band schicken.« Er setzte sich wieder und wandte sich an Felix. »Ich möchte, daß du es dir auch anhörst, jetzt, wo wir dich hier am Wickel haben. Er hat Talent.«

Nicken, Lächeln, Erkundigungen, Phils errötendes Abwinken, seine Freude. Edward und das Lamm waren vergessen.

Er spazierte weiter durch den leeren Markt, sah den streitenden Spatzen zu, blickte hinüber zu den Bergen hinter der Stadt, hinter dem wachsenden Gewerbegebiet und den neuen Klinkerhäusern. Er dachte an das Schweigen zwischen ihm und Rowland, später an jenem Abend, als Nesta und Phil sich mit dem Versprechen, sich bald wieder zu melden, verabschiedet hatten. Felix und Katherine waren nach oben zu Bett gegangen. Er räumte den Tisch ab, stellte Dinge in die Schränke, Teller in die Spüle.

»Laß doch.« Rowland gähnte. »Hör mit der Rumkramerei auf.«

Edward setzte sein Tablett mit Gläsern ab und blickte ihn an. Rowland sah weg. »Ich geh ins Bett«, erklärte er mit einem weiteren gekünstelten Gähnen. »Ich bin fix und fertig.«

»Ich muß noch mal nach den Lämmern sehen.«

»Macht ja nichts. Bis morgen früh also.« Rowland nahm eine Flasche Mineralwasser aus dem Kühlschrank und ging hinauf.

Edward setzte sich an den Küchentisch und stützte den Kopf in die Hände. Irgendwann war er mit dem Aufräumen fertig und ging hinaus in den Stall. Das trauernde Schaf starrte ihn an, und in seinem eigenen Kummer konnte er dem Blick kaum standhalten. Er sah nach den anderen, fand alles in Ordnung, ging mit Tarn zum Haus zurück und machte alle Lichter aus.

Er ging die knarrende Treppe hinauf in den oberen Flur. Die Tür des Gästezimmers war geschlossen. Ebenso die Tür zu Rowlands und seinem Schlafzimmer.

Langsam, vorsichtig schob er sie auf. Er ging hinein, wagte kaum zu atmen. Rowland war vollkommen still. So still schlief niemand, und schon gar nicht Rowland, wenn er etwas getrunken hatte. Edward zog seine Kleider aus und ließ sie einzeln auf den Boden fallen. Er ging zum Bett. Rowland gähnte gewaltig und drehte sich um. Edward kroch neben ihn. Sie lagen da wie Statuen auf einem Sarkophag, nackt, Seite an Seite. Mondlicht drang durch die Vorhänge an dem winzigen Fenster.

»Rowland?«

»Fang nicht an.«

Edward sah auf die Uhr. Zeit, sein Schaf wieder abzuholen. Er ging durch den leeren Markt, dann durch die Stadt, vorbei an den Menschen, die in der Mittagspause einkauften, besorgte sich selbst Vorräte für eine Person. Mit den Tüten ging er zur Tierklinik weiter, wo Tarn ihn mit einem Entzückenstaumel begrüßte. Er beglich seine Rechnung; zusammen mit dem Tierarzt und der Sprechstundenhilfe bugsierte er das Schaf die Rampe hinauf.

»Sie hat sicher noch Wundschmerz, aber ich hab ihr gegen das Schlimmste erst mal eine Spritze gegeben. Haben Sie ein Auge auf sie. Ich komm zu Ihnen raus, um mir dann die Naht anzusehen; wenn Sie wollen, können Sie sie natürlich noch mal bringen.«

»Kommen Sie lieber zu mir.« Edward gab eine kurze Beschreibung seines morgendlichen Kampfes zum besten.

Der Arzt lachte. »Haben Sie doch gut gemacht. Na, dann komm ich am Mittwoch raus. Zwischendurch können Sie ruhig anrufen, wenns Probleme gibt. Und die anderen? Alles klar? Keine Mastitis?«

Er schüttelte den Kopf und schloß die Heckklappe. »Bis jetzt ist alles gut.«

»Für einen Anfänger nicht übel.«

»Mein Großvater hat mich darin unterrichtet.« Edward tastete nach dem Zündschlüssel. »Okay, ich bin weg. Vielen Dank.«

Er fuhr wieder nach Hause, sah im Rückspiegel nach dem benebelten Muttertier, nahm die Veränderung im Tal in sich auf, die Schneewehen aus Blütenblättern, die üppigen Gruppen aus Eichen und Eschen, deren Blätter sich jetzt entfalteten. Überall Lämmer; schön, daß man jetzt auch die Kühe draußen sah. Die Landschaft war wieder voller Leben; bald hätte er seine eigenen Lämmer auf seinen eigenen Wiesen, die Muttertiere würden grasen, die Lämmer fett werden. Wenigstens das hatte er hinbekommen.

Und jetzt trieb er in der Morgensonne die Herde Box für Box über den Hof; die Lämmer trabten und hopsten spielerisch in der neuen, frischen Luft hinter ihren Müttern her und verzweifelten, wenn sie sie aus den Augen verloren.

»Bääääh!«

»Was für ein Lärm. Ist gut, da ist sie doch … Tarn, bring das Kleine da mal rüber …«

Sie war überall, sie war allenthalben um sie herum, voller Aufregung, weil sie wieder arbeiten durfte.

»So ists gut, prima …«

Er trieb sie alle durch das offene Tor hinauf zur hinteren Weide. Zum erstenmal benutzte er auch das seitlich am Hof liegende Gelände, das bis zum Ende der Straße reichte: ein weites, sanft abfallendes, von Bäumen gesäumtes Areal, das sich bis weit vom Wohnhaus der Farm ausbreitete; sogar ein Bach war da: Ein wunderbarer Fleck, ein neuer Platz, an dem sie bleiben und es sich gutgehen lassen konnten, bevor sie alle nach dem Scheren hinauf in die Berge kamen. Edward spürte, wie die nagende Unruhe, die ihn jetzt fast immer begleitete, sich hob und auflöste wie später Herbstnebel über den Feldern.

Er verbrachte den Vormittag zwischen Stall und Weide, trieb einen Trupp nach dem anderen bis hin zu den letzten paar Tieren hinaus auf die Weide an der Straße, rannte, um

Ausreißer aus der Hecke zu ziehen, brachte sie durchs Tor und hinüber auf die neue Weide mit dem windigen Ausblick. Die Falten der Brecon Beacons wurden kleiner und blauer, verblaßten am Grenzland vor den großen Städten. Hereford. Worchester und die Malverns. Die Cotswolds. London.

Er hätte eigentlich, so war es geplant gewesen, nach London fahren sollen, um das letzte Konzert der Tournee mit der »Johannespassion« in der Kirche von St. Bartholomew the Great zu hören, die nur einen Steinwurf vom Barbican entfernt lag.

Aber so nicht. Nicht, solange man ihn nicht darum bat.

Edward nahm den verfallenen Komplex von Gehegen beim hinteren rechten Ende der Weide in Augenschein: vier oder fünf Pferche zum Scheren und Tauchen. Die Türen hingen an rostigen Angeln, hier und da waren Gatterstangen heruntergefallen und verrottet; alles mußte dringend repariert werden. Gut, das würde als nächstes drankommen. Er wandte sich wieder der Weide zu und sah seine Tiere weit verstreut dastehen. Krähen staksten herum und stocherten im Boden. Er sah ein lahmendes Muttertier, das mühsam über die Grasbüschel stolperte, und runzelte die Stirn. Dieses Tier war ihm bisher noch nicht aufgefallen.

»Tarn?« Er pfiff sie zu sich; sie trieb das Mutterschaf mit seinem Lamm dicht zum Tor. Edward beugte sich zu dem lahmen Hinterfuß hinunter und entdeckte einen Abszeß von der Größe eines Fünfzigpencestücks. Fliegen umschwärmten es. Er sog die Luft ein. »Dich nehm ich am besten wieder mit rein und geb dir eine Spritze.« Er nahm das zappelnde Lamm auf den Arm, die Mutter blökte besorgt. »Na komm.«

Er öffnete das Tor; sie folgte ihm, Tarn ging gehorsam bei Fuß. »Gutes Mädchen.« Er streichelte den knochigen Schädel des Lamms und zupfte an den langen, weichen Ohren. Spindeldürre Beinchen lagen in seiner Armbeuge, der feste, pralle Bauch an seiner Brust. Er ließ seine Finger über die kleine Nase gleiten, und das Lamm fing sofort an zu saugen. Er spürte eine tiefe, verzehrende Zärtlichkeit, während er die Straße entlang zum Haus hinunterging, den Wind seufzen und die Bäume in ihrem neuen Blätterkleid über sich rauschen hörte. Eine Drossel flog schnell aus der Hecke heraus: Er bückte sich und sah nach, sah ein Nest tief drinnen, ein ruhiges, helles Auge im Weißdorn. Er zog sich still zurück, ging weiter, dachte an kleine, flügge Vögel, die hier herumflattern würden, an die Schwalben und Mauersegler, die jetzt jeden Tag zurückkommen, ihre Nester unter den Dachbalken des Hofes bauen und überall herumsausen würden.

Edward streichelte die warmen, festen Locken des weißen Lämmerfells und dachte: Aber mit wem kann ich das alles teilen? Rowland gibt keinen Pfifferling auf ein Nest, so wie die Dinge jetzt zwischen uns stehen. Er dachte an ihn mit einem Schmerz, der tiefer ging als alles, was er in den letzten paar Monaten empfunden hatte. Sie waren alles füreinander gewesen. Wie konnten sie nur so weit kommen?

Vor sich sah er auf einmal Gillian, die ein Fahrrad die Straße hinaufschob. Sie trug einen alten gemusterten Rock und einen Pullover; ihr Haar hatte sie mit einem Baumwolltuch zurückgebunden, aus dem ein paar drahtige Stirnfransen entkommen waren. Ihr Gesicht sah erhitzt aus. Sie hatte ihn noch nicht bemerkt; er beobachtete, wie sie sich zum offenen Hoftor wandte, stehenblieb und das Haus betrachtete.

Ein Mädchen auf einem Rad, einsam und seltsam. Jetzt, als er sie noch kaum kannte, sah er sie so – Monate später, als alles anders geworden war, sollte ihm dieser Moment wieder einfallen.

»Gillian?«

Sie zuckte zusammen: ein verängstigtes Tier, das sich duckte.

»Tarn! Fuß!« Er ging die Straße hinunter auf sie zu, hielt noch immer das Lamm an die Brust gedrückt. Die Luft war erfüllt von den Rufen der Schafe, vom Gesang der Vögel, vom Wind in den Bäumen. Seine Gedanken waren bei Rowland gewesen, er war erfüllt von Sehnsucht und einem Gefühl des Verlusts. Und jetzt sah er Gillians offenkundigen Kummer, ihre Scham, ihre glühenden Wangen und das wilde Haar, das ganz feucht war von der Anstrengung.

»Na, so was«, sagte er, streichelte das Lamm und begrüßte sie lächelnd. »Das ist eine angenehme Überraschung.«

Sie sah zu ihm auf und hielt die Lenkstange fest. Das Lamm entlockte ihr ein zögerndes Lächeln, sie wich dem lahmenden Muttertier aus.

»Ich störe …«

»Überhaupt nicht, ich finde es wunderbar, Sie zu sehen. Wie geht es Phoebe?«

»Viel besser. Ich bin nicht hergekommen, um mich über sie zu unterhalten.« Sie sprach direkt, sah ihn aber nicht an.

»Na, dann …«, er deutete auf das offene Tor. »Kommen Sie und essen Sie mit mir zu Mittag.«

»Edward …« Er hörte die Verzweiflung in ihrer Stimme, rückte das Lamm zurecht und legte ihr eine Hand auf die Schulter.

»Was ist? Was haben Sie denn? Mir können Sie es doch sagen …«

»Mein Brief.« Sie sah zu Boden, ihre Hände umklammerten den Lenker. »Das Gedicht …«

Er war verwirrt. »Sie haben mir ein Gedicht geschickt?«

»Ja. Ja!« Sie sah wieder auf, ihr Gesicht brannte. »Sie haben es nicht bekommen?«

Er schüttelte den Kopf und ließ im Geiste seine Küche Revue passieren, alles, was herumlag, Zeitschriften und Musik.

»Ich habe es Ostern abgeschickt, am Karsamstag. Sie hätten es vor zwei Wochen schon haben müssen …«

Sie drehte das Vorderrad vom Tor weg. »Ich muß weg, ich hätte überhaupt nicht herkommen sollen …«

»Gillian. Bitte.« Er griff nach dem Lenker. »Ich muß mich um dieses Muttertier kümmern«, sagte er sanft. »Und dann suchen wir Ihren Brief.«

Drinnen im Hof lehnte sie ihr Rad an die Wand beim Tor. Sie folgte ihm in den Stall und sah zu, wie er mit Hilfe des Hundes das humpelnde Tier in eine Box trieb. Das Lamm setzte er daneben auf den Boden; Gillian sah, wie es heftig und mit wild wackelndem Schwänzchen das Fell anstupste. Der Stall roch schwer nach Schaf und Heu; Staubkörnchen tanzten in der Luft, die durch die offenen Türen und die Lücken im Mauerwerk hereinströmte. Der Hund schnüffelte in den leeren Boxen herum, ging dann raus und trank aus einer Pfütze bei der Wasserpumpe.

»Ich muß ins Haus, ein Antibiotikum holen. Möchten Sie mitkommen oder lieber hier warten?«

»Ich warte«, sagte Gillian, die ihre Flucht nach Ägypten plante.

Er berührte ihren Arm. »Gehen Sie nicht weg.«

Sie lehnte sich ans Gitter und wartete, betrachtete das Schaf und das Lamm, horchte auf das eifrige Saugen inmitten der Stille, auf das Zwitschern der Vögel im Hof, auf Edwards Schritte, die sich dem Haus näherten. Der Hund hörte auf zu trinken und legte sich in die Sonne. Gillian wanderte mit heftigem Herzklopfen in der Gasse zwischen den leeren Boxen auf und ab. Ein Buchfink flog durchs offene Tor und hockte sich auf einen Balken. Er legte den Kopf schief; kleine, klare Augen durchschauten jeden ihrer törichten Gedanken. Das Lamm trank nicht mehr; wacklig und aufgebläht verließ es die Flanke seiner Mutter, ließ sich in die Einstreu sinken und schloß die Augen; das Schaf hob das lahme Hinterbein und betrachtete Gillians nervöse Bewegungen. Der Schweiß rann ihr herunter, sie wischte sich die feuchten Hände am Rock ab. Sie würde jetzt gehen und es ihm überlassen, nach ihrem Gedicht zu suchen, auf seine Antwort würde sie in der Zuflucht warten, die ihr ihr Zimmer mit all seinem Staub und seiner Brüchigkeit bot.

Schritte kamen über den Hof: Edward stand im Türrahmen, der Sonnenstrahl zersplitterte und schmolz wieder zusammen.

»Keine Spur von Ihrem Brief. Sie müssen mir helfen, danach zu suchen.« Er hatte einen Folienumschlag in der Hand, er öffnete das Boxengitter. »So, mein Mädchen, das hilft dir auf die Beine.« Der Fink tschilpte und ließ einen Klecks fallen. Edward sah auf. »Hallo, seit wann bist du denn schon hier?«

Für jeden Vogel in der Luft, für jeden aus seinem Tierkönigreich ein freundliches Wort, eine nette Berührung. Gillian sah zu, wie er sich neben das kranke Schaf kniete, den Umschlag öffnete, eine Ampulle herausnahm, die Kappe von der scharfen, glänzenden Nadel abzog und sie ins Licht hielt. »So, dann wollen wir mal.« Eine Hand im Vlies, ein Stich; das Schaf machte eine abrupte Bewegung und stand dann wieder still da. Edward pumpte die Flüssigkeit langsam in die zitternde Flanke. »So.« Er klopfte den breiten Rücken. Blökend lief das Schaf zur Seite; Edward verließ die Box und steckte die leere Ampulle ein. Er lächelte Gillian an und berührte wieder ihren Arm. Verlangen und Furcht durchströmten sie.

»Das wärs. Gehen wir.«

Das Sonnenlicht blendete sie, als sie herauskamen. Blind folgte sie ihm ins Haus.

In der Küche durchstöberte Edward Stapel von Zeitungen und Zeitschriften, öffnete Schubladen und sah auf dem Kaminsims nach. Zitternd stand Gillian dabei.

»Wenn Sie es am Samstag abgeschickt haben und es am Dienstag angekommen ist ... was haben wir da eigentlich gemacht?« Lange Finger tasteten forschend zwischen Karten und Porzellan auf der Anrichte herum. »Am Dienstag ist Rowland wieder nach London zurückgefahren ... Ich hab mir die halbe Montagnacht bei den letzten Lämmern um die Ohren geschlagen, genau, und dann habe ich lange geschlafen, und als die Post kam, hat er sie wahrscheinlich reingebracht ...«

Ihre Stimme klang hoch und seltsam, als sie sagte: »Edward, es ist wirklich nicht so wichtig – bitte, ich muß jetzt gehen ...«

»Hoffentlich haben Sie eine Abschrift behalten.«

Sie gab keine Antwort. Edward ging zum Regal unter der Uhr. Sie holte gerade Luft und schlug mit einem einzigen, tiefen Ton die Stunde an, dann nahm sie ihr stetiges Ticken wieder auf.

»Aha«, sagte er plötzlich. »Da haben wirs.« Eine Reihe

Bücher lehnte ohne Bücherstützen an der Wand unter der Uhr; die letzten beiden Bände waren umgefallen: Er hob sie hoch und fand eine Rechnung, eine Postkarte und Gillians Brief. Er warf einen Blick auf die Postkarte und runzelte die Stirn über der Rechnung. »Vom Futterlieferanten.« Er ließ beide auf den Tisch fallen. »Also ...« Er fahndete in der Schublade nach einem Messer.

Gillian sagte mit wackliger Stimme: »Edward ... lesen Sie es später ... wenn ich weg bin ... bitte ...«

Er sah sie an. Sie spürte, wie alles Blut aus ihr wich.

»Gillian, Sie wissen, wie sehr ich Ihr Werk schätze. Ich bin sicher, daß es mir gefällt, was auch immer es ist. Bleiben Sie da und essen Sie einen Happen mit mir zu Mittag, Sie haben doch so eine lange Radfahrt hinter sich. Sie leisten mir Gesellschaft, und dann können wir zusammen Ihr Gedicht lesen, ja?«

Gillian wußte nichts über Männer. Sie wußte nicht, wie man einen Mann zurückwies. Sie war verliebt; sie kam sich eingesperrt vor.

»Ja«, sagte sie, weiß wie der Briefumschlag, den er so sorgfältig an den Krug mit den Frühlingsblumen, der auf dem Tisch stand, gelehnt hatte. Sie setzte sich hin, wie er sie gebeten hatte, sah zu, wie er Brot und Käse hinstellte, Wasser aufsetzte, einen Salat machte. Während er diese Dinge tat, spürte sie, wie bei aller Angst ihre Hoffnung zurückkam: Er würde nicht wollen, daß sie blieb, wenn er nicht ...

Ihr Gedicht würde ihm dabei helfen, sich zu erklären. Und dann ...

Unter dem offenen Fenster betrachteten die Hühner prüfend jeden einzelnen Grashalm, staksten hierhin und dahin, gackerten über dieses und jenes. Gillian nahm, was ihr gereicht wurde, und versuchte zu essen. Sie berichtete von ihrer Mutter und wurde in eine tröstliche Unterhaltung über Eier, Lämmer und Gartenarbeit gezogen.

Draußen wehten Wolken über die Sonne. Der Wind wehte über die Wiesen: frisch, frei, nicht zur Verantwortung zu ziehen.

Sie nahmen ihre Kaffeetassen mit in die Bibliothek. Edward hatte den Brief dabei. Er zog einen Stuhl für Gillian zurecht, machte es ihnen beiden am Tisch bequem. Er setzte die Brille auf, griff nach dem Brieföffner und sah sie fragend an:

»Sie möchten es mir nicht vorlesen?«

Sie schüttelte den Kopf, betrachtete wieder die Stelle im Tisch, an der jemand wütend und gelangweilt immer und immer wieder auf das Holz eingehackt hatte. Auch hier stand das Fenster offen, es ging zum Hof hinaus, und der Geruch von Heu und Schafen zog zusammen mit dem nach dem frischen Frühlingsgras ins Haus herein. Der Hund hinten bei der Pumpe träumte laut.

Edward schlitzte den Umschlag auf. Gillian kam es vor, als würde sie selbst entzweigerissen. Er nahm das Gedicht heraus, las die Widmung.

»Für mich? Ich danke Ihnen.«

Gillian sah auf den Tisch. Pulsierend stieg ihr das Blut zu Kopf, pochte am Hals und an den Schläfen und schlug hinter den Rippen.

Eine unverschleierte Nonne, die durchs taunasse Gras zum reißenden Fluß rannte – Lerche stieg auf, Taube flog herab – Frau, ihrer Gewänder ledig, nackt, anbetend – ins eisige Wasser, um Atem ringend, aufrecht – Wind in den Zweigen und geflüsterte Schwüre – Taufe, Wiedergeburt, Verzückung – nackt und jungfräulich, durchbohrt von der Sonne, von der Begierde – verwandelt durch Sehnsucht, durch Liebe befreit.

Edward legte das Blatt vor sich auf den Tisch.

Ein langes, tiefes Schweigen folgte. Gillian spürte, wie das drängende Blut brüllend in ihren Ohren rauschte, als müßte die ganze Welt es hören, als trüge ein großer Fluß sie mit sich und fege alles dahin, was bekannt, sicher und unverrückbar erschienen war, risse sie in einen Strudel von Todesfurcht. Der Tisch mit der Schnitzspur verschwamm vor ihren Augen, ihre Nägel bohrten sich in ihre Handflächen wie die Nägel des Kreuzes …

Blasphemie.

Sie sagte mit zitternder Stimme: »Verzeihen Sie mir …« Sie schlug die Hände vors Gesicht.

Edward sagte leise – oh, welche Zärtlichkeit und Sanftheit hatte er für sie: »Gillian. Liebe Gillian …« Zart berührte er ihre gequälten Hände. »Sehen Sie mich an?«

Sie konnte sich nicht rühren. Mit seiner Stille und seinem neuen, erschreckenden Wissen bedrängte sie dieser Raum, nahm sie gefangen: entblößt, entdeckt, nackt.

»Bitte.«

Langsam befreite sie ihr glühendes Gesicht. Sie wagte es, ihn anzusehen, zitternd an der Schwelle zur Hoffnung, voll Sehnsucht nach seiner Zärtlichkeit, seiner Berührung …

Was sie sah, waren nur Kummer und Bedauern.

»Gillian, es tut mir so unendlich leid. Da gibt es etwas, das ich Ihnen schon lange sagen wollte … etwas Wichtiges. Ich hätte es Ihnen schon vor langer Zeit sagen sollen, aber der Zeitpunkt schien nie ganz der richtige. Ich bin es, der um Vergebung bitten muß …«

Er war aufrichtig, ernst und besorgt; die so schöne, so glitzernde, so großzügige Nesta, die Witwe, die so einsam war, schwamm vor Gillians brennenden Augen, während sie hörte, wie Edward Mitleid über ihre eigenen, fehlgeleiteten, unerwiderten Gefühle ausgoß: Er habe etwas zu erklären …

Das Telefon gellte durchs Haus.

»Es tut mir leid – entschuldigen Sie mich, ich muß …« Er ging rasch in die Küche. Gillian hörte ihn hastig und überstürzt sagen: »Du bists – Gott sei Dank. Hör mal: Kann ich dich zurückrufen? »

Sie stand auf. Ihre Beine waren wie Wasser, ihr Körper floß dahin. Sie ging zur Tür, auf den Gang hinaus, in den Hof, Luft traf ihr Gesicht; sie fing an zu rennen, auch jetzt wieder von der Sonne geblendet. Unten bei der Pumpe regte sich der Hund, stand schwanzwedelnd auf und kam auf Gillian zu, die ihm so wild entgegenlief.

»Laß mich …« Gillians Stimme war gepreßt, kaum hörbar. Sie erreichte ihr Rad, das halbtot an der Wand lehnte, hebelte Leben hinein und schwang sich hinauf, radelte wie wild zum

Tor hinaus, strampelte, als sei der Leibhaftige hinter ihr her, bog unten um die Biegung der Straße. Der Wind war in ihrem aufgelösten Haar, das ihr wie eine Wolke um den Kopf stand, während sie davonraste, zwischen Hecke, grenzenlosem Feld und Tor, und weiter durch das Tal, unter der schmerzenden Blöße der Berge und der großen, spöttischen Leere des Himmels.

15

Nesta und Phil lagen einander in den Armen. Sonntag; Kirchenglocken läuteten. Nesta wachte auf und betrachtete Phils schlafendes Gesicht. Sie strich ihm die Haarsträhnen aus dem Gesicht, die über seine Wangen gefallen waren; er bewegte sich, wachte aber nicht auf. Sie lag da, hörte den Glocken zu und dem Blöken der Lämmer auf der Wiese hinter dem Cottage, hörte die Amseln, Spatzen und Drosseln überall ums Haus, auf dem Weg bis zur Straße und in ihrem Garten, wo die Narzissen verblüht waren, aber das wilde Geißblatt sich schon in die Hecken schlang und das Gras darunter voller Schlüsselblumen stand. Sie lauschte Phils ruhigem Atem auf dem Kopfkissen und drehte sich zu ihrem Wecker um, der den leeren Platz einnahm, auf dem sonst Hals Photo gestanden hatte.

Acht Uhr. Um zwölf mußte sie in Cadair sein. Phil bewegte sich, murmelte etwas, zog sie an sich, küßte ihre Stirn, ihre Augen, ihren Mund: weiche, schläfrige Abdrücke voll Wärme und Zärtlichkeit. Sie fuhr mit den Händen an dem warmen, festen Körper entlang, den sie allmählich so genau kannte wie er ihren: eine süße Vertrautheit, die doch immer noch, wenn sie anfingen, einander zu erforschen, die Aussicht auf Entdeckungen bot.

Er legte seine Hände zwischen ihre Beine, seine Finger glitten in sie. »Wie sollen wir es vier Tage lang ohne das aushalten?«

Vor dem offenen Fenster stieg Vogelgezwitscher auf; Nesta öffnete sich seiner Zärtlichkeit wie eine Blume, er war ruhig, großzügig, kundig.

»Ja?«

»Ja … ja.«

Er öffnete sie, nahm sie und erfüllte sie; sie lag unter ihm hingebreitet, er sah sie an, ruhig und direkt. Das Bett knarrte, die Kirchenglocken riefen ein letztes Mal zur Messe und verfielen in Schweigen. Jetzt gab es nur noch die Lämmer, die Amseln im Garten und das Geräusch ihrer eigenen Körper, die einander zwischen den raschelnden Laken zärtlich suchten, immer und immer wieder.

»Ich hatte recht«, flüsterte Phil über Nesta, während er langsam in sie eindrang, sich wieder herauszog, es hinauszögerte.

Sie wurde auf dem Gipfel gehalten, sah ihn an. Sein Haar fiel über sie, streifte ihr Gesicht, sie bewegten sich in einer unausgesprochenen Harmonie von Beherrschung und Verlangen.

»Ja?«

»Wir waren dafür bestimmt, uns zu lieben.« Er drang wieder in sie ein, sie hörte sich selbst stöhnen und schloß die Augen. »Du warst dafür bestimmt, unter mir zu liegen und über mir und ganz um mich herum ...«

Beherrschung wurde zur Hingabe. Das Zimmer füllte sich mit ihren Schreien.

Nesta fuhr nach Cadair hinüber. Hell war der Morgen, grün und geschäftig: junger Weißdorn voller zänkischer Blaumeisen, scharfe Spitzen von Getreide, die Bäume voller nistender Saatkrähen. Unten am Flußufer entlang wucherten die Binsen; sie sah die Sonntagsangler und die Wanderer oben in den Bergen. Überall waren Lämmer verstreut wie Schneeflocken; Rinder grasten oder äugten über Weidetore hinweg, als sie vorüberfuhr. Sie kurbelte das Fenster herunter, und die milde Mailuft blies in sie hinein; sie schob eine Kassette ins Gerät, Musik erfüllte sie. »Hör zu«, sagte sie laut. »Hör dir das an ...«

Flöten, sanft, gehaucht, geheimnisvoll, dazu kamen die weiche, hohle Trommel, dann Schlaginstrumente, rein und hallend. Und dann das Klavier. Sein Thema war so schön, daß Nesta, unterwegs unter den rauschenden Bäumen über die Hügel hin bis hinunter zum pflanzenumsponnenen Stein von Cadair, weinte. Phils Hände glitten über die Tasten des Klaviers, sie spürte, wie diese Hände sie streichelten, ihr Gesicht umfaßten, sie an ihn zogen, sie öffneten; sie spürte, wie sein Mund ihren Mund bedeckte und sich dann überall hinbewegte, sie sah sie beide, die einander ergriffen, tief in den Stunden der Nacht.

Weil die Schönheit des Morgens, die Traurigkeit des Abschieds und die sehnsüchtigen Mollakkorde des Klaviers sie jetzt so ergriffen, hielt Nesta auf einer Ausweichstelle an der engen Landstraße und ließ ihren Tränen freien Lauf. Vorsicht, Zweifel und Verzagtheit waren wie weggewischt: Sie wollte nur noch bei ihrem Geliebten sein und ihn wieder spüren.

Die Musik umfloß sie, der Morgen kräuselte sich um sie, alles war heiter und neu. Und hier, an einem Sonntagmorgen in einem geparkten Auto an einer stillen walisischen Landstraße, meilenweit weg vom Schmerz der Witwenzeit, erinnerte sich Nesta an ein Gespräch mit ihrem Therapeuten, damals, im tiefsten Kummer.

Ihr Therapeut war ein großer, ruhiger Mittfünfziger, der schon erwachsene Kinder hatte. Er war weder ein reiner Analytiker, noch warf er Nesta einfach auf sich selbst zurück; ihre gelegentlichen Fragen zu seiner eigenen Person beantwortete er ganz normal von Mensch zu Mensch; er gab ihr das Gefühl, daß es ihm wichtig war, was aus ihr wurde. Offenbar wünschte er sich, daß sie sich erholen und ihn nicht mehr brauchen würde.

Ihre Gespräche fanden in seinem Besprechungszimmer im Souterrain seines Hauses in Primrose Hill statt. Er füllte einen üppigen Lehnsessel aus; Nesta saß schmal und traurig in einem anderen. Die Fenster hatten nach zwei Einbrüchen vergittert werden müssen; die Stäbe waren weiß gestrichen, draußen auf den Pflastersteinen standen Gefäße mit schattenliebenden Pflanzen. Man hörte die Schritte von Passanten oben auf dem Bürgersteig, ihre Stimmen trugen weit.

»Die haben ihr eigenes Leben«, sagte der Therapeut, der sie beobachtete. »Ich möchte etwas über Sie hören.«

Nesta erzählte von ihrem Leben und sagte, daß sie wohl nie aufhören werde zu trauern. Sie weinte oft. Manchmal saßen sie da und schwiegen. Er drängte sie nie, und weil dieses abgeschirmte Souterrainzimmer der einzige Ort war, an dem man sie nicht dazu aufforderte, sich besser zu fühlen, weiterzumachen und Hal zurückzulassen, fühlte sich Nesta jedesmal beruhigt und wiederhergestellt, wenn sie aus diesen stillen, nachdenklichen Sitzungen kam. Gerade aus diesen letzteren, mit seiner ruhigen Anerkennung ihrer Person, zog sie vielleicht noch mehr als aus allen anderen. Aber manchmal redeten sie auch, führten ungehetzte, ungehemmte Gespräche, in denen sie alles zu sagen wagte.

An eine dieser Sitzungen, es war eine der letzten während dieser gemeinsamen Arbeit, erinnerte sie sich jetzt.

»Ich werde nie jemand anderen lieben.«

»Vielleicht doch.«

Sie schüttelte den Kopf. Am Geländer zum Gehsteig entlang kamen und gingen Schritte.

»Nicht so, wie ich Hal geliebt habe. So nie.«

Oben im Parterre ging jemand herum; das Telefon klingelte und wurde abgenommen.

»Ich werde nie eine Familie haben.«

»Vielleicht doch. Ich hoffe es für Sie.«

Freundlich und gelassen lächelte er sie an. Nesta erklärte, warum sie glaubte, daß sie nie wieder einen Geliebten haben würde, weil Liebe und Sex bis jetzt untrennbar gewesen waren, und daß ihr, da sie sich nicht vorstellen könne, jemals wieder zu lieben, jetzt nichts mehr bliebe als ein leeres Bett und öde Unfruchtbarkeit.

Ihr Therapeut hörte ihr zu und wartete, bis sie zu Ende gesprochen hatte. Oben ging die Haustür auf und wieder zu, als jemand aus seiner eigenen, umhegten Familie aus dem Haus ging. Die Sitzung war fast zu Ende. Nesta setzte sich in ihrem Lehnstuhl zurück und schloß die Augen.

»Ich glaube«, sagte ihr Therapeut langsam und bedächtig, »daß Sex nicht immer die Erfüllung der Liebe sein muß. Ich denke, es kann auch andersherum sein. Manchmal kann Liebe mit einer Berührung anfangen.«

Nesta öffnete die Augen und sah ihn an.

»Glauben Sie das wirklich?«

»Mit dem richtigen Menschen, ja, ich denke, schon.«

»Sie finden, ich sollte mit jemandem ins Bett gehen und dann sehen, ob ich mich verliebe?«

»Ich finde, daß Sie für lange Zeit überhaupt nichts tun sollten«, sagte er sanft. »Ich finde, Sie sollten nur tun, was Sie wollen und wann Sie es wollen. Sie haben gehört, was ich gesagt habe. Vielleicht denken Sie mal darüber nach, mehr nicht.«

Und jetzt, drei Jahre später, hoch oben auf einem walisischen Berg, wo das Tal sich unter ihr hinbreitete und die Erinnerung an die Berührung ihres Geliebten sie durchlief, erinnerte sich Nesta so deutlich an seine Worte, als spräche er jetzt gerade mit ihr. Phil habe ich, dachte sie, mir zum Geliebten genommen, als er nichts weiter als ein Freund war – eher ein neuer Bekannter, wir kannten uns wirklich kaum. Und jetzt sind wir voller Leidenschaft miteinander. Wir sind uns nah, wir sind uns vertraut, wir sind voller Verlangen, und Phil hatte recht: Wir waren dafür bestimmt, uns zu lieben.

Und ich liebe.

Ich staune.

Die Musik war zu Ende. Nesta rieb sich die Augen und sah in den Spiegel. Von Gefühlswallungen verwischte weibliche Züge. Wie verletzlich sie jetzt war.

Sie drehte den Zündschlüssel und fuhr bergab ins Tal hinein.

Nesta fuhr durch das untere Tor auf das Gelände von Cadair und stellte ihr Auto bei den Ställen hinter dem Haus ab. Ein paar Augenblicke lang blieb sie hier draußen stehen, atmete die Bergluft ein und sammelte sich. Als sie mit ihrer Tasche durch den Hintereingang ging, hörte sie das mittägliche Geklapper aus der Küche und das Rappeln eines Servierwagens draußen in der Halle. Sie begrüßte Claire und Jon; vor dem Büro warf sie einen Blick auf den Dienstplan und trug sich ein.

Ohne die an Wochentagen üblichen Aktivitäten wirkte das

Haus still. Die Türen waren offen, viele der Kinder draußen in der Sonne, wo sie auf den ebenen Wegen zu den Toren fuhren oder mit Sadie, die eine Geschichte vorlas, unter den Bäumen saßen. Nach der sonntäglichen Zusammenkunft, an der auch die zu Besuch kommenden Eltern teilnahmen, standen die Türen der Kapelle weit offen. Sie sah Steven, dessen Eltern ihn nie besuchten, wie er sich da drinnen auf der freien Fläche mit seinem Rollstuhl um die eigene Achse drehte, während Martin Stühle stapelte. Sie stellte ihre Tasche ab und ging hinüber.

»Hallo, ihr beiden.« Sie blieb im Türrahmen stehen.

»Hallo, du da«, sagte Martin. »Gut siehst du aus.«

Steven hörte auf, herumzuwirbeln. Er gab ein unartikuliertes Geräusch von sich und schlug mit den Händen auf die Räder. Ein Speichelfaden hing ihm aus dem Mundwinkel. Nesta ging ein paar Schritte auf ihn zu. »Hallo, Steven«, signalisierte sie und streckte die Arme aus.

Steven grunzte.

»Na komm, worauf wartest du?«

Mit ausgebreiteten Armen blieb sie stehen. Martin stapelte weiter Stühle auf; durch die offene Tür drangen Kinderstimmen.

»Steven?« Nesta gab ihm ein Zeichen. »Komm, Schatz, meine Arme werden lahm.«

»Na mach«, sagte Martin von seinen Stühlen her. »Ein hübsches Mädel läßt man nicht warten.«

Steven wirbelte herum und fuhr weg. Nesta ging über den glatten Holzfußboden und ließ sich neben ihn sinken.

»Bist du mir böse? Es tut mir leid, daß ich weg war. Du hast mir auch gefehlt.« Sie zog ein Papiertaschentuch aus der Tasche und wischte ihm den Speichelfaden ab. »So, so ists besser.« Sie nahm seine Hand und hielt sie fest. Stevens Hände waren verdreht und steif: an seiner Rechten konnte er zwei Finger bewegen, an der Linken Daumen und Mittelfinger. Sie hielt jetzt die Linke, streichelte die harten, geschwollenen Gelenke und bewegte den Daumen in einem neckenden kleinen Rhythmus hin und her.

Steven sah schief auf sie herunter. Seine Haare standen in dunklen, unbezähmbaren Büscheln vom Kopf ab; an einem Auge hing das Unterlid herab.

»Hallo Steven«, deutete Nesta wieder und nahm noch einmal den Daumen.

Steven gab einen Laut von sich, und dann lächelte er. Offene Freude erleuchtete seine umwölkten Züge, er schwenkte die rechte Hand am Kopf vorbei und wieder herunter, immer und immer wieder.

»Ha-rro. Ha-rro.«

Sie umarmten sich; Nesta so fließend und warm, Steven kalt, steif und schwierig.

»So.« Sie kniete noch immer neben ihm. »Jetzt sind wir wieder Freunde. Gleich gibts Mittagessen, ich hab einen Mordshunger.«

Martin war mit den Stühlen fertig. Er kam herüber und beugte sich über sie: ein großer, schlaksiger Mittvierziger, ein Buddhist aus Leeds, der den konservativen Lehrberuf aufgegeben, eine Zusatzausbildung gemacht hatte und vor sechs Jahren hierher nach Cadair gezogen war.

»Was für ein rührender Anblick. Wieder besser?« Steven winkte und ruckte mit dem Kopf. »Braver Junge.« Martin setzte sich neben sie. »Und du, Nesta? Du siehst ...« Er sah ihr ins Gesicht. »Nicht so toll? Geweint?«

»Ein bißchen.«

»Kann ich irgendwas tun?«

»Nein, danke, mir gehts ganz gut. Ich bin bloß – etwas – überwältigt.«

»Na ja. Laß dir Zeit. Nichts, was nicht warten könnte. Wir freuen uns jedenfalls alle, dich zu sehen.«

»Danke.« Nesta lächelte ihn an. »Schön, wieder hierzusein.« Einen Augenblick lang saßen sie schweigend da, während Steven über ihren Köpfen seine seltsamen Töne von sich gab.

»Gehen wir.« Martin stand auf. Er reichte ihr eine Hand, sie zog sich hoch. Zu dritt verließen sie langsam gehend und rollend die Kapelle; draußen vom Garten her kamen ihnen die anderen entgegen: Kinder, Therapeuten, Verwandte auf

Besuch. Maureen, sie ging Hand in Hand mit ihren Eltern, riß bei Nestas Anblick beide Arme hoch und rief mit ihrer seltsamen, tiefen Stimme:

»Mammapapa! Mammapapa!«

Nesta begrüßte sie: »Ich geh mich bloß schnell frisch machen. Ich bin gleich bei Ihnen.« In der Halle nahm sie ihre Tasche und ging über die Hintertreppe zum oberen Stock hinauf. In ihrem Zimmer spritzte sie sich kaltes Wasser ins Gesicht und bürstete sich die Haare. Dann blieb sie für einen Augenblick stehen, lauschte den häuslichen Geräuschen im unteren Stock und dachte über den vor ihr liegenden Nachmittag nach, an dem sie ihre eigene Gruppe von Kindern zu einem Spaziergang über die Feldwege mit hinausnehmen, zum Tee zurückkommen und sie später alle sicher zu Bett bringen würde. Die erste Nachtwache hatte sie erst am Donnerstag: Heute würde sie früh zu Bett gehen und einfach schlafen, wieder züchtig und allein. Die Aussicht darauf hatte etwas Beruhigendes. Für Morgen war ein Meeting der Mitarbeiter angesetzt, und am Dienstag würde Phil kommen und den Kindern bei einer Musikstunde zusehen.

Und dann werden wir sehen, dachte Nesta, die die beiden Hälften ihres Lebens in neuem Licht betrachtete. Es würde das erste Mal sein, daß Phil sie bei der Arbeit sah; sein erstes Mal bei den Kindern.

Sie ging zum Fenster und sah auf den Hof hinaus. Im Gebälk der Ställe nisteten Schwalben. Während sie ihnen zusah, wie sie hin und her sausten, spürte sie die Leidenschaft und den Aufruhr des Morgens verblassen und sich selbst ruhiger werden. Es war richtig, daß ich hierhergekommen bin, dachte sie, als sie von unten Gelächter hörte. Was auch immer mit mir wird, hier habe ich einen Platz.

Sie dachte an ihren Therapeuten in seinem Souterrain in Primrose Hill, der ihre Versuche, den Schmerz zu verwinden, so gelassen und weise beobachtet hatte.

»Nesta?«

Jemand rief nach ihr: Martin stand unten am Fuß der Treppe.

»Komme schon.«

Schwalben segelten zu den Dachsparren hinauf; die Frühsommersonne war warm und frisch. Nesta verließ das Zimmer, ging den breiten Flur entlang nach unten ins Refektorium und nahm ihren Platz am Mittagstisch ein.

Phil kam am Dienstag zum Mittagessen. Er parkte bei den Ställen; Nesta, die schon den ganzen Vormittag gewartet hatte, ging hinaus, um ihn zu begrüßen. Die Sonne schien hell, der Himmel war klar; in einer der Werkstätten in den Stallgebäuden sägte jemand.

»Hi.« Phil war aus seinem verbeulten Lieferwagen geklettert, stand mit dem Rücken zur Sonne da und sah zu, wie sie über den Hof auf ihn zukam.

»Hi.« Nesta hielt sich gegen das Mittagslicht die Hand vor die Augen. An diesem Morgen war sie früh aufgewacht, hatte wach gelegen und darüber nachgedacht, wie er hier ankommen und hier sein würde. Wie würde Phil auf die Kinder reagieren? Wie wichtig war ihr seine Reaktion?

Ihre Gefühle für ihn hatten an Intensität nichts eingebüßt, obwohl sie einfach dadurch, daß sie hier war und mit ihrer Arbeit zurechtkam, wieder mehr Ruhe und Kraft in sich spürte. Aber als sie heute früh wach in ihrem Einzelbett lag und dem Gesang der Vögel lauschte, spürte sie schon, daß ihr wieder Aufruhr und Unruhe bevorstanden – die Aussicht, ihn zu sehen, erfüllte sie mit Aufregung, aber auch mit der Sorge, daß sie vor dieser andersartigen, aber wichtigen Kulisse voneinander enttäuscht sein könnten.

Der Chor der Vögel wurde voller und vielfältiger. Nesta lag da und versuchte, sich daran zu erinnern, ob sie solche Ängste und Vorahnungen auch in bezug auf Hal gehabt hatte. Er, der Ältere, Erfahrenere, hatte sie mit den Kindern vertraut gemacht, mit denen sie jetzt arbeitete, und das mit solch entspannter Gelassenheit, daß sie wenige Ressentiments über ihre Beziehung zu ihnen und gar keine über die zu ihm verspürt hatte. Von Anfang an waren sie gern miteinander umgegangen, hatten sich allmählich, und ohne es zu hinterfragen, von Kollegen zu Freunden und von Freunden zu Liebenden entwickelt.

Ich wußte es von dem Augenblick an, als du hereinkamst – so ruhig und klar – ich war so nervös …

Natürlich warst du das. Aber trotzdem warst du für dich selbst verantwortlich. Du wußtest, wie du sein mußtest. Das gefiel mir an dir …

In sechs gemeinsamen Jahren hatten sie nie eine wirkliche Meinungsverschiedenheit gehabt und fast nie gestritten. Vielleicht war es ein bißchen irreal, dachte Nesta und drehte ihr Kopfkissen um. Keine Zweifel, wenige Auseinandersetzungen. Wir haben uns einfach nur geliebt, das ist alles. Wir haben Glück gehabt. Bis Hal krank wurde. Das war ziemlich real.

Der Himmel wurde heller. Nesta griff nach ihrer Tabaksdose. Es war falsch, Vergleiche anzustellen, und dumm, sich von vornherein auf eine Enttäuschung einzustellen. Als der Morgen über den Bergen zu dämmern begann, stand sie auf und ging hinaus, um eine Zigarette zu rauchen.

Und jetzt, als sie den sonnigen Hof überquerte und sah, wie Phil ihr groß und graziös entgegenging, spürte sie nichts als helle Freude.

»Du hast uns gefunden.«

»Hab ich.« Er beugte sich zum Kuß hinunter, schlang die Arme um sie. »Wie geht es dir, Nesta?«

»Gut.« Im Bewußtsein des Sägegeräuschs aus den Werkstätten löste sie sich sanft. »Ich finde, wir sollten uns hier nicht allzusehr zur Schau stellen.«

»Klar.« Er blieb stehen und betrachtete die sausenden Schwalben, den schlichten grauen Stein, die offene Hintertür zum Haus. »Was passiert jetzt?«

»Soll ich dich herumführen? Es gibt bald Mittagessen. Du kannst mitkommen und meine Gruppe kennenlernen.« Sie führte ihn ums Haus herum nach vorn, wo sich die Rasenflächen bis zu den hohen, schmiedeeisernen Toren hinunter erstreckten. Unten, hinter den Bäumen, wirbelte ein Benzinrasenmäher eine Fontäne von Grasschnitt auf; in der Kapelle spielte jemand Klavier.

»Wer ist das?«

»Wahrscheinlich Claire – ich mach dich mit ihr bekannt.«

Sie gingen den Weg hinunter; Nesta zeigte auf die Fenster des Refektoriums und erzählte vom Malsaal und dem Schwimmbecken für die Wassertherapie. »Ich zeig dir das alles später.«

Phil betrachtete die Kinder unter den Bäumen. »Und früher war das alles mal ein Kloster?«

»Ja. Die Kapelle stammt aus den sechziger Jahren; ich glaube, es war ein Versuch, dem Ort noch einmal neuen Schwung zu geben oder ihm Geltung zu verschaffen. Aber es hat nicht funktioniert – die Gemeinschaft schrumpfte immer mehr. Anfang der Achtziger hat der Orden dann den ganzen Besitz der Schule vermacht.«

»Und wo sind die Nonnen hingegangen?«

»Ich weiß es nicht.« Nesta sah Maureen auf sie zuschwanken. »Wohin gehen Nonnen? In ein anderes Kloster, nehme ich an.«

»Wie Motten.« Phil betrachtete das weiße Achteck des Kapellendachs. »Wohin gehen Motten im Winter?«

»Sie sterben.«

»Alle?«

»Das ist meine Freundin Maureen.« Nesta war stehengeblieben. »Maureen, das ist mein Freund Phil.«

Phil sammelte sich und streckte die Hand aus. »Hallo.«

Maureen linste durch ihre dicken, runden Gläser zu ihm hinauf. Sie trug ein blau und rosa bedrucktes Viskosekleid mit Gürtel, das ihre Eltern ihr beim letzten Besuch mitgebracht hatten, ein Kleidungsstück, mit dem sie aussah wie ein Ladenmädchen aus einem kleinstädtischen Textilgeschäft in den fünfziger Jahren. Sie pflanzte ihren sandalenbeschuhten Fuß quer auf den Weg und nahm Phils ausgestreckte Hand.

»Taach.«

»Hallo«, sagte Phil wieder. Er rückte an seiner Umhängetasche und versuchte, seine Hand zurückzuziehen.

Maureen nahm die Hand und legte sie sich an die Wange.

Da hielt sie sie fest und fing an, sie mit kurzen, klatschenden Gesten zu liebkosen.

»Okay, Maureen«, sagte Nesta nach einer kleinen Weile und signalisierte ihr dann: »Hör jetzt bitte auf.«

Maureen nahm Phils Hand von ihrer Wange und reichte sie ihm wieder, wobei sie sie sorgsam hielt und die Handfläche untersuchte. Sie atmete schwer, weil sie eine Erkältung gehabt hatte. Sie hob die Hand wieder hoch, hielt sich damit den offenen Mund zu, nahm sie wieder weg. Tiefe Töne kamen und gingen.

Nesta sah Phil an, der sie gewähren ließ. Überschwenglicher Mozart drang aus den Fenstern der Kapelle.

»Okay, Maureen«, sagte sie wieder. »Sollen wir jetzt gehen und uns die Musik anhören?« Sie berührte Maureens Arm.

»Sie macht ihre eigene Musik«, sagte Phil ganz gelassen. »Es ist wie ...« Er wand sich aus Maureens Griff und ging vor ihr in die Hocke. Er legte sich selbst die Hand auf den offenen Mund und machte Indianergeräusche. »So etwa. Stimmts?«

Maureen starrte ihn an. Sie sah zu Nesta auf. Die Glocke läutete zum Essen.

Zwei Uhr. Die Kinder hatten gegessen und sich ausgeruht. Jetzt waren sie überall im Haus und im Garten in kleinen Arbeitsgruppen beschäftigt: Sie malten und modellierten im Malsaal, machten Holzarbeiten in der Stallwerkstatt, hatten Schwimmen und Wassergymnastik im Pool. Nesta schickte Phil herum, um sich das alles in seinem eigenen Tempo anzusehen, während sie sich mit ihrer Gruppe in der Kapelle einrichtete.

»Komm zu uns, wenn dir danach ist, ja?«

»Ja.« Er berührte einen Ohrring und ging den Flur entlang in den Malsaal, wo Martin Ton knetete. »Kann ich was Sinnvolles tun?« fragte er.

Er paßt hierher, dachte Nesta, die beobachtete, wie Phil in den Malsaal ging, und sich daran erinnerte, wie ungezwungen er beim Mittagessen gewesen war, in einer Situation, die keineswegs alle Besucher, die zum erstenmal in Cadair waren, mit soviel Natürlichkeit bewältigten – obwohl die meisten sich bemühten, beim Anblick von Speichelfluß und Nasenschläuchen nicht die Fassung zu verlieren. Gillian hatte es eindeutig irritierend gefunden. Phil dagegen hatte einfach am Tisch gesessen, Schüsseln in Empfang genommen und weitergereicht. Er hatte nicht viel gesagt, aber sie hatte gespürt, wie er die Dinge in sich aufnahm, sich dabei Zeit ließ und eigentlich genau die Haltung zeigte, die die meisten Menschen hatten, die hier arbeiteten: friedfertig und geduldig.

Nesta ging neben Steven, der sich selbst steif durch die Kapellentür rollte. Neben ihnen ging, klein, aufrecht und schweigsam, Nadine. Immer wieder wischte sie etwas Unsichtbares weg. Maureen schob Rachel, die energisch in ihrem Stuhl vor und zurück schaukelte. »Vorsicht.« Nesta ließ sie durch und beugte sich vor, um Rachels Anschnallgurt zu überprüfen. Claire kam mit Dominic und Robert an der Hand herein. Dominic wollte nicht an der Hand gehalten werden. Kaum waren sie im Raum, riß er sich los und ging zur Kiste mit den Instrumenten, die beim Klavier stand, nahm ein Tamburin heraus und schleuderte es über den Fußboden. Es schlitterte über die gebohnerten Dielen und blieb mit einem klappernden Ton unter einem Stapel Stühlen stecken.

Dominic hopste herum. »Na ja! Na ja!«

Maureen rief etwas und klatschte sich auf die Schenkel.

Robert, eingesponnen in einen Kokon von tiefem innerem Schweigen, tappte zu einem Fenster hinüber und sah hinaus. Sein Mund stand offen, die Arme hingen schlaff herunter.

Nesta bat Dominic, das Tamburin wiederzuholen. Er ging zu dem Stapel von Stühlen und wuchtete einen herunter, legte ihn auf die Lehne und ließ ihn über den Boden schlittern.

»Dominic! Das ist gefährlich!« Nesta erhob sich aus dem Kreis. Claire fing an zu spielen, etwas Langsames, Beruhigendes. »Danke«, sagte Nesta. »Dominic, komm und setz dich richtig zu uns.«

Irgendwann saßen alle und hatten etwas, worauf sie spielen konnten.

»Okay«, sagte Nesta. »Gut gemacht. Also, heute ...« Mit Worten und Zeichen erklärte sie den Kindern, daß ein Freund kommen würde, um sie spielen zu hören und vielleicht auch zusammen mit ihnen Musik zu machen. »Sollen wir jetzt abwechselnd spielen? Hören wir doch jedem zu. Steven? Was wirst du für uns spielen?«

Steven hob die steifen, verdrehten Hände. Mit zuckenden Gesten und schräg hängendem Kopf schlug er gegen ein Tamburin, das er manchmal verfehlte. Unartikulierte Laute begleiteten das Klopfen.

»Na ja!« sagte Dominic.

»Psst. Danke, Steven, das war sehr schön. Wer will als nächstes spielen?«

Während Claire weiter leise auf dem Klavier improvisierte, kamen alle an die Reihe, und Nesta betrachtete sie alle, jedes einzelne mit seinen Eigenarten und seiner Kraft: zutiefst passiv oder, wie Dominic, zu enormen Ausbrüchen fähig. Rachels dunkler Kopf hing tief, sie konnte ihn nur mit Schwierigkeiten heben. Sie schaukelte, knirschte mit den Zähnen, ihre Arme lagen schlaff auf ihrem Schoß. Von allen Kindern in der Gruppe war sie am wenigsten dazu imstande, ein Instrument hochzuheben und zu spielen. Nesta hatte ihr eine Trommel gegeben, die jetzt in ihrem Schoß lag, während sie darauf einschlug. Unter schweren Augenbrauen hinweg starrte sie auf den Fußboden.

Robert, ihr Nachbar, bewegte sich mit komplizierter Langsamkeit, studierte umständlich die Instrumente, die er vor sich hatte, und mußte endlos dazu aufgefordert werden, eins in die Hand zu nehmen und etwas damit anzufangen. Endlich hatte er sich eine Rassel ausgesucht. Er legte sie sich auf den Schoß, ließ sie dort liegen und stierte mit offenem Mund vor sich hin. Maureen war von der Musik begeistert. Sie hatte es aufgegeben, an Roberts Ärmel herumzuzupfen, und sich einen Triangel ausgesucht: Sie hielt ihn vor sich hin, schlug ihn an und horchte auf den vibrierenden Ton. Es wurde schwierig, sie dazu zu bringen, daß sie aufhörte und Nadine zuhörte, diesem winzigen, ängstlichen, dunklen

Würmchen, das erst vor sechs Monaten nach Cadair gekommen war. Sie saß auf der Kante ihres Stuhls, wischte immer und immer wieder durch die Luft und wich jedem Kontakt aus. Nesta hatte ihr geholfen, sich eine Rassel auszusuchen, vor der sie aber Angst hatte. Sie versuchte, damit zu ihrem Platz zurückzugehen, nahm dann aber doch lieber eine Schnur mit Glöckchen und schwenkte sie zaghaft – bis Dominic versuchte, sie ihr wegzuschnappen.

»Setz dich«, wies Nesta ihn an. »Jetzt wollen wir dich hören.«

Ganz mager, angespannt, drängend drosch Dominic auf seine Trommel ein. »Yeah, yeah, yeah, yeah, yeah, yeah, *yeah!*«

Claire spielte weiter. Nesta sah in die Runde.

Ein Wind war über ihre Gesichter hinweggefegt, das dachte sie oft. Als hätte eine große, dunkle Bewegung alle diese Kinder in eine Richtung gedrückt, obwohl sie sie auch in eine andere hätte zwingen können: Hätte er noch einmal rückwärts geweht, dann hätte man das Kind darunter sehen können, das Kind, das da hätte sein sollen, wenn da nicht das Gen, das Chromosom oder der Zwischenfall bei der Geburt gewesen wäre.

In acht Lichtbündeln drang die Nachmittagssonne durch die Fenster droben im Dach. Die Tür der Kapelle ging auf; Phil kam herein und schloß sie leise hinter sich.

»Hi.« Er nahm alles in sich auf: den Kreis der Kinder, das herabfallende Licht, das sanfte, langsame Klavier. Claire wandte sich um, Nesta winkte ihn heran.

»Hi.« Sie stand auf. »Möchtest du dir einen Stuhl holen und mitmachen? Oder möchtest du ein bißchen zuschauen?«

Er ging auf sie zu. »Ich sehe zu, wenn ich darf.«

»Natürlich. Ich will dich bloß vorstellen.« Sie führte ihn zurück in den Kreis. »Das hier ist mein Freund Phil«, erklärte sie den Kindern. »Ihr habt ihn schon einmal getroffen, nicht Maureen? Und beim Mittagessen war er auch schon da. Phil, das hier sind Nadine und Steven und …« Sie ging den ganzen Kreis entlang. Dominic sprang auf.

»Gut! Taach!« Er streckte die Hand aus und quetschte Phils Rechte mit aller Gewalt.

»Hi.« Phil lächelte ihn an. Neben ihm mit seinen langen, geraden Beinen und seinem langen, glatten Haar, das er sich aus dem Gesicht strich, wurden alle zu Zwergen. »Okay.« Er machte eine Gebärde: »Macht weiter, bitte.« Er löste sich aus der Gruppe und begrüßte Claire, dann hockte er sich auf ein Fensterbrett; seine Umhängetasche lag auf dem Boden vor ihm.

»Okay«, sagte Nesta.

»Jetzt, wo wir alle einzeln einmal dran waren, laßt uns zusammen spielen, laß uns einen großen, großen Lärm machen und dann ganz leise werden. Sollen wir das versuchen? Alle zusammen: Nehmt Eure Instrumente ... Maureen, kannst du bitte mal Steven helfen; und Claire, möchtest du etwas Lautes, Kraftvolles spielen?«

Strenge Akkorde ertönten; Dominic, Steven und Maureen rasselten und klopften.

»Und halt!« rief Nesta. »Psst, psst, jetzt leise wie die Mäuschen – und jetzt wollen wir dich hören, Maureen, ganz allein. Kannst du den Triangel auch ganz leise und langsam spielen? Merkst du, wie er sich jetzt anhört?« In Zeichensprache bedeutete sie allen: sanft, ruhig, langsam, langsam, langsam. Für einen Moment war sie sich sehr dessen bewußt, daß Phil da war und alles beobachtete, aber dann entspannte sie sich, widmete sich wieder ganz den Kindern, ging ganz darin auf, ihnen beim Spielen, Klatschen oder dem Versuch zu helfen, den Takt zum Klavier zu schlagen, an dem Claire jetzt zu einer einfachen Melodie übergegangen war, die sie alle schon oft gehört hatten.

»Yeah, yeah, *yeah*!« Dominic grapschte seine Trommel und rannte damit in eine Ecke. Steven in seinem Rollstuhl zog Grimassen und gab harte Töne von sich, die klangen wie von einer Ziehharmonika. Nadine hockte auf ihrer Stuhlkante, ließ versehentlich die Schnur mit den Glöckchen fallen und rang ängstlich die kleinen Hände. Ganz, ganz langsam stand Robert auf. Er stellte sich in die Mitte des Kreises und betrachtete mit offenem Mund den unablässigen Tanz der Staubpartikel in der Sonne.

»Na«, sagte Nesta später, als sie Phil zum Hof vor den Ställen begleitete. »Was hältst du von dem Ganzen?«

»Ich weiß noch nicht.« Phil legte den Arm um sie. »Ich gehe erst mal nach Hause und finde es heraus.«

Sie schmiegte sich an ihn. »Willst du mir gar nichts sagen? Du warst so ruhig und zurückgenommen – es kommt mir fast so vor, als gehörtest du hierher.«

»Ja … ich hatte Bedenken, aber irgendwie war es weniger schwierig, als ich dachte. Die Atmosphäre hier ist sehr gut.« Er blieb auf dem Kopfsteinpflaster stehen und sah zu ihr hinunter. »Weißt du, was ich gern machen würde? Ich würde gern ein paar Sachen mit deiner Musikgruppe ausprobieren. Wie fändest du das?«

Nesta dachte an Rachels schwankenden Kopf und die knirschenden Zähne, sie dachte an Stevens unbewegliche Finger. Sie dachte an Dominic, der herumschrie und Gegenstände darf, an Robert mit seinem undurchdringlichen Schweigen, an Nadine und ihre immerwährenden Versuche, etwas wegzuwischen, an Maureen, die so von Begeisterung erfüllt war. Sie dachte an sich selbst, wie sie am Sonntag morgen im Auto gesessen hatte, zu Tränen gerührt von Phils Musik und der Erinnerung an seine Berührung.

»Ich würde mich freuen«, sagte sie. »Ich bin sicher, daß du mit ihnen zusammen sehr gut wärst.«

»Na ja – ich könnts jedenfalls versuchen.« Seine Lippen streiften ihren Scheitel. »Darüber reden wir sicher noch. Ich glaube, ich geh jetzt mal.«

»Ja, tu das.« Sie streckte sich, um ihn zu küssen. Die Nachmittagssonne war warm, überall waren Schwalben. Sie dachte an ihr Cottage, an ihr Schlafzimmer, an die mitten am Tag zugezogenen Vorhänge. Phil legte den Arm um sie; sie sah sich selbst auf dem quietschenden Doppelbett liegen, sah ihn nackt vor sich knien. Ein Schauer überlief sie. »Ich seh dich am Donnerstag«, sagte sie. »Ich kanns kaum erwarten.«

»Ich auch nicht.« Phil streichelte ihren Rücken. »Und ich muß dir was sagen ... Rowland King hat sich bei mir gemeldet.«

»Aha?« Nesta trat einen Schritt zurück, um ihn anzusehen. »Und?«

»Er hat mich am Sonntag abend aus London angerufen. Seine Tournee ist zu Ende, und er will rauskommen und mich besuchen, um mit mir über das Band zu reden. Er hat ein paar Vorschläge.«

Die Sonne schien warm, überall waren die Schwalben. Nesta hatte allen Grund der Welt, glücklich zu sein: über die Aussicht, bald wieder mit dem Geliebten zusammenzusein, die Aussicht auf seinen Erfolg. Aber auf einmal, als sie daran dachte, wie an einem stillen Sommerabend Rowlands schnittiger pflaumenblauer Wagen langsam über das stopplige Gras auf Phils Cottage zuholperte, klangen die Rufe der herumsausenden Vögel unnatürlich laut und schrill in ihren Ohren: als habe eine Katze einen von ihnen gepackt und lauere als tödliche Gefahr auch auf die anderen.

16

Die Abende wurden länger, das Gras wurde fett. Über Nacht waren die Wiesen voller Butterblumen, an den Landstraßen standen Wolken des gemeinen Kerbels. Am ganzen Flußufer schossen die Küken von Enten, Moor- und Bläßhühnern zwischen den Binsenstengeln herum, die jetzt dicht und hoch aufragten. Auch die Schwäne hatten ihre Gelege ausgebrütet, waren mit ihnen zurück zum Wasser gewatschelt und segelten nun flußabwärts an den Fischern vorbei.

Edward saß in seiner Bibliothek und schrieb einen Brief. Die Haustür stand zum Hof hin offen, wo Tarn ein wenig frische Luft schnappte. Wenn er aus dem offenen Fenster sah, konnte er beobachten, wie die Sonne langsam über das Tal hinweg auf den Bergrücken zuglitt, wo gerade noch die winzigen Gestalten der Wanderer zu sehen waren, die noch das Ende eines schönen Tages genossen. Schwalben und Mauersegler flitzten im Tiefflug über den Hof. Sie hatten ihre Nester überall gebaut: in den Wirtschaftsgebäuden, auf Balken im Stall, im Dachgebälk des Wohnhauses: Jeden Morgen erwachte er von ihrem durchdringenden Geschwätz und hatte auch schon halbnackte Vögelchen gefunden, die mit hervortretenden Augen auf dem Betonboden lagen.

Meine liebe Gillian,
es tut mir so leid, daß ich Sie bei Ihrem Besuch so plötzlich mitten in der Unterhaltung sitzengelassen habe, und ich war sehr betrübt, als ich Sie bei meiner Rückkehr nicht mehr antraf. Haben Sie Dank, daß Sie gekommen sind, haben Sie Dank für Ihr Gedicht, das sehr schön ist und das zu empfangen mir eine Ehre war. Aber, Gillian: Ich wollte gerade anfangen, Ihnen etwas zu erklären, nämlich, daß es in meinem Leben etwas gibt, das es mir unmöglich macht,

Ihre liebevollen Gefühle zu erwidern, wiewohl mir Ihre Gesellschaft große Freude macht ...

Er hielt inne und dachte nach.

Hin und wieder hörte man Blöken von der Weide her, auf der die Lämmer sich rund fraßen; er kontrollierte sie täglich und war zur Hälfte mit der Reparatur der Pferche fertig, aber die dringlichsten Arbeiten des Frühjahrs waren getan. Bis zum Scheren und Tauchen hatte er Zeit zum Spazierengehen, Lesen und Nachdenken.

Dieser Aspekt ist es, worüber ich mit Ihnen reden wollte, aber ich habe mich Ihnen gegenüber immer als Beschützer gefühlt. Ihr Leben an diesem entlegenen, wunderbaren Ort und Ihr eigenes Temperament haben wohl ergeben, daß Sie sehr behütet waren: Ich habe befürchtet, daß das, was ich Ihnen zu sagen habe, Sie vielleicht schockieren oder zu sehr aufregen würde ...

Brennend und intensiv spürte er ihre Gegenwart an seiner Seite. Er sah sie im blassen Licht der Wintersonne an dem Bleiglasfenster stehen und lesen, weil er sie darum gebeten hatte: Ihre Stimme hatte nervös gezittert, war dann stark geworden.

Wir müssen Ihnen ein Publikum verschaffen – die weite Welt wartet ... Eine Welt in einem Sandkorn. Mein Platz ist hier.

Hier im Grenzland von Wales oder hier an seiner Seite? War er die ganze Zeit über zu blind gewesen, ihre Gefühle für ihn zu erkennen?

Wenn ich darin gefehlt habe, dann hoffe ich, daß Sie mir eines Tages werden verzeihen können, und ich hoffe sehr, daß unsere Freundschaft, die ich zutiefst schätzen gelernt habe, andauern kann ...

Die Krähen kehrten zu ihren Schlafbäumen auf der letzten Weide zurück und veranstalteten ein Mordsgeschrei in ihren struppigen Nestern. Er brach wieder ab, lauschte und sah aus dem offenen Fenster. Ein langer, wunderschöner Abend dehnte sich vor ihm. Wenn die Dinge anders gestanden hätten, dann hätte er sich nicht viel Schöneres vorstellen können, als nach Penglydr hinunter und zum Haus von Phoebe und Gillian hinaufzuwandern, dort zu sitzen und den sommerlichen Garten mit seinen Tauben und der Aussicht auf die Berge zu genießen. Die Aussicht, das ebenso zu verlieren wie Gillian, war tatsächlich traurig und schmerzlich. Und dennoch – er scheute sich noch immer davor, ihr von Angesicht zu Angesicht oder in einem Brief die Wahrheit einzugestehen.

Was ich Ihnen sagen muß, liebe Gillian, ist, daß ich homosexuell bin und daß Rowland King und ich uns dieses Haus nicht nur als Freunde, sondern als Liebende teilen ...

Wie schon so oft brach er den Brief an dieser Stelle ab. Rowland und er waren keine Liebenden mehr, das waren sie seit jenem Wochenende vor dem Lammen nicht mehr gewesen. Es war, als hätten sie eine unpassierbare Kluft aus Schweigen erreicht, die er nicht mehr zu überwinden wußte; und wie sollte es jetzt weitergehen? Rowland rief an; die Anrufe hatten etwas von einer Pflichtübung. Er war seit Wochen nicht mehr hiergewesen, und obwohl er jetzt nach dem Ende der Gastspielreise angerufen und gesagt hatte, er werde bald rauskommen, hatte Edward nicht mehr die Absicht, sich vorzuwagen und zurückgestoßen zu werden. Wenn Rowland ihn wollte, mußte er den ersten Schritt tun. Wenn nicht ...

Wenn nicht, wie sollte es dann mit ihnen weitergehen?

Wie sollte er es ertragen?

Edward las den Brief noch einmal. Dann Gillians Gedicht; eine leidenschaftlichere Liebeserklärung, als er sie je gemacht hatte. Er dachte an sie, wie sie wortkarge Tage mit Phoebe teilte, an ihrem Schreibtisch oder draußen im Garten arbeitete, wo sie tat, was ihr aufgetragen wurde, und darauf wartete, von ihm zu hören.

Er zerriß den Brief, stand vom Tisch auf und ging hinaus, um die Hühner einzusperren, dann nahm er den Schlüssel, pfiff nach Tarn und ging spazieren.

Am Ende der Landstraße hätte er geradewegs nach Penglydr hinübergehen können, tat es aber nicht, sondern kletterte links über einen Zauntritt und ging querfeldein, dicht gefolgt von seinem Hund. Tarn spürte den Kaninchen nach, die jetzt zahlreich in der Abendsonne herumhoppelten, sich aber aus dem Staub machten, als er näher kam. Er wanderte weiter durchs Tal, hinunter zum sich windenden Fluß mit den breiten, flachen Uferzonen, an die die Rinder zum Trinken wanderten.

Ruhig und still war der Abend. Edward sah den Anglern zu, die ihre Leinen auswarfen, und betrachtete das konzentrische Wellengekräusel, in dem hier und da ein Fisch die Oberfläche durchbrach. Eine Entengruppe, die im hohen Ufergras gerastet hatte, flog beim Geräusch des Hundes auf, landete flügelklatschend im Wasser und rührte es auf. Dann klärte es sich wieder.

Edward, die Hände in den Taschen, ging weiter, pfiff ab und zu nach Tarn und nickte dem einen oder anderen heimkehrenden Wanderer zu. Er dachte daran, wie er gleich in sein leeres Bauernhaus zurückkehren würde und wußte, daß er Gillian nicht schrieb, weil seine derzeitige eigene Einsamkeit zu tief ging: Bis die Dinge mit Rowland geklärt waren, hatte er keine Gefühle und keine Großherzigkeit für jemand anderen übrig, und wenn das bedeutete, daß er sie verletzen mußte, dann hatte es wohl so zu sein.

Die Sonne glitt weiter auf die Hügel zu. Die Luft wurde kühler. Er hielt an, um nach Hause zurückzugehen, sah, wie ein Angler seine Angelrute und seinen Hocker zusammenpackte und es für diesen Tag gut sein ließ. Schwäne trieben flußabwärts, große Tiere mit schweren Schnäbeln. Edward versuchte angestrengt, sie nach dem Bestimmungsbuch, das er kurz nach seinem Einzug gekauft hatte, zuzuordnen. Singschwäne, genau, und irgend etwas war mit ihnen, irgendein trauriger, poetischer Mythos, an den er sich nicht genau erinnern konnte.

Beim Weitergehen versuchte er, darauf zu kommen, was es war, und als er ein weiteres Paar geisterhaft auf dem dämmrigen Wasser driften sah, erinnerte er sich: Sie nahmen die Seelen der Toten mit.

Jetzt, da die Abende länger wurden, endeten Nestas Schichten in Cadair manchmal erst um acht oder sogar noch später, je nachdem, wann die Kinder im Bett waren. Im Herbst, Winter und frühen Frühling hatte sie sogar nach ihren Nachmittagsdiensten hier übernachtet, weil sie nicht bei Dunkelheit durchs Tal nach Hause fahren wollte. Schon dort zu sein, wenn es dunkel wurde, Licht zu machen, ein Feuer anzuzünden und die Vorhänge zuzuziehen, wobei ihr Gefühl hierherzugehören sich während eines ganzen oder halben mit häuslichen Tätigkeiten verbrachten Tages wieder einstellte, das war etwas anderes, als in der schweigenden Abenddämmerung in einem leeren, unbeleuchteten Cottage anzukommen.

Aber mit der neuen Jahreszeit waren alle ängstlichen Vorahnungen verschwunden: Wenn der Tag in den Fluß sank und die Sonne mit dem Sommerhimmel verschmolz, fuhr sie über Landstraßen, an denen gemeiner Fenchel und Weidenröschen wucherten, sah hinunter über die Weidenhänge, auf die die Kühe nach dem Melken zurückkehrten und sich hier und da in die länger werdenden Schatten hinlagerten. Sie dachte an ihren Garten, in dem sich zwischen den voll entfalteten Blättern der Apfelbäume schon die allerersten, kleinen, harten Früchte zeigten. Phil hatte das Gras gemäht. Vor der Haustür standen Töpfe, in die sie Geranien gepflanzt hatte; den ganzen Weg entlang waren Vergißmeinnicht erschienen, oben an der Hecke dicke Büschel Fingerhut und etliche andere Blumen, deren Namen sie nicht kannte. Sie mußte unbedingt mal zu Phoebe, die auf ihre Karte ebensowenig reagiert hatte wie Gillian; sie mußte Kisten mit Ablegern bei ihr kaufen, sich Rat holen und und sehen, wieviel Hilfe Phoebe mit ihrer uneingestandenen Krankheit brauchte. Sie wußte, daß sie diesen Besuch vor sich herschob, weil sie sich ihr ungetrübtes Glück bewahren wollte.

An diesen Frühsommerabenden fuhr Nesta also nach Dienstschluß mit heruntergekurbelten Fenstern durch die Hügellandschaft; manchmal sang sie dabei. Kaninchen hopsten in die Hecken, der Geruch von Gras und Dung wehte zum Fenster hinein, Drosseln und Amseln sangen. Sie passierte die offene Tür des »Feathers«, wo sie manchmal mit Phil ein Bier trinken ging, und bremste vor den Enten, die auf der Straße herumwatschelten, die dort von der Wirtstochter ausgestreuten Bröckchen aufsammelten und sich dann wieder hinter die Hecke zurückzogen, zum Teich, der dicht mit Schilf bewachsen und voller Nester war. Einmal, als die Sonne gerade unterging, sah sie eine ganze Reihe Entenküken, die hinter ihrer Mutter die Straße überquerten. Sie hielt an und stieg aus, um sie zu beobachten. Sie regten sich genauso auf wie ihre Mutter, hoben bei ihrem Anblick kleine Flügelchen und rasten mit wildem Gepiepse in die sichere Hecke zurück. Schwalben segelten tief über die Straße, sie hörte das Platschen der Entenmutter und ihrer winzigen Gefolgschaft, kleine Kleckse zierten den Asphalt. Langsam fuhr sie weiter und achtete auf etwaige Ausreißer.

An solchen Abenden fuhr sie nicht nach Nant-y-Coed hinaus, sondern setzte sich in den Garten, las oder schrieb Briefe nach London und wartete darauf, daß Phil zum Abendessen herüberkam. Manchmal war sie früh genug zu Hause, um den Bauern noch anzutreffen, der jeden Morgen und jeden Abend nach dem Melken nach seiner Herde sah, und dann hielten sie einen kleinen Schwatz: über die Hecke, die allmählich den Fahrweg zuwucherte, über die Frage, ob die Gärtner von der Gemeinde wohl noch diese Woche zum Schneiden kämen, über seine Schafe und die Parasiten, für die Schafe so besonders anfällig waren, Maden, Zecken und Schaflausfliegen, und darüber, daß er jedesmal hoffe, noch vor der Drei-Grafschaften-Landwirtschaftsausstellung mit dem Scheren fertig zu sein, es aber fast nie schaffte.

Bei solchen Themen dachte Nesta immer an Edward und das Lamm, das er am Abend des Konzerts verloren hatte; sie wußte noch, daß er schnell darüber hinweggegangen war und daß die Unterhaltung, bei der hauptsächlich Rowland das Wort führte, sich bald anderen Themen zugewandt hatte. Aber sie hatte gesehen, daß es Edward sehr naheging, und ihr war aufgefallen, wie still er während des ganzen Essens gewesen war. Sie spürte, daß der Tod des Lamms etwas anderes aufgerührt hatte. In den Wochen danach hatte sie diese Wahrnehmung verdrängt, weil sie in der Seligkeit ihres neugefundenen Glücks nicht wahrhaben wollte, was dahintersteckte.

Am jenem Nachmittag, als Phil Cadair besucht und ihr auf dem sonnigen Hof vor den Stallungen, wo die Schwalben so schrill herumlärmten, von Rowlands Anruf erzählt hatte, war die Erinnerung an diesen Abend in der Osterzeit plötzlich wieder auf sie eingestürmt. Während Phil sie umarmte und ihr die Neuigkeit erzählte, sah sie Edwards bleiches Gesicht am Tisch, sie sah, wie Rowland den Blick von ihm wandte und seine Augen auf sie und Phil heftete. Er verteilte seinen Charme und seine Aufmerksamkeit gleichmäßig auf sie beide, eigentlich aber galten sie Phil.

Sie hatte sich da draußen auf dem Stallhof von Phil verabschiedet, er hatte ihr bei der Abfahrt aus seinem Kombi heraus zugewinkt, und sie hatte zurückgewinkt, als sei alles in bester Ordnung. Aber auf dem Rückweg über den Hof, wo sie die Sommerluft von den Bergen atmen konnte, sah sie wieder die harsche, helle Kälte am Abend von Gillians Lesung vor sich, den glitzernden Schnee auf den Landstraßen. Sie erinnerte sich an dieWärme des Pubs und an das unverhohlene Interesse, mit dem Rowland den Neuankömmling betrachtet hatte.

Sie dachte an ihren ersten Nachmittag mit Phil da draußen in seinem einsamen Cottage: der strömende Regen, das knisternde Feuer und das Wunder der Stimme von King, die sie zum erstenmal hörte: Ihre Nackenhärchen hatten sich aufgestellt, und das ihr, die von solcher Musik wenig verstand.

»Haben Sie gemerkt, daß Sie auf ihn einen ziemlichen Eindruck gemacht haben?«

Phils lässiges, träges Lächeln.

»Ach ja? Ich nehm solche Sachen ziemlich locker …«

Nesta hatte sich gefragt, wie locker. Und das fragte sie sich auch jetzt in diesem Frühsommer, als sie erfuhr, daß Rowland aus London herkommen würde – und zwar würde er Phil nicht nach Tremynydd hinüberbitten, sondern den ganzen Weg durchs Tal nach Nant-y-Coed fahren, die Abzweigung nehmen und sich auf jene einsame, nie befahrene Landstraße begeben, um seine kostbare Zeit einem jungen unbekannten Musiker zu schenken. Sie hatte nichts gesagt.

Und dann, drei oder vier Tage, bevor Rowland kommen sollte, noch mal. Sie waren draußen in ihrem Garten, es war später Nachmittag. Die Bienen, die Mitte April aus ihrem Bienenstock gekommen waren, summten in den Fingerhüten herum. Phil hatte vor zwei Tagen gemäht; ein kleiner Berg Grasschnitt lag in einem Winkel der Hecke neben Nestas wachsendem Komposthaufen.

»Ist es dir recht?« erkundigte sich Phil, als sie herumging und hier und da Unkraut zupfte.

»Natürlich. Ich hoffe sehr, daß alles gutgeht.«

Sie blieb stehen, um den Bienen zuzusehen, die ihr nach aller anfänglichen Angst jetzt soviel Freude machten. All das neue Leben im Garten. In der Tiefe einer Fingerhutblüte summte es; ganz benommen und dick vor Pollen kam die Biene wieder heraus. Phils Arm legte sich um sie, er zog sie an sich, sie schloß die Augen. Ein bißchen spät, jetzt noch Fragen zu stellen, wo sie es doch gewesen war, die das Thema Rowland King überhaupt angeschnitten hatte.

»Ich denke, er könnte etwas für Sie tun …«

»Ja, könnte er wohl.«

An dem bewußten regennassen Winternachmittag war das gewesen.

Weißt du, was du machen solltest – Rowland King anrufen.

Der steht bestimmt nicht im Telefonbuch.

Aber Edward. Edward Sullivan. Der steht sicher drin.

Das war hier gewesen, in ihrer ersten gemeinsamen Nacht, Mondschein vor dem Fenster, ihre Kleider auf dem ganzen Boden verstreut. Was hatte sie sich bloß dabei gedacht?

Nesta ging zum Komposthaufen und warf ihre Handvoll Unkraut hinauf. Sie wischte sich die Erde von den Fingern und sagte knapp: »Sollen wir jetzt reingehen und etwas essen?«

»Oder wollen wir ins Bett?« Phil war wieder neben ihr, drehte sie zu sich herum und drückte sich an sie, hart gegen ihren Bauch.

Sie gingen ins Bett. Jeder Zweifel war besiegt, als er in sie drang. Und nachher, als sie dalagen und leise miteinander sprachen, dachte sie: Ich wollte schließlich nur das Beste für ihn, und das will ich noch immer. Jetzt Ängste aufzubauen, ist absurd. Mehr als absurd – es ist eine Beleidigung. Phil ist hier, er hat gesagt, daß wir dazu bestimmt waren, uns zu lieben. Was will ich mehr?

Erst sehr viel später, als sie zu irgendeiner Nachtstunde aufwachte und schlaftrunken ins Bad tappte, spürte sie wieder einen kleinen, ängstlichen Schauder. Der frühe Sommermond stand im ersten Viertel; das Licht im Fenster leuchtete hell in der Dunkelheit; es war kalt geworden. Der Mai war schon immer ein unsicherer Monat gewesen. Nesta zog ihren Morgenmantel enger; ein Mondlichtsplitter traf auf das Bild von Hal, der am Badewannenrand saß und den Kopf über die Zeitung beugte, während das Wasser einlief. Sie berührte sein dunkles Haar, die eingefallene Wange. Sie dachte nach über die Stunden der Liebe mit Phil und darüber, daß ihr Glück Hal nicht ausgelöscht, sie aber den Schmerz der Trauerzeit fast vergessen lassen hatte.

War das ein Treuebruch? Mit einem so andersartigen Mann, durch seinen so andersartigen Körper soviel Freude und – ja, so war es – eine Leidenschaft zu empfinden, wie sie sie kraftvoller und erfüllender nie gespürt hatte?

In der nächtlichen Stille ihres Cottages, das noch vor einem Jahr ein so unbekannter Ort gewesen war, dachte Nesta: Verliebter als jetzt bin ich noch nie in meinem Leben gewesen. Ich kann nicht so tun, als wäre es nicht so. Und wenn ich das jetzt verlieren sollte ...

Wenn man einmal alles verloren und solchen Kummer kennengelernt hat, dachte sie, dann will man nur eins: es nie wieder erleben.

Ich investiere alles in meine Arbeit. Und darüber hinaus gilt im tiefsten Inneren meine größte Sorge mir selbst. Ich möchte mich abschirmen und schützen.

Und als sie Edwards Gesicht mit der geisterhaften Blässe, die es an jenem Ostertag gezeigt hatte, wieder vor Augen hatte, ein Spiegelbild ihrer eigenen Angst um ihr Glück, löschte sie es genauso aus wie den Schmerz der Trauerzeit, kroch wieder zu ihrem Geliebten ins Bett, legte die Arme um ihn, kuschelte sich an ihn und dachte: Nichts zählt, nur das.

Und so sagte sie nichts, weder in der Kälte dieser Nacht noch während der folgenden Tage. Sie sprach weder über ihre eigenen Ängste noch über ihre Angst um Edward. Er mußte selbst auf der Hut sein.

Das schöne Wetter hielt. Gelbe und lilarote Wicken und cremiggoldenes Geißblatt kletterten durch die Hecken, der dichte Unterwuchs in den Gräben lag im Schatten dichter Brennesselbüschel und der mächtig ausladenden Blätter des großen Bärenklau. Mohn nickte am Straßenrand und säumte das Kornfeld; Klee, nebelblaue Skabiosen und Glockenblumen wuchsen überall. Bald nach Sonnenaufgang setzte der wirbelnde, aufsteigende Ruf des Brachvogels ein; mittags durchbrach der verwirrende Ton der Lerche die Stille. Scharen von Kiebitzen flogen über die Berge hin, sanken im Frieden des Abends herab und jagten stundenlang zwischen den grasenden Rindern nach Insekten.

Mitte Mai kam Rowland aus London; am späten Nachmittag traf er ein. Er hielt nicht in Penglydr und bog nicht zur Farm ab. Nach einem Blick auf die Landkarte fuhr er schnell taleinwärts, überquerte den Fluß, den Schwalben streiften, dann wieder aufwärts, auf die Berge zu. Flöten, Schlagzeug und melancholische Klaviertöne begleiteten dieses letzte Stück seiner Reise: Musik, die er oft gehört hatte und jetzt mit besonderer Intensität wieder hörte. Er erreichte, wie Phil gesagt hatte, das Schild von Nant-y-Coed, bog ab, fuhr jetzt langsamer, nahm den Anblick des Getreides in sich auf, die Mohnblumen, den Geruch des Grases, der durchs offene Fenster hereinwehte, die Abgeschiedenheit. Er schaltete den Kassettenrecorder ab, sah mitten in einer Wiese ein Haus, das Phils Cottage sein mußte: ganz weit draußen irgendwo hingebaut und dann vergessen.

Das Auto war erfüllt von Stille; dann hörte er die Vögel, fernes Blöken. Er sah Krähen, die flügelschlagend übers Feld flatterten, er sah die stillen, tiefen Schatten der Bäume, die die Landstraße auf der linken Seite säumten. Hemden schaukelten an einer Wäscheleine, im Schatten stand ein Kombi. Er fuhr vor dem offenen Tor vor; der Schweiß rann ihm herunter, als er zum Cottage hinübersah. Die Sonne vergoldete die Fenster, auf einem Fensterbrett lag schlafend eine Katze. Wie warm es war.

Rowland bog in die Einfahrt ein. Er sah in den Spiegel und entdeckte einen eigensinnigen, entschlossenen Menschen, einen Mann, den er lange nicht gesehen hatte, der aber, wie er jetzt begriff, nie ganz fort, sondern immer dagewesen war und gewartet hatte. Er wischte sich den Schweiß von der Stirn. Er fuhr langsam den holprigen Weg entlang, hielt an und schaltete die Zündung aus.

Die Haustür ging auf.

Phil bot Rowland ein Bier in der Küche an, in der Fliegen einen Katzennapf umschwärmten. Auf einen mäkeligen Blick hin nahm Phil ihn vom Boden weg und stellte ihn ins Waschbecken.

»Verzeihung ... ich habe gearbeitet, da vergesse ich solche Sachen.« Er drehte den Wasserhahn wieder ab, strich das lange, weiche Blondhaar zurück und sah Rowland an, der mitten im Raum stand. »Es ist nett von Ihnen, daß Sie gekommen sind – ich kanns immer noch nicht ganz fassen, daß Rowland King in meiner Küche steht und Bier trinkt.«

Rowland lächelte. »Ich bin froh, daß ich hier bin. Wenn in letzter Zeit nicht alles so hektisch gewesen wäre, hätte ich schon vor langem von mir hören lassen.« Er sah sich um, betrachtete den altersschwachen Kühlschrank, der in der Ecke vor sich hin brummte, den steinernen Ausguß mit dem Eimer darunter, den bemalten Schrank, der auf einer Kommode stand. »Na, wenn jemand das Gegenteil von einer Einbauküche sucht, dann ist er hier richtig.«

Phil lachte. Durchs offene Fenster kam die Sonne herein, im Luftzug flogen Fliegen hinaus. Vom Gang her ertönte ein kleiner, fragender Laut, mit dem die Katze sich ankündigte. »Hi, Abraham, ich dachte mir doch, daß du hier noch auftreten würdest. Er hat seinen Napf gehört«, erklärte Phil. »Haben Sie was dagegen, wenn ich ihn füttere?«

Er öffnete den Kühlschrank und löffelte Dosenfutter in die saubere Schüssel. »So, bitte.« Er stellte den Napf hin, warf den Löffel in den Spülstein und sah zu, wie Abraham fraß. »Sie haben doch diesen tollen Hund, nicht? Ich hätt ja auch gern einen, aber ich glaube, Abraham nicht.«

»Er ist sehr hüsch.« Rowland trank sein Bier aus. »Wie alt ist er denn?«

»Vier, glaube ich. Bist du vier, Abraham?« Phil blickte zu Rowland hinüber und sah das leere Glas. »Wie auch immer ... Sie sind wohl nicht den ganzen Weg hierhergekommen, um sich mit mir über meine Katze zu unterhalten. Kann ich Ihnen noch eins holen?«

»Sie können. Danke.« Rowland sah zu, wie Phil ein Bier aus dem Kühlschrank nahm. Seine Bewegungen waren graziös und ohne Hast, er sah gelassen aus, obwohl er doch nervös sein mußte.

»Bitte sehr. Und möchten Sie dann bitte mit mir ins andere Zimmer kommen? Da ist nämlich die ganze Musik.«

»Gehen Sie voran.« Rowland goß sich das Bier ins Glas. »Und Sie wollen keins mehr?«

»Ich brauch erst mal nichts mehr – ich hab ja keine lange

Reise hinter mir.« Phil strubbelte sich durch die Haare und strich sie wieder glatt nach hinten. »Also dann. Folgen Sie mir bitte.«

»Wird gemacht.« Ganz leicht berührte Rowland Phils Arm.

Sie gingen die paar Schritte über den Gang. Das Wohnzimmer, das auch nach hinten hinaus ein Fenster hatte, war warm, eng und sonnig. Rowland stieg über herumliegende Kabel und sah zu den Bergen hinaus. »Sehr hübsch. Wie lange wohnen Sie schon hier?«

»Schon ewig.« Phil wies auf einen Lehnsesel am Kamin. »Seit wann haben Sie Tremynydd?«

Rowland machte eine wegwerfende kleine Geste. »Äh – knapp anderthalb Jahre?«

»Es ist wunderbar. Dies hier ist etwas schlichter, wie Sie sehen. Haben Sie auf dem Weg hierher schon drüben reingeschaut?«

Rowlands Gesicht verfinsterte sich. »Nein, nein, hab ich nicht.« Er setzte sich in den Sessel und lehnte sich zurück. »Ich bin auch nicht den ganzen Weg hierhergekommen, um mich über Tremynydd zu unterhalten. Ich interessiere mich für Sie. Für Sie und Ihre Musik. Sie sind ziemlich begabt, wissen Sie. Wissen Sie es?«

»Na ja ...« Phil hockte auf der Armlehne des anderen Sessels. Ein langes Bein wurde schwungvoll schlenkernd über das andere geschlagen. »Danke. Freut mich, daß es Ihnen gefällt.«

»Gut.« Für eine Weile sagte Rowland nichts mehr. Er saß da, trank sein Bier, ließ sich Zeit und sah nur zu. Vor dem offenen Fenster, das nach hinten hinausging, deutete sich gerade ein außergewöhnlicher Sonnenuntergang an, schmolz in die Sommerwolken hinein, wurde karmesinrot, dann golden. Nur ein erster Hinweis. Seine Augen wanderten zurück vom verschwimmenden Himmel in diesen kleinen, vollgestopften Raum, sie wanderten über Phil, so lang, schlank, gutgebaut, wie er gerade den Fuß schwang, sein Haar zurückstrich, errötete. Darauf wartete, daß Rowland etwas sagte.

»Haben Sie etwas dagegen, wenn ich Sie ansehe?«

»Nein. Nein, ich ...«

»Sie sind nämlich schön«, sagte Rowland langsam. »Nicht nur begabt. Ich bin sicher, daß Sie auch das wissen.«

Phil sah ihn an. Ein langes Schweigen entstand. Die Katze unterbrach es, als sie von derKüche herüberkam und sorgfältig über meterlange Kabel und allgemeine Unordnung stakste.

»Du weißt, daß du ein hübsches Biest bist, was?« sagte Rowland leichthin und streckte die Hand aus. »Warum kommst du nicht einfach her und sagst guten Tag?«

Abraham beschnüffelte die ausgestreckten Finger, hielt inne, überlegte und sprang. Rowland rückte zur Seite; Abraham wanderte auf ihm herum, knetete mit den Pfoten trampelnd seinen Bauch und schnurrte heftig.

»Er mag Besuch.« Phil erhob sich von seiner Armlehne.

»Scheint so.« Rowland streichelte den breiten, glatten Kopf und fuhr mit der Hand über den langen, gestreiften Körper, als Abraham sich endlich eine Position ausgesucht und sich auf dem massigen Bauch des Gastes zusammengerollt hatte. »Brave Katze.« Er streichelte weiter, immer weiter.

Phil war am Klavier. Er schlug ein paar melancholische Mollakkorde an.

»Das habe ich mir gerade im Auto angehört.«

»So? Dann haben Sie davon bestimmt schon genug gehört.«

»Nein. Machen Sie weiter. Ich bin zum Zuhören hergekommen; ich sage jetzt mal für eine Weile gar nichts. Spielen Sie nur für mich. Was immer Sie wollen.« Rowland machte eine Geste, mit der er das Klavier, das Keyboard und sämtliche Kassetten und CDs zu umarmen schien.

»Geben Sie mir eine Vorstellung von der Bandbreite, ja? Erzählen Sie mir immer was dazu. Dann können wir die Dinge durchsprechen.« Er lehnte sich zurück, die Katze schlief auf ihm ein.

»Okay.« Phil setzte sein Spiel fort. Ein eindrucksvolles

Motiv entwickelte sich, wurde komplexer. »Das habe ich im Winter geschrieben«, sagte er leise. »Für meine Freundin Nesta – erinnern Sie sich noch an sie?«

Rowland nickte. »Tu ich. Freundin oder Geliebte?«

»Geliebte.« Phils Hände bewegten sich unbeirrt über die Tasten.

Rowland schwieg. Er dachte an den glitzernden, kalten Januarabend, an dem Gillian gelesen und Phil am Ende darauf gewartet hatte, sich vorzustellen. Die Monate, die seitdem und dem Treffen zu Ostern vergangen waren, hatten die Wirkung seiner Schönheit nicht geschmälert, sondern vertieft.

Der Raum war erfüllt von Phils Musik und seiner trägen Grazie. Hinter dem Fenster glitten die blutroten Finger der Sonne in die dunkler werdende Wolke.

Wie hatte er nur so lange warten können?

Das letzte Stück ging dem Ende zu. Phil spielte etwas Neues auf dem Klavier. »Daran arbeite ich jetzt gerade. Ich habe keinen Namen dafür. Es ist erst ein Abtasten – ich weiß nicht so recht, wohin es führt.»

Seine Finger berührten die Tasten; eine ruhige Weise ertönte, sie war voller Trauer und Sehnsucht. Phil summte die Melodie leise mit, hielt ab und zu inne, um nachzudenken und eine neue Richtung einzuschlagen. Die Schatten im Raum wurden dunkler, die Sonne stand tief. Er berührte die Lampe oben auf dem Klavier; seine Hände auf den Tasten bewegten sich jetzt in einem Teich aus Licht. Rowland betrachtete sie, so schlank und kräftig; er sah, wie der Schein der Lampe nach den Strähnen des weichen Haars griff, während Phil sich hin und her bewegte, Pausen machte und den sehnsuchtsvollen, tiefen Refrain wiederholte.

»Tja«, er brach abrupt ab. »Das wärs dann wohl.« Er sah auf die Uhr. »Mein Gott, ich hab ja stundenlang gespielt; Sie hätten mich bremsen müssen, Sie wollen doch sicher weg ...«

»Keineswegs.« Rowland rührte sich in seinem Sessel und bettete die Katze um. Er erhob sich schwerfällig und durchquerte mit zwei Schritten das Zimmer, blieb unsicher beim

Klavier stehen und legte Phil den Arm um die Schultern. »Ich wäre nicht hergekommen, wenn ich nicht gewußt hätte, daß Sie gut sind, und jetzt haben Sie es mir bestätigt. Gut gemacht.« Er beugte sich zu den Tasten hinunter, schlug den Refrain des letzten Stückes an und begann zu spielen: erst zögernd, dann immer sicherer.

»Sehr hübsch – noch nicht ganz das Wahre, braucht mehr Tiefe, denke ich. Aber es ist bald soweit. Wenn Sie es noch mehr entwickelt haben, ist es sicher sehr interessant.« Er hörte auf und wandte sich um. »Sie haben wohl noch kein Vokalstück geschrieben?«

Phil schüttelte verneinend den Kopf. »Vor einer Woche oder so ist es mir mal durch den Kopf gegangen, in Gegenwart von ein paar Kindern ...« Er brach ab. »Aber das steht auf einem anderen Blatt. Abgesehen davon habe ich bisher nicht mal darüber nachgedacht. Wollen Sie damit sagen, daß ich es tun sollte?«

»Nicht unbedingt. Ich frage nur nach.« Rowland sah aus dem Fenster. Das Feld war schon in Dunkelheit versunken; eine letzte Lichtlinie umrandete die Berge. Hinter ihm knipste Phil plötzlich Lampen an: eine in einer Flasche auf dem Kaminsims, eine kleine Leselampe neben dem Sessel. »Oh.« Rowland wandte sich zu ihm um. »Ist das nötig? Ich fand die Stimmung eigentlich sehr schön.«

»Man kann bloß nichts sehen.«

»Auch wahr. Äh – nach diesen Bieren würde ich gern mal ihr Bad benutzen.«

»Klar. Da draußen, ganz hinten ...« Phil zeigte ihm die Tür am Ende des Flurs. »Kann ich Ihnen noch eins holen? Und wie wärs mit etwas zu essen?«

»Ich habe wirklich keinen Hunger, danke.« Rowland klopfte sich auf den Bauch. »Und außerdem muß ich ein bißchen aufpassen. Ich bin in einer Minute wieder da.«

Er ging den schmalen Flur entlang und hörte, wie Phil die Katze hinausließ. Als er zurückkam, sah er ein Mondviertel über den Feldern vor der Hausfront aufsteigen; Phil hielt sich am Türsturz fest und beugte sich vor und zurück; das lange

Haar fiel, die langen, geraden Beine, der lange Rücken wurden gebeugt und gestreckt.

»Sehr schön«, sagte Rowland hinter ihm. Er berührte die wohlgeformte junge, feste Schulter. »Sie müssen müde sein.« Der Duft des Sommergrases kam zur offenen Tür herein. »Warum schnappen wir nicht ein wenig frische Luft? Es wird eine klare Nacht ...« Rowland ging hinaus und sah zu den Sternen auf. »In London nehme ich den Himmel kaum wahr. Sehen Sie sich das an.«

Sie gingen über den unebenen Boden. »Und diese Stille«, sagte er. »Ich brauch immer eine Weile, bis ich mich daran gewöhnt habe. Ihnen fällt sie wahrscheinlich gar nicht auf.«

»Nein. Sie ist ein Teil von mir; ich denke, ich brauch sie mittlerweile. Ich spiele oft, und – Musik hat genausoviel mit Stille wie mit allem anderen zu tun, nicht wahr? Pausen, Intervalle, Momente der Spannung: Die sind genauso wichtig.«

»Natürlich. Alles ist in dieser Spannung. Ihr letztes Stück gefällt mir sehr; es steckt soviel Gefühl darin, wie in all Ihrer Arbeit.«

Phil antwortete nicht. Ihre Füße zerdrückten das lange Gras, das der aufsteigende Mond beschien; die Luft war schwer davon.

»Was für ein zauberhafter Ort.« Rowland blieb stehen und streckte die Arme aus. »Er ist schlicht und friedlich ...«

»Auch nicht friedlicher als Tremynydd.«

»Aber Sie haben es immer.«

»Ist es das, was Sie möchten? Haben Sie das vor? Eines Tages herziehen und hier mit Edward zusammenleben?«

Rowland lachte kurz auf. »Ich habe nicht den Eindruck, daß ich schon so ganz pensionsreif bin ... so weit habe ich wirklich noch nicht gedacht.« Wieder berührte er Phils Arm. »Ich habe an Sie gedacht – daß Sie diesen großartigen Platz zum Arbeiten haben.«

»Ein Vermögen hat es mir allerdings noch nicht eingebracht ...« Phil brach ab und spähte in die Hecke. »Abraham hat was erwischt, sehen Sie mal.«

Das Mondlicht versilberte das hohe Gras; der dunkle Umriß der Katze blitzte auf, sie sprang, kurz darauf hing etwas Kleines, Schlaffes aus ihrem Maul. Rowland sah hin und ging weiter. Phil, der ihm den Rücken zuwandte, sagte zögernd: »Ich nehme an, Ihnen ist nicht nach Singen zumute ...«

»Jetzt?« Er lächelte. »Eine Privatvorstellung?«

»Entschuldigung, so was geht Ihnen sicher auf die Nerven.«

»Überhaupt nicht.«

»Es ist ja nur die Vorstellung – Rowland King trinkt nicht bloß Bier in meiner Küche, sondern singt auch noch auf meiner Wiese. Meiner gemieteten Wiese, um genau zu sein. Gemietete Küche natürlich auch.«

Rowland sah ihn an. Er war groß, jung und begabt, scheu, aber zielstrebig. Da stand er auf einer mondbeschienenen Wiese mitten im Nirgendwo und bat ihn zu singen ...

»Und an was hatten Sie bei dieser Privatvorstellung gedacht? Haben Sie ein besonderes Lieblingsstück? Vielleicht schmeichele ich mir auch selbst zu sehr – warum sollten Sie mein Repertoire kennen?«

»Ich kenne einiges.«

»Obwohl Sie keine Gesangsstücke schreiben.«

»Trotzdem. Ich hab viele Interessen, hatte ich schon immer. Als ich Sie zum erstenmal singen hörte ...« Phil unterbrach sich und schüttelte den Kopf.

»Was war da?« fragte Rowland leise. »Was ist passiert, als Sie mich zum erstenmal haben singen hören?«

»Da hatte ich eine Mordsgänsehaut«, sagte Phil. »Ich war neunzehn und hab bloß gelten lassen, was elektronisch war, was anderes kam für mich nicht in Frage. Und dann hat mir jemand im College, einer, der auf Klassik stand, eines abends Schubert vorgespielt.« Er sah Rowland an, wandte dann wieder den Blick. »Ich denke, das war der wirkliche Anfang meiner Musikerziehung – hat meinen Horizont erweitert oder so was. Ich fand Sie ganz außergewöhnlich. Finde ich immer noch.« Er unterbrach sich. »Tschuldigung. Wahrscheinlich liegen Ihnen die Leute dauernd mit so was in den Ohren. Ich weiß gar nicht, was ich mir eigentlich dabei gedacht habe, Sie zu fragen ...«

»Mir liegen nicht andauernd Leute damit in den Ohren, und außerdem sind Sie sowieso ziemlich anders. Sie haben mir gerade eine große Freude gemacht. Ich bewundere Ihre Arbeit; ich werde mit Freuden für Sie singen. Warum also nicht auch jetzt Schubert?«

Rowland ging ein paar Schritte durchs Gras; hier herrschten nur Dunkelheit und Stille. Da war nur der Mond, die ersten, blassen Sterne, die Lichter aus dem Haus hinter der Wiese. Er holte Luft: ein gewaltiger, schwerer Mann mitten auf einer dunklen Wiese irgendwo ganz weit draußen.

Phil stand da und lauschte, und ein seliger Schauer ließ ihm jedes einzelne Nackenhaar zu Berge stehen.

»Du bist die Ruh, der Friede mild,
Die Sehnsucht du und was sie stillt.
Ich weihe dir voll Lust und Schmerz
Zur Wohnung hier mein Aug und Herz ...«

Rowland schritt im Gras auf und ab, hielt an, um Phil ein Lächeln zu schenken. Seine kraftvolle, edle Stimme erkundete jeden Satz, stieg empor und schwang sich auf durch die erste dunkle Stunde der Nacht.

»Kehr ein bei mir und schließe du
Still hinter dir die Pforte zu.
Treib aus den Schmerz aus dieser Brust.
Voll sei dies Herz von deiner Lust.
Dies Augenzelt von deinem Glanz
Allein erhellt, o füll es ganz.«

Die Worte schwebten noch eine Weile in der sommerlichen Stille. Er hielt inne, lächelte, streckte die Arme aus.

»Himmel.« Phil stand da wie angewurzelt. »Das war ...«

»Freut mich, daß es Ihnen gefallen hat.« Rowland ging auf ihn zu und umarmte ihn. Einen vollkommen zeitlosen

Augenblick lang spürte er die Weichheit von Phils Haaren an seiner Wange, die Rauhheit der Wange darunter, den harten, starken Backenknochen. Mit einem kleinen Lachen gab er ihn frei und tätschelte seine Schulter. »Sie sind ein gutes Publikum.«

Phil errötete; er strich sich die Haare aus dem Gesicht, er sagte nichts.

»Singt nicht nur auf deiner Wiese, sondern nimmt dich auch noch in die Arme«, sagte Rowland lässig. »Kommen Sie, es wird kalt. Gehen wir zurück in Ihr Studio oder in Ihr Wohnzimmer oder wie auch immer Sie es nennen.« Sie gingen zur offenen Tür, auf das Licht zu. »Sie sind es, worüber wir reden sollten ... ich bin nicht zum Biertrinken hier.« Wieder legte Rowland seinen Arm um Phils Schulter; Phil wich ihm aus.

»Nein?« Keine Antwort. Er sah hin, er sah Phils von Gefühlen verwischte Züge. »Phil? Ich habe Sie nicht gekränkt, hoffe ich ...«

Phil machte eine Gebärde, die alles bedeuten konnte. »Ich nehme an ...« Er räusperte sich. »Ich bin wohl etwas aufgewühlt, das ist alles. Ein bißchen überrumpelt.«

Rowland spürte seine Sehnsucht und Begierde so heftig, daß es ihn einen Augenblick lang schier überwältigte.

»Oh, Phil ...« Er berührte ihn nicht; gerade jetzt wagte er das nicht. »Komm«, sagte er vorsichtig. »Vielleicht sind wir ja beide ein bißchen aufgewühlt. Vielleicht trinke ich das Bier jetzt doch. Und dann reden wir richtig miteinander, hmm?«

Phil antwortete nicht. Es gab eine Bewegung, die Katze schlich an ihnen vorbei und verschwand in der Dunkelheit. Die Nachtluft hatte die Kälte des Mai angenommen – immer ein unberechenbarer Monat. Rowland folgte Phil zu den Lichtern im Cottage.

Jeder saß mit seinem Bier auf einer Seite des leeren Kamins. Die Lampe auf dem Sims beleuchtete Phils Kopf, als er sich zurücklehnte und seine langen Beine auf dem Teppich ausstreckte. Das Fenster hinter ihm, das keinen Vorhang hatte, war schwarz.

»Also dann«, sagte Rowland. »Auf Ihre Zukunft.« Er lächelte. »Wir haben eine ganze Reihe von Möglichkeiten. Wie Sie wissen, habe ich Ihre Demokassette ein paar Leuten gegeben – Felix Pettit, unserem Dirigenten, und dem Produzenten von der BBC, mit dem ich Sie nach dem Konzert in Hereford bekannt gemacht habe. Simon Land – Sie erinnern sich?«

Phil nickte und hörte zu.

»Felix ist wie ich eher ein Mann der frühen Musik«, fuhr Rowland fort, hochzufrieden mit sich in der Rolle des unparteiischen und professionellen Ratgebers. »In moderner Musik ist er nicht so beschlagen, aber er hat natürlich Geschmack, und es hat ihm recht gut gefallen, was er da gehört hat. Simon Land ist eher was für Sie: Er ist in der zeitgenössischen Musik zu Hause und interessiert sich für Leute wie Philip Glass.«

Er rutschte in seinem Sessel herum und betrachtete Phil, der nervös und angespannt an einem eingerissenen Fingernagel kaute. »Ich muß sagen, daß Land im großen und ganzen zur Strenge neigt – ich denke, er fand Sie ein bißchen zu süßlich, um ehrlich zu sein. ›Charmant, aber nicht viel Tiefe.‹ Tut mir leid. Aber na ja – Sie sind ja noch sehr jung.«

Phil biß den Nagel ab und zuckte mit den Achseln. »Man kann es nicht jedem recht machen.«

»Genau. Und das sollte man auch nie versuchen. Aber Sie haben etwas ganz Eigenständiges, ganz zweifellos haben Sie das. Und Land hatte eine ganz brauchbare Idee.« Rowland angelte nach seinem Bier, nippte daran und kostete Phils Spannung und Hoffnung aus. »Von heute auf morgen passiert gar nichts«, sagte er bestimmt. »Ich bin sicher, daß Sie das wissen. Ich will Ihnen keine falschen Hoffnungen machen. Land hat mir einen gewissen John Kirkby genannt, nicht verwandt mit Emma Kirkby, der jetzt ein neues Label herausbringt. Das wär, glaube ich, der richtige Weg für Sie. Klein, innovativ, gierig auf Futter. Kirkby sucht nach interessanten neuen Arbeiten, er hat einen guten Hintergrund – ich hab so ein Gefühl, daß er unser Mann sein könnte.« Rowland stellte sein Bierglas ab. »Ich möchte ihm Ihr Band mit einer persönlichen Empfehlung schicken. Wie hört sich das an?«

Phil schenkte ihm ein blendendes, seliges Strahlen und stand auf: »Es hört sich verdammt großartig an.« Er angelte seine Tabaksdose vom Kaminsims und klappte sie auf. »Tut mir echt leid«, er nahm Zigarettenpapier heraus, »ich weiß, daß Sie es nicht mögen, aber …« Schnell, mit zitternden Fingern, drehte er sich seine Zigarette. »Ich habs mir jetzt stundenlang verkniffen – würde es Ihnen sehr viel ausmachen?«

Rowland saß da und betrachtete seine Schönheit und Nervosität. Seine Lust regte sich wieder.

»Ich hatte ganz vergessen, daß Sie rauchen.«

Phil zündete sich seine Zigarette an und inhalierte tief. »Nach dem Konzert, als wir nach Tremynydd zum Abendessen gekommen sind, hab ich mirs auch verkniffen. Meine Güte, was war ich da überdreht.«

»Waren Sie das?« Rowland beugte sich vor. »Ich hoffe, Sie sind jetzt nicht überdreht.«

Phil warf das Streichholz ins Feuer und inhalierte wieder. »Mann, tut das gut.« Er sah auf Rowland hinunter, wieder mit diesem langsamen, süßen Lächeln. »Klar bin ich überdreht. Außerdem bin ich – wie ich schon gesagt habe – aufgewühlt, glaub ich.« Er wandte den Blick ab. »Und dieser John Kirkby – da bin ich echt dankbar.« Er ging zum Fenster, rauchte heftig und betrachtete die dunkle Scheibe. »Komisch. Da machst du ewig und drei Tage dein Ding, sagst, daß es dir nichts ausmacht, wenn du damit nicht weiterkommst, du hast ja noch soviel Zeit und so, und eigentlich ist es Quatsch. Aber kaum hast du ein Fünkchen Hoffnung, merkst du …«

»Was?« fragte Rowland, der gerade die Gelegenheit nutzte, sein Bild in sich aufzunehmen, weil er so groß und verträumt dastand. Er malte sich ein in Dunkelheit getauchtes Zimmer im oberen Stock aus, vor dessen Fenster die Sterne und die Mondsichel leuchteten; er stellte sich Phil vor, der nackt, dankbar und erregt vor ihm stand.

»Da merkst du auf einmal, wie lange du es schon ausgehalten, deine wahren Gefühle unterdrückt und so getan hast, als wärs dir egal. Du merkst, wie sehr du es dir wünschst: es zu schaffen, jemand zu sein.«

Rowland saß sehr still da.

»Es ist bloß eine Empfehlung, Phil. Ich würde Ihnen keinen Gefallen damit tun, wenn ich behauptete, daß es einfach sei.«

»Sicher, sicher.« Phil wandte sich vom Fenster ab. »Verstehe ich ja. Aber trotzdem, sie waren sehr freundlich zu mir, und das ist mal eine Erholung.« Er verließ seinen Platz; Zigarettenrauch hing schwer in der Luft. »Es tut mir leid.« Er ging zum Kaminsims zurück. »Warum ...« Er zündete noch ein Streichholz an, mit dem er ein Räucherstäbchen ansteckte. Es entstammte einem in einem Marmeladenglas verstauten Bündel, das Rowland vorher nicht wahrgenommen hatte. Nach ein, zwei Sekunden nahm ein durchdringender Geruch Besitz vom Raum. »Besser?« Phil zog wieder an seiner Selbstgedrehten und ließ sich in seinen Sessel sinken. »Was ich jetzt echt brauche«, sagte er mit seinem gewinnenden, trägen Lächeln, »ist ein Joint.« Er streckte sich aus und entspannte sich wieder. »Aber das ist wohl nicht Ihr Ding. Ist nicht mal Nestas Sache. Scheint, daß es sich hier um ein Vergnügen handelt, das mir heutzutage allein zu genießen bestimmt ist. Macht nichts.« Noch ein Zug an der Zigarette. »Noch mal danke.«

Rowland hatte sein Bier ausgetrunken. Er saß in der rauchigen, sandelholzgeschwängerten Luft in dem ausgeleierten Sessel und sog das Bild von Phils langgliedrigem Körper in sich auf, der hingegossen in dem gegenüberliegenden Sessel lag. Es war sehr lange her, seit er zum letztenmal ein Zimmer mit Räucherstäbchenduft betreten, sich über das sinnliche Teilen eines Joints Gedanken gemacht hatte oder mit jemand anderem als Edward, der in diesem Moment zu einem anderen, fast vergessenen Lebensabschnitt zu gehören schien, im Bett gewesen war. Seit Monaten war jede Lust ausgeblendet gewesen, hatte sich nur auf eine wehende Haarsträhne konzentrieren können, auf schlanke Musikerfinger, auf einen hochgewachsenen, trägen Körper, der sich unter ihm bog. Und jetzt – fühlte er sich kurz vor der Eroberung.

Phil rauchte immer noch. Sie lächelten einander an.

Rowland sagte gedehnt: »Es ist für mich ein reines Vergnügen, Ihnen zu helfen. Ich hoffe, ich habe mich klar ausgedrückt: Ich wäre nicht hier, wenn ich nicht davon überzeugt wäre, daß Sie Talent haben.« Und es stimmte. Er glaubte, daß es stimmte. Nicht bloß ein Körper, sondern ein junger Musiker. Jemand, der seine Stimme seit Jahren, seit er sie zum erstenmal hören konnte, angebetet hatte, jemand, der ihn darum bat, bei Dunkelheit auf einer Wiese zu singen.

Einen unerwarteten Augenblick lang bekam es Rowland mit der Angst. Das hier konnte gefährlich werden. Nicht nur ein schneller Fick im Dunklen, sondern der Anfang von etwas, das er nie mehr zu spüren erwartet hatte: von etwas Neuem, Allumfassendem, das auf den Abgrund zuführte.

Phil bemerkte die Intensität des Blicks, der auf ihm ruhte. Er setzte sich wieder aufrecht hin und schnippte seine Zigarettenkippe in den Kamin.

»Rowland, ich ...«

»Was?« Rowland beugte sich vor. »Was denn, Phil? Sagen Sie es doch.«

Phil zögerte, sah wieder weg. »Ach nichts.« Er wollte aufstehen, der Atmosphäre in diesem verräucherten, duftgeschwängerten Zimmer ausweichen, die plötzlich fast mit Händen zu greifen war.

»Moment«, bat Rowland. »Ich glaube nicht, daß es nichts war«, fügte er langsam hinzu und sah seinen Augenblick gekommen.

In seiner Jugend hatte die Dunkelheit tief in seinem Inneren, um die er immer gewußt hatte, ihm immer eine heimliche, narzißtische Freude bereitet. Jetzt, angesichts von Phils ganz realem Unbehagen, im Angesicht des schlanken, jungen Körpers, der sich im Aufruhr der Gefühle anspannte, in der Erinnerung an viele schlaflose Stunden der Nacht, die er damit verbracht hatte, sich nach ihm zu sehnen, wußte Rowland nur noch, daß er ihn haben mußte, ganz gleich, was für Folgen es für einen von ihnen hätte, und sein Blut raste.

»Phil«, sagte er ruhig. »Hör zu. Hab keine Angst. Ich will dir was erzählen. Ich bin sicher, daß du weißt, was es ist. Hmm?«

Phil antwortete nicht. Er machte einen neuen Versuch aufzustehen.

»Sieh mich an, bitte.«

Phil sah ihn an. Rowland fing seinen Blick auf und entdeckte, was er auch auf der mondbeschienenen Wiese gesehen hatte: eine Mischung aus Begierde und Furcht.

»Ich will dich«, sagte er, und seine Stimme wurde noch leiser. »Ich habe dich vom ersten Augenblick an gewollt, als ich dich zum erstenmal sah. Du bist begabt und schön, und ich will dir helfen. Und ich will mit dir ins Bett und dich die ganze Nacht lang vögeln, und ich glaube im tiefsten Inneren, daß du das auch willst. Ja?«

Das Zimmer war erfüllt vom Geruch der Räucherstäbchen, von den kleinen Tümpeln aus Licht. Dahinter, hinter den schwarzen, nackten Fenstern, lagen die Stille und die Dunkelheit der Wiesen: leer, einsam, unbesucht.

Rowland wartete.

Phil lehnte sich in seinem Sessel zurück. Die schlanken, schönen Finger bedeckten das Gesicht; langes, weiches Haar fiel darüber.

»Phil?« fragte Rowland leise. »Was denkst du?«

Phil ließ die Hände sinken. Ein Stück vom Räucherstäbchen fiel als Aschefaden herab; Rowlands Körper war erfüllt vom Drängen seiner Begierde.

»Ich weiß nicht, was ich sagen soll.« Phil griff nach seiner Tabaksdose, drehte sie immer wieder um, schließlich sah er auf. Er begegnete der Kraft der Begierde in Rowlands Augen, wandte sich wieder ab und klappte die Dose auf. Die Hand mit dem Zigarettenpapier zitterte.

Rowland lehnte sich über den engen Zwischenraum, der sie trennte, und berührte die graziösen, bebenden Finger.

»Hab keine Angst.«

»Hören Sie auf.« Phil zog seine Hand weg, drehte sich eine

Zigarette, zündete sie an, tat einen tiefen Zug und warf das Streichholz weg. »Ich kann nicht denken.«

Rowland betrachtete ihn. »Soll ich dir dann mal sagen, was ich denke?« Phil antwortete nicht. »Ich denke, daß da etwas ist, was du dein ganzes Leben lang nicht zugelassen hast.«

Phil schüttelte den Kopf, wollte etwas sagen, unterbrach sich wieder.

»Du denkst an deine Freundin Nesta«, sagte Rowland. »Deine Geliebte. Du denkst an ich weiß nicht wen sonst noch alles – Mädchen, da gab es sicher jede Menge. Aber kreative Menschen sind komplex, Phil, es liegt in ihrer Natur, gespalten zu sein. Da gibt es immer eine versteckte Dunkelheit. Da ist ein Schatten, der neben dir geht. Erzähl mir nicht, daß du das nie gespürt hast.«

Phil rauchte und hörte zu. »Ich glaube nicht, daß ich ...«

»Wenn nicht, dann fehlt dir etwas.« Rowland betrachtete ihn eingehend. »Vielleicht ist es das, was deiner Musik immer noch fehlt, vielleicht ist sie deshalb charmant, aber nicht tief. Weil es da eine Seite an dir gibt, die verdrängt oder unerforscht geblieben ist. Etwas, das du nicht zugeben willst, vor dem du Angst hast.«

Phil wurde rot. »Das ist ...«

»Unfreundlich? Zu nah an der Wahrheit?«

»Es ist erpresserisch.« Phil stand auf. »Es gefällt mir nicht.«

Für einen Moment war Rowland sprachlos, aber er hatte sich schnell wieder gefangen. Er erhob sich ebenfalls. »Ich hatte nicht die Absicht ...«

»Nicht?« Phil vergrößerte den Abstand zwischen ihnen und strich mit einer raschen, wütenden Geste sein Haar zurück. »Was hatten Sie denn für eine Absicht?«

Rowland spürte, wie sein Herz zu hämmern begann. »Na, na.« Er versuchte, seine Fassung wiederzugewinnen. »Scheint, daß ich wirklich einen wunden Punkt getroffen habe.«

»Ja. Vielleicht haben Sie das.« Phil sah ihm direkt ins Gesicht. »Ich hab es nicht nötig, daß Sie hierherkommen und mir erzählen, was kreativ ist und was nicht und wie gut es für meine Musik wäre, wenn ich mit Ihnen ins Bett ginge. Das ist Mist; es ist das älteste, ekligste Klischee, das ich kenne.«

»Phil. Bitte. Hör zu.« Rowland versuchte, ruhig zu bleiben. »Wie auch immer meine Gefühle dir gegenüber sein mögen, ich würde meine Zeit nicht an jemanden vergeuden, der es meiner Meinung nach nicht wert wäre. Ich habe das schon gesagt ...«

Phil ging rauchend auf und ab. »Es stinkt zum Himmel. Es stinkt nach Erpressung.«

»Sei nicht albern. Das ist es natürlich nicht.«

»Nicht? Ich tu was für deine zweitklassige Musik, wenn ich dich vögeln darf – was ist es denn dann?«

»Oh, Phil, komm. Ich helf dir auch so. Ich hab nur gemeint ...«

Rowland ging zu ihm und legte eine Hand auf seinen Arm. Phil schüttelte ihn ab. »Fassen Sie mich nicht an, klar?«

»Na gut!« Rowlands Selbstbeherrschung war am Ende. Dieser Abend mit all seinen so lang erträumten Hoffnungen war ihm entglitten. Auf einmal spürte er sich in diesem verräucherten, finsteren Zimmerchen beengt; der Weihrauch war widerlich und stickig. Er rang um Fassung, fing an zu husten.

Phil, der schon wieder seine Tabaksdose in der Hand hatte, warf sie auf den Sessel zurück. Er ging zum Fenster, öffnete es: Kühle Nachtluft strömte herein, irgendwo weither von den Wiesen kam der hohle Ruf einer Eule. Die beiden Männer sahen einander an; Rauchschwaden zogen in die Dunkelheit hinaus. Es herrschte ein langes, schwieriges Schweigen.

Schließlich sagte Phil langsam: »Darf ich Sie mal was fragen? Wo liegt denn Ihr eigener Schatten? Was geht neben Ihnen her, Rowland, das Sie zum Künstler macht?«

Rowland stand am offenen Fenster. Wieder die beiden heiseren Töne der Eule. Die Erinnerung an Edward drängte sich ihm auf: wie sie letzten Herbst über den dämmrigen Hof der Farm gegangen waren, wie er letzten Winter in der weißen Stille ihres Schlafzimmers in seinen Armen gelegen hatte, als vor den Fenstern der Schnee rieselte.

»Weiße Weihnachten. Sogar das hast du hingekriegt.«
»Klar. Und als nächstes die Schleiereule.«

»Eine gute Frage«, sagte er schließlich zu Phil.

Und noch dazu eine, die ihm noch nie jemand gestellt hatte: weder die Lehrmeister und Liebhaber vergangener Tage oder seine Freunde und Kollegen im Chor noch Edward, dem er näher gestanden hatte als jedem anderen. Er versuchte, sich an das letzte Mal zu erinnern, als ihn jemand mit etwas anderem als musikalischer Technik auf die Probe gestellt hatte. Er sah zu Phil hinüber, der jünger war und wesentlich weniger abgeklärt als jeder andere, mit dem er zur Zeit zu tun hatte, Phil, für den er, Rowland, ein Idol gewesen war, das ihm fast jede Tür in London öffnen konnte, und der ihn trotzdem, anders als jeder andere in seinem altgedienten Kreis von Bewunderern, zum Teufel schickte.

»Und?« fragte Phil.

Die Luft, die durchs Fenster hereinkam, wurde kalt. Frühsommernächte konnten trügerisch sein. Rowland sah den dunklen Umriß der Katze, die sich wieder in Richtung Wiese vorarbeitete; die Jagd war noch im Gange. Er schloß das Schiebefenster, lehnte sich an den Rahmen und sagte nachdenklich:

»Das ist ein ernstes Thema. Und übrigens, Phil, hast du recht, wenn du wütend bist.« Er hielt inne, überlegte, knibbelte an ein paar losen Farbsplittern auf dem Holz. »Ich glaube an die Vorstellung von einem Schatten.« Er ließ die weißen Partikelchen zu Boden rieseln. »Ein Schatten oder ein Wächter: In den meisten schöpferischen Menschen verbirgt sich eine Art tiefe Zwiespältigkeit. Die Idee ist keineswegs neu. Ich glaube auch, daß die Sexualität«, er verließ seinen Platz am Fenster und breitete die Hände aus, »… etwas Fließendes ist. Nichts Unverrückbares. Interesse und Lust können sich dein ganzes Leben lang entzünden und wachsen, und zwar an verschiedenen Männern oder Frauen. Ich finde schon das allein kreativ, aber manche Menschen haben Angst, sich dem zu stellen. Und vielleicht …«, er sah Phil direkt an,

»... vielleicht trifft das auch auf dich zu, Phil. Ich habe das Gefühl, daß es so sein könnte. Es war nicht richtig von mir, die Verbindungslinie zwischen deiner Arbeit und deinem Leben so zu ziehen, wie ich es eben getan habe. Du bist jung, du stehst am Anfang deiner Karriere. Es ist unverzeihlich, so zu reden wie ich eben.«

Phil hörte zu und hatte seine dünne Zigarette ausgehen lassen. Er zündete sie wieder an und stand gedankenverloren rauchend im Zimmer.

»Tja. Danke, daß Sie das gesagt haben.« Er versuchte ein Lächeln. »Aber Sie haben immer noch nicht meine Frage beantwortet.«

»Hab ich nicht?« Rowland wurde plötzlich sehr müde. »Ich dachte, doch.« Er ließ sich in den altersschwachen Sessel sinken und rieb sich das Gesicht. »Du hast gerade die dunkle Seite gesehen, Phil. Jemanden, der rücksichtslos und grausam ist und haben muß, was er haben will. Macht mich das zum Künstler? Ich weiß es nicht. Ich weiß, daß nicht viele Menschen es gesehen haben, aber du hast ein Stückchen davon zu sehen bekommen. Und den Mumm gehabt, mir zu sagen, daß ich mich verpissen soll.« Er schloß erschöpft die Augen. »Schön für dich.«

Rauch und Sandelholzduft waren durchs Fenster abgezogen, der letzte graue Faden vom Räucherstäbchen fiel herab. Phil drückte seine Zigarette in einer Untertasse aus und ging zum Klavier. Geschlagen und matt lehnte Rowland sich zurück und hörte ein paar vollkommen zufällige Töne, tastende, ungewisse Melodiefetzchen, wie ein Kind sie sich aussuchen mochte.

»Der einzige wirkliche Künstler, den ich außer Ihnen kenne«, sagte Phil, »ist Gillian Traherne. Sie ist das Wahre.« Seine Finger bewegten sich über die Tasten. »Ich frage mich, was für eine dunkle Seite sie wohl hat.«

Rowland gab keine Antwort. Phil spielte eine Melodie, die er erkannte, und er merkte, daß er an sein letztes Stück anknüpfte: das letzte, das eindrucksvollste, das von einer unvergleichlichen Traurigkeit erfüllt war.

»Der Schatten an meiner Seite«, sagte Phil mit einem ironischen Unterton. »Finden Sie, daß ich es so nennen soll?«

Rowland schüttelte den Kopf. Er hörte zu, während das Zimmer die Kühle der Sommernacht annahm; er verspürte keine drängende Lust mehr, sondern etwas wesentlich Tieferes, das ihn verstörte. Einsichtsvolle Momente waren ihm in diesem vollgestopften Zimmerchen gegeben worden; er befand sich auf gefährlichem Terrain. Was er für Phil empfand, konnte komplex und allumfassend werden, schrecklicher Schmerz ihn dahinter erwarten. Und noch einmal dachte er, während er die Musik immer dunkler und leidenschaftlicher werden hörte, darüber nach, daß Phil der einzige Mensch war, der ihm jemals Widerstand geleistet hatte: in einem ungezügelten Zorn, den es zu respektieren galt. In zehn Jahren, dachte er, wird das ein Mann sein, mit dem man rechnen muß.

Die Leidenschaft schwächte sich ab, die Musik wurde ruhiger, das Meer wieder glatt, erleuchtet von einem segelnden Mond. Rowland war zutiefst angerührt.

»Saul und David«, sagte er, als Phil zu einem Finale ansetzte, das sicher und gewiß klang, öffnete die Augen und sah das Licht auf dem wallenden, hellen Haar, auf den langen, vollkommenen Fingern, den elfenbeingelben Tasten.

Die Musik war zu Ende. Es war sehr kalt im Raum. Phil wandte sich um und lächelte ihn an: spöttisch, verzeihend, direkt.

Rowland dachte: Das ist der Anfang einer hoffnungslosen Leidenschaft.

Er hatte diesen einen Moment absoluter Klarheit.

Dann stand er auf und streckte die Arme aus, und Phil sagte: »Rowland, ich glaube, Sie gehen jetzt besser.«

Er fuhr sehr schnell durch das nachtdunkle Tal. Hier und da sah man die Lichter einsamer Häuser; der Himmel war voller Sterne, und der Fluß blinkte. Rowland raste über die Brücke bei Penglydr und hinunter durchs Dorf. Im Pub waren Gäste; er erheischte einen kurzen Blick auf die Bar, den Spiegel, ein paar bekannte Gesichter. Er dachte an den winterlichen Schnee, den eisigen Himmel, den Augenblick nach der Lesung: Er hatte sich umgedreht und einen jungen Mann im Türrahmen gesehen, eine hohe, laszive Gestalt, erleuchtet vom Licht aus dem Treppenhaus. Das erste Aufflackern von Interesse. Er fuhr weiter, ließ das Dorf hinter sich, raste über die Landstraßen. Zu beiden Seiten erstreckten sich weit die Wiesen im Sternenlicht, vor ihm auf der Straße blieb ein Kaninchen wie erstarrt stehen. Er fuhr langsamer, drückte auf die Hupe. Im Licht der Scheinwerfer glänzten riesige, schreckgeweitete Augen.

»Hau doch ab, du verdammter Trottel.«

Er kam näher, die Hupe durchbohrte die Stille. Plötzlich bäumte das Kaninchen sich auf und rannte auf die Hecke zu; ein Aufleuchten von einem weißen Schwanz, dann war es verschwunden. Rowland schaltete herunter, erreichte das Ortsschild von Llanfonen.

Vor ihm lag die Farm, wo Edward sich schmerzlich nach ihm sehnte. Rowland hielt neben dem Schild an und barg den Kopf in den Händen. Dies war der Moment, der Wendepunkt: Hier konnte er festhalten, was ihm entglitt, Edward zurücknehmen, die Zukunft umarmen …

»Rowland? Du hast nichts gesagt, daß du kommst.«

Lichter im Haus, ein sehnsüchtiges Gesicht …

»Nein«, sagte Rowland laut.

Er konnte es nicht tun. Phils Lächeln, sein Anstand, seine Grazie und seine Ablehnung verschwammen vor seinen Augen. Später konnte er vielleicht einmal zu Edward zurück. Aber jetzt …

Er löste die Handbremse, fuhr am Schild vorbei. Dunkelheit schloß sich um ihn. Er raste auf den Zubringer nach London.

17

Gillian kramte in Pappschachteln. Sie zog Schreibtischschubladen heraus, drehte sie um, schüttelte sie aus. Papier lag auf dem Boden verstreut, eine nackte Glühbirne brannte sich hinein. Sie kniete sich hin, hustete im Staub und sortierte die Blätter zu grob datierten Haufen.

Die Dunkelheit der Sommernacht umfing das Haus; die Kirchenglocke von Penglydr schlug die Stunden an. Gillian nahm ihre Gedichte vom Boden, legte sie auf ihrem Schreibtisch aus und beschwerte sie mit Steinen. Ihr Atem ging schnell, ihre Wangen brannten.

Das habe ich einmal geschrieben …

und das hier ….

und das …

Sie lagen nach Entstehungszeit sortiert, manche waren schon lange tot, andere atmeten noch; mit Bleistift geschrieben, mit dem Füllhalter; abgetippt und wieder getippt; verworfen, akzeptiert, in kleinen Zeitschriften, in Sonntagsblättern veröffentlicht – einmal, zweimal, feucht und vergilbt, dreimal, viermal, vor langer Zeit. Briefe von Verlegern, Begleitschreiben: Versuchen Sie es wieder, schreiben Sie weiter, es tut uns leid, daß wir in dieser Ausgabe … aus Platzgründen gezwungen, dieses gefällt mir, diese sind interessant, ja, ja, ja.

Das Heft von der Mandrake Press. Die Einladung von der Mandrake Press. Ein geplantes Kulturfestival. Die weite Welt.

Sie sind erleuchtet..

Ich bin verliebt …

Das heilige Winterlicht.

Gillian stand an ihrem Tisch, atmete den Staub ein und preßte die Hände auf die brennenden Wangen. Ihre Gedichte und Papiere lagen grob sortiert vor ihr: ein Kreis um eine Kindheit, eine Kirche, einen Fluß; das Klicken eines Fahrrades und der Klang einer Glocke; ein Gitter im Tor eines Klosters. Grenzenlose Felder östlichen Goldes und das Weiß des Winters lagen auf den Seiten; Stimmen woben sich durch den Staub; ein Dichter auf einer alten Schallplatte, eine trockene, flache Stimme auf kratzigem schwarzen Vinyl; ein Dichter oben an den Bücherregalen, der Bände herunternahm und laut las:

Liebe ist das wahre Mittel, durch das man die Welt genießt. Unsere Liebe für andere, und die Liebe anderer für uns …

Der Band wurde geschlossen, ein Lächeln für ein Kind in einem Sessel, eine schlafende Puppe. Das Kratzen eines Stiftes, eine Pause, Nachdenken. Das lange Abreißen eines Blattes vom Block, Zerknüllen. Ein Ball aus Weiß, aus dem Himmel verstoßen in einen verrußten Kamin. Gillian stand an ihrem Schreibtisch, und um sie lag ein Meer aus Weiß. Fetzchen und zusammengeknüllte Kugeln – der Boden war davon bedeckt, Wochen von Zeilen, halben Zeilen, in Stücke zerfetzt, entzweigerissen. Hier auf ihrem Tisch lag das Werk eines Lebens: manches davon brüchig, Staub zu Staub, aber dazwischen auch der lebende Nerv der Dichtung, voll von zerreißendem Leinen, die sich abwickelnde Lebensfadenspule auf ihrem Weg in sternenbeschienene Schwärze; heiliges Blau schien durch die Seite; Engel standen an den vier Ecken der Erde und hielten die vier Winde der Erde, ein Pfad führte zu Gott.

Und jetzt …

Eine Frau, ihrer Gewänder beraubt, nackt, anbetend …

Eine Tür schlug für immer zu.

Gillian stand in einem schäumenden Meer; sie ging auf den knarrenden Bodendielen auf und ab, durch alle Stunden der Nacht. Ihr Leib brannte, und ihr Haar stand wirr um sie herum, ihre Nägel bohrten sich in die Handflächen.

»Edward. Ich kann nicht schreiben. Ich kann nicht schreiben!«

Die Kirchenglocken schlugen die Stunden. Drei Uhr. Vier.

Die Tür am Ende des Gangs ging auf. Schritte zum Bad, langsam, schmerzerfüllt. Laufendes Wasser, klopfende Rohre.

Schritte, die aus dem Bad hinausgingen, den knarrenden Flur entlang; vor dem Lichtschlitz hielten sie inne.

»Gillian?«

Gillian blieb stocksteif stehen und schloß die Augen.

Es klopfte. Sie antwortete nicht. Phoebe öffnete leise die Tür.

»Gillian!«

Sie riß die Augen auf.

Mutter und Tochter standen sich in ihren uralten Morgenröcken gegenüber. Gillian sah eine Frau, die älter zu sein schien als die Zeit: geschrumpft, eingesunken, schmächtig, fleckig, mottenartig. Phoebe, die spürte, wie ihre Krankheit sie über die Scheidelinie in den Abgrund zog, sah eine fiebrige, wirr starrende Kreatur in einem Meer von Müll.

»Was willst du?«

»Ich habe dich gehört – ich konnte nicht schlafen. Was um Himmels willen machst du eigentlich?«

Hinein in den langen, dunklen Tunnel ihrer Kindheit.

»Nichts.« Gillian brannte. »Laß mich in Ruhe.«

Die Morgendämmerung begann, die ersten Vögel sangen.

Phoebe ging in ihr Zimmer zurück: langsam den verschlissenen Läufer entlang, Hände an der Oberkante der Wandvertäfelung, am Geländer.

Gillian knipste die nackte Birne aus. Sie saß an ihrem Tisch, als wäßriges Licht den Raum erfüllte. Die Gedichte lagen da, wo sie sein sollten, von Steinen beschwert.

»Edward«, flüsterte sie.

Die Sonne ging auf, der Himmel zeigte goldene Streifen.

Gillian wartete: auf das Brummen des Milchautos und auf den Lieferwagen von der Post, der vom Tal heraufkurven, auf dem flachen Stück schalten und vor dem Haus vorfahren würde. Ein Klopfen am Briefkasten, ein weißes Rechteck auf der Fußmatte.

Ihr Name, seine Handschrift.

Der Himmel wurde heller, das Milchauto ratterte heran. Sie hörte das Klirren unter dem Vordach. Die Sonne stieg höher. Sie wartete darauf, daß Phoebe den Tag anfing.

Phoebe ging wieder an der Tür vorbei, wortlos weiter zur Küche.

Das Postauto fuhr ohne anzuhalten am Haus vorbei, wurde schneller, war fort. Gillian legte den Kopf in die Hände. Sie stellte sich vor, wie das Auto weit oben an der Straße beim Telegrafenmast anhielt, vor dem Kasten, der für ein paar verstreute Gehöfte und Häuser da war. Scharlachroter Kasten vor dem Weißdorn, das Summen der Drähte.

Der Wind hatte das Gras am Wegrand gekräuselt, zu Ostern hatte sie dort gestanden und ihr Gedicht hineingleiten lassen. Der Bussard war durch den frischen Frühlingshimmel gesegelt, sie war auf den Bryncarnedd gestiegen und hatte dort oben ihre Verse vorgetragen …

Und jetzt hatte er ihr nichts mehr zu sagen.

Keine Zeile, kein Wort.

Wolken brauten sich über den Bergen zusammen: Der sommerliche Morgen änderte sich, Regen lag in der Luft. Es kam kühl zum Fenster herein, die Gedichte kämpften unter ihrer steinernen Last.

Gillian senkte den Kopf, ertrug das Martyrium des Schweigens.

Nesta ging in ihrem Garten auf und ab und spürten den drohenden Regen. Der Morgen hatte auf schöneres Wetter hoffen lassen, aber die Änderung lag schon jetzt in der Luft, es wurde kälter, Wolken zogen auf. Sie sollte eigentlich hineingehen, ihre Tasche packen, ihren Kaffee trinken, sich fertig machen. Sie schob den Moment noch hinaus, betrachtete die Bienen, die eifrig in den Fingerhüten herumsummten und über die Hecke schwebten. Sie dachte an die Kinder in Cadair und an die Tage, die vor ihr lagen; sie dachte an die hinter ihr liegende Nacht, die großteils schlaflos gewesen, an den Telefonanruf, der am Morgen nicht gekommen war, an den Anruf, den sie nicht gemacht hatte.

Die Tür zum Cottage stand offen, von hier aus konnte sie das Telefon auf dem Fensterbrett sehen. Mit den Händen in den Taschen legte sie eine Runde nach der anderen im Garten zurück, roch das Gras und den Lavendel und horchte auf das Motorengeräusch des Kombi auf der Landstraße, auf das Herunterschalten vor dem Fahrweg, spürte die ersten Regentropfen.

Sie dachte: Wenn Rowland mir Phil weggenommen hat …

Sie dachte: Wenn Phil uns verraten hat …

Sie konnte diese Gedanken nicht zu Ende denken.

Es regnete. Kälte breitete sich in ihr aus. Sie zählte sich alle Dinge auf, die ihr Leben erhalten würden, wenn Phil sie verlassen hätte: die Kinder, die Kollegen, der Rhythmus der Tage. Sie dachte an Phoebe, die sie vernachlässigt hatte, und an Edward, der jeden Freund brauchen würde, den er hatte. Und als der Regen tatsächlich zu fallen begann und sie schnell zur Haustür ging, dachte sie: Aber hier könnte ich nicht bleiben.

Nicht nach all dem.

Mein neues Zuhause. Meine Zuflucht.

Sie spürte eine Welle von Zorn.

Der Alarmruf einer Amsel oben in den Apfelbäumen.

Sie blieb im Türrahmen stehen, wandte sich um.

Ein Kombi oben am Fahrweg, er rumpelte zum Weidegatter herunter, parkte.

Er kam mit schnellen Schritten auf sie zu, lässig, lächelnd; er breitete die Arme aus.

Der Zorn löste sich auf in Regen und Tränen.

Drinnen vor dem leeren Kamin umarmten sie sich auf dem Sofa und wärmten einander. Regen prasselte gegen die Fenster, stetig, endlos.

»Ich liebe dich«, sagte Phil zum erstenmal. Er nahm ihre Hand, hob sie an die Lippen.

»Und ich dich.« Nesta legte ihm die Finger über den Mund.

Sie küßten sich, sanft, immer wieder, lösten sich voneinander, lehnten sich an die indischen Bettüberwürfe und sahen in den Regen hinaus.

»Das ist es wohl«, sagte Phil.

Nesta sagte behutsam: »Phil, du bist so jung – du willst es vielleicht nicht ... es ist vielleicht nicht richtig ...«

Er wandte sich zu ihr und sah sie an.

Es regnete, und der Fluß schwoll an, das Gras wurde saftig, das Schilf wuchs hoch auf. Der Regen wehte davon, und der Sommer richtete sich ein: lange, heiße Tage, an denen die Kühe in einer langsamen Prozession über die Weiden zogen, von einem Feld zum anderen wanderten, grasten, sich zum Wiederkäuen in die Sonne legten, langsam aufstanden, wieder weitertrotteten, schwer an ihrer Trächtigkeit trugen. Zur Melkzeit schwankten sie langsam zu den Bauerhöfen und wieder zurück; die Autos hinter ihnen fuhren langsamer, die Straßen waren mit Kuhfladen gesprenkelt.

Die Bauern im ganzen Tal waren mit Medikamentieren, Scheren und Tauchen beschäftigt. Edward rief Pritchard an und fragte die Liste von Namen ab, die er bekommen hatte: Er machte einen Termin für die Scherer aus und einen für das fahrbare medizinische Tauchbad. Zweimal täglich sah er nach seiner Herde: hob die Stummelschwänze und suchte nach darunter abgelegten Eiern. Sommerfliegen. Wenn er so etwas übersah, konnten die geschlüpften Maden in wenigen Tagen ein ganzes Schaf bei lebendigem Leib auffressen. Einmal hatte er es schon bei einem übersehen und kurz drauf am unteren Ende der rückwärtigen Weide einen verwesenden Kadaver gefunden; die Augen waren von Krähen oder Elstern ausgepickt worden, der schwarze Kopf zur Seite verdreht, die schwarzen Beine ragten steif gen Himmel. Ihm wurde übel, als er einen Spaten vom Haus holen ging, um das Tier zu begraben. Zwei Tage später fand er ein Lamm, das wohl nachts in dem Drahtzaun hängengeblieben war, den er an den Hecken entlang gezogen hatte; er rannte, holte die Drahtschere, befreite es und zitterte vor Erleichterung, als es davonhüpfte und nach seiner Mutter schrie.

»Schafe kriegen mit tödlicher Sicherheit jede Todesart raus ...«

Die Worte des Tierarztes kamen ihm oft in den Sinn, wenn

er mit dem Hund die tägliche Runde machte, einen Beutel mit Impfstoffen und die Eingabespritze für das Wurmmittel in der Jackentasche. Er kontrollierte sie auf Schafmilben und Zecken, er schnitt ihre Hufe und suchte auch diese nach Maden ab, eine der Ursachen für Klauenfäule. Er war fleißig und bemüht, alles richtig zu machen: seine ersten Lämmer großzuziehen und die Mutterschafe so weit zu bringen, daß sie wieder gedeckt werden und dann zurück auf die Berge konnten; ein Rhythmus spielte sich ein, seine Herde wuchs und wurde stark.

Er begann, sich als Mitglied der bäuerlichen Gemeinschaft zu fühlen: ein Neuling, der seine Sache anständig machte, sich Rat holte, seine Rechnungen bezahlte. Seine Ersparnisse schmolzen dahin; er zog Bilanz und wußte, daß er, Trennungsschmerz hin oder her, auf den Markt gehen mußte, um wenigstens etwas von den Kosten für Winterfutter und Impfungen, fürs Scheren und Tauchen, für Zaundraht, Dachplatten und Gatter wieder hereinzubekommen. Gar nicht daran zu denken, was er für das Haus ausgegeben hatte.

Im Hochsommer standen alle Fenster im Haus offen. Von Pritchards Land her roch es nach der ersten Mahd, nach Hühnern, Kühen und reifendem Getreide, nach Erde und Butterblumen, nach Mist und Blüten und Wolle – ein satter, grasgeschwängerter Duft, der durch das ganze Tal zog. Wenn man gerade aus der Stadt kam und die Autotür öffnete, würde ein solcher Geruch einen fast erschlagen. Wanderer oben auf den Bergen, wo der Adlerfarn so dicht stand, auf den Wanderwegen, wo Kletten und Wiesenkerbel ihre Beine streiften, blieben stehen, um diese Luft in sich aufzunehmen. Libellen schwebten über dem Fluß; am Abend tanzten Mücken über den Landstraßen.

Abends, wenn er seine letzte Runde gemacht hatte, saß Edward draußen im Hof auf einem Stuhl und las, Tarn lag ihm zu Füßen. Hühner liefen gackernd im Stalleingang herum, die Mauersegler und Schwalben waren überall, schossen herein und hinaus, ihre Nestlinge waren zu struppigen Jungvögeln herangewachsen, und die Überlebenden des ersten, angsteinflößenden Flugversuchs segelten jetzt zusehends geschickter im Tiefflug herum. Edward sah von seiner Lektüre auf und beobachtete sie; er betrachtete die im Staub scharrenden Hühner: Rhode Island Reds und Dorking Black, die fleißig legten und fett wurden. Er klappte sein Buch zu und ging ins leere Haus, in die stille Küche. Die Uhr tickte, das Radio plapperte. Er aß Brot, Käse, Würstchen, Salat und Schinken; er fütterte Tarn und ging die Hühner einsperren, wobei er sich wieder an ihnen erfreute und an den Eiern, die er ins Dorf bringen und zum Verkauf im Laden lassen konnte: ein nettes kleines Zubrot.

An der Ladentür sah er ein Schild mit der Vorankündigung für einen Schäferhundwettbewerb. Er notierte sich das Datum und fuhr zum Veranstaltungsort hinaus, der eine halbe Meile außerhalb des Dorfes lag: ein breites, offenes, etwa sechs Hektar großes Feld am Fuß der unteren Berghänge. Er redete mit Pritchard, fuhr dann mit Tarn und einer Handvoll Mutterschafe zum Üben hinaus. Er trug sich ein.

Die Sommerabende dehnten sich lang vor ihm aus. Er pfiff nach Tarn und ging wandern; unten am Fluß, wo er die Schwäne so melancholisch in die Dämmerung gleiten sah, oben auf den Bergen. Er ließ den Blick über das Tal schweifen – zum Friedhof von Penglydr hinüber, der voller langer Schatten war, hinauf zum Haus von Phoebe und Gillian: Die Fenster leuchteten im letzten Sonnenlicht, hier und da saßen Tauben auf dem Dach.

Er konnte sich nicht dazu durchringen, sie zu besuchen.

Die Dämmerung kam. Er ging nach Hause, betete, daß der Peugeot im Hof parken würde. Er rief in der Wohnung im Barbican an. Rowlands Stimme auf dem Anrufbeatworter.

»Tut mir leid, daß Sie mich nicht antreffen – bitte hinterlassen Sie eine Nachricht …«

Er vergrub sich in seiner Routine und ein paar Zufallsbekanntschaften; wenn die Sterne herauskamen, stieg er die Treppe hoch und legte sich schlafen, der Hund auf dem Fußboden neben ihm. Melancholie und Einsamkeit lagen tief begraben; mit schwindender Hoffnung wartete er darauf, daß

Rowland einfach so anrufen, ihn besuchen, in seinen Armen liegen würde.

Er schrieb einen langen Brief; er zitierte Beckett, ein Gedicht, für das man sterben konnte:

Wenn du mich nicht liebst, soll ich nicht geliebet werden.
Wenn ich dich nicht liebe, soll ich nicht lieben …

Er dachte an Gillian und das Gedicht, das sie ihm gewidmet hatte: nackt, aufgerichtet, anbetungsvoll, getauft von der herabschwebenden Taube …

Was tun?

Er behielt ihr Gedicht, legte es zwischen die Seiten des Buches von ihrem Vater.

Er zerriß den Beckett in tausend Stücke, die wie Schnee zu Boden rieselten.

Phoebe lag in ihrem hohen Eisenbett, Gillian saß auf dem niedrigen Holzstuhl auf der anderen Seite des Zimmers. Ihr Magen war ein schwarzes Meer, das unter einem zerrissenen Himmel tobte. Draußen breitete sich der Sommerabend über den Garten, die Gemüsebeete, den tiefen, stillen Teich. Auf der Wiese des Bauern standen die Kühe, vom Melken zurück, unter den Bäumen; über die Hügel flatterten Krähen.

Gillian rang immer wieder die Hände.

»Du hast mich nie geliebt.«

Phoebe bewegte sich auf ihrem Kopfkissen. Benutzte Tassen und Becher bedeckten den Nachttisch. Ihr Haar stand in weißen Büscheln vom Kopf ab, ihre Augen waren wie dunkle Steine, in denen sich nichts spiegelte.

»Das ist nicht wahr.«

Gillians Atemzüge kamen schnell und leicht. »So empfinde ich es aber. So hat es sich immer angefühlt.« Der Schweiß rann an ihr herunter; ein Strom aus Angst.

Phoebes knochige Hände glätteten das Überschlaglaken, das nicht mehr sauber war. »Gillian, ich …«

»Und meinen Vater auch nicht.« Gillian preßte die Finger ineinander.

Ein Luftstrom kam zum offenen Fenster herein, Staub wirbelte über den Fußboden.

»Das ist nicht …«

»Er wird nie erwähnt.«

Schweigen.

»Du hast die Erinnerung an ihn nicht lebendig gehalten.«

»Ich habe eine Gedenktafel aufgehängt …«

»Er hat mehr als das verdient. Er hat es verdient, am Leben erhalten zu werden. Die Erinnerung an ihn hätte lebendig bleiben müssen.« Sie glühte vor Zorn.

Phoebe bewegte den Kopf auf dem Kissen, sank wieder unter die Decken. Ihre Knochen waren wie Stöcke, und ihr Mund war trocken.

»Siehst du«, sagte Gillian, verzehrt von Feuer und Wasser. »Siehst du, du kannst nicht antworten.«

Phoebe wandte den Kopf in ihre Richtung. Alles schmerzte.

»Irgend etwas ist dir zugestoßen.«

Gillian stand auf.

»Ich bin deine Mutter«, sagte Phoebe.

Gillian lachte. Leinen, das in zwei Hälften riß.

»Was war denn? Sags mir.«

Junge Tauben flatterten über den Garten hin. Sie flogen am Fenster vorbei und ließen sich auf dem Dach nieder. Überall ihre weichen Töne.

»Nichts«, sagte Gillian, schon an der Tür. »Ich hätte nichts sagen sollen. Ich wünschte, ich hätte nicht …«

»Gillian?«

Sie blieb stehen und wandte sich um.

»Hol mir etwas zu trinken. Brennesseltee, im Kühlschrank ist eine Kanne. Oder Wasser. Irgendwas. Mein Mund ist wie …« Phoebe leckte sich über die rissigen Lippen.

Gillian verließ das Zimmer, ging den Flur entlang. Staubflocken tanzten in den Sonnenstrahlen, die auf den Läufer fielen: durch die offene Badezimmertür, durch die offene Tür zu ihrem Zimmer, wo die Stapel von weißem Papier lagen und trauerten.

Sie stieg die Treppe hinab, sie stieg zur Hölle hinab. Sie ging durch den dunklen, gefliesten Hausgang, der von Sünden befleckt war, weiter zur Küche, in der vor Schreck die Fliegen aufflogen. Brennesseltee, stark und bitter, hinein in die letzte saubere Tasse. Die Fenster waren geschlossen, die Stühle von Kleiderstapeln bedeckt, der Ausguß stand voll Geschirr; Milch, die in einem Topf sauer wurde.

Sie hatte das Haus seit Wochen nicht verlassen.

Sie war seit Ostern nicht mehr in der Kirche gewesen.

Ich muß spazierengehen. Gillian öffnete ein Fenster.

Sie trug das bittere Getränk zu Phoebe.

»Die Therapeutin muß vom Wert jedes einzelnen und von der jeder der ihr anvertrauten Personen innewohnenden Güte überzeugt sein. Sie muß mit einer klaren Ausrichtung ihres Seins arbeiten und im Gebet ihre Kraft finden ...«

Nesta saß teetrinkend und lesend in Cadair im Büro. Eine Freistunde, in der sie das Hausbuch aus dem Regal genommen hatte: nicht das Logbuch mit den Konferenzprotokollen, sondern einen Ordner mit losen Blättern, in den jeder seine Eintragungen machen, eine Seite mit einem Gedanken, einem Zitat oder einer Beobachtung einheften konnte.

»Wenn die Blinden sich selbst mit den Fingern in die Augen bohren, sehen sie vielleicht Lichtblitze ... Kinder, die ihre Köpfe anschlagen, wollen sich nur vergewissern, daß sie da sind ... Schreckliche Dinge geschehen in der Natur; die Natur ist extrem grausam ...«

Nesta saß nachdenklich da und lauschte auf die Geräusche des Hauses: Rollstühle, die herumwirbelten, sich drehten, sich verhakten; Lachen aus dem Refektorium, wo die Tische für ein frühes Abendessen gedeckt wurden, das Surren des herunterfahrenden Treppenlifts, das Klappen von Schwingtüren, Schreinereigeräusche und Vogelstimmen aus dem Stallhof. Das Gebrüll von Dominic, der über den Flur raste, unartikulierte Töne von Steven, den sie liebte; er wurde durch die Halle geschoben.

»Die Menschen erholen sich, und dann rutschen sie wieder zurück ... Wir sind nur Tropfen in einem Ozean, wir gehören zu etwas, das größer ist als wir selbst ...«

Die Einträge stammten von Martin, Zitate aus einer Fernsehsendung. »Everyman, Juni 1992«, hatte er geschrieben, und: »Ich bin froh, daß ich dies gesehen habe.«

Ich auch, dachte Nesta. *Eine klare Seinsausrichtung*. Sie sagte es laut. *Die Kraft aus dem Gebet beziehen.* Martin bezog seine Energie aus der Meditation, das hatte er ihnen einmal in der Mitarbeitersitzung erklärt. Er meditierte jeden Morgen und jeden Abend vor einem offenen Fenster: ein Ritual, ein Ritus.

Und sie?

Nesta trank ihren Tee aus, schloß den Ordner und stellte ihn wieder ins Regal. Als ich hierherkam, dachte sie, habe ich meine Energie aus einem großen Ringen gezogen, aus dem Kampf ums Überleben. Jetzt blicke ich auf mein Leben in dieser Zeit zurück, und das sehe ich: Vorwärtsdrängen durch Kummer, die Weigerung, unterzugehen, Entschlossenheit, ein neues Leben aufzubauen, aus mir herauszusehen. Ich habe tief in mir meine Kraft aus Hals Stimme bezogen, aus dem Wissen um alles, was wir füreinander gewesen sind.

Sie verließ das Büro, überquerte den ausgetretenen Steinfußboden der Halle, ging zu den weit geöffneten Türen des Hauses und sah die weitläufigen, sommerlichen Rasenflächen, die üppigen Bäume. Sie ging zur Kapelle, die gerade niemand benutzte, und betrat ihr glattes Weiß, beleuchtet durch die hohen Lichtschlitze unter dem achteckigen Dach. Sie zog ihre Schuhe aus und wirbelte in der leeren Stille umher – wie schon einmal, bevor sie und Phil ein Liebespaar geworden waren.

Musik ist überall, sie ist überall um dich herum.

Noch einmal legte sie sich auf den glänzenden Fußboden.

Und jetzt?

Jetzt ziehe ich meine Kraft wieder aus der Liebe, dachte sie und spürte warm die Sonne auf ihrem Gesicht. Ich kann nicht beten, ich werde nie gläubig werden, aber ich bin gesegnet worden.

Das sechs Hektar große Gelände war mit einer ganzen Reihe von Zäunen, Gattern und Markierpfosten für die Wettkämpfe vorbereitet worden. An einer Längsseite parkten Landrover; die Luft war erfüllt von Pfiffen und Pfeifenrauch, man sprach walisisch. Aus dem gesamten Tal kamen hier die Bauern zusammen: Es war ein Jahresereignis mit Tombola, Tratsch, hechelnden Hunden auf Autoladeflächen, herumrennenden Kindern. Dicke Sommerwolken segelten über die Berge hin, irgend jemand entdeckte einen Gleitschirmflieger, der auf den Fluß zutrieb; die Kinder rannten hin, um zuzusehen.

»Meinst du, der fällt rein?«

»Hoffentlich.«

Am anderen Ende der Weide hielt ein Gatter das jeweilige Trüppchen wartender Mutterschafe mit Hund und Besitzer zurück, die ausharrten, bis ihr Signal kam: die weiße Fahne, die hochgehalten und plötzlich herabgeschwenkt wurde. Das Tor schwang auf: Die Schafe kamen ängstlich blökend herein, verstreuten sich, senkten zum Grasen die Köpfe. Dann der Hund, geduckt, mit schnellen Bewegungen, dahinter der Bauer mit Pfeife und Krummstab. Die Stoppuhr war gestellt, der Wettkampf begann.

Die Pfeife, dünn und hoch: »Komm her, komm her.« Die Rufe, zeitlos.

Angsterfüllt trabten die Schafe von einem Markierpfosten zum nächsten Zaun, die Stoppuhr lief, Bauern mit Mützen standen herum, rauchten, sahen zu, warteten, daß sie drankämen, und hielten die Hunde dicht bei Fuß, die aufmerksam hechelnd zum Losrennen bereit waren.

»Bring sie her zu mir … seitwärts jetzt und flach …«

Edward stand neben seinem Landrover und nahm das Bild in sich auf. Tarn wimmerte und zerrte aufgeregt an der Leine.

»Ruhig! Du verausgabst dich.« Er machte Häkchen hinter

die Namen der Kontrahenten, sah auf die Uhr. Er entdeckte Ted und Gwen unter den Zuschauern und ging rüber, um hallo zu sagen; Enkelkinder wurden ihm vorgestellt.

»Wie stehts?«

»Sehr gut, danke.« Er zögerte ein bißchen. »Wie gehts Phoebe?«

»Hab sie eine ganze Weile nicht gesehen. Sie hat sicher viel zu tun – für sie ist das jetzt die Hauptsaison; ständig kommt jemand vorbei. Allerdings kommt sie normalerweise in die Kirche, wie Gillian auch. Ich muß es doch mal probieren und einfach rauffahren. Ein Los von der Tombola gefällig?«

Er kaufte eine ganze Reihe, ohne sich darüber Gedanken zu machen, was sie wohl kosteten, schlenderte weiter und begrüßte Pritchard.

»Schöner Tag für den Wettkampf.«

»Nicht schlecht.« Pritchards Zigarette klebte an seinen Lippen; er hatte gelbverfärbte Finger. Sein türkisäugiger Hund bellte von der Ladefläche seines Pick-up-Lasters herunter. Tarn zog an der Leine.

»Tarn! Fuß!« Er hielt sie zurück, besorgt, daß die übermäßige Aufregung ihre Leistung beeinträchtigen würde. An diesem Ort gab es natürlich niemanden, der etwas darum gab, auf welchem Platz sie beide hier landen würden, aber er wollte aus Prinzip, daß sie ihre Sache anständig machten. Nächste Woche würden die Scherer kommen, Männer, die ihr ganzes Leben mit Schafen verbracht hatten – er glaubte, er würde sich weniger wie ein Hochstapler oder Novize vorkommen, wenn er und sein Hund sich tapfer geschlagen hätten.

Nummer neun hatte seine Schafe ins Gatter gebracht; der Hund lag keuchend da, hier und da wurde vereinzelt geklatscht.

»Ganz gut gemacht.«

»Nicht schlecht.«

Edward, der die Nummer elf hatte, verließ mit Tarn die Zuschauerwiese, überquerte die nächste und ging zum Tor auf der gegenüberliegenden Seite. Seine Mutterschafe waren seit dem Morgen schon in einem Gatter, wo er sie auch getränkt hatte. Er ging mit raschen Schritten durch das Gelände, hörte Rufe und Bewegungen hinter der Hecke, war nervös.

»Ich hab Tarn für den Wettbewerb eingetragen«, hatte er Rowland bei einem der wöchentlichen Telefonate erzählt.

»Schön, schön.« Papiergeraschel auf dem Schreibtisch, dröhnende Busse vor dem Fenster, Sommer in der Stadt. »Hier ist es wie in einem Backofen.«

»Warum kommst du nicht raus? Jetzt ist alles am allerschönsten – es würde dir guttun ...«

»Ich wünschte, ich könnte. Im Augenblick siehts so aus, als könnte ich kaum durchschnaufen – ich bin für die nächsten Wochen total ausgebucht.« Kalenderseiten wurden umgeblättert, Stimmen näherten und entfernten sich wieder. »Ruf an und erzähl mir alles. Viel Glück!«

Zum Teufel.

Er wartete oben am Tor gespannt auf die Fahne. Tarn umkreiste das halbe Dutzend Mutterschafe, vor und zurück, vor und zurück; die Luft war schwer vom Grasgeruch; seine Hand lag auf dem Riegel.

Da. Das Aufblitzen von Weiß.

Er hob das Tor an, hielt es weit auf, pfiff. Die Tiere gingen schön langsam durch, ruhig halten, mach sie nicht müde, bevor es richtig losgeht, gutes Mädchen ...

Er ging rasch zur Mitte der Weide; hatte den Krummstab in der Hand, seine Tiere an seiner Seite.

Gillian ging wandern. Sie lief querfeldein, stolperte über Grasbüschel und Buckel. Sie keuchte in der Hitze, der Schweiß lief ihr herunter, die Rinder starrten sie an, und auf der Weide unter dem Bryncarnedd kamen ein, zwei Jungstiere auf sie zu. Sie brüllte und fuchtelte mit den Armen; sie trollten sich mit rollenden Augen. Sauerampfer streifte ihre nackten Beine, scharfe Schieferstücke drückten sich in ihre Fußsohlen. Schwer atmend stieg sie den steinigen Weg bergauf, die Augen auf den Boden gerichtet. Zu beiden Seiden sprangen die Schafe davon, der Adlerfarn war dicht und gab nicht nach, als sie versuchte, einen Zweig als Fliegenwedel abzubrechen. Grobe, zähe Stengel, die sich nicht von den Wurzeln lösen wollten.

Sie erreichte den Gipfel, den Steinhügel. Ein Bussardpaar stieg über ihr auf, kreiste, suchte, trieb auf sommerlichen Aufwinden dahin, hoch oben im Blau. Sie hatten sie ihr ganzes Leben lang beobachtet, sie wußten alles. Die kleinen, glänzenden Bohreraugen waren unsichtbar, aber wach.

Gillian stand neben dem Steinhügel. Sie suchte nach ihren geheiligten Steinen, fand einen nach dem anderen.

Sie nahm sie, verstieß sie aus dem Himmel und warf sie den Hang hinunter. Sie klapperten wie Knochen.

Sie hob die Arme zum verständnislosen Himmel empor und verlor sich in hemmungslosem Weinen.

»Ganz ruhig, ganz ruhig, nicht zu schnell, ruhig jetzt ...«

Sommerwolken segelten über die Berge hin, die Wiese war ein einziges Spiel aus wechselndem Licht und Schatten. Tarn brachte die Schafe um den Rundkurs, Edward rannte neben ihr her, blieb stehen, wenn sie anhielt, hielt sich im Gegenlicht die Hand über die Augen, beobachtete die rasche, flüssige Bewegung, mit der die Herde zum ersten Zaun ging, den ersten Markierstab rundete, den zweiten, sah einen Ausreißer in Richtung Hecke traben ...

Er pfiff, Tarn raste hin und hielt sie an.

»Platz!«

Er lief hinüber, das Schaf trollte sich; Tarn knurrte, aber er ließ sie es nicht zwicken.

»Weiter, weiter, weiter ...«

Wieder zurück zu den übrigen, die sich gerade zerstreuen wollten, sie fest beieinanderhalten, weitertreiben, runter zum Zaun auf der linken Seite ...

»Seitwärts jetzt, seitwärts ...«

Es kam ihm vor, als sei er schon immer hier draußen gewesen, rennend, rufend, pfeifend, in der Sonne schwitzend. Ein Blick auf die Uhr: Er lag jetzt schon drei Minuten über der Zeit. Wieder rauf, weg vom Zaun, zwischen den Markierpfosten durch, alle durchkriegen. Wieder brach eine aus, eine andere folgte ihr …

»Tarn! Schnell!«

Wie der Blitz war sie um sie herum, war flach auf dem Boden und wieder auf, trieb sie hinauf durch die Lücke und herum, runter zum Pferch in der Mitte, wo das Tor schon offenstand.

»Rüber, rüber, mach.«

Sein Großvater, der mit Ben draußen auf den Hügeln für den Wettbewerb geübt und gewonnen hatte, Urkunden hingen an der Küchenwand, wie er sich am weißen, steinernen Ausguß Wasser ins Gesicht spritzte und sich das Haar zurückkämmte. Ben lag ihm zu Füßen. Sonne vor dem Fenster. Alles, wie es sich gehörte.

»Tarn! Bring sie rein!«

Die Pfeife durchbohrte die Sommerluft, Männer standen am Rand der Wiese, die Schafe strömten in den Pferch, das Tor klappte zu.

»So ists gut.«

Sie lag mit bebenden Flanken am Tor. Drüben, auf der anderen Seite konnte er den einen oder anderen Nachbarn sehen, der ihm zunickte, und er wußte, daß er jetzt drin war, sich nicht lächerlich gemacht hatte: Sein Hund war ein anständiges Vieh, seine Schafe waren gut in Schuß.

Er wischte sich den Schweiß von der Stirn und dachte an nichts als an diesen Moment.

Phoebe erwachte, als die Haustür zugeschlagen wurde. Sie hörte die Tauben, die durch den Sommernachmittag gurrten. Der Garten raschelte, die Luft roch süß. Sie stand aus ihrem Bett auf und kroch den Flur entlang, arbeitete sich einen schmerzhaften Schritt nach dem anderen die Treppe hinunter und quälte sich langsam über die Fliesen zur Küche.

Ein Blick genügte. Berge von Kleidern und schmutzigem Geschirr, der Geruch von saurer Milch, Fliegenschwärme am Mülleimer; auf dem Tisch Konservendosen, grob aufgehebelt und mit Resten darin stehengelassen. Halbvolle Tassen mit längst kaltem Tee, Krümel auf dem Boden und Schmutz auf allem. Wespen. Bestimmt auch Mäuse.

Unerträglich.

Sie mochte nicht hinsehen.

Sie schlurfte fort von all dem, vorbei an der geschlossenen Tür vom Arbeitszimmer nach hinten, wo Kräuter an einem Haken hingen. Das Kratzen einer Maus, der Duft von Salbei. In einer Ecke das anfallartige Brummen des Kühlschranks. Phoebe öffnete die Hintertür, und ihr Garten begrüßte sie mit duftender Fülle. Lupinen, Lavendel und Rosenbüsche; durchscheinende Iris, jedes Jahr blauer, höher und schöner ...

Sie schleppte sich zur Bank.

In einer schattigen Ecke wiegten sich die papierweißen Blüten der Japananemone. Bienen saugten in den Malven, summten zwischen Fingerhüten und Stockrosen, Goldlack und Lavendel. Pfingstrosen öffneten sich, die Wegränder waren von Maiglöckchen gesäumt, Frauenmantel wuchs üppig über die Ziegel – der Frauenmantel, *Alchemilla Mollis,* war so etwas Hübsches, wenn die Regentropfen wie kugeliges, leuchtendes Quecksilber in den Blättern liegenblieben. Um die weiße und lilafarbene *Buddleia,* den Schmetterlingsstrauch, tanzten Schmetterlinge, die Obstbäume hatten saftige Blätter, Tauben flatterten über den ungemähten Rasen, der Teich hatte einen Rahmen aus Binsen.

Himmlisch.

Phoebe versuchte aufzustehen, um nachzusehen, wie es im Gemüsegarten aussah, aber sie konnte es nicht. Sie wußte, daß sie ins Gewächshaus gehen und dort gießen mußte. Sie konnte es nicht. Sie saß in der Nachmittagssonne, und der Garten war voller Leben, voller Schattentupfen.

Sie würde für immer hierbleiben.

Gillian fand sie schlafend auf der Bank. Sie ging an ihr vorbei zum Teich hinunter. Sie stand davor; er war golden in der schmelzenden Sonne.

»Ihre Mutter ist krank – sie war zu heftig mit Ihnen – Ihr schöner Morgen ist ruiniert worden ...«

Seine Hand auf ihrem Arm, nur ein Moment, eine Berührung …

Der nahende Frühling im Wind, im Gekräusel des Wassers …

»Die Dinge kommen und gehen – Ich bin sicher, daß Ihr Gedicht zu Ihnen zurückkehrt … und wenn es das tut, zeigen Sie es mir dann?«

»Ja. ja.«

Sie schlug die Hände vors Gesicht.

»Gillian?«

Phoebe war aufgewacht. Gillian kam den Weg entlang auf sie zu. Sommer, die Fülle des Juni. Alles lebendig und reich.

Und sie …

Ihre Augen waren geschwollen und wund. Sie wußte nicht, wo sie hinsehen sollte.

»Das Haus ist eine Schande.« Bei der Bewegung fuhr Phoebe vor Schmerz zusammen. »Wo um alles in der Welt hattest du denn deinen Kopf?«

Edward stand in der Küche und wählte Rowlands Nummer. Der schönste Sonnenuntergang, den er je gesehen hatte, beleuchtete die Berge drüben auf der anderen Talseite. Sogar hier hinter dem Haus zeigte der Himmel noch seine gloriosen goldenen Streifen. Bald würde er seine Herde das hintere Feld hinauftreiben, über den dahinter liegenden Weg und die niedrigen Hänge hinauf zum dicken Sommergras, das zwischen den Farnen wuchs; würde sie dort lassen, geschoren und frei. Und jetzt …

Das Telefon läutete in der Wohnung im Barbican. Sein Herz hämmerte.

Tarn lag draußen vor der offenen Hintertür in der Sonne. Ab und zu klopfte ihr Schwanz. Was für ein guter Hund.

»Hallo?«

Sein Herz tat einen Sprung.

»Rowland.«

»Ja?« Eine so beiläufige Betonung, als hätten sie gerade

miteinander gesprochen, als sei alles in bester Ordnung, und sie beide hätten bloß eine Verabredung zu klären.

»Wir haben beim Wettbewerb ganz gut abgeschnitten.«

Eine Pause. »Wettbewerb?«

»Schäferhundwettbewerb. Erinnerst du dich jetzt? Tarn war großartig. Bei den ersten waren wir natürlich nicht, wir waren weit über der Zeit, aber wir haben uns ganz gut geschlagen.«

»Schön, schön. Sehr gut. Ich freue mich.«

Schweigen. Ein Blick auf die Uhr – er konnte ihn spüren.

Er holte Atem. Tarn zuckte.

»Rowland?«

»Ja?«

Er mußte es sagen. »Ich kann so nicht weitermachen.«

Schweigen. Draußen auf der Weide gackerten die Hühner; eine Leghornhenne plusterte die Federn auf und badete im Staub. Süße, fragende Laute, alles hier war so schön, das halbe Dutzend Schafe aus dem Wettkampf war wieder auf der Weide, stand weit verstreut, graste gelassen. Und er …

»Was meinst du damit?«

Soviel Kälte in dieser Stimme.

»Du weißt, was ich meine. Du bist nie da. Ich sehe dich nie. Du fehlst mir, ich vermisse dich so …« Er bedeckte sein Gesicht.

Immer noch Schweigen.

»Rowland. Was tust du gerade?«

»Jetzt?«

»Jetzt.«

»Ich bin gerade auf dem Sprung, wenn du es genau wissen willst.«

»Um was zu tun?«

Ein Seufzer.

»Um über eine neue Aufnahme zu sprechen. Ein mögliche neue Aufnahme.«

»Mit wem?« Er drängelte und war lästig, es war ihm jetzt egal.

»Ein Mensch namens John Kirkby.«

Edward runzelte die Stirn. »John Kirkby? Der macht aber nicht ... der macht keine Kirchenmusik, oder?«

»Hab ich gesagt, daß ich über Kirchenmusik reden will?« Rowland klang gereizt. »Hör auf, mich auszufragen, Edward, ich bin müde. Wir reden später, ja?«

»Rowland, bitte ...«

Ein Seufzer. »Wir reden später.« Einen Hauch freundlicher. Einen kleinen.

»Gut.«

Er legte den Hörer auf. Er saß am Tisch, horchte auf die Hühner, die Schafe, Tarns Winseln im Schlaf, sah zu, wie die Strahlen der Sonne herabglitten.

Die Tage waren lang, und das Wetter war schön, aber die Nächte konnten immer noch kalt wie der Tod sein. Der Vollmond war bleich wie Marmor, blau geädert, er hing in einem Himmel von der Farbe der Trauer zwischen Sternen aus hingestreutem Rauhreif.

Phoebe saß in ihrem Schlafzimmer und schaukelte vor Schmerz hin und her. Das Bett war ein aufgewühltes Meer von Weiß, sie konnte die Berührung der Laken nicht ertragen, sie schauderte zusammen, wenn sie sie abschüttelte. Sie hob ihre ausgemergelten Beine, sie waren weiß wie Marmor und von blauen Adern durchzogen wie ein Netz von Flüssen auf der Landkarte, und schwang sie stöhnend auf die Seite des Bettes. Sie krümmte sich über ihrem Magen zusammen, ließ sich auf den staubigen Bettvorleger herab, quälte sich bis zur Kommode, um einen Pullover zu holen, sie rüttelte an einer Schublade, zog sie heraus, fand einen, egal, das erstbeste alte Ding war gut genug, und zog ihn schlotternd über den Kopf.

Schrecklich. Schreckliches, kratziges, schweres Ding. Jede Pore ihrer Haut wehrte sich dagegen, und immer noch klapperten ihre Zähne.

Wir sind kalt, so kalt,
Halt uns, halt.

Wer hatte das geschrieben?

Das Zimmer war erfüllt vom Mondlicht, vom Feld her kam der Schrei einer Füchsin. Bibbernd kroch Phoebe zum Fenster, um es zu schließen und sah den Garten, ihren Garten, von der Nacht versilbert. Er war immer noch schön, auch jetzt, da die Blüten sich in der Dunkelheit geschlossen hatten. Die Zweige der Apfelbäume glänzten. Auf der Mauer um den Gemüsegarten schliefen Tauben; Bambusstäbe stützten einander; die ersten Ranken der Bohnenpflanzen wanden sich schon darum.

Die Zwiebelbeete erstickten sicher unter dem Unkraut. Die Salatpflänzchen waren nicht gelichtet worden …

Gillian …

Gillian war mehr als nur unnütz.

Sie mußte da hinaus, sie mußte gesund werden und alles in Ordnung bringen …

Phoebe schob das Fenster zu und ließ den Vorhang herabfallen. Sie kroch zum Nachttisch und tastete nach ihren Tabletten. Sie nahm drei davon; die Packung war fast leer, sie mußte noch einmal in die Stadt, diesen Idioten von Doktor noch einmal aufsuchen, sich mehr beschaffen.

Wir sind kalt, so kalt,
Halt uns, halt.

Sie kroch wieder ins Bett. Der Schmerz in ihrem Rücken war so heftig, daß sie nicht liegen konnte; wenn sie sich aufsetzte, war es noch schlimmer; sie wußte nicht, was sie mit sich anfangen sollte.

Geräusche aus Gillians Zimmer: hin- und hergehende Schritte, Knarren.

Phoebe kauerte auf ihrem hohen Eisenbett, schaukelte vor und zurück, schaukelte und stöhnte die ganze Nacht hindurch.

Kurz nach neun fuhr Phil nach Cadair hinüber. Auf dem Gras lag noch der Tau, die Hecken glitzerten, als er durch die engen

Landstraßen kurvte, gelegentlich einem anderen Auto und einmal dem Tankwagen von der Molkerei begegnete, die Berge hinter Nestas Cottage hinauf und dann wieder abwärts ins Tal fuhr. Die Sonne stieg höher, der Fluß war hell, das Getreide war kräftig, wurde schon gelb.

Er schaltete herunter, bog langsam um die Ecke und hörte, wie hinten im Kombi, wo er seine gesamte Ausrüstung für den heutigen Tag in Kisten verstaut und in Decken gehüllt hatte, etwas in Rutschen geriet: Lautsprecher, Verstärker, Misch- und Kontrollpulte, Tonbänder, Mikrophon. Die Strecke wurde gerader, er trat aufs Gas und sang.

Nesta wartete im Stallhof. Langsam fuhr er auf sie zu, spürte, wie alles sich zusammenfügte, seinen Platz fand.

»Alles in Ordnung?« Sie begrüßte ihn mit einem Lächeln.

»Bestens.«

Ihre Finger trafen sich durch das offene Fenster. Der Hof war noch naß, lag noch imSchatten, die Luft war recht kühl. Gemeinsam entluden sie den Kombi; Martin kam heraus und half ihnen, die Kisten zur Kapelle hinüberzuschleppen.

Phil brauchte eine Stunde, um alles aufzubauen, Nesta überließ ihn sich selbst und kam nur einmal zurück, um zu sehen, wie er zurechtkam.

Er trug Kopfhörer; er ging zwischen Verstärker, Tonbandgerät und Mikrophon hin und her, schob Hebel, drückte Schalter, dirigierte mit den Fingern die Luft. Er bemerkte sie nicht, und einen Augenblick lang beobachtete sie ihn in seiner vollkommenen Versunkenheit. Dann legte er einen Schalter um, und die Kapelle erfüllte sich mit Klang; eine Saite vibrierte, zwei Töne antworteten als Echo aufeinander wie in einer Höhle, Regen fiel herab. Er sah sie und hob einen Finger, wartete, horchte, steigerte und verringerte die Lautstärke, hauchte ins Mikrophon, ging zum Bandgerät hinüber. Er nickte, legte wieder einen Schalter um, alles hielt an.

Die Sonne war höher gewandert, die Kapelle vom Vormittag erfüllt. Phil nahm einen zylindrischen, hölzernen Gegenstand und reichte ihn Nesta. Als sie ihn in der Hand hielt, zitterte es darin.

»Umdrehen. Halt ihn hoch und dreh ihn um.«

Sie tat es. Es regnete; rauschend, sanft, langsam.

Sie drehte ihn wieder um, schneller diesmal: Der Regen fiel heftiger, prasselte in die Stille.

Er lächelte und nahm die Kopfhörer ab. Blasse Haarsträhnen verfingen sich an den Ohrmuscheln.

»Ich finde es wunderbar.« Nesta dachte an Maureens Gesicht, an Nadine, die vor sich in die Luft griff, an die dünnen Händchen, die zupften und suchten, immer voll Hoffnung.

»Ein Regenmacher. Ich hab zwei gekauft. Als Geschenk.« Er nahm den anderen, der noch auf dem Tisch lag, und entfernte den Deckel: er zeigte ihr die dünnen Metallstreifen, die einer nach dem anderen wie Regen auf die Erde herabrieselten.

Steven beugte sich steif zum Mikrophon und redete zu ihm. Mit den beiden beweglichen Fingern drückte er auf einen Knopf am Aufnahmegerät, und das Band wurde zurückgespult. Ein anderer Knopf: »Dann macht das Band eine Schleife«, erklärte Phil, der neben ihm in der Hocke saß. »Dann hörst du die Töne immer wieder von vorne. Okay, los gehts.« Steven drückte wieder den Knopf, wurde zu einem anderen geführt. Auf einmal erfüllte seine Stimme den Raum: tiefe, heisere, starke Töne, die ständig wiederholt wurden und einen Rhythmus bildeten. Er zappelte und zuckte, er lauschte.

»Probier das mal.« Phil führte seine Hand wie ein Bündel Zweige zum Synthesizer. »Möchtest du laute oder leise Musik hören?«

Nesta, die neben ihm saß, wiederholte die Frage in Gebärden und sah, wie Interesse und Konzentration Stevens schiefes Gesicht erfüllten.

»Laut«, zeigte Steven, »Laut!«

»Gut ...« Phil fuhr den Lautstärkeregler nach oben, Steven drückte einen flachen roten Hebel. Heisere Celloklänge ertönten.

»So? So laut wie das hier?« Steven nickte. »Findest du nicht, daß es ein bißchen klingt wie du, das Cello? Soll ich deine Stimme noch mal spielen?«

Stevens krummes Lächeln wurde breiter, seine Hände fuchtelten hoch in der Luft, er ächzte.

»Wir haben Zeit, jede Menge Zeit …«

Minutenlang wechselten sie zwischen Stimme und Cello hin und her, hörten zu, mischten, hörten es noch einmal an, fuhren die Lautstärke herunter. »Nur ein bißchen, ja?« Was sich herausschälte, war so klangvoll und tief, daß Nestas Augen, die Stevens geliebtes, verzerrtes Gesicht, das Zucken des dunklen, knochigen Kopfes und seine gespannte Aufmerksamkeit beobachteten, sich mit Tränen füllten.

»Okay.« Phil führte Stevens Finger wieder zum Pult; er schaltete einen Schalter nach dem anderen aus. »Großartig! Gut gemacht, Steven, vielen Dank, ich finde, es ist ein richtig schöner Sound geworden, findest du nicht? Sollen wir jetzt jemand anderen hören?«

Steven zuckte und sagte etwas mit seiner lauten, heiseren Stimme.

»Du willst nicht aufhören, was?« sagte Nesta in Zeichensprache. »Es war wunderbar, ich weiß. Wir machen es wieder.«

Sie sah auf die Uhr. Das hier war etwas, das Tage in Anspruch nehmen würde, und nicht bloß einen Vormittag. Es war etwas Kraftspendendes, Veränderndes.

»Du bist ein Naturtalent«, sagte sie zu Phil, der am Mischpult hantierte. »Das war …«

»Ganz gut, oder?« Er strich sich das Haar aus dem Gesicht. »Wer kommt jetzt dran?«

»Wollen wir es mit zweien versuchen? Mit Nadine und Robert?«

Robert stand auf seinem Stammplatz unter den tanzenden Lichbündeln und starrte mit offenem Mund nach oben. Nadine schmiegte sich ängstlich an Nesta und klammerte sich an ihre Hand.

»Laßt uns ein Dreieck bilden.« Nesta führte Robert sanft zu einem Stuhl. Die drei saßen im Sonnenlicht.

»Schau mal, was du damit machen kannst.« Sie gab Nadine den Holzzylinder. Robert bekam eine mit dickem Leder bezogene Trommel. Er saß da, umarmte sie und starrte vor sich hin. Nadine machte eine Bewegung, und der Regenmacher zitterte – sie schrak zusammen. »Schau.« Nesta zeigte ihr, wie es ging; unsicher hielt sie den Zylinder hoch. Und herab fiel der Regen in silbrigen Fäden. Ein flackerndes Lächeln.

»Ja! Das war schön. Versuchs noch mal. Dreh es auf den Kopf, siehst du?«

Sehr langsam drehte Nadine den Zylinder, der Regen fiel sanft, ein Sommerschauer. Robert starrte weiter vor sich hin, als sei nichts gewesen. Phil beobachtete sie.

Nesta ließ Nadine den Regen herumschwingen, dann kniete sie sich neben Robert und hob seine Hände. Sie schlug damit auf die Trommelhaut; eins, zwei, eins, zwei, wie ein Herzschlag. Der schimmernde Regen rieselte herab, der Puls der Trommel stimmte mit ein. Phil hantierte hinter ihnen mit etwas herum. Robert atmete schwer; Phil kam mit dem Mikrophon zu ihm.

»Willst du das mal probieren?«

Sie schoben die Stühle zurück; Phil kniete sich hin, und Roberts schwerer, langsamer Atem wurde zu etwas Hohlem, Mysteriösem verstärkt, zum Geist des fallenden Regens im tiefen Wald, dazu ein ruhiger Herzschlag: eins, zwei, eins, zwei.

»Mach so weiter.« Phil gab Nesta das Mikrophon und ging schnell zu Bandgerät und Mischpult hinüber, lange Finger bewegten die Regler, während Nadine den Regen hochhielt und der Regengott ein- und ausdriftete, eins, zwei, und wie der Wind atmete.

Peng machte der Briefkasten. Ein weißes Rechteck auf der Matte.

Gillian bebte, als sie den Flur entlangkam. Sie hob den Brief auf, das Blut raste in ihr.

Ihr Name.
Die Mandrake Press.
Wütend riß sie den Umschlag auf.

Liebe Ms. Traherne, ich weiß nicht, ob Sie meinen letzten Brief erhalten haben …

Sie nahm ihn mit in die Küche, wo im Kessel das Wasser für den Morgentee kochte. Phoebe lag im Bett, fordernd, mit ausgedörrter Kehle. Gillian öffnete den Deckel der Koksschütte im Herd; es war nicht mehr viel drin, sollte aufgefüllt werden. Noch etwas, das getan werden mußte. Sie nahm ihren Brief mit dem ganzen Gerede über Festivals, Pläne, Gesprächsforen und riß ihn in Stücke. Sie warf die Stücke ins Maul des Höllenfeuers und sah zu, wie sie auf die brennenden Kohlen fielen. Sie kringelten sich, wurden schwarz, vom Feuer verzehrt.

Peng machte der Deckel.

Gillian goß Tee auf, spülte flüchtig am Spülstein zwei Becher aus. Alles war voller Unrat und Chaos. Phoebe war wütend. Ihr war es egal. Sie trug das Tablett die Treppe hinauf, vorbei an dem treulosen Briefkasten. Der Tee schwappte aus der Tülle der blaßgrünen Teekanne, das Tablett schwamm.

Phoebe bemerkte es nicht. Sie versuchte, sich aufzusetzen und an die Kopfkissen zu lehnen; sie bat Gillian, ihr zu helfen, und schrie auf vor Schmerzen.

»So doch nicht!«

Wütend und ängstlich wich Gillian zurück.

»Wie soll ich denn …«

»Ich weiß nicht, ich weiß es nicht …«

Irgendwie gelang es ihnen. Phoebe nippte am Tee.

»Soll ich den Arzt anrufen?«

»Nein.« Der Becher zitterte, sie mußte auf die Toilette. »Ich fahr selbst, muß ich ja. Brauch noch Tabletten …« Der Becher zitterte noch heftiger, Tee schwappte über die Laken. »Oh, verdammter Mist.«

Es klopfte an der Haustür. Bebend ging Gillian hin.

Er war da, er war gekommen, um sie zu sehen …

»Ich komme hoffentlich nicht ungelegen.« Nesta stand strahlend im Eingang. »Ich wollte schon so lange rüberkommen …« Sie sah Gillian an, die feindselig starrend die Tür blockierte. »Wie geht es Ihnen?«

»Mir geht es ausgezeichnet.«

»Schön. Gut, ich …« Sie zögerte noch, überlegte. »Und Phoebe?«

»Sie will zum Doktor.«

»Heute?«

»Weiß ich nicht.«

Nesta sah sie an, sie sah aufgelöst aus, fast entstellt. Sie sah …

Es mußte etwas geschehen sein.

»Gillian, ist wirklich alles in Ordnung?«

»Kümmern Sie sich um Ihre eigenen Angelegenheiten.«

Nesta zuckte zurück.

»Gillian?« Phoebes Stimme, schwach, aus dem ersten Stock. »Wer ist da?«

»Nesta.« Gillian zitterte am ganzen Leib. Sie schob schon die Tür zu. Schnell sagte Nesta: »Gillian … bitte … ich möchte sie sehen …« Sie ging in den Flur. Das Haus stank. Sie hustete.

»Machen Sie, was Sie wollen.« Gillian drehte sich um und stiefelte den Gang hinunter.

Nesta ging in den oberen Stock. Ein saurer Geruch nach Verdorbenem kam von unten herauf, etwas widerlich Süßliches erfüllte die Luft hier oben. Sie ging den Flur entlang, vorbei an Gillians geschlossener Zimmertür zu den offenen Türen am Ende. Das Bad. Phoebes Zimmer.

»Hallo?«

Sie sah nur einmal hin.

»Phoebe …«

Ein Krankenwagen raste über die kleinen Landstraßen.

18

Nesta fuhr Phoebe ins Krankenhaus nach. Gwen kam zum Haus, stand mit einem Korb im Eingang.

»Alles in Ordnung, Liebes? Ich hab dich ja seit Wochen nicht zu Gesicht gekriegt.«

Gillian starrte sie nur an. Gwen sah verfilzte Haare, rotgeränderte Augen, Kleider, die gewaschen werden mußten.

»Alles in Ordnung?« fragte sie wieder.

Gillian schüttelte den Kopf. »Ich bin mit der Hausarbeit nicht nachgekommen.«

Gwen runzelte die Stirn. Sie nahm die übliche Dunkelheit des Hausflurs wahr, dann roch sie den Gestank.

»Gillian ...«

»Was willst du?«

Gwen war erschüttert.

»Ich wollte wissen, wie es deiner Mutter so geht.«

»Weggebracht worden.«

»Weggebracht worden?«

»Ins Krankenhaus.«

Gillian trat zur Seite, machte eine Geste. Gwen ging an ihr vorbei in die stinkende Küche.

»Du meine Güte.«

Sie riß die Fenster auf, ging nach hinten und zog den Riegel von der Tür. Sie atmete die Frische eines sommerlichen Gartens an einem schönen Sommermorgen ein; sie sah das ungemähte Gras, die Löwenzahnblüten. Sie schüttelte den Kopf.

»Wußt ichs doch; ich hätte raufkommen sollen.«

Eine Taube flatterte an ihr vorbei. Gillian tauchte hinter ihr auf und ging geradewegs zum Gewächshaus. Dort stand sie dann und stapelte Blumentöpfe aufeinander. Die Anzuchtkästen waren voll japsender Pflanzen, schlapp gewordener Lobelien, Alyssum und Stiefmütterchen. Sie nahm eine leere

Gießkanne, drehte sie auf den Kopf und schüttelte sie. Geschah ihr recht.

Gwen ging wieder ins Haus zurück. Für einen Augenblick blieb sie unsicher in der Küche stehen, dann machte sie sich an die Arbeit.

Das Telefon klingelte. Gillian stand in der sauber gefegten und geschrubbten Küche.

»Ja?«

»Ich bins«, sagte Nesta.

»Ja?«

»Es tut mir leid, daß ich nicht eher angerufen habe.«

Gillian wartete.

»Phoebe hat ein paar Untersuchungen über sich ergehen lassen. Der Arzt spricht später mit ihr; sie schläft jetzt.«

Gillian sah auf ihre Armbanduhr. Die Nachmittagssonne wärmte das Feld auf der anderen Seite der Straße; oben rumorte Gwen mit dem Staubsauger herum.

»Um wieviel Uhr kommt sie nach Hause?«

»Gillian ... ich glaube, sie muß für eine Weile hierbleiben.«

»Wie lange?«

»Ein paar Tage bestimmt. Kommen Sie zurecht? Mir ist jetzt gar nicht wohl dabei, aber ich hab heute abend Dienst; sonst würde ich noch einmal wiederkommen und Sie besuchen ...«

»Machen Sie sich bitte keine Mühe«, sagte Gillian. »Eine alte Freundin der Familie ist zufällig gerade zu Besuch gekommen.«

»Ah, gut. Soll ich Ihnen den Namen des Stationsarztes sagen?«

»Moment.«

In einer Tasse fand sie einen Bleistift und notierte den Namen auf einer Zeitung. »Hopkins«, wiederholte sie und schrieb sich die Durchwahlnummer auf, die Nesta ihr diktierte. »Ich werde sie nicht benutzen«, sagte sie. »Höchstens im Notfall. Die haben sicher viel zu tun. Haben Krankenhäuser meistens.«

»Ja, aber ...« Nesta unterbrach sich. »Ich denke doch, daß Sie sie gern sehen möchten. Ich könnte Sie rüberfahren ...«

Gillian knetete die Telefonschnur. Sie wickelte sie um ihre Finger, befreite sich dann wieder. Oben quietschte der Staubsauger aus Phoebes Zimmer heraus und über den Flur.

»Hallo?« fragte Nesta.

Gwen kniete oben im Flur vor der Steckdose neben dem Schrank. Bodendielen knarrten. Gillian hörte sie ächzen und keuchen. Der Staubsauer fing an zu brüllen. Bald wäre er bei ihrer Dichtung, die um ihr Leben kämpfte.

»Ich muß gehen«, sagte sie. »Es gibt Dinge, um die ich mich kümmern muß.«

»Ich bin morgen um die Mittagszeit zu Hause. Ich ruf Sie an. Soll ich Phoebe alles Liebe von Ihnen bestellen?«

»Liebe läßt sich nicht so leicht bestellen.« Gillian legte auf. »Gwen! Gwen!«

Der Staubsauger verschlang das Haus.

»Gwen!!«

Sie keuchte die Treppe hinauf.

Gwen, die gerade den uralten Läufer absaugte, sah ein wild dreinblickendes Geschöpf auf sich zustürzen.

»Was um Himmels ...« Hastig schaltete sie den Staubsauger aus.

»Geh nicht in mein Zimmer.« Gillian japste. »Du darfst mein Zimmer nicht anrühren.«

»Ich geh nicht mal in die Nähe«, sagte Gwen. »Nur keine Sorge.«

Sie sah Gillian an, die ungewaschen und schrecklich vor ihr stand.

»Warum nimmst du nicht ein schönes heißes Bad?«

»Der Höllenschlund ... der Herd ... der Boiler ... alles ist ... nichts ist ...«

Gillian sackte auf der Treppe zwischen Himmel und Hölle zusammen und weinte wie besessen.

Die Schafscherer kamen. Die Straße war von Geschäftigkeit erfüllt, Tarn raste ganz außer sich vor Aufregung um die plärrenden Muttertiere herum und trieb sie zu jeweils sechsen in die Pferche unter den Bäumen. Die Männer arbeiteten stetig, sie stutzten, schoren und stempelten mit Farbe. Vliesballen fielen herab, landeten in der kräftigen Nachmittagssonne. Die Schafe kämpften: ganz neue, nackte, knochige Geschöpfe lagen da auf dem Rücken, weiße Beine traten strampelnd in die Luft, gelbe Augen waren weit vor Angst. Edward, der ganze Arme voll fettiger Wolle in Säcke stopfte, wenn er nicht mit Tarn das nächste halbe Dutzend holen ging, war voll widerstreitender Gefühle: seine Schafe, von Fremden so rauh und unpersönlich behandelt.

Er ließ sich solche Gedanken nicht anmerken, als er für jeden kahlen Trupp das Gatter öffnete und die nächsten sechs hineintrieb. Wenn sie freigelassen wurden, rannten die Schafe schneller, als er sie je – außer beim Wettbewerb – hatte rennen sehen, und machten sich über die Weide den Hang hinunter davon. Ihre Lämmer folgten ihnen mit großen Sprüngen, suchten und blökten, schubsten dunkle Zitzen, Lockenköpfe mit angelegten Ohren preßten sich unter abgeschabte rosa Haut. Hier und da hingen noch Wollfetzen oder baumelten an absurden Stellen: Die Tiere sahen prähistorisch aus, häßlich, wie die kahlen Leiber mit groben, scharlachroten Lettern gestempelt waren. Nach ein paar Minuten grasten sie wieder, warfen dunkle Schatten aufs Gras, als der Nachmittag fortschritt.

Die Männer machten Pause unter den Bäumen, tranken Tee aus Thermosflaschen, rauchten. Mückenschwärme tanzten über den Gattern, überall waren Fliegen. Tarn saß mit hängender Zunge bei den Männern. Edward stopfte das letzte Vlies in den Sack und zählte, wie viele noch drankämen.

»Was denken Sie, wann wir auf der rückwärtigen Weide weitermachen?«

Die Hühner waren für diesen Tag eingesperrt worden; sie gackerten und machten sich wichtig, ließen sich dann aber in ihren Kästen nieder, still, mit glänzenden Augen.

Die Männer wischten sich den Schweiß ab, sahen auf Uhren.

»Noch eine Stunde? Müßte hinhauen.«

Edward nickte und kam zu ihnen in den Schatten. Sie sprachen über die Hitze, über Marktpreise und das fahrbare Desinfektionsbad, das morgen kommen würde. Distelsamen wehten über die Weide hin. Tarn keuchte.

»Hat ihre Sache beim Wettbewerb gut gemacht.«

»Danke.«

Sie schwiegen, ruhten sich aus, rauchten. Edward saß da und betrachtete seine kahlgeschorenen Schützlinge. Es machte kaum einen Unterschied, wann sie auf die rückwärtige Weide weiterziehen oder wann die Männer zusammenpacken und nach Hause gehen würden. Er hatte nichts anderes zu tun, als der Jahreszeit zu folgen, die jetzt Scheren, Tauchen und Kontrollen auf Klauenfäule verlangte; bald würde er sie auf die Berge treiben, und dann würde es wieder still auf dem Hof.

Und dann?

Distelsamen wehten über die Weide hin. Krähen krächzten in den Bäumen. Überall war Sommer.

»Dann wollen wir mal«, sagte einer der Männer.

Edward stand auf, klopfte sich die Hosenbeine: Tarn war auf wie der Blitz und heftete sich an seine Fersen, als er wieder mit dem Krummstab in der Hand über die Wiese ging, auf der die Schatten länger wurden.

Das Haus war frisch, sauber und duftete. Blanke Teller reihten sich auf dem Tellerbord, glänzende Töpfe auf dem Regal. An der Leine unter den Apfelbäumen hing tropfend die Wäsche.

»So«, sagte Gwen. »So ists besser.«

Sie saß am Tisch und trank Tee. Gillian saß ihr bleich und gewaschen gegenüber und hielt sich an einer Tasse fest. Ihr Haar war noch naß vom lauwarmen Bad und dem letzten Rest Shampoo; es klebte ihr schlecht durchgekämmt am Kopf, trocknete langsam.

»So eine Geschichte«, sagte Gwen. »Was für eine Aufregung. Arme Phoebe. Ich nehm dich morgen mit zu ihr zu Besuch.«

Gillian antwortete nicht. Sie konnte ihre Gedichte nicht sterben lassen.

»Und du kommst runter und bleibst erst mal bei uns«, sagte Gwen. »Das wär doch was, oder? Nur bis die Mutter wieder nach Hause kommt?«

»Ich ...«

»Wir würden uns über ein bißchen Gesellschaft freuen, es ist ja so still, seit Sally weg ist. Na ja, die Kinder sind andauernd bei uns, aber wir haben Platz genug.« Sie sah Gillian an. »Du siehst wirklich mitgenommen aus. Du mußt ja krank vor Sorge gewesen sein – ich wünschte, du hättest angerufen.«

Gillian schlürfte ihren Tee. »Tut mir leid.«

»Dir muß überhaupt nichts leid tun. Du trinkst das aus, und dann packen wir ein paar Sachen und gehen zum Abendessen zu uns nach Hause. Ich ruf Ted an, daß er uns holen soll. Hast du einen Schlüssel? Ted kann morgen raufkommen und mähen.«

Vor dem offenen Fenster gurrten leise die Tauben. Der Duft des Gartens war himmlisch, sie konnte die Bienen hören. Die Sonne glitt abwärts; bald würde sie in den Teich sinken, eine Lampe aus Gold, aufgespießt von Rohrkolben und Riedgras. Sie würde hinuntergehen und davor stehenbleiben, die Gegenwart Gottes zu suchen. Heute abend in dem stillen, sauberen Haus würde sie wieder schreiben.

Sie stellte ihre Tasse ab. Sie sagte: »Du warst sehr gütig. Ich komme jetzt zurecht. Ich möchte lieber bleiben.«

Gwen schüttelte den Kopf. »Mir gefällt der Gedanke gar nicht, daß du hier oben allein bist, Herzchen. Ich bin ganz sicher, daß die Mutter dich lieber bei uns sehen würde. Na komm ...« Sie streckte über den Tisch hinweg den Arm aus und tätschelte Gillians Hände mit den abgekauten Nägeln. »Guck dir diese Nägel an – da ist ja fast nichts übrig. So was. Na komm jetzt, hol deine Sachen.«

»Nein.« Gillian zog ihre Hände weg. »Das verstehst du nicht. Ich muß im Haus bleiben.« Sie machte eine Gebärde; ihr Gesicht war weiß, die Augen hatten Ränder von den schlaflosen Nächten. »Alles ist hier«, sagte sie unsicher.

Sie stand am stillen Teich, wo die Sonne schmolz. Insekten kletterten in Schilf und Binsen herum. Eine glänzende, glupschäugige Libelle schwebte herum, schoß mit goldenen Schwingen voran. Wasserläufer zuckten über die Oberfläche; winzige Wellen kamen und gingen. Irgendwo im geheimnisvoll dichten Schilf kletterte langsam ein Frosch herum: Gillian konnte ihn hören, er war naß und einsam. Ganz plötzlich sprang er, ein Bogen von Freude in der Sonne: plopp, weg war er, und die Ringe auf dem Wasser wurden weiter.

Distelwolle wehte von der Bauernwiese her über die Hecke. Die Kühe waren vom Melken zurück und rupften das saftige Sommergras. Die Tauben waren gekommen, um sich ihre Körner vom Gartenweg zu holen, flogen weiß, golden und liebend durch den Abend. Edwards Name war überall, wurde leise gesagt.

Edward hatte sie entzweigebrochen.

Ich werde mich reinigen, sagte Gillian in das stille, tiefe Wasser hinein. Ich habe keinen Kontakt mehr zu Gott und zur Heiligkeit. Gottes Opfer sind ein gebrochener Geist, ein gebrochenes, reuiges Herz. Ich werde Demut suchen.

Die Sonne sank tief; Abend und Wasser verdunkelten sich.

Wenn meine Mutter nach Hause kommt, sagte Gillian, dann fangen wir ein neues Leben an. Die Tauben hoben sich weiß vor den dunklen Wolken ab. Gillian kniete nieder, neigte den Kopf und versprengte heiliges Wasser.

Sie ging durch den Garten, der erfüllt war von Dämmmerung und Nachtfaltern.

Die Nacht brach an. Gillian ging durch das leere Haus. Lichter brannten, dahinter waren Teiche aus Dunkelheit. Die Stille legte sich schwer auf sie, dröhnte in ihren Ohren. Sie horchte auf die scharrende Maus und hörte sie auch, tief unten zwischen den Säcken. »Du bist verschont geblieben«, sagte sie laut. Motten schlugen gegen die Fensterscheiben. Bodendielen knarrten. Die frisch aufgefüllte, brennende Kohle im Herd rutschte und seufzte. Klänge, die tief gingen und im Inneren liegenblieben.

Gillian wanderte im leeren Haus umher und spürte ihren Gedichten nach, horchte auf gebrochenes, drängendes Flüstern. Zuerst konnte sie sie nicht hören; und dann waren sie überall – sie ertranken unter den Fliesen im Flur, wo Gwen gescheuert und geschrubbt hatte und Wasser in die Ritzen gelaufen war. Mit schwachen, wäßrigen Stimmen sprachen sie zu ihr: rette uns, rette uns. Sie waren überall im Haus, Gillian ging überallhin und hörte zu, unkontrolliert, ungefragt.

Sie öffnete die Tür zum Arbeitszimmer ihres Vaters, das so lange leergestanden hatte. Die Tür klemmte zuerst, dann gab sie nach. Staub wirbelte auf: Gwen hatte diesen Raum nicht angerührt. Gillian sah in die Dunkelheit hinein, versuchte, Licht zu machen, aber die Birne war kaputt. Irgend etwas hastete über den Boden. Alles roch feucht. Gillian trat über die Schwelle. Kisten, überflüssige Möbel, alles, was im Weg gewesen war, hatte sich hier angesammelt; das einstige Arbeitszimmer war Lagerraum, Rumpelkammer, Müllhalde geworden.

Vor dem Fenster leuchteten Sterne. Die dunklen Umrisse ungewollter Gegenstände lauerten. Sie stand in der Stille und lauschte.

Papierene Stimmen.

Das Kratzen eines Füllhalters.

Gillian stieg die Treppe hinauf. Sie ging in ihr Zimmer, überquerte den Boden mit seinen Bergen von Weiß. Überall Stimmen: schreib uns auf, schreib uns auf, errette uns vor dem Tod.

Sie befahl ihnen, still zu sein.

Sie setzte sich an ihren Schreibtisch und nahm die Kappe von ihrem marmorierten Füllhalter. Sie schraubte den Kolben auf und tauchte den Füllhalter ins Tintenfaß: Er trank von der Schwärze, wurde gefüllt, war voller Verlangen. Unter ihrem steinernen Gewicht warteten stöhnend die Gedichte.

Manche Dinge waren männlich, andere weiblich …

Weißes Papier lag unter dem Füllhalter, wartete darauf, seine Berührung zu empfangen …

Gillian bebte und zitterte.

Edward, flüsterte der Raum mit all seinem Staub und seiner Zerbrochenheit. Edward, Edward …

Gillian nahm den Füllhalter. Sie hielt ihn über das wartende Papier, und namenlose, qualvolle Gefühle nahmen von ihr Besitz.

Eine Frau, ihrer Gewänder entkleidet, nackt, voller Anbetung …

Voller Sehnsucht und Begierde …

Verwandelt durch die Liebe, öffnete sich der Sonne, wartete auf ein Wort, eine Berührung …

Komm zu mir – komm in mich hinein – durchbohre und erfülle mich …

Weggeworfen in die Dunkelheit.

Gillian warf ihren Füllhalter hin. Zorn und Kummer führten Krieg in ihr, Stimmen erhoben sich um sie, schlugen und lärmten …

»Ich kann nicht schreiben! Ich kann nicht schreiben!«

Demut und Heiligkeit schwammen davon.

Der Teufel war in diesem Raum. Der Teufel hatte sie erobert, sie war besessen.

»Ich kann nicht schreiben!«

Geheul ging durchs Haus.

Gillian stieß ihre Tür auf. Weinend lief sie über den Flur in Phoebes Zimmer.

Das Bett war abgezogen, die Decken waren sauber gefaltet. Alles war gewischt, abgestaubt, sauber aufgeräumt, die Bücher waren gerade aufgestellt, die Tassen mit den bitteren Kräuteraufgüssen nach unten getragen und abgewaschen, der Nachttisch war poliert. Das Fenster war leicht geöffnet: die Nachtluft kühl und wunderbar.

So sollte alles sein.

Ordnung und Sauberkeit. Alles versorgt.

Gillian preßte sich die Hände auf die Schläfen. Besessen riß sie an ihren Haaren.

»Ich kann nicht, ich kann nicht …«

Mondlicht versilberte das Zimmer.

Gillian verließ es mit Geheul.
Durch alle Stunden der Nacht.

Der Morgen dämmerte. Gillian lag mitten in ihrem Haufen von Müll auf dem Bett. Sie war eingeschlafen, aufgewacht, wieder eingeschlafen, hatte sich in die klumpigen Kissen gedrückt und Vergessen gesucht. Jetzt erwachte sie wieder und sah zu, wie der Sommermorgen das Zimmer erfüllte, blaß, rein und schön.

Erschöpfung erfüllte sie. Sie lag da und wartete, daß Phoebe den Tag beginnen würde.

Sie wartete auf die Schritte, energisch wie immer, auf das Rasseln im Herd, auf den Wasserkessel, der unter den laufenden Wasserhahn gehalten wurde, auf den Ruf vom Fuß der Treppe her: »Frühstück!«

Sie wartete, lauschte auf den Gesang der Vögel an der Landstraße: lauthals, flüssig, kunstvoll, glücklich. Ein großes Gewicht legte sich auf sie, sie ächzte darunter.

Endlich stand sie auf, ging die Treppe hinunter, stieg hinab zur Hölle. Sie füllte den Wasserkessel, füllte Koks nach, sie ging zum hinteren Flur und öffnete die Tür zum Garten. Alles war von Tau bedeckt. Fette, gesprenkelte Spinnen hingen in ihren silbrigen Netzen, die Tauben waren schon wach, murmelten sich etwas zu.

Alles, wie es sein soll, sagte Phoebe.

Gillian ging ins Haus zurück. Sie wählte die Nummer, die sie mit Bleistift auf die Zeitung notiert hatte. Das Wasser kochte, der Deckel des Kessels schlug klappernd auf und ab. Dampf entwich in hektischen Wolken.

»Hopkins, Stationsschwester. Bitte?«

»Sagen Sie meiner Mutter ...«, sagte Gillian.

»Hallo?«

»Sagen Sie meiner Mutter ...«

Weinend legte sie den Hörer auf.

Gillian machte sich auf in die Kirche von Penglydr, um dort ihre Rettung zu suchen. Ein Kombi parkte am taunassen

Straßenrand. Sie ließ ihr Fahrrad unten am Torweg und ging den glatten grauen Pfad entlang zum Portal. Amseln und Drosseln hopsten zwischen den Gräbern herum. Zwei Schafe hielten das Gras kurz.

Gillian erreichte das schwere Westportal und drehte am Türknopf. Der Chor aus Luft, als sie die Tür öffnete: Sie spürte, wie ihr Herz voll Hoffnung schneller schlug. Hinein in die Zuflucht aus Sandsteinplatten, Orgel und strömendem Licht. Aufgestapelte Gebetbücher, hallende Schritte, Stein, Holz und Gobelin; der Geist Gottes, der sich durch das Bleiglas auf Taufbecken, Kreuz und Kanzel ergoß, auf die Bibel mit ihrem schwarzen Einband und den goldenen Schließen, der sich hielt auf dem Rücken des Adlers, der durch die Lüfte segelte …

Und was war das?

Kabel, die sich über den Steinboden ringelten. Kabel auf den Stufen zum Altar. Ein Mikrophon. Ein Mann.

Phil blickte von seinem Kassettendeck auf. Eine Kassette wurde zurückgespult, die Spule drehte sich in der Stille.

»Gillian. Wie geht es Ihnen?«

Gillian starrte ihn feindselig an. »Was tun Sie hier?«

»Ich probier bloß was aus.« Er schaltete das Gerät aus und lächelte sie an. Das strömende Morgensonnenlicht leuchtete auf Haarsträhnen. »Tut mir leid – Sie haben Ruhe und Frieden gesucht.«

»Ich habe Heiligkeit gesucht.« Mit feuerrotem Gesicht stieg Gillian über die Kabel.«Was ist hier los?«

»Vorbereitungen für ein Konzert. Ich habe mit einigen Kindern in Cadair gearbeitet, Musik gemacht.«

Musik, das waren Flöten und Lauten und Tasteninstrumente.

Eine Orgel, mächtig und großartig, wehmütig und langsam …

Musik hatte nichts mit diesen Kindern zu tun, die mit offenen Mündern auf Tamburinen herumhämmerten.

Und außerdem …

»Wir haben gedacht, daß wir eines Tages mal mit ihnen hier

in der Kirche auftreten könnten. So, daß jeder sie hören kann.«

Dies ist eine Kirche, kein Konzertsaal, sagte Phoebe kalt.

»Dies ist eine Kirche, kein Konzertsaal«, sagte Gillian wutentbrannt. Die Hand mit den abgekauten Fingernägeln umfaßte mit einer Geste die Unordnung, die herumliegenden Sachen, das Mikrophon. »Was denken Sie sich? Dies ist das Haus Gottes.«

Ruhig erwiderte Phil ihren Blick.

»Ich finde, daß die Kinder von Cadair vielleicht genau das verdienen, Gillian. Was ist daran so falsch? Sie waren doch auch bei dem Bachkonzert in Hereford. Und das war doch auch eine Musikveranstaltung, oder nicht?«

»Das war eine Entweihung«, sagte Gillian. »Es hätte nie erlaubt werden dürfen. Kabel und Mikrophone ...« Sie rang die Hände, ihre Nägel bohrten sich in die Handflächen. »Ich weiß nicht, was Sie sich denken.«

Phil verließ die Altarstufen und kam auf sie zu.

»Gillian. Es tut mir leid. Sie sehen aus ... Möchten Sie, daß ich eine Weile gehe? Sie in Ruhe lasse?« Er zögerte. »Sie sind hergekommen, um zu beten ...«

»Kümmern Sie sich um Ihre eigenen Angelegenheiten«, sagte Gillian. »Ich habe Ihnen nichts zu sagen.« Sie wandte sich zum Westportal, ging an der Gedenktafel für ihren Vater vorbei. Die Erinnerung an Edward, wie er im Winter die eisige Kirche betrat, erfüllte und ergriff sie. Sie brannte.

»Ich bewundere Sie«, sagte Phil leise. »Ihre Arbeit ... Sie sind eine Künstlerin ...«

Gillian stand in Flammen. »Ich brauche Sie nicht dazu, mir das zu erzählen. Entschuldigen Sie mich ...« Sie ging zur Tür.

Draußen stakste eine Dohle den Pfad entlang. Als sie herankam, flog sie auf, setzte sich auf die Friedhofsmauer und betrachtete sie mit schräggelegtem Kopf.

»Weg!« sagte Gillian. »Fort, fort mit dir!«

Sie hastete auf das flechtenbewachsene Tor zu, griff nach ihrem Fahrrad. Sie fuhr fort von der Kirche und grußlos mitten durchs Dorf. Sie radelte hinaus, weit auf die andere Seite des Tals. Auf den Bergen stieg sie keuchend vor Anstrengung ab, spürte, wie Zorn und Spannung sich bei jedem Schritt lösten, spürte, wie ihr Blut raste und ihr Herz pochte, die Haare standen wirr um den Kopf. Sie war erfüllt von Kraft und Leidenschaft.

Die Sonne erhob sich, und der Fluß glänzte. Gillian stieg wieder auf und trat wie verrückt in die Pedale. Die abschüssigen, stillen Landstraßen entlang fuhr sie im Leerlauf, unter einem Kirchenschiff aus gebogenen grünen Zweigen, die den Boden mit Sonne und durchbrochenem Schatten tupften. Die Felder dehnten sich weit, das Getreide wurde reif, in morgenländischem Gold. In einen wolkenlosen Himmel hinauf schwangen sich Lerchen, sangen unerträglich.

Endlich erreichte sie die Straße, die zu Nestas Haus führte. Enten überquerten sie gerade, sie quakten und platschten, ihre Federn waren ganz schlammig. Sie legten die Köpfe schief, und ein großer, fetter Moschusenten-Erpel blieb flügelschlagend stehen. Lappiges, scharlachrotes Fleisch hing unter seinem Schnabel; er zischte.

»Aus dem Weg!« rief Gillian. »Aus dem Weg!«

Sie kam zum oberen Ende des Fahrwegs. Das Auto stand da; die Tür zum kühlen, dunklen Cottage stand offen.

Das fahrbare Desinfektionsbad kam sehr früh am Morgen. Angetan mit schweren Overalls stellten die Männer den Tank auf, traten einen Schritt zurück, als sie ihn füllten. Ein merkwürdiger, metallischer Geruch hing in der Luft: Edward, der in der Zeitung über Schadenersatzforderungen von Bauern gelesen hatte, die unter Nervenleiden, Depressionen und Muskelschwund litten, trug wie die Männer einen dicken Overall und Gummihandschuhe. Er und Tarn trieben ein Schaf nach dem anderen durch den Tank. Sie japsten und schwammen, irr und hektisch, die Augen weit aufgerissen. Wenn sie wieder draußen waren, standen sie triefend auf dem Gras und sahen sich laut blökend um. Edward achtete auf Tarn, griff sofort nach ihrem Halsband, wenn sie den Tieren zu nahe kam.

Fliegen schwärmten aus, es war sehr heiß. Alle schwitzten, jeder wollte die Arbeit so schnell wie möglich hinter sich bringen.

»Überstürzen kann man aber nichts«, sagte einer, als sie am späten Vormittag zu einer frühen Mittagspause aufbrachen. »So passieren nämlich die Unfälle.«

Sie kamen auf den Hof hinunter und schrubbten sich an der Pumpe die Hände. Edward brachte Bier aus der Küche, sie setzten sich in den Schatten des Stallgebäudes und öffneten ihre Sandwichpakete. Tarn lag neben ihnen und fand alles wunderbar.

Um zwei Uhr nachmittags waren sie fertig und zogen los.

Edward stand mit Tarn am Tor und winkte ihnen nach. Er zog sich die Handschuhe und den Overall aus und ließ beides in eine Ecke fallen; dann ging er noch einmal die Straße hinauf zur Weide und umkreiste seine geschorene, desinfizierte Herde. Distelwolle schwebte überall herum, die Schafe waren laut und unruhig. Er brachte ein panisches Lamm zu seiner Mutter zurück, schlug nach den infernalischen Fliegen. Zeit für eine Pause und eine Dusche.

Er pfiff nach Tarn und ging wieder hinaus auf die Straße, die jetzt im Schatten lag und ein wenig kühler war. Ein Geräusch jenseits der Kurve vor ihm: ein Auto, das in der Hitze bergauf fuhr.

Rowlands Auto.

Edward spürte, wie sich ihm der Magen umdrehte. Er blieb stehen, sammelte sich, wußte, daß ein solcher Besuch mitten unter der Woche einen bestimmten Zweck haben mußte.

Tja. Das war es dann wohl.

Alles oder nichts.

Er ging rasch zum Hoftor hinunter, der Peugeot bog um die Ecke und kam auf ihn zu.

Nesta kam an die Haustür des Cottages. Verblüfft sah sie Gillian dort stehen.

»Hallo. Mit Ihnen habe ich nicht gerechnet.«

»Sie haben gesagt, daß Sie hier wären.« Gillian hatte das

Fahrrad an die Wand gelehnt. Sie hatte eine kleine Plastiktüte in der Hand, ein Päckchen war darin. Sie hielt es Nesta hin. »Etwas zum Mittagessen.«

»Oh. Danke. Na – kommen Sie doch herein.« Nesta nahm die Gabe an. Sie lächelte sie an; warmherzig, müde, verzeihend. »Vielleicht sollten wir im Garten essen ... es ist so heiß. Ich bin gerade erst nach Hause gekommen.«

»Ich störe.« Gillian zitterte.

»Überhaupt nicht. Wie geht es Phoebe ...« In plötzlichem Schrecken brach sie ab. »Oh, Gillian ... ist was passiert?«

»Was meinen Sie?«

»Phoebe ...« Nesta fing sich wieder und sprach behutsam weiter. »Haben Sie im Krankenhaus angerufen?«

»Ja.«

»Und?«

»Nichts Neues«, sagte Gillian. »Aber ich bin sicher, daß es ihr gutgeht. Das Haus ist für ihre Rückkehr vorbeitet worden.«

»Gut. Tja ...«Nesta stand mit ihrem Päckchen in der Hand da und sah in den Garten hinaus, der erfüllt war vom Bienengesumm. »Ich glaube, wir sollten hier draußen bleiben. Es ist viel zu schön, um drinnen zu sein. Ich hole uns was zu trinken; Sie sehen so aus, als ...« Sie deutete auf die Bank unter dem Fenster, und Gillian setzte sich, saß da mit ihrem zu warmen geblümten Kleid mit dem Gürtel, den Schuhen und den weißen Socken. Kalter Schweiß stand auf ihrer Stirn. Sie strich sich die Haare aus dem Gesicht und sah starr geradeaus zu den Bienenstöcken und den Apfelbäumen hinüber.

»Ich habe Sie noch nie mit offenem Haar gesehen«, sagte Nesta. »Es steht Ihnen, es macht Sie ...« Angesichts Gillians verstockten Desinteresses beendete sie ihren Satz nicht. »Tja ...«, sagte sie wieder.

»Etwas zu trinken«, sagte Gillian.

Bitte, sagte Phoebe.

»Bitte.«

Nesta legte das Päckchen auf die Bank, sagte etwas Entschuldigendes und ging schnell ins Haus. Gillian sah sich weiter den Garten an: Schatten und Sonne, Töpfe mit Geranien, die den Weg säumten, üppige Vergißmeinnicht. Das Gras war gemäht; oben in einer Ecke war ein Gemüsegarten angefangen worden. Bambusstöcke waren säuberlich zu einem Wigwam zusammengebunden, am unteren Ende wuchsen kräftige Stangenbohnenpflanzen.

Hier saßen sie also, das war der Garten, an dem sie arbeiteten. Hierher kam er also am Ende des Tages, um bei ihr zu liegen ...

Gillian bebte und zitterte.

»So, bitte schön«, sagte Nesta. Ein Tablett, ein Klirren. Sie stellte es auf den aus Brettern und Böcken zusammengebastelten Tisch. »Ich muß mir endlich einen anständigen Tisch anschaffen, aber irgendwie läuft mir immer die Zeit davon. Jedenfalls ...«

Aus hohen Gläsern tranken sie frische Limonade. »Das tut gut.« Sie hob das Päckchen auf. »Das ist nett von Ihnen – und, ehrlich gesagt, das Mittagessen wird ziemlich schlicht ausfallen, weil ich noch nicht eingekauft habe.« Sie öffnete die Plastiktüte.

Sie zog ein notdürftig eingewickeltes Sechziggrammstück Margarine heraus.

»Tut mir leid, daß es nicht mehr sein konnte«, sagte Gillian. »Die Vorräte gehen zur Neige.« Sie wandte sich zu Nesta um und sah sie mit ihren flachen, gelbgrünen Augen an, die aussahen wie Steine unter Wasser.

In der Stille und Hitze des Gartens spürte Nesta, wie es ihr kalt den Rücken hinunterlief. Sie schluckte. Die allgegenwärtigen Bienen summten in der Mittagssonne herum.

»Gillian ...«

»Ja.«

Langsam und vorsichtig sagte Nesta: »Gillian – sagen Sie mir, was los ist. Sie sind böse auf mich. Ich habe Sie irgendwie beleidigt. Es tut mir leid. Vielleicht ...« Sie schüttelte den Kopf, suchte nach den passenden Worten. »Vielleicht ... Sie und ihre Mutter ... ich habe mich aufgedrängt. Bitte vergeben Sie mir.«

»Warum?«

Nesta zuckte zurück. »Gillian, bitte, Sie müssen das verstehen – ich habe schon eine Menge Krankheiten miterlebt. Und ich bin dafür ausgebildet, daß ich, daß ich …« Sie versuchte es noch einmal: »Als ich Phoebe gesehen habe, wußte ich, daß ich …«

»Warum reden Sie eigentlich andauernd von meiner Mutter?« fragte Gillian. »Alle reden ständig von meiner Mutter.« Sie sah wieder in den Garten hinaus. »Wenn meine Mutter aus dem Krankenhaus kommt, fangen wir ein neues Leben an. Alles wird sein, wie es sein soll, geordnet und friedlich.« Sie sprach träumerisch; dann wandte sie sich mit plötzlich wiedergewonnener Schärfe an Nesta: »Ich bin nicht hergekommen, um mich darüber zu unterhalten. Ich bin aus einem ganz anderen Grund hier.«

Nesta hörte die Bienen. Sie roch das frischgemähte Gras, das in der Sonne trocknete. Sie nahm diese Dinge halbbewußt wahr: Sie drangen wie von fern zu ihr, und alles war in dieser Hitze komprimiert, in diesem Augenblick, in dem sie voller Furcht auf einer Bank in einem walisischen Garten saß und ihr Leben weit, weit weg schien, während sie wartete, festgehalten von Gillians flachem, grünem Blick, ihrer Wut.

»Edward«, sagte Gillian, und ihre Stimme brach.

»Edward?« Nesta war verwirrt. »Edward? Was ist mit ihm?«

»Sie«, sagte Gillian, und der Schweiß troff von ihr herab. »Sie …« Sie deutete auf den Garten, die offene Tür des Cottages, den kühlen, dunklen Flur darin. »Sie und er …« Ihre Stimme brach, Wut und Leidenschaft wurden zu einem verzweifelten Schrei.

Nesta saß da und sah sie an. Das Margarinestück zwischen ihnen schmolz vor sich hin und tropfte durch die Latten.

»Oh, Gillian.«

Sie schob das Päckchen in den Schatten. Sie streckte die Hände aus. Gillian wich zurück. Nesta betrachtete sie: eine Frau an der Schwelle zum Wahnsinn, eine Frau, die die

Schwelle vielleicht schon überschritten hatte; dem Wahn verfallen, gestört, besessen war.

»Gillian, hören Sie mir zu.«

Gillian senkte den Kopf und hörte zu, sie war gebrochen.

Nesta sagte: »Gillian, Edward ist homosexuell. Er und Rowland King … sicher wissen Sie doch …«

Sie sagte: »Phoebe stirbt. Wie konnten Sie eigentlich übersehen … Sie hat vielleicht nur noch ein paar Wochen.«

Sie sagte: »Phil und ich sind ein Paar. Das sind wir seit Monaten. Wir hoffen, daß es so bleibt. Wir wünschen uns ein Kind.«

Gillian hörte zu, und die Welt wirbelte vor ihr davon, ein kleiner, dunkler Fleck vor der blendenden Sonne, er drehte sich um und um wie die Spule mit dem Lebensfaden: wickelte sich ab, schneller, schneller, dann war er fort.

Sie standen in der schattigen Küche; die Rufe der Schafe und der Vögel kamen zum Fenster herein, getragen von einer sommerlichen Brise, einem satten Grasgeruch, der durch das ganze Tal wehte.

»Edward, so geht es nicht weiter«, sagte Rowland.

Edward spürte, daß er weiß wurde.

Rowland sagte: »Es funktioniert seit langem nicht mehr. Das ist meine Schuld, nicht deine. Ich eigne mich nicht für …« Er deutete auf den Raum, das Haus, die friedlich auf der Weide scharrenden Hühner. Er schüttelte den Kopf: »… für ländliche Idylle. Es tut mir leid.«

»Rowland, bitte …« Edward hielt sich so heftig an einer Stuhllehne fest, daß seine Knöchel knackten. »Bitte.«

»Es tut mir leid«, sagte Rowland.

Die Sonne strömte zum offenen Fenster hinein, sie war weich, voll und zufrieden. Tarn lag in ihrem Korb und klopfte mit dem Schwanz.

Edward weinte.

»Nicht«, sagte Rowland. »Bitte. Wein nicht. Ich würde dich nicht glücklich machen. Ich habe dich unglücklich gemacht. Das wissen wir beide. Machen wir uns nichts vor. Ich komme mir vor wie ein Schwein. Es tut mir leid.«

»Nein«, schluchzte Edward. »Nein, nein, nein.«

»Ich hole meine Sachen«, sagte Rowland.

»Nein! Nein! Rowland ...« Mit dem Fuß schubste er den Stuhl zur Seite und bewegte sich schluchzend auf Rowland zu. »Ich liebe dich, ich liebe dich, bitte, bitte ...« Er griff nach Rowlands Arm; die Tränen liefen ihm in Strömen herunter. »Halt mich fest, halte mich ...«

»Jesus.« Rowland legte die Arme um ihn.

Edward heulte gegen seine Brust. »Ich kann es nicht ertragen ... mein Leben ... alles ... du bist alles für mich ...«

»Edward, bitte. Hör auf damit.«

Edward holte Atem wie ein Sterbender. Er erschauerte und wich etwas zurück. Er sah Rowland an, und alles verschwamm vor seinen Augen. »Geh mit mir ins Bett. Bitte.«

»Nein.«

»Bitte.«

»Nein.« Rowland wollte sich entziehen; Edward klammerte sich an ihn: »Hör zu. Hör doch. Wenn du mich verläßt ...« Seine Stimme versagte. »Wenn du mich verläßt ... so kannst du nicht gehen ... du mußt es anständig tun ...«

»Ich versuche, es anständig zu tun!« Rowland schüttelte ihn ab; sein Gesicht verfinsterte sich. Er ging zur Tür.

Edward ließ ihn nicht durch. »Rowland, ich flehe dich an.« Er breitete die Arme aus. »Um all dessen willen, was wir einander bedeutet haben ... wegen all dem ... Ich kann dich so nicht gehen lassen. Wir müssen wieder zusammensein, wir müssen es richtig machen ...«

»Das können wir nicht.«

»Rowland, du bist mein Geliebter! Du bist der, den ich liebe. Ich brauche dich. Bitte.«

Rowland schlug die Hände vors Gesicht, dann nahm er die Hände wieder herunter und ging im Zimmer auf und ab. »Edward«, sagte er, »wenn wir wieder miteinander ins Bett gehen, machen wir alles nur schlimmer. Ich ändere meine

Meinung nicht. Es würde nicht funktionieren, es hätte nur etwas mit Schuld und Pflichtgefühl zu tun ...«

Edward wurde noch weißer. »Nichts mit Liebe.«

»Nein«, sagte Rowland. »Nicht mehr. Zuneigung, ja. Enorme Zuneigung. Und Respekt. Du bist der bessere Mensch.«

»Aber.« Er ließ die Arme sinken.

»Aber. Es tut mir sehr leid.«

Das Sonnenlicht am Fenster traf auf die Uhr, die Uhr schlug die Stunde an. Drei tiefe Töne. Die Hühner staksten über Grasbüschel, hierhin, dorthin.

»Ich werde dich nicht fragen, ob es einen anderen gibt. Ich weiß, daß es so ist.«

»Sei dir da nicht so sicher«, sagte Rowland.

»Ich will es nicht wissen.« Er wischte sich das Gesicht ab, überquerte den sonnenhellen Fußboden, legte seinem Geliebten die Hand auf den Mund. »Um all dessen willen, was wir einander bedeutet haben«, sagte er mit schwankender Stimme. »So können wir nicht auseinandergehen.« Er schluckte, nahm Rowland fest in die Arme. »Liebe mich. Bitte. Ein letztes Mal.« Er bückte sich, um ihn zu küssen, und er fing wieder an zu weinen.

Rowlands Arme legten sich wieder um ihn.

Sie verließen die Küche. Sie gingen die Treppe hinauf.

Gillian nahm ihr Fahrrad. Sie schob es den Weg hinauf. Nesta ging neben ihr her. Distelwolle wehte.

»Lassen Sie mich mitkommen.«

Gillian schüttelte den Kopf.

»Rufen Sie mich an.«

Gillian gab keine Antwort.

Sie waren am oberen Ende des Weges angekommen.

»Es tut mir leid«, sagte Nesta. »Ich mußte die Wahrheit sagen.«

Gillian stieg aufs Rad und fuhr davon.

Das Tal lag hingebreitet unter der Sonne, alles war offen, ausgesetzt, hart. Der Fluß glänzte wie Glas. Gillian radelte zwischen hohen Getreidefeldern entlang, unter dem leeren Blau des Himmels. Lerchen sangen, Autos überholten sie. Sie schaukelte im plötzlichen Luftsog, näherte sich schwankend dem Graben, sie fuhr weiter, mitten durchs Tal, hinunter nach Penglydr, wo sie nicht anhielt.

Sie wandte sich nach rechts, stieg ab und schob ihr Rad die ansteigenden Landstraßen bis nach Llanfonen und weiter zur Farm hinauf. Die Hitze war enorm, ihr Rad klickte in der Stille. Hoch über ihr zog der Bussard seine spiralförmigen Kreise. Der Bussard wußte alles, er hatte gespottet und ihr nichts gesagt.

Gillian schob ihr Rad bergauf. Sie bog um die Ecke, sie keuchte in der Hitze. Sie kam zum Tor. Es stand offen; ein schlankes, schnittiges, pflaumenblaues Auto parkte im Schatten.

Sie blieb stehen, wartete.

Die tiefe Stille des Nachmittags umschloß sie.

Sie schob das Rad durchs Tor, lehnte es an die Wand, wo es sich dankbar ausruhte.

Gillian ging über den Hof, und der Hund kam auf sie zu, um sie zu begrüßen; er war langsam in der Hitze.

»Psst.« Gillian streichelte den einst so geliebten Kopf. Sie ging zur Haustür hinüber, die in der Nachmittagshitze offenstand. Sie klopfte leise und ängstlich.

Keine Antwort. Der Hund räkelte sich in der Sonne.

Gillian klopfte noch einmal.

Sie ging leise ins Haus.

Durch den Gang mit den Teppichen und Bildern.

Vorbei am geheiligten Zimmer ihrer Lesung; am gewachsten Tisch, an dem sie miteinander gesprochen hatten, wo sie entblößt, gedemütigt, gebrochen worden war.

Das leise Ticken der Uhr.

Geräusche aus dem oberen Stockwerk.

»Edward«, flüsterte Gillian.

Langsam stieg sie die Treppe hinauf.

Geräusche aus einem Schlafzimmer; heiser und schrecklich.

Sie schlich sich den Flur entlang, sie bebte.

Sie sah eine offene Tür.

Sie sah …

Nacktheit und Dunkelheit und Männlichkeit und …

Sie wandte sich ab.

Sie floh.

Sie wußte nicht, wie sie zu ihrem Fahrrad gelangte, wie sie über den Hof kam und darauf sprang, davonradelte, die Sonne blendete, der Bussard hoch droben in der grausamen Hitze kreiste und kreiste, die Flügel waren ausgestreckt zu den Grenzen von Erde und Himmel, warteten darauf, zur Erde herabzustoßen und sie zu packen, sie aufzuschlitzen, aufzureißen, daß sie blutig wäre und roh und sterben würde, sterben, sterben, sterben.

19

Nesta lag im Schwimmbad auf dem Rücken und stieß sich vom Rand ab. Sie hob einen Arm, dann, graziös und ohne Hast, den zweiten, schwamm ein wenig, gewöhnte sich an das geheizte Wasser und betrachtete das Treiben am Rand.

Martin setzte Steven in den Sitzlift, half ihm mit Reden über die Angst: Rollstuhl, Plastiksitz, Gurte, wartendes Wasser.

Steven gab unzusammenhängende Geräusche von sich. Ein hängendes Auge sah nach unten.

»So ist es prima, und ab mit dir.« Martin drückte auf einen Knopf, und der Liftmotor fing an zu summen.

»Hier bin ich.« Nesta glitt schnell heran. Sie stand im Wasser, beobachtete den langsamen Lift und breitete zum Gruß die Arme aus. Steven über ihr zappelte und zuckte, seine Hand schoß nach vorn. Steife, bleiche Füße machten ein sanft platschendes Geräusch; langsam stieg das Wasser um ihn, schloß sich um lange, schlappe Beine, formlosen Bauch, eingesunkene Brust.

Das Schwimmbad hallte wider von seinen Schreien; er zappelte, zeigte sein schiefes Lächeln.

»Gut gemacht.« Nesta löste den Gurt und zog den strahlenden, johlenden Jungen weg vom Rand, von Lift und Stuhl hinein in die Umarmung des Wassers.

Über ihnen die Rippen des gewölbten Daches, darüber der hohe Himmel. Steven lag rücklings in Nestas Armen; sanftes Blau plätscherte um sie; er schwebte, schwerelos und selig.

Nesta schöpfte Wasser mit der Hand und spritzte ihn naß; lachend schlug er um sich, das Wasser fing das Sonnenlicht auf und bedeckte glitzernd seine weiße Haut. Trotz der Wärme bekam er Gänsehaut: Nesta nahm seine zuckenden Gliedmaßen und bewegte sie hin und her, sie rieb ihn und schwenkte ihn im Wasser herum. Sein heruntergesacktes

Auge betrachtete sie mit einem tiefen, unverwandten Blick, sie ließ ihn so sicher und frei hin- und herschwimmen. Sein knochiger Schädel wurde getauft, die abstehenden Haarbüschel troffen, er grinste, er grölte.

»Ruhe«, feixte Martin. »Du störst die Nachbarn.«

Mit Jogginganzug und Turnschuhen bekleidet stand er am Rand und sah zu, wie die beiden sich auf- und abbewegten, wie das Wasser stieg und fiel.

»Du siehst besser aus«, sagte er zu Nesta.

»Danke, mir gehts auch besser.«

Sie hob Stevens mißgebildete Hände, und er wackelte mit seinen beiden beweglichen Fingern. Sie faßte die steifen, knochigen Handgelenke und bewegte seine Hände hin und her. Durch das gewölbte Glasdach über ihnen sah man das Spiel von Sonne und Wolken. Das Schwimmbad war erfüllt von seiner Freude.

Und, etwas gedämpfter, auch von ihrer. Die Begegnung mit Gillian verfolgte sie immer noch: die Hitze, der Blick wie von Steinen unter fließendem Wasser, der Verzweiflungsschrei. Der Gedanke an Phoebe verfolgte sie ebensosehr; weiß, eingesunken unter einer scharlachroten Decke, in rasender Fahrt über die kleinen Landstraßen.

»Woran denkst du?« fragte Martin, der geschulte Beobachter.

»An andere Menschen«, sagte Nesta. Sie hob die Arme und schwamm davon; Steven trug sie mit sich.

Gillian saß im Arbeitszimmer ihres Vaters. Sie atmete Staub und Schimmel ein, den Geruch von feuchtem Papier, von uraltem Ruß. Tüten und Schachteln lagen um sie herum. Vor dem Fenster wehte der Sommer über den Garten hin. Unablässig flogen die Tauben hin und her; sie fütterten ihre Jungen.

Gillian saß im Sessel neben dem häßlichen gekachelten Kamin, in einer fernen, verlorenen Kindheit.

Phoebe kam zum Sterben nach Hause. Den Gedanken an ein Hospiz ertrug sie ebensowenig wie den an auch nur einen einzigen weiteren Tag im Krankenhaus.

Sie lag gelblich weiß in den Kissen in dem hohen Eisenbett, eine Nuß in einer Nußschale, ein Federchen, ein Ding. Die Besucher kamen und gingen: Gwen kam täglich mit Blumen, Nachrichten, sauberen Laken und einem Mop; Ted war draußen im Garten und mähte, topfte um und wässerte im Gewächshaus, düngte die Tomaten. Er hackte und grub im Küchengarten, trug Kisten mit Gemüse – neue Kartoffeln, Karotten und runde, frische Salatköpfe – und Tabletts mit Beetpflanzen vors Tor oder nahm welche mit ins Dorf und in die Kreisstadt zum Markt, er rechnete genau ab und gab Gillian das Buch.

»Nimm das mal mit rauf zu deiner Mutter, das hält sie bei Laune.«

Gillian betrachtete die Zahlenkolonnen, die wie Rauch nach oben stiegen. Ein großer brauner Umschlag enthielt Quittungen: sie lagen da drin wie tote Sachen.

»Wie gehts dir denn, Liebes?« fragte Gwen jeden Morgen.

»Sehr gut«, sagte Gillian.

Die Gemeindeschwester kam täglich, um Phoebe eine Spritze zu geben. Phoebe wich vor der Nadel zurück. Jeden Tag mußten sie auf dem schwindenden Fleisch nach einer neuen, noch unverletzen Stelle suchen.

Gwen kam mit einem Tablett nach oben. Phoebe aß winzige Häppchen und schlief ein. Die Kankenschwester ging wieder und ließ ihre Telefonnummer da. Bron Morgan kam mit einem Stapel Bücher. Phoebe, die an diesem Tag ein bißchen kräftiger war, setzte sich die Brille auf die knochige Nase und blätterte ein wenig. Eine Biographie über William Morris, eine teure, neue, gebundene Ausgabe, eine besondere Freude.

»Du hast doch immer viel Grips gehabt«, sagte Bron, die auf der Kante des Stuhls mit dem Binsengeflecht hockte. »Hattest immer ein gutes, wißbegieriges Hirn. Bloß weil du jetzt krank bist, brauchst du ja das Lesen nicht aufzugeben.«

»Du sprichst mir aus der Seele«, sagte Phoebe. »Nett von dir.«

William Morris war so schwer, daß er auf ihre Knochen drückte. Nach ein paar Minuten mußte sie Bron bitten, ihn wegzunehmen.

»Verdammter Mist. Ich versuchs morgen wieder.«

Sie sah Bron an, und dabei glitt ihr ihre Brille von der Nase. Ihre Augen verblaßten; die Iris bekam einen weißen Rand. »'tschuldigung«, sagte sie noch. »Nett, daß du vorbeigekommen bist.« Sie schlief ein; ihre Atemzüge gingen unregelmäßig.

Bron erhob sich vom Binsengeflecht und nahm ihr sanft die Brille ab. Sie legte sie auf den William-Morris-Band oben auf den Nachttisch. Sie ging zum offenen Fenster und sah in den Garten hinunter. Bienen summten zwischen den cremeweißen Lupinenstauden herum, Ritterspornarten reckten sich in die Sonne. Auf der anderen Seite der Trockenmauer jätete Ted in den Zwiebelbeeten, unten im Obstgarten hängte Gwen Wäsche auf die Leine. Bron ging hinunter zu ihnen, vorbei an Gillians Zimmer, das fest verschlossen und still dalag.

Nesta rief bei Edward an, aber niemand nahm ab. Sie rief Gillian an und erkundigte sich, ob sie zu Besuch kommen dürfe.

»Wir kommen sehr gut zurecht«, sagte Gillian. »Meine Mutter ist bestens versorgt. Sie schläft sehr viel.«

»Dürfte ich ... Denken Sie, daß sie ...«

»Sie hat alte Freunde zu Besuch.« Gillian legte auf.

Der Pfarrer kam. Er wartete unten im Flur.

»Er möchte wissen, ob du die heilige Kommunion empfangen willst«, berichtete Gwen.

»Sag ihm, er soll sich zum Teufel scheren.«

Edward trieb die Schafe von der Weide an der Straße in den Hof, weiter auf den Weg hinter dem Wohnhaus und vorbei an den Hühnern, die auf der hinteren Weide scharrten. Zwei Tage lang trieb er die ganze Herde ins Bergland hinauf; die Schafe blökten lautstark, während Tarn sie durch das Weidetor und über die flacheren Hänge trieb, die jetzt voller Glockenblumen, Skabiosen und hie und da auch wilder Minze standen. Kaninchen sprangen aus ihren Erdlöchern und rasten davon. Edward stieg den Wanderpfad in die Berge hinauf, wo das stoppelige Gras in federnden Wiesenboden überging und überall Farnkräuter wuchsen. Der Himmel war dunstig und hoch, die Hitze gewaltig. Die Mutterschafe und ihre Lämmer begannen sich zu zerstreuen und am frischen Weidegras zu knabbern; kurz vor den Gipfeln überließ er sie sich selbst und sah mit Tarn, die genauso außer Atem war wie er, ins Tal hinunter.

Unter ihnen stand das Wohnhaus mit dem Stall und den anderen Wirtschaftsgebäuden im leeren, ummauerten Hof: stabil, grau, gut gepflegt und schön proportioniert. Er konnte die Pumpe erkennen und den Platz, an dem Rowland immer geparkt hatte. Dahinter die Straße; er sah das Tor, an dem sie gestanden hatten, als sie das erste Mal hiergewesen waren und sich in der beißenden Kälte eines Novembernachmittags geküßt hatten, als der Wind in ihre Gesichter peitschte und der Bussard zwischen den Wolken segelte.

Zum Fluß hin dehnten sich Weiden voller grasender Rinder. Dahinter ferne, unbekannte Höfe. Traktoren rumpelten die Landstraßen entlang, Autos und Tankwagen erklommen die Berge, fuhren wieder talwärts und mit hoher Geschwindigkeit davon. Das Korn stand golden, die Bäume waren prächtig, die Luft war von Vögeln belebt.

Edward sah hinaus auf diese wunderschöne Gegend, die Rowland nicht mehr besuchen würde. Neben ihm lag Tarn, den Kopf auf den Pfoten; sie war müde, aber aufmerksam. Überall die ruhigen, stetigen Geräusche der Schafe, die durch Farn streiften und Gras rupften.

Er hörte seinen eigenen Atem, den endlosen Strom eines Dialogs tief in seinem Inneren.

Du kannst nicht … ich kann nicht … aber hör zu … bitte … Rowland, ich …

Schluchzend ging er rasch den Berg hinab, Tarn dicht neben sich.

Jetzt, da die Schafe fort waren, gab es für ihn nichts mehr auf den Weiden zu tun. Er konnte nicht im Haus sein.

Er ging wandern.

Es war Abend. Die Besucher waren gegangen. Gillian saß auf dem niedrigen Stuhl mit dem Flechtsitz und hörte den Unterhaltungen der Tauben hinter dem Fenster zu. Der Himmel zeigte goldene Fingerspuren. Sie drehte an ihrem Manschettenknopf, vor und zurück, vor und zurück.

»Hör mit der Herumfummelei auf«, sagte Phoebe ruhelos. »Es macht mich ganz fertig.«

Gillian hörte damit auf.

»Du siehst schrecklich aus.«

Gillian gab keine Antwort.

»Hast du etwas gegessen, während ich weg war?«

»Ich ...«

»Was ist das denn für eine Antwort?«

Gillian wußte es nicht.

»Ich sehe dich nie«, sagte Phoebe. Anfallartiger Schmerz durchzuckte sie. Sie bewegte sich auf den Kissen, betrachtete das Zimmer. »All diese Leute ...« Die Sonne versank in einer Wolkenbank, durchbohrte sie mit Gold. Licht von außergewöhnlicher Schönheit erfüllte den Raum. Eine Taube flog aufs Fensterbrett. Gillian beobachtete ihre Verwandlung.

»Alle sagen, daß ich bald sterbe«, sagte Phoebe. »Wie wirst du bloß ohne mich zurechtkommen?«

Gillian wußte es nicht.

Phoebe sagte: »Es ist nicht wahr. Was du gesagt hast. Bevor ich ins Krankenhaus gekommen bin.«

»Was?«

»Du hast gesagt, daß ich dich nie geliebt hätte. Das ist nicht wahr.« Sie streckte eine knochige Hand aus.

Gillian blieb auf dem niedrigen Binsenstuhl sitzen.

»Du warst immer schwierig«, sagte Phoebe.

Gillian senkte den Kopf. Eine Flut von Vorwürfen wallte in ihr auf: erinnerte, halb erinnerte, dunkel und tief.

Sie flüsterte: »Ich habe nicht die Kraft ...«

Das letzte Licht war geschwunden; das Fenster war geschlossen, die Vorhänge waren zugezogen. Die Nachttischlampe brannte.

»Mein Vater«, sagte Gillian. »Erzähl mir von meinem Vater.«

»Du weißt doch über ihn Bescheid. Du weißt alles, was es zu wissen gibt.«

»Aber er … aber du und er …«

Fiebrig und feucht lag Phoebe in den Kissen. Ihre Hände zupften am Überschlaglaken. »Manche Leute sollten nie heiraten.«

»Ja, aber warum …«

Phoebe versuchte, sich zu erinnern. Krankheit und Erschöpfung waren so tief in sie eingedrungen, daß sie nicht mehr wußte, wo sie sich lassen sollte. Der Schmerz fraß an ihr. Bis zur nächsten Spritze schien es eine Ewigkeit hin zu sein.

»Was? Was hast du gesagt?«

»Mein Vater«, sagte Gillian. »Warum habt ihr geheiratet?«

Phobe schüttelte den Kopf. »Er hat mich geliebt … wir waren sehr verschieden … ich kann mich jetzt nicht mehr erinnern …«

Der Schmerz biß und riß inzwischen. Sie stöhnte.

»Was soll ich machen?« Gillian stand auf. »Was soll ich tun?«

Der Schmerz krallte sich jetzt fest, ging tief, tief. Phoebe kämpfte dagegen an, rang um Atem. Sie klammerte sich an das eiserne Bettgestell, der Schweiß lief ihr herunter.

Draußen heulte ein Schneesturm über die Felder …

Der Paraffinofen brannte hoch, die Luft im Zimmer war bitter …

Sie biß sich in den weißen Laken fest, während das Kind in ihr darum kämpfte, geboren zu werden …

Hilf mir, hilf mir …

Edward, der hinunter ans Telefon rannte …

Stunde um Stunde in der wirbelnden Nacht …

Der Doktor … das kleine Mädchen in der Wiege …

Schweigen und die Stille des Schnees auf den Feldern, der Himmel von unirdischer Farbe, alles veränderte sich …

Manche Menschen sollten nie Kinder bekommen …

»Hilf mir, hilf mir …« Phoebe schrie.

Gillian rannte die Treppen hinunter. Sie raste zum Telefon, wählte, wählte.

»Meine Mutter … meine Mutter …«

Phoebe schrie. Sie flog zu ihr.

»Sie kommt, sie kommt, was kann ich …«

»Hilf mir, hilf mir …«

Sie hielt sie, hörte nicht auf, sie zu halten, die kleine, zerbrechliche Gestalt lag an ihrer Brust, sie streichelte die klatschnassen weißen Haarbüschel, schaukelte und schaukelte auf dem hohen Eisenbett, murmelte Worte von irgendwoher: »Ich liebe dich, ich liebe dich …«

Durch alle Stunden der Nacht.

Der Morgen dämmerte. Phoebe schlief. Die Gemeindeschwester machte Tee und wollte nicht nach Hause gehen.

»Ich ruf den Doktor an. Es dauert nicht mehr lange.«

Schweigend saßen sie in Phoebes Zimmer, sahen zu, wie hinter den Baumwollvorhängen der Sommermorgen anbrach, und hörten den Vögeln zu.

Phoebe rührte sich. Sie öffnete die Augen und blickte zum Fenster. Gillian stand auf und öffnete die Vorhänge. Phoebe machte eine winzige Bewegung. Gillian öffnete das Fenster. Frische Luft und der Duft von taunassem Gras zogen ins Zimmer. Phoebe sah unverwandt zum Fenster, zu den Vorhängen, dem Morgenhimmel hinüber.

Ein Flüstern.

Sie bewegten das schwere Bett zum Fenster, schoben es langsam, langsam über die Bodendielen, zogen es von der Wand weg. Sie hielten an. Tauben flatterten in der Stille vorbei. Es klopfte an der Haustür.

»Das wird der Doktor sein.« Die Schwester verließ das Zimmer, die Bodendielen im Flur knarrten.

Gillian saß auf der Bettkante. Langsam, ganz langsam hob

sie ihre Mutter hoch, und Phoebe, nur noch ein Fädchen, lehnte sich an sie.

Die Sonne stieg höher; überall war Tau.

Phoebe sah hinaus in ihren Garten.

Nesta wußte es, weil sie immer wieder anrief.

»Gestern Morgen«, sagte Gwen. »Es soll sehr friedlich gewesen sein.« Sie ließ ihre Blicke durch die leere Küche schweifen. »Ich kanns nicht glauben, daß sie gegangen ist.«

Nesta rief Edward an.

Diesmal war er zu Hause.

»Ich bin die Auferstehung und das Leben ...«

Die Kirche war von den Kabeln befreit und mit Blumen gefüllt: Sie waren auf jedem Sims, auf dem Altar, auf dem schlichten hellen Sarg am Fuß der Altarstufen. Als das goldene Kreuz durch den Mittelgang getragen wurde, zitterte Gillian. Gwen war an ihrer Seite; um sie herum hatten sich alle Menschen versammelt, die sie seit jeher gekannt hatte. Phoebes Gobelin hing lang, blau und wunderschön an der weißgekalkten Wand.

»Ich bin die Auferstehung und das Leben. Wer an mich glaubt, wird leben, auch wenn er stirbt, und jeder, der an mich glaubt, wird in Ewigkeit nicht sterben.«

In einer verlorenen, fernen Kindheit stand Gillian an der Seite ihrer Mutter, als der Regen nachließ und sie ihren Vater begruben, tief, tief. Eine Hand hielt ihre Hand, draußen im Garten.

»Mutter?«

»Ja?«

»Was geschieht jetzt mit uns?«

»Nichts. Alles wird bleiben, wie es war.«

Die Sonne strömte durch das buntleuchtende Fensterglas. Sie schien auf die Messingtafel mit dem Namen ihres Vaters.

»Laßt uns Dank sagen für das Leben von Phoebe Traherne,

für ihren Mut und ihre Beharrlichkeit, für ihre vielen Begabungen und ihre schöpferischen Fähigkeiten ...«

Der Sarg wurde von Männern hochgehoben.

Zitternd folgte sie ihm. Gesichter wandten sich zu ihr um und sahen wieder weg. Menschen warteten an der Tür. Nesta, glitzernd, zärtlich, schwarz gekleidet. Edward, bleich, zögernd. Er streckte die Hand aus: »Gillian. Ich ...«

Sie konnte ihn nicht ansehen. Sie konnte nicht sprechen.

Den glatten grauen Pfad hinunter zu einem wieder geöffneten Grab. Schritte hinter ihr, leise und langsam. Vögel hier und da auf dem Gras, Schafe in einer Ecke.

»...wird in Ewigkeit nicht sterben.«

Hinab, hinab ...

Staub zu Staub ...

Niedersetzen, einen auf den anderen.

Und von seiner Frau, Phoebe Traherne ...

Wir sind kalt, so kalt,
Halt uns, halt.

Menschen kamen mit in ihr Haus, gingen wieder. Gwen hatte für alles gesorgt, Gwen, Bron Morgan und Gwens verheiratete Tochter: das ganze Essen, sämtliche Vorbereitungen, all die Schlepperei und den Abwasch hinterher. Das Haus war voller Menschen: der Pfarrer, die Pfarrersfrau, die Leute aus dem Laden, aus dem »Fox« im Dorf.

»Bitte zieh doch erst mal zu uns«, sagte Gwen. »Du bist wirklich hoch willkommen, Gillian, das weißt du doch.«

»Nein«, sagte Gillian.

Sie stand am Tor und sah ihnen nach. Sie würde sie morgen sehen, sagte sie. Sie winkte. Dann ging sie zurück in das leere Haus und stieg die dunkle Treppe hinauf in den ersten Stock. Sie ging in Phoebes Zimmer, blieb in der Stille stehen.

Sie sah das hohe Eisenbett, in dem sie geboren worden war. Die Matratze war mit einer glatten, frischgewaschenen Steppdecke bedeckt.

Sie ging über den Flur in ihr eigenes, verschlossenes Zimmer. Tote Gedichte lagen überall herum. Sie sah Staub und Verfall, Haufen von Papier.

Sie sah ihr Leben.

Die Sonne sank tief, und Gillian ging spazieren. Hinaus durch das Tal der Schatten des Todes, hinunter durch die sumpfigen Niederungen. Rinder hoben die Köpfe und starrten sie an; wilde Schwäne flogen auf, als sie näher kam, flohen flügelschlagend übers Wasser hinaus. Sie kam zum Flußufer, zu einem stillen, verlassenen Ort. Enten schwammen durchs Schilf, ab und zu durchbrach ein Fisch die glatte Oberfläche.

Die Dunkelheit kam.

Und Gillian, die nicht schwimmen konnte, glitt hinab durch die Binsen in den langen, ertränkenden Fluß ihrer Kindheit, in seine kalte Umarmung, ließ es zu, daß er sich über ihr schloß, sie füllte, bis sie keine Luft mehr bekam und davongetragen wurde.

Edward war mit Tarn draußen unterwegs und sah auf den Fluß hinunter, als die Sonne sank.

Er sah …

In der Abenddämmerung sah er …

Einen Augenblick lang stand er ungläubig da.

Und dann …

»Tarn! Tarn! Lauf, lauf!«

Sie sah es. Sie raste den Abhang hinunter, und er rannte laut rufend hinter ihr her.

Meine Schwester, meine Liebe, meine Taube, meine unbefleckte …

Sie lag in seinen Armen, das Wasser floß in Strömen von ihr herab. Er drehte sie zum Gras um, drehte ihr Gesicht zur Seite. Bläulich weiß. Sein Mund legte sich auf ihren Mund, so kalt, so kalt, er pumpte und drückte, der Hund bellte wild über ihnen.

Das Wasser sprudelte aus ihr heraus, sie spie und weinte.

20

Meine Schwester, meine Liebe, meine Taube, meine unbefleckte …

Die Straßen waren dunkel, die Luft war bitter. Der Mond stieg auf, silbern und rein, er glitzerte auf dem Wasser, deutete die Umrisse von Rindern und Schafen an, die verstreut auf den Wiesen standen, verschwand wieder. Es war Sommer, aber Sommernächte konnten tückisch sein.

Gillian zitterte und bebte. Sie war klatschnass und durchgeweicht, entblößt und aufs neue gebrochen.

»Edward …«

»Stütz dich auf mich.« Seine Arme legten sich um sie. »Hier.«

Sie war barfuß und schmutzig. Sie konnte nicht sprechen.

Sie bahnten sich ihren Weg über die grasbewachsenen Niederungen beim Fluß. Rinder atmeten in der Dunkelheit, die sich um sie wob. Der Hund rannte lautlos, spürte Kaninchen- und Maulwurfspuren auf. Sie kamen an ein Weidetor, eine Straße. Gillian bibberte und schlotterte. Fieberschauer durchliefen sie. Wiederkehrendes Mondlicht versilberte die Bäume. Man sah die Lichter ferner Gehöfte; ab und zu strichen Autoscheinwerfer über die Hügel hin.

»Wir können nicht den ganzen Weg zu Fuß gehen«, sagte Edward. »Wenn ein Auto vorbeikommt … wir brauchen bloß was von einem Unfall zu sagen …« Die Hose klebte ihm tropfnaß an den Beinen; auch er schlotterte.

Er ließ sie kurz los, um das Tor zu öffnen; hechelnd folgte der Hund, dessen Fell schon zu trocknen begann.

Draußen auf der Landstraße zog er sie wieder an sich, die Frau aus der Wüste, die sich halb ertrunken und erbärmlich auf ihn stützte.

Gillian ließ sich an den Körper eines Mannes sinken.

Nacktheit und Dunkelheit und Männlichkeit und …

Sie wich zurück, schlotterte heftig.

Ein Auto kam heran. Winkend trat er vom Straßenrand her auf die Fahrbahn, den Hund neben sich. Im Scheinwerferlicht bot Gillian ein Bild des Jammers.

Ein Fenster wurde heruntergekurbelt, ein Radio leiser gestellt. Vorsichtiger Abtausch von Worten.

Wandern gewesen … das Flußufer aufgeweicht vom Sommerregen … abgerutscht … glücklicherweise war der Hund …

Edward sagte, was er konnte.

Der Bauer nickte. Der Hund gab dem Ganzen etwas Menschliches; er ließ sie einsteigen.

Das Haus war dunkel, die Haustür unverschlossen. Edward schaltete das Licht im Flur ein. Gillian stand da und wartete auf ein Geräusch von Phoebe. Sie zitterte in der Stille.

»Heißes Wasser«, sagte Edward. Sie gingen durch den dämmrigen Vorraum zur Küche. Im Herd glomm es noch, ganz schwach. Er schüttelte den Koks herunter, füllte wieder auf.

Tarn ließ sich in eine Ecke fallen und legte den Kopf auf die Pfoten.

Gillian sank in den Lehnstuhl neben dem Herd.

»Du brauchst ein heißes Bad, du mußt schnell warm werden. Wo sind hier Decken?«

»Im Wandschrank oben … ich glaube, da sind welche …«

Er ging zur Tür.

»Du darfst nicht in mein Zimmer gehen! Es ist voller … es ist voll mit …«

Staub und Verzweiflung und ihrer Sehnsucht nach ihm …

Sie schlug die Hände vors Gesicht.

Gillian badete. Sie lag in der Wanne; Wasser und Wolken von Dampf stiegen um ihre Nacktheit auf. Sie schloß die Augen, und Erschöpfung ergriff sie, Dunkelheit, Bitterkeit und Kälte wirbelten um sie, zogen sie hinab, hinab …

Sie öffnete die Augen und sah das Badezimmer ihrer Kindheit, rissige weiße Fliesen, rissiger schwarzer Bodenbelag, ein Paraffinofen und schlappe Handtücher.

Sie stieg wieder heraus, trocknete sich ab, wickelte sich in ihren uralten Morgenrock, ging über den knarrenden Flur in ihr Zimmer. Ihre Gedichte taten letzte Atemzüge in der Dunkelheit, suchten das ewige Leben. Sie zog sich irgend etwas über und überließ sie sich selbst. Sie ging die Treppe hinunter. Phoebe war überall und nirgends.

Die Küche war voller Licht und Wärme. Der Hund schlief, Wasser kochte im Kessel, es duftete nach Toast. Edward hatte sich vor den Ofen gestellt, um trocken zu werden. Er machte Tee in der blaßgrünen Kanne.

Sie saßen am Tisch wie früher schon an dem langen, gewachsten Tisch oben in Tremynydd, wo sie gelesen und in der Stille miteinander gesprochen hatten.

»Du hast mir das Leben gerettet.«

Er nickte.

»Ich wollte nicht gerettet werden.«

Er legte seine Hand auf ihre.

Sie betrachtete den Tisch ihrer Kindertage, die Ringe, Kratzer, die abgenutzten, glatten Stellen. Der Koks seufzte und rutschte im Ofen. Phoebe war überall und nirgends.

Tarn zuckte und bellte im Schlaf.

»Du willst doch sicher nach Hause«, sagte Gillian. »Zu, zu ...«

»Gillian, zu Hause ist niemand. Ich glaube, du solltest jetzt schlafen. Morgen reden wir über alles.«

Stille und Wärme umschlossen sie. Ihr Kopf wurde schwer; sie legte ihn auf die Arme, das drahtige, feuchte Haar löste sich. Sie schlief.

Edward trug sie zum Lehnstuhl beim Ofen; er deckte sie mit Decken zu, schob ein Kissen unter ihre glühende Wange. Er knipste das Licht aus und streckte sich unter einer alten Daunendecke auf dem Boden aus. Tarn lag zwischen ihnen und träumte.

Edward und Gillian gingen durch Phoebes Garten. Tau bedeckte den Boden, die Luft war voller Tauben, der Teich angefüllt mit dem Licht des frühen Morgens. Die Kühe auf der anderen Seite der Hecke waren schon vom Melken zurück und rupften Gras.

»Gut«, sagte Edward. »Wo wollen wir anfangen?«

In my beginning is my end,
In my end is my beginning …

Die trockene, brüchige Stimme auf der schwarzen, verkratzten Platte, um und um drehte sie sich in der Einsamkeit der Vergangenheit …

Das Flüstern einer Erinnerung, eine Stimme in einer verlorenen, fernen Kindheit; ein großer, geliebter Mann vor den Bücherregalen, der laut las, zum Tisch zurückging …

Die große, hagere Frau draußen zwischen den Blumenbeeten, die schuftete und schuftete …

Komm jetzt mit …

Nein, nicht so …

Ich liebe dich …

Sie waren nirgends und überall.

Gillian und Edward gingen durch den Garten. Sie redeten und redeten.

21

Die letzten Tage des Sommers. Das stille, ordentliche Städtchen erlebte eine Invasion. Draußen auf einer Wiese hatte man Zelte aufgestellt, Wimpel hingen quer über die Straßen, in den Pubs herrschte Hochbetrieb. Im Festivalbüro, das von zwei Tischen im Hinterzimmer des Bioladens aus operierte, gab es außer Eintrittskarten auch Handzettel, Presseinformationen und Photos; Plakate und Programme reihten sich an der Wand der Stadtbücherei, signierte Ausgaben lagen stapelweise in den Schaufenstern der Buchläden. Die Lokalpresse hatte etliche Vertreter entsandt, einige überregionale Zeitungen waren vertreten; der örtliche Radiosender hatte über alle Veranstaltungen des gestrigen Tages Bericht erstattet und ein Poesietelefon eingerichtet, heute abend würde ein Reporter von »Night Waves« live dem Londoner Studio über die Glanzpunkte der Veranstaltung berichten.

Drei Uhr nachmittags. In einem stickigen, mit dreihundert Menschen vollbesetzten Zelt in einer Ecke beendeten die Dichter der Mandrake Press ihre Lesung.

Gillian saß auf einem Klappstuhl und zitterte. Der Schweiß rann ihr herunter; sie verstand das Podium als Wüste, die sie zu durchqueren hatte, gepeitscht von Sonne und Wind, sie sah das gewaltige Mikrophon. Im Publikum dienten zu Vogelschwingen gefaltete Programme als Fächer. Kinder rannten kreischend am offenen Eingang vorbei. Die Luft war schwer vom Geruch nach Körpern und Bier und zertrampeltem Gras.

Der Verleger der Mandrake Press stand am Mikrophon: ein kleiner, bärtiger Mensch, mit dem sie zweimal gesprochen hatte, einmal am Telefon und einmal, heute, beim Mittagessen in einem überfüllten Pub. Sie war mit anderen Dichtern bekannt gemacht worden: einer diabolischen Dame mit Lippenstift, Hut und schulterfreiem Sommerkleid; einem winzigen, bebrillten Männlein; einem Lektor für Walisisch. Sie hatten einen Ecktisch im Pub mit Beschlag belegt; sie tranken viel, Edward redete mit ihnen, sie saß stumm da. Jetzt, da sie zitternd und bloß auf dem Podium stand, wagte sie einen Blick auf das Meer von Gesichtern unter ihr.

Das Meer hob und senkte sich. Sie war ein Vogel in dem Spiel der Wellen, hin- und hergeworfen unter einem wütenden Himmel, vom Wind gepeitscht.

Ich kann nicht, ich kann nicht ...

Sie hob die ölglänzenden Federn und flatterte übers Wasser, sie erhob sich mit dem brüllenden Wind und segelte flügelschlagend davon. Ozean und Wüste dehnten sich unter ihr, sie breitete die Schwingen und ließ sich von der Luft tragen, schwerelos und frei ...

»Und schließlich ist es mir eine besondere Freude, Ihnen eine Dichterin vorzustellen, die neu bei der Mandrake Press ist, eine Lyrikerin mit einer ganz besonderen Abstammung ...«

Eine Nachfahrin von Thomas Traherne ... ein Vater, dessen Werk unverdientermaßen in Vergessenheit geraten ist ... eine ganz eigenständige, leidenschaftliche, lyrische Stimme ...

Er wandte sich von dem riesigen Mikrophon zu ihr um, und sein Gesicht war voller Güte. Von irgendwoher im Publikum spürte sie Edwards Vertrauen und Zuversicht zu ihr strömen.

Sie stand auf, sie zitterte, sie ging über die ganze Welt hinweg.

»Diese Lesung widme ich dem Andenken meines Vaters. Ich widme sie der Erinnerung an meine kürzlich verstorbene Mutter.« Sie holte Atem. »Meine Lyrik bezieht ihre Quellen aus ...«

Das flüsternde Papier in ihrem Zimmer ...

das Rasseln von Steinen auf einem Berggipfel, unter der Narbe der Wolken ...

der ertränkende Regen, der ansteigende Fluß, das Klatschen gegen die Fenster, das Klatschen der Flügel ...

östliches Gold in der Stille des Sommers ...
weißer und unirdischer Winter ...
das heilige Licht der Morgendämmerung ...
»Manche dieser Gedichte befinden sich seit vielen Jahren bei mir. Ihre Wurzeln reichen sehr tief. Einige sind neueren Datums ...«
Sie erhoben sich aus Staub und Verfall, sie erhoben sich von den Toten.
Sie sprachen, sie hörte zu.
Einsamkeit, Stille, das Kratzen eines Stiftes.
Ich schreibe wieder ...
Sie begann zu lesen.

In der Kirche wartete die Gemeinde. Früher Abend: Mildes Licht strömte durch die Fenster und das offene Portal. Inmitten von Kabeln und Gerät stand Phil oben auf den Altarstufen, justierte, ordnete. Niemand wußte, was er zu erwarten hatte.
Ein einzelner Sonnenstrahl traf auf das Kreuz und Phoebes Gobelin. Dann war er fort. Man hustete, sah auf Armbanduhren; hoch droben schlug die Turmuhr sechs. Noch ein Blick in die Programme.
»Die Kinder von Cadair haben die Ehre ...«
Geräusche von der Sakristei her. Rollstühle rollten über die Sandsteinplatten. Dahinter stolperten große, unbeholfene Kinder. An ihrer Seite der Pfarrer ohne Chorrock, nur mit weißem Kragen. Daneben Nesta, Martin und Claire. Sie nahmen ihre Plätze ein.
Der Pfarrer sagte ein paar Worte zur Begrüßung, Nesta und Phil tauschten Blicke aus, nickten einander zu. Sie machte eine Gebärde in Richtung der Kinder.
Sie begannen zu spielen.
Stimmen so hoch wie ein vergehender Windhauch, der Schlag einer Trommel, ein Atemzug, ein Seufzer, endlos fallender Regen, widerhallende Stimmen, der Klang einer Glocke ...
Ein Teil der Musik wurde von den Kindern direkt erzeugt,

die da oben in einem Kreis vor den Altarstufen standen: Nadine, dieses Hälmchen von einem Kind, das strahlend den Regen herunterrieseln ließ; Dominic, der eine Trommel schlug, ganz wild war von ihrem tiefen, hohlen Klang und laut mitgrölte; Maureen, die sich die Hand gegen den offenen Mund schlug und den Tönen lauschte, die kamen und gingen. Ein Teil war vorher aufgenommen, verstärkt und in etwas Mysteriöses, Neues verwoben worden: Windglöckchen; Rachels Atemzüge; Stevens disparate Schreie; Nadine, die ein einziges, nie wiederholtes Mal ein dünnes Fetzchen von einer Melodie gesungen hatte, süß und hoch; Maureen, die wie eine Biene summte; Dominic, losgelassen zwischen Schlaginstrumenten.

Die Geräusche wurden zu einer Sinfonie: Sie lebten, lebten einst, hallten wider durch eine Kirche an einem Sommerabend.

Nur Robert, in Schweigen gehüllt, machte keinen einzigen Ton. Er stand mit offenem Mund in der Mitte des Kreises, betrachtete das Licht, das durch die farbigen Fenster fiel, und verfolgte den Tanz der Staubkörner.

Gillian, mitten unter den Gemeindemitgliedern, sah zu und lauschte, und die Fremdheit ihrer Kindertage lag auf ihr.

22

Ein Nachmittag im Herbst. Eine kleine Versammlung unter den Bäumen in Nestas Garten. Die Felder ringsum sind abgeerntet: Viele Morgen Stoppelfelder erstrecken sich golden unter der Sonne, aufgereihte Garben werfen tiefe, stille Schatten. Das letzte Heu liegt in Haufen zum Trocknen ausgebreitet, die Luft ist voll von seinem Duft und dem Geräusch der Bienen. Die Hecken links und rechts der Fahrspur sind hoch und dicht geworden, dahinter rupfen unsichtbare Schafe am Gras. Dann und wann hört man ein Auto, manchmal kommt ein Traktor vorbei; das Dach des Fahrerhäuschens streift den Weißdorn. Vögel flattern über den Garten, sitzen zwitschernd in den Bäumen: Amseln, Drosseln und Finken fliegen leuchtend durch die Luft.

Die Äpfel sind reif geworden. Ein Korb steht auf der Decke, die unter den Bäumen ausgebreitet wurde; da sind Reste eines Picknicks, im Schatten schläft ein Hund.

Bald werden Blätter und Regen im Tal fallen. Jetzt ist das Licht, das sich über die Gruppe von Freunden ergießt, noch satt, voll und stetig.

Da ist ein einzelner Nachmittag im Leben, das vor ihnen liegt.

Zwei dieser Menschen sind ein Liebespaar, eine von ihnen erwartet ein Kind.

Zwei dieser Menschen lieben einander und leben keusch.

Die Luft ist still, ganz still.

Diese Augenblicke sind vollkommen.

Niemand spricht.

Danksagung

Wenn ein Buch entsteht, und wohl ganz besonders, wenn man Belletristik schreibt, kommt irgendwann der Moment, wo man das Gefühl hat, daß alles in einem und um einen herum in dieses Buch einfließt: Die Landschaft, die Menschen und die Themen finden ihren Platz darin, kommen darin zusammen und werden schließlich zu einem Roman.

Im Frühjahr 1995 fuhr ich an einem Sonntagvormittag durch die Außenbezirke von Südlondon und hörte mit einem Ohr Radio 3, als plötzlich Klänge von außergewöhnlicher und geheimnisvoller Schönheit den Wagen erfüllten. Ich konzentrierte mich auf die Übertragung – es war ein Konzert, das die Kinder der Brays Special School in Birmingham gegeben hatten –, und mir wurde klar, daß die Kinder aus »Nachtstücke«, die auf dem Papier dieses zur Hälfte geschriebenen Buchs schon Gestalt angenommen hatten, auf genau diesen Moment gewartet hatten; den Moment ihrer Entdeckung, ihrer Befreiung durch Musik und durch neue Technologien. Am nächsten Morgen rief ich den Produzenten der Sendung an.

Paul Wright von Sonic Arts stellte freundlicherweise den Kontakt mit Katey Earle von der William C. Harvey School in Haringey her, wo man ein ganz ähnliches Musikprojekt mit Kindern mit besonderen Bedürfnissen plante. Dort hatte ich das Privileg, die Zusammenarbeit der Belegschaft und der Kinder mit Sonic Arts und mit dem Komponisten Duncan Chapman zu beobachten, die ihren Höhepunkt in einer denkwürdigen Konzertaufführung in der Queen Elizabeth Hall hatte. Der Energie und der visionären Kreativität all dieser Leute, ebenso wie Adèle Drake vom Drake-Music-Projekt, gilt meine Hochachtung. Ich danke ihnen dafür, daß sie mich ihre Erfahrung, ihre großzügige und inspirierende Arbeit erleben und davon profitieren ließen.

Auch Sarah Clark und Jess Curtis möchte ich danken, die mir zu anderen Fragen in bezug auf Musik Hinweise von unschätzbarem Wert gaben.

Was Informationen zum Leben und zum Hintergrund des Dichters Thomas Traherne aus dem 17. Jahrhundert betrifft, bin ich Vera E. Purslows »Centuries of Traherne Families«, die jetzt unter der Ägide ihres Sohns Duncan Purslow erscheinen, zu Dank verpflichtet.

Die Zitate aus Trahernes eigenen »Centuries« stammen aus der von H. M. Margoliouth herausgegebenen Gesamtausgabe von 1958.

Ich danke Faber & Faber für die Erlaubnis, aus T. S. Eliots Werken zitieren zu dürfen. Und ich danke den Produzenten der BBC-Everyman-Serie und Phoebe Caldwell, die mir gestatteten, Auszüge aus ihrer 1992er-Sendung »Moments of Love« wiederzugeben.

Musik und Dichtung spielen in diesem Roman beide eine sehr wichtige Rolle, aber das gleiche gilt für Schafe. Ich hätte wohl kaum glaubwürdig über Schafe schreiben können ohne die langen und hilfreichen Gespräche mit unseren Freunden Roger und Sally Dickson, deren Farm in Herefordshire wir seit zwölf Jahren besuchen. Ihnen gilt mein herzlichster Dank.

Jane Beckermann und Mandy O'Keefe, in deren Häusern außerhalb von London ich hin und wieder Zuflucht suchte, bin ich dankbar für einsame, ruhige und friedliche Schreibstätten. Auch David und Jane Howall danke ich dafür, daß sie mich netterweise oben in ihrem Haus in London tippen ließen. Für das echte Abtippen mit Hochleistungsgeschwindigkeit, für geduldiges Entziffern und ihre intelligenten Fragen danke ich Lynette Levine vielmals.

Ich möchte meiner Agentin Jennifer Kavanagh, die stets an dieses Buch geglaubt hat, für ihre Klugheit, ihren Humor und ihre Freundschaft Dank sagen, ebenso meiner liebenswürdigen und großzügigen Verlegerin Kate Parkin. Mary Loring hat sich als die ideale Lektorin erwiesen, die unendlich aufmerksam, findig und ermutigend ist – alles, was man sich als

Autorin nur wünschen kann. Falls Fehler stehengeblieben sind, sind sie allein meine Schuld.

Jetzt aber, wie immer, mein Dank an meine Familie, Marek und Jamie, die bei diesem Buch mehr als das übliche Maß an Entbehrungen erdulden mußten.

Danke euch beiden.

SERIE PIPER

Judith Lennox

Das Winterhaus

Roman. Aus dem Englischen von Mechtild Sandberg. 541 Seiten. SP 2962

Die drei jungen Freundinnen Robin, Maia und Helen schwören, sich ein Leben lang alles anzuvertrauen – aber das Schicksal läßt sie ganz unterschiedliche Wege gehen. In der Tradition von Margaret Mitchell erzählt Judith Lennox diese große englische Saga: Die bewegte erste Hälfte unseres Jahrhunderts bildet den Hintergrund für diese drei spannenden Frauenschicksale, die immer wieder in ein idyllisches Gartenhaus der Fenlands zurückführen.

Der Gartenpavillon der Familie Summerhayes – genannt das »Winterhaus« – ist ein Ort der Zuflucht für drei Freundinnen, die zwischen den Weltkriegen in der idyllischen Umgebung von Cambridge aufwachsen. Da ist die idealistische, kluge Robin, die in der nahegelegenen Universitätsstadt studieren soll. Da ist Maia, die schönste und ehrgeizigste der drei, auf der Suche nach einem reichen Mann, und da ist die stille Helen, die von ihrem scheinbar gutherzigen Vater, dem Vikar der Gemeinde, mehr als vereinnahmt wird. Die drei Mädchen schwören, sich ein Leben lang alles anzuvertrauen – aber das Schicksal läßt sie ganz unterschiedliche Wege einschlagen. Dramatisch, romantisch und voller Warmherzigkeit erzählt Judith Lennox, wie sich diese drei jungen Frauen in einer Welt behaupten lernen, die rauher und aufregender ist als das grüne Paradies der Kindheit.

»Judith Lennox' Winterhaus steht in bester Tradition des romantisch-realistischen Gesellschaftsromans.«
Brigitte

Tildas Geheimnis

Roman. Aus dem Englischen von Mechtild Sandberg. 552 Seiten. SP 3219

SERIE PIPER

Anita Shreve

Die Frau des Piloten

Roman. Aus dem Amerikanischen von Christine Frick-Gerke. 277 Seiten. SP 3049

Für Kathryn war klar, daß sie zu niemandem auf der Welt ein so inniges, so vertrautes Verhältnis hatte wie zu ihrem Ehemann Jack. Bis zu seinem plötzlichen Unfalltod: denn nun tut sich für sie ein Abgrund an schrecklichen Vermutungen und Gewißheiten auf.
Eigentlich war ihre Ehe glücklich, ja sogar leidenschaftlich gewesen. Ihre Geschichte hatte begonnen in jenem Haus am Meer, mit seinen hohen Fenstern, durch die man den blaugrünen Atlantik sehen kann. Eines Tages hatte Jack ihr dieses Haus tatsächlich geschenkt – als Besiegelung ihrer großen Liebe.
Unfaßbar ist für Kathryn daher die Nachricht seines plötzlichen Todes – Jack, Pilot bei einer großen amerikanischen Fluggesellschaft, ist mit einer vollbesetzten Passagiermaschine vor der irischen Küste abgestürzt. Die Medien munkeln von Selbstmord – aber Kathryn will es einfach nicht glauben. Was könnte ihr Mann vor ihr verborgen haben? Eine rätselhafte Londoner Telefonnummer, die sie in einem seiner Kleidungsstücke findet, weckt einen furchtbaren Verdacht in ihr …

Verschlossenes Paradies

Roman. Aus dem Amerikanischen von Heinz Nagel. 348 Seiten. SP 2897

Die Nachbarskinder Andrew und das Adoptivkind Eden verband zuerst eine tiefe Freundschaft und dann innige, fast mystische Liebe. Doch ein entsetzliches Verbrechen, das Eden für immer zeichnete, setzte ihrer unbeschwerten Jugendzeit ein jähes Ende. Siebzehn Jahre später, die beiden haben sich inzwischen aus den Augen verloren, kehrt Andrew an den Ort des Geschehens zurück, eine ländliche Kleinstadt unweit von New York. Und erst jetzt beginnt er, diese unheilvolle, seltsam magische Liebesbeziehung zu entschlüsseln. Als die gespenstische Wahrheit über Edens Vergangenheit zur Gewißheit wird, erkennt Andrew die Gründe seiner Beziehung zu diesem Mädchen aus verlorener Zeit. Ein meisterhaft komponierter, poetischer Roman voll tiefgründiger Spannung.

Anita Shreve

Das Gewicht des Wassers

Roman. Aus dem Amerikanischen von Mechtild Sandberg. 292 Seiten. SP 2840

»Anita Shreve ist eine clevere Mischung aus schaurigem Kriminalfall und psychologisch ausgefeiltem Beziehungsdrama gelungen.«
Der Spiegel

Gefesselt in Seide

Roman. Aus dem Amerikanischen von Mechtild Sandberg. 344 Seiten. SP 2855

Maureen, die junge Journalistin, lebt mit ihrem Mann Harrold und ihrem kleinen Töchterchen Caroline in einer trügerischen Idylle. Denn niemand ahnt, wieviel Gewalt und Mißhandlung Maureen von ihrem Mann ertragen muß. Und sie schweigt, vertraut sich niemandem an, entschuldigt seine Handlungen vor sich selbst. Erst nach Jahren flieht sie vor ihm. Für eine kurze Zeit findet sie in einem kleinen Fischerdorf Unterstützung, Zuneigung und Liebe. Aber Harrold spürt sie auf, und die Tragödie nimmt ihren Lauf.

Eine gefangene Liebe

Roman. Aus dem Amerikanischen von Mechtild Sandberg. 253 Seiten. SP 2854

Durch Zufall stößt Charles Callahan in der Zeitung auf das Foto einer Frau, die ihm seltsam bekannt vorkommt. Es ist Siân Richards, die er vor einunddreißig Jahren als Vierzehnjähriger bei einem Sommercamp kennengelernt hatte und die seine große Sehnsucht blieb. Überwältigt von den Erinnerungen schreibt er ihr und bittet um ein Treffen. Auch für Siân war die Geschichte mit Charles nie beendet, sehr zart sind die Bilder der Vergangenheit, sehr heftig das Verlangen. Und aus der unerfüllten Liebe von einst wird eine leidenschaftliche Affäre. Aber beide sind inzwischen verheiratet, haben Kinder und leben in verschiedenen Welten. Sie geraten in einen Strudel von Ereignissen, die unaufhaltsam auf einen dramatischen Höhepunkt zusteuern.

Jonathan Coe

Allein mit Shirley

Roman. Aus dem Englischen von Dirk van Gunsteren. 565 Seiten. SP 2464

»Seien Sie vor meiner Familie gewarnt«, sagte der alte Mortimer Winshaw. »Sofern Sie es noch nicht gemerkt haben: Es ist die gemeinste, gierigste, grausamste Bande von berechnenden, niederträchtigen Schurken, die je das Angesicht der Erde beschmutzt haben.« Ausgerechnet der verträumte Jungschriftsteller Michael Owen erhält den Auftrag, die Biographie dieses ehrenwerten Clans zu verfassen.
Die Winshaws sind die exemplarischen Sieger der Gesellschaft: Hilary, die erfolgssüchtige Klatschkolumnistin; Roddy, der gerissene Kunsthändler; Henry, der Labour-Politiker, der im rechten Moment das Lager wechselt; Dorothy, die unerbittliche Regentin über ein Fast-food-Imperium. Im heißen Sommer 1990 beginnt der junge Schriftsteller Michael Owen seine Auftragsarbeit an der offiziellen Biographie des Winshaw-Clans. Je näher er der wahren Geschichte seiner skrupellosen Hauptdarsteller kommt, desto mehr entdeckt er erstaunliche Parallelen zu seinem eigenen Leben. Jonathan Coe hat mit seinem perfekt komponierten Roman ein bissiges, rasantes, sehr englisches »Fegefeuer der Eitelkeiten« entfacht.

»Die Ära Thatcher als Gruselkabinett! Sex und Crime, soweit das Auge des Lesers reicht, aber auch ein atemberaubend virtuoses Jonglierspiel mit sämtlichen Traditionen angelsächsischer Erzählkunst.«
Süddeutsche Zeitung

»Ein großer Wurf: intelligent, witzig und wichtig.«
Time Literary Supplement

Ein Hauch von Liebe

Roman. Aus dem Englischen von Annette Grube. 183 Seiten. SP 2433

Replay

Roman. Aus dem Englischen von Ulrike Wasel und Klaus Timmermann. 192 Seiten. SP 3139

Angela Huth

Brombeertage

Roman. Aus dem Englischen von Renate Zeschitz. 382 Seiten. SP 2607

England im Kriegsjahr 1941: Drei junge Frauen haben sich als Landmädchen zur Arbeit auf einer abgelegenen Farm verpflichtet. Die Farmerfamilie steht den jungen Städterinnen zunächst skeptisch gegenüber: Mit Mistgabel, Melkeimer und Overall bieten sie ein eher komisches Bild. Doch die unternehmungslustige Prue, die in puncto Männer nichts anbrennen läßt, die ernste Cambridge-Studentin Agatha, die mit dem Farmersohn Joe nicht nur geistigen Gedankenaustausch sucht, und die verträumte, schöne Stella, die nur an ihren Verlobten Philipp denkt, erweisen sich bald als geschickte, zupackende Kräfte. Dabei sorgen allerlei amouröse Verwirrungen um den attraktiven Joe für Spannungen, für Liebe und für Leidenschaft zwischen Kornfeldern und Kuhställen.

Das verheiratete Leben

Roman. Aus dem Englischen von Renate Zeschitz. 348 Seiten. SP 2749

Einen Tag und eine Nacht dauert die Party der Farthingoes auf ihrem viktorianischen Landsitz in England. Sie ist der gesellschaftliche Höhepunkt der Saison. Die geladenen Ehepaare und Junggesellen, die Söhne und Töchter kennen sich zum Teil flüchtig, zum Teil sehr gut. Für eine Nacht und einen Tag umkreisen sie die Gäste wie die Gestirne am Himmel der Liebe, alte Bindungen werden in Frage gestellt, geheime Lieben gestanden – natürlich alles unter der Norm der englischen Etikette. Angela Huth hat mit typisch britischem Humor einen feinsinnigen und liebenswerten Roman geschrieben, der um die Rituale des Ehelebens kreist und sie vielschichtig beleuchtet.

Meeresleuchten

Roman. Aus dem Englischen von Regina Keller und Angelika Felenda. 378 Seiten. SP 3051

Susanna Kearsley

Mariana

Roman. Aus dem Englischen von Karin Diemerling. 350 Seiten. SP 2769

«Das ist mein Haus«, erklärte die fünfjährige Julia Beckett ihren Eltern, als sie zum ersten Mal »Greywethers« sah, das große Bauernhaus aus dem 16. Jahrhundert. Julia, inzwischen dreißig und erfolgreiche Illustratorin, erfüllt sich ihren Kindheitstraum und kauft das Haus. Sie liebt ihr neues Leben auf dem Land und findet schnell gute Freunde unter den Dorfbewohnern. Doch kaum ist Julia eingezogen, geschieht Seltsames mit ihr und läßt sie an ihrem Verstand zweifeln: Sie meint, das Leben von Mariana zu führen, einer unglücklich verliebten Dienstmagd, die 1665, zur Zeit der großen Pest, in diesem Haus gelebt hatte. Julia fällt es immer schwerer, zwischen Vergangenheit und Gegenwart zu unterscheiden. Susanna Kearsley ist mit diesem Buch eine spannende Mischung aus romantischer Liebesgeschichte und Historienroman gelungen.

Glanz und Schatten

Roman. Aus dem Englischen von Leon Mengden. 395 Seiten. SP 3048

Der Historiker Harry hat es sich in den Kopf gesetzt, die Juwelen zu suchen, die die unglückliche Königin Isabelle Plantagenet vor achthundert Jahren auf ihrer Flucht in den unterirdischen Gängen von Schloß Chinon versteckt hatte. Harry überredet seine junge attraktive Cousine Emily, ihm von London aus an den malerischen Adelssitz im Loire-Tal zu folgen. Bei Emilys Ankunft fehlt jedoch jede Spur von ihm, so daß sie sich einer Clique von Weltenbummlern anschließt und es genießt, von charmanten Männern umschwärmt zu werden. Die Urlaubsidylle zerbricht, als ein Mord geschieht. Auf der Suche nach Harry, dem Schatz und dem geheimnisvollen Drahtzieher im Hintergrund gerät Emily in höchste Gefahr. – In »Glanz und Schatten« verknüpft Susanna Kearsley gekonnt Geheimnis, Verbrechen und romantische Liebe und führt die Frauenschicksale verschiedenster Epochen in einem ebenso überraschenden wie furiosen Finale zusammen.

SERIE PIPER

Lorna Landvik

Patty Jane's Frisörsalon

Roman. Aus dem Amerikanischen von Mechtild Sandberg. 383 Seiten. SP 2710

Ein gefühlvoller, tempogeladener Roman, in dessen Mittelpunkt ein verrückter Frisörsalon steht: Die patente Patty Jane und ihre verträumte Schwester Harriet, beide zunächst vom Pech in der Liebe verfolgt, nehmen ihr Leben selbst in die Hand und richten einen Laden ein, der bald zum beliebtesten Treffpunkt der Nachbarschaft wird, denn hier finden auch Kochkurse, Diashows und Tanzfeste statt. Bis Patty Jane und Harriet ihr neues Liebesglück finden, müssen noch einige dramatische Situationen gemeistert werden – bei denen weiblicher Zusammenhalt und das Herz am rechten Fleck von unschätzbarer Hilfe sind.

»Ein spritziger und zugleich nachdenklicher Unterhaltungsroman.«
Brigitte

Die Oase am Flammensee

Roman. Aus dem Amerikanischen von Mechtild Sandberg. 366 Seiten. SP 3073

Devera und BiDi, zwei Busenfreundinnen, gehen flott auf die Vierzig zu und teilen alle Probleme, die sie mit Mann und Kindern haben – und mit dem Älterwerden. Devera stürzt sich in eine Affäre, BiDi verfällt dem Schlankheitswahn. Und ihre Ehemänner verfolgen ziemlich hilflos den emotionalen Zickzack-Kurs der beiden Damen. Doch dann drohen die kleinen Alltagsturbulenzen zu eskalieren…

»Lorna Landviks ironisch-kluger Familienroman schildert die mittleren und großen Katastrophen eines Sommers in Minnesota. Bis alle Beteiligten erkennen, daß das große Glück mit dem kleinen beginnt.«
Brigitte

Judith Lennox

Picknick im Schatten

Roman. 560 Seiten. Geb. Aus dem Englischen von Mechtild Sandberg.

Frankreich im Juli 1914: Die 14jährige Alix darf mit der Familie ihres reichen Onkels Ferien machen und ihren zweijährigen Cousin hüten. Ausgelassen genießt Alix den Sommer und die fröhliche Zeit, die sie mit dem kleinen Charlie verbringt.

Doch die Idylle ist schlagartig vorbei, als das Kind bei einer Landpartie spurlos verschwindet und nie wieder gefunden wird. Über Nacht wird aus dem unbeschwerten Teenager Alix eine verschlossene junge Frau, die an ihrer Verzweiflung fast zerbricht. Nach einer kurzen Ehe steht sie mit Anfang Zwanzig als Witwe da. Ihr eigener Sohn, den Alix unterm Herzen trägt, wird ihr ganzes Glück; ihm schenkt sie all ihre Fürsorge und Liebe. Bis sie Derry begegnet, durch den sie nicht nur ins Leben zurückfindet, sondern auch unvermeidlich das ganze Ausmaß der Katastrophe von damals erfährt.

KABEL